Alistair
MAC LEAN

Das Mörderschiff
Rendezvous mit dem Tod

2 packende Thriller in einem Band

GOLDMANN VERLAG

Das Mörderschiff
Aus dem Englischen von F. G. U. Glass
Titel der Originalausgabe: When Eight Bells Toll

Rendezvous mit dem Tod
Aus dem Englischen von Paul Baudisch
Titel der Originalausgabe: The Golden Rendez-vous

Der Goldmann Verlag
ist ein Unternehmen der Verlagsgruppe Bertelsmann

Made in Germany · 4. Auflage · 5/89
Genehmigte Taschenbuchausgabe
Die deutschen Erstausgaben sind im Lichtenberg Verlag,
München, erschienen
Umschlaggestaltung: Design Team München
Umschlagfoto: Studio Floßmann, München
Druck: Elsnerdruck, Berlin
Verlagsnummer: 10051
MV · Herstellung: Sebastian Strohmaier/Voi
ISBN 3-442-10051-8

Das Mörderschiff

Erstes Kapitel
Montag abend bis Dienstag früh drei Uhr

Den »Peacemaker«-Colt gibt es nun schon seit hundert Jahren, ohne daß irgendeine Veränderung an seinem Äußeren vorgenommen worden ist. Wenn man heute einen kauft, so unterscheidet er sich nicht im geringsten von dem, den Wyatt Earp trug, als er Marschall in Dodge City war. Er ist die älteste Handfeuerwaffe der Welt und ohne Zweifel die berühmteste. Wenn man die Leistungsfähigkeit dieser Waffe, deren Aufgabe darin besteht, zu verwunden und zu töten, als Grundlage für ihren Wert betrachten will, dann ist sie vielleicht die beste Handfeuerwaffe, die je geschaffen wurde. Natürlich ist es auch keine Kleinigkeit, von einem der hochgeschätzten Konkurrenten des »Peacemaker« getroffen zu werden, wie zum Beispiel von einer Luger oder Mauser: Die große Geschwindigkeit und das kleine Kaliber lassen das Stahlmantelgeschoß dieser beiden glatt durch einen hindurchschlagen, sie hinterlassen nur ein kleines, sauberes Loch und verbrauchen den Rest ihrer Kraft in entfernteren Gegenden, während die große, stumpfe, mantellose Kugel des Colts mit ganzer Macht einschlägt, dabei Knochen, Muskeln und Gewebe zerstört und so ihre volle Energie der Person zukommen läßt.

Kurz, wenn eine Kugel des »Peacemaker« sagen wir zum Beispiel ins Bein trifft, dann kann man weder flüchten noch in Dekkung gehen und sich dabei mit einer Hand eine Zigarette rollen, sie anstecken und dann elegant seinem Angreifer genau zwischen die Augen schießen. Wenn die Kugel eines »Peacemaker« einen ins Bein trifft, dann fällt man bewußtlos zu Boden. Falls der Oberschenkel getroffen wird und man das Glück hat, den Schock und die Verwundung zu überleben, dann wird man niemals wieder ohne Krücken gehen können, weil dem Chirurgen, der einen völlig zerstörten Oberschenkel behandeln muß, nichts anderes übrigbleibt, als das Bein zu amputieren. Aus diesem Grund stand ich völlig bewegungslos und ohne zu atmen da, denn ein solcher »Peacemaker«-Colt, der mich veranlaßt hatte, diese unbequemen Überlegungen anzustellen, war genau auf meinen rechten Oberschenkel gerichtet.

Und noch eine Überlegung: Um den halbautomatischen Abzugsmechanismus des »Peacemaker« zu bedienen, sind ziemliche Kraft und äußerste Ruhe vonnöten, deshalb kann er, wenn er sich in einer unsicheren Hand befindet, sehr ungenau operieren. Diese Hoffnung war hier nicht gegeben. Die Hand, die den Colt hielt, die Hand, die so leicht und doch bestimmt auf dem Tisch des Funkers lag, war die ruhigste Hand, die ich je gesehen hatte. Sie war im wahrsten Sinn des Wortes bewegungslos. Ich konnte die Hand ganz deutlich erkennen, obgleich das Licht in der Kabine des Funkers sehr trüb war. Der Lichtkegel der gebogenen Tischlampe war so schwach, daß nur ein dünner gelber Strahl auf die zerkratzte Oberfläche der metallenen Tischplatte fiel, wodurch der Arm am Handgelenk abgeschnitten wurde, während die Hand klar sichtbar blieb. Die Waffe bewegte sich nicht im geringsten und machte den Eindruck, als läge sie in der marmornen Hand einer Statue. Außerhalb des Lichtstrahls konnte ich die dunklen Umrisse eines Körpers, der sich gegen das Schott lehnte, teils spüren, teils sehen. Der Kopf war leicht zur Seite geneigt, und unter dem Mützenschirm starrten mich seine Augen bewegungslos an. Mein Blick fiel wieder auf die Hand. Der Colt war nach wie vor auf mich gerichtet. Unbewußt spannte ich mein rechtes Bein an, um mich auf den bevorstehenden Schock vorzubereiten. Zur Verteidigung eine sehr vernünftige Handlung, in Wirklichkeit aber bedeutet es so viel, als ob ich eine Zeitung vor mich halten würde. Ich wünschte in diesem Augenblick, daß der Oberst Sam Colt etwas anderes erfunden hätte, irgend etwas Nützliches, wie zum Beispiel Sicherheitsnadeln.

Ganz langsam und ganz ruhig hob ich beide Hände, die Handflächen nach außen, bis sie sich in der Höhe meiner Schultern befanden. Ich bewegte mich so vorsichtig, daß ein eventuell nervöser Mensch nicht etwa glauben konnte, ich wolle irgend etwas Verrücktes anstellen, wie zum Beispiel Widerstand leisten. Vielleicht war das Ganze eine ziemlich überflüssige Vorsichtsmaßnahme, da der Mann hinter der unbeweglichen Pistole überhaupt keine Nerven zu haben schien. Aber es lag mir wirklich ganz fern, Widerstand zu leisten. Die Sonne war schon lange untergegangen, ein letzter Widerschein erleuchtete noch den westlichen Horizont, so daß ich in der Tür der Kabine eine scharfe Silhouette abgab. Wahrscheinlich hatte der Mann hinter dem Tisch seine linke Hand an der Lampe, er konnte sie jeden Moment verstellen, um mich in Sekundenschnelle zu blenden. Und dann noch die Waffe! Ich wurde dafür bezahlt, etwas zu riskieren, ich wurde sogar dafür bezahlt, mich gelegentlich in Gefahr zu begeben. Aber ich wurde nicht dafür bezahlt, die Rolle eines todessüchtigen Narren zu spielen. Ich hielt meine Hände ein paar Zentimeter höher und versuchte so friedlich und harmlos wie möglich auszusehen. So wie ich mich gerade fühlte, war das kein Kunststück.

Der Mann mit der Waffe sagte und tat nichts. Er verhielt sich völlig ruhig. Jetzt sah ich seine weißen Zähne schimmern. Die glänzenden Augen starrten mich ohne zu blinzeln an. Das Lächeln, der leicht zur Seite geneigte Kopf, die lässige Haltung des Körpers, erweckten in der winzigen Kabine ein Gefühl äußerster Bedrohung. In der Unbeweglichkeit und Ruhe des Mannes lag etwas Schreckliches, etwas beängstigend Unnatürliches. Sein kaltblütiges Katz-und-Maus-Spiel schien bösartig zu sein und Unheil zu verkünden. In dieser engen Kabine schien der Tod nur darauf zu warten, mit eisigem Zeigefinger seine Opfer zu berühren. Trotz zweier schottischer Großeltern bin ich keineswegs parapsychologisch veranlagt oder mit dem Zweiten Gesicht begabt. Was das betrifft, so sind meine Wahrnehmungen äußerst realistisch, und ich reagiere auf diese Dinge ungefähr so wie ein Klumpen alten Eisens. Aber hier konnte ich den Tod riechen.

»Ich glaube, wir machen beide einen Fehler«, sagte ich, »Sie machen ihn bestimmt. Es könnte doch sein, daß wir beide zum gleichen Haufen gehören.« Da meine Kehle plötzlich trocken geworden war und die Zunge nichts dazu beitrug, die Klarheit der Aussprache zu unterstützen, kamen die Worte nur schwer heraus. Für mich hörten sie sich richtig an, genauso wie ich es wollte, leise, gleichmäßig und beruhigend. Vielleicht war er ein Irrer. Man mußte ihn bei guter Stimmung halten, ganz egal wie, nur um am Leben zu bleiben. Ich nickte und sah auf den Hocker, der an einer Ecke seines Tisches stand. »Es war ein schwerer Tag. Ist es Ihnen recht, wenn ich mich setze und rede? Ich verspreche Ihnen auch, daß ich meine Hände oben halte.«

Die Reaktion, die ich erhielt, war gleich Null. Die Augen schienen weiß und hatten einen verächtlichen Schimmer, und die stählerne Waffe blieb in der stählernen Hand. Ich fühlte, wie sich meine eigenen Hände zu Fäusten ballten und öffnete sie hastig wieder, aber ich konnte nichts gegen den Ärger tun, der in mir aufzusteigen begann.

Ich lächelte und hoffte, daß es ein freundliches und beruhigendes Lächeln war, während ich langsam auf den Hocker zuging. Die ganze Zeit hindurch sah ich ihn an, und durch das krampfhaft freundliche Lachen fingen meine Gesichtsmuskeln zu schmerzen an. Die Hände hielt ich noch höher als vorher. Ein »Peacemaker«-Colt kann einen Stier auf sechzig Meter Entfernung töten, Gott allein nur weiß, was er mir antun konnte. Ich versuchte nicht daran zu denken. Schließlich habe ich nur zwei Beine und bin beiden sehr zugetan.

Ich schaffte es, und beide Beine waren noch da. Ich setzte mich, die Hände noch immer hoch erhoben, und atmete wieder. Ich hatte, ohne mir dessen bewußt zu sein, den Atem angehalten, was verständlich genug ist, da mich andere Dinge bedrückten, wie zum Beispiel der Gedanke an Krücken, Verbluten und ähnliches, der einen in einer solchen Situation beschäftigt.

Der Colt war noch immer so bewegungslos wie vorher. Der Lauf war mir nicht gefolgt, während ich durch die Kabine ging. Er zeigte noch immer auf die Stelle, wo ich vor zehn Sekunden gestanden hatte.

Ich bewegte mich jetzt schnell auf die Hand mit der Waffe zu, ohne dabei überstürzt zu handeln. Jetzt war ich sogar sicher, daß ich mich nicht mehr schnell bewegen mußte. Aber ich habe noch nicht das reife Alter erreicht, wo mein Chef glaubt, daß er mir damit eine Ehre erweist, wenn er mir die die schmutzigsten Jobs gibt, in denen man alles riskieren muß.

Ich ernähre mich richtig und befinde mich durch viel Training in einer so guten körperlichen Verfassung, daß – obwohl mich keine Versicherungsgesellschaft der Welt aufnehmen würde – mir die Ärzte jederzeit ein gutes Zeugnis ausstellen würden. Trotzdem war ich nicht in der Lage, die Waffe aus der starren Hand zu lösen. Die Hand, die wie Marmor aussah, fühlte sich auch wie Marmor an, nur noch kälter. Ja, der Tod war da. Aber der Sensenmann stand nicht länger abwartend, er war hier gewesen und schon wieder gegangen und hatte diesen leblosen Körper zurückgelassen. Ich richtete mich auf und sah, daß die Vorhänge zugezogen waren. Dann machte ich geräuschlos die Tür zu und verschloß sie leise, ehe ich das Licht in der Kabine anmachte.

In den Mordgeschichten, die sich in alten englischen Landhäusern abspielen, gibt es selten einen Zweifel, zu welchem genauen Zeitpunkt der Tod eingetreten ist. Nach einer flüchtigen Untersuchung und viel pseudo-medizinischem Getue läßt der gute Doktor das Handgelenk der Leiche sinken und sagt: »Der Tote verstarb in der vergangenen Nacht um 23 Uhr 57« oder so etwas Ähnliches, und dann, während ein verschämtes Lächeln über seine Züge gleitet, womit er andeuten will, daß auch er nur ein Mensch ist und sich in Kleinigkeiten irren kann, fügt er hinzu: »Es kann natürlich auch ein bis zwei Minuten früher oder später gewesen sein.« Der gute Arzt, der sich nicht auf den Seiten eines Kriminalromans befindet, sieht sich einem wesentlich schwierigeren Problem gegenüber. Das Gewicht, der Körperbau, die herrschende Temperatur und die Todesart beeinflussen stark und unvorhersehbar die Abkühlung der Leiche, so daß sich die geschätzte Zeit für den

Eintritt des Todes sehr leicht über mehrere Stunden erstrecken kann.

Ich bin kein Arzt. Und alles, was ich über den Mann hinter dem Tisch sagen konnte, war folgendes: Er war schon so lange tot, daß die Totenstarre bereits eingetreten war, aber noch nicht so lange, daß sie schon wieder nachgelassen hätte. Er war so steif wie ein Mann, der während eines sibirischen Winters erfroren ist. Er war schon seit Stunden tot. Seit wie vielen – davon hatte ich keine Ahnung.

Er trug vier goldene Streifen an seinen Ärmeln, das würde bedeuten, daß es sich bei ihm um den Kapitän handelte. Der Kapitän in der Funkkabine? Kapitäne findet man nur sehr selten in der Funkkabine und niemals hinter dem Arbeitstisch. Er saß in seinem Stuhl zusammengesunken, den Kopf zur Seite gewandt, mit dem Nacken an eine Jacke gelehnt, die an einem Haken hing, der im Schott festgemacht war. Die Totenstarre ließ ihn in dieser Stellung verharren, aber er hätte normalerweise, noch ehe sie eingetreten war, nach vorn auf den Tisch fallen oder auf den Boden gleiten müssen.

Ich konnte keinerlei äußerliche Zeichen eines Kampfes erkennen, stand aber doch auf dem Standpunkt, daß es die Theorie des Zufalls überbeanspruchen hieße, wenn ich annehmen würde, daß er eines natürlichen Todes gestorben sei, während er sich gerade darauf vorbereitete, sein Leben mit Hilfe des »Peacemaker« zu verteidigen. Ich sah mich weiter um. Ich versuchte ihn geradezusetzen, aber er wollte sich nicht bewegen. Ich bemühte mich noch mehr und vernahm auf einmal das Geräusch von reißendem Stoff. Ganz plötzlich hatte ich ihn aufgerichtet, und sofort fiel er nach links auf den Tisch, wobei der rechte Arm sich zu drehen begann und nun steif nach oben zeigte. Die Mündung des Colts ragte wie ein anklagender Finger gen Himmel.

Jetzt wußte ich, wie er gestorben war und warum er nicht eher vornüber gefallen war. Er war mit einer Waffe getötet worden, die aus seinem Rückgrat hervorragte. Etwa zwischen dem sechsten und siebenten Wirbel. Der Griff der Waffe hatte sich in der Tasche der Jacke, die am Schott hing, verfangen und ihn so festgehalten.

In meinem Beruf habe ich mit einer ganzen Anzahl von Menschen zu tun gehabt, die später an irgendwelchen ausgefallenen Todesarten zugrunde gingen, aber dies hier war der erste Fall, wo ich einen Menschen sah, der mit einem Meißel umgebracht worden war. Es war ein eineinhalb Zentimeter breiter, völlig normaler Holzmeißel, nur war der hölzerne Griff durch den Gummihandgriff eines Fahrradlenkers verkleidet, der so beschaffen war, daß keine Fingerabdrücke auf ihm zurückblieben. Der Meißel war mindestens zehn Zentimeter tief in den Körper eingedrungen, und selbst wenn er rasiermesserscharf geschliffen war, mußte der Täter, der den Stoß ausführte, ein ebenso kräftiger wie brutaler Mensch gewesen sein. Ich versuchte den Meißel herauszuziehen, aber es gelang mir nicht. Das kann einem bei einem Messer häufig passieren. Knochen oder Knorpel, die von einem scharfen Instrument durchstochen worden sind, schließen sich fest um den Stahl, wenn ein Versuch gemacht wird, die Waffe wieder zu entfernen.

Wahrscheinlich hatte der Mörder selbst versucht, den Meißel wieder herauszuziehen, jedoch ohne Erfolg. Ich versuchte es nicht noch einmal. Sicherlich hätte der Mörder diese handliche kleine Stichwaffe nicht zurückgelassen, wenn es ihm möglich gewesen wäre, sie herauszuziehen. Vielleicht hatte er auch einen ganzen Haufen von zentimeterbreiten Meißeln und konnte es sich leisten, den einen oder anderen achtlos im Rücken von irgend jemandem zurückzulassen.

Überhaupt – eigentlich wollte ich den Meißel gar nicht. Ich hatte ja meinen eigenen. Keinen Meißel, sondern ein Messer. Ich holte es mir aus dem Etui, das in dem Innenfutter meiner Jacke direkt hinter dem Nacken eingenäht war. Es sah ziemlich harmlos aus, ein etwa zehn Zentimeter langer Griff und eine kleine, beiderseitig geschliffene Klinge von etwa sieben Zentimetern. Aber diese kleine Klinge konnte ein Tau von fünf Zentimeter Stärke mit einem leichten Schnitt durchtrennen, und seine Spitze war die einer Lanzette. Ich betrachtete es und sah dann auf die Tür hinter dem Tisch mit dem Funkgerät, die zu der Schlafkabine des Funkers führen mußte. Dann nahm ich eine kleine Taschenlampe aus meiner Brusttasche, ging zur Tür, die nach draußen führte, machte das Licht in der Kabine aus und wartete.

Wie lange ich dort stand, kann ich nicht sagen. Vielleicht zwei Minuten, vielleicht sogar fünf. Warum ich wartete, wußte ich nicht. Ich redete mir ein, daß ich deshalb wartete, damit sich meine Augen langsam an die fast völlige Dunkelheit innerhalb der Kabine gewöhnten. Aber ich wußte genau, daß es nicht allein deshalb war. Vielleicht wartete ich auf irgendein Geräusch. Auf ein eingebildetes Flüstern, vielleicht wartete ich auf etwas, irgend etwas, was passieren würde, oder vielleicht hatte ich auch nur Angst, durch die innere Tür zu gehen. Fürchtete ich mich? Das konnte schon sein, ich wußte es nicht. Oder vielleicht fürchtete ich auch nur, was ich hinter der Tür vorfinden würde. Ich nahm das Messer in meine linke Hand – ich bin Rechtshänder, aber in gewissen Dingen beidhändig –, und langsam umschlossen meine Finger den Griff der inneren Tür.

Ich brauchte etwa zwanzig Sekunden, um die Tür so weit zu öffnen, daß ich mich durch den Spalt zwängen konnte: Gerade beim letzten Zentimeter begannen die Scharniere zu quietschen. Es war ein winziges Geräusch. Ein Geräusch, das man normalerweise keine zwei Meter weit hören würde, aber bei meinen wie Stahlsaiten gespannten Nerven wäre das Donnern einer Kanone, die neben meinem Ohr abgefeuert worden wäre, ein vergleichsweise leiser Ton gewesen. Ich stand wie ein Götzenbild da, der Tote neben mir war nicht unbeweglicher als ich. Ich konnte hören, wie mein Herz wild zu hämmern begann, und wünschte mir erregt, daß das verdammte Ding ruhiger schlagen würde.

Falls irgend jemand dort drinnen darauf wartete, mich mit seiner Taschenlampe zu blenden, mich zu erschießen, zu erdolchen oder mit dem Meißel abzustechen, ließ er sich Zeit. Ich gönnte meinen Lungen etwas Sauerstoff und zwängte mich dann geräuschlos seitlich durch die Tür. Die Taschenlampe hielt ich, so weit es ging, nach rechts ausgestreckt. Falls die Schurken auf eine Person schießen würden, die sie mit einer Lampe anstrahlte, dann zielten sie im allgemeinen genau auf die Lichtquelle, weil es üblich ist, eine Lampe vor sich zu halten. Das hatte ich vor vielen Jahren von einem Kollegen gelernt, dem gerade eine Kugel aus seinem linken Lungenflügel herausoperiert worden war, weil er vergessen hatte, diese Vorsichtsmaßnahme zu beachten. Wie man sieht, etwas äußerst Unkluges. Deshalb hielt ich die Lampe so weit als möglich von meinem Körper entfernt und streckte den linken Arm mit dem Messer nach hinten. Ich hoffte fieberhaft, daß die Reaktionen irgendwelcher Personen, die sich in der Kabine befinden könnten, langsamer wären als die meinen, und schaltete die Taschenlampe ein.

Es befand sich schon jemand da, aber über dessen Reaktionen brauchte ich mir nicht den Kopf zu zerbrechen. Jetzt nicht mehr. Er hatte keine mehr. Er lag mit dem Gesicht nach unten in seiner Koje, mit jenem leeren Blick, wie ihn nur Tote haben. Schnell überflog ich mit dem Strahl der Taschenlampe die Kabine. Der Tote war allein. Genau wie in der Funkkabine gab es keine Anzeichen für einen Kampf. Um den Grund seines Ablebens festzustellen, mußte ich ihn nicht einmal berühren. Das wenige Blut, das aus der zentimeterbreiten Einstichwunde aus dem Rücken zu Boden geflossen war, hätte nicht einmal einen Teelöffel gefüllt. Ich hatte auch nicht erwartet, mehr zu finden. Denn wenn das Rückgrat sauber durchstochen wird, hört das Herz sehr schnell auf, weiter Blut durch den Körper zu pumpen, wodurch nur geringe Blutungen entstehen. Im Körper selbst würde es noch eine kleine innere Blutung geben, aber auch nicht sehr stark.

Die Vorhänge waren zugezogen; ich tastete Boden, Schotten und Möbel mit meiner Lampe genauestens ab. Ich weiß nicht, was ich erwartete. Jedenfalls fand ich nichts. Ich ging wieder aus dem Raum hinaus, schloß die Tür hinter mir und durchsuchte die Funkkabine mit dem gleichen negativen Resultat. Es gab für mich hier nichts mehr zu tun. Ich hatte alles gefunden – auch, was ich nicht zu finden gehofft hatte. Nicht ein einziges Mal hatte ich mir die Gesichter der beiden Toten angesehen. Das brauchte ich auch nicht, denn es waren Gesichter, die ich ebensogut kannte wie das, das mir jeden Morgen beim Rasieren aus dem Spiegel entgegensah. Noch vor einer Woche hatten sie mit unserem Chef und mir in unserem Stammlokal in London zusammen zu Abend gegessen. Sie waren so fröhlich und entspannt gewesen, wie es Menschen in unserem Beruf nur möglich ist. Für eine kurze Zeitspanne war ihre normale Wachsamkeit von der Freude zu den schönen Dingen des Lebens überstrahlt, von denen sie wußten, daß sie nicht für sie bestimmt waren. Und ich war überzeugt, daß sie zweifelsohne auch diesmal so gewissenhaft und wachsam wie stets gewesen waren. Aber sie waren nicht aufmerksam genug gewesen, und jetzt waren sie stumm. Was ihnen zugestoßen war, ist etwas, was Menschen in unserem Beruf unausbleiblich zustößt, und dem, wenn der Zeitpunkt gekommen war, auch ich nicht entgehen würde. Ganz egal, wie clever, stark und unbarmherzig man auch selbst ist. Früher oder später wird man auf einen Menschen stoßen, der noch cleverer, stärker und unbarmherziger ist als man selbst. Und dieser eine wird einen kleinen Meißel in seiner Hand haben, und all deine schwer erworbenen Erfahrungen und Erkenntnisse, die du in Jahren gewonnen hast, zählen nicht, denn du siehst ihn nicht einmal kommen. Du hast in ihm den stärkeren Gegner endlich getroffen – und dann bist du tot.

Ich hatte sie in den Tod geschickt. Nicht absichtlich, nicht bewußt, aber letztlich war es meine Verantwortung. Das war alles meine Idee gewesen. Meinem Hirn entsprungen. Ganz allein meine Sache. Ich hatte alle Widerstände niedergekämpft und unseren zweifelnden und höchst skeptischen Chef dazu überredet, wenn er uns schon nicht seine begeisterte Zustimmung geben würde, es zumindest grollend zu genehmigen. Ich hatte den beiden Männern

Baker und Delmont gesagt, wenn sie sich genauso verhielten, wie ich es geplant hatte, dann könnte ihnen nichts passieren. Und sie hatten mir blind vertraut und sich genauso verhalten, und nun lagen sie tot vor mir. Zögern Sie nicht, meine Herren, glauben Sie nur fest an mich, aber vergessen Sie nicht, vorher noch Ihr Testament zu machen.

Hier war jetzt nichts mehr zu tun. Ich hatte zwei Männer in den Tod geschickt, und das konnte nicht mehr ungeschehen gemacht werden. Es war an der Zeit, daß ich verschwand.

Ich öffnete die Tür, die nach draußen führte, so wie man die Tür zu einem Keller öffnet, von dem man weiß, daß er voller Kobras und »Schwarzer Witwen« ist. Das heißt, Kobras und »Schwarze Witwen« sind harmlose und beinah reizende kleine Geschöpfe im Vergleich zu einigen Mitgliedern der menschlichen Rasse, die sich in dieser Nacht frei auf dem Deck des Frachters »Nantesville« bewegten.

Nachdem ich die Tür ganz weit geöffnet hatte, stand ich längere Zeit da, ohne mich zu rühren, ohne einen Muskel zu bewegen. Ich atmete flach und gleichmäßig. In dieser Stellung erscheint einem eine Minute wie ein halbes Leben. Ich lauschte. Ich konnte das Schlagen der Wellen gegen den Schiffskörper hören und das leise metallische Geräusch, wenn die »Nantesville« mit ihrer Verankerung gegen Wind und Strömung ankämpfte; das dumpfe Seufzen des stärker werdenden Nachtwindes in der Takelage und einmal weit entfernt den Ruf eines Brachvogels. Einsame Geräusche, gefahrlose Geräusche, Geräusche der Nacht und der Natur. Das waren nicht die Geräusche, auf die ich wartete. Langsam wurden auch diese Laute ein Teil der allgemeinen Ruhe. Andere fremde Geräusche, verstohlene, bedrohende, gefahrverkündende, waren nicht zu vernehmen. Kein leises Atmen, nicht der geringste Laut von Schritten auf dem stählernen Deck, kein Rascheln von Kleidung, nichts. Wenn dort draußen jemand wartete, dann besaß er eine Geduld und Unbeweglichkeit, die übermenschlich sein mußten. Aber in dieser Nacht beunruhigten mich keine Übermenschen, sondern nur Menschen, Menschen mit Messern und Waffen und Meißeln in ihren Händen. Leise kam ich hervor und stieg über die Sturmschwelle.

Ich bin noch nie während der Nacht in einem selbstgefertigten Kanu den Orinoko entlanggepaddelt, wobei eine zehn Meter lange Anakonda von einem Baum auf mich herabfiel, ihren Körper um meinen Hals schlang und mich langsam zu erdrosseln begann. Und, was wichtiger ist, das alles muß mir auch gar nicht mehr passieren, um dieses Gefühl beschreiben zu können, denn ich weiß ganz genau, wie es ist. Die tierische Kraft, die wilde Grausamkeit der beiden riesigen Hände, die sich von hinten um meinen Hals legten und ihn umschlossen, war schrecklich, etwas, was ich noch nie erfahren hatte, ja, von dem ich noch nicht einmal geträumt hatte. Nach dem ersten Augenblick blinder Panik und völliger Gelähmtheit hatte ich nur einen Gedanken: Uns alle erwischt es einmal, und jetzt bin ich dran, hier ist einer, der cleverer, stärker und brutaler ist als ich.

Mit aller Kraft, deren ich fähig war, trat ich mit meinem rechten Bein nach hinten aus, aber der Mann hinter mir war in allen Spielregeln bewandert. Er traf mit seinem rechten Fuß schneller und mit noch viel mehr Kraft mein zurückschwingendes Bein. Das war kein Mann, der hinter mir stand, das war ein Zentaur, und er trug die größten Hufe, die mir jemals begegnet waren. Mein Bein fühlte sich nicht so an, als ob es gebrochen, sondern als ob es in der Mitte auseinandergesplittert wäre. Ich spürte seinen linken Zeh hinter meinem linken Fuß und trat danach mit aller Kraft, die ich aufbringen konnte, aber als mein Fuß den Boden berührte, war seine Zehe nicht mehr da. Alles, was ich an meinen Füßen hatte, waren ein Paar dünne Gummischwimmschuhe, und der Schmerz durch den Aufprall auf die eisernen Deckplatten schoß mir bis in den Kopf. Ich griff jetzt mit den Händen nach oben und versuchte, seinen kleinen Finger zu brechen, aber auch hier kam er mir zuvor. Seine Finger waren zu eisenharten Fäusten geballt, wobei der Mittelfinger sich in meine Halsschlagader bohrte. Ich war nicht der erste Mann, den er erwürgt hatte, und wenn ich diesbezüglich nicht sehr schnell etwas unternahm, würde ich auch nicht der letzte sein. In meinen Ohren konnte ich das Zischen komprimierter Luft hören, die unter hohem Druck entwich, und vor meinen Augen wurden die auf- und abschießenden Farbflecke jeden Moment greller und tiefer.

Was mich in den ersten Sekunden rettete, war die zusammengefaltete Kapuze und der dicke, gummiverstärkte Segeltuchkragen meines Taucheranzuges, den ich unter der Jacke trug. Aber das würde mich nicht mehr lange schützen, denn die Lebensaufgabe des Kerls hinter mir schien darin zu bestehen, daß sich die Knöchel seiner beiden Hände in der Mitte meines Nackens treffen sollten. Bei dem Erfolg, den er bis jetzt gehabt hatte, würde er dieses Ziel bald erreicht haben. Zur Hälfte hatte er es schon geschafft.

Mit einer abrupten Bewegung beugte ich mich nach vorn. Jetzt hatte ich sein halbes Gewicht auf meinem Rücken, wobei sich der Würgegriff nicht im geringsten lockerte. Gleichzeitig stellte er seine

Füße so weit als möglich nach hinten. Das war die instinktive Reaktion auf meine Bewegung, denn er mußte annehmen, daß ich versuchen würde, eins seiner Beine zu packen. Als ich ihn einen Augenblick aus der Balance gebracht hatte, drehte ich mich mit einer kurzen Bewegung herum, bis wir beide mit dem Rücken zur See standen. Mit all meiner Kraft drängte ich rückwärts, einen, zwei, drei Schritte – immer schneller. Die »Nantesville« hatte keine modische Reling aus Teakholz, sondern einfach nur ein paar schmale, kleingliedrige Ketten, und das Rückgrat des Würgers prallte unter der Wucht unserer beiden Körper gegen die obere Kette.

Wäre ich dagegengerannt, so hätte ich mir garantiert das Rückgrat gebrochen oder auf jeden Fall so viele Wirbel verletzt, daß ich einen orthopädischen Chirurgen monatelang mit Arbeit versorgt hätte. Von diesem Burschen kam nicht einmal ein Schmerzensschrei, noch nicht einmal ein Stöhnen, überhaupt nicht das geringste Geräusch. Vielleicht war er taubstumm. Ich hatte von mehreren Taubstummen gehört, die über phänomenale Kräfte verfügten, wahrscheinlich eine Art von ausgleichender Gerechtigkeit.

Er war jedoch gezwungen, seinen Würgegriff aufzugeben und schnell nach der Kette zu greifen, um zu verhindern, daß wir beide über Bord in die kalten finsteren Wasser des Loch Houron fielen. Ich stieß mich von ihm ab und drehte mich um, um sein Gesicht zu sehen. Mit dem Rücken stützte ich mich gegen die Wand der Funkkabine. Ich brauchte diese Wand dringend. Ich brauchte eine Stütze, während mein Kopf langsam wieder klar wurde und Leben in mein abgestorbenes rechtes Bein zurückkehrte.

Jetzt konnte ich ihn sehen, als er sich an der Reling aufrichtete. Nicht deutlich – dafür war es zu dunkel –, aber ich konnte die weißen verschwommenen Flecke seines Gesichts und der Hände sehen und den Umriß seines Körpers erkennen.

Ich war auf einen gewaltigen Giganten gefaßt, aber er war kein Gigant. Es sei denn, meine Augen konnten nicht mehr deutlich sehen, was allerdings möglich war. Was ich in der Dunkelheit erkennen konnte, schien eine gedrungene, gutgebaute Figur zu sein, mehr aber nicht. Er war nicht einmal so groß wie ich. Aber das bedeutete gar nichts – Georg Hackenschmidt war auch nur 1,75 Meter groß und wog knapp neunzig Kilo, als er den »Schrecklichen Türken« wie einen Fußball in die Luft warf und mit achthundert Pfund Zement auf dem Rücken durch den Ring tanzte, nur um sich fit zu halten. Ich hatte keinerlei Gewissensbisse oder falschen Stolz, vor einem kleineren Mann wegzulaufen, und was diesen Kerl anlangt – je weiter und je schneller, desto besser. Aber jetzt noch nicht. Mein rechtes Bein war noch nicht soweit. Ich griff mit der Hand zum Nacken und holte mir mein Messer. Ich hielt es vor mich, die Klinge in der Handfläche verdeckt, so daß er nicht den Stahl in dem schwachen Sternenlicht erkennen konnte.

Ruhig und bedacht, wie ein Mann, der genau weiß, was er zu tun gedenkt und nicht den geringsten Zweifel an dem Gelingen seines Vorhabens hat, kam er auf mich zu. Gott weiß, auch ich hegte keinerlei Zweifel, daß seine Überzeugung berechtigt war. Er kam von der Seite auf mich zu, so daß ihn mein Fuß nicht treffen konnte, die rechte Hand weit vorwärts gestreckt. Ein einseitiger Bursche. Er wollte mir wieder an die Kehle. Ich wartete, bis seine Hand einige Zentimeter von meinem Gesicht entfernt war, und riß dann meine eigene rechte Hand mit aller Kraft nach oben. Unsere Hände trafen genau aufeinander. Und die Klinge ging genau durch die Mitte seiner Handfläche.

Er war doch nicht taubstumm. Drei kurze, nicht wiederzugebende Worte. Eine völlig unberechtigte Beleidigung meiner Vorfahren. Er ging schnell rückwärts, wobei er den Handrücken und die Handfläche am Anzug rieb, um sie dann in einer eigentümlich tierartigen Weise zu belecken. Er starrte auf das Blut, das in dem Sternenlicht schwarz wie Tinte von beiden Seiten aus seiner Hand floß.

»Aha, der kleine Mann hat ein Messerchen, wie?« sagte er leise. Die Stimme war ein Schock für mich. Bei der Stärke dieses Höhlenmenschen hatte ich auch die entsprechende Intelligenz und die dazugehörige Stimme erwartet. Die Worte kamen jedoch in der ruhigen, angenehmen, kultivierten und fast akzentfreien Sprache des guterzogenen, im Süden lebenden Engländers. »Wir werden ihm das Messerchen abnehmen müssen, nicht wahr?« Er sprach jetzt lauter. »Kapitän Imrie?« So zumindest hörte sich der Name für mich an.

»Sei still, du Narr.« Die eindringliche, zornige Stimme kam aus der Richtung der hinteren Mannschaftsquartiere. »Willst du etwa ...«

»Keine Sorge, Käptn.« Seine Augen ließen mich nicht los. »Ich habe ihn hier bei der Funkstation. Er ist bewaffnet. Ein Messer. Ich werde es ihm jetzt wegnehmen.«

»Du hast ihn? Du hast ihn? Gut, gut, gut!« Die Stimme klang, wie wenn der Mann, dem sie gehörte, mit den Lippen schmatzte und sich die Hände rieb. Sie klang auch wie wenn ein Deutscher oder Österreicher Englisch spricht. Der kurze Kehllaut bei dem »gut« war unverkennbar. »Sei vorsichtig, *den* hier will ich lebend haben. Jacques! Henry! Kramer! Schnell! Auf die Brücke und zur Funkstation.«

»Lebend«, sagte der Mann, der mir gegenüberstand, freundlich,

»das kann auch bedeuten, noch nicht ganz tot.« Er saugte wieder Blut aus seinem Handteller. »Oder willst du mir das Messer ruhig und friedlich übergeben? Ich würde vorschlagen –«

Ich wartete nicht länger. Das war eine alte Technik. Man sprach zu seinem Gegner, der höflich abwartete, bis man fertig war, und sich dabei nicht überlegte, daß man ihn in der Mitte eines gutformulierten Satzes schön ruhig niederknallen würde, während er sich irrtümlich in Sicherheit wähnte – genau in dem Moment, wenn er es am wenigsten erwartet. Nicht sehr fair, aber äußerst wirkungsvoll. Und ich hatte nicht die Absicht, so lange zu warten, bis ich die Wirkung zu spüren bekam. Ich war mir nicht ganz sicher, wie er mich angreifen würde, aber ich nahm an, daß es in Form eines Sprunges geschehen müßte, Kopf oder Füße voraus, und daß ich, wenn er mich erst einmal auf das Deck geworfen hätte, nicht mehr hochkommen würde. Jedenfalls nicht ohne Hilfe. Mit einem schnellen Schritt trat ich näher, richtete meine Taschenlampe auf sein Gesicht, sah, wie er einen kurzen Augenblick lang geblendet die Augen schloß, und wußte, daß dies der einzige Augenblick für mich war, einen Tritt anzubringen. Der Tritt fiel nicht so stark aus, wie er hätte sein können, da ich noch immer das Gefühl hatte, mein rechtes Bein wäre gebrochen. Er war auch wegen der Dunkelheit nicht ganz so gut gezielt. Aber den Umständen entsprechend konnte ich zufrieden sein. Er hätte eigentlich zusammenklappen und sich stöhnend vor Schmerz auf dem Deck wälzen müssen. Statt dessen stand er nach vorn gebeugt, bewegungslos und hielt sich mit den Armen fest. Er war Gott sei Dank doch nur ein Mensch. Ich konnte das Glänzen seiner Augen erkennen, aber nicht seinen Gesichtsausdruck, was vielleicht ganz gut war, denn ich glaube kaum, daß er für mich sehr schmeichelhaft gewesen wäre.

Ich ging. Ich erinnerte mich, im Zoo von Basel einmal einen Gorilla gesehen zu haben, ein großes schwarzes Monstrum, das als leichte Fingerübungen schwere Lastwagenreifen in kleine Streifen zerriß. Ich würde mich lieber in dessen Käfig begeben haben, als noch an Deck zu sein, wenn dieser Bursche hier wieder richtig zu sich kommen würde. Ich humpelte nach vorn um die Ecke zur Funkstation, kletterte in ein Rettungsboot und streckte mich auf dem Boden flach aus.

Die Männer, die sich in meiner nächsten Nähe befanden, einige von ihnen mit Taschenlampen, waren bereits am Fuß der Treppe angelangt, die zur Brücke heraufführte. Ich mußte ganz nach hinten laufen, um das Tau mit dem gummiüberzogenen Haken wieder zu erreichen, den ich heraufgeworfen hatte, um an Bord zu kommen. Aber das konnte ich nicht tun, bevor das Mitteldeck leer war. Und dann konnte ich es überhaupt nicht mehr. Jetzt, nachdem keine Notwendigkeit mehr zur Geheimhaltung und Verschwiegenheit bestand, hatte jemand die Ladelichter eingeschaltet, und das vordere Deck und das Mittelschiff waren in helles, gleißendes Licht getaucht. Eine der Bogenlampen auf dem Vorschiff hing an einem Lademast, kurz vor mir und genau über der Stelle, wo ich lag. Ich kam mir vor wie eine entdeckte Fliege an einer weißen Wand. Ich versuchte mich noch flacher auf den Boden zu legen, als ob ich ihn durchdrükken wollte.

Sie waren jetzt die Treppe heraufgekommen und standen bei der Funkerkabine. Ich hörte plötzlich Stimmengewirr und Flüche und wußte, daß sie den verletzten Mann gefunden hatten. Ich konnte seine Stimme nicht hören und nahm an, daß er noch nicht in der Lage war, zu reden.

Die kurze, gebieterische Stimme mit dem deutschen Akzent übernahm das Kommando:

»Ihr gackert wie ein Haufen Hühner. Seid still. Jacques, hast du deine Maschinenpistole?«

»Ich habe meine Pistole da, Käptn.« Jacques sprach ruhig und hatte eine zuverlässige Stimme, die ich unter bestimmten Umständen als erfreulich empfunden hätte. In meiner jetzigen Situation war sie weniger beruhigend.

»Geh nach achtern. Stell dich vor den Eingang des Salons, sieh nach vorn und beobachte dabei das Deck des Mittelschiffes. Wir werden zum Vorderdeck gehen, in einer geschlossenen Linie das Schiff durchkämmen und ihn auf dich zutreiben. Wenn er sich dir nicht ergibt, dann schieß ihn in die Beine, ich will ihn lebend haben.«

Mein Gott, das war schlimmer als der »Peacemaker«-Colt. Der konnte immerhin beim Abfeuern nur einmal treffen. Ich hatte keine Ahnung, was für eine Maschinenpistole Jacques hatte. Vielleicht feuerte sie bei jedem Anschlag zwölf oder mehr Schüsse ab. Ich bemerkte, wie sich der Muskel in meinem rechten Oberschenkel wieder zu versteifen begann, das wuchs sich langsam zu einer Reflexbewegung aus.

»Und was passiert, wenn er über Bord springt, Sir?«

»Muß ich dir das noch sagen, Jacques?«

»Nein, Sir.«

Ich war genauso intelligent wie Jacques. Auch mir brauchte er es nicht extra zu erklären. Ich hatte ein scheußliches trockenes Gefühl in der Kehle und im Mund. Eine Minute hatte ich noch Zeit, nicht mehr, dann würde es zu spät sein. Leise schlich ich mich zum

Dach der Funkkabine hin, zur Steuerbordseite, der Seite, die am weitesten von dem Punkt entfernt war, wo Kapitän Imrie seinen Leuten kurze Befehle gab. Dort ließ ich mich geräuschlos auf das Deck hinunter und schlich mich zum Ruderhaus.

Drinnen brauchte ich meine Taschenlampe nicht. Die Spiegelung der großen Bogenlampen gab mir genügend Licht. Ich kauerte mich nieder und blieb unterhalb der Fensterlinie. Ich sah mich um, und mein Blick fiel sofort auf das, was ich suchte. Eine Metallkiste mit Leuchtkugeln für Notfälle.

Mit zwei schnellen Schnitten hatte ich die Lederriemen gelöst, die die Kiste mit den Leuchtkugeln am Boden befestigten. Ein Seilende von vielleicht dreieinhalb Metern verknotete ich an einem Griff der Kiste. Aus meiner Jackentasche holte ich einen Plastiksack und zog dann schnell meine Seemannsjacke und die Hosen aus, die ich über dem Taucheranzug trug. Ich stopfte sie in den Sack und band ihn um meine Hüften. Die Jacke und die Hose waren sehr wichtig gewesen. Eine Gestalt, die in einem tropfenden Gummitaucheranzug über die Decks der »Nantesville« geschlichen wäre, hätte dies kaum tun können, ohne Aufsehen zu erregen. Hingegen in der Dämmerung und mit dem Seemannsanzug konnte ich leicht für ein Besatzungsmitglied gehalten werden. Und auf eine gewisse Entfernung hatte ich dies auch schon zweimal erreicht. Und genauso wichtig war es für mich, als ich den Hafen von Torbay noch am hellen Tag verließ. Der Anblick einer Gestalt in einem Taucheranzug, die gegen Abend in die See hinausrudert, hätte bestimmt Aufsehen erregt, da sich die Neugier der Bewohner der kleineren Häfen des westlichen Hochlandes und der Inseln in dieser Hinsicht, wie ich hatte feststellen können, kaum von der ihrer Brüder auf dem Festland unterschied. Manche würden es vielleicht noch bösartiger formulieren.

Noch immer kriechend schob ich mich durch die Tür des Ruderhauses auf die Steuerbordseite der Brücke zu. Als ich am äußersten Ende angekommen war, richtete ich mich auf. Das war unumgänglich. Dieses Risiko mußte ich eingehen. Jetzt oder nie – ich konnte bereits von weitem die Besatzung hören, die sich bei ihrer Suchaktion langsam auf mich zubewegte. Ich hob die Kiste mit den Leuchtkugeln über die Seite, solange der Strick reichte, und begann sie langsam und vorsichtig hin und her zu schwingen. Wie ein Handloter sein Lot schwingt, ehe er es auswirft.

Die Kiste wog mindestens vierzig Pfund, aber ich bemerkte das Gewicht kaum. Bei jedem Schwung wurde der Bogen des Pendels größer. Jetzt hatte er bereits einen Winkel von ungefähr 45 Grad erreicht; das war ungefähr das Äußerste, was ich erreichen konnte.

Die Zeit lief mir davon, und auch meine Glückssträhne mußte sich langsam dem Ende nähern. Ich kam mir beinah so auffällig vor wie ein Trapezkünstler unter einem Dutzend Scheinwerfern, und auch genauso gefährdet. Als die Kiste bei ihrem letzten Schwung nach hinten war, gab ich dem Tau mit aller Kraft einen endgültigen Stoß, um die größte Geschwindigkeit und die größte Entfernung zu erreichen. Dann ließ ich mich hinter den Windfang aus Segeltuch fallen. Während ich fiel, erinnerte ich mich, daß ich in die verdammte Kiste kein Loch gemacht hatte. Ich hatte keine Ahnung, ob sie schwimmen oder sinken würde, aber ich war mir durchaus darüber im klaren, was passieren würde, wenn sie nicht sänke. Eins war auf jeden Fall sicher: Es war zu spät, sich darüber noch den Kopf zu zerbrechen.

Ich hörte, wie auf dem Hauptdeck, etwa sieben bis zehn Meter von der Brücke entfernt, ein Schrei ausgestoßen wurde, und vermutete, daß man mich entdeckt hatte, aber das stimmte nicht. Eine Sekunde nach dem Schrei hörte ich den lauten, beruhigenden Aufschlag, und eine Stimme, die ich als zu Jacques gehörig erkannte, rief: »Er ist über Bord gegangen, Steuerbord hinter der Brücke. Schnell, gebt mir einen Suchscheinwerfer!« Er mußte, wie befohlen, nach hinten gegangen sein und dabei den Fall des dunklen Gegenstandes gesehen haben, wobei er die einzig logische Schlußfolgerung zog. Jacques war ein gefährlicher Kunde, der schnell denken konnte. In drei Sekunden hatte er seinen Kameraden alles gesagt, was sie wissen mußten: was passiert war, und was sie tun sollten, um die notwendigen Vorbereitungen zu treffen, damit er mich wie ein Sieb mit seiner Maschinenpistole durchlöchern konnte.

Die Männer, die sich auf der Suche nach mir befanden, liefen jetzt nach hinten und über das Deck direkt unter mir vorbei, wo ich mich auf dem äußersten Flügel der Brücke verbarg.

»Kannst du ihn sehen, Jacques?« Kapitän Imrie sprach sehr schnell und sehr ruhig.

»Noch nicht, Sir.«

»Er wird gleich auftauchen.« Ich wünschte nur, er wäre nicht so verdammt selbstsicher. »Dieser Sprung muß ihn ganz schön viel Atem gekostet haben. Kramer, nimm zwei Mann und ein Boot, bring Lampen und kreuze umher, Henry, die Kiste mit den Granaten. Carlo auf die Brücke, schnell, einen Scheinwerfer nach Steuerbord.«

Ich hatte nicht an das Boot gedacht, das war schon schlimm genug, aber Granaten! Ich fühlte, wie es mir eiskalt über den Rücken lief, ich wußte genau, was eine Unterwasserexplosion, selbst eine ganz kleine, einem menschlichen Körper anhaben kann. Sie war um ein Zwanzigfaches tödlicher als die gleiche Explosion auf dem Festland, und ich mußte unbedingt in ein paar Minuten im Wasser sein. Zumindest konnte ich etwas in bezug auf den Scheinwerfer unternehmen, der sich nur einen halben Meter über meinem Kopf befand. Ich hatte das Kabel bereits in meiner linken und das Messer in meiner rechten Hand und wollte gerade beide in Kontakt miteinander bringen. Ich hatte aufgehört, an die verdammten Granaten zu denken, und da fiel mir etwas anderes ein. Wenn ich dieses Kabel durchschneiden würde, dann wäre das ungefähr genauso intelligent, wie wenn ich mich über den Windfang lehnte und riefe: »Hier bin ich, kommt und fangt mich!« Ein todsicheres Zeichen, daß ich mich an Bord befände. Carlo eins auf den Kopf zu geben, wenn er die Leiter hochkletterte, würde den gleichen Effekt haben. Ich konnte sie nicht zweimal an der Nase herumführen, Leute wie diese hier. So schnell ich konnte, humpelte ich durch das Ruderhaus auf die Backbordseite, kletterte die Leiter hinunter und lief nach vorn. Das Vorderdeck war menschenleer.

Ich hörte jemanden rufen und dann das Klappern einer automatischen Waffe. Bestimmt war das Jacques mit seiner Maschinenpistole. Glaubte er, etwas gesehen zu haben? War die Kiste wieder an die Oberfläche gekommen, hatte er tatsächlich die Kiste gesehen und sie bei der Dunkelheit des Wassers mit mir verwechselt? So mußte es sein, denn er hätte sicherlich keine Munition an etwas verschwendet, was er klar als eine Kiste erkennen konnte. Was es auch sein mochte, meinen Segen hatte er. Wenn sie annahmen, daß ich mich dort unten befand und höchstwahrscheinlich durchlöchert wie ein Schweizerkäse herumschwamm, dann würden sie mich hier nicht suchen.

Sie hatten den Backbord-Anker heruntergelassen. Ich schwang mich über die Seite und bekam beide Beine in das Rohr der Ankerklüse. Von dort griff ich nach unten in die Ankerkette. Die internationalen Sportbehörden hätten an diesem Abend mit ihren Stoppuhren bei mir sein müssen. Ich bin überzeugt, daß ich einen neuen Weltrekord im Herunterklettern an Ankerketten aufgestellt habe.

Das Wasser war kalt, aber in dem Taucheranzug machte es mir nichts aus. Die See war ruhig, und es herrschte starke Flut: beides paßte mir ausgezeichnet. Ich schwamm an der Backbordseite der »Nantesville« entlang, fast immer unter Wasser, ich sah dabei niemanden und wurde auch von niemandem gesehen. Alles spielte sich an der Steuerbordseite des Schiffes ab.

Meine Aqualunge, die Gewichte und die Flossen waren dort, wo ich sie gelassen hatte, angebunden an der Steuerschraube. Die »Nantesville« ragte nur halb aus dem Wasser, so daß der obere Teil des Pfostens der Steuerschraube nicht tief unter Wasser lag. Sich bei unruhiger See eine Aqualunge anzulegen, wenn dabei noch starke Flut herrscht, ist nicht gerade leicht. Aber der Gedanke an Kramer und seine Granaten half mir dabei außerordentlich. Ganz abgesehen davon, hatte ich es sehr eilig wegzukommen, denn ich hatte noch einen weiten Weg vor mir und eine Menge zu tun, wenn ich erst einmal angekommen war.

Ich konnte den Motorlärm des Rettungsbootes an- und abschwellen hören, während es auf der Steuerbordseite kreuzte. Es näherte sich mir jedoch niemals mehr als auf etwa fünfunddreißig Meter. Keine weiteren Schüsse wurden abgegeben. Kapitän Imrie hatte sich offensichtlich gegen die Verwendung der Granaten entschieden. Ich brachte die Gewichte an meinem Körper an und ließ mich hineingleiten in die dunkle Sicherheit des Wassers. Hier kontrollierte ich die Richtung auf meinem erleuchteten Handkompaß und begann zu schwimmen. Nach fünf Minuten kam ich wieder an die Oberfläche, und nach weiteren fünf fühlte ich, wie meine Füße den Boden der felsigen Insel berührten, wo ich mein Schlauchboot versteckt hatte.

Ich kletterte auf die Felsen und blickte zurück. Die »Nantesville« war hell erleuchtet. Ein Scheinwerfer beleuchtete die See, und das Rettungsboot kreuzte noch immer. Ich hörte ein regelmäßiges Rasseln, als der Anker gelichtet wurde. Dann brachte ich das Schlauchboot zu Wasser, setzte mich hinein, machte die Ruder los und paddelte in südwestlicher Richtung davon. Ich befand mich zwar noch immer im Bereich des Scheinwerfers, aber die Chance, eine schwarzgekleidete Gestalt in der schwach sich abhebenden Silhouette eines schwarzen Schlauchbootes in diesen dunklen Gewässern zu entdecken, war in der Tat sehr gering.

Nachdem ich so eine Meile gepaddelt war, zog ich die Ruder ein und ließ den Außenbordmotor an, beziehungsweise ich versuchte es. Außenbordmotoren arbeiten bei mir immer perfekt, außer wenn mir kalt ist, ich naß und völlig erschöpft bin. Wenn ich sie wirklich brauche, funktionieren sie nicht. Daraufhin nahm ich die kurzen Ruder wieder zur Hand und ruderte ... ruderte ... ruderte ... Später kam es mir ungefähr so vor, als ob ich einen ganzen Monat gerudert wäre. Morgens, zehn Minuten vor drei, kam ich wieder auf die »Firecrest« zurück.

Zweites Kapitel
Dienstag: drei Uhr früh bis Tagesanbruch

»Calvert?« Hunsletts Stimme war kaum verständlich in der Dunkelheit.

»Ja.« Über mir auf dem Deck der »Firecrest« stehend, war er gegen die Dunkelheit des Nachthimmels mehr zu erahnen, als zu sehen. Schwere Wolken waren von Südwesten her aufgezogen, und auch die letzten Sterne waren verschwunden. Große, schwere, kalte Regentropfen prasselten auf die See herab. »Hilf mir das Boot an Bord bringen.«

»Wie ist denn alles gegangen?«

»Später, erst mal das hier.« Ich kletterte, das Bootstau in der Hand, die Leiter hinauf und mußte mein rechtes Bein an Deck heben. Es war steif und taub, fing gerade wieder zu schmerzen an und konnte kaum mein Gewicht tragen. »Und beeil dich, es kann sein, daß wir bald Besuch bekommen.«

»Also so sieht es aus«, sagte Hunslett nachdenklich. »Onkel Arthur wird sich darüber freuen.«

Ich sagte nichts dazu. Unser Arbeitgeber, Konteradmiral Sir Arthur Arnford-Jason, K. C. B. und die meisten anderen Buchstaben des Alphabets würden sich ganz und gar nicht freuen. Wir holten das tropfende Schlauchboot an Bord, montierten den Außenbordmotor ab und trugen beides zum Vorderdeck.

»Bring mir ein paar wasserdichte Säcke«, sagte ich, »und hol dann die Ankerkette ein. Möglichst leise, benutz die Bremssperre nicht und nimm eine Zeltplane.«

»Wir fahren ab?«

»Wenn wir bei Verstand wären, würden wir es tun. Wir bleiben. Hol nur den Anker einmal 'rauf und laß ihn dann wieder 'runter.«

Als er mit den Säcken zurückkam, hatte ich die Luft aus dem Schlauchboot gelassen und es in der Segeltuchtasche verstaut. Ich hatte mich der Aqualunge und des Taucheranzuges entledigt und stopfte beide in einen der Säcke, zusammen mit den Gewichten, meiner wasserfesten Uhr mit dem großen Zifferblatt und dem kombinierten Handgelenkkompaß und dem Tiefenmesser. In den anderen Sack verstaute ich den Außenbordmotor und mußte dabei an mich halten, das verdammte Ding nicht über Bord zu werfen. Ein Außenbordmotor war an sich eine harmlose Sache, die man an Bord eines jeden Schiffes haben konnte. Aber wir hatten bereits einen, der an unserem hölzernen Rettungsboot befestigt war, das von den Davits am Heck hing.

Hunslett hatte die elektrische Winde angestellt, und die Kette kam langsam herauf. Eine elektrische Winde ist an sich eine ziemlich geräuschlose Maschine, aber wenn man den Anker heraufholt, kommt der Lärm von vier verschiedenen Stellen: wenn die Kette durch die Ankerklüse kommt, dann das Klicken der Bremstrommel in ihren einzelnen Zähnen, das Aufrollen der Glieder auf der Trommel selbst und das Aufschlagen der Kette, wenn sie in die Kettenkammer fällt. Gegen das erste konnten wir nichts tun. Aber da wir die Bremstrommel abgestellt hatten und eine schwere Zeltplane das Geräusch der Kettentrommel und der Kettenkammer unterdrückte, war das Gesamtgeräusch überraschend leise. Geräusche tragen an der Wasseroberfläche sehr weit, aber das nächste ankernde Boot war fast zweihundert Meter von uns entfernt; wir sehnten uns in diesem Augenblick nicht nach der Gesellschaft anderer Boote im Hafen. Die zweihundert Meter nach Torbay waren immer noch ungemütlich nah. Aber die See fiel ziemlich steil von der kleinen Stadt ab, und unsere derzeitige Tiefe von sechsunddreißig Metern war ein sicheres Maximum bei einer Kettenlänge von hundert Metern, die wir mitführten.

Ich hörte, wie Hunsletts Fuß den Deckkontakt bediente. »Wir haben die Kette oben.«

»Leg einen Augenblick die Sperre ein, wenn die Trommel zu rutschen beginnt, habe ich sonst keine Hände mehr.« Ich zog die Säcke nach vorn, beugte mich über die Reling und befestigte sie mit Tauen an der Ankerkette. Als die Taue festgemacht waren, ließ ich die Säcke ins Wasser gleiten und an der Kette baumeln.

»Ich werde das Gewicht halten«, sagte ich, »laß die Ketten langsam von der Trommel. Wir werden sie mit der Hand herunterlassen.« Vierzig Faden, das sind etwa achtzig Meter Kette, und das alles bis zum Boden über die Hand herunterzulassen war weder für meinen Rücken noch für meine Arme angenehm. Schon ehe ich mit der Arbeit begann, war ich bei weitem nicht mehr auf der Höhe. Durch die Nachtarbeit war ich am Rande der Erschöpfung. Mein Nacken schmerzte fürchterlich, mein Bein tat nun sehr weh, und außerdem hatte ich einen Schüttelfrost. Mir sind einige Möglichkeiten bekannt, wie man einen Zustand angenehmer Wärme erreichen kann, doch wenn man nur eine Garnitur Unterwäsche anhat und sich dabei noch mitten in einer kalten, nassen und windigen Herbstnacht in der Nähe der westlichen Inseln herumtreibt, dann ist das keineswegs gemütlich. Falls jetzt irgend jemand feststellen wollte, was am Ende unserer Ankerkette befestigt war, dann würde er dazu einen stählernen Taucheranzug benötigen.

Hunslett schloß die Tür unserer Wohnkabine hinter uns, ging in der Dunkelheit umher und zog die schweren Samtvorhänge vor den Bullaugen zu. Dann knipste er die kleine Tischlampe an; sie gab zwar nicht sehr viel Licht her, aber wir wußten aus Erfahrung, daß der schwache Schein nicht von außen durch die Samtvorhänge wahrzunehmen war. Und wir sahen keine Notwendigkeit, den anderen auf die Nase zu binden, daß wir zu diesem Zeitpunkt, mitten in der Nacht, noch auf waren. Hunslett hatte ein dunkles, schmales, finsteres Gesicht mit starkem Kinn, buschigen Augenbrauen und dichtem schwarzem Haar – ein Gesicht, das für sich selbst spricht und selten eine Veränderung erkennen läßt. Es war jetzt ausdruckslos und sehr ruhig.

»Du mußt dir bald ein anderes Hemd kaufen«, sagte er. »Dein Kragen ist etwas zu eng, er hinterläßt Spuren.«

Ich hörte auf, mich abzutrocknen und sah in den Spiegel. Selbst in diesem trüben Licht sah mein Nacken verheerend aus. Er war stark geschwollen, schimmerte in allen Regenbogenfarben und hatte vier böse Quetschungen, wo die Daumen und Zeigefinger der würgenden Hände tief in mein Fleisch eingedrungen waren. Blau, grün und rot. Die Male sahen aus, als ob sie noch lange Zeit sichtbar bleiben würden.

»Er überfiel mich von hinten. Er vertrödelt seine Zeit damit, ein Verbrecher zu sein. Er könnte glatt einen olympischen Titel im Gewichtheben erringen. Ich hatte Glück. Außerdem trägt er sehr feste Schuhe.« Ich wandte mich zur Seite und betrachtete meinen rechten Oberschenkel. Die Quetschung war größer als meine Faust, und wenn irgendeine Farbe des Regenbogens dabei fehlte, so fiel mir im Moment nicht ein, welche. In der Mitte war eine tiefe klaffende Wunde, und das Blut rieselte langsam an beiden Seiten herunter. Hunslett betrachtete das Ganze mit großem Interesse.

»Wenn du nicht den engen Taucheranzug getragen hättest, dann wärst du unter Umständen verblutet. Ich glaube, es ist besser, wenn ich dich verbinde.«

»Ich brauche keine Verbände; was ich brauche, ist ein Whisky. Hör auf, die Zeit in dieser Weise zu vergeuden. Ach was, entschuldige, ja, es ist besser, wenn du das in Ordnung bringst. Wir können unsere Gäste hier auf keinen Fall im Blut herumwaten lassen.«

»Bist du so sicher, daß die Gäste auch kommen?«

»Ich habe beinah erwartet, sie bei meiner Rückkehr zur ›Firecrest‹ schon vorzufinden. Wir werden auf jeden Fall Besuch bekommen. Was unsere Freunde an Bord der ›Nantesville‹ auch sein mögen, Idioten sind sie auf keinen Fall. Sie werden mittlerweile herausgefunden haben, daß ich nur mit einem Schlauchboot zu ihnen aufs Schiff kommen konnte. Sie wissen außerdem ganz genau, daß es sich nicht um irgendeinen Neugierigen aus der Umgebung gehandelt hat, der auf ihrem Schiff herumgelaufen ist. Leute aus der Umgebung, die sich ein Abenteuer oder einen Spaß machen wollen, pflegen sich nicht an Bord verankerter Schiffe herumzutreiben. Außerdem würde sich niemand aus der hiesigen Gegend auch nur in die Nähe von Beul nan Uamh – dem Schlund des Grabes – wagen, weder bei Tag und noch weniger bei Nacht. Selbst der Lotse sagte, daß dieser Platz einen üblen Ruf hat. Und kein Bewohner der hiesigen Inseln wäre so angezogen herumgelaufen wie ich, hätte sich so benommen, wie ich mich benommen habe, oder hätte das Schiff so verlassen, wie ich es verlassen habe. Ein Einheimischer wäre schon längst tot gewesen.«

»Das würde mich nicht wundern. Und was sonst?«

»Also, wir beide sind keine Einheimischen. Wir sind Freunde. Auf keinen Fall würden wir in einem Hotel oder in einer Pension wohnen, wir wären zu beengt und könnten uns nicht bewegen. Wir müßten aller Wahrscheinlichkeit nach über ein Boot verfügen. Nun, wo würde sich unser Boot wohl befinden? Nicht nördlich von Loch Houron, denn die Wettervorhersage versprach einen Südwestwind von Stärke sechs, der sich langsam auf sieben verstärkt. Kein Schiff wäre so tollkühn, sich bei einem solchen Wetter dort aufzuhalten. Der einzige feste Grund, der flach genug ist, um eine sichere Verankerung zuzulassen, in der anderen Richtung, in der Nähe des Sunds, etwa vierzig Meilen entfernt, liegt bei Torbay – das ist nur vier oder fünf Meilen von dem Platz entfernt, wo die ›Nantesville‹ am Ausgang des Loch Houron lag. Wo würdest du denn nach uns suchen?«

»Ich würde nach einem Boot suchen, das in der Nähe von Torbay ankert. Welche Waffe möchtest du haben?«

»Ich will keine Waffe, und du willst auch keine. Leute wie wir tragen keine Waffen.«

»Meeresbiologen tragen keine Waffen«, nickte er. »Angehörige des Landwirtschafts- und Fischereiministeriums tragen auch keine Waffen. Beamte sind über solche Dinge erhaben. Also werden wir uns geschickt verhalten. Schließlich bist du der Chef.«

»Ich fühle mich gar nicht mehr so schlau. Und ich möchte eine Wette abschließen, daß ich bald nicht mehr der Chef sein werde. Nicht, nachdem Onkel Arthur gehört hat, was ich ihm zu erzählen habe.«

»Mir hast du bis jetzt überhaupt noch nichts erzählt.« Er schloß den Verband am Oberschenkel und richtete sich auf. »Wie fühlst du dich jetzt?«

»Besser. Danke. Noch besser werde ich mich fühlen, wenn du endlich die Flasche entkorkt hast. Zieh dir einen Pyjama an oder etwas Ähnliches. Leute, die man mitten in der Nacht voll angekleidet auf ihrem Schiff vorfindet, sehen verdächtig aus.« Ich rieb meinen Kopf so energisch, wie meine wunden Arme dazu in der Lage waren, mit dem Handtuch ab. »Es gibt nicht sehr viel zu erzählen, und alles, was es zu erzählen gibt, ist nicht gut.« Er goß mir einen starken Drink ein und nahm sich selbst einen schwächeren, dann gab er etwas Wasser dazu. Es schmeckte so, wie Whisky immer schmeckt, wenn man stundenlang geschwommen ist, gerudert hat und bei der Gelegenheit beinah umgebracht worden wäre.

»Ich bin ohne große Schwierigkeiten hingekommen. Ich habe mich hinter Carrara versteckt, bis es dunkel geworden ist, und bin dann zur ›Bogha Nuadh‹ gepaddelt. Dort habe ich das Boot gelassen und bin unter Wasser bis zum hinteren Ende des Schiffes geschwommen. Es handelte sich tatsächlich um die ›Nantesville‹. Name und Flagge waren zwar anders, ein Mast weniger war zu erkennen, und die Aufbauten waren jetzt schwarz, aber es handelte sich um dasselbe Schiff. Fast hätte ich es nicht geschafft. Es war ganz kurz vor dem Wechsel der Gezeiten, und ich mußte, um gegen die Strömung anzukommen, fast dreißig Minuten lang schwimmen. Bei Flut oder Ebbe muß es dort schrecklich sein.«

»Man sagt, daß es der schlimmste Ort an der ganzen Westküste ist, sogar noch schlimmer als Coirebhreachan.«

»Ich möchte nicht der erste sein, der das genau feststellt. Ich mußte mich hinten am Schiff erst einmal zehn Minuten lang festhalten, ehe ich genug Kraft hatte, das Tau hochzuwerfen und daran hinaufzuklettern.«

»Du hast aber verdammt viel riskiert.«

»Es war fast dunkel. Außerdem«, fügte ich bitter hinzu, »gibt es einige Vorsichtsmaßnahmen, an die intelligente Menschen nicht denken, wenn sie es mit Verrückten zu tun haben. Hinten in den Aufenthaltsräumen befanden sich nur zwei oder drei Leute. Nur ganz wenig Besatzung war an Bord. Sieben oder acht Mann. Nicht mehr. Die gesamte ehemalige Besatzung war vollständig verschwunden.«

»War denn gar nichts von ihnen zu sehen?«

»Nichts. Weder tot noch lebendig, nichts war von ihnen zu sehen. Dann hatte ich auch noch zusätzlich Pech. Als ich die hinteren Kabinen verließ, um zur Brücke zu gehen, kam jemand nur wenige Schritte von mir entfernt an mir vorüber. Ich winkte leicht und murmelte etwas vor mich hin. Der andere antwortete, ich weiß nicht mehr, was. Ich folgte ihm zu seiner Kabine und beobachtete, wie er in der Kombüse einen Telefonhörer abnahm und schnell und eindringlich hineinsprach. Er sagte, daß einer von der ehemaligen Besatzung sich versteckt haben müßte und jetzt zu fliehen versuche. Ich konnte ihn an dem Gespräch nicht hindern, denn er stand die ganze Zeit mit dem Gesicht zur Tür und hielt außerdem eine Pistole in der Hand. Ich mußte jetzt schnell handeln und ging zum Brükkenaufbau.«

»Was hast du gemacht? Als du bereits wußtest, daß sie dich entdeckt hatten? Ich kann nur sagen, du mußt dringend mal zum Arzt gehen und dein verdammtes Gehirn untersuchen lassen.«

»Onkel Arthur wird es noch unfreundlicher formulieren. Aber das war die einzige Chance, die ich je haben würde, und ich war überzeugt, daß die anderen sich nicht zu sehr den Kopf zerbrechen würden, wenn sie glaubten, daß es sich bei mir nur um ein verängstigtes Besatzungsmitglied handelte. Wenn dieser Bursche mich in meinem klatschnassen Taucheranzug gesehen hätte, hätte er mich in ein Sieb verwandelt. Er war sich nicht ganz sicher. Auf dem Weg nach vorn kam ich an einem Mann vorbei. Ich nehme an, daß er den Brückenaufbau bereits verlassen hatte, ehe der Alarm durchgegeben war. Ich blieb an der Brücke nicht stehen, sondern ging weiter nach vorn und versteckte mich hinter dem Unterstand des Kranführers. Ungefähr zehn Minuten lang herrschte ein großes Durcheinander. Taschenlampen suchten die Brücke ab, und dann sah und hörte ich, wie sich die Männer langsam nach hinten verzogen, wahrscheinlich dachten sie, ich wäre noch dort.

Ich ging durch alle Offizierskabinen, die bei der Brücke lagen. Kein Mensch war zu sehen. In einer Kabine, ich glaube, es war die eines Ingenieurs, entdeckte ich zertrümmerte Möbel und einen Teppich, auf dem sich große Blutflecken befanden. Eine Kabine weiter, es war die des Kapitäns, war die Schlafkoje blutverschmiert.«

»Man hatte sie doch gewarnt, keinen Widerstand zu leisten.«

»Ich weiß, und dann fand ich Baker und Delmont.«

»Also hast du sie gefunden, Baker und Delmont.«

Hunsletts Augen waren überschattet, und er starrte auf das Glas in seiner Hand. Ich wünschte mir, daß sich irgendein Ausdruck auf seinem düsteren Gesicht zeigen würde.

»Delmont muß noch im letzten Augenblick versucht haben, ein Notsignal zu geben. Sie waren gewarnt worden, es nicht zu tun, es sei denn, daß höchste Gefahr bestünde. Das bedeutet also, daß sie entdeckt worden sind. Er ist von hinten mit einem eineinhalb Zentimeter breiten Meißel erstochen und dann in den hinter der Funkerkabine liegenden Schlafraum des Funkoffiziers gezerrt worden. Einige Zeit später muß Baker hereingekommen sein. Er trug eine Kapitänsuniform, ein letzter verzweifelter Versuch, sich zu verkleiden, nehme ich an. Er hatte einen Revolver in der Hand, aber er sah in die falsche Richtung, und auch der Revolver zielte in die falsche Richtung. Auch er hatte einen Meißel im Rücken.«

Hunslett goß sich den zweiten Drink ein. Diesmal einen viel größeren. Hunslett trank nur ganz selten. Die Hälfte der Flüssigkeit trank er in einem Zug aus. Dann sagte er: »Aber nicht alle waren nach hinten gegangen. Sie hatten noch ein Empfangskomitee zurückgelassen.«

»Sie sind sehr geschickt und sehr gefährlich. Vielleicht sind sie eine Klasse besser als wir, oder zumindest als ich. Das Empfangskomitee bestand aus einem Mann, aber da dieser Mann ein solcher Brocken war, wäre ein zweiter auch überflüssig gewesen. Ich weiß, daß er Baker und Delmont umgebracht hat. Ich selbst werde nie wieder viel Glück haben.«

»Du bist ja noch davongekommen, deine Glückssträhne war noch nicht ganz zu Ende.«

Aber die von Baker und Delmont war zu Ende. Ich wußte, daß er mich dafür verantwortlich machte. Ich wußte, daß auch London mich dafür verantwortlich machen würde. Ich tat es selbst. Ich hatte auch kaum eine andere Möglichkeit, es gab niemanden anderen, dem man die Verantwortung dafür hätte zuschieben können.

»Onkel Arthur«, sagte Hunslett, »glaubst du nicht –«

»Zum Teufel mit Onkel Arthur. Was schert mich Onkel Arthur? Was glaubst du um Gottes willen, wie mir jetzt zumute ist?« Ich war wütend. Zum erstenmal zeigte sich in Hunsletts Gesicht eine Gemütsbewegung. Von mir erwartete man keine Gefühle.

»Das ist es nicht«, sagte er. »Es ist wegen der ›Nantesville‹. Nachdem wir jetzt einwandfrei wissen, daß es sich um die ›Nantesville‹ handelt, nachdem wir ihren neuen Namen und ihre Flagge kennen – übrigens wie heißt sie jetzt?«

»Alta Fjord. Norwegen. Das spielt sowieso keine Rolle.«

»Natürlich spielt es eine Rolle. Wir verständigen Onkel Arthur . . .«

»Und lassen uns dann von unseren Gästen im Maschinenraum mit den Kopfhörern überraschen. Bist du verrückt geworden?«

»Ja, und du auch, wie du mir selbst gesagt hast.«

»Ich habe zugegeben, daß sie hierher kommen – falls sie überhaupt kommen.«

»Falls sie überhaupt kommen . . . um Himmels willen, Mann. Die glauben, daß ich mich stundenlang auf ihrem Schiff aufgehalten habe und die Namen und Beschreibungen von ihnen allen angeben könnte. In Wirklichkeit kann ich nicht einen einzigen identifizieren, und ihre Namen brauchen nicht die geringste Bedeutung zu haben, aber das wissen sie nicht. Sie nehmen wahrscheinlich an, daß ich im Moment schon ihre Beschreibung an Interpol weitergebe. Die Möglichkeit, daß sie sich in deren Akten befinden, ist mindestens fünfzig zu fünfzig. Sie sind zu große Klasse, als daß es sich um kleine Verbrecher handelt. Einige von ihnen sind sicher bekannt.«

»In dem Fall wäre es sowieso schon zu spät. Dann hätten sie eben Pech gehabt.«

»Nicht, wenn sie sich des einzigen Zeugen, der gegen sie aussagen könnte, bemächtigen.«

»Ich glaube, es ist besser, wenn wir unsere Pistolen holen.«

»Nein.«

»Dann laß uns, um Himmels willen, verschwinden.«

»Nein.«

»Du wirfst mir nicht vor, daß ich mich um einen Ausweg bemühe?«

»Nein.«

»Denk an Baker und Delmont!«

»Ich habe seitdem nichts anderes getan. Du brauchst nicht zu bleiben.«

Vorsichtig setzte er sein Glas ab. Er ließ sich heute nacht wirklich gehen. Innerhalb der letzten zehn Minuten hatte sich sein Gesichtsausdruck schon wieder geändert, und er sah jetzt nicht gerade sehr ermutigend aus. Dann nahm er sein Glas wieder in die Hand und grinste.

»Du weißt nicht, was du redest«, sagte er freundlich. »Das kommt von deinem Nacken, die Blutzufuhr zum Gehirn ist zu lange unterbrochen. Du bist augenblicklich nicht einmal imstande, gegen einen Teddybären zu kämpfen. Wer wird sich um dich kümmern, wenn die mit einem neuen Spielchen beginnen sollten?«

»Entschuldige«, sagte ich und meinte es ehrlich. Schließlich hatte ich mit Hunslett in den letzten zehn Jahren etwa zehnmal zusammengearbeitet und kannte ihn. Es war wirklich sehr dumm von mir gewesen, so etwas zu sagen. Denn Hunslett war unfähig, einen in Zeiten der Not zu verlassen. »Du hast eben gerade von Onkel gesprochen?«

»Ja, wir wissen jetzt, wo die ›Nantesville‹ ist. Onkel könnte ein Schiff der Kriegsmarine herbeordern, um sie zu beschatten, eventuell durch Radar, wenn . . .«

»Ich weiß nur, wo sie war. Als ich sie verließ, hatte sie bereits den Anker gehievt; bis zum Morgengrauen wird sie hundert Meilen weit weg sein. Gott weiß, in welcher Richtung.«

»Sie ist fort? Dann haben wir sie in die Flucht geschlagen? Darüber werden sie bestimmt ganz besonders erfreut sein.« Schwerfällig setzte er sich hin und sah mich an. »Aber wir haben ihre neue Beschreibung . . .«

»Ich sagte dir schon, daß das nichts zu bedeuten hat. Morgen wird sie schon wieder anders aussehen. Vielleicht ist sie dann die ›Hokomaru‹ aus Yokohama mit grünen Masten, einer japanischen Flagge und anderem Anstrich.«

»Vielleicht eine Luftüberwachung. Wir könnten –«

»Bis wir eine solche Aktion veranlassen können, müßten zwanzigtausend Quadratmeilen Wasser kontrolliert werden. Du hast die Wetterberichte gehört. Sie sind schlecht. Niedrige Wolken, und das würde bedeuten, daß sie noch unter den niedrigen Wolken fliegen müßten. Das würde ihren Nutzen um 90 Prozent herabsetzen. Hinzu kommen noch schlechte Sicht und Regen. Die Chancen sind noch nicht mal eins zu hundert, ach, noch nicht mal eins zu tausend, etwas klar und definitiv erkennen zu können. Und falls sie wirklich entdeckt werden – falls – was dann? Ein freundliches Winken vom Piloten? Viel mehr kann der gar nicht tun.«

»Die Kriegsmarine, sie könnten die Kriegsmarine einsetzen...«

»Welche Kriegsmarine sollten sie einsetzen? Die aus dem Mittelmeer? Oder die aus dem fernen Osten? Die Kriegsmarine hat heuzutage nur noch sehr wenige Schiffe und fast überhaupt keine in diesen Gewässern. Bis ein Schiff der Kriegsmarine sich hier einfindet, wäre es auf jeden Fall wieder Nacht und die ›Nantesville‹ bis dahin längst über alle Berge. Und selbst wenn ein Kriegsschiff sie finden würde, was dann? Soll es sie durch Geschützfeuer versenken? Mit vielleicht fünfundzwanzig im Laderaum eingeschlossenen Besatzungsmitgliedern?«

»Könnten sie das Schiff nicht entern?«

»Mit denselben fünfundzwanzig Männern, in einer Reihe an Deck aufgestellt, und auf jeden Rücken zielt eine Pistole! Kapitän Imrie und seine Schurken würden unsere Jungens höflich fragen, was sie denn nun als nächstes vorhaben.«

»Ich zieh mir jetzt einen Pyjama an«, sagte Hunslett müde. In der Tür zögerte er und wandte sich um. »Falls die ›Nantesville‹ weg ist, dann ist auch ihre Besatzung – die neue Besatzung – weg, und wir werden keinen Besuch mehr bekommen. Hast du schon daran gedacht?«

»Nein.«

»Ich glaube eigentlich auch nicht daran.«

Sie kamen zwanzig Minuten nach vier in der Früh. Sie kamen sehr ruhig und ordentlich, und alles ging äußerst offiziell und gesetzmäßig vor sich. Sie blieben vierzig Minuten, und als sie uns wieder verlassen hatten, war ich mir noch immer nicht ganz klar, ob das die von uns gesuchten Leute waren oder nicht.

Hunslett kam in meine Kabine, die sich vorn Steuerbord befand. Er machte das Licht an und schüttelte mich. »Wach auf«, sagte er laut. »Na komm schon, wach auf.«

Ich war hellwach, ich hatte kein Auge zugemacht, seit ich mich hingelegt hatte. Ich stöhnte und ächzte ein wenig, ohne es dabei zu übertreiben, und machte dann ein verschlafenes Auge auf. Hinter ihm war niemand.

»Was ist los. Was willst du denn?« Eine Pause. »Was, zum Teufel ist denn los? Es ist schließlich erst kurz nach vier Uhr morgens.«

»Frag mich nicht, was los ist«, sagte Hunslett gereizt. »Polizei. Sie sind gerade an Bord gekommen. Sie sagen, es eilt.«

»Polizei? Hast du eben Polizei gesagt?«

»Ja, nun komm schon. Sie warten auf uns.«

»Polizei bei uns an Bord? Was ...«

»Ach zum Teufel? Wie viele Drinks hast du vergangene Nacht noch zu dir genommen, nachdem ich zu Bett gegangen war? Polizei! Zwei Mann hoch und zwei Zollbeamte. Es eilt, behaupten sie.«

»Ich will nur hoffen, daß es wirklich verdammt eilig ist. Mitten in der Nacht. Wer, glauben sie, sind wir – entflohene Posträuber? Hast du ihnen denn nicht gesagt, wer wir sind? Also gut, zum Teufel, also gut, ich komme schon.«

Hunslett verschwand, und ich ging etwa dreißig Sekunden später zu ihm in den Salon. Dort saßen vier Leute. Zwei Polizeibeamte und zwei Zollbeamte. Sie machten auf mich nicht den Eindruck einer Verbrecherbande. Der ältere, größere Polizist stand auf. Er war ein stämmiger Polizeimeister mit braungebranntem Gesicht, Ende vierzig. Er sah mich kaltblütig an und blickte von mir auf die fast leere Whiskyflasche und die zwei benutzten Gläser, die auf dem Tisch standen, dann sah er wieder mich an. Er konnte reiche Jachtbesitzer nicht leiden. Er konnte diese Leute nicht leiden, die nachts zuviel tranken und bei Morgengrauen verschlafen mit blutunterlaufenen Augen und wirrem Haar herumstanden. Er konnte diese reichen schwächlichen Leute nicht leiden, die rotseidene chinesische Drachenmorgenmäntel und um den Hals einen seidenen Schal trugen. Ich mochte diese Leute eigentlich auch nicht sehr gut leiden, ganz besonders mißfiel mir der seidene Schal, obgleich er zur Zeit in diesen Kreisen sehr in Mode war. Aber ich brauchte etwas, um die Flecken an meinem Hals zu verdecken.

»Sind Sie der Eigentümer dieses Bootes, Sir?« erkundigte sich der Polizist. Er sprach mit dem unverwechselbaren Akzent der Leute des westlichen Hochlandes. Es war eine höfliche Stimme, aber es dauerte eine ganze Weile, bis er seine Zunge dazu brachte, das Wort »Sir« auszusprechen.

»Wenn Sie mir mitteilen wollen, was Sie das verdammt noch einmal angeht«, sagte ich unfreundlich, »dann werde ich Ihnen vielleicht antworten, vielleicht auch nicht. Ein privates Boot ist genauso wie ein Privathaus, Polizeimeister. Sie benötigen einen Durchsuchungsbefehl, ehe Sie hier eindringen dürfen. Oder kennen Sie Ihre Vorschriften nicht?«

»Er kennt seine Vorschriften«, warf einer der Zöllner ein, ein kleiner dunkler Typ, der um vier Uhr morgens glatt rasiert war und eine gewinnende Stimme hatte, die nicht aus dem Hochland kam. »Das ist ja eigentlich gar nicht sein Job. Wir haben ihn vor drei Stunden aus dem Bett geholt. Er tut uns nur einen Gefallen.«

Ich ignorierte ihn und sagte zu dem Polizisten: »Es ist jetzt mitten in der Nacht, und wir befinden uns in einer einsamen schottischen Bucht. Wie wäre Ihnen wohl zumute, wenn vier Ihnen unbekannte Personen mitten in der Nacht auf Ihr Schiff kämen?« Ich ging hier ein gewisses Risiko ein, bei dem ich aber eine faire Chance hatte. Falls sie wirklich diejenigen waren, die ich meinte, und wenn ich derjenige war, den sie vor sich zu haben glaubten, würde ich es niemals wagen, so zu sprechen. Nur ein unschuldiger Mensch würde das tun. »Haben Sie irgend etwas bei sich, wodurch Sie sich ausweisen können?«

»Mich ausweisen?« Der Polizist sah mich kalt an. »Ich bin Polizeimeister MacDonald. Das Polizeirevier in Torbay untersteht mir seit acht Jahren. Fragen Sie in Torbay, wen Sie wollen, alle kennen mich.« Wenn er wirklich derjenige war, der er zu sein behauptete, dann war das hier vielleicht das erstemal, daß er aufgefordert wurde, sich bei irgend jemandem auszuweisen. Er nickte und deutete auf den sitzenden Polizisten. »Das ist Wachtmeister MacDonald.«

»Ihr Sohn?« Die Ähnlichkeit war unverkennbar. »Da bleibt ja alles in der Familie, was?« Ich wußte nicht, ob ich ihm glauben sollte oder nicht, aber ich fühlte, daß ich lange genug den verärgerten Hausherrn gespielt hatte. Ein wenig mehr Ruhe war jetzt am Platz. »Und Zollbeamte, was? Ihre Vorschriften kenne ich auch. Sie benötigen keinen Durchsuchungsbefehl. Ich glaube, daß die Polizei gern Ihre Machtbefugnisse hätte. Sie können überall hingehen, wohin Sie wollen, ohne irgend jemanden vorher um Erlaubnis fragen zu müssen. So ist es doch, nicht wahr?«

»Ja, Sir.« Es war der jüngere Zollbeamte, der mir antwortete. Er war mittelgroß, blond, neigte ein wenig zur Fülle, sprach mit irischem Akzent und hatte wie der andere einen blauen Mantel an, Schirmmütze, braune Handschuhe und eine Hose mit scharfen Bügelfalten. »Wir tun das aber nur äußerst selten. Wir ziehen die Zusammenarbeit vor, wir fragen lieber.«

»Und Sie möchten gern das Boot durchsuchen, nicht wahr?« warf Hunslett ein.

»Ja, Sir.«

»Aber warum?« fragte ich sehr verwundert. Und ich war wirklich erstaunt. Ich wußte einfach nicht, wie ich hier dran war. »Wenn wir schon alle so höflich und hilfsbereit zueinander sein wollen, könnten wir dann vielleicht eine Erklärung für das Ganze bekommen?«

»Keinerlei Grund, warum Sie die nicht bekommen sollten, Sir.« Der ältere Zollbeamte sprach jetzt beinah in entschuldigendem Ton. »Ein Lastwagen, auf dem sich Gegenstände im Wert von etwa zwölftausend Pfund befanden, ist in der vergangenen Nacht an der Küste von Ayrshire beraubt worden. Das heißt, in der vorletzten Nacht, um korrekt zu sein. Es kam heute abend in den Nachrichten. Nach Informationen, die wir erhalten haben, wissen wir, daß die Beute auf ein kleines Boot umgeladen wurde. Wir nehmen an, daß das Boot nach Norden fuhr.«

»Warum?«

»Bedaure, Sir, das ist streng vertraulich. Das hier ist der dritte Hafen, den wir heute aufgesucht haben, und das dreizehnte Boot, das vierte in Torbay, auf dem wir in den letzten fünfzehn Stunden gewesen sind. Wir sind wirklich ganz schön in Trab gehalten worden, das kann ich Ihnen versichern.« Eine leise freundliche Stimme, eine Stimme, die ausdrücken wollte: »Sie glauben doch nicht etwa, daß wir Sie verdächtigen. Wir müssen unsere Arbeit tun, das ist alles.«

»Und Sie durchsuchen alle Boote, die vom Süden heraufgekommen sind, oder von denen Sie annehmen, daß dies der Fall gewesen sein könnte. Jedenfalls alle neuangekommenen? Haben Sie schon einmal darüber nachgedacht, daß ein Boot, das Diebesbeute an Bord hat, es niemals wagen würde, durch den Crinan-Kanal zu fahren? Wenn man da erst mal drin ist, sitzt man in der Falle. Mindestens vier Stunden lang. Also müßte er um den Mull von Kintyre herumfahren. Wir sind seit heute nachmittag hier. Wer das in der kurzen Zeit schaffen wollte, müßte ein ziemlich schnelles Boot haben.«

»Sie haben ein ziemlich schnelles Boot hier, Sir«, sagte Polizeimeister MacDonald. Ich wunderte mich, wie das zuging, daß von den westlichen Inseln bis herunter zu den Docks in Ost-London jeder Polizeimeister im Land die gleiche hölzerne Stimme hat, das gleiche starre Gesicht und den gleichen kalten, starren Blick. Es muß mit der Uniform zusammenhängen. Ich beachtete ihn nicht.

»Was sollen wir denn – hm – angeblich gestohlen haben?«

»Chemikalien. Es war ein Lastwagen von einem chemischen Konzern.«

»Chemikalien?« Ich sah zu Hunslett hinüber, grinste und wandte mich dann wieder an den Zollbeamten. »Chemikalien, was? Unser Boot ist voll davon, allerdings fürchte ich, nicht im Wert von zwölftausend Pfund.«

Einen Augenblick herrschte völlige Ruhe, dann sagte MacDonald: »Würde es Ihnen etwas ausmachen, uns das zu erklären?«

»Nicht im geringsten.« Ich zündete mir eine Zigarette an, um meinen großen Auftritt besonders zu genießen, und lächelte dann. »Das hier ist ein Regierungsboot, MacDonald. Ich dachte, das hätten Sie bereits an der Flagge erkannt. Es gehört dem Landwirtschafts- und Fischereiministerium. Wir sind Meeresbiologen. Unsere hintere Kabine ist ein schwimmendes Laboratorium. Schauen Sie sich die Bücher hier an.« Ich wies auf zwei Regale voller Fachliteratur. »Und falls Sie noch weitere Zweifel hegen, kann ich Ihnen zwei Telefonnummern geben, eine in Glasgow, und eine in London. Dort können Sie sich unsere Identität jederzeit bestätigen lassen. Oder rufen Sie den Schleusenmeister von Crinan an. Dort haben wir die vergangene Nacht zugebracht.«

»Gewiß, Sir.« Meine Erklärung hatte auf den Polizeimeister nicht den geringsten Eindruck gemacht. »Wohin sind Sie heute abend mit Ihrem Schlauchboot gefahren?«

»Wie bitte, MacDonald?«

»Sie wurden beobachtet, wie Sie dieses Schiff gegen fünf Uhr nachmittags in einem schwarzen Gummischlauchboot verließen.« Ich habe schon von eisigen Fingern reden hören, die einem in bestimmten Situationen das Rückgrat hinauf- und hinunterstreichen, nur schienen es bei mir keine Finger zu sein, sondern ein Tausendfüßler mit hundert eisigen Beinen. »Sie fuhren auf den Sund zu. Mr. McIlroy, der Postmeister, hat Sie gesehen.«

»Es tut mir außerordentlich leid, den Charakter eines Mannes, der Beamter ist wie ich, anzuzweifeln, aber er muß betrunken gewesen sein.« Es ist merkwürdig, daß ein solch eisiges Gefühl einen zum Schwitzen bringen kann. »Ich besitze kein schwarzes Schlauchboot, und ich habe auch niemals eins besessen. Holen Sie nur Ihr Vergrößerungsglas hervor, MacDonald, und wenn Sie ein schwarzes Schlauchboot finden sollten, dann mache ich Ihnen das braune Holzboot, das einzige, das wir auf der ›Firecrest‹ haben, zum Geschenk.«

Der starre Ausdruck des Gesichts veränderte sich ein wenig, MacDonald war jetzt nicht mehr so sicher. »Sie sind also nicht weg gewesen?«

»Ich war fort, und zwar mit unserem eigenen Boot. Ich bin nur um Garve Island herumgefahren und habe dort einige Proben aus dem Sund geholt. Ich kann sie Ihnen hinten in der Kabine zeigen. Wissen Sie, wir sind hier nämlich nicht im Urlaub.«

»Aber bitte, bitte, ich wollte Sie nicht beleidigen.«

Jetzt war ich auch kein Plutokrat mehr, sondern einer, der arbeiten mußte, und er konnte es sich gestatten, ein wenig lockerer zu werden. »Mr. McIlroy hat heute auch nicht mehr so gute Augen wie früher, und außerdem sieht gegen die untergehende Sonne alles schwarz aus. Und ich muß sagen, Sie kommen mir nicht wie ein Mann vor, der am Ufer des Sundes landet und dort die Telefonverbindung mit dem Festland unterbricht.«

Der Tausendfüßler brach jetzt in einen schnellen Galopp aus. Vom Festland abgeschnitten? Das mußte einigen Leuten sehr gut passen. Ich zerbrach mir nicht den Kopf darüber, wer die Verbindung unterbrochen hatte. Ich war ganz sicher, mit höherer Gewalt hatte das nichts zu tun.

»Wollen Sie damit vielleicht ausdrücken«, sagte ich langsam, »daß Sie mich verdächtigen . . .»

»Wir können uns keine Fehler leisten, Sir.« Er entschuldigte sich jetzt fast. Ich war nicht nur ein Mann, der arbeitete, ich war ein

Mann, der für die Regierung arbeitete. Und alle Menschen, die für die Regierung arbeiten, sind von vornherein respektable und vertrauenswürdige Bürger.

»Aber Sie haben doch nichts dagegen, wenn wir uns ein wenig umsehen?« Die Stimme des dunkelhaarigen Zollbeamten klang bedauernd. »Die Leitungen sind unterbrochen, und Sie wissen ja . . .« Seine Stimme verlor sich, und er lächelte. »Wenn Sie die Räuber wären – es ist mir völlig klar, daß es eine Chance eins zu einer Million ist, aber trotzdem – wenn wir das Boot nicht durchsuchten – Sie wissen ja, dann könnten wir uns morgen einen Job suchen. Es ist nur eine Formalität.«

»Ich möchte natürlich auf keinen Fall, daß das passiert, Mr. . . .«

»Thomas. Ich danke Ihnen. Darf ich die Schiffspapiere sehen? Ah, besten Dank.« Er gab sie an den jüngeren Mann weiter. »Einen Augenblick, ach ja, das Steuerhaus. Könnte Mr. Durran in Ihrem Steuerhaus die Papiere kopieren?«

»Gewiß. Aber wäre es hier nicht bequemer für ihn?«

»Wir sind modernisiert, Sir, wir haben einen transportablen Fotokopierapparat, der jetzt zu jeder Ausrüstung gehört. Dazu muß es nur dunkel sein. Wie gesagt, keine fünf Minuten. Können wir in Ihrem Laboratorium mit der Suche anfangen?«

Hatte er das Ganze als Formalität bezeichnet? Nun, in einem Punkt hatte er recht: Wenn es sich um eine Durchsuchung handelte, so war es die ungewöhnlichste, die ich je erlebt habe. Fünf Minuten nachdem er in das Steuerhaus gegangen war, kam Durran zu uns zurück, und dann machten er und Thomas sich an die Durchsuchung der »Firecrest«, so als ob sie sich auf der Suche nach dem Kohinoor befanden. Zumindest am Anfang. Jedes einzelne Stück, ob es zur maschinellen oder elektrischen Einrichtung des Schiffes gehörte, mußte ihnen erklärt werden. Sie schauten in jeden Schrank und in jede Schublade. Sie durchsuchten die Taue und Fender in dem großen hinteren Verschlag am Ende des Laboratoriums, und ich dankte Gott dafür, daß ich nicht meiner ursprünglichen Idee gefolgt war, das Schlauchboot nebst Motor und Taucheranzug dort zu verstecken. Sie untersuchten sogar die hintere Toilette. Als ob ich dumm genug wäre, den Kohinoor dort hineinzuwerfen.

Den größten Teil der Zeit verbrachten sie im Maschinenraum, und es lohnte sich auch, diesen zu betrachten. Alles sah nagelneu aus und glänzte. Zwei große Dieselmaschinen mit je einhundert PS, ein Dieselgenerator, ein Radiogenerator, Heiß- und Kaltwasserpumpen, eine Zentralheizungsanlage, große Öl- und Wassertanks und zwei lange Reihen aufgeladener Batterien. Thomas schien sich ganz besonders für die Batterien zu interessieren.

»Sie verfügen über eine Menge Reservekraft, Mr. Petersen«, sagte er. Er hatte mittlerweile meinen Namen herausgefunden, wenngleich es nicht der war, auf den ich getauft worden war. »Wofür all diese zusätzliche Kraft?«

»Wir haben längst nicht genug. Möchten Sie diese beiden Maschinen mit der Hand starten? Wir haben acht Elektromotoren im Laboratorium, die wir benutzen, wenn wir im Hafen liegen. Und dann können wir weder die Maschinen noch die Generatoren laufen lassen, damit sie uns den nötigen Strom liefern. Dadurch würden viel zuviel Störungen auftreten. Das alles beansprucht sehr viel Kraft.« Ich zählte jetzt an den Fingern auf. »Dann sind da noch die Zentralheizung, die Heiß- und Kaltwasserpumpen, Radar, Radio, die automatische Steuerung, ein elektrischer Kran für das Boot, der Hebekran, das Echolot, Navigationslichter, der Kocher ...«

»Schon gut, schon gut.« Er war jetzt ganz freundlich geworden. »Wissen Sie, Boote sind eigentlich nicht mein Fall. Lassen Sie uns jetzt nach vorn gehen. Ist Ihnen das recht?«

Eigenartigerweise war die Inspektion nun schnell beendet. Im Salon war es Hunslett gelungen, die Polizisten von Torbay dazu zu bringen, die Gastfreundschaft der »Firecrest« zu akzeptieren. Polizeimeister MacDonald war zwar nicht gerade jovial geworden, aber auf jeden Fall sehr viel menschlicher als zu dem Zeitpunkt, an dem er an Bord gekommen war. Wachtmeister MacDonald wirkte nicht so entspannt. Er sah ausgesprochen mürrisch aus. Vielleicht war er nicht damit einverstanden, daß sein alter Herr sich mit Männern, die möglicherweise Verbrecher waren, gemein machte.

Wenn die Untersuchung des Salons schon oberflächlich war, dann war das, was in den beiden vorderen Kabinen geschah, einfach eine Farce. Als wir wieder im Salon waren, sagte ich:

»Es tut mir leid, wenn ich etwas kurz angebunden war, meine Herren, aber ich schlafe nun einmal gern. Noch einen Drink, bevor Sie gehen?«

»Nun«, lächelte Thomas, »auch wir wollen nicht unhöflich sein. Danke sehr.«

Fünf Minuten später waren sie fort. Thomas warf noch nicht einmal einen Blick auf das Steuerhaus. Allerdings war Durran schon drinnen gewesen. Er sah nur ganz schnell noch in einen Verschlag an Deck, bemühte sich aber nicht weiter. Wir waren frei von jedem Verdacht. Eine höfliche Verabschiedung, und dann waren sie fort.

Ihr Boot war in der Dunkelheit nicht genau zu erkennen, schien jedoch über viel Kraft zu verfügen.

»Eigenartig«, sagte ich.

»Was ist so eigenartig?«

»Das Boot. Hast du eine Vorstellung, wie es aussah?«

»Wie sollte ich?« Hunslett war gereizt. Er hatte, genauso wie ich, viel zu wenig Schlaf gehabt. »Es war pechschwarz da draußen.«

»Das ist es ja gerade. Das einzige, was man sehen konnte, war ein schwacher Lichtschein im Steuerhaus, und selbst das ließ sich nicht genau erkennen. Keine Lichter an Deck. Keine Lichter von innen und noch nicht einmal Navigationslichter.«

»Seit acht Jahren überwacht Polizeimeister MacDonald diesen Hafen. Brauchst du eine Beleuchtung, um nach Einbruch der Dunkelheit durch dein eigenes Wohnzimmer zu gehen?»

»In meinem Wohnzimmer befinden sich keine zwanzig Jachten und Jachtkreuzer, die ihre Position durch Wind und Gezeiten ständig verändern. Wind und Gezeiten zwingen mich nicht, meine Richtung zu ändern, wenn ich durch mein Wohnzimmer gehe. Im ganzen Hafen haben nur drei Schiffe Ankerlichter. Er muß irgend etwas benutzen, um zu sehen, wo er hinfährt.«

So war es auch. Aus der Richtung des sich entfernenden Bootes, dessen Maschinenlärm wir noch hören konnten, glitt plötzlich ein Lichtstrahl durch die Dunkelheit. Ein Zehn-Zentimeter-Scheinwerfer, genau das, was ich mir gedacht hatte. Er fiel auf eine kleine Jacht, die etwa hundert Meter entfernt vor Anker lag. Dann wechselte das Boot den Kurs nach Steuerbord, der Schein fiel auf ein anderes Schiff, wieder wechselte es den Kurs nach Backbord und setzte dann die Fahrt in der ursprünglichen Richtung fort.

»Eigenartig war das Wort, das du gebraucht hast«, murmelte Hunslett. »Unter diesen Umständen, glaube ich, ein zutreffendes Wort. Und was sollen wir von der angeblichen Polizei aus Torbay halten?«

»Du hast dich mit dem Polizeimeister länger unterhalten als ich, während ich mit Thomas und Durran hinten war.«

»Ich würde lieber etwas anderes glauben«, sagte Hunslett inkonsequent, »es würde alles erleichtern. Aber das kann ich nicht. Er ist ein echter altmodischer Polizist und noch dazu ein guter. Ich habe schon zu viele von dieser Sorte getroffen und du auch.«

»Ein guter Polizist und ein ehrlicher noch dazu«, stimmte ich ihm bei. »Aber das hier lag außerhalb seiner normalen Tätigkeit, und er wurde getäuscht. Es ist durchaus mit unserer Tätigkeit in

Einklang zu bringen, und wir wurden auch getäuscht. Das heißt, bis jetzt.«

»Das sagst du jetzt.«

»Thomas hat eine unvorsichtige Bemerkung gemacht. Eine ganz beiläufige Bemerkung. Du hast sie nicht gehört, wir waren zu der Zeit im Maschinenraum.« Mich fröstelte, vielleicht lag es an dem kalten Nachtwind. »Es bedeutete gar nichts, nichts, bis ich feststellte, daß sie nicht wollten, daß wir ihr Boot wiedererkennen könnten. Thomas sagte: ›Boote sind eigentlich nicht ganz mein Fall.‹ Vielleicht glaubte er, daß er mir zu viele Fragen gestellt hatte, und wollte mich jetzt nur beruhigen. Boote seien nicht sein Fall. Ein Zollbeamter, dessen Fall Boote nicht waren. Dabei verbringen sie praktisch ihr ganzes Leben auf Booten, die sie ständig durchsuchen. Das war alles. Sie verbringen ihr Leben damit, sich umzuschauen und ihre Nasen in so viele komische Ecken und Enden von Booten zu stecken, daß sie zum Schluß mehr über sie wissen als die Erbauer selbst. Und noch etwas, ist dir aufgefallen, wie außerordentlich gut sie angezogen waren? Unter Einfluß des Ministeriums vielleicht?«

»Zollbeamte laufen im allgemeinen nicht in ölverschmierten Overalls herum.«

»Sie trugen diese Kleidung seit vierundzwanzig Stunden. Dies hier war das wievielte Boot ... das dreizehnte, das sie in dieser Zeit durchsuchten. Hättest *du* nach einer solchen Arbeit noch immer messerscharfe Bügelfalten in deinen Hosen? Oder willst du sagen, daß sie sie gerade vom Bügel genommen hatten?«

»Was haben sie sonst noch gesagt? Was haben sie sonst noch getan?« Hunslett sprach so leise, daß ich das abfallende Motorengeräusch des Zollbootes hörte, als sein Scheinwerfer die steinerne Kaimauer etwa eine halbe Meile von uns entfernt beleuchtete. »Haben sie an irgend etwas übertriebenes Interesse gezeigt?«

»An allem haben sie übertriebenes Interesse gezeigt. Aber warte mal, warte einen Augenblick. Thomas schien sich ganz besonders für unsere Batterien zu interessieren und dafür, daß wir über eine so große Reserve an elektrischem Strom verfügen.«

»Wirklich? Tatsächlich? Und erinnerst du dich, wie frei und leicht sich unsere beiden Freunde vom Zoll beim Abschied auf ihr Boot schwangen?«

»Na, das haben sie doch schon tausendmal gemacht.«

»Beide hatten die Hände frei, sie trugen nichts – dabei hätten sie doch etwas tragen müssen.«

»Das Fotokopiergerät.«

»›Das Fotokopiergerät gehört zur normalen Ausrüstung heutzutage.‹ Blödsinn. Aber wenn unser blonder Freund nicht damit beschäftigt war, Fotokopien anzufertigen, dann tat er in der Zeit irgend etwas anderes.«

Wir gingen in das Steuerhaus. Hunslett nahm den größeren Schraubenzieher aus dem Werkzeugregal, das neben dem Echolot stand, und entfernte innerhalb von sechzig Sekunden die Deckplatte von unserem Radiotelegraphen und Funkpeilgerät. Er betrachtete das Innere fünf Sekunden lang und sah dann mich genauso lange an, danach schraubte er die Deckplatte wieder auf. Eins war sicher, wir würden diesen Sender lange Zeit nicht benutzen.

Ich wandte mich ab und starrte durch die Fenster des Steuerhauses in die Dunkelheit. Der Wind wurde stärker, die schwarze See schimmerte fahl, während ihre weißen Schaumkronen von Südwesten her anzogen, die »Firecrest« schaukelte heftig an ihrer Ankerkette und, da sie sich dem Wind und der Flut entgegengesetzt bewegte, fing sie recht merklich an zu schlingern. Ich fühlte mich hundemüde, aber meine Augen waren wachsam. Hunslett bot mir eine Zigarette an. Ich wollte keine, nahm sie aber trotzdem. Wer weiß, vielleicht half mir das beim Denken. Und dann packte ich ihn am Handgelenk und betrachtete seinen Handteller.

»Ja, ja«, sagte ich, »Schuster, bleib bei deinen Leisten.«

»Was meinst du?«

»Falsches Sprichwort, ich kann mich im Moment nicht an das richtige erinnern. Ein guter Handwerker benutzt nur sein eigenes Werkzeug. Unser Freund mit dem Hang, Radioröhren und Kondensatoren zu zerstören, hätte das bedenken sollen. Kein Wunder, daß sich die Muskeln in meinem Nacken jedesmal krampfhaft zusammenzogen, wenn Durran in der Nähe war. Wo hast du dich denn geschnitten?«

»Ich hab' mich nicht geschnitten.«

»Ich weiß, aber in deinem Handteller ist ein Blutfleck. Es würde mich nicht wundern, wenn der Bursche bei Peter Sellers Unterricht genommen hätte. Auf der ›Nantesville‹ sprach er südenglischen Dialekt, auf der ›Firecrest‹ nordirischen. Ich bin gespannt, wie viele Dialekte er noch aus dem Ärmel schüttelt oder vielmehr aus seiner Kehle hervorbringen kann. Ich dachte, er wäre ein bißchen dick, aber er ist ganz schön muskulös. Erinnerst du dich, daß er niemals seine Handschuhe auszog, nicht einmal, als er das Glas in die Hand nahm?«

»Ich bin der beste Beobachter, den du je gesehen hast. Hau mir mit einem Knüppel eins über den Schädel, und ich bemerke einfach alles.« Es hörte sich bitter an. »Warum haben sie uns dann nicht zusammengeschlagen? Wenigstens dich? Ihren Kronzeugen?«

»Vielleicht handelt es sich wirklich um Leute, die viel besser sind als wir. Es gibt zwei Gründe. Erstens konnten sie nichts tun, solange die Polypen hier waren, echte Polypen, wie wir beide übereinstimmen. Es sei denn, sie hätten auch noch die beiden fertiggemacht. Nur ein Verrückter würde absichtlich einen Polizeimeister umbringen. Und was diesen Burschen auch sonst fehlen mag, Intelligenz fehlt ihnen bestimmt nicht.«

»Aber warum haben sie dann überhaupt die Polizisten mitgebracht?«

»Es gab ihnen einen Mantel von Achtbarkeit. Polizisten sind über jeden Verdacht erhaben. Wenn ein Polizist in Uniform seine Mütze in dunkler Nacht über die Reling schiebt, dann schlägst du ihm nicht mit dem Enterhaken auf den Kopf. Du bittest ihn an Bord. Alle anderen hingegen schlägst du vielleicht nieder. Insbesondere, wenn du ein schlechtes Gewissen hast, wie sie von uns mit Recht annehmen konnten.«

»Möglich, man kann darüber streiten. Und der zweite Grund?«

»Sie sind ein großes Risiko eingegangen, ein verzweifeltes Risiko, indem sie Durran schickten. Er wurde den Wölfen vorgeworfen, um zu sehen, wie die Reaktion sein würde. Ob einer von uns ihn erkannte.«

»Warum Durran?«

»Hab' ich's dir noch nicht erzählt? Ich leuchtete ihm mit der Taschenlampe ins Gesicht. Das Gesicht konnte ich nicht erkennen. Es war nur ein verschwommener weißer Fleck mit zusammengekniffenen Augen, die halb hinter einer vorgehaltenen Hand verschwanden. In Wirklichkeit blickte ich weiter nach unten, um die richtige Stelle zu finden, wohin ich ihn treten sollte. Aber das konnten sie nicht wissen. Sie wollten herausfinden, ob wir ihn erkennen würden. Das haben wir nicht. Wenn wir ihn erkannt hätten, dann hätten wir ihm entweder alles mögliche an den Kopf geworfen oder die Polizei aufgefordert, die beiden zu verhaften. Denn wenn wir gegen sie sind, sind wir auf seiten der Polizei. Das haben wir aber nicht getan. Nicht das geringste Zeichen des Erkennens. So gut ist niemand. Ich behaupte, daß es keinem Menschen in der Welt möglich ist, in derselben Nacht mit dem Mann zusammenzutreffen, der zwei andere ermordet hat und beinah auch ihn selbst, ohne dabei mit der Wimper zu zucken. Infolgedessen ist die unmittelbare Gefahr vorüber. Die dringende Notwendigkeit, uns umzulegen, ist weniger akut geworden. Für sie ist es ganz sicher, daß wir – da wir Durran nicht erkannten – niemanden auf der ›Nantesville‹ erkannt haben und deshalb auch Interpol nicht benachrichtigen werden.«

»Heißt das, daß wir jetzt sicher sind?«

»Mein Gott, ich wünschte, wir wären es. Sie haben einen Verdacht.«

»Aber du hast doch gerade gesagt . . .«

»Ich weiß nicht, woher ich es weiß«, sagte ich irritiert. »Aber ich weiß es. Sie haben das Hinterschiff der ›Firecrest‹ so sorgfältig untersucht, wie ein Lottospieler nach seinem Tippschein mit den sechs Richtigen sucht, wenn er plötzlich befürchtet, daß er ihn nicht abgegeben hat. Und dann, nachdem sie die Hälfte des Maschinenraums gesehen hatten – auf einmal Klick – einfach so, und sie waren nicht im geringsten mehr interessiert. Zumindest Thomas nicht. Er muß etwas herausgefunden haben. Du hast ihn ja später im Salon gesehen. Und bei den vorderen Kabinen und dem Oberdeck da war ihm alles ganz egal.«

»Die Batterien?«

»Nein, er war mit meiner Erklärung zufrieden. Ich weiß einfach nicht, warum oder woher ich es weiß. Ich weiß nur, daß ich recht habe.«

»Das heißt, daß sie zurückkommen werden?«

»Sie kommen zurück.«

»Dann hole ich jetzt unsere Waffen.«

»Keine Eile. Unsere Freunde wissen genau, daß wir mit niemandem in Verbindung treten können. Das regelmäßige Schiff vom Festland legt hier nur zweimal in der Woche an. Es kam heute, ist also erst in vier Tagen wieder da. Die Hauptverbindung zum Festland ist unterbrochen, und wenn ich mir einbilden würde, daß sie nicht unterbrochen bleibt, dann gehörte ich in den Kindergarten. Unser Sender ist außer Betrieb. Wenn wir annehmen, daß in Torbay keine Brieftauben sind, dann sag mir, welche Möglichkeit noch besteht, sich mit dem Festland in Verbindung zu setzen?«

»Da ist noch die ›Shangri-la‹.« Die »Shangri-la« war das uns am nächsten liegende Boot. Sie war weiß und glänzend, etwa vierzig Meter lang, und von der Viertelmillion Pfund, die sie gekostet haben mochte, war dem Besitzer wohl nicht einmal eine Handvoll Wechselgeld übriggeblieben. »Die hat bestimmt für ein paar tausend Pfund Funkanlagen an Bord. Außerdem sind hier noch zwei bis drei Jachten, die groß genug sind, um Sender zu haben. Der Rest dürfte nur Empfänger besitzen, wenn überhaupt.«

»Und wie viele Sender im Hafen von Torbay werden sich morgen noch in einem Zustand befinden, daß man sie benützen kann?«

»Einer.«

»Einer. Um die übrigen werden sich unsere Freunde kümmern. Das müssen sie auch. Wir können niemanden warnen, denn damit würden wir uns verraten.«

»Die Versicherungsgesellschaften werden es aushalten.« Er blickte auf seine Uhr. »Das wäre doch jetzt eine schöne Zeit, um Onkel Arthur aufzuwecken.«

»Ich kann es nicht länger hinauszögern.« Ich freute mich nicht darauf, mit Onkel Arthur zu sprechen.

Hunslett nahm sich einen dicken Mantel, zog ihn an, ging zur Tür und wandte sich um. »Ich glaube, ich gehe besser ein bißchen auf Deck spazieren, während du dich unterhältst. Und wenn ich es mir recht überlege, dann nehme ich vorsichtshalber meine Pistole mit. Thomas hat gesagt, daß sie bereits drei Boote im Hafen kontrolliert hätten. Da ihm MacDonald nicht widersprach, kann es unter Umständen gestimmt haben. Vielleicht gibt es keine intakten Sender mehr in Torbay, vielleicht haben unsere Freunde die Polizei nur an Land gesetzt und kommen direkt zu uns zurück.«

»Könnte sein. Aber die Jachten dort sind alle kleiner als die ›Firecrest‹. Außer uns gibt es nur noch eine mit einem eigenen Steuerhaus, die anderen werden ihre Sender im Salon haben. Viele von ihnen schlafen gleichzeitig im Salon. In dem Fall würden die Eigentümer erst mal eins über den Kopf bekommen müssen, ehe man sich ihrem Radio zuwenden könnte. Das hätten sie nie tun können, solange sich MacDonald an Bord befand.«

»Bist du bereit, deine Pension zu verwetten? Vielleicht ging MacDonald nicht jedesmal mit an Bord.«

»Ich werde bestimmt nie alt genug, um meine Pension zu erhalten. Aber vielleicht nimmst du trotzdem besser deine Pistole mit.«

Die »Firecrest« war gerade etwas über drei Jahre alt. Die Werft in Southampton und die Marineradiofirma, die sich bei ihrem Bau zusammengetan hatten, taten dies unter der Bedingung absoluter Geheimhaltung nach einem Plan, den sie von Onkel Arthur erhalten hatten. Der Plan stammte nicht von Onkel Arthur selbst, obwohl er dies den wenigen Menschen, die von der Existenz des Schiffes wußten, niemals mitgeteilt hatte. Ein von den Japanern erbautes, unter indonesischer Flagge segelndes Fischerboot, das mit Maschinenschaden in der Nähe der malaiischen Küste aufgebracht wurde, war der Anlaß. Nur eine Maschine funktionierte nicht, und obwohl zwei eingebaut waren, war das Boot manövrierunfähig;

eine eigenartige Sache, die den aufgeweckten Ingenieurleutnant der Fregatte, die das Schiff aufgebracht hatte, veranlaßte, es sich sehr genau anzusehen. Abgesehen davon, daß er diese fabelhafte Idee an Onkel Arthur weitergab, gipfelte das Endresultat seiner Untersuchungen darin, daß die Besatzung noch immer in einem Kriegsgefangenenlager in Singapur schmachtete.

Die Karriere der »Firecrest« hatte einen unterschiedlichen und ruhmlosen Verlauf. Einige Zeit kreuzte sie in der Ostsee, ohne etwas zu erreichen, bis die Behörden in Memel und Leningrad ihres Anblicks müde wurden, die »Firecrest« zur Persona non grata erklärten und sie nach England zurückschickten. Onkel Arthur war wütend, besonders weil er sich mit einem knausrigen Staatssekretär über die entstandenen erheblichen Kosten herumstreiten mußte. Dann hatte die Wasserschutzpolizei mit dem Boot versucht, Schmuggler zu fangen, und es dann ohne Dank zurückgegeben. Keine Schmuggler. Jetzt könnte es sich zum erstenmal bewähren, und unter anderen Umständen wäre Onkel Arthur begeistert gewesen. Wenn er erst einmal gehört hatte, was ich ihm erzählen mußte, dann würde es ihm nicht schwerfallen, seine Freude zu unterdrücken.

Was die »Firecrest« so einmalig machte, war, daß sie, obwohl sie zwei Schrauben besaß, nur eine Maschine hatte. Zwei Maschinenkörper, aber nur eine Maschine, obgleich diese eine Maschine eine Spezialmaschine war, die mit einem speziellen Unterwasserauslaßventil bestückt war. Eine einfache Sache. Lediglich das Loslösen der Treibstoffzuleitung zur Benzinpumpe und das Abschrauben von vier Muttern – (der Rest war Attrappe) – ermöglichte es, den gesamten Zylinderkopf der an Steuerbord befindlichen Maschine abzuheben, und zwar zusammen mit allen Verbindungsleitungen und Injektoren. Mit der Unterstützung eines über zwanzig Meter langen teleskopischen Radiomastes, der innerhalb unseres Aluminium-Vordermastes untergebracht war, hätte der große glänzende Sender, der achtzig Prozent des Raumes innerhalb unseres Steuerbordmaschinengehäuses einnahm, falls nötig, dazu genügt, ein Signal auf den Mond zu schicken. Wie Thomas bemerkt hatte, hatten wir genug Reservekraft. Und wie die Situation jetzt war, wollte ich kein Signal zum Mond senden, nur zu Onkel Arthurs kombinierter Büro-Wohnung in Knightsbridge.

Die anderen zwanzig Prozent des Platzes waren von einer Kollektion verschiedener Dinge ausgefüllt, die selbst der stellvertretende Leiter von New Scotland Yord nicht ohne eine gewisse Besorgnis betrachtet hätte. Unter anderem waren da einige kleine Päckchen vorfabrizierter Sprengladung, die zugleich über eine chemische Zündvorrichtung verfügten, deren Zündungsmechanismus von fünf Sekunden bis zu fünf Minuten reichte. Vervollkommnet wurde diese durch Ansaugklammern. Ferner befand sich darunter ein ausgezeichnetes Sortiment von Einbruchswerkzeugen, ganze Bündel von Dietrichen, verschiedene äußerst komplizierte Mikrophone, einschließlich einem, das von einer ganz bestimmten Pistole abgeschossen werden konnte. Verschiedene Röhren mit harmlos aussehenden Tabletten, von denen man behauptete, daß sie einen Menschen, dem man sie unbemerkt in den Drink gibt, sofort für längere oder kürzere Zeit besinnungslos machten. Ferner vier Pistolen und eine ganze Kiste mit Munition. Wenn jemand alles, was sich hier befand, auf einmal benutzen wollte, wäre er auf jeden Fall für längere Zeit stark beschäftigt. Zwei der Pistolen waren Luger und zwei 4,5 mm deutsche Liliputs, die kleinste wirklich brauchbare automatische Pistole, die derzeit auf dem Markt war. Die Liliput hatte einen großen Vorteil, sie konnte praktisch überall am Körper versteckt werden, selbst umgekehrt mit Hilfe einer Klammer im linken Ärmel. Das war für die Fälle, wenn man seine Anzüge nicht direkt vom Ministerium geliefert bekam.

Hunslett nahm eine der Luger, kontrollierte das Magazin und ging sofort hinaus. Nicht deswegen, weil er glaubte, bereits Schritte an Deck zu hören, er wollte einfach nicht dabei sein, wenn Onkel Arthur mit mir sprach. Ich konnte es ihm nicht übelnehmen, eigentlich wollte ich auch nicht da sein, wenn Onkel Arthur endlich ans Mikrophon kommen würde.

Ich zog die beiden isolierten Gummikabel heraus und brachte die schwere Federklammer mit ihren sägeähnlichen Zähnen an den Batterieenden an. Dann nahm ich ein Paar Kopfhörer um, schaltete den Sender ein, drehte noch einen weiteren Hebel, der das Rufzeichen aussandte, und wartete. Ich mußte ihn nicht abstimmen, denn der Sender war permanent eingestellt, und zwar auf eine UHF-Frequenz, die die Lizenz jedes anderen frei operierenden Amateurs gekostet hätte, der auch nur in ihre Nähe gewandert wäre, um auf ihr Sendeversuche zu unternehmen.

Das rote Warnlicht kam, wurde eingeschaltet. Ich beugte mich nach vorn und adjustierte das magische Auge so, daß sich die grünen Strahlen in der Mitte begegneten.

»Das ist Station SPFX«, sagte eine Stimme, »Station SPFX.«

»Guten Morgen, hier ist Caroline. Kann ich bitte mit dem Manager sprechen?«

»Wollen Sie bitte warten?« Das bedeutete, daß Onkel Arthur noch im Bett war. Onkel Arthur war nie ein begeisterter Frühaufsteher gewesen. Drei Minuten vergingen, und dann begannen die Kopfhörer wieder zu summen.

»Guten Morgen, Caroline, hier ist Annabelle . . .«

»Guten Morgen, meine Position ist 481, 281.« Man würde diese Referenzen auf keiner normalen Karte wiederfinden, es gab kaum ein Dutzend von Karten, auf denen sie überhaupt existierten, aber Onkel Arthur hatte eine, und ich auch. Eine kurze Pause und dann: »Ich weiß, wo Sie sind, Caroline, fahren Sie fort.«

»Ich habe das vermißte Schiff heute nachmittag gefunden. Vier oder fünf Meilen nordwestlich von hier. Heute abend bin ich an Bord gegangen.«

»Was haben Sie gemacht, Caroline?«

»Ich ging an Bord. Die alte Besatzung ist nach Hause gegangen. Eine neue Mannschaft ist an Bord. Eine viel kleinere Mannschaft.«

»Haben Sie Betty und Dorothy gesehen?« Trotz der Tatsache, daß wir beide eine Vorrichtung am Sender hatten, die alle unsere Gespräche völlig verzerrte, so daß ein Abhören praktisch unmöglich war, hatte Onkel Arthur immer darauf bestanden, daß wir uns verschlüsselt miteinander unterhielten, Codenamen für ihn selbst und für seine Angestellten benutzten, Mädchennamen statt unserer Nachnamen und Initialen, die denen entsprechen. Es war eine verwirrende Prozedur, aber man hatte sie zu beachten. Er selbst war Annabelle, ich war Caroline, Baker war Betty, Delmond war Dorothy, Hunslett Harriett. Es hörte sich an wie Hurrikanwarnungen aus dem Karibischen Meer.

»Ich habe sie gefunden.« Ich holte tief Atem. »Sie werden nicht wieder nach Hause kommen, Annabelle.«

»Sie werden nicht wieder nach Hause kommen«, wiederholte er mechanisch. Er schwieg so lange, daß ich dachte, er hätte die Verbindung unterbrochen. Dann kam er wieder, mit einer ausdruckslosen, weit entfernten Stimme. »Ich habe Sie deshalb gewarnt, Caroline.«

»Ja, Annabelle. Sie haben mich deshalb gewarnt.«

»Und das Schiff?«

»Ist fort.«

»Fort, wohin?«

»Ich weiß es nicht, einfach fort, nach Norden, nehme ich an.«

»Nach Norden, nehmen Sie an.« Onkel Arthur erhob seine Stimme niemals, und als er fortfuhr, war sie so ruhig und unpersönlich wie immer. Aber der plötzliche Verzicht, seine von ihm selbst aufgestellten Regeln der Verschleierung bei den Gesprächen zu beachten, ließen seine Wut und seinen Ärger erkennen. »Nach

Norden, wohin? Nach Island? In einen norwegischen Fjord? Oder wird das Umladen der Ware irgendwo in einer Million Quadratmeilen zwischen dem mittleren Atlantik und der Baringsee vorgenommen? Und Ihnen ist das Schiff entkommen. Nach all der Zeit und dem Ärger, der Planung und den Kosten ist es Ihnen einfach entwischt!« Er hätte mir die Sache mit der Planung ersparen können, denn das war immerhin meine Angelegenheit gewesen. »Und Betty und Dorothy.« Die letzten Worte zeigten, daß er sich wieder beherrschte.

»Ja, Annabelle, es ist mir entwischt.« Ich konnte jetzt fühlen, wie der Ärger langsam in mir hochstieg. »Und es kommt noch viel schlimmer, wenn Sie weiter zuhören wollen.«

»Ich höre zu.«

Ich erzählte ihm alles, und zum Schluß sagte er: »Ich verstehe, das Schiff ist Ihnen entkommen, Betty und Dorothy haben Sie verloren, und jetzt wissen auch unsere Freunde von Ihrer Existenz. Das einzige lebenswichtige Element der Geheimhaltung ist ein für allemal dahin, und jeder Nutzen und jeder Sinn, den Sie selbst in dieser Sache gehabt haben, ist völlig zunichte gemacht.« Eine Pause. »Ich erwarte Sie in meinem Büro heute abend um neun Uhr. Instruieren Sie Harriett, daß sie das Boot zur Basis zurückbringt.«

»Ja, Sir.« Zum Teufel mit Annabelle. »Ich hatte das erwartet. Ich habe einen Fehler begangen. Ich habe Sie enttäuscht. Und ich werde von dem Job abgezogen.«

»Um neun Uhr heute abend, Caroline. Ich werde auf Sie warten.«

»Dann werden Sie sehr lange warten, Annabelle.«

»Was wollen Sie damit sagen?« Wenn Onkel Arthur über eine leise, seidenweiche Stimme verfügt hätte, dann würde er diese Worte mit einer leisen, seidenweichen Stimme gesprochen haben. Er verfügte aber nicht darüber, sondern er sprach weiter in einer monotonen flachen Weise, die weit mehr Gesicht und Autorität verbreitete als jede noch so sorgsam einstudierte melodische Bühnenstimme.

»Es gibt keine Flugzeuge an diesem Ort, Annabelle, und das Postschiff kommt innerhalb der nächsten vier Tage nicht zurück. Das Wetter wird immer schlechter, und ich möchte nicht, daß wir unser Boot dazu benutzen, um zum Festland zu kommen. Es tut mir leid, aber für den Augenblick sitze ich hier fest.«

»Halten Sie mich für einen vollkommenen Idioten, Sir?« Jetzt fing er an, wütend zu werden. »Gehen Sie morgen früh an Land, ich werde Ihnen gegen Mittag einen Rettungshelikopter schicken, der Sie aufnimmt. Um neun Uhr morgen abend in meinem Büro, und lassen Sie mich nicht warten.« Da hatte ich es nun. Aber ich machte noch einen letzten Versuch.

»Können Sie mir nicht noch weitere vierundzwanzig Stunden geben?«

»Sie benehmen sich blödsinnig, und außerdem verschwenden Sie meine Zeit. Auf Wiedersehen.«

»Ich bitte Sie, Sir.«

»Ich hätte Sie für intelligenter gehalten.«

»Auf Wiedersehen. Vielleicht treffen wir uns einmal wieder. Ich glaube es nicht.«

Ich hatte den Sender abgestellt, eine Zigarette angezündet und wartete. Eine halbe Minute später kam das Anrufzeichen wieder, ich wartete noch eine halbe Minute, und dann stellte ich den Sender wieder an. Ich war sehr ruhig. Die Würfel waren gefallen, und mir war alles egal.

»Caroline? Sind Sie es, Caroline?« Ich hätte darauf schwören können, eine gewisse Erregung aus seiner Stimme herauszuhören. Das war etwas, was man wirklich rot im Buch ankreuzen mußte.

»Ja?«

»Was sagten Sie eben? Was sagten Sie am Schluß?«

»Auf Wiedersehen, Sie sagten auf Wiedersehen, und ich sagte auf Wiedersehen.«

»Machen Sie jetzt keinen Blödsinn mit mir, Sir. Sie sagten ...«

»Wenn Sie wollen, daß ich mich morgen an Bord des Helikopters begeben soll«, erwiderte ich, »dann müssen Sie schon eine Wachmannschaft mit dem Piloten schicken, eine bewaffnete Wachmannschaft. Ich hoffe, daß sie gut ist, ich habe eine Luger, und Sie wissen, daß ich damit umgehen kann. Und wenn ich jemanden umbringen muß und deswegen vor Gericht stehe, dann werden Sie neben mir stehen, denn es gibt keine Straftat, die selbst Sie mit all ihren Verbindungen gegen mich vorbringen könnten. Nichts berechtigt Sie, Leute auszusenden, um mich festzunehmen. Mich, einen unschuldigen Menschen. Außerdem betrachte ich mich nicht länger als in Ihrem Dienst stehend. Die Bedingungen meines Beamtenvertrages sagen ganz klar, daß ich zu jedem Zeitpunkt meine Stellung aufgeben kann, vorausgesetzt, daß ich in dem Augenblick nicht aktiv an einer Operation teilnehme. Sie haben mich soeben von meinem Job abgezogen und nach London zurückgerufen. Meine Kündigung wird sich, sobald die Post hier wieder funktioniert, auf ihrem Schreibtisch befinden. Baker und Delmont waren nicht Ihre Freunde. Sie waren meine Freunde. Sie waren meine Freunde, seit ich in den Dienst eintrat. Sie haben die Unverschämtheit, dazusitzen und die ganze Schuld für den Tod dieser beiden auf meine Schultern zu laden, obgleich Sie verdammt genau wissen, daß jede Operation, die wir unternehmen, von Ihnen letzten Endes genehmigt werden muß. Und jetzt nehmen Sie sich auch die letzte Unverschämtheit heraus und berauben mich der Möglichkeit, meine Rechnung hier in Ordnung zu bringen. Ich habe Ihre ganze verdammte Dienststelle satt. Auf Wiedersehen.«

In seiner Stimme war jetzt ein vorsichtiger, beinah drängender Unterton zu vernehmen. »Es ist doch kein Grund vorhanden, gleich verrückt zu spielen.« Ich bin ganz sicher, daß bis jetzt niemand so mit dem Konteradmiral Sir Arthur Arnford-Jason gesprochen hatte, aber er schien sich deshalb nicht sonderlich aufzuregen. Er war so schlau wie ein Fuchs, und mit seiner schnellen und wendigen Auffassungsgabe würde er alle Möglichkeiten mit der Geschwindigkeit einer Rechenmaschine zusammengezählt und sich überlegt haben, ob ich hier ein Spiel spiele, und falls ich es spiele, wieweit er an diesem Spiel teilnehmen konnte, ohne daß er mir die Möglichkeit gab, von dem Abgrund, an dem ich mich befand, zurückzuweichen. Endlich sagte er ruhig: »Sie wollen doch nicht nur dort bleiben, um Tränen zu vergießen, Sie haben doch etwas vor.«

»Ja, Sir. Ich habe etwas vor.« Ich hätte in diesem Augenblick gern gewußt, was um Gottes willen ich wirklich vorhatte.

»Also, ich gebe Ihnen vierundzwanzig Stunden Zeit, Caroline.«

»Achtundvierzig.«

»Achtundvierzig, und dann kommen Sie nach London zurück. Sie geben mir Ihr Wort?«

»Ich verspreche es Ihnen.«

»Und, Caroline?«

»Sir?«

»Ich nehme es Ihnen nicht übel, wie Sie gerade mit mir gesprochen haben. Ich hoffe, daß wir niemals mehr eine Wiederholung erleben werden.«

»Nein, Sir. Es tut mir leid.«

»Achtundvierzig Stunden. Erstatten Sie mir mittags und um Mitternacht Bericht.« Ein Klick, und Onkel Arthur war aus der Leitung verschwunden.

Ein ungewisses Morgengrauen war am Himmel, als ich wieder an Deck ging. Ein kalter, peitschender Regen fiel auf die See nieder. Die »Firecrest« schwankte an ihrer Ankerkette hin und her und beschrieb dabei einen Bogen von etwa vierzig Grad. Sie schlingerte schwer am äußersten Ende des Kreises. An der Ankerkette ging sie wie eine Wippe auf und nieder. Beunruhigt fragte ich mich, wie lange die Stricke, mit denen ich das Dinghi, den Außenbordmotor und den Schwimmanzug an der Kette befestigt hatte, diese Bewegungen aushalten würden.

Hunslett befand sich hinter dem Salon, er verbarg sich dahinter, um ein wenig Schutz vor dem Wetter zu suchen. Er sah mich kommen und sagte: »Was hältst du denn davon?« Er zeigte auf die glänzenden Umrisse der ›Shangri-la‹, die einen Augenblick links und einen Augenblick rechts von uns auftauchten. Ihre Lichter brannten hell im vorderen Teil der Aufbauten, dort, wo sich das Steuerhaus befand.

»Irgend jemand, der eine schlaflose Nacht hat«, sagte ich, »oder der nachsieht, ob der Anker nachgibt. Was glaubst du, wer es ist? Unsere späten Gäste, die jetzt die Radioeinrichtung der ›Shangri-la‹ mit Brecheisen zertrümmern? Vielleicht lassen sie die ganze Nacht das Licht brennen.«

»Die Lichter gingen erst vor zehn Minuten an, und schau, jetzt sind sie aus. Komisch. Wie bist du denn mit Onkel zurechtgekommen?«

»Schlecht. Erst warf er mich hinaus, und dann änderte er seine Meinung. Wir haben noch achtundvierzig Stunden Zeit.«

»Achtundvierzig Stunden? Was willst du denn in achtundvierzig Stunden tun?«

»Gott weiß, was. Erst muß ich einmal schlafen und du auch, es ist auf jeden Fall viel zu hell, um jetzt Gäste zu erwarten.«

Als wir durch den Salon gingen, sagte Hunslett beiläufig: »Ich habe nachgedacht. Was hast du eigentlich von dem Wachtmeister MacDonald gehalten, dem jungen.«

»Wie meinst du das?«

»Er war so bedrückt, so niedergeschlagen, als ob irgend etwas auf seinen Schultern läge.«

»Vielleicht ist er so wie ich, vielleicht steht er nicht gern mitten in der Nacht auf, vielleicht hat er Ärger mit seinem Mädchen, und wenn er den hat, dann muß ich dir leider sagen, daß mich das Liebesleben des Wachtmeisters MacDonald heute nicht im geringsten interessiert. Gute Nacht.«

Ich hätte mehr auf Hunslett hören sollen. Seinetwegen.

Drittes Kapitel
Dienstag: zehn Uhr bis zweiundzwanzig Uhr

Ich brauche meinen Schlaf genauso wie jeder andere. Zehn Stunden, vielleicht auch nur acht, und ich wäre wieder ich selbst gewesen. Vielleicht nicht gerade strahlend optimistisch und fröhlich. Die Umstände waren nicht danach. Aber zumindest so wie ein gutgehender Konzern, wachsam und aufnahmefähig. Mein Verstand hätte in der Form gearbeitet, die Onkel Arthur als das normale tiefste Niveau betrachtete, immerhin noch das Beste, was ich bieten konnte. Aber man gab mir diese zehn Stunden nicht. Nicht einmal acht. Genau drei Stunden, nachdem ich eingeschlafen war, war ich wieder hellwach. Also sagen wir besser wach. Ich hätte stocktaub, betäubt oder tot sein müssen, um bei dem Lärm und Dröhnen, das ununterbrochen aus einer Entfernung von nicht mehr als einem Meter an mein linkes Ohr drang, schlafen zu können.

»Ahoi ›Firecrest‹! Ahoi da!« Bum, bum, bum, neben der Bootsseite. »Kann ich an Bord kommen? Ahoi, ahoi, ahoi!«

Ich verfluchte diesen nautischen Idioten aus der Tiefe meines schlafbedürftigen Herzens, schwang meine unsicheren Beine auf den Boden und hievte mich aus meiner Koje. Ich brach fast zusammen. Es war mir, als hätte ich nur noch ein Bein, und mein Nacken schmerzte fürchterlich. Ein kurzer Blick in den Spiegel gab mir die Bestätigung meines inneren Zustandes. Ein ausgezehrtes, unrasiertes Gesicht, unnatürliche Blässe und verschwommene, blutunterlaufene Augen, mit tiefen dunklen Ringen darunter. Ich sah schnell wieder fort. Es gab vieles, was ich als erstes am Morgen ertragen konnte, aber nicht einen Anblick wie diesen.

Ich öffnete die gegenüberliegende Tür. Hunslett schlief fest und schnarchte. Ich kehrte in meine eigene Kabine zurück und begann mir wieder den Morgenrock anzuziehen und den Schal umzubinden. Der Mensch mit der eisernen Lunge brüllte draußen immer weiter. Wenn ich mich nicht beeilte, würde er ganz schnell »entern« schreien, und das wollte ich verhindern. Ich brachte mein Haar annähernd in Ordnung und machte mich dann auf den Weg an Deck.

Es war eine kalte, nasse und windige Welt. Eine graue, häßliche, unfreundliche Welt. Warum, zum Teufel, konnten sie mich nicht weiterschlafen lassen? Der Regen fiel in Strömen und zentimeterhoch auf Deck, ehe er sich wieder mit der milchigen, schaumbedeckten See vereinte. Der Wind heulte durch die Takelage und peitschte die Wellen zu turmhohen Schaumkronen, die die Durchfahrt für ein normales Jachtbeiboot schwierig, wenn nicht gar gefährlich machten.

Aber nichts war im geringsten schwierig oder gefährlich für das Beiboot der Jacht, das jetzt neben uns lag. Es war vielleicht nicht ganz so groß wie die »Firecrest«, obwohl es im Augenblick so aussah. Aber es war groß genug, um vorn eine verglaste Kabine zu haben und ein Steuerhaus, das von Instrumenten und Kontrollvorrichtungen, die einer Hochseejacht keine Schande gemacht hätten, glänzte und blitzte. Hinten befand sich eine offene Sonnenterrasse, auf der man eine ganze Fußballmannschaft ohne jede Platznot hätte unterbringen können. Ich sah drei Besatzungsmitglieder in schwarzem Ölzeug und mit lustigen französischen Marinemützen, deren schwarze Bänder über die Schultern hingen. Zwei von ihnen hatten Bootshaken, mit denen sie sich an der Reling der »Firecrest« festhielten. Ein halbes Dutzend großer aufgeblasener Gummifender verhinderten, daß die »Firecrest« mit ihrem gewöhnlichen Farbanstrich gegen das neben ihr liegende Boot stieß und dessen makellose weiße Farbe beschädigte. Es war nicht nötig, den Namen des Schiffes auf den Mützen der Besatzung oder am Bug des Bootes zu lesen. Es war ganz klar, daß es sich hier um das Boot handelte, das normalerweise den größten Teil des hinteren Deckraumes der ›Shangri-la‹ ausfüllte.

Mittschiffs stand eine gedrungene Gestalt, in einer Art weißer Marineuniform, die einen riesigen Golfschirm über sich hielt, der den größten Golfchampion grün vor Neid hätte werden lassen. Diese Gestalt hörte auf, mit ihrer behandschuhten Faust gegen die Wand der »Firecrest« zu schlagen und starrte mich an.

»Ha!« Ich habe noch nie in meinem Leben jemanden dieses Wort so schnauben hören. »Da sind Sie ja endlich. Haben sich ziemlich viel Zeit gelassen! Ich bin pitschnaß, Mann. Pitschnaß!« Ein paar Regentropfen zeigten sich ganz deutlich auf seiner weißen Jacke. »Kann ich an Bord kommen?« Er wartete erst gar nicht meine Erlaubnis ab, sondern sprang mit einer erstaunlichen Gelenkigkeit für einen Mann seiner Jahre und seiner Statur herüber und rannte vor mir in das Steuerhaus der »Firecrest«, was ich ziemlich egoistisch fand, denn er hielt noch immer seinen Schirm über sich – und alles, was ich anhatte, war mein Morgenmantel. Ich folgte ihm und schloß die Tür hinter mir.

Er war ein mittelgroßer, kräftiggebauter Mann, dessen Alter ich etwa auf fünfundfünfzig schätzte, ein gebräuntes, grobknochiges Gesicht, kurzgeschnittenes eisgraues Haar und buschige Augenbrauen in gleicher Farbe. Eine lange, gerade Nase und ein Mund, der so aussah, als sei er mit einem Reißverschluß verschlossen. Seine dunklen, blitzenden Augen sahen an mir herauf und herunter, und falls er von dem, was er sah, beeindruckt war, strengte er sich mächtig an, seine Bewunderung nicht zu deutlich zu zeigen.

»Tut mir leid, daß es so lange gedauert hat«, entschuldigte ich mich. »Etwas wenig geschlafen, wir hatten den Zoll heute nacht an Bord, und zwar mitten in der Nacht, und ich konnte danach nicht gleich einschlafen.« Es zahlt sich immer aus, die Wahrheit zu sagen. Vor allem, wenn die Möglichkeit besteht, daß sie sowieso herauskommt. In diesem Fall war es richtig, es gibt einem den Ruf absoluter Ehrlichkeit.

»Der Zoll?« Er sah aus, als ob er »verrückt« oder »Dummheit« oder ähnliches sagen wollte, dann änderte er seine Meinung und blickte mich scharf an. »Ein unerträglicher Haufen von Wichtigtuern, und das alles in der Nacht. Man hätte sie nicht an Bord lassen sollen. Man hätte sie weiterschicken sollen. Einfach unmöglich. Was, zum Teufel, wollten sie eigentlich?« Er machte auf mich den Eindruck eines Mannes, der schon früher Ärger mit dem Zoll gehabt haben mußte.

»Sie suchten nach Chemikalien, die irgendwie in Ayrshire gestohlen worden sind. Es war das falsche Boot.«

»Idioten!« Er streckte mir eine massige Hand entgegen. Sein endgültiges Urteil über die Zollbehörden hatte er geäußert, und damit war die unerfreuliche Angelegenheit für ihn erledigt. »Skouras. Sir Anthony Skouras.«

»Petersen.« Sein Griff ließ mich zusammenzucken, weniger wegen der Kraft des Händedrucks, als von dem Druck der vielen dikken Ringe, die seine Finger zierten. Ich hätte mich nicht gewundert, wenn ich noch einige an seinen Daumen entdeckt hätte. Aber da hatte er sie weggelassen. Ich sah ihn mit Interesse an.

»Sir Anthony Skouras, ich habe schon von Ihnen gehört.«

»Bestimmt nichts Gutes. Journalisten mögen mich nicht, weil sie genau wissen, daß ich sie verachte. Ein Zypriote, der seine Millionen in der Schiffahrt durch reine Brutalität gemacht hat, sagen sie. Es stimmt. Wurde von der griechischen Regierung aufgefordert, Athen zu verlassen. Stimmt. Ließ sich in Großbritannien naturalisieren und kaufte sich einen Titel. Stimmt absolut. Tat viel für die Wohlfahrt und die Öffentlichkeit. Mit Geld kann man alles kaufen. Als nächstes gedenke ich mir den Titel eines Barons zu kaufen, aber im Augenblick ist der Markt nicht sehr günstig dafür, die Preise müssen zwangsläufig fallen. Kann ich bitte Ihren Sender benutzen? Ich sehe, Sie haben einen.«

»Wie bitte?« Diesem plötzlichen Wechsel des Gesprächsthemas

war ich im Moment nicht gewachsen, kein Wunder, wenn man sich überlegte, wie ich mich fühlte.

»Ihre Radiostation. Mann! Hören Sie denn keine Nachrichten? Alle die großen Verteidigungsprojekte, die das Pentagon gerade fallengelassen hat. Der Stahlpreis sinkt. Ich muß unbedingt mit meinem Börsenmakler in New York sprechen, und zwar sofort!«

»Verzeihung, selbstverständlich können Sie das, aber ... aber Ihr eigenes Radiotelefon? Sicherlich ...«

»Das funktioniert nicht.« Sein Mund wurde noch schmaler als sonst, das Unausbleibliche geschah: er verschwand vollkommen. »Es ist sehr dringend, Mr. Petersen.«

»Aber selbstverständlich, sofort. Wissen Sie, wie man mit diesem Apparat umgeht?«

Er lächelte dünn, wahrscheinlich die einzige Art, wie er überhaupt lächeln konnte. Im Verhältnis zu der Kinoorgel, die er sicherlich an Bord der »Shangri-la« besaß, war meine Frage, ob er mit unserem Sender fertigwerden würde, ungefähr so, als ob man den Flugkapitän eines transatlantischen Düsenflugzeugs fragen würde, ob er eine Einpropellermaschine fliegen könnte. »Ich glaube, ich werde es fertigbringen, Mr. Petersen.«

»Rufen Sie mich, wenn Sie fertig sind. Ich werde mich so lange im Salon aufhalten.« Er würde mich sicherlich rufen, ehe er fertig war, er würde mich sogar noch rufen, ehe er angefangen hatte, aber ich konnte ihm das nicht sagen, denn so etwas spricht sich schnell herum. Ich ging hinunter in den Salon, überlegte, ob ich mich rasieren solle, entschied mich dann dagegen, so lange würde es nicht dauern.

Ich hatte recht. Er erschien in weniger als einer Minute in der Tür des Salons. Sein Gesicht war finster.

»Ihr Radio funktioniert nicht, Mr. Petersen.«

»Es ist etwas schwierig, damit zurechtzukommen. Ein älteres Modell«, sagte ich taktvoll, »vielleicht kann ich Ihnen behilflich sein und ...«

»Ich sagte, es funktioniert nicht, und wenn ich das sage, dann meine ich, daß es nicht funktioniert.«

»Das ist aber verdammt eigenartig. Es funktionierte noch ...«

»Würden Sie die Freundlichkeit haben, es zu versuchen?«

Ich versuchte es. Nichts. Ich drehte an allem, woran ich meine Hände legen konnte. Nichts.

»Vielleicht eine Unterbrechung der Stromzufuhr«, gab ich zu bedenken. »Ich will einmal nachsehen.«

»Würden Sie so gut sein und vielleicht die Deckplatte entfernen?«

Ich starrte ihn überrascht an. Nach einer gewissen Zeitspanne blickte ich nachdenklich. »Wissen Sie etwas, Sir Anthony, das ich nicht weiß?«

»Sie werden es gleich herausfinden.«

Und so fand ich es heraus. Ich durchlief alle Empfindungen, die man als ein völlig konsternierter Mensch zu haben hat, wenn man etwas Unglaubliches sieht und deshalb äußerst verärgert ist. Endlich sagte ich: »Sie wußten es. Woher wußten Sie es?«

»Das ist doch ganz klar, oder nicht?«

»Ihr Sender«, sagte ich langsam. »Da steckt also mehr dahinter. Sie hatten die gleichen Besucher um Mitternacht.«

»Ebenso die ›Orion‹.« Wieder war sein Mund verschwunden. »Das ist der große blaue Zweimaster, der dort nahe am Hafen liegt. Das einzige Schiff im Hafen, das außer uns beiden einen Radiosender hat. Zerschlagen. Ich komme gerade von dort.«

»Zerschlagen? Ebenfalls? Aber wer, um Gottes willen ... Das ist doch die Tat eines Verrückten.«

»Ach! Die Tat eines Verrückten? Ich verstehe etwas von diesen Dingen. Meine erste Frau ...« Er unterbrach sich abrupt und schüttelte den Kopf, dann fuhr er fort: »Menschen, deren Geist gestört ist, sind unvernünftig, sinnlos, ziellos in ihrem Benehmen. Dies hier sieht wohl wie eine unvernünftige Tat aus, es ist aber mit Methode und Gründlichkeit durchgeführt worden. Nicht auf gut Glück. Das war geplant. Dafür muß es einen Grund geben. Zuerst dachte ich, der Grund wäre der, meine Verbindung mit dem Festland abzuschneiden. Aber das kann es nicht sein, denn dadurch, daß man mich für eine gewisse Zeit ohne Verbindung läßt, kann niemand etwas gewinnen, und ich kann kaum etwas verlieren.«

»Aber Sie sagten gerade, daß die Börse in New York ...«

»Eine Bagatelle«, erwiderte er verächtlich. »Niemand verliert gern Geld.« Sicherlich nicht viel mehr als ein paar Millionen. »Nein, Mr. Petersen, ich bin nicht das Ziel. Wir haben hier ein A und ein B. A betrachtet es als lebenswichtig, daß er unentwegt mit dem Festland in Verbindung steht. B hingegen betrachtet es als lebenswichtig, daß A dazu nicht in der Lage ist. Daraufhin unternimmt B Schritte. Irgend etwas verdammt Eigenartiges geht hier in Torbay vor. Irgendeine große Sache. Ich habe eine Nase für solche Dinge.«

Er war kein Narr, denn schließlich haben es nur sehr wenige Schwachsinnige erreicht, als Multimillionäre zu enden. Ich hätte es nicht besser formulieren können. Ich fragte: »Haben Sie das Ganze schon bei der Polizei gemeldet?«

»Ich gehe jetzt hin, nachdem ich ein oder zwei Telefonate geführt habe.« Seine Augen wurden plötzlich unpersönlich und kalt. »Es sei denn, daß unser Freund auch die beiden öffentlichen Telefonzellen in der Hauptstraße außer Betrieb gesetzt hat.«

»Noch viel schlimmer. Er hat die Telefonmasten zum Festland umgeschlagen. Irgendwer, irgendwo dort unten im Sund. Niemand weiß genau, wo.«

Er starrte mich an, drehte sich um, um zu gehen, wandte sich dann nochmals mit unbewegtem Gesicht an mich. »Woher wissen Sie denn das?« Sein Ton entsprach dem Ausdruck seines Gesichts.

»Die Polizei hat es mir gesagt. Sie kamen mit den Zollbeamten in der vergangenen Nacht an Bord.«

»Die Polizei? Das ist verdammt eigenartig. Was hatte denn die Polizei hier zu suchen?« Er machte eine Pause und sah mich mit kalten, lauernden Augen an. »Eine persönliche Frage, Mr. Petersen. Ich möchte deshalb nicht impertinent erscheinen, es ist nur eine Frage, um gewisse Möglichkeiten auszuschalten. Was machen Sie eigentlich hier? Bitte, betrachten Sie das nicht als eine Beleidigung.«

»Gar keine Beleidigung. Mein Freund und ich sind Meeresbiologen. Wir sind auf einer Arbeitsreise. Das ist nicht unser Boot hier, es gehört dem Ministerium für Landwirtschaft und Fischerei.« Ich lächelte. »Wir haben tadellose Referenzen.«

»Meeresbiologie, was? Das ist ein Hobby von mir, könnte man sagen, ich bin natürlich Laie. Wir müssen uns mal darüber unterhalten.« Er sprach, ohne mit den Gedanken dabeizusein. »Könnten Sie mir den Polizisten beschreiben, Mr. Petersen?«

Das tat ich, und er nickte. »Das ist er. Sehr eigenartig, ich muß mal mit Archie darüber reden.«

»Archie?«

»Polizeimeister MacDonald. Ich bin jetzt in der fünften Saison hier. Kreuzfahrten mit dem Ausgangspunkt Torbay. Südfrankreich und die Ägäis können mit diesem Wasser hier in keiner Weise konkurrieren. Mittlerweile kenne ich eine ganze Reihe der Ansässigen. War er allein?«

»Nein, ein junger Wachtmeister, wie er sagte, sein Sohn, begleitete ihn. Ein melancholischer Typ.«

»Peter MacDonald. Er hat Grund, melancholisch zu sein. Seine beiden jüngeren Brüder, sechzehn Jahre alt, Zwillinge, sind vor ein paar Monaten gestorben. Sie waren auf einer Schule in Inverness. Sie verunglückten in einem schrecklichen Schneesturm in den Cairngorms. Der Vater ist härter, er zeigt es nicht so sehr. Eine wirkliche Tragödie. Ich kannte sie beide. Feine Jungs.«

Ich machte eine entsprechende Bemerkung, aber er hörte mir nicht zu.

»Ich muß mich beeilen, Mr. Petersen. Diese verdammt eigenartige Sache werde ich MacDonald übergeben. Glaube zwar nicht, daß er viel tun kann, aber trotzdem. Dann muß ich auf eine kurze Kreuzfahrt.«

Ich sah durch die Fenster des Steuerhauses den dunklen Himmel, die tanzenden weißen Spitzen der Wellen und den strömenden Regen. »Sie haben sich wirklich einen Tag ausgesucht.«

»Je wilder, desto besser. Das ist kein Bravourakt. Ich mag eine wilde See, genauso wie jeder andere, der gern zur See fährt. Ich hatte gerade im Clyde neue Stabilisatoren anbringen lassen – wir sind erst vor zwei Tagen hierhergefahren, und heute scheint mir ein guter Tag dafür zu sein, sie auszuprobieren.« Er lächelte plötzlich und streckte seine Hand aus. »Es tut mir leid, daß ich hier so eingedrungen bin, ich habe viel zuviel von Ihrer Zeit in Anspruch genommen. Ich nehme an, daß ich einen ziemlich unhöflichen Eindruck gemacht habe. Manche sagen, ich bin es auch. Hätten Sie und Ihr Kollege Lust, auf einen Drink zu mir zu kommen? Wir essen ziemlich früh auf See. Sagen wir acht Uhr? Ich schicke Ihnen das Boot.« Das bedeutete, daß wir nicht so hoch eingeschätzt wurden, um zum Dinner eingeladen zu werden. Das wäre zwar eine Abwechslung von den ewigen gebackenen Bohnen gewesen, die Hunslett zubereitete, aber selbst eine Einladung wie diese hätte bei vielen Menschen in einigen der vornehmsten Häuser des Landes Neid erregt. Es war in England kein Geheimnis, daß das blaueste Blut, vom königlichen abwärts, eine Ferieneinladung auf die Insel vor der albanischen Küste, die Skouras gehörte, als eine der größten gesellschaftlichen Attraktionen des Jahres oder jeden Jahres betrachtete. Skouras wartete auf keine Antwort und schien auch keine zu erwarten. Ich konnte ihn deshalb nicht verurteilen. Er gehörte ohne Zweifel zu den Leuten, die längst gelernt hatten, daß es unveränderliche Gesetze der menschlichen Natur gibt, daß der Mensch so ist, wie er ist, und daß niemand eine Einladung, die er aussprach, ablehnen würde.

»Sie kommen wahrscheinlich, um mir zu sagen, daß Ihr Sender zerstört worden ist, und Sie wollen mich fragen, was, zum Teufel, ich diesbezüglich zu unternehmen gedenke«, sagte der Polizeimeister MacDonald müde. »Nun, Mr. Petersen, ich weiß darüber bereits alles. Sir Anthony Skouras war vor einer halben Stunde hier. Sir Anthony hatte eine ganze Menge zu sagen. Und Mr. Campbell, der

Besitzer der ›Orion‹, ist gerade gegangen, auch er hatte eine ganze Menge zu sagen.«

»Ich nicht, MacDonald. Ich bin ein Mann von wenigen Worten.« Ich lächelte ihn – wie ich hoffte – abbittend an. »Außer natürlich, wenn die Polizei und der Zoll mich mitten in der Nacht aus dem Bett holen. Ich nehme an, daß unsere Freunde fort sind?«

»Im selben Augenblick, als sie uns an Land gebracht hatten, Zollbeamte sind wirklich etwas sehr Ärgerliches.« Er sah aus – genau wie ich –, als ob er einige Stunden Schlaf nötig hätte. »Offen gestanden, Mr. Petersen, ich weiß nicht, was ich in bezug auf die zerstörten Sendeanlagen tun soll. Wer, um Gottes willen, tut etwas so Dummes und Widerliches?«

»Das ist der Grund, warum ich herkam, und was ich Sie fragen wollte.«

»Ich kann selbstverständlich zu Ihnen an Bord kommen«, sagte MacDonald langsam. »Ich kann mein Notizbuch herausnehmen, mich umsehen und suchen, ob ich irgendwelche Spuren finde. Ich würde allerdings nicht wissen, wonach ich suchen sollte. Vielleicht wenn ich etwas über Fingerabdrücke, Analyse und Mikroskopie wüßte, vielleicht würde ich dann etwas finden. Aber davon verstehe ich nichts. Ich bin ein Polizist, der auf dieser Insel groß geworden ist, und nicht eine Ein-Mann-Untersuchungskommission. Das ist eine Arbeit für die Kriminalpolizei. In diesem Fall werden wir Glasgow verständigen müssen. Allerdings bezweifle ich es, ob diese Leute ein paar Kriminalbeamte hierherschicken werden, nur um einige beschädigte Radioröhren zu untersuchen.«

»Der alte Skouras hat ganz schöne Beziehungen.«

»Sir?«

»Er ist mächtig. Er hat Einfluß. Wenn Skouras möchte, daß etwas geschieht, bin ich verdammt sicher, er bekommt es auch. Falls es ihm notwendig erscheint oder er Lust dazu hat, kann er außerordentlich unbequem werden, davon bin ich überzeugt.«

»Es gibt keinen besseren oder freundlicheren Menschen, der jemals hier in Torbay vor Anker gegangen ist«, sagte MacDonald weich. Sein hartes braunes Gesicht konnte fast alles verbergen. Aber diesmal verbarg es gar nichts. »Vielleicht ist seine Art nicht meine Art. Vielleicht ist er ein harter, rücksichtsloser Geschäftsmann. Vielleicht ist es so, wie die Zeitungen schreiben, daß sein Privatleben einer Untersuchung nicht standhalten würde. Das alles geht mich nichts an, aber wenn Sie hier in Torbay einen Mann finden wollen, der auch nur ein Wort gegen ihn sagt, dann werden Sie sich sehr große Mühe geben müssen, Mr. Petersen.«

»Sie haben mich falsch verstanden, MacDonald«, sagte ich milde. »Ich kenne den Mann ja kaum.«

»Das stimmt, aber wir kennen ihn. Schauen Sie sich das hier an.« Er deutete durch das Seitenfenster der Polizeistation auf ein großes, im Schwedenstil erbautes Holzgebäude in der Nähe des Hafens. »Das ist unser neues Gemeindehaus. Sie nennen es das Rathaus. Sir Anthony hat es gestiftet. Sehen Sie die sechs kleinen Häuser dort auf der Anhöhe? Für alte Leute. Wieder eine Stiftung von Sir Anthony. Jeder Pfennig aus seiner eigenen Tasche. Wer nimmt alle unsere Schulkinder mit zu den Spielen in Oban – Sir Anthony auf der ›Shangri-la‹.« Er gibt Spenden für jede wohltätige Stiftung, die wir hier haben. Und jetzt plant er den Bau einer Bootswerft, damit für die jungen Leute in Torbay Beschäftigungsmöglichkeiten gefunden werden – es gibt nicht mehr sehr viel zu tun, seit die Fischerboote fort sind.«

»Ja, der gute alte Skouras«, sagte ich. »Es sieht aus, als ob er den Ort adoptiert hätte. Glückliches Torbay. Ich wünschte nur, er würde mir einen neuen Sender kaufen.«

»Ich werde meine Augen und Ohren offenhalten, Mr. Petersen. Ich kann nicht viel mehr tun. Wenn sich irgend etwas ereignet, lasse ich es Sie sofort wissen.«

Ich bedankte mich bei ihm und ging. Ich hatte an und für sich nicht die Absicht gehabt, ihn aufzusuchen, aber es hätte verdammt komisch ausgesehen, wenn ich nicht aufgetaucht wäre und mich dem Chor der Beschwerdeführenden angeschlossen hätte.

Ich war sehr froh, daß ich hingegangen war.

Der Mittagsempfang von London war schlecht. Es war weniger darauf zurückzuführen, daß der Empfang nachts im allgemeinen besser ist, als darauf, daß ich unseren Teleskopmast nicht benutzen konnte. Aber es ging einigermaßen. Onkels Stimme war frisch, geschäftsmäßig und klar.

»Nun, Caroline? Wir haben unsere verlorenen Freunde schon gefunden«, sagte er.

»Wie viele?« fragte ich vorsichtig. Onkel Arthurs zweideutige Auskünfte waren nicht immer so klar, wie er selbst glaubte.

»Alle fünfundzwanzig.« Das bedeutete, daß es sich um die ursprüngliche Besatzung der »Nantesville« handelte. »Zwei von ihnen sind ziemlich schwer verletzt, aber sie werden durchkommen.« Das erklärte, woher das Blut kam, das ich in den Kabinen des Kapitäns und des einen Ingenieurs gefunden hatte.

»Wo?« fragte ich.

Er gab mir eine Kartenzahl an, es war nördlich von Wexford. Die »Nantesville« war von Bristol aus in See gestochen, sie konnte erst ein paar Stunden unterwegs gewesen sein, ehe sie in Schwierigkeiten geraten war.

»Es wurde genau die gleiche Prozedur angewandt wie bei den vorherigen Malen«, fuhr Onkel Arthur fort. »Sie wurden zwei Nächte lang in einem einsamen Bauernhaus festgehalten. Genug zu essen und zu trinken und auch Decken, damit sie nicht froren. Dann wachten sie eines Morgens auf und sahen, daß ihre Bewacher fort waren.«

»Aber eine andere Methode wurde beim Anhalten der ... unseres Freundes angewandt?« Ich hätte beinahe »Nantesville« gesagt, und das hätte Onkel Arthur gar nicht gern gehört.

»Wie immer. Wir müssen ihnen eine gewisse Findigkeit zugestehen, Caroline. Zuerst haben sie ihre Leute im Hafen an Bord geschmuggelt, dann haben sie die Sache mit dem sinkenden Fischerboot probiert. Dann kam das Polizeiboot und dann die Jacht, die einen akuten Fall von Blinddarmentzündung an Bord hatte. Ich dachte, daß sie irgendwann einmal anfangen würden, sich zu wiederholen. Aber auch diesmal hatten sie wieder etwas Neues. Es ist vielleicht das erstemal gewesen, daß sie ein Schiff während der Nachtstunden gekapert haben. Sie kamen auf Flößen, als Schiffbrüchige, die genau vor dem Schiff hertrieben, mit etwa zehn Überlebenden an Bord, die See um sie herum war voller Öl. Eine schwache Notlampe, die man kaum eine Meile weit erkennen konnte, war das einzige Lichtzeichen. Wahrscheinlich war sie auch bewußt so angelegt. Den Rest kennen Sie.«

»Ja, Annabelle.« Ich kannte den Rest. Danach war das Vorgehen jedesmal das gleiche. Die geretteten Überlebenden zeigten eine merkwürdige Art von Dankbarkeit. Sie zogen ihre Pistolen, trieben die Mannschaft zusammen, stülpten ihnen schwarze Säcke über die Köpfe, damit sie das Schiff nicht erkennen konnten, das innerhalb einer Stunde auftauchen würde, um sie abzuholen. Dann wurden sie während der Dunkelheit auf das andere Schiff transportiert und an irgendeiner einsamen Küstenstelle an Land gebracht. Darauf folgte ein Marsch landeinwärts, der manchmal sehr lang war, bis sie an dem Platz, der als Gefängnis diente, angekommen waren. Ein verlassenes Bauernhaus. Immer ein verlassenes Bauernhaus. Und immer in Irland. Dreimal im Norden und jetzt zweimal im Süden. In der Zwischenzeit fuhr die neue Mannschaft mit dem gekaperten Schiff Gott weiß wohin. Und dann erfuhr die Welt vom Verschwinden des Schiffes, wenn die Originalbesatzung nach zwei oder drei Tagen schmerzloser Gefangenschaft wieder freikam und sich zum nächsten weitentfernten Telefon durchgekämpft hatte, um bekanntzugeben, daß ihr Schiff gekapert worden war.

»Betty und Dorothy«, fragte ich, »waren die noch im sicheren Versteck, als die Besatzung vom Schiff geführt wurde?«

»Das nehme ich an, ich weiß es nicht genau, Einzelheiten werden stündlich neu berichtet. Soviel ich weiß, lassen die Ärzte im Augenblick noch niemanden zum Kapitän.« Nur der Kapitän hatte von Bakers und Delmonts Anwesenheit auf dem Schiff gewußt. »Noch einundvierzig Stunden, Caroline. Was haben Sie bis jetzt getan?«

Einen Augenblick lang war ich irritiert und wußte nicht, wovon er denn, zum Teufel, sprach. Dann erinnerte ich mich. Er hatte mir eine Frist von achtundvierzig Stunden gegeben. Sieben davon waren verstrichen.

»Ich habe drei Stunden geschlafen.« Das würde er als eine absolute Zeitverschwendung auffassen, denn seine Angestellten brauchten seiner Meinung nach keinen Schlaf. »Ich habe mich mit der Polizei an Land unterhalten und sprach ferner mit einem reichen Jachtbesitzer, dessen Boot neben uns liegt. Wir werden ihm heute abend einen freundschaftlichen Gegenbesuch abstatten.«

Eine kurze Pause trat ein. »*Was* tun Sie heute abend, Caroline?«

»Wir gehen jemanden besuchen, wir sind eingeladen worden. Harriett und ich. Zu Drinks.«

Diesmal dauerte die Pause erheblich länger. Dann sagte er: »Sie haben noch einundvierzig Stunden, Caroline.«

»Ja, Annabelle.«

»Ich muß annehmen, daß Sie trotz allem noch im Vollbesitz Ihrer geistigen Kräfte sind.«

»Ich weiß nicht, wie die einhellige Meinung darüber ist, aber ich glaube, daß diesbezüglich alles in Ordnung ist.«

»Und Sie haben doch nicht etwa aufgegeben? Nein, nein das nicht. Dafür sind Sie zu dickköpfig und . . . und . . .«

»Stupide?«

»Wer ist der Jachtbesitzer?«

Ich sagte es ihm. Es dauerte eine ganze Weile, weil ich die Namen mit Hilfe seines verdammten Code-Buches buchstabieren mußte und weil ich ihm eine sehr ausführliche Beschreibung von allem gab, was Skouras zu mir gesagt hatte und außerdem, was mir MacDonald über Skouras berichtet hatte. Als seine Stimme wieder im Äther erklang, war sie übervorsichtig und wachsam. Da er mich nicht sehen konnte, erlaubte ich mir ein zynisches Grinsen. Selbst für Kabinettsminister war es schwierig, von Skouras zum Dinner eingeladen zu werden, aber die Staatssekretäre, die Männer, bei denen die wahre Macht der Regierung lag, fanden dort praktisch alle ihre eigenen gravierten Serviettenringe. Staatssekretäre waren das Verderben im Leben von Onkel Arthur.

»Sie werden dort außerordentlich vorsichtig sein müssen, Caroline.«

»Betty und Dorothy kommen nicht mehr nach Hause, Annabelle. Jemand muß dafür bezahlen. Ich will, daß jemand dafür bezahlt. Sie wollen es auch, wir alle wollen es.«

»Aber es ist unvorstellbar, daß ein Mann in seiner Position, ein Mann von seinem Reichtum . . .«

»Es tut mir leid, Annabelle, ich verstehe kein Wort.«

»Aber dieser Mann! Verdammt noch mal, ich kenne ihn gut, Caroline, wir dinieren zusammen. Wir nennen uns beim Vornamen. Ich kenne seine derzeitige Frau sogar noch besser. Eine ehemalige Schauspielerin. Philantrop wie er. Ein Mann, der dort bereits seine fünfte Saison verbringt. Würde ein solcher Mann, noch dazu ein Millionär, seine ganze Zeit und all das Geld nur dazu benutzen, um sich eine Fassade aufzubauen . . .«

»Skouras?« Ich hatte den Codenamen benutzt. Erstaunlich, unglaublich, als ob es mir eben erst dämmerte, was Onkel Arthur zu mir gesagt hatte. »Ich habe niemals gesagt, daß ich ihn verdächtige. Ich habe keinen Grund, ihn zu verdächtigen.«

»Aha!« Es ist schwer, in einem so kurzen Wort von Herzen kommende Genugtuung, Freude und tiefe Erleichterung auszudrücken, aber Onkel Arthur gelang das ohne große Schwierigkeiten. »Aber warum wollen Sie dann hingehen?« Ein eventueller Lauscher hätte aus Onkel Arthurs Stimme eine gewisse schmerzliche Eifersucht heraushören können, und er hätte damit recht gehabt. Onkel Arthur hatte nur eine Schwäche – er war ein gesellschaftlicher Snob von ungeheuerlichen Ausmaßen.

»Ich will auf sein Schiff, ich will mir seinen zerstörten Sender ansehen.«

»Warum?«

»Nennen wir es eine Ahnung, Annabelle, nicht mehr.«

Heute war ein Tag, an dem Onkel Arthur lange Schweigepausen einlegte. Dann sagte er: »Eine Ahnung? Sie haben mir heute morgen gesagt, daß Sie hinter etwas her wären.«

»Noch etwas anderes. Ich möchte, daß Sie sich mit dem Hauptbüro der Postsparbank in Schottland in Verbindung setzen. Danach mit den Archiven einiger schottischer Tageszeitungen. Ich schlage den ›Glasgow Herald‹, den ›Scottish Daily Express‹ und besonders die Wochenzeitung ›Oban Times‹ vor.«

»Aha!« Keine Erleichterung diesmal, nur Genugtuung. »Das sieht Ihnen schon ähnlicher, Caroline. Was wollen Sie und warum?«

Also sagte ich ihm, was ich wollte und warum und gebrauchte noch eine Menge dieser blödsinnigen Codenamen. Als ich fertig war, sagte er: »Ich werde meine Leute sofort dransetzen. Ich denke, daß ich alle Informationen, die Sie brauchen, bis Mitternacht habe.«

»Dann brauche ich sie nicht mehr, Annabelle. Mitternacht ist zu spät für mich. Mitternacht nützt mir überhaupt nichts mehr.«

»Verlangen Sie von mir nichts Unmögliches, Caroline.« Er murmelte etwas vor sich hin, das ich nicht mitbekam, und sagte dann: »Ich werde alles, was in meiner Macht steht, tun, Caroline. Sagen wir neun Uhr heute abend.«

»Vier Uhr, Annabelle.«

»Vier Uhr heute nachmittag?« Wenn es sich darum drehte, Ungläubigkeit zu zeigen, schlug Onkel Arthur mich um Längen. »In vier Stunden? Sie müssen nicht mehr normal sein.«

»Sie können innerhalb von zehn Minuten zehn Leute an der Arbeit haben. Zwanzig in zwanzig Minuten. Wo ist die Tür, die sich Ihnen nicht auftut? Insbesondere die Tür des stellvertretenden Polizeipräsidenten. Berufsverbrecher morden nicht zum Vergnügen. Sie morden, weil sie müssen. Sie morden, um Zeit zu gewinnen. Jede zusätzliche Stunde ist für sie lebenswichtig. Und wenn es für sie lebenswichtig ist, wieviel wichtiger ist es dann für uns. Oder glauben Sie, daß wir es hier mit Amateuren zu tun haben, Annabelle?«

»Melden Sie sich um vier«, sagte er betroffen. »Ich will sehen, was ich dann für Sie habe. Was tun Sie als nächstes, Caroline?«

»Ich gehe ins Bett«, sagte ich, »ich werde versuchen, etwas zu schlafen.«

»Natürlich. Die Zeit ist, wie Sie so richtig sagten, von größter Bedeutung. Auf keinen Fall darf sie verschwendet werden, nicht wahr, Caroline?« Er beendete die Verbindung. Es hörte sich bitter an. Ohne Zweifel war er verbittert. Aber immerhin – wenn er nicht gerade unter Schlaflosigkeit litt – konnte sich Onkel Arthur während der kommenden Nacht eines ausreichenden Schlafes erfreuen. Das war mehr, als ich konnte. Ich konnte weder hellsehen, noch hatte ich das Zweite Gesicht, ich hatte nur eine Ahnung, keine kleine, sondern eine so große Ahnung, daß man sie nicht einmal hinter dem Empire State Building hätte verstecken können, eine Ahnung in bezug auf die »Shangri-la«.

Ich hörte gerade noch das letzte Schrillen des Weckers, als er um zehn Minuten vor vier rasselte. Es ging mir jetzt noch schlechter als zu dem Zeitpunkt, da ich mich nach einem miserablen Mittagessen aus Corned beef und einem mit Pulver angerührtem Kartoffelbrei niedergelegt hatte. Wenn der alte Skouras auch nur eine Spur von Menschlichkeit gehabt hätte, hätte er uns zum Essen eingeladen. Ich wurde nicht nur langsam alt, ich fühlte mich auch so. Ich arbeitete schon zu lange für Onkel Arthur. Die Bezahlung war gut, aber die Arbeitszeiten und Arbeitsbedingungen waren unglaublich. Ich war bereit zu wetten, daß Onkel Arthur nach dem Zweiten Weltkrieg noch nicht einmal eine Büchse Corned beef angesehen hatte. Die ständige Angst, hauptsächlich in bezug auf die noch zu erwartende Lebensdauer, trugen dazu bei, einen Mann fertigzumachen.

Hunslett kam im selben Augenblick aus seiner Kabine, als ich aus der meinen trat. Er sah genauso alt aus wie ich. Wenn sie sich schon auf so ein paar alternde Strolche, wie wir es waren, verlassen mußten, dachte ich verdrießlich, dann müßte die kommende Generation ein ziemlich trauriger Haufen werden. Während ich durch den Salon ging, regte ich mich über die Leute auf, die so aalglatt über die Hebriden im allgemeinen und das Gebiet von Torbay im besonderen schreiben und es als das Paradies für Jachtsportler bezeichnen, das nicht seinesgleichen in Europa habe. Offensichtlich sind sie nie dagewesen. Ihre Heimat ist die Fleet Street und ihr Zuhause ein Ort, den sie niemals verlassen, zumindest nicht, wenn sie es vermeiden können. Bei ihnen handelt es sich um einen Haufen von Nichtwissern, die den Bahnhof King's Cross als nördliche Grenze der Zivilisation betrachten.

Es war vier Uhr an einem Herbstnachmittag, trotzdem war es bereits mehr Nacht als Tag. Die Sonne war noch nicht untergegangen. Noch lange nicht. Aber sie hatte nicht die Kraft, die schweren dunklen Wolkenmassen, die am Horizont hinter Torbay eilig in das tintenschwarze Dunkel verschwanden, zu durchdringen. Der peitschende, strömende Regen, der die ganze Bay gischtig schäumen ließ, verringerte die schlechte Sicht auf 400 Meter. Das Dorf selbst, das etwa eine halbe Meile entfernt hinter den von Kiefern bedeckten Hügeln in dunklem Schatten lag, könnte genausogut gar nicht existiert haben. Im Nordwesten konnte ich die Navigationslichter eines Schiffes um die Inselspitze kommen sehen. Das mußte Skouras sein, der von seiner Probefahrt, auf der er die neuen Stabilisatoren testen wollte, zurückkehrte. In der glänzenden Kombüse der »Shangri-la« würde zu diesem Zeitpunkt der erste Küchenchef ein hervorragendes Abendessen zubereiten, zu dem wir nicht eingeladen worden waren. Ich versuchte, den Gedanken an das Essen so weit als möglich zu verdrängen, was mir aber nicht gelang. Infolgedesesn fand ich mich damit ab und folgte Hunslett in den Maschinenraum.

Hunslett nahm den Reservekopfhörer und hockte sich neben mich, sein Notizbuch auf den Knien. Er beherrschte Kurzschrift genauso gut wie alle anderen Dinge auch. Ich konnte nur hoffen, daß Onkel Arthur uns etwas zu sagen haben würde, was Hunsletts Anwesenheit notwendig machte. Und so war es auch.

»Herzlichen Glückwunsch, Caroline«, sagte Onkel Arthur, ohne sich lange mit Vorreden aufzuhalten. »Sie sind da wirklich auf etwas gestoßen.« Soweit es für eine monotone, ausdruckslose Stimme möglich ist, einen Anflug von Wärme spüren zu lassen, so war das jetzt bei Onkel Arthur der Fall. Seine Stimme hörte sich direkt freundlich an. Möglicherweise handelte es sich auch um eine Verzerrung der Übermittlung oder des Empfangs, aber zumindest hatte er unsere Unterhaltung nicht damit begonnen, mich zu beschimpfen.

»Wir haben die Postsparbücher gefunden, die Sie suchten«, fuhr er fort. Er rasselte die Nummern der Bücher herunter, detaillierte Daten und Beträge der Einzahlungen, alles Dinge, die mich nicht interessierten. Dann sagte er: »Die letzten Einzahlungen wurden am 27. Dezember vorgenommen. In beiden Fällen jeweils zehn Pfund, 14 Schilling und 6 Pence. Beide Konten lauten auf den gleichen Betrag. Und die Konten sind auch nicht geschlossen worden.«

Er wartete einen Augenblick, damit ich ihm gratulieren konnte, was ich auch tat. Dann fuhr er fort.

»Das war ja nur eine Kleinigkeit, Caroline. Hören Sie zu, das betrifft jetzt Ihre Nachfrage in bezug auf irgendwelche mysteriösen Unfälle, Todesfälle, Vermißtenanzeigen an der Westküste von Inverness-shire oder Argyll oder irgend etwas, was Leuten in dieser Gegend zugestoßen ist. Wir sind auf Öl gestoßen, Caroline, wir sind wirklich fündig geworden. Mein Gott, warum haben wir vorher niemals daran gedacht? Haben Sie einen Bleistift bei der Hand?«

»Harriett sitzt neben mir.«

»Jetzt geht es los. Dieses Jahr muß die schlimmste Segelsaison seit Jahren in Westschottland gewesen sein. Aber zuerst etwas vom vergangenen Jahr. Die ›Pinto‹, eine tadellose hochseetüchtige Fünfundvierzig-Meter-Motorjacht, verließ Kyle of Lochalsh am 4. September acht Uhr früh, um nach Oban zu fahren. Sie hätte dort am Nachmittag desselben Tages ankommen müssen. Aber sie traf nie ein. Keine Spur ist jemals wieder von ihr gefunden worden.«

»Was für Wetter war zu der Zeit, Annabelle?«

»Ich dachte mir, daß Sie mich danach fragen würden, Caroline.« Die Kombination von Bescheidenheit und stillschweigender Selbstzufriedenheit bei Onkel Arthur konnte manchmal ziemlich enervierend sein. »Ich habe das durch das meteorologische Institut nachprüfen lassen. Veränderlich, Windstärke eins. See ruhig, wolkenloser Himmel. Jetzt kommen wir zu diesem Jahr. Zum 6. und 26. April. Dabei handelt es sich um den ›Evening Star‹ und die ›Jeannie Rose‹. Zwei Fischerboote von der Ostküste – das eine aus Buckie, das andere aus Fraserburgh.«

»Aber beide hatten ihren Standort an der Westküste?«

»Ich wünschte nur, Sie würden nicht immer versuchen, mir die Schau zu stehlen«, beschwerte sich Onkel Arthur. »Beide hatten ihren Standort in Oban. Beide waren Hummerboote. Der ›Evening Star‹ war der erste, der verschwand. Man fand ihn auf den Klippen von Islay gestrandet. Die ›Jeannie Rose‹ verschwand spurlos. Kein Mitglied der beiden Besatzungen wurde jemals gefunden. Als nächstes kommt der 17. Mai. Diesmal handelt es sich um eine sehr bekannte Rennjacht, die ›Cap Gris Nez‹, ein trotz seines französischen Namens in England gebautes und Engländern gehörendes Schiff. Ein äußerst erfahrener Kapitän, ein Steuermann und eine Besatzung, die seit langer Zeit mehrfach als erfolgreiche Segler an internationalen Segelregatten des Königlichen Ozeanischen Rennclubs teilnahmen. Also wirklich große Klasse. Sie verließen Londonderry bei gutem Wetter, um nach Nordschottland zu segeln. Sie verschwanden. Man fand die Jacht fast einen Monat später – oder das, was von ihr übrig war – auf der Insel Skye gestrandet.«

»Und die Besatzung?«

»Müssen Sie noch fragen? Sie wurde niemals gefunden. Und jetzt der letzte Fall, vor ein paar Wochen, am 8. August. Mann und Frau und zwei halbwüchsige Kinder, Sohn und Tochter. Ein umgebautes Rettungsboot, der ›Kingfisher‹. Nach allem, was man weiß, ein ziemlich erfahrener Segler, der schon seit Jahren dabei war. Aber er war noch nie bei Nacht gefahren. Deshalb unternahm er an einem ruhigen Abend eine Fahrt, um eine Nacht lang zu kreuzen. Verschollen. Boot und Besatzung.«

»Von wo aus ist er in See gestochen?«

»Torbay.«

Mit diesem Wort hatte er heute nachmittag den Punkt aufs i gesetzt. Ich sagte: »Und glauben Sie jetzt noch immer, daß die ›Nantesville‹ von hier weg ist, um nach Island zu fahren? Oder zu einem einsamen Fjord in Nordnorwegen?«

»Ich habe niemals etwas Derartiges gedacht.« Das menschliche Barometer von Onkel Arthur war ganz plötzlich von freundlich auf normal gesunken, wobei normal in etwa kühl und eisig bedeutete. »Das Bemerkenswerte der Daten ist Ihnen hoffentlich nicht entgangen?«

»Nein, Annabelle, das Bemerkenswerte ist mir nicht entgangen.« Das Fischerboot aus Buckie, der »Evening Star«, wurde drei Tage, nachdem das Dampfschiff »Holmwood« in der Nähe der Südküste Irlands verschwunden war, in den Klippen von Islay gefunden. Die »Jeannie Rose« war genau drei Tage nach dem mysteriösen Verschwinden des Motorschiffs »Antara« im Sankt-Georgs-Kanal verschollen. Schließlich war die »Cap Gris Nez«, das R.O.R.C.-Rennboot, am selben Tag auf die Felsen der Insel Syke gespült worden, an dem das Motorschiff »Headley Pioneer« verschwunden war, wie man annahm, irgendwo in der Nähe von Nordirland. Und das umgebaute Rettungsboot, der »Kingfisher«, war genau zwei Tage, nachdem das Dampfschiff »Hurricane Spray« den Clyde verlassen hatte, verschwunden, und beide wurden nie mehr gesichtet. Zufall ist Zufall. Aber diejenigen, die die Existenz des Zufalls verneinen, kann ich nur auf die gleiche Stufe mit Intelligenzprotzen stellen, wie zum Beispiel dem Südafrikanischen Präsidenten, der überzeugt behauptet, daß die Welt in Wirklichkeit flach sei und ein unvorsichtiger Schritt über den Rand zu bleibenden und schrecklichen Folgen führen würde. Aber das war einfach Unsinn. Die Wahrscheinlichkeit eines solch perfekten Zusammenspiels von Daten könnte nur in astronomischen Zahlen errechnet werden. Während das Verschwinden der ganzen Besatzung der vier kleinen Boote, die innerhalb eines so begrenzten Gebietes zu Schaden gekommen waren, der letzte Nagel zum Sarg des Zufalls war. Soviel teilte ich auch Onkel Arthur mit.

»Verschwenden wir keine Zeit, uns mit dem, was auf der Hand liegt, zu beschäftigen, Caroline«, sagte Onkel kalt. Was ich als ziemlich undankbar von ihm empfand, denn schließlich war die ganze Idee nicht bei ihm entstanden, sondern ich hatte sie ihm genau vor vier Stunden erst in den Kopf gesetzt. »Das Wesentliche ist – was soll geschehen? Von Islay bis nach Skye, das bedeutet ein ziemlich großes Gebiet. Um wieviel sind wir dadurch jetzt weitergekommen?«

»Wie steht es mit Ihren Möglichkeiten, die Mitarbeit der Fernsehanstalten und des Rundfunks zu erhalten?«

Eine kurze Pause trat ein, dann sagte er: »Woran denken Sie jetzt, Caroline?« Seine Stimme klang bedrohlich.

»An die Einschaltung einer Meldung in der Nachrichtensendung.«

»Nun ja.« Und nach einer längeren Pause: »So etwas geschah täglich während des Krieges, ganz klar. Ich glaube, seitdem ist es ein- oder zweimal gemacht worden. Ich kann natürlich niemanden zwingen. Es ist ein hochnäsiger Haufen, sowohl die BBC als auch die ITA.« Aus seinem Ton ließ sich unschwer erkennen, welche Meinung er von diesen sturen Reaktionären hatte, die sich keine Einmischung gefallen ließen. Eine seltsame Reaktion, wenn sie von einem Mann kam, der selbst ein absoluter Meister in der Technik der Einmischung war. »Wenn man sie davon überzeugen kann, daß das Ganze völlig unpolitisch und im nationalen Interesse ist, dann gibt es vielleicht eine Möglichkeit, was möchten Sie denn?«

»Die Nachricht, daß Notsignale von einer sinkenden Jacht irgendwo südlich von Skye aufgefangen worden sind. Die genaue Position ist unbekannt. Die Signale haben aufgehört, man befürchtet das Schlimmste. Bei Tagesanbruch morgen früh wird sofort eine Luft- und Seerettungskampagne begonnen. Das ist alles.«

»Das kann ich vielleicht schaffen. Was für einen Grund haben Sie, Caroline?«

»Ich will mich ein bißchen umsehen, ich brauche eine Erklärung, um mich frei bewegen zu können, ohne daß jemand deshalb Verdacht schöpft.«

»Wollen Sie etwa die ›Firecrest‹ freiwillig für die Suche anbieten und dann mit ihr herumgondeln, wo Sie sonst nicht hinkönnten?«

»Wir haben alle unsere Fehler, Annabelle, auch Harriett und ich, aber wir sind nicht wahnsinnig. Ich würde mit diesem Kahn ohne günstigen Wetterbericht noch nicht mal über einen Teich segeln. Draußen haben wir Windstärke sieben. Außerdem würde eine Suche per Boot in dieser Gegend mehr als ein Lebensalter erfordern. Worüber ich mir den Kopf zerbrochen habe, ist folgendes: An der östlichen Spitze der Insel Torbay, etwa fünf Meilen vom Dorf entfernt, gibt es eine kleine, einsame, sandige Bucht; sie verläuft in einem Halbkreis und wird durch hohes Gras und Kiefern abgeschirmt. Können Sie bitte veranlassen, daß sich dort präzise bei Tagesanbruch ein Langstrecken-Hubschrauber einfindet?«

»Und jetzt scheinen Sie mich für verrückt zu halten«, sagte Onkel Arthur kalt. Ich war mir darüber im klaren, daß die Bemerkung über die Seetüchtigkeit seines Lieblingskindes, der ›Firecrest‹, an ihm nagen würde. »Sie glauben wohl, ich brauche nur mit dem Finger zu schnippen und heißa, schon ist bei Tagesanbruch ein Hubschrauber da. Das sind vierzehn Stunden, von jetzt an gerechnet, Caroline.«

»Heute früh um fünf waren Sie bereit, mit dem Finger zu schnippen, um heute mittag einen Hubschrauber hier zu haben. Das waren nur sieben Stunden, genau die Hälfte der Zeit. Aber das war ja für etwas Wichtiges, wie zum Beispiel, um mich nach London zu holen und mich dort ein für allemal zusammenzustauchen, ehe Sie mich hinauswerfen wollten.«

»Setzen Sie sich um Mitternacht wieder mit mir in Verbindung, Caroline. Ich hoffe bei Gott, daß Sie wissen, was Sie tun.«

Ich erwiderte: »Ja, Sir«, und hängte auf. Ich meinte damit nicht: Ja, Sir, ich weiß, was ich tue – ich meinte damit: Ja, Sir, ich hoffe bei Gott, daß ich weiß, was ich tue.

Wenn der Teppich, der im Salon der »Shangri-la« lag, auch nur einen Penny weniger als 5000 Pfund gekostet hatte, dann mußte ihn der alte Skouras irgendwo gebraucht gekauft haben. Sein Format war etwa sieben mal zehn Meter, und die Farben waren bronze, rotbraun und gold. Er breitete sich über den Boden aus wie ein reifes Kornfeld, eine Illusion, die durch seine Dichte noch erhöht wurde. Man mußte durch das verdammte Ding buchstäblich hindurchwaten. Ich hatte noch nie in meinem Leben etwas Ähnliches gesehen, außer vielleicht den Vorhängen, die etwa zwei Drittel der Schotten verdeckten. Diese Vorhänge ließen den Teppich ziemlich schäbig erscheinen. Sie mußten aus Persien oder aus Afghanistan stammen und waren aus einem schweren glänzenden Gewebe mit schimmerndem Seideneffekt, der bei der kleinsten Bewegung der »Shangri-la« zu erkennen war. Die Vorhänge fielen von der Decke bis zum Boden. Das wenige, was man von den Schotten sehen konnte, war mit glattem, tropischem Hartholz verkleidet, und aus dem gleichen Holz war auch die imponierende Bar, die den größten Teil des hinteren Salons einnahm. Die kostbar gepolsterten Sitzbänke, Lehnstühle und Barschemel in dunkelgrünem Leder mit goldenen Paspeln mußten ein weiteres Vermögen gekostet haben, und selbst der Wiederverkaufswert der im Raum achtlos verstreuten handgehämmerten Kupferstiche hätte genügt, eine fünfköpfige Familie ein Jahr lang zu ernähren. Und zwar im Grillraum des Savoyhotels in London.

An der Backbordseite hingen zwei Gemälde von Cézanne, an der Steuerbordseite zwei von Renoir. Die Bilder waren ein Mißgriff. In diesem Raum hatten sie keine Chance. Sie hätten sich in der Kombüse sicher wohler gefühlt.

Ich übrigens auch. Hunslett ebenfalls, davon war ich überzeugt. Es war nicht allein unser Äußeres. Unsere Sportsakkos und Seidenschals vertrugen sich nicht sehr gut mit der Aufmachung im allgemeinen und mit den schwarzen Fliegen und Smokings unseres Gastgebers und seiner Gäste. Es hörte sich auch nicht einmal so an, als ob die Unterhaltung extra geführt wurde, um Hunslett und mir von vornherein klarzumachen, daß wir zur Klasse der Handwerker gerechnet wurden. Und zwar zu den äußerst primitiven Handwerkern. Die ganzen Gespräche über Obligationen und Fusionen und Optionen und Geschäftsübernahmen und über Millionen und aber Millionen von Dollars haben auf die minderen Klassen einen ziemlich demoralisierenden Effekt. Aber man mußte nicht die Intelligenz eines Genies besitzen, um herauszubekommen, daß diese Gespräche nicht unseretwegen geführt wurden. Für die Leute mit den schwarzen Fliegen waren eben Obligationen und Geschäftsübernahmen etwas völlig Alltägliches und das Salz in der Suppe und deshalb auch das Wesentlichste, worüber man sich unterhalten konnte. Außerdem schien der Wunsch, sich ganz woanders zu befinden, nicht nur auf uns zuzutreffen. Zumindest zwei andere, ein glatzköpfiger, ziegenbärtiger Handelsbankier namens Henri Biscarte und ein großer, bulliger, schottischer Rechtsanwalt namens MacCallum, fühlten sich zumindest genauso unbehaglich wie ich, nur zeigten sie es bei weitem mehr.

Hätte ein Stummfilm diese Szene wiedergegeben, würde man nicht ahnen, daß hier etwas nicht stimmte. Alles war so außerordentlich komfortabel und zivilisiert. Die tiefen Sessel luden zum gemütlichen Ausruhen ein. Ein loderndes, wenn auch völlig überflüssiges Feuer brannte im Kamin. Skouras war der lächelnde, heitere Gastgeber dieses Treibens. Niemals waren die Gläser leer – der Druck auf eine unhörbare Klingel rief einen Steward in makellosem Weiß herbei, der schweigend die Gläser wieder füllte und sich ebenfalls schweigend wieder entfernte. Es war alles so gemütlich, so luxuriös, so freundlich und friedlich. Bis man diesem Filmstreifen den Tonstreifen beifügte, und das war genau der Moment, wo man lieber in der Kombüse gewesen wäre.

Skouras hatte innerhalb der fünfundvierzig Minuten, die wir da waren, sein Glas bereits zum viertenmal gefüllt und lächelte seiner Frau zu, die in einem Sessel auf der anderen Seite des Kamins saß. Er hob sein Glas und brachte einen Trinkspruch aus: »Auf dein Wohl, meine Liebe. Für die Geduld, mit der du uns alle hier erträgst. Es ist eine langweilige Reise für dich. Äußerst langweilig. Ich gratuliere dir.«

Ich sah Charlotte Skouras an. Jeder sah Charlotte Skouras an. Daran war nichts Besonderes, denn Millionen von Menschen hatten Charlotte Skouras in ihrem Leben gesehen, als sie noch die gesuchteste Schauspielerin in Europa war. Selbst in jenen Tagen war sie weder besonders jung oder schön gewesen. Das hatte sie auch gar nicht nötig, weil sie eine große Schauspielerin war und kein leerköpfiger, vollbusiger Filmstar. Jetzt war sie sogar noch etwas älter, sah nicht mehr so gut aus, und ihre Figur begann nachzulassen. Aber die Männer drehten sich immer noch nach ihr um. Sie war jetzt Ende dreißig, aber die Männer würden sie noch immer anstarren, selbst wenn sie in einem Rollstuhl säße. Sie hatte ein interessantes Gesicht. Ein Gesicht, dem man es ansah, daß es zum Leben und Lachen, zum Denken und Fühlen und Leiden gebraucht worden war, ein Gesicht mit braunen, müden, wissenden Augen, die tausend Jahre alt sein konnten. Ein Gesicht, in dessen kleinster Linie und Falte – und bei Gott, von beiden gab es viele – mehr Qualität und Charakter war als in einem ganzen Bataillon kurzhaariger Mädchen der heutigen Gesellschaft, damit meine ich jene in den Illustrierten, jene, die einen Woche für Woche mit ihren glatten, schönen Gesichtern und mit ihren herrlichen, leeren Augen anstarrten. Würde man diese zusammen mit Charlotte Skouras in einem Raum versammeln, niemand würde sie überhaupt beachten. In Massen produzierte Kopien auf Schokoladenschachteln bedeuteten keinerlei Konkurrenz für das Ölgemälde eines großen Meisters im Original.

»Das ist sehr nett von dir, Anthony.« Charlotte Skouras hatte eine tiefe Stimme, mit einem ganz leichten ausländischen Akzent, und gerade in diesem Augenblick ging ein müdes, angestrengtes Lächeln über ihr Gesicht, das gut zu den dunklen Ringen unter ihren braunen Augen paßte. »Aber ich langweile mich niemals. Ehrlich. Das weißt du doch.«

»Mit diesem Haufen hier?« Skouras' Lächeln war so breit wie immer. »Eine Versammlung der Direktoren der Skouras-Unternehmungen in den westlichen Inseln, statt einer Zusammenkunft deiner feinen adligen Freunde bei einer Kreuzfahrt durch die Levante? Dollmann hier zum Beispiel.« Er nickte dem Mann neben sich zu. Ein großer, dünner, bebrillter Mann, dessen dünnes Haar schütter wurde und der so aussah, als ob er eine frische Rasur nötig hätte, was aber nicht stimmte. John Dollmann war der Generaldirektor der Skouras-Reederei. »Was, John? Wie würden Sie sich einschätzen als Stellvertreter des jungen Grafen Horley? Ich meine den mit Sägespänen im Gehirn und mit fünfzehn Millionen Pfund auf der Bank.«

»Ich fürchte, da würde ich schlecht abschneiden, Sir Anthony.« Dollmann war genauso formgewandt wie Skouras. Und war sich offensichtlich vollkommen unbewußt, daß die Atmosphäre im allgemeinen etwas eigenartig war. »Sehr schlecht sogar. Ich habe eine ganze Menge mehr Verstand, sehr viel weniger Geld und durchaus nicht das Bedürfnis, ein fröhlicher und witziger Unterhalter zu sein.«

»Der junge Horley war wirklich die Seele jeder Party, nicht wahr? Besonders wenn ich nicht dabei war«, fügte Skouras nachdenklich hinzu. Dann sah er mich an. »Kennen Sie ihn, Mr. Petersen?«

»Ich habe von ihm gehört. Ich bewege mich nicht in diesen Kreisen, Sir Anthony.« Formvollendet wie die anderen war ich.

»Hm.« Skouras sah fragend auf die beiden Männer, die in meiner Nähe saßen. Der eine hörte auf den guten alten angelsächsischen Namen Hermann Lavorski. Er war ein großer jovialer Mann mit blitzenden Augen, einem dröhnenden Lachen und einem nicht enden wollenden Vorrat pikanter Geschichten. Er war, wie man mir erzählte, der Wirtschaftsprüfer und finanzielle Berater von Skouras. Ich habe noch nie jemanden gesehen, der weniger danach aussah. Und das war vielleicht der Grund, daß er der Beste in dieser Branche war. Der andere war ein Mann in mittleren Jahren mit Ansatz zur Glatze, verschlossenem Gesicht und einem herunterhängenden dichten Schnauzbart, so wie sie früher im Wilden Westen beliebt waren, und mit einem Kopf, der einfach nach einer Melone schrie. Es war Lord Charnley, der trotz seines Titels genötigt war, als Makler in der City von London zu arbeiten, um sein finanzielles Auskommen zu haben. »Und was hältst du von unseren beiden guten Freunden hier, Charlotte?« Ein erneutes herzliches und breites Lächeln begleitete seine Frage.

»Es tut mir leid, ich verstehe dich nicht.« Charlotte Skouras sah ihren Mann ruhig und ohne zu lächeln an.

»Aber, aber, selbstverständlich verstehst du. Ich spreche noch immer von der traurigen Gesellschaft, die ich für eine so junge und attraktive Frau wie dich zusammengebracht habe.« Er sah Hunslett an. »Sie ist doch eine attraktive junge Frau, finden Sie das nicht auch, Mr. Hunslett?«

»Also wissen Sie.« Hunslett lehnte sich in seinen Sessel zurück, legte die Fingerspitzen zusammen, so wie ein gebildeter Mann das tut, der sich mit der an ihn gerichteten Frage beschäftigt. »Was ist schon Jugend, Sir Anthony? Ich weiß es nicht.« Er lächelte zu Charlotte Skouras hinüber. »Lady Skouras wird niemals alt sein. Und attraktiv – die Frage ist beinah überflüssig. Für 10 Millionen europäischer Männer und für mich selbst war Lady Skouras die attraktivste Schauspielerin ihrer Zeit.«

»*War*, Mr. Hunslett? *War?*« Der alte Skouras beugte sich in seinem Sessel vor; sein Lächeln war nur noch ein Schatten von dem, was es vorher gewesen war. »Und jetzt, Mr. Hunslett?«

»Die Produzenten von Lady Skouras müssen die schlechtesten Kameraleute der Welt gehabt haben.« In Hunsletts dunklem Piratengesicht verzog sich keine Miene, dann lächelte er Charlotte Skouras an. »Wenn Sie mir eine so persönliche Bemerkung verzeihen wollen.«

Wenn ich in diesem Augenblick ein Schwert in der Hand gehabt hätte und die Befugnis, es zu benutzen, hätte ich Hunslett auf der Stelle geadelt. Allerdings erst, nachdem ich Skouras damit einen anständigen Hieb versetzt hätte.

»Die Tage der Ritterlichkeit sind noch immer nicht vorüber«, lächelte Skouras. Ich sah, wie MacCallum und Biscarte, der bärtige Bankier, unruhig wurden. Es war verdammt peinlich. Skouras fuhr fort: »Ich wollte damit nur sagen, meine Lieben, daß Charnley und Lavorski ein schlechter Ersatz für so glänzende junge Gesellschafter sind wie Welshblood, der junge amerikanische Ölmann, oder Domenico, der spanische Graf mit der Passion für Amateurastronomie. Ich meine den, der dich zum Hinterdeck zu begleiten pflegte, um dir die Sterne über der Ägäis zu zeigen.« Er sah wieder auf Charnley und Lavorski. »Es tut mir leid, meine Herren, aber dafür sind Sie denkbar ungeeignet.«

»Ich weiß nicht, ob ich deshalb tief beleidigt sein soll«, sagte Lavorski seelenruhig. »Charnley und ich haben unsere Pluspunkte. Außerdem habe ich den jungen Domenico seit langem nicht gesehen.« Er hätte einen ausgezeichneten Stichwortbringer abgeben können, unser Freund Lavorski, er war bestens trainiert, seine Worte genau im richtigen Moment zu sagen.

»Sie werden ihn noch sehr lange Zeit vermissen müssen«, sagte Skouras grimmig. »Zumindest auf meiner Jacht und in meinen Häusern.« Pause. »Und in der Nähe von allem, was mir gehört.

Ich versicherte ihm, daß ich die edle Farbe seines kastilischen Blutes sehen wollte, sollte mein Auge jemals wieder auf ihn fallen.« Er lachte plötzlich. »Ich muß mich bei Ihnen entschuldigen, daß ich den Namen einer solchen Null überhaupt in das Gespräch gebracht habe. Mr. Hunslett, Mr. Petersen. Ihre Gläser sind leer.«

»Sie sind sehr freundlich, Sir Anthony. Wir haben uns bestens unterhalten.« Der plumpe und dümmliche alte Calvert war zu beschränkt, um zu merken, was vorging. »Aber wir würden gern zurückfahren. Es ist ziemlich stürmisch heute nacht, und Hunslett und ich möchten die ›Firecrest‹ in den Schutz der Insel Garve bringen.« Ich stand auf, ging zu einem Fenster und zog einen der afghanischen – oder von wo immer sie sonst herstammen mochten – Vorhänge zurück. Er fühlte sich so schwer an wie der eiserne Vorhang eines Theaters. Kein Wunder, daß Skouras für seine Jacht Stabilisatoren benötigte, bei all dem zusätzlichen Gewicht, das die »Shangri-la« in ihren Aufbauten tragen mußte. »Das ist der Grund, warum wir unsere Navigations- und Kabinenbeleuchtung angelassen haben. Damit wir sehen können, ob wir unsere Position ändern. Etwas früher heute abend trieben wir ganz schön ab.«

»So bald? So bald?« Es hörte sich ganz enttäuscht an. »Aber natürlich, wenn Sie sich Sorgen machen . . .« Er drückte auf einen Knopf – nicht den für den Steward –, und die Tür zum Salon öffnete sich. Der Mann, der jetzt eintrat, war klein und wetterhart; er hatte zwei Goldstreifen an den Ärmeln: Kapitän Black, der Kapitän der »Shangri-la«. Er hatte Skouras begleitet, als wir, nachdem wir an Bord angekommen waren, die »Shangri-la« flüchtig besichtigten. Dabei wurde auch der zerstörte Radiosender des Schiffes inspiziert. Es bestand kein Zweifel, ihr Sender war ein für allemal betriebsunfähig.

»Hallo, Kapitän Black, lassen Sie den Tender sofort zum Fallreep bringen, bitte. Mr. Petersen und Mr. Hunslett möchten so schnell wie möglich zur ›Firecrest‹ zurückfahren.«

»Jawohl, Sir. Ich fürchte nur, daß es eine gewisse Verzögerung geben wird, Sir Anthony.«

»Verzögerung?« Der alte Skouras war in der Lage, ein Stirnrunzeln in Worten auszudrücken, ohne daß er dabei wirklich die Stirn runzelte.

»Das alte Leiden, befürchte ich«, sagte Kapitän Black entschuldigend.

»Diese verdammten Verteiler«, fluchte Skouras. »Sie hatten recht, Kapitän Black, Sie hatten völlig recht. Das ist der letzte Tender, den ich mit einem Benzinmotor ausrüsten lasse. Lassen Sie es mich sofort wissen, wenn der Schaden behoben ist. Stellen Sie außerdem einen Matrosen ab, der die ›Firecrest‹ beobachtet und sie nicht aus den Augen verliert. Mr. Petersen befürchtet, daß sie abtreiben könnte.«

»Keine Sorge, Sir.« Ich war mir nicht sicher, ob Black zu mir oder zu Skouras sprach. »Die ist schon in Ordnung.«

Er verschwand. Skouras erging sich für einige Zeit in Lobeshymnen auf Dieselmaschinen und Fluchkanonaden auf Benzinmotoren. Er zwang Hunslett und mich, noch mehr Whisky zu trinken, wobei er meine Proteste ignorierte, die weniger meiner Abneigung für Whisky im allgemeinen entsprangen oder für Skouras im besonderen, die sich vielmehr auf meine Überlegung stützten, daß dies keine gute Vorbereitung für die Nacht bedeutete, die noch vor mir lag. Kurz vor neun Uhr drückte er wieder auf einen Knopf, der sich in der Armlehne seines Stuhles befand, und die Türen eines Schrankes öffneten sich automatisch, um den großen Bildschirm eines Fernsehers freizugeben.

Onkel Arthur hatte mich nicht im Stich gelassen. Der Nachrichtensprecher gab eine dramatische Schilderung der letzten Meldung von der Jacht »Moray Rose«, die sich nicht mehr unter Kontrolle befand und langsam vollief, irgendwo im Süden der Insel Skye. Eine umfassende Luft- und Seesuchaktion wurde für den Morgen des nächsten Tages angekündigt.

Skouras drehte den Sender ab. »Auf See tummelt sich wirklich ein Haufen verfluchter Narren, die man nicht einmal außerhalb eines Kanalbeckens dulden sollte. Wie lautet eigentlich der letzte Wetterbericht? Weiß das irgend jemand?«

»In den Nachrichten für die Schiffahrt um 17 Uhr 58 kam eine Sturmwarnung Stärke acht von den Hebriden durch«, sagte Charlotte Skouras ruhig. »Südwestlich sagten sie.«

»Seit wann hörst du denn Wetterberichte?« wollte Skouras wissen. »Oder vielmehr, seit wann hörst du überhaupt Radio? Ach ja, natürlich, meine Liebe, ich hatte es schon wieder ganz vergessen. Es gibt ja hier für dich nicht sehr viel, womit du dich beschäftigen kannst, nicht wahr? Stärke acht und südwestlich? Das bedeutet, daß die Jacht, die von Kyle of Lochalsh kommt, direkt hineinfährt. Die müssen verrückt sein. Und sie haben einen Sender – denn sie haben ja eine Nachricht gegeben, das beweist ihren hochgradigen Wahnsinn. Ob sie sich den Wetterbericht nicht angehört haben oder ob sie ihn gehört haben und trotzdem ausgefahren sind, das müssen Verrückte sein. Man findet sie ja heute überall.«

»Einige von diesen Verrückten sterben vielleicht gerade jetzt oder ertrinken, oder sind vielleicht schon ertrunken«, sagte Charlotte Skouras. Die Schatten unter ihren braunen Augen schienen noch größer und dunkler als sonst. Aber in diesen braunen Augen war noch immer ein Feuer.

Etwa fünf Sekunden lang starrte Skouras sie mit unbeweglichem Gesicht an. Und ich fühlte, wenn ich jetzt mit den Fingern geschnippt hätte, würde es entweder ein knisterndes Geräusch oder einen lauten Knall gegeben haben, so geladen war die Atmosphäre. Dann wandte er sich mit einem Lachen ab und sagte zu mir: »Sieh mal einer die kleine Frau an, was, Petersen? Eine kleine Mutter – nur hat sie keine Kinder. Erzählen Sie mir, Petersen, sind Sie verheiratet?«

Ich lächelte ihm zu, während ich innerlich mit mir zu Rate ging, ob ich ihm meinen Whisky ins Gesicht schütten oder ihn mit irgend etwas Schwerem niederschlagen sollte. Dann entschied ich mich dagegen. Abgesehen davon, daß es die ganze Sache nur noch schlimmer machen würde, war ich auch nicht wild darauf, zur »Firecrest« zurückschwimmen zu müssen. So lächelte ich, wobei ich die Messerspitze unter meiner Jacke zu spüren begann. Dann sagte ich: »Ich fürchte nein, Sir Anthony.«

»Sie fürchten nein?« Er lachte sein herzliches kameradschaftliches Lachen, ein Lachen, das ich nicht ausstehen kann, und fuhr dann abrupt fort: »Sie sind nicht mehr jung genug, um so etwas Naives zu sagen. Also los, Mr. Petersen, was sind Sie?«

»Achtunddreißig Jahre und hatte noch nie eine Chance«, entgegnete ich fröhlich. »Es ist die alte Geschichte, Sir Anthony. Diejenige, die ich haben wollte, wollte mich nicht und umgekehrt.« Das stimmte nicht ganz. Der Fahrer eines Bentley, der, wie die Ärzte schätzten, mindestens eine Flasche Whisky intus hatte, hatte meine Ehe beendet, noch ehe sie zwei Monate alt war. Das erklärte auch meine vernarbte linke Gesichtshälfte. Das war der Augenblick, in dem Onkel Arthur mich aus meiner Schiffsbergungsfirma gekapert hatte, und seitdem hatte kein Mädchen mit einer Spur von Intelligenz es in Betracht gezogen, mich zu heiraten. Das heißt, wenn sie wußte, was ich tat. Was alles noch erschwerte, war die Tatsache, daß ich ihr das von vornherein gar nicht sagen durfte. Und die Narben machten es mir auch nicht leicht.

»Sie sehen mir nicht wie ein Narr aus«, lächelte Skouras, »falls ich das, ohne Sie zu beleidigen, sagen darf.« Das war jetzt wieder der reiche alte Skouras, der sich Sorgen darüber machte, jemanden zu beleidigen. Der Reißverschlußmund gab ein wenig nach und veränderte sich während der nächsten Worte etwas, was ich zuvor schon als ein weltschmerzliches Lächeln interpretiert hatte. »Ich mache natürlich einen Scherz. Ganz so schlimm ist das alles nicht. Ein Mann muß auch seinen Spaß haben. Charlotte?«

»Ja?« Die braunen Augen waren vorsichtig und wachsam.

»Ich hätte gern etwas aus unserer Kabine, würdest du . . .?«

»Könnte nicht die Stewardeß . . .?«

»Meine Liebe, es handelt sich um etwas sehr Persönliches. Und wie Mr. Hunslett schon angedeutet hat, zumindest könnte man den Schluß daraus ziehen, bist du doch ein groß Teil jünger als ich.« Er lächelte Hunslett an, um ihm zu bedeuten, daß hiermit keine Beleidigung gemeint war. »Das Bild von meinem Ankleidetisch.«

»Was?« Ganz plötzlich richtete sie sich in ihrem Sessel auf, die Hände ergriffen die Lehnen so, als ob sie sofort aufspringen wollte. Irgend etwas war jetzt in Skouras vorgegangen. Das Lächeln in den Augen machte einem harten, kalten Blick Platz. Das Ganze dauerte nur einen Augenblick, weil seine Frau es noch schneller gemerkt hatte als ich. Sie setzte sich abrupt nach vorn, glättete die kurzen Ärmel ihres Kleides über den sonnengebräunten Armen. Schnell und elegant, aber nicht schnell genug. Etwa zwei Sekunden lang waren die Ärmel fast ganz bis zu ihren Schultern hochgeschlagen, und etwa zehn Zentimeter unterhalb der Schulter hatte jeder Arm einen Ring blauroter Blutergüsse. Es war ein zusammenhängender Ring. Es war kein Erguß, wie er durch Schläge oder Druck verursacht werden kann. Solche Ergüsse werden nur durch einen Strick hervorgerufen.

Skouras lächelte bereits wieder. Er drückte auf die Klingel, um den Steward zu rufen. Charlotte Skouras stand ohne ein weiteres Wort auf und verließ schnell den Raum. Einen Augenblick lang zweifelte ich, ob ich mir das alles nur einbildete, dieses eigenartige Bild, das ich da gesehen hatte, aber ich war mir klar, daß ich es wirklich gesehen hatte. Schließlich erhielt ich mein Geld nicht dafür, mir etwas einzubilden.

Innerhalb von wenigen Augenblicken war sie wieder zurück. In der Hand hielt sie einen Bilderrahmen, dessen Ausmaße etwa fünfzehn zu zwanzig Zentimeter betrugen. Sie gab das Bild Skouras und setzte sich schnell wieder in ihren Sessel. Diesmal war sie sehr vorsichtig mit ihren Ärmeln, ohne daß es irgend jemandem auffiel.

»Meine Herren, hier sehen Sie meine Frau«, sagte Skouras. Er stand von seinem Sessel auf und zeigte eine Fotografie herum, die eine dunkeläugige, dunkelhaarige Frau mit lächelndem Gesicht zeigte, durch das ihre hohen slawischen Backenknochen betont wurden. »Das ist meine erste Frau, Anna. Wir waren dreißig Jahre verheiratet. Eine Ehe ist gar nicht so schlimm. Das hier ist Anna, meine Herren.«

Wenn sich nur noch ein Gramm von menschlichem Anstand in mir befunden hätte, dann hätte ich ihn niederschlagen und auf ihm herumtrampeln müssen. Es ist unvorstellbar, daß ein Mann offen in Gesellschaft erklärt, daß er ein Bild seiner früheren Frau neben seinem Bett aufgestellt hat und dann noch seine jetzige Frau zwingt, die letzte und schlimmste Erniedrigung und Demütigung zu ertragen, indem sie dieses Bild herbeiholen muß. Das und die Blutergüsse, die durch die Taue zurückgeblieben waren, ließen einen daran zweifeln, ob Erschießen nicht noch zu gut für ihn wäre. Aber ich konnte es nicht tun. Ich konnte nichts in dieser Sache unternehmen. Der alte Tölpel sprach aus vollem Herzen und mit Tränen in den Augen. Wenn das geschauspielert war, dann war es die größte schauspielerische Leistung, die ich jemals gesehen hatte. Die Träne, die langsam aus seinem rechten Auge herabrann, wäre in jedem Jahr seit Bestehen des Films einen Oscar wert gewesen. Und wenn es nicht geschauspielert war, dann war es das Bild eines traurigen, einsamen Mannes, der nicht mehr jung war und für den Augenblick diese Welt vergessen hatte, der bekümmert das einzige in dieser Welt anstarrte, das er liebte, je geliebt hatte und immer lieben würde. Etwas, was ihm für immer genommen worden war.

Hätte es dazu nicht noch das andere Bild gegeben, das Bild der bewegungslosen, stolzen, erniedrigten Charlotte Skouras, die starr ins Feuer blickte, hätte ich vielleicht selbst einen Kloß im Hals verspürt. Doch so war es für mich nicht schwer, meine Gefühle zu beherrschen. *Ein* Mann jedoch war dazu nicht in der Lage, und es war nicht Sympathie für Skouras, die ihn veranlaßte, sich zu äußern. MacCallum, der schottische Anwalt, erhob sich bleich vor Wut, murmelte mit belegter Stimme, daß er sich nicht gut fühle, wünschte gute Nacht und ging. Der bärtige Bankier heftete sich an seine Fersen. Skouras sah sie nicht fortgehen. Er kehrte schwerfällig zu seinem Sessel zurück und starrte vor sich hin; seine Augen blickten genauso ins Leere wie die seiner Frau. Wie sie schien auch er etwas in den Tiefen der Flammen zu erblicken. Das Bild lag jetzt, das Gesicht nach unten, auf seinen Knien. Er sah nicht einmal auf, als Kapitän Black hereinkam, um uns mitzuteilen, daß der Tender bereit war, uns zur »Firecrest« zurückzubringen.

Nachdem wir wieder auf unserem Boot angelegt waren, warteten wir, bis der Tender etwa den halben Weg zur »Shangri-la« zurückgelegt hatte, schlossen dann die Tür zum Salon, lösten den festgeknöpften Teppich und rollten ihn zurück. Vorsichtig hob ich ein Stück Zeitungspapier auf, das auf dem Boden lag, und auf der dünnen Mehlschicht, die unter dem Papier ausgebreitet war, waren deutlich vier Fußabdrücke zu erkennen. Danach kontrollierten wir die beiden vorderen Kabinen, den Maschinenraum und die hintere Kabine. Die Seidenfäden, die wir vor unserer Abfahrt zur »Shangri-la« mit großer Mühe angebracht hatten, waren alle zerrissen.

Mindestens zwei Personen, den Fußabdrücken nach zu schließen, hatten die »Firecrest« durchsucht. Ihnen hatte dafür wenigstens eine ganze ungestörte Stunde zur Verfügung gestanden, und daraufhin verwendeten Hunslett und ich ebenfalls eine ganze Stunde, um herauszufinden, warum sie da gewesen waren. Wir fanden nichts. Keinen Fingerzeig, nichts.

»Nun«, sagte ich, »jetzt wissen wir endlich, warum sie so erpicht darauf waren, uns an Bord der ›Shangri-la‹ zu haben.«

»Damit sie hier ungestört alles durchsuchen konnten? Das ist der Grund, warum der Tender nicht fertig war, er war hier.«

»Was denn sonst?«

»Da ist noch etwas anderes. Ich weiß nicht, was es ist, aber da ist noch etwas anderes.«

»Sag mir morgen früh Bescheid. Wenn du um Mitternacht Onkel Arthur anrufst, dann bitte ihn, alle möglichen Informationen über die Leute auf der ›Shangri-la‹ zu sammeln. Und über den Arzt, der die verstorbene Lady Skouras behandelt hat. Ich möchte eine ganze Menge über die verstorbene Lady Skouras wissen.« Ich erzählte ihm, was ich alles wissen wollte. »In der Zwischenzeit laß uns das Boot zur Insel Garve bringen. Ich muß um halb vier wieder auf sein. Du kannst noch dein ganzes Leben lang schlafen.«

Ich hätte auf Hunslett hören sollen. Wieder hätte ich auf Hunslett hören sollen. Und wieder um Hunsletts willen. Aber damals wußte ich noch nicht, daß Hunslett wirklich sein ganzes Leben Zeit zum Schlafen haben würde.

Viertes Kapitel
Mittwoch: fünf Uhr früh bis zur Abenddämmerung

Wie es in der Sprache der dortigen Gegend heißt: Es war so schwarz wie die Weste des Herrschers der Unterwelt. Der Himmel war schwarz, die Wälder waren schwarz, und der eisig peitschende Regen machte jede Sicht unmöglich. Die einzige Möglichkeit, einen Baum zu erkennen, war die, direkt in ihn hineinzulaufen, die einzige Möglichkeit, eine Bodenmulde zu erkennen, war die, in sie hineinzufallen.

Als Hunslett mich um 3 Uhr 30 mit einer Tasse Tee weckte, erzählte er mir, daß Onkel Arthur, als er mit ihm gesprochen hatte – um diese Zeit schlief ich –, von der ganzen Sache nichts hielt, obwohl der Hubschrauber für mich organisiert worden war. Er empfand das Ganze als eine komplette Zeitverschwendung. Es war eine jener seltsamen Gelegenheiten, in denen ich mich in vollkommener Übereinstimmung mit Onkel Arthur befand, aber das war wirklich ganz selten der Fall.

Es sah so aus, als ob ich diesen verdammten Hubschrauber sowieso niemals finden würde. Ich hätte es nie für möglich gehalten, daß es so schwierig sein würde zur Nachtzeit, den Weg durch fünf Meilen bewaldeten Gebiets zu finden. Es war nicht so, daß ich gegen Flüsse oder rauschende Bergbäche, gegen Klippen, gefährliche Abgründe oder dichten Urwald zu kämpfen gehabt hätte. Torbay war eine leicht bewaldete und etwas hügelige Insel, und sie von einer Seite zur anderen zu durchqueren, wäre ein bequemer Sonntagnachmittags-Spaziergang gewesen. Ich war kein Achtzigjähriger, obwohl ich mich so fühlte, aber schließlich war dies auch kein Sonntagnachmittag.

Die Schwierigkeiten hatten schon in dem Augenblick begonnen, als ich an der Küste von Torbay gegenüber der Insel zu landen versucht hatte. Selbst bei hellem Tageslicht ist es eine halsbrecherische Sache, ein Schlauchboot über glitschige, von Seegras bedeckte Steine – einige von ihnen waren bis zu zwei Meter hoch – zum Ufer, das zwanzig nicht enden wollende Meter entfernt war, zu bringen. Ganz besonders, wenn man dabei noch gummibesohlte Schuhe trägt. In vollkommener Dunkelheit ist dies, möchte ich sagen, ein beinahe unfehlbarer Weg für jeden potentiellen Selbstmörder, seine Arbeit gründlich und zufriedenstellend zu Ende zu führen. Als ich zum drittenmal hinfiel, zerbrach meine Taschenlampe. Und nachdem ich mir einige weitere Schrammen und Beulen zugezogen hatte, ging es meinem am Handgelenk befestigten Kompaß genauso. Nur der Tiefenmesser blieb, wie nicht anders zu erwarten war, in Ordnung. Ein Tiefenmesser ist wirklich eine ganz prächtige Hilfe, wenn man jemanden in einem weglosen Wald zur Nachtzeit suchen muß.

Nachdem ich die Luft aus dem Boot abgelassen und es zusammen mit der Pumpe verstaut hatte, machte ich mich auf, den Küstenstrich, weit entfernt von dem Dorf auf Torbay, entlangzuwandern. Es war nur logisch, daß ich, wenn ich in derselben Richtung weiterging, endlich an der Sandbucht, die am entferntesten Ende der Insel lag, ankommen mußte, wo ich mein Zusammentreffen mit dem Hubschrauber verabredet hatte. Es war genauso logisch, daß ich, wenn die Linie der Bäume direkt herunter zum Ufer führte und dieses Ufer voll kleiner, dichtgesäter Buchten war und ich außerdem nicht sehen konnte, wohin ich trat, mit todsicherer Regelmäßigkeit ins Wasser fallen mußte. Nachdem ich zum drittenmal wieder herausgeklettert war, gab ich meinen Vorsatz auf und begann landeinwärts zu gehen. Der Grund war nicht etwa der, daß ich Angst davor hatte, naß zu werden – ich hatte es sinnlos gefunden, meinen Taucheranzug anzuziehen, weil ich ja durch einen Wald gehen und anschließend in einem Hubschrauber sitzen wollte. Deshalb hatte ich ihn an Bord gelassen und war nun bereits bis auf die Haut durchnäßt. Der Grund war auch nicht der, daß die mit der Hand zu bedienenden Notlichter, die ich mitgebracht hatte, um dem Piloten des Hubschraubers Zeichen zu geben – obwohl sie in eine Ölhaut verpackt waren –, vielleicht bei dieser Behandlung auf die Dauer streiken würden. Der Grund, warum ich jetzt wie ein Blinder meinen mühsamen Weg durch den Wald begonnen hatte, war der, daß ich, wenn ich mich weiter an die Küstenlinie gehalten hätte, auf keinen Fall vor der Mittagsstunde am Platz unseres Zusammentreffens angekommen wäre.

Die einzigen Anhaltspunkte, die ich hatte, waren der Wind, der peitschende Regen und die allgemeine Lage der Insel. Die Bucht, die ich suchte, lag im Osten, und der orkanartige Wind kam fast direkt aus dem Westen, so daß ich, wenn ich den kalten peitschenden Regen in den Nacken bekam, mich ungefähr in der richtigen Richtung befinden mußte. Ich erinnerte mich, daß die Insel Torbay in ihrer Mitte eine Art Buckel macht, der von Kiefern bedeckt ist und sich von Osten nach Westen erstreckt. Wenn ich fühlte, daß der Boden unter mir nach der einen oder anderen Seite abfiel, dann wußte ich, daß ich auf dem falschen Weg war. Aber der mit Regen durchsetzte Wind drehte sich unvorhergesehen, und der Wald wurde zuweilen dichter, um dann wieder fast aufzuhören. Der hügelige, aber ziemlich glatte Höhenzug hatte plötzliche und abrupte Erhöhungen, die mich eine Menge Zeit kosteten. Etwa eine halbe Stunde vor Tagesanbruch – dies stellte ich auf meiner Uhr fest, denn es war noch immer genauso dunkel, als ob es Mitternacht wäre – befielen mich Zweifel, ob ich überhaupt noch zur rechten Zeit ankommen würde.

Und dann fragte ich mich, ob es der Hubschrauber überhaupt schaffen würde. Ich zweifelte nicht daran, daß er landen könnte – die Bucht im Osten war geschützt –, aber ob er dorthin kommen würde, war eine andere Frage. Ich hatte zwar eine ungefähre Vorstellung, daß Hubschrauber bei gewissen Windstärken manövrierunfähig sind, aber bei welcher Windstärke, war mir unbekannt. Und falls der Hubschrauber nicht kommen sollte, dann stand mir eine erneute lange kalte und nasse Wanderung bevor, zu dem Platz zurück, wo ich das Dinghi versteckt hatte, woran sich dann eine noch längere kältere und hungrige Wartezeit anschließen würde, bis die Dunkelheit wieder eintrat und ich mich ungesehen zur »Firecrest« begeben konnte. Selbst jetzt hatte ich nur noch vierundzwanzig Stunden zu meiner Verfügung. Bei Einbruch der Dunkelheit würden es nur noch zwölf sein. Ich fing an zu rennen.

Fünfzehn Minuten später, nachdem ich über Gott weiß wie viele eisenharte Baumstümpfe gestolpert war, hörte ich es. Anfänglich ganz entfernt und unterbrochen, dann langsam lauter werdend, das Motorengeräusch eines Hubschraubers. Er kam zu früh, verdammt noch mal. Er kam viel zu früh. Er würde dort landen, niemanden vorfinden und sofort zurückfliegen. Nichts beschreibt meine Verfassung besser, als daß es mir nicht einmal einfiel, daß er ja erst versuchen mußte, die Sandbucht zu finden, ehe er dort landen könnte, und daß es ihm bei dieser totalen Finsternis unmöglich sein würde. Einen Augenblick dachte ich daran, eines der Lichtsignale anzuzünden, um ihn zumindest wissen zu lassen, daß ich da war und wo ich mich befand. Ich hatte das Notlicht schon beinah ausgepackt, als ich es wieder zurücksteckte. Es war ausgemacht worden, die Fakkeln nur anzuzünden, um dem Piloten den Landeplatz im Sand zu zeigen. Wenn ich hier eine anzündete, bestand die Möglichkeit, daß er sich danach richten und mit seiner Maschine die Wipfel der Kiefern streifen würde. Das wäre das Ende für ihn und für meinen geplanten Ausflug.

Ich rannte jetzt noch schneller. Es war Jahre her, seit ich mehr als ein paar hundert Meter gelaufen war, und meine Lungen fingen an zu pfeifen und zu ächzen wie ein Blasebalg, der nicht mehr ganz dicht ist. Aber ich lief, so schnell ich konnte. Ich rannte gegen Bäume, stolperte über Wurzeln und fiel in kleine Mulden. Mein Gesicht wurde von niedrighängenden Zweigen gepeitscht, aber das schlimmste war, daß ich immer wieder gegen die verdammten Bäume lief. Ich streckte die Arme vor, aber das half auch nichts. Ich rannte trotzdem dagegen. Ich hob einen abgebrochenen Ast auf, über den ich gestolpert war, und hielt ihn vor mich. Aber ganz egal, in welcher Richtung ich ihn auch immer vor mich hielt, die Bäume schienen stets aus einer anderen Richtung auf mich zuzukommen. Ich glaube, daß ich jeden verdammten Baum auf der Insel Torbay angerempelt habe. Ich kam mir wie eine Kegelkugel vor, die ein ganzes Jahr lang jeden Abend benutzt worden ist. Der einzige Unterschied war der, daß die Kegelkugel die Kegel umwirft, während ich von den Bäumen umgeworfen wurde. Einmal, zweimal, dreimal hörte ich am Geräusch der Maschine, daß der Hubschrauber wieder nach Osten verschwand, und beim drittenmal war ich sicher, daß er endgültig abgedreht hatte. Aber jedesmal kam er wieder zurück. Langsam wurde es jetzt im Osten hell, aber ich konnte noch immer nicht den Hubschrauber erkennen. Für den Piloten mußte unten immer noch alles stockdunkel sein.

Auf einmal gab der Boden unter meinen Füßen nach und ich fiel. Ich spannte meine Muskeln an und streckte meine Arme aus, um mich auf den Aufprall vorzubreiten. Aber meine ausgestreckten Arme fanden nichts. Keinen Widerstand. Ich fiel weiter. Ich rollte einen mit Gestrüpp bewachsenen Abhang hinunter. Und zum erstenmal in dieser Nacht hätte ich das Auftauchen eines Baumes begrüßt, um mein Weiterrollen aufzuhalten. Ich weiß nicht, wie viele Bäume sich auf diesem Abhang befanden, aber ich stieß auf keinen einzigen. Es war eine Grube, es war die größte Grube auf der Insel Torbay. Ich rollte und holperte plötzlich über eine ebene Grasbank und landete dann auf dem Rücken im weichen nassen Sand. Noch während ich keuchte und schnaufte und dabei versuchte, wieder etwas Luft in meine Lungen zu pumpen, hatte ich Zeit, der freundlichen Vorsehung dafür zu danken, daß sie die Felsen, die vor einer Million von Jahren hier an dieser Küste gelegen haben mußten, in eine weiche sandige Bucht verwandelt hatte.

Ich stand auf. Das war genau der richtige Platz. Tatsächlich. Man hatte mir gesagt, im Osten der Insel Torbay gäbe es nur eine solche Sandbucht, und jetzt war es auch langsam hell genug geworden, um zu erkennen, daß es genau die Bucht war, obwohl sie mir sehr viel kleiner vorkam, als ich sie mir nach der Karte vorgestellt hatte. Wieder flog der Hubschrauber vom Osten herein. Soweit ich schätzen konnte, nicht mehr als ungefähr hundert bis hundertdreißig Meter vom Boden entfernt. Ich lief bis zur Mitte der Bucht, zog eine der Warnleuchten aus meiner Tasche, riß den Wasserschutz ab und zündete sie an, indem ich das Zündkabel abriß. Sofort flammte sie auf. Ein blauweißes Magnesiumlicht, das mich so blendete, daß ich die Augen mit meiner freien Hand bedecken mußte. Das Licht brannte genau dreißig Sekunden, aber es genügte. Während es verlöschte und dabei der Gestank in meine Nase drang, befand sich der Hubschrauber genau über mir. Zwei senkrecht nach unten strahlende Scheinwerfer waren vorn und hinten an der Maschine angebracht. Sie wurden zusammen eingeschaltet und tauchten den nassen weißen Sand in ein Lichtermeer. Zwanzig Sekunden später sanken die Räder in den weichen Sand. Das Geräusch des Motors verstummte, und langsam hörte der Rotor auf, sich zu drehen. Ich war noch nie in meinem Leben zuvor in einem Helikopter geflogen, aber ich hatte schon viele gesehen. Im Halbdunkel sah es so aus, als ob dies der größte wäre, den ich je gesehen hatte.

Die rechte Tür öffnete sich, und eine Taschenlampe schien mir ins Gesicht. Eine Stimme, die so walisisch klang, daß man ganz Wales darin hätte unterbringen können, sagte: »Sind Sie Calvert?«

»Das bin ich; kann ich an Bord kommen?«

»Woher weiß ich, daß Sie Calvert sind?«

»Ich sage es Ihnen. Erschweren Sie die ganze Sache nicht, Sie haben keine Vollmachten, meine Identität zu prüfen.«

»Haben Sie keine Beweise, keine Papiere?«

»Haben Sie keinen Verstand? Wissen Sie nicht, daß es Personen gibt, die *niemals* irgendwelche Papiere bei sich tragen? Glauben Sie, daß ich hier nur so herumstehe und nur so zum Vergnügen in meiner Tasche diese Notlichter mit mir herumtrage? Wollen Sie noch vor Morgengrauen arbeitslos sein?« Das war wirklich ein sehr ermutigender Beginn unserer Bekanntschaft.

»Mir wurde aufgetragen, vorsichtig zu sein.« Er war aufgeregt und ärgerlich wie eine Katze, die beim Sonnenbaden niesen muß. Noch immer ließ seine Stimme eine gewisse Kameradschaftlichkeit vermissen. »Oberleutnant Scott Williams von der Marine-Luftwaffe. Sie müssen schon einen Admiral finden, um mich arbeitslos zu machen. Kommen Sie herein.«

Ich kletterte hinein, schloß die Tür und setzte mich. Er streckte mir nicht die Hand zur Begrüßung entgegen. Er machte in der Kabine Licht und sagte: »Was, zum Teufel, ist denn mit Ihrem Gesicht passiert?«

»Was soll denn mit meinem Gesicht los sein?«

»Blut und Hunderte von kleinen Kratzern.«

»Kiefernnadeln.« Ich erzählte ihm, was passiert war.

»Warum kommen Sie denn mit einer so riesigen Maschine? In der könnten Sie ein ganzes Bataillon unterbringen.«

»Vierzehn Mann, um ganz genau zu sein. Ich habe schon eine ganze Menge verrückter Sachen gemacht, Calvert. Aber bei solchem Wetter, wie wir's jetzt haben, fliege ich nicht mit diesen kleinen Fünfgroschenmaschinen. Sie würden uns direkt vom Himmel unter die Erde bringen. Warum sind wir denn nur zu zweit? Die beiden Tanks für weite Überlandflüge sind gefüllt.«

»Können Sie damit den ganzen Tag über fliegen?«

»Mehr oder weniger, es kommt darauf an, wie schnell wir fliegen. Was wollen Sie denn jetzt von mir?«

»Erst einmal, daß Sie sich zivil benehmen. Oder stehen Sie nicht gern frühmorgens auf?«

»Ich bin ausgebildeter Rettungspilot, Calvert. Dies hier ist die einzige Maschine, über die wir verfügen, mit der man bei solchem Wetter noch etwas suchen kann. Und ich sollte mich sofort auf die Suche begeben und nicht irgendein Katz- und Mausspiel nur so zum Vergnügen betreiben. Mir ist es völlig egal, wie wichtig es ist, aber vielleicht sind da unten irgendwo Menschen, die sich im Atlantik an einem Stück Holz oder einem Rettungsboot festhalten und auf mich warten. Das ist eigentlich mein Job. Aber ich habe meine Befehle erhalten. Was wollen Sie von mir?«

»Meinen Sie die ›Moray Rose‹?«

»Haben Sie von ihr gehört? Ja, genau die meine ich.«

»Sie existiert überhaupt nicht. Sie hat niemals existiert.«

»Was reden Sie denn da für Zeug? Es kam in den Nachrichten . . .«

»Ich sage Ihnen genau so viel, wie Sie wissen müssen, Oberleutnant. Es ist notwendig, daß wir in der Lage sind, dieses Gebiet hier zu durchsuchen, ohne Aufsehen zu erregen. Das kann nur so erfolgen, daß ein Grund dafür genannt wird, der nicht angezweifelt werden kann. Die in Seenot geratene ›Moray Rose‹ ist dieser Grund. Deshalb haben wir die Geschichte erzählt.«

»Eine Fälschung?«

»Eine Fälschung.«

»Und so was können Sie veranlassen?« sagte er langsam. »Sie können veranlassen, daß im Fernsehen und im Funk eine falsche Nachricht gebracht wird?«

»Ja.«

»Unter diesen Umständen würden Sie es vielleicht wirklich fertigbringen, mich arbeitslos zu machen.« Jetzt lächelte er zum erstenmal. »Es tut mir leid, Sir, Oberleutnant Williams – für Sie bin ich Scotty – ist jetzt wieder ganz der fröhliche Alte. Was machen wir?«

»Kennen Sie die Küstenstreifen und die Inseln dieses Gebiets gut?«

»Von der Luft aus?«

»Ja.«

»Ich bin jetzt seit zwanzig Monaten hier stationiert. Als Rettungspilot der Marine-Luftwaffe. Zwischendurch beschäftige ich mich damit, nach in Not geratenen Bergsteigern zu suchen und nehme an

Armee- und Marinemanövern teil. Hauptsächlich arbeite ich mit Kommandoeinheiten der Marine. Ich kenne diese ganze Gegend hier, glaube ich, so gut, wie man sie überhaupt kennen kann.«

»Ich suche nach einem Platz oder Ort, wo man ein Schiff versteckt halten kann. Ein ziemlich großes Schiff, fünfzehn, sogar zwanzig Meter. Es kann sich dabei um ein großes Bootshaus handeln. Vielleicht auch um einen großen ein Flußbett überhängenden Baum. Vielleicht sogar um einen kleinen verwunschenen Hafen, der normalerweise von der See aus nicht eingesehen werden kann. In der Gegend zwischen Islay und Skye.«

»Tatsächlich, und das ist alles? Haben Sie überhaupt eine Vorstellung, wie viele hundert Meilen Küstenlinie hier in dieser Gegend sind, wenn wir uns dabei um alle Inseln kümmern wollen? Das können einige tausend sein. Wieviel Zeit haben wir für diesen Job? Einen Monat?«

»Bis Sonnuntergang heute. Jetzt warten Sie einmal, wir können von vornherein alle bewohnten Gegenden ausschließen, und damit meine ich alles, wo mehr als zwei oder drei Häuser zusammenstehen. Wir können die gesamten Fischfanggebiete ausschließen, ebenso alle Gebiete, auf denen ein Linienverkehr stattfindet. Hilft das etwas?«

»Eine ganze Menge. Und was suchen wir nun wirklich?«

»Das habe ich Ihnen schon gesagt.«

»Okay, okay. Es ist nicht meine Sache, mich mit Ihnen zu streiten oder Ihre Gründe zu erfahren. Haben Sie irgendeine Idee, wo Sie gern anfangen würden, irgendwelche Vorstellungen, um das Suchen gebietsmäßig einzuschränken?«

»Lassen Sie uns erst einmal nach Osten zum Festland fliegen. Ungefähr zwanzig Meilen die Küste entlang und dann zwanzig Meilen nach Süden. Danach werden wir den Sund von Torbay absuchen und die Insel Torbay und dann die Inseln, die weiter westlich und nördlich liegen.«

»Der Sund von Torbay wird von einer Dampferroute befahren.«

»Verzeihung, ich hätte sagen sollen tägliche Linienverbindung. Torbay wird nur zweimal wöchentlich angefahren.«

»Schnallen Sie Ihren Sitzgurt fest und nehmen Sie die Kopfhörer um. Wir werden heute ganz schön durchgeschüttelt werden. Ich kann nur hoffen, daß Sie seefest sind.«

Die Kopfhörer waren die größten, die ich je gesehen hatte. Ungefähr zehn Zentimeter breit, mit dicken Polstern, die aussahen, als wären sie aus Gummi. Ein kleines Mikrophon war am Bügel befestigt, es hing direkt vor dem Mund.

»Die sind für die Ohren«, sagte der Oberleutnant freundlich. »Damit Ihnen das Trommelfell nicht platzt. Und auch, damit Sie nach Ihrer Landung nicht eine Woche lang taub sind. Können Sie sich ungefähr vorstellen, wie einem zumute ist, wenn man sich in einer riesigen Stahltrommel befindet, in der Mitte einer Kesselfabrik, und an dieser Stahltrommel arbeiten ungefähr ein Dutzend pneumatischer Hämmer? Wenn Sie sich das vorstellen können, dann haben Sie ungefähr eine Idee, wie laut es sein wird, wenn wir hier losfliegen.«

Selbst mit dem Kopfhörer hörte es sich genauso an, als ob man sich innerhalb einer Stahltrommel in einer Kesselfabrik befände und mindestens ein Dutzend pneumatischer Hämmer die Außenseite bearbeiteten. Die Kopfhörer schienen nicht den geringsten Schutz zu bieten. Der Lärm drang hämmernd und schlagend auf einen ein, durch jeden Gesichts- und Muskelnerv, aber das war gar nichts im Vergleich zu dem wirklichen Lärm. Als ich eine Sekunde lang neugierig ein Ohr freimachte, um herauszukriegen, wie der Lärm ohne Kopfhörer war und ob sie wirklich etwas Schutz boten, fiel mir ein, was Oberleutnant Williams über geplatzte Trommelfelle gesagt hatte. Es war kein Witz gewesen. Und selbst mit den Kopfhörern hatte ich nach ein paar Stunden das Gefühl, als ob mein Schädel zerspringen würde. Ab und zu sah ich auf das dunkle, schmale Gesicht des jungen Walisers neben mir, einen Mann, der diesen Lärm das ganze Jahr, tagaus, tagein ertragen mußte. Er machte auf mich einen ganz normalen Eindruck. Ich war überzeugt, daß ich mich dagegen nach einer Woche in einer Gummizelle wiederfinden würde.

Ich mußte mich anderseits nicht eine Woche lang in einem Hubschrauber aufhalten. Alles in allem verbrachte ich acht Stunden Flugzeit darin. Aber mir kamen die acht Stunden wie ein Schaltjahr vor.

Unser erster Flug nach Norden am Festland entlang erwies sich als erster der vielen falschen Alarme, die wir den ganzen Tag über erlebten. Zwanzig Minuten, nachdem wir Torbay verlassen hatten, fanden wir einen Fluß, einen kleinen, aber immerhin einen Fluß, der ins Meer mündete. Wir folgten ihm stromaufwärts, etwa eine Meile lang, und dann sahen wir plötzlich die Bäume. Sie wuchsen zu beiden Seiten des Ufers und ihre Äste hingen an verschiedenen Stellen über das Wasser. Sie trafen sich dort, wo der Fluß durch eine verhältnismäßig schmale, steinige Rinne zu fließen schien.

Ich schrie in mein Mikrophon: »Ich will nachsehen, was sich da unten befindet.«

Williams nickte: »Ungefähr eine Viertelmeile zurück haben wir einen Platz überflogen, wo ich landen kann, da werde ich Sie absetzen.«

»Sie haben doch eine Winde, könnten Sie mich nicht daran herunterlassen?«

»Wenn Sie davon so viel verstehen würden wie ich, welche Wirkung ein Wind mit einer Stärke von vierzig bis fünfzig Meilen in der Stunde und einem von Schluchten umgebenen Tal hat«, antwortete er, »dann würden Sie nicht von solchen Dingen reden. Nicht einmal im Spaß. Ich habe die Absicht, die Maschine wieder unbeschädigt zurückzubringen.«

Dann wendete er und setzte mich ohne große Schwierigkeit ab. Etwa fünf Minuten später hatte ich die Stelle erreicht, wo der Fluß von beiden Seiten durch die Bäume verdeckt war. Fünf Minuten später saß ich wieder im Hubschrauber. »Glück gehabt?« fragte mich der Oberleutnant.

»Kein Glück. Es war nur eine alte Eiche, deren Zweige weit über den Fluß hingen. Gerade dort, wo es wie ein Schlupfwinkel aussah.«

»Könnte sich jemand dort zu schaffen machen?«

»Die Eiche wiegt mindestens zwei bis drei Tonnen, sie ist etwa zwei Meter tief in Schlamm eingegraben und muß sich schon seit Jahren dort befinden.«

»Nun ja, macht nichts. Man kann ja schließlich nicht gleich das erstemal Glück haben, oder was meinen Sie?«

Ein paar Minuten später und wieder eine Flußmündung. Es sah kaum so aus, als ob dort überhaupt ein Boot durchfahren könnte. Aber auf jeden Fall flogen wir einmal dort entlang. Etwa eine halbe Meile von der Mündung entfernt hatte der Fluß eine milchig weiße Farbe, als er durch einige Strudel floß. Wir wendeten wieder.

Jetzt war es langsam hell geworden, und wir hatten den nördlichsten Punkt, den wir uns als Grenze für dieses Gebiet gesetzt hatten, erreicht. Hier beherrschten steile, zerklüftete Berge, die fast senkrecht in die See abfielen, die Landschaft. »Wie weit geht es denn hier noch nach Norden?« fragte ich.

»Ungefähr zehn bis zwölf Meilen, bis man in Loch Lairg angekommen ist.«

»Kennen Sie es?«

»Ich bin schon einige Male hingeflogen.«

»Höhlen?«

»Nirgendwo eine Höhle.«

Ich hatte eigentlich auch nicht geglaubt, daß es dort welche geben würde. »Wie sieht's dort weiter aus?« Ich zeigte dabei nach Westen, wo die gebirgige Küstenlinie trotz des immer noch heftigen Regens und der niedrigen Wolken sichtbar wurde. Sie schien direkt von der Spitze von Loch Lairg bis zum Beginn des Sunds von Torbay zu reichen.

»Glauben Sie mir, noch nicht einmal die Möwen können dort aufsetzen.«

Ich glaubte ihm. Wir flogen die Strecke, die wir gekommen waren, wieder zurück, bis wir unseren Ausgangspunkt an der Küste erreichten, und von dort weiter nach Süden. Von der Insel Torbay bis zum Festland war das Meer eine weiße schäumende Masse, die mit spitzen Wellen nach Osten durch die dunklen Fjorde strömte. Nirgendwo war auch nur ein Boot zu sehen. Selbst die großen Brocken waren im Hafen. So schlimm war es. Bei diesem Sturm ging es auch unserem Hubschrauber nicht gerade gut. Er schlingerte hin und her; manchmal kam es einem vor, als säße man in einem Schnellzug, einige Sekunden vor dem Entgleisen. Unter diesen Bedingungen zu fliegen, erweckte in mir eine lebenslange Aversion gegen Hubschrauber. Aber der Gedanke, wie es mir zumute sein würde, wenn ich dort unten in einem Boot säße, mitten im Toben des Meeres, ließ beinah eine Zuneigung zu diesem verdammten Hubschrauber in mir aufsteigen.

Wir flogen zwanzig Meilen nach Süden – falls man die Art, wie wir in der Luft hin- und hergeworfen wurden, mit Fliegen bezeichnen konnte –, trotzdem schafften wir sechzig Meilen in südlicher Richtung. Jeder kleine Sund zwischen den Inseln und dem Festland, jeder von der Natur geschaffene Hafen, jede Seebucht und jede Einmündung mußte untersucht werden. Meist flogen wir ziemlich niedrig, nicht viel höher als etwa siebzig Meter. Manchmal mußten wir sogar bis auf dreißig Meter heruntergehen. So schwer fiel der Regen, und so heftig war der Wind, der ihn gegen unsere Windschutzscheibe peitschte, daß die Scheibenwischer fast nutzlos waren. Aus diesem Grund mußten wir so tief wie möglich fliegen, um überhaupt etwas sehen zu können. Trotz allem glaubte ich nicht, daß wir auch nur einen Meter der Küste, des Festlandes oder der kleinen in der Nähe des Festlandes liegenden Inseln ausließen. Wir sahen alles, und wir sahen nichts.

Ich blickte auf meine Uhr. Es war 9 Uhr 30. Die Stunden verstrichen, und wir hatten bis jetzt noch nichts erreicht. Ich sagte: »Wie lange wird der Hubschrauber diesem Toben noch standhalten?«

»Ich bin mit ihm schon mehr als fünfzig Meilen über den Atlantik geflogen bei einem Wetter, das sehr viel schlechter war als dieses hier.« Es war Oberleutnant Williams nicht anzumerken, daß ihn die Fliegerei anstrengte, nervös machte oder ermüdete. Wenn man überhaupt etwas an ihm feststellen konnte, dann nur, daß er sich über die ganze Angelegenheit freute. »Wichtig ist nur zu wissen, wie lange *Sie* diese Fliegerei noch aushalten können.«

»Nicht mehr sehr lange, aber wir müssen weiter. Kehren wir zurück zu der Bucht, in der Sie mich aufgenommen haben, und dann fliegen wir die Küste von Torbay entlang. Zuerst die Südküste, dann nach Norden, die Westküste entlang, und dann östlich an Torbay vorbei, bis wir wieder am südlichen Ufer des Sunds sind.«

»Sie geben hier die Befehle.« Williams drehte den Hubschrauber nach Nordwesten und machte dabei eine Auffangbewegung, die meinem Magen nicht sehr guttat. »In der Kiste hinter Ihnen finden Sie Kaffee und belegte Brote.« Ich ließ die Brote und den Kaffee da, wo sie waren.

Wir brauchten fast vierzig Minuten, um die fünfundzwanzig Meilen bis zur östlichen Spitze der Insel Torbay abzusuchen. Wir mußten uns meterweise gegen den Wind vorwärtskämpfen. Die Sicht war so schlecht, daß Williams nur nach seinen Instrumenten fliegen konnte, und bei dem starken Gegenwind hätte er eigentlich unser Ziel um Meilen verfehlen müssen. Statt dessen flog er unsere Sandbucht schnurgerade an, als wäre er durch Radar dorthin gelenkt worden. Mein Vertrauen zu Williams wuchs. Das war ein Mann, der genau wußte, was er tat. Aber langsam schwand mein Vertrauen zu mir selbst, und ich zweifelte, ob ich überhaupt eine Vorstellung hatte, was ich zu tun beabsichtigte. Ich dachte an Onkel Arthur, beschloß aber sofort, lieber an etwas anderes zu denken.

»Dort.« Williams zeigte auf etwas. Wir waren ungefähr die Hälfte der Südküste von Torbay entlanggeflogen. »Das sieht so aus, als ob man dort etwas verstecken könnte. Meinen Sie nicht auch?« Und tatsächlich sah es so aus. Ein großes weißes, steinernes Haus im georgianischen Stil. Es stand auf einer Lichtung, etwa hundert Meter von der Küste entfernt und dreißig Meter oberhalb des Ufers. Man findet Dutzende solcher Häuser an den unmöglichsten Stellen auf einigen der abgelegenen und einsamen Inseln der Hebriden. Weiß Gott, wer sie erbaut hat, warum und weshalb. Aber es war nicht das Haus, das mein Interesse erweckte, sondern das große Bootshaus, das am Ende eines winzigen natürlichen Hafens stand. Ohne ein weiteres Wort von mir abzuwarten, brachte Williams die Maschine im Schutz der Bäume sicher zur Landung. Wir befanden uns jetzt hinter dem Haus.

Ich holte aus einem kleinen Sack, den ich unter dem Hemd versteckt hatte, zwei Pistolen heraus. Die Luger steckte ich in meine Tasche, die kleine deutsche Liliput verbarg ich in meinem linken Ärmel. Williams sah ungerührt geradeaus und begann vor sich hinzupfeifen.

Dieses Haus war seit Jahren unbewohnt. Ein Teil des Dachs war eingestürzt. Die mit Salz durchsetzte Luft hatte die Farbe an den Wänden der Räume zerstört. Durch die zerbrochenen Fenster sah ich leere Zimmer und Streifen von verfaulter Tapete, die auf dem Boden herumlagen. Der Weg hinunter zu dem kleinen Hafen war mit Moos überwachsen. Jedesmal wenn mein Absatz darin versank, hinterließ er einen tiefen, schmutzigen Abdruck, den ersten wieder seit langer Zeit. Das Bootshaus war groß, der Innenraum maß mindestens zwanzig mal zehn Meter. Aber das war auch alles, was dazu zu sagen war. Die beiden großen Tore hatten je drei Scharniere und zwei riesige Vorhängeschlösser. Die Schlösser und die Scharniere waren vom Rost zerfressen. In meiner Tasche fühlte ich die schwere Luger und kam mir ziemlich albern vor. Ich ging zum Hubschrauber zurück.

Noch zweimal kamen wir innerhalb der nächsten zwanzig Minuten in fast die gleiche Lage. Große weiße, im georgianischen Stil erbaute Häuser mit geräumigen Bootsschuppen. Ich war überzeugt, daß es sich auch bei ihnen um falschen Alarm handeln würde. Aber ich mußte doch nachsehen. Natürlich ohne Ergebnis. Die letzten Bewohner dieser Häuser waren längst verstorben, ehe ich geboren worden war. Einstmals hatten Menschen in diesen Häusern gelebt. Menschen mit großen Familien, Menschen mit Geld und Ehrgeiz, die mit beiden Beinen auf der Erde standen und keine Angst vor der Zukunft hatten. Sonst hätten sie ihre Häuser nicht in diesem großzügigen Stil erbaut. Aber jetzt waren diese Menschen fort, und alles, was übriggeblieben war, waren riesige verfallende Gebäude, die von einem trügerischen Glauben an die Zukunft zeugten. Vor einigen Jahren hatte ich ähnliche Häuser auf Plantagen in Süd-Carolina und Georgia gesehen, Häuser, die zwar von außen her sehr unterschiedlich waren, die aber genau die gleichen weißen Säulenhallen hatten, Häuser, die von riesigen grünen Eichen umgeben und von grauem Spanischem Moos überwachsen waren. Traurigkeit und Verwüstung. Zeichen einer Welt, die für immer vergangen war.

Auch die Westküste der Insel Torbay brachte uns keinen Erfolg. Wir machten einen großen Bogen um die Stadt Torbay und Garve Island und flogen dann ostwärts, die Südküste entlang, bis zum Sund, den Sturm noch immer hinter uns. Dort waren zwei kleine Siedlungen, beide mit verrotteten Landungsstegen. Sonst nichts.

Wieder erreichten wir unsere Sandbucht und flogen von dort aus nach Norden, bis wir die nördliche Küste des Sunds erreichten, und dann nach Westen, die Küste entlang. Zweimal hielten wir an, einmal um einen von Bäumen überhangenen Hafen zu kontrollieren, der etwas weniger als vierzig Meter im Durchmesser hatte, und noch einmal, um uns einen Komplex von Industriegebäuden anzusehen, der früher, so sagte mir Williams, einen hochwertigen Sand geliefert hatte, der ein Bestandteil einer der berühmtesten Zahnpastamarken gewesen war. Wieder nichts. Wir hielten uns ungefähr fünf Minuten dort auf. Oberleutnant Williams erklärte, daß er hungrig sei. Ich war es nicht. Ich hatte mich zwar langsam an den Hubschrauber gewöhnt, aber ich verspürte keinen Hunger. Es war jetzt Mittag. Die Hälfte unserer Zeit war vorüber, und wir hatten noch nichts erreicht. Und es sah ganz so aus, als ob wir überhaupt nichts erreichen würden. Darüber würde Onkel Arthur sich freuen. Ich sah mir die Karte von Williams an.

»Wir müssen jetzt auf gut Glück operieren. Wir werden hier vom Sund aus nach Dolman Head fliegen. Dann befinden wir uns gegenüber von Garve Island und fliegen von dort nach Loch Hynart.« Loch Hynart war ein etwa sieben Meilen langer See, der sich nach Osten erstreckte und in dem sich viele kleine Inseln befanden. Nirgendwo war er breiter als eine halbe Meile. »Von dort fliegen wir wieder zurück nach Dolman Head und von dort aus an der Südküste der Halbinsel bis zum Carrara Point. Dann weiter nach Süden die Küste von Loch Houron entlang.«

»Loch Houron.« Williams nickte. »Die wildesten Gewässer und der gefährlichste Ort für Schiffe im ganzen westlichen Schottland. Dort braucht man auf keinen Fall zu suchen, Mr. Calvert, davon können Sie überzeugt sein. Wahrscheinlich werden Sie nichts anderes finden als Wracks und Skelette. Dort befinden sich auf einem Gebiet von zwanzig Meilen mehr Klippen und Untiefen, Strudel und Felsen unter Wasser als in allen anderen schottischen Gewässern zusammen. Kein einheimischer Fischer würde sich diesem Ort jemals nähern.« Er zeigte auf die Karte. »Sehen Sie hier die Durchfahrt zwischen Dubh Sgeir und Ballara Island, den beiden Inseln am Eingang zu Loch Houron? Das ist der am meisten gefürchtete Ort. Sie sollten einmal den Griff der Fischer nach ihren Whiskygläsern sehen, wenn sie davon reden. ›Beul nan Uamh‹ nennen sie es, ›Schlund des Grabes‹.«

»Die Einheimischen sind wirklich fröhliche Leute. Für uns wird es Zeit, daß wir uns auf den Weg machen.«

Der Wind bließ noch immer stark, die See unter uns sah noch genauso gefährlich aus, aber es hatte aufgehört zu regnen, und das machte uns das Suchen etwas leichter. Auf der Strecke vom Sund nach Dolman Head fanden wir nichts. Auch nicht in Loch Hynart. Zwischen Loch Hynart und Carrara Point, weitere acht Meilen nach Westen, gab es nur zwei kleine Siedlungen, nahe an der Küste gelegen, mit den Rückfronten gegen die kahlen Felsen, deren Bewohner – falls es dort überhaupt Bewohner gab – von Gott weiß was lebten. Carrara Point war eine vom Sturm umtoste Einöde. Riesige scharfe Klippen, ungeheure zerklüftete Felsen, die aus der See hervorstachen, und haushohe Wellen, die bis hinauf zu den Klippen brausten. Und am Fuße der Klippen ein winziger Leuchtturm. Veranstalter organisierter Urlaubsreisen würden bestimmt keine Zeit mit der Überlegung verschwenden, ob sie hier ein Feriendorf gründen sollten.

Wir wandten uns erst nach Norden, dann nach Nordosten, später nach Osten und flogen die ganze Südküste von Loch Houron entlang.

Es gibt viele Orte, die einen schlechten Ruf haben. Beim ersten Anblick jedoch pflegen nur wenige diesen Ruf sofort zu bestätigen. In Schottland ist der Paß von Clencoe, wo das schreckliche Massaker stattfand, einer dieser Orte, ebenso der Paß von Brander, und ohne jeden Zweifel war Loch Houron ein weiterer.

Man brauchte nicht die geringste Phantasie, um sich vorzustellen, daß dies hier ein dunkler, tödlicher und gefährlicher Ort war. Er sah einfach dunkel, tödlich und gefährlich aus. Die Küstenlinie war schwarz und felsig mit steilen Klippen und ohne eine Spur von Vegetation. Die vier Inseln, die in einer Linie ausgerichtet nach Osten dalagen, gaben der Küste an Düsterheit nichts nach. Von weitem sah man, wie sich im Norden und im Süden die Ufer beinah berührten, ehe sie in einer Kluft in den finsteren grauen Bergen verschwanden. Auf der vom Wind abgekehrten Seite der Insel war das Wasser pechschwarz, auf der anderen ein brodelndes, kochendes Weiß. Gefährliche Strudel schäumten und versuchten sich ihren Weg zwischen den Inseln und der Küste zu bahnen. Wasser im Aufruhr. Im Beul nan Uamh – dem Schlund des Grabes –, zwischen den ersten beiden Inseln, sahen die brodelnden milchfarbenen Wasser wie die Flut aus, die die Stromschnellen des Mackenzie-Flusses im Frühling, wenn die Schneeschmelze eintritt, in einen riesigen Wasserfall verwandelt. Ein Paradies für einen Seemann! Nur ein Verrückter würde sein Boot in dieses Wasser führen.

Offensichtlich gab es hier ein paar solcher Idioten. Wir hatten gerade die erste Insel, Dubh Sgeir, hinter uns, als ich auf einmal zwischen den Klippen auf dem südlichen Festland einen engen Einschnitt erblickte. Eine kleine von Felsen umgebene Bucht, wenn man es überhaupt eine Bucht nennen konnte, ungefähr so groß wie zwei Tennisplätze, fast vollständig von der See eingeschlossen. Der Eingang konnte auf keinen Fall mehr als etwa zehn Meter breit sein. Ich betrachtete die Seekarte – der Name dieser Bucht war »Kleine Hufeisenbucht«. Nicht sehr originell, aber absolut zutreffend. In der Bucht lag ein Boot. Ein ziemlich großes. Soweit ich erkennen konnte, war es ein umgebautes Motorboot. Es lag hinten und vorn verankert in der Mitte der Bucht. Hinter der Bucht erhob sich ein kleines Plateau, das – ich konnte es nicht genau erkennen – entweder mit Moos oder Gras bewachsen war. Dahinter lag etwas, was wie ein ausgetrocknetes Flußbett aussah, hinter dem steil die Berge anstiegen. Auf dem kleinen Plateau befanden sich vier khakifarbene Zelte, an denen sich mehrere Männer zu schaffen machten.

»Das könnte es sein, nicht wahr?« sagte Williams.

»Das könnte es sein.« Aber das war ein Irrtum. Ein kurzer Blick auf den schmalen, dünnbärtigen Mann mit Brille, der auf mich zulief und mich begrüßte, als ich aus der Maschine stieg, überzeugte mich, daß das hier wirklich nicht das war, was ich suchte. Ein zweiter Blick auf die sieben oder acht bärtigen, mit Wollmänteln und Schals bekleideten Männer, die sich hinter ihm befanden und nicht etwa, wie ich gedacht hatte, arbeiteten, sondern gegen den Wind ankämpften, der ihre Zelte von dem Plateau wegzureißen drohte, gab mir Gewißheit. Dieser Haufen wäre nicht einmal in der Lage gewesen, ein Ruderboot zu kapern. Ihr Boot, wie ich sehen konnte, war am Heck beschädigt und lag auf der Steuerbordseite erheblich tiefer im Wasser.

»Hallo, hallo, hallo«, begrüßte mich der Mann mit dem dünnen Bart. »Guten Tag, guten Tag. Ich muß sagen, wir sind außerordentlich froh, Sie zu sehen!«

Ich sah ihn an und schüttelte die ausgestreckte Hand. Dann betrachtete ich das mit Schlagseite im Wasser liegende Boot und sagte milde: »Es mag schon sein, daß Sie Schiffbruch erlitten haben, aber Sie befinden sich hier durchaus in einer ungefährlichen Position. Sie sind nicht auf einer verlassenen Insel, Sie sind auf dem Festland. Hilfe wird bald kommen.«

»O ja, wir wissen genau, wo wir sind.« Er machte eine abweisende Handbewegung. »Wir sind hier vor drei Tagen vor Anker gegangen, aber bedauerlicherweise hat unser Boot während des Sturms in der Nacht ein Loch abbekommen. Höchst bedauerlich und außerordentlich ungünstig.«

»Hat es das Loch bekommen, während es hier lag? Während es genauso verankert war wie jetzt?«

»Ja.«

»Das ist Pech. Oxford oder Cambridge?«

»Selbstverständlich Oxford.« Er schien durch meine Ignoranz etwas verstimmt zu sein. »Wir sind eine gemischte geologische und marinebiologische Kommission.«

»Nun, auf jeden Fall werden Sie hier genügend Felsen und Seewasser finden«, sagte ich. »Wie groß ist denn der Schaden?«

»Eine Planke hat ein Loch bekommen und ist gesprungen. Das ist eine Sache, die wir nicht selbst reparieren können, fürchte ich.«

»Haben Sie genügend Lebensmittel?«

»Selbstverständlich.«

»Sie haben keinen Sender?«

»Nein, nur einen Empfänger.«

»Der Pilot des Hubschraubers wird sofort einen Funkspruch durchgeben und veranlassen, daß ein Schiffszimmermann und ein Ingenieur hierher geschickt werden, sobald das Wetter etwas besser ist. Auf Wiedersehen.«

Sein Kinn klappte nach unten. »Sie fliegen schon wieder weiter?«

»Wir sind auf einem Dienstflug. Gestern nacht wurde ein Funkspruch von einem sinkenden Schiff aufgefangen.«

»Ach ja, das haben wir gehört.«

»Ich dachte, daß Sie das vielleicht sein könnten und freue mich, daß dem nicht so ist. Wir haben noch ein großes Gebiet, das wir absuchen müssen.«

Wir flogen weiter nach Osten, dem Ende von Loch Houron entgegen. Als wir die Hälfte des Weges hinter uns hatten, sagte ich: »Das ist weit genug, sehen wir uns doch einmal die vier Inseln an, die in Loch Houron liegen. Wir werden mit der am weitesten östlich gelegenen anfangen – wie heißt sie noch, ach ja, Eilean Oran –, und dann fliegen wir langsam wieder zurück, bis wir am Anfang von Loch Houron angekommen sind.«

»Sie haben doch gesagt, daß Sie den ganzen See überfliegen wollen.«

»Ich habe meine Meinung geändert.«

»Sie sind der Mann, nach dessen Pfeife ich tanze«, sagte er. Er war ein außerordentlich gleichmütiger Typ, der junge Oberleutnant Williams. »Also, auf nach Norden, nach Eilean Oran.«

Innerhalb von drei Minuten waren wir über der Insel. Im Vergleich zu Eilean Oran war das Zuchthaus Alcatraz ein grüner, lieblicher Ferienort. Das Ganze war eine halbe Quadratmeile solider

Felsen, und nirgends war auch nur ein einziger Grashalm zu sehen. Aber es gab ein Haus auf der Insel. Ein Haus, aus dessen Schornstein Rauch aufstieg. Und neben dem Haus stand ein Bootsschuppen, aber kein Boot war zu sehen. Der Rauch bedeutete, daß es einen Bewohner geben mußte, zumindest *einen* Bewohner, und ganz egal, womit er seinen Lebensunterhalt verdiente, auf keinen Fall konnte er das durch die Bestellung des fruchtbaren Bodens. Das bedeutete, daß er ein Boot haben mußte. Ein Boot zum Fischfang, um damit sein nacktes Leben zu erhalten. Ein Boot, um damit Verbindung zum Festland zu haben. Denn wenn etwas sicher war unter den vielen Dingen, die in dieser Welt unsicher waren, dann war es das, daß niemals ein Passagierdampfer Eilean Oran angelaufen hatte, seit Robert Fulton das Dampfschiff erfunden hatte. Williams setzte mich zwanzig Meter vom Schuppen entfernt auf der Insel ab.

Ich ging um das Bootshaus herum und blieb plötzlich stehen. Ich bleibe stets ganz plötzlich stehen, wenn mir ein Rammbock gegen den Magen gedrückt wird. Nach ein paar Minuten war ich in der Lage, genügend Luft in meine Lungen zu pumpen und mich wieder ganz aufzurichten.

Er war ein großer hagerer Mann um die Sechzig herum. Er hatte sich seit mindestens einer Woche nicht rasiert und sein kragenloses Hemd seit mindestens einem Monat nicht gewechselt. Es war bei näherer Betrachtung auch kein Rammbock, den er benutzte, sondern ein Gewehr. Nicht eine verspielte Pistole, sondern ein gutes altmodisches, doppelläufiges Jagdgewehr, ein Gewehr, das auf kurze Entfernung – in meinem Fall knapp einen halben Meter – es sogar mit einem Peacemaker-Colt aufnehmen kann, wenn es sich darum handelt, einem den Kopf vom Rumpf zu blasen. Er zielte damit auf mein rechtes Auge. Ich hatte das Gefühl, in einen großen dunklen Tunnel zu sehen. Als er zu sprechen begann, merkte ich, daß er all die schönen Bücher, die von der unfehlbaren Höflichkeit der schottischen Hochlandbevölkerung berichten, nicht gelesen hatte.

»Und wer, zum Teufel, sind Sie?« knurrte er.

»Mein Name ist Johnson. Legen Sie das Gewehr weg. Ich . . .«

»Und was, zum Teufel, wollen Sie hier?«

»Wie wäre es denn, wenn Sie es einmal mit einem etwas höflicheren Ton versuchen würden? Sie treffen ihn überall in dieser Gegend an. Ein hunderttausendfaches Willkommen . . .«

»Ich werde Sie nicht nochmals fragen, Mister.«

»Wir sind auf einer Marinerettungsaktion. Es gibt hier irgendwo ein Boot in Seenot . . .«

»Ich habe kein Boot gesehen, und Sie werden jetzt zum Donnerwetter noch mal meine Insel verlassen.« Er senkte sein Gewehr, bis es auf meinen Bauch zielte. Vielleicht glaubte er, daß – falls er jetzt abdrücken würde – die Angelegenheit nicht so unsauber aussehen würde, wenn er sich damit befassen müßte, mich zu beerdigen. »Los jetzt!«

Ich nickte und sah auf das Gewehr. »Sie könnten dafür ins Gefängnis kommen.«

»Vielleicht, vielleicht auch nicht. Das einzige, was ich weiß, ist, daß ich keinen Fremden auf meiner Insel dulde und daß Donald MacEachern sein Eigentum gut bewacht.«

»Ich muß sagen, daß Sie das wirklich ausgezeichnet machen, Donald«, sagte ich anerkennend. Das Gewehr bewegte sich, und ich sagte daraufhin schnell: »Ich gehe schon, und machen Sie sich nicht die Mühe, auf Wiedersehen zu sagen, denn ich werde nicht wieder zurückkommen.«

Als wir von der Insel abflogen, sagte Williams: »Ich habe ihn nur flüchtig gesehen. War das nicht ein Gewehr, was er da hatte?«

»Es war bei Gott keine ausgestreckte Freundeshand, von der in diesem Teil des Landes immer so viel geredet wird«, sagte ich bitter.

»Wer und was ist er denn?«

»Er ist ein Angehöriger der schottischen Fremdenverkehrsvereinigung, der ein Geheimtraining absolviert, um die Stellung eines Sonderbotschafters im Ausland einzunehmen. Er ist keiner von denen, die ich suche, das weiß ich bestimmt. Er ist auch kein Verrückter, er ist genauso normal wie Sie. Aber er ist verängstigt und verzweifelt dazu.«

»Sie haben nicht in den Bootsschuppen hineingesehen. Sie wollten doch herausfinden, ob sich dort ein Boot befindet. Vielleicht war irgend jemand in dem Schuppen, der ein Gewehr auf ihn gerichtet hat.«

»Das war eine der Überlegungen, die mich zu meinem schnellen Verschwinden veranlaßten. Ich hätte ihm jederzeit das Gewehr aus der Hand nehmen können.«

»Und bei der Gelegenheit hätte er Sie erschießen können.«

»Waffen gehören zu meinem Beruf. Der Sicherheitshebel war nicht zurückgezogen.«

»Ich bitte um Entschuldigung.« Williams' Gesicht zeigte, daß er von diesem Metier nicht viel verstand. Er war auch nicht so geübt wie ich, seine Gefühle zu verbergen. »Und was machen wir jetzt?«

»Wir fliegen zur zweiten Insel, die hier im Westen ist.« Ich sah auf die Karte. »Nach Craigmore.«

»Sie vergeuden Ihre Zeit, wenn Sie dahin fliegen.« Er sprach sehr bestimmt. »Ich bin schon dort gewesen und habe einen schwerverwundeten Mann in ein Krankenhaus nach Glasgow gebracht.«

»Verwundet, wieso?«

»Er hatte sich mit einem Walfischmesser bis auf den Oberschenkelknochen geschnitten. Die Wunde war bereits entzündet.«

»Ein Walfischmesser? Für Walfische? Ich habe noch niemals gehört, daß . . .«

»Für Haie. Für die in der Sonne liegenden Haie, die finden Sie hier oben so häufig wie Makrelen. Man fängt sie wegen ihrer Leber – bei einem großen Hai kann man bis zu einer Tonne Öl aus der Leber gewinnen.« Er zeigte auf die Karte und dann auf ein kleines Zeichen an der Nordküste. »Das ist das Dorf Craigmore. Man sagt, daß es seit dem Ersten Weltkrieg verlassen ist. Wir kommen jetzt gerade heran. Einige dieser Burschen haben ihre Häuser wirklich auf den verdammtesten Plätzen erbaut.«

Es stimmte, einige Häuser standen wirklich an unmöglichen Stellen. Wäre ich jemals vor die Wahl gestellt worden, mir hier oder am Nordpol ein Haus zu bauen, dann wäre es mir sehr schwergefallen, mich zu entscheiden. Vier winzige graue Häuser standen nahe dem Ufer an der Spitze der Insel. Einige gefährlich aussehende Riffe schufen einen natürlichen Hafendamm. Der Eingang durch diese Klippen sah noch gefährlicher aus. Zwei Fischerboote rissen an den Ankern und wurden vom Sturm zwischen den Riffen hin- und hergestoßen. Bei dem Haus, das dem Ufer am nächsten stand, war die dem Wasser zugekehrte Seite völlig abgerissen. Auf dem abfallenden Grund, der sich etwa acht bis zehn Meter zwischen dem Haus und der See erstreckte, sah ich drei Haie. Eine Handvoll Männer erschien am offenen Ende des Hauses und winkte uns zu.

»Das ist ihr Häutungsschuppen«, sagte Williams. »Sie bringen die Haie direkt aus dem Wasser dort hinein.«

»Das ist auch eine Möglichkeit, seinen Lebensunterhalt zu verdienen. Können Sie mich absetzen?«

»Was glauben Sie, Mr. Calvert?«

»Ich glaube nicht, daß es geht.« Es ging schon deshalb nicht, weil er seinen Hubschrauber auf dem Dach eines der kleinen Häuser hätte absetzen müssen. »Sie haben den kranken Mann mit der Winde hochziehen müssen, nicht wahr?«

»Ja, und ich möchte Sie nicht gern mit der Winde herunterlassen, wenn Sie nichts daggen haben. Nicht bei diesem Wetter und nicht ohne einen Copiloten, der mir helfen kann. Es sei denn, Sie wollen unbedingt abgesetzt werden.«

»Nun, so unbedingt auch wieder nicht. Würden Sie sich für die Leute da unten verbürgen?«

»Ich würde für sie bürgen. Es sind ordentliche Leute. Ich habe den Boß kennengelernt, Tim Hutchinson. Ein Australier, ungefähr so groß wie ein Haus, den hab' ich schon öfter getroffen. Die meisten Fischer an der Westküste würden für diese Leute einstehen.«

»Schön, dann will ich Ihnen glauben. Zur nächsten Insel, nach Ballara.«

Wir überflogen Ballara einmal. Dieses eine Mal war genug. Selbst eine Fliege wäre nicht in der Lage gewesen, auf Ballara zu leben.

Wir waren jetzt über dem Kanal zwischen Ballara und Dubh Sgeir, und »Beul nan Uamh« war ein Anblick, der selbst den härtesten Fisch entmutigt hätte. Auf jeden Fall entmutigte er mich. Fünf Minuten in diesem Wetter, entweder in einem Boot oder in einem Taucheranzug, und ich wäre erledigt gewesen. Die Ebbe und der Wind kämpften miteinander, und das war der vollendetste Hexensabbat, den ich je gesehen habe. Da waren keine Wellen, nur ein sich wie rasend drehender Wirbel von Strudeln, Sturzseen und Stromschnellen, die nirgendwohin und überallhin strömten. Die Stromschnellen und Sturzseen glänzten beim Herunterstürzen in einem kochenden Weiß, und in der Tiefe waren sie schwarz und böse. Kein Ort, zu dem man Tante Gladys an einem ruhigen Herbstnachmittag in einem Ruderboot ausführen konnte.

Seltsamerweise gab es ganz in der Nähe an der Ost- und Westküste von Dubh Sgeir durchaus Stellen, wohin man Tante Gladys hätte rudern können. Bei diesen Stromschnellen, die durch die Gezeiten bedingt sind, zeigt sich zwischen den Inseln des öfteren ein bis heute noch nicht geklärtes Phänomen. Plötzlich erstreckt sich ein Stück ganz ruhigen Wassers, an dessen Grenzen sich die Kämpfe und die tobende Unruhe des Meeres abspielen. Genauso war es hier. Fast eine Meile weit zwischen der südlichsten und der östlichsten Spitze von Dubh Sgeir, ungefähr dreihundert Meter von der Küste entfernt, war das Wasser schwarz und ruhig. Es war einfach unheimlich.

»Wissen Sie bestimmt, daß Sie hier landen wollen?« fragte Williams.

»Ist es schwierig?«

»Ganz leicht. Es ist schon oft passiert, daß Hubschrauber auf Dubh Sgeir gelandet sind. Nicht meiner – andere. Ich befürchte nur, daß Sie genauso empfangen werden, wie es Ihnen auf Eilean Oran ergangen ist. Es gibt Dutzende von kleinen Inseln an der Westküste, die sich in Privatbesitz befinden, und keiner der Eigentümer hat es gern, ungeladene Gäste bei sich zu sehen. Der Besitzer von Dubh Sgeir haßt solche Besucher.«

»Ich muß schon sagen, daß die weltberühmte Gastfreundschaft der Hochländer zuweilen direkt beängstigend zu sein scheint. Das Heim eines Schotten scheint auch seine Burg zu sein, wie?«

»Es gibt hier eine Burg. Das Haus des Stammes Dalwhinnie. Jedenfalls glaube ich, daß es das ist.«

»Dalwhinnie ist eine Stadt und nicht ein Stamm.«

»Na ja, irgend etwas, was man nicht aussprechen kann.« Das war gut, wenn man sich überlegte, daß seine Vorväter wahrscheinlich von Menschen abstammten, die sich Rhosllanerchrugog oder Pontrhydfendgaid schrieben. »Der Mann, der hier lebt, ist der Chef des Stammes, Lord Kirkside. Ehemaliger Lordkommandant des Bezirks. Ein wichtiger Bürger, aber ein Mann, der jetzt völlig zurückgezogen lebt. Er verläßt seine Insel ganz selten. Vielleicht nur, um an Hochland-Spielen teilzunehmen, oder um einmal im Monat nach Süden zu fahren und im Oberhaus gegen den Erzbischof von Canterbury aufzutreten.«

»Da muß es wohl manchmal sehr schwierig für ihn sein, zu wissen, wo er sich gerade aufhält. Ich habe schon von ihm gehört. Er scheint eine außerordentlich geringe Meinung vom Unterhaus zu haben und pflegt jedesmal, wenn er im Oberhaus ist, eine dementsprechende lange Rede zu halten.«

»Genau. So ist er, aber das hat sich geändert. Er hat vor einiger Zeit seinen ältesten Sohn und seinen zukünftigen Schwiegersohn verloren. Bei einem Flugzeugunglück. Das hat ihm, wie die Leute sagen, das Herz gebrochen. Alle hier in der Gegend denken nur das Beste von ihm.«

Wir hatten mittlerweile die Südspitze von Dubh Sgeir umflogen und sahen plötzlich die Burg oder vielmehr das Schloß. Trotz seiner mit Schießscharten versehenen Zinnen, seiner runden Türme und großen Tore konnte es nicht mit den Schlössern von Windsor und Balmoral konkurrieren. Dafür war es zu klein. Doch seine Lage übertraf die der Schlösser Windsor und Balmoral bei weitem. Es stand genau auf der Spitze einer fünfzig Meter hohen Klippe, und wenn man sich zu weit aus dem Schlafzimmerfenster lehnte, dann waren die Felsen, die weit, weit unten lagen, das erste, was einen auffing. Man würde nicht einmal vorher irgendwo aufschlagen.

Unterhalb des Schlosses, ein Stück nach rechts, hatten herabstürzende Felsen vor Hunderten von Jahren eine Küste geschaffen, die ungefähr dreißig Meter breit war. Unter schwierigster Arbeit hatte man daraus einen Hafen gemacht. Die Steine und das Geröll waren dazu benutzt worden, einen hufeisenförmigen Damm zu bauen mit einer Einfahrt, die nicht mehr als sechs bis sieben Meter breit war. Am Ende des Hafens befand sich ein Bootshaus, nicht breiter als die Hafeneinfahrt und ungefähr sieben Meter lang. Es war genau an die Klippenwand gebaut worden. Ein Bootshaus, in dem man ein größeres Ruderboot unterbringen konnte, nicht mehr.

Williams zog die Maschine hoch, bis wir in ungefähr siebzig Meter Höhe das Schloß überflogen. Es war in der Form eines Rechtecks erbaut, wobei die landinnere Seite fehlte. Die dem Meer zugekehrte Seite wurde von zwei Türmen mit Schießscharten beherrscht. Auf einem stand eine ungefähr sieben Meter hohe Fahnenstange mit einer Flagge, auf dem anderen eine hohe Fernsehantenne. Vom ästhetischen Standpunkt aus war der Turm mit der Fahnenstange der schönere. Überraschenderweise war die Insel nicht so unfruchtbar, wie es vom Wasser her aussah. In einiger Entfernung vom Schloß und von dort bis zur nördlichen Küste erstreckte sich ein etwa zweihundert Meter breiter Streifen, der wie eine sanfte Grasfläche aussah. Nicht daß man darauf hätte Tennis spielen können, aber auf jeden Fall war es bekömmliches Gras, denn eine Handvoll Ziegen graste mit gesenkten Köpfen darauf. Williams versuchte dort zu landen, aber der Wind war zu stark. Er landete schließlich auf der östlichen, windabgekehrten Seite des Schlosses. Nahe, aber nicht zu nahe am Ende der Klippe.

Ich stieg aus, und während ich aufmerksam die Ziegen betrachtete, ging ich landeinwärts um die Biegung auf das Schloß zu, als ich mit einem Mädchen zusammenstieß. Ich habe immer gewußt, wie ich mir ein plötzliches Zusammentreffen mit einem Mädchen auf einer abgelegenen Insel in den Hebriden vorstellte. Ein Kilt, denn selbstverständlich war ein Mädchen ohne Kilt auf den Hebriden undenkbar, dann ein wollenes Twinset und feste braune Sportschuhe, und natürlich müßte sie eine schwarzhaarige Schönheit mit wilden grünen, übermütigen Augen sein. Nur so und nicht anders konnte sie aussehen. Ihr Name mußte selbstverständlich Deirdre sein. Was ich hier traf, war ganz und gar nicht so, mit Ausnahme der Augen, die allerdings weder grün noch übermütig waren, aber auf alle Fälle wild genug aussahen. Zumindest das wenige, was ich von ihnen sehen konnte. Ihre blonden Haare waren der Mode entsprechend geschnitten. Die langen Haare zu beiden Seiten trafen sich unter dem Kinn, und kurz über den Augenbrauen schienen sie abgehackt worden zu sein. Eine Frisur, die selbst bei Windstärke eins mehr als neun Zehntel des Gesichts verdeckt. Sie trug eine blauweiß gestreifte Jerseybluse und verwaschene Blue jeans, die ihr anscheinend mit einer transportablen Nähmaschine auf den Körper genäht worden waren. Ich konnte mir nicht vorstellen, wie sie sonst in sie hineingekommen wäre. Und nackte braungebrannte Füße. Es war beruhigend zu sehen, daß der zivilisierte Einfluß des Fernsehens selbst in die entlegensten Gegenden des Imperiums vorgedrungen war.

Ich sagte: »Guten Tag, Miß . . .«

»Ist mit Ihrem Motor etwas nicht in Ordnung?«

»Eigentlich nicht . . .«

»Sonst irgend etwas nicht in Ordnung? Nein? Dann mache ich Sie darauf aufmerksam, daß Sie sich auf privatem Grund befinden. Ich muß Sie auffordern, weiterzufliegen. Sofort, bitte.«

Es schien hier wirklich kaum etwas für mich zu tun zu geben. Hätte sie die Hand ausgestreckt und mich mit einem freundlichen Lächeln begrüßt, dann wäre sie sofort auf meiner Liste der Verdächtigen gewesen. Aber das war genauso, wie es hier wohl üblich war. Den müden Fremden empfängt an den Toren nicht die ausgestreckte Hand, sondern es wird ihm die Faust vor die Nase gehalten. Abgesehen davon, daß sie keine Donnerbüchse in der Hand hielt und auch eine viel bessere Figur als Mr. MacEachern besaß, hatte sie viel mit ihm gemeinsam. Ich beugte mich, um ihr durch das blonde Haargewirr ins Gesicht zu sehen. Sie sah aus, als ob sie den größten Teil der Nacht und die Hälfte des Vormittags in den Weinkellern des Schlosses verbracht hätte. Ein blassen Gesicht, blasse Lippen, dunkle Ringe unter blaugrauen, aber sehr klaren Augen.

»Was, zum Teufel, ist denn los mit Ihnen?« wollte sie wissen.

»Nichts, es ist nur das Ende eines Traumes. Deirdre würde niemals so gesprochen haben. Wo ist denn Ihr alter Herr?«

»Mein alter Herr?« Das eine Auge, das ich sehen konnte, blitzte jetzt so, als ob es auf Hochspannung geschaltet worden wäre. »Meinen Sie damit meinen Vater?«

»Verzeihung, Lord Kirkside.« Es war kein Kunststück, zu ahnen, daß sie die Tochter von Lord Kirkside sein mußte. Angestellte sind gar nicht in der Lage, diesen ganz speziellen Ton ihrer aristokratischen Vorgesetzten zu treffen.

»Ich bin Lord Kirkside.« Ich wandte mich um, um den Eigentümer der tiefen Stimme zu betrachten, der hinter mir stand. Ein großer, etwa fünfzigjähriger, wetterzerfurchter Typ. Eine Hakennase, buschige graue Augenbrauen, Schnurrbart. Er hatte einen grauen Tweedanzug an, eine graue Jagdmütze auf dem Kopf, und in der Hand hielt er einen Spazierstock. »Was gibt es denn hier, Sue?«

Sue. Ich hätte es mir denken können. Hier ging die letzte Erinnerung an meinen Traum von den Hebriden dahin. Ich sagte: »Mein Name ist Johnson. Ich gehöre einer Rettungsmannschaft der Marine an. Ein Schiff, die ›Moray Rose‹, ist irgendwo südlich von Skye in Seenot geraten. Falls sie zu diesem Zeitpunkt bereits manövrierunfähig war, aber noch immer nicht gesunken ist, wäre es möglich, daß sie in dieser Richtung abgetrieben worden ist. Wir haben uns gefragt, ob ...«

»Und Sue wollte Sie schon die Klippen hinunterwerfen, ehe Sie überhaupt die Möglichkeit hatten, Ihren Mund aufzumachen?« Er lächelte seiner Tochter liebevoll zu. »So ist meine Sue. Ich fürchte, sie hat etwas gegen Reporter.«

»Manche haben was dagegen und manche nicht. Aber warum hat sie sich ausgerechnet mich ausgesucht?«

»Als Sie einundzwanzig waren, konnten Sie, wie man so schön sagt, einen Reporter von einem normalen Menschen unterscheiden? Ich konnte es nicht. Aber jetzt kann ich es, und zwar schon auf hundert Meter. Ich kann auch einen echten Rettungshubschrauber erkennen, wenn ich einen sehe, und das solltest du auch können, meine liebe junge Dame. Es tut mir leid, Mr. Johnson, aber wir können Ihnen nicht helfen. Meine Leute und ich haben in der vergangenen Nacht mehrere Stunden auf den Klippenspitzen zugebracht, um zu sehen, ob wir irgend etwas erkennen konnten. Lichter, Notsignale oder sonst etwas. Tut mir leid, Ihnen das sagen zu müssen.«

»Ich danke Ihnen Sir. Ich wünschte nur, wir hätten mehr freiwillige Mitarbeiter dieser Art.« Von dem Punkt, wo ich stand, konnte ich genau nach Süden blicken und die schwankenden Maste der Oxford-Expedition in der »Kleinen Hufeisenbucht« erkennen. Das Boot selbst und die Zelte dahinter waren durch den östlichen Arm der Bucht verdeckt. Ich fragte Lord Kirkside: »Aber warum Reporter, Sir? Dubh Sgeir ist nicht unbedingt so leicht zugänglich wie Westminster.«

»In der Tat, Mr. Johnson.« Er lächelte, aber nicht mit den Augen. »Sie haben vielleicht davon gehört – äh, nun, von unserer Familientragödie. Mein ältester Sohn Jonathan und John Rollinson – der Verlobte von Sue.«

Ich wußte, was jetzt kommen würde. Nach all den Monaten hatte sie noch immer Ringe unter den Augen. Sie mußte ihn sehr geliebt haben. Ich konnte es kaum glauben.

»Ich bin kein Reporter, Sir. Neugierde ist nicht meine Sache.« Es war auch nicht meine Sache. Es war meine Lebensaufgabe. Der wahre Grund meiner Existenz. Aber es war im Augenblick nicht der Zeitpunkt, ihm das zu sagen.

»Es war ein Flugzeugunglück. Jonathan hatte sein eigenes Flugzeug.« Er machte eine Handbewegung auf den Rasen hin, der zu den nördlichen Klippen führte. »Von hier aus startete er eines Morgens. Sie – die Reporter – wollten es brandneu berichten. Sie kamen mit Hubschraubern und mit Booten. Dort am Westufer gibt es eine Möglichkeit zu landen.« Wieder das freudlose Lächeln. »Sie wurden nicht sehr freundlich aufgenommen. Hätten Sie gern einen Drink, Sie und Ihr Pilot?« Lord Kirkside schien, nach all dem, was mir Williams von ihm erzählt hatte, aus einem anderen Holz geschnitzt zu sein als seine Tochter und Mr. Donald MacEachern. Andererseits, wie der Erzbischof von Canterbury nur zu gut wußte, war Lord Kirkside ein viel härterer Charakter als seine Tochter oder MacEachern.

»Ich danke Ihnen Sir. Es ist sehr liebenswürdig von Ihnen, aber wir haben nicht viel Zeit. Das Tageslicht wird immer schwächer.«

»Ich verstehe, ich verstehe, wie gedankenlos von mir. Aber ich glaube kaum, daß jetzt noch viel Hoffnung besteht.«

»Eigentlich überhaupt keine mehr. Aber Sie wissen ja, wie es ist, Sir.«

»Wir halten Ihnen die Daumen für diese geringe Chance. Alles Gute, Mr. Johnson.« Er schüttelte mir die Hand und wandte sich ab. Seine Tochter zögerte, dann streckte auch sie mir die Hand hin und lächelte. Ein Windstoß hatte ihr das Haar aus dem Gesicht geweht, und wenn sie lächelte so wie jetzt, dann schienen Deirdre und der Traum von den Hebriden nicht mehr ganz so weit weg zu sein. Ich ging zum Hubschrauber zurück.

»Wir haben wenig Zeit und wenig Benzin«, sagte Williams, »noch ungefähr eine Stunde, dann ist es dunkel. Wohin jetzt, Mr. Calvert?«

»Nach Norden. Fliegen Sie diese gerade Strecke entlang, es sieht so aus, als ob sie als Landebahn für leichte Maschinen gebaut worden wäre, und dann weiter über die Klippen hinaus. Aber bitte langsam.«

Er tat, worum ich ihn gebeten hatte. Dann flogen wir weiter nach Norden, ungefähr zehn Minuten lang. Nachdem wir von keiner der vielen Inseln mehr beobachtet werden konnten, kehrten wir in einem großen Bogen nach Westen zurück, drehten dann von dort nach Süden und Osten und flogen zu unserem ursprünglichen Startplatz zurück.

*

Die Sonne war untergegangen, und auf der Welt unter uns war mehr Nacht als Tag, als wir die Sandbucht auf der östlichen Seite der Insel Torbay erreichten. Ich konnte in der Dunkelheit nur undeutlich die Bäume auf der Insel erkennen, den schwachen silbrigen Schein des Sandes und den weißen Halbkreis, wo die gezackten Klippen von See her die Öffnung zur Bucht freigaben. Mir kam der Anflug sehr gefährlich vor, aber Williams war so unbesorgt wie eine junge Mutter bei einer Babyschau, die den Preisrichter bereits mit einer Fünfpfundnote bestochen hat. Also gut, wenn er sich keine Sorgen machte, warum sollte ich es dann tun. Ich verstand nichts von Hubschraubern, aber ich verstand genug von Männern, um zu erkennen, wann ich von einem erstklassigen Piloten geflogen wurde. Das einzige, was mir Sorgen machte, war der verdammte Marsch zurück durch den grausigen Wald. Ein Gutes hatte es allerdings, diesmal mußte ich nicht nach der Uhr laufen.

Williams streckte gerade die Hand aus, um die beiden Scheinwerfer einzuschalten, aber das Licht kam den Bruchteil einer Sekunde früher, ehe seine Finger noch den Schalter berührten. Es kam nicht vom Hubschrauber, sondern von unten. Ein strahlendes Licht, ein blendendes Licht, es war ein sehr starker Scheinwerfer, der ungefähr zwischen der Wasserlinie der Bucht und der oberen Baumlinie eingeschaltet war. Einen Augenblick schwankte das Licht hin und her, dann leuchtete es genau auf die Kabine des Hubschraubers, wodurch das Innere so erhellt wurde, als ob die Sonne darauf schiene. Ich drehte schnell meinen Kopf weg, um dem grellen Licht zu entgehen. Ich sah, wie Williams seine Hände hochriß und dann schwer nach vorn fiel. Tot auf seinen Sitz. Ich sah, wie das weiße Leinen seines Hemdes rot wurde, von einer großen Wunde auf seiner Brust. Im selben Augenblick warf ich mich nach vorn und nach unten, um vor der Kanonade des Maschinengewehrs, das die Windschutzscheibe zerfetzte, Schutz zu suchen. Der Hubschrauber war jetzt außer Kontrolle, neigte sich scharf nach vorn und drehte sich langsam um seine Achse. Ich griff nach vorn, um das Steuer der Hand des Toten zu entreißen, aber in dem Augenblick wechselte die Zielrichtung. Entweder weil der Mann am Maschinengewehr sein Ziel geändert hatte, oder weil das plötzliche Kippen des Hubschraubers ihn einen Augenblick außer Fassung gebracht hatte. Ein plötzliches wildes Getöse erklang, als die Stahlgeschosse in die hin und her schwankende Maschine einschlugen. Die Maschine hörte auf zu arbeiten. Sie hörte so plötzlich auf, als ob die Zündung abgeschaltet worden wäre. Der Hubschrauber hing jetzt leblos am Himmel. Auf keinen Fall würde er noch viel länger so hängen, aber es gab nichts, was ich in dieser Hinsicht tun konnte. Ich machte mich auf den heftigen Aufprall gefaßt, wenn wir auf dem Wasser aufschlagen würden. Als der Aufprall kam, war er so wuchtig, wie ich es niemals erwartet hätte. Wir landeten nicht im Wasser, sondern auf den die Bucht umgebenden Felsenriffen.

Ich versuchte zur Tür zu gelangen, was unmöglich war, denn wir waren mit der Nase nach vorn ins Meer gefallen, gerade außerhalb des Riffs, und in einer Position, die mich unter das Instrumentenbrett geschleudert hatte. Die Tür war über mir, aber außerhalb meiner Reichweite. Ich war zu sehr angeschlagen und zu schwach, um eine ernsthafte Anstrengung zu machen, zur Tür zu gelangen. Eiskaltes Wasser strömte durch die zerbrochene Windschutzscheibe und durch den zertrümmerten Rumpf herein. Einen Augenblick lang herrschte Grabesstille. Das Geräusch des einströmenden Wassers schien diese Stille noch zu unterstreichen. Dann begann das Maschinengewehr erneut zu rattern. Die Geschosse durchlöcherten den unteren Teil des Rumpfs, der hinter mir lag, und gingen durch die Windschutzscheibe über mir. Zweimal fühlte ich, wie wütende Geschosse meine Jacke an der rechten Schulter durchschlugen, und ich bemühte mich, meinen Kopf noch tiefer in das eiskalte Wasser zu stecken. Dann, wahrscheinlich aufgrund des Zusammentreffens der Wasseransammlung in der Spitze des Hubschraubers und des gleichzeitigen Beschusses von hinten, rutschte der Hubschrauber plötzlich nach vorn, hielt einen Augenblick an, glitt dann weiter, das Riff entlang, und fiel endlich wie ein Stein, die Nase voran, auf den Grund des Meeres.

Fünftes Kapitel
Mittwoch: Abenddämmerung bis zwanzig Uhr vierzig

Eins der wohl dümmsten, ungerechtfertigsten und weitverbreitetsten Märchen ist, der Tod durch Ertrinken sei eine friedliche, leichte und eigentlich recht angenehme Sache. So ist es nicht. Es ist eine furchtbare Art und Weise zu sterben. Ich weiß es, denn ich war am Ertrinken, und es machte mir nicht den geringsten Spaß. Ich hatte das Gefühl, daß mein Kopf mit Preßluft angefüllt war. Meine Augen und Ohren schmerzten entsetzlich. Nase, Mund und Magen waren voller Seewasser, und in meine berstenden Lungen mußte Benzin eingedrungen sein, das nur darauf wartete, mit einem Streichholz angezündet zu werden. Wenn ich jetzt meinen Mund öffnen würde, um diesen grauenhaften Schmerz in meinen Lungen loszuwerden, würde dies vielleicht mein letzter Atemzug sein. Vielleicht würde dann alles ruhig, freundlich und friedlich werden.

Die verdammte Tür war verklemmt. Bei der Behandlung, die die Maschine erfahren hatte, zuerst der Aufprall auf dem Riff und dann der Sturz ins Meer, wäre es auch ein Wunder, wenn sie nicht verklemmt gewesen wäre. Ich stieß gegen die Tür, ich zog an ihr, ich schlug mit den geballten Fäusten dagegen. Sie blieb verklemmt. Das Blut tobte und sang in meinen Ohren. Der brennende Schraubstock, der meinen Brustkorb umspannte, drückte mir Rippen und Lungen zusammen und schien das Leben aus mir herauspressen zu wollen. Ich stemmte beide Füße gegen das Instrumentenbrett, packte mit beiden Händen den Türgriff, ich stieß mit den Beinen nach und gebrauchte meine Hände als Hebel, mit einer übermenschlichen Kraft, die man nur hat, wenn man weiß, daß der Tod nahe ist. Der Türgriff gab nach, durch den Druck der Beine fiel ich nach hinten, und von dort kam ich nach oben an das hintere Ende des Rumpfs, und plötzlich machten meine Lungen nicht mehr mit. Der Tod konnte nicht schlimmer sein als diese Agonie. Die Luft kam aus meinem mit Wasser gefüllten Mund und aus der Nase, und ich atmete einmal tief ein. Eine Lunge voll Seewasser. Es würde die letzte sein. Es war keine Lunge voll Seewasser, es war eine Lunge voll Luft. Luft, die nach Benzin und Öl roch. Aber alles in allem doch Luft. Nicht die scharfe, salzige Luft der Ägäis, nicht der würzige Föhrengeruch von Norwegen, auch nicht die wie Sekt prickelnde Luft der hohen Alpen. Alle diese Düfte hatte ich schon erlebt, aber alle zusammen waren ein dünner, blutarmer Ersatz gegen diese herrliche Mixtur von Stickstoff und Sauerstoff, Benzin und Öl, die sich noch in einer kleinen Lufttasche unter dem unbeschädigten hinteren Oberteil des Tanks befand. Es war der einzige Teil des Flugzeugs, der nicht von Maschinengewehrkugeln durchschlagen war. So mußte Luft wirklich schmecken.

Das Wasser stand mir genau bis zum Nacken. Ich atmete ein halbes dutzendmal leidenschaftlich und tief. Genug, um das Feuer in meinen Lungen zu löschen und das wüste Toben in meinem Kopf auf ein normales Maß zu bringen. Dann drückte ich mich weiter nach hinten ab und nach oben, bis in die äußerste Ecke des Rumpfs. Das Wasser stand mir jetzt bis zur Brust. Ich machte in der Dunkelheit eine Handbewegung und versuchte festzustellen, wieviel Luft mir noch zur Verfügung stand. Ich schätzte, daß sie mir noch zehn bis fünfzehn Minuten reichen würde.

Ich bewegte mich jetzt nach links, holte einmal tief Luft und stieß mich dann nach vorn und nach unten. Ungefähr drei Meter hinter dem Sitz des Piloten war die Tür für die Passagiere. Vielleicht konnte ich sie aufbekommen. Ich fand sie sofort, daß heißt nicht die Tür, sondern das Loch, wo sich die Tür befunden hatte. Der Aufprall, der die Tür auf der rechten Seite, wo ich gewesen war, verklemmt hatte, hatte gleichzeitig diese Tür gesprengt. Ich stieß mich wieder zurück in den oberen Teil des Rumpfs und holte noch ein paarmal tief Atem. Diesmal schmeckte die Luft schon nicht mehr so gut wie das erstemal.

Nachdem ich jetzt wußte, daß ich die Maschine jederzeit verlassen konnte, hatte ich es durchaus nicht mehr so eilig. Oben würden die Kerle mit den Gewehren in den Händen warten. Und wenn es ein besonderes Merkmal für die Art ihrer Arbeitsauffassung gab, dann war es das der ausgesprochenen Gründlichkeit. Bei diesen Burschen zählte ein nur halbgetaner Job überhaupt nicht. Sie konnten nur mit dem Boot hierhergekommen sein, und das Boot mußte sich in der Nähe befinden. Mittlerweile würde es wahrscheinlich noch näher herangekommen sein. Es würde aller Wahrscheinlichkeit nach über der Stelle liegen, wo der Hubschrauber ins Meer gesackt war. Und ich war überzeugt, daß die Besatzung nicht mit Drinks in den Händen herumsitzen und sich zu ihrem Erfolg beglückwünschen würde, sondern sie würden alles mit Scheinwerfern absuchen oder zumindest mit Taschenlampen, um festzustellen, ob jemand versuchen würde, an die Oberfläche zu gelangen.

Sollte ich jemals wieder zur ›Firecrest‹ zurückkehren oder mit Onkel Arthur Kontakt aufnehmen, was, um alles in der Welt, sollte ich ihm erzählen! Ich hatte bereits die ›Nantesville‹ verloren. Ich war für den Tod von Baker und Delmont verantwortlich. Ich hatte einem unbekannten Feind das Geheimnis meiner Identität preisgegeben. Wenn das noch nicht klar gewesen war, nachdem die falschen Zollbeamten unsere Sendeanlage zertrümmert hatten, dann war es auf jeden Fall jetzt ganz klar. Nun war ich auch noch verantwortlich für das Leben des Oberleutnants Scott Williams und hatte noch dazu einen wertvollen Hubschrauber der Marine verloren. Von den mir von Onkel Arthur zugestandenen achtundvierzig Stunden waren nur noch zwölf Stunden übrig, und wenn Onkel Arthur mit mir fertig war, würden auch diese zwölf Stunden nicht mehr zur Verfügung stehen. Dann waren meine Tage als Agent gezählt, ich war erledigt, und zwar für immer. Mit den Zeugnissen, die ich von ihm erwarten konnte, würde ich nicht einmal einen Job als Ladendetektiv in einer Budenstraße bekommen. Es spielte auch nicht die geringste Rolle mehr, was Onkel Arthur jetzt von mir dachte. Baker und

Delmont und Williams waren tot. Das war eine schwere Schuld, und die mußte bezahlt werden. Die ganze Angelegenheit lag jetzt auch nicht mehr in den Händen von Onkel Arthur. In meiner derzeitigen Situation würde sich kein Buchmacher im ganzen Land finden, der auch nur eins zu tausend wetten würde, daß diese Schuld jemals bezahlt werden könnte. Nur ein Narr wettet gegen absolute Gewißheit.

Ich fragte mich, wie lange die Männer da oben wohl warten würden. Meine Überzeugung, daß sie oben warteten, war hundertprozentig. Und dann fühlte ich einen trockenen salzigen Geschmack im Mund, der nichts mit der immer schlechter werdenden Luft zu tun hatte. Sie war mittlerweile ziemlich schlecht geworden, aber ein Mann kann überraschend lange in schlechter Luft atmen. Es war noch soviel Sauerstoff vorhanden, daß ich es noch einige Minuten aushalten konnte.

Die Frage war nicht, wie lange sie warten würden, sondern wie lange ich warten konnte. Oder hatte ich schon zu lange gezögert? Ich fühlte, wie eine Panik in mir hochstieg, die wie ein fester Klumpen in meiner Luftröhre saß. Ich mußte mit einer bewußten Anstrengung sehr tief Luft holen, um diesen Klumpen wieder hinunterzuzwingen.

Ich versuchte, mich an alles zu erinnern, was ich noch aus der Zeit der Marinebergungsarbeiten wußte. Wie lange war ich schon unter Wasser, und wie tief war ich? Welche Zeit hatte das Abrutschen auf den Grund beansprucht?

Unter solchen Bedingungen verliert die Zeit jede Bedeutung. Sagen wir einmal vierzig Sekunden. Ungefähr auf dem halben Weg nach unten hatte ich meinen letzten richtigen Atemzug getan, ehe mir das Wasser im Hubschrauber über den Kopf geflutet war. Folgte dann eine Minute, vielleicht sogar eineinhalb Minuten, während der ich mit der verklemmten Tür gekämpft hatte, dann wieder eine Minute, in der ich mich erholte, eine halbe Minute, um die andere Tür zu finden, und wieviel Zeit war seitdem vergangen? Sechs Minuten, sieben? Auf keinen Fall weniger als sieben. Ich konnte mit einer Gesamtzeit von etwas weniger als zehn Minuten rechnen. Der Klumpen saß wieder in meiner Kehle.

Wie tief war ich? Das war die Frage, die über Leben und Tod entscheiden konnte. Ich konnte vom Druck her ermessen, daß ich ziemlich tief im Wasser war. Aber wie tief? Zwanzig Meter? Fünfundzwanzig Meter? Dreißig Meter? Ich versuchte mir die Seekarte des Sunds von Torbay vorzustellen. An der tiefsten Stelle des Kanals – und der Kanal kam hier ziemlich nah an die Südküste der

Insel heran – war er etwa hundertfünfzig Meter tief. Das heißt, daß das Ufer hier ziemlich abschüssig sein mußte. Mein Gott, vielleicht war ich sogar vierzig Meter tief. Wenn das der Fall war, dann war nichts mehr zu machen. Aus. Wie waren doch gleich die Vorschriften über Druckentlastung? Ist ein Mensch zehn Minuten lang einem Druck von vierzig Meter Tiefe ausgesetzt, dann sind bei seinem Aufstieg an die Oberfläche zehn Minuten einer langsamen Druckentlastung erforderlich. Wenn man unter Druck Luft einatmet, dann sammelt sich der überflüssige Stickstoff in den Geweben, und wenn man nach oben steigt, wird dieser Stickstoff vom Blutstrom aufgenommen, in die Lungen gepumpt und dann langsam durch den Atem ausgeschieden. Wenn man aber zu schnell auftaucht, dann kann die Ausscheidung nicht mithalten, und der Stickstoff bildet Blasen im Blut, wovon die äußerst schmerzhaften Druckluftkrankungen der Taucher herrühren, die einen Menschen oft auf Lebenszeit verkrüppeln. Selbst bei dreißig Metern würde ich mindestens eine Ruheperiode von sechs Minuten zur Druckentlastung benötigen. Es war aber klar, daß eine Druckentlastung für mich überhaupt nicht in Frage kam. Ich würde auf Lebenszeit ein Krüppel sein. Ganz plötzlich war für mich die Vorstellung des Auftauchens, trotz der oben wartenden Menschen mit schußbereiten Gewehren, ganz verlockend im Vergleich zu dem, was sonst mit mir geschehen würde. Ich pumpte mich noch einmal mit soviel Sauerstoff wie möglich voll, atmete dann aus, holte noch einmal tief Atem, um auch den letzten Kubikmillimeter der äußersten Lungenspitzen zu füllen, tauchte ins Wasser und stieß mich durch die herausgebrochene Tür hinaus. So langsam wie möglich stieg ich an die Oberfläche empor.

Ich hatte bereits auf dem Weg nach unten jeglichen Zeitbegriff verloren, und genauso erging es mir jetzt wieder bei meinem Weg nach oben. Ich schwamm ruhig und stetig und verwandte dabei genausoviel Kraft, wie nötig war, um langsam nach oben zu kommen. Aber nicht soviel, daß ich den ganzen Sauerstoff verbrauchte. Alle paar Sekunden ließ ich ein wenig Luft aus dem Mund, nicht zuviel, gerade so viel, um den Druck in meinen Lungen zu regulieren. Ich sah nach oben, aber die Wassermassen über mir waren schwarz wie Tinte. Es mußten mindestens fünfzig Meter Wasser über mir sein. Ich konnte keine Spur von Licht wahrnehmen. Und dann ganz plötzlich, einen kurzen Augenblick ehe mein Luftvorrat verbraucht war und ehe meine Lungen wieder zu schmerzen anfingen, war das Wasser nicht mehr ganz so schwarz, und mein Kopf stieß gegen etwas Hartes, das nicht nachgab. Ich griff danach, hielt mich fest und tauchte auf, atmete die kalte, salzige, wundervolle Luft ein und wartete darauf, daß die Luftausgleichsschmerzen beginnen würden, diese scharfen, schmerzhaften Krämpfe in den Gelenken. Es kamen aber keine. Ich konnte auf keinen Fall tiefer als fünfundzwanzig Meter gewesen sein, und selbst dann hätte ich etwas spüren müssen. Vielleicht waren es sogar weniger als zwanzig Meter gewesen.

Während der letzten zehn Minuten hatte mein Verstand mindestens soviel Schläge versetzt bekommen wie jeder andere Körperteil, aber er hätte sich in einem noch viel schlechteren Zustand befinden müssen, wenn ich nicht erkannt hätte, woran ich mich festhielt. Es war das Steuer eines Bootes, und wenn noch eine Bestätigung nötig gewesen wäre, dann hätte ich sie durch die langsam sich drehenden beiden Schrauben erhalten, die einen guten halben Meter von mir entfernt waren und das Wasser milchig-durchsichtig machten. Ich war direkt unter ihrem Boot aufgetaucht. Ich hatte wirklich Glück gehabt. Ich hätte genausogut unter einer der Schrauben auftauchen können, und dabei wäre mir glatt der Kopf gespalten worden. Selbst jetzt, falls der Mann am Steuer sich entschließen sollte, plötzlich rückwärts zu fahren, konnte ich noch in den Sog einer Bootsschraube gelangen und würde dann so aussehen wie etwas, was gerade durch einen Mixapparat gedreht worden war. Aber ich hatte bereits zuviel durchgemacht, um noch Angst zu haben.

Vorn an der Steuerbordseite konnte ich das Riff sehen, auf dem wir abgestürzt waren. Es wurde vom Bootsdeck her von zwei starken Scheinwerfern angestrahlt. Wir waren ungefähr vierzig Meter davon entfernt und lagen unbeweglich im Wasser. Die Maschinen liefen nur so stark, daß die Position des Bootes gegen den Wind und die Strömung gehalten wurde. Ab und zu suchte ein Scheinwerfer das dunkle Wasser in der Umgebung ab. Ich konnte keinen der Männer an Deck erkennen. Aber es brauchte mir auch keiner zu sagen, was sie taten. Sie warteten, die entsicherten Waffen in den Händen, und beobachteten. Ich konnte auch nichts vom Boot selbst sehen, aber ich mußte es, obgleich ich es nicht sehen konnte, auf jeden Fall wiedererkennen, sollte sich noch einmal die Möglichkeit bieten. Ich nahm das Messer aus dem Futteral hinter meinem Nakken und schnitt ein großes V in das unter Ende des Steuers. Zum erstenmal hörte ich jetzt Stimmen. Vier Stimmen, und es machte mir keine Schwierigkeiten, diese Stimmen zu erkennen. Wenn ich so alt würde wie Methusalem, keine dieser Stimmen könnte ich je vergessen.

»Nichts auf deiner Seite, Quinn?« Kapitän Imrie, der Mann, der auf der ›Nantesville‹ die Jagd nach mir organisiert hatte.

»Nichts, Kapitän.« Ich konnte fühlen, wie sich meine Haare im Nacken sträubten. Quinn, Durran. Der falsche Zollbeamte. Der Mann, der mich beinah, aber nicht ganz erdrosselt hatte.

»Wie sieht es auf deiner Seite aus, Jaques?« Wieder die Stimme des Kapitäns.

»Nichts, Sir.« Das war der Spezialist für Maschinengewehre. »Es sind jetzt acht Minuten vergangen, seit wir hier sind. Fünfzehn, seit sie untergegangen sind. Ein Mann müßte wirklich gute Lungen haben, um so lange unter Wasser zu bleiben, Kapitän.«

»Genug«, sagte Imrie, »jeder von uns wird eine extra Belohnung für die Arbeit heute nacht bekommen. Kramer?«

»Kapitän Imrie?« Eine Stimme, die genauso guttural klang wie die des Kapitäns.

»Volle Kraft voraus. Richtung auf den Sund.«

Ich stieß mich nach hinten ab und tauchte tief. Die Wasser über mir fingen in großen Blasen zu blubbern an und wurden gischtig. Ich blieb tief unten, vielleicht dreieinhalb Meter tief, und schwamm auf das Riff zu. Wie lange, weiß ich nicht mehr. Auf jeden Fall weniger als eine Minute. Meine Lungen waren noch nicht so leistungsfähig wie früher. Noch nicht einmal so, wie sie noch vor fünfzehn Minuten gewesen waren. Als ich nicht mehr konnte und auftauchte, hatte ich mir meine dunkle Ölhaut über den Kopf gezogen. Aber ich hätte nicht so vorsichtig zu sein brauchen. Ich konnte die schwach schimmernde Silhouette des Schiffes sehen, das sich schnell entfernte, sonst nichts. Die Scheinwerfer waren abgeschaltet. Wenn Kapitän Imrie auf dem Standpunkt stand, daß ein Job zu Ende war, dann war er zu Ende. Natürlich war das Boot vollkommen dunkel, nicht ein Navigationslicht oder Bordlicht war zu sehen.

Ich schwamm langsam auf das Riff zu, erreichte einen Felsen und hielt mich so lange daran fest, bis ich wieder genug Kraft hatte, um meiner schmerzenden Muskeln und meines erschöpften Körpers Herr zu werden. Ich hätte niemals geglaubt, daß fünfzehn Minuten einen Menschen so fertigmachen können. So ruhte ich mich ungefähr fünf Minuten aus. Ich hätte es auch leicht eine Stunde aushalten können, aber die Zeit arbeitete gegen mich. Ich tauchte wieder ins tiefe Wasser und machte mich auf den Weg zur Küste.

Dreimal versuchte ich es, und dreimal mißlang es mir, mich aus meinem Schlauchboot an Bord der ›Firecrest‹ zu ziehen. Es waren nur etwa anderthalb Meter, nicht mehr. Nur eineinhalb Meter. Ein zehnjähriges Kind hätte es schaffen können. Aber nicht Calvert. Calvert war ein alter Mann. Ich rief nach Hunslett, aber Hunslett kam nicht. Ich rief dreimal, aber er kam nicht. Die ›Firecrest‹ war dunkel und ruhig, ohne einen Laut. Wo, zum Teufel, war er? Schlief er? War er an Land gegangen? Nein, an Land war er nicht gegangen. Er hatte versprochen, an Bord zu bleiben, falls eine Nachricht von Onkel Arthur durchkommen sollte.

Dann schlief er wahrscheinlich fest in seiner Kabine! Ich fühlte, wie eine blinde, sinnlose Wut in mir aufstieg. Das war einfach zu viel, zu viel für das, was ich heute durchgemacht hatte. Er schlief! Ich schrie, so laut ich konnte, und hämmerte mit dem Griff meiner Luger kraftlos gegen die Stahlwand. Aber er kam nicht.

Beim viertenmal schaffte ich es. Ganz knapp, aber es ging. Das Bootstau des Dinghi in der Hand, lag ich ein paar Sekunden lang flach auf dem Bauch, und dann gelang es mir, mich aufzurichten. Ich machte das Bootstau fest und ging auf die Suche nach Hunslett. Ich hatte ihm ein paar Worte zu sagen.

Aber ich kam nie dazu. Er war nicht an Bord. Ich durchsuchte die ›Firecrest‹ von vorn bis hinten, auch keine Anzeichen eines plötzlichen Verlassens waren zu finden, keine Essensüberreste auf dem Tisch im Salon oder ungewaschenes Geschirr in der Küche. Keinerlei Anzeichen eines Kampfes, alles war sauber und in bester Ordnung. Alles war so, wie es sein sollte. Nur Hunslett war nicht da.

Etwa eine oder zwei Minuten lang saß ich zusammengekrümmt auf der Bank im Salon und versuchte mir zu erklären, warum er nicht da war. Aber zu dieser Zeit war ich nicht in der Lage, mir überhaupt über irgend etwas klarzuwerden. Dann ging ich wieder an Deck, um das Dinghi und den Außenbordmotor an Bord zu bringen. Diesmal gab es keinerlei Vertuschungsmanöver. Abgesehen davon, daß ich in meinem derzeitigen Zustand dazu physisch auch gar nicht in der Lage gewesen wäre, war die Zeit für dieses Versteckspiel vorüber. Ich ließ die Luft aus dem Dinghi und verstaute es zusammen mit dem Außenbordmotor in dem hinteren Schrank. Und falls jemand an Bord kommen würde, um danach zu suchen? Falls jemand an Bord kommen würde, um sich hier umzusehen, würde ihn als erstes eine Kugel empfangen; es war mir ganz egal, ob er behaupten würde, ein hoher Polizeioffizier oder der höchste Zollbeamte des Landes zu sein. Auf jeden Fall würde ich ihm zuerst einmal eine Kugel verpassen, vielleicht in den Arm oder ins Bein, und dann würde ich mir hinterher seine Erklärungen anhören. Falls es sich dabei um einen meiner Freunde von der ›Nantesville‹ handeln würde oder von der Klippe dort unten, dann würde er die Kugel durch den Kopf bekommen.

Ich ging wieder nach unten. Ich war krank. Der Hubschrauber lag auf dem Boden des Meeres. Der Pilot mit ihm. Seine Brust durch die Maschinengewehrgeschosse auseinandergerissen. Mir war übel. Ich zog mich aus, trocknete mich ab, und diese kleine Betätigung nahm mir das letzte bißchen Kraft, das ich noch hatte. Das Rennen, Fallen und Stolpern durch den dunklen Wald, dann das Dinghi wiederzufinden, es aufzublasen und über die verdammten von Seegras überwachsenen Steine zu schleppen, hatte mich meine letzte Kraft gekostet. Man erwartete von mir, daß ich fit war, und das alles hätte mich nicht so fertig machen dürfen. Ich war krank, aber die Krankheit saß in meinem Herzen und in meinem Gehirn, nicht in meinem Körper.

Ich ging in meine Kabine und zog mir mühsam frische Sachen an, wobei ich auch den Seidenschal nicht vergaß. Der regenbogenfarbene Bluterguß im Nacken, den Quinn mir beigebracht hatte, war jetzt angeschwollen und hatte sich ausgebreitet, so daß ich den Schal bis fast zu den Ohrläppchen hochbinden mußte, um ihn zu verstecken. Ich sah in den Spiegel. Es hätte mein eigener Großvater sein können, der mir entgegenblickte. Mein Großvater auf dem Totenbett. Mein Gesicht hatte den erschöpften wächsernen Ausdruck, den man normalerweise mit Sterbenden in Verbindung bringt. Das einzige Blut darin waren die zahllosen Kratzer, die die Fichtennadeln hinterlassen hatten. Ich sah aus wie jemand, der von einem Ausschlag befallen ist, und fühlte mich wie jemand, den die Beulenpest heimgesucht hat.

Ich sah nach, ob die Luger und die Liliput (ich hatte beide in den wasserdichten Beutel zurückgetan, nachdem ich Dubh Sgeir verlassen hatte) noch in Ordnung waren. Sie waren es. Dann goß ich mir im Salon einen großen Whisky ein. Er lief durch meine Kehle wie ein Frettchen, das in einem Kaninchenbau verschwindet. Die müden roten Blutkörperchen kamen langsam wieder auf die Beine. Es schien mir wahrscheinlich, daß sie, wenn ich ihnen noch etwas mehr von dieser Medizin zukommen ließe, wieder ganz munter würden. Ich griff gerade nach der Flasche, als ich das Geräusch eines ankommenden Motors hörte. Ich stellte die Flasche zurück ins Regal, machte die Lichter im Salon aus, obgleich man sie durch die samtenen Vorhänge nicht hätte sehen können – und ging hinter der offenen Salontür in Stellung.

Ich war ziemlich sicher, daß diese Vorsichtsmaßnahmen überflüssig waren. Höchstwahrscheinlich war es Hunslett, der vom

Ufer zurückkehrte. Aber warum hatte er dann nicht das Dinghi genommen, das noch immer hinten angehängt war? Vielleicht war es irgend jemand, der Hunslett, aus dem Grund, den er für wichtig hielt, dazu überredet hatte, an Land zu gehen, und der ihn jetzt wieder zurückbrachte.

Die Maschine des Motorbootes wurde jetzt langsamer. Sie wurde in den Leerlauf geschaltet, dann rückwärts und wieder in den Leerlauf. Ein leichter Anprall. Das Gemurmel von Stimmen, das Geräusch von jemandem, der an Bord kletterte, die Maschine wurde wieder eingeschaltet, und das Boot entfernte sich.

Ich hörte die Schritte über mir, als der Besucher – es waren nur die Schritte eines einzelnen – zum Steuerhaus ging. Es war der feste Schritt eines Mannes, der genau wußte, was er zu tun hatte. Nur eine Sache machte mich dabei nachdenklich: Es waren nicht die Schritte von Hunslett. Ich drückte mich flach an die Kabinenwand, nahm die Lugerpistole heraus, entsicherte sie und bereitete mich darauf vor, den Besucher so zu empfangen, wie es – das hatte ich in der Zwischenzeit gelernt – die Tradition des Hochlandes erforderte.

Ich hörte, wie die Tür zum Steuerhaus geöffnet und wieder geschlossen wurde. Dann sah ich das Licht einer Taschenlampe, die der Besucher vor sich hielt, als er die vier Stufen zum Salon herunterstieg. Er wartete einen Augenblick, der Lichtstrahl wanderte umher, um den Schalter zu suchen. Ich trat hinter der Tür hervor und tat drei Dinge auf einmal: legte ihm den Arm um den Hals, stieß ihm ein durchaus nicht sanftes Knie in den Rücken und bohrte den Mündungslauf der Luger gegen sein rechtes Ohr. Das war zwar brutal, aber nicht zu brutal, es hätte sich ja immerhin um meinen alten Freund Quinn handeln können. Der Schmerzensausruf bewies mir, daß es nicht Quinn war, den ich vor mir hatte.

»Das, was Sie hier fühlen, mein Freund, ist kein Hörgerät, es ist eine Lugerpistole. Sie sind nur einen winzigen Schritt von einer besseren Welt entfernt. Machen Sie mich nicht nervös.«

Die bessere Welt schien auf ihn keinen besonderen Eindruck zu machen, und er machte mich auch nicht nervös. Aus seiner Kehle kamen merkwürdige gurgelnde Geräusche, entweder versuchte er zu sprechen oder zu atmen, aber er stand bewegungslos, den Kopf leicht nach hinten gebeugt. Ich ließ mit dem Druck nach.

»Machen Sie mit Ihrer linken Hand das Licht an, sehr vorsichtig, langsam.«

Er tat es sehr langsam, sehr vorsichtig. Der Salon war auf einmal in Licht getaucht.

»Halten Sie die Hände über Ihren Kopf. So hoch Sie können.«

Er war wirklich ein mustergültiger Gefangener, er tat genau das, was ich sagte. Ich drehte ihn um und stieß ihn dabei in die Mitte des Raumes, wobei ich ihm befahl, mich anzusehen.

Er war mittelgroß, trug einen adretten Astrachanmantel und eine Kosakenmütze aus Pelz. Sein weißer Bart und sein Schnurrbart waren fabelhaft geschnitten. In der Mitte des Bartes befand sich ein gerader schwarzer Streifen. Sein gebräuntes Gesicht war rot, entweder vor Wut oder durch Erstickungserscheinungen. Ich nahm beides an. Er nahm die Hände ohne Erlaubnis herunter, setzte sich, zog ein Monokel hervor, klemmte es sich ins rechte Auge und starrte mich mit kalter Wut an. Ich gab ihm jeden Blick zurück. Nachdem wir uns eine Weile angestarrt hatten, goß ich einen Whisky ein und gab ihn Onkel Arthur. Dem Konteradmiral Sir Arthur Arnford-Jason, K. C. B.

»Sie hätten anklopfen sollen, Sir«, sagte ich vorwurfsvoll.

»Ich hätte anklopfen sollen.« Seine Stimme klang noch immer halb stranguliert. Vielleicht hatte ich mehr Kraft angewandt, als notwendig war. »Begrüßen Sie Ihre Gäste immer auf diese Art und Weise?«

»Ich habe hier keine, Sir. Und Freunde habe ich auch keine, auf keinen Fall auf diesen westlichen Inseln. Das einzige, was ich habe, sind Feinde. Jeder, der durch diese Tür kommt, ist ein Feind. Ich habe Sie hier nicht erwartet.«

»Das will ich auch hoffen. Wenn ich an die Vorstellung denke, die Sie eben gegeben haben, will ich das sehr hoffen!« Er rieb sich die Kehle, trank etwas von dem Whisky und hustete. »Ich habe selbst nicht gedacht, daß ich hierherkäme. Haben Sie eine Ahnung, wieviel Gold sich auf der ›Nantesville‹ befand?«

»Etwa eine Million Pfund, soviel ich weiß.«

»Das dachte ich auch. Es waren aber acht Millionen Pfund. Das ist das Gold, das von Europa in die Safes von Fort Knox geschickt wird. Normalerweise geht es in kleineren Mengen. Der Barren zu ungefähr achtundzwanzig Pfund. Aus Sicherheitsgründen. Damit nichts passiert. Falls irgendwas schiefgeht. Aber die Bank wußte, daß diesmal nichts schiefgehen konnte. Daß sich diesmal unsere Agenten an Bord des Schiffes befanden. Sie waren mit den Zahlungen im Verzug, und so haben sie sechshundertfünfzig Barren verladen, ohne es irgendeinem Menschen zu sagen. Die Bank ist in hellem Aufruhr. Und ich muß es ausbaden.«

Und jetzt war er hierhergekommen, damit ich es ausbaden sollte.

»Sie hätten mir Bescheid geben sollen. Ich meine, daß Sie hierherkommen würden.«

»Das habe ich auch versucht. Sie waren heute mittag nicht am Sender, und das ist eine der elementarsten und der ernstesten Sünden. Calvert! Sie haben versäumt, eine Verabredung einzuhalten. Sie oder Hunslett. In dem Augenblick wußte ich, daß die Situation sich noch verschlechtert hatte. Ich wußte, daß ich jetzt selbst den Befehl übernehmen mußte. Also nahm ich mir ein Flugzeug und ein Rettungsboot der Royal Air Force.« Dabei dürfte es sich um die schnelle Jacht gehandelt haben, die ich im Sund gesehen hatte und die schwer gegen die See ankämpfen mußte, als wir auf die Bucht zuflogen. »Wo ist Hunslett?«

»Ich weiß es nicht, Sir.«

»Sie wissen es nicht?« Er sprach jetzt mit einer ruhigen, ausdruckslosen Stimme, die ich ganz und gar nicht leiden konnte. »Sie sind in dieser Geschichte nicht mehr Herr der Lage, Calvert, stimmt das oder nicht?«

»Ja, Sir. Ich fürchte, daß man ihn mit Gewalt fortgebracht hat, ich bin mir noch nicht sicher, wie. Was haben Sie in den letzten zwei Stunden getan, Sir?«

»Reden Sie erst einmal.« Ich wünschte nur, daß er aufhören würde, sich das verdammte Monokel andauernd ins Auge zu klemmen. Das Monokel war keine Angabe, er war auf diesem Auge fast blind, trotzdem war es ein Manierismus, der mich irritierte. In diesem Augenblick würde mich überhaupt alles irritiert haben.

»Die Rettungsjacht der RAF, die Sie gerade hier abgesetzt hat, hätte mindestens schon vor zwei Stunden hier sein sollen. Warum sind Sie dann nicht an Bord gekommen?«

»Das bin ich ja. Wir haben die ›Firecrest‹ in der Dunkelheit fast in Grund und Boden gebohrt, als wir vom Festland herkamen. Niemand war da. Infolgedessen ging ich wieder, um etwas zu essen. Auf diesem verdammten Schiff hier gibt es ja nichts anderes als gebackene Bohnen, soweit ich mich davon überzeugen konnte.«

»Das Columba-Hotel würde Ihnen auch nicht mehr bieten. Vielleicht noch einen Toast zu den Bohnen, wenn Sie Glück haben.« Das Columba-Hotel war das einzige Hotel in Torbay.

»Ich aß geräucherte Forelle, ein Filet Mignon und trank eine ausgezeichnete Flasche Rheinwein. Ich habe an Bord der ›Shangri-la‹ zu Abend gegessen.« Er sagte dies mit einem winzigen Lächeln. Wieder zeigte sich Onkel Arthurs Achillesferse. Er liebte einen Lord wie sonst nichts auf der Welt, und ein Baron mit einem siebenstelligen Einkommen im Jahr war für ihn so gut wie ein Lord.

»Auf der ›Shangri-la‹?« Ich starrte ihn an, und dann erinnerte ich mich. »Ach ja, Sie haben mir ja gesagt, daß Sie Lady Skouras gut kennen, nein, Sie sagten vielmehr, Sie kennen sie sehr gut und ihren Mann ganz gut. Wie geht es dem lieben Sir Anthony?«

»Ausgezeichnet«, sagte er kalt. Onkel Arthur besaß Humor, aber auf abfällige Bemerkungen über Adlige reagierte er ausgesprochen sauer.

»Und Lady Skouras?«

»Nun, gut . . .«

»Gar nicht so gut. Bleich, in sich zusammengefallen, unglücklich, mit dunklen Ringen unter den Augen. Meinem Anblick nicht unähnlich. Ihr Mann behandelt sie schlecht, sogar sehr schlecht. Sowohl psychisch als auch physisch. Er hat sie vor einer Gruppe von Männern in der vergangenen Nacht herabgesetzt. Sie hat Wundmale von Stricken an ihren Armen. Warum wohl hat sie solche Wundmale, Sir Arthur?«

»Das ist unmöglich. Einfach phantastisch. Ich kannte auch die frühere Lady Skouras, ich meine die, die in diesem Jahr in einem Krankenhaus gestorben ist. Sie . . .«

»Sie war zur Behandlung in einem Sanatorium für Geisteskranke. So ungefähr hat es mir Skouras erzählt.«

»Das spielt keine Rolle. Sie bewunderte ihn. Er bewunderte sie. Ein Mann kann sich nicht so ändern. Sir Anthony . . . Sir Anthony ist einfach ein Gentleman.«

»Wirklich? Dann erzählen Sie mir doch, wie er seine ersten Millionen verdient hat. Sie haben doch Lady Skouras gesehen oder nicht?«

»Ich habe sie gesehen«, sagte er langsam. »Sie kam zu spät. Sie kam zusammen mit dem Filet Mignon.« Er fand absolut nichts Komisches an dieser Bemerkung. »Sie sah nicht sehr gut aus, und ich hatte den Eindruck, daß sie eine Schramme an der rechten Schläfe hat. Sie war gefallen, als sie vom Beiboot an Bord ging, und hatte sich dabei den Kopf an der Reling angeschlagen.«

»Ich würde sagen, daß sie eher in die Faust ihres Gatten gelaufen ist. Noch eine Frage, als Sie heute das erstemal auf die ›Firecrest‹ kamen, haben Sie sie da durchsucht?«

»Ich habe sie durchsucht. Alles, mit Ausnahme der hinteren Kabine. Sie war verschlossen. Ich nahm an, daß sich dort etwas befand, das Sie vor zufälligen Besuchern verbergen wollten.«

»Da war etwas, das *Sie* nicht sehen sollten«, erwiderte ich langsam. »Hunslett, und zwar Hunslett unter Bewachung. Sie warteten auf die Nachricht meines Todes, und dann hätten sie Hunslett umgebracht oder ihn gefangenengenommen. Falls die Nachricht durchkäme, ich wäre nicht umgebracht worden, dann hätten sie auf meine Rückkehr gewartet, um mich auch gefangenzunehmen, oder sie hätten uns beide getötet. Denn zu diesem Zeitpunkt mußten sie erfahren haben, daß ich zuviel wußte, um am Leben bleiben zu dürfen. Man braucht Zeit, sogar eine Menge Zeit, um ein Safe zu öffnen und so viele Tonnen Gold herauszuholen; sie wissen genau, daß die Zeit ihr größter Gegner ist, und sie sind jetzt beunruhigt. Aber sie denken noch immer an alles.«

»Sie warteten auf die Nachricht von Ihrem Tod?« fragte Onkel Arthur mechanisch. »Das verstehe ich nicht.«

»Der Hubschrauber, den Sie mir geschickt haben, wurde heute abend kurz nach Sonnenuntergang abgeschossen. Der Pilot ist tot, und die Maschine liegt auf dem Meeresgrund. Sie glauben, ich wäre auch tot.«

»Ich verstehe. Das ist ein starkes Stück, Calvert!« Er zeigte keinerlei Reaktion. Vielleicht wurde er auch langsam betrunken. Es war allerdings wahrscheinlicher, daß er sich in diesem Augenblick die präzise Formulierung überlegte, wie er mich schnell und sicher zum Arbeitslosen befördern könne. Er zündete sich eine lange dünne, schwarze Zigarre an und qualmte gedankenverloren vor sich hin. »Wenn wir nach London zurückkommen, erinnern Sie mich daran, daß ich Ihnen meinen vertraulichen Bericht über Sie zeige.«

»Ja, Sir.« So sollte das also jetzt vor sich gehen.

»Vor zwei Tagen hatte ich das Vergnügen, mit dem Unterstaatssekretär zu Abend zu essen. Er fragte mich, welches Land in Europa die besten Agenten hätte. Ich sagte ihm, ich hätte keine Ahnung. Aber ich sagte ihm auch, wen ich nach Einschätzung aller Möglichkeiten für den besten Agenten in Europa hielte: Philip Calvert.«

»Das war sehr freundlich von Ihnen, Sir.« Wenn ich ihm bloß seinen Bart, den Whisky, die Zigarre oder das Monokel hätte wegnehmen können, drei dieser vier Dinge verdeckten jeden Moment sein Gesicht. Dann hätte mir sein Ausdruck vielleicht eine entfernte Vorstellung geben können, was in seinen Gehirnwindungen in diesem Augenblick vor sich ging. »Vor genau sechsunddreißig Stunden wollten Sie mich doch hinauswerfen.«

»Wenn Sie das glauben, dann glauben Sie einfach alles.« Er stieß eine dicke Rauchwolke aus und fuhr fort: »Eine der Bemerkungen in dem Bericht über Sie lautet folgendermaßen: ›Unbrauchbar für Routineuntersuchungen, verliert sofort das Interesse und langweilt sich sehr leicht. Er arbeitet am besten unter äußerstem Druck. Unter diesen Bedingungen ist er einmalig.‹ Das steht in Ihren Akten, Calvert. Ich amputiere mir doch nicht meinen rechten Arm.«

»Sir, wissen Sie, was Sie eigentlich sind?«

»Ein machiavellistischer alter Teufel«, sagte Onkel Arthur mit einiger Genugtuung. »Wissen Sie, was hier vorgeht?«

»Ja, Sir.«

»Geben Sie mir noch einen Whisky, mein Junge, aber einen großen, und erzählen Sie mir, was hier vorgefallen ist, was Sie wirklich wissen und was Sie zu wissen glauben.«

Ich goß ihm noch einen Whisky ein, einen großen, und dann erzählte ich ihm, was passiert war, was ich wußte und von dem, was ich zu wissen glaubte, soviel, wie ich ihm mit gutem Gewissen erzählen konnte.

Er hörte sich alles an und sagte dann: »Loch Houron also meinen Sie?«

»Ja, Loch Houron. Ich habe mit niemandem darüber gesprochen, und niemand hat mich, soweit ich das beurteilen kann, gesehen. Irgend jemand muß mich also erkannt haben. Oder meine Beschreibung wurde durchgegeben, und zwar über Radio. Das Boot, das auf Williams und mich gewartet hat, kam von Torbay oder irgendwo aus der Nähe von Torbay. Ein Boot von Loch Houron kann es niemals in dieser Zeit geschafft haben, selbst das schnellste hätte mindestens fünfmal so lange bis zum Sund von Torbay gebraucht wie wir mit dem Flugzeug. Irgendwo in der Nähe hier, auf dem Festland oder auf der See, ist ein Empfänger. Und irgendwo draußen in Loch Houron ist ein weiterer.«

»Das Boot der Universitäts-Expedition, das Sie am Südufer von Loch Houron gesehen haben, ich meine die angebliche Universitäts-Expedition, konnte das eventuell einen Sender an Bord haben?«

»Nein, Sir, das waren Jungens mit Bärten.« Ich stand auf, zog die Vorhänge im Salon zurück und setzte mich wieder. »Ich sagte Ihnen schon, daß ihr Boot beschädigt war und mit Schlagseite dalag. Es war vorn und hinten verankert und voller Wasser. Die haben sich diesen Schaden nicht selbst beigebracht, und es ist auch kein Unglücksfall gewesen. Irgend jemand hat dafür gesorgt, daß es passierte. Wieder einer der Zwischenfälle, die in der letzten Zeit so häufig an der Westküste geschehen.«

»Warum haben Sie jetzt die Vorhänge aufgezogen?«

»Wegen dieser kleinen Unfälle, die sich andauernd ereignen, Sir. Ich bin überzeugt, daß einer davon in Kürze hier passieren wird. Irgendwann heute nacht werden Leute versuchen, an Bord zu kommen. Diese Leute nehmen an, daß Hunslett und ich tot sind. Zumindest, daß *ich* tot bin. Hunslett ist tot oder ihr Gefangener. Aber sie können auf keinen Fall die ›Firecrest‹ hier vor Anker liegen lassen, um die Aufmerksamkeit darauf zu lenken und eine Untersuchung heraufzubeschwören. Sie werden infolgedessen an Bord kommen, den Anker hieven und die ›Firecrest‹ in den Sund fahren, wobei ihr eigenes Boot der ›Firecrest‹ folgen wird. Wenn sie erst einmal da sind, werden sie eine Havarie herbeiführen und auf ihr eigenes Boot umsteigen. Sie werden zusehen, während die ›Firecrest‹ genauso versinkt wie der Hubschrauber. Für die große weite Welt sind Hunslett und ich bei Sonnenaufgang fortgesegelt.«

»Und die Strudel und das Unwetter haben euch untergehen lassen.« Onkel Arthur nickte. »Sind Sie Ihrer Sache ganz sicher, Calvert?«

»Sie können ruhig sagen, daß ich meiner Sache absolut sicher bin.«

»Aber warum öffnen Sie dann diese verdammten Vorhänge?«

»Das Versenkungskommando kann von überall her kommen, und vielleicht dauert es noch ein paar Stunden. Die beste Zeit, um ein Boot zu versenken, ist bei ausgesprochener Ebbe. Wenn sie ganz sicher sein wollen, daß es genau an der Stelle untergeht, wo sie es wollen. Und absolute Ebbe ist nicht vor ein Uhr morgens. Aber wenn irgend jemand wie ein Wilder hier an Bord kommt, kurz nachdem die Vorhänge geöffnet worden sind, dann ist das Beweis genug, daß der Empfänger, den wir suchen, und unsere Freunde, die den Empfänger bedienen, sich hier irgendwo in dieser Bucht aufhalten, entweder auf dem Festland oder auf See.«

»Wieso ist das ein Beweis?« fragte Onkel Arthur irritiert. »Warum sollten sie, wie Sie sich ausdrücken, wie die Wilden angestürmt kommen?«

»Sie wissen, daß sie Hunslett haben, zumindest nehme ich an, daß sie ihn haben. Ich kann mir keinen anderen Grund für seine Abwesenheit denken. Sie glauben auch, daß ich tot bin, aber sie sind sich nicht ganz sicher. Und dann sehen sie auf einmal die erleuchteten Fenster. ›Was ist denn das?‹ werden sie sagen. Ist Calvert von den Toten auferstanden? Oder ist es ein dritter oder vielleicht ein dritter und ein vierter Kollege von Calvert und Hunslett, von dem wir noch nichts wußten? Ob ich es bin oder meine Freunde, sie müssen auf jeden Fall mundtot gemacht werden, und zwar sofort. Würden Sie in diesem Fall nicht auch angestürzt kommen?«

»Es besteht keine Veranlassung, die ganze Angelegenheit so leichtfertig zu behandeln«, beschwerte sich Onkel Arthur.

»Um Ihre eigenen Worte zu zitieren, Sir, wenn Sie das glauben, dann glauben Sie alles.«

»Auf jeden Fall hätten Sie zuerst mich konsultieren müssen, Calvert.« Onkel Arthur rutschte nervös auf seinem Sitz hin und her. Aber er verzog nach wie vor keine Miene. Er war ein brillanter Administrator, aber die ausführende Seite des Geschäfts, die Arbeit, die darin gipfelte, Leute umzulegen oder sie von einer hohen Klippe zu stürzen, war nicht ganz in seiner Linie. »Ich habe Ihnen doch gesagt, daß ich hergekommen bin, um das Kommando zu übernehmen.«

»Es tut mir leid, Sir Arthur, dann ändern Sie besser den Bericht. Ich meine über den besten Mann in Europa.«

»Touché, touché, touché«, murmelte er, »und sie kommen aus der Dunkelheit auf uns zu, sagen Sie? Unter Umständen sind sie jetzt schon auf dem Weg, bewaffnete Männer, Mörder. Sollten wir nicht – sollten wir nicht anfangen, uns auf unsere Verteidigung vorzubereiten? Verdammt noch mal, Mann, ich hab' ja nicht einmal eine Pistole.«

»Sie werden auch keine brauchen. Vielleicht sind Sie mit mir nicht einer Meinung.« Ich gab ihm die Luger. Er nahm sie, kontrollierte sie und überzeugte sich, daß der Sicherheitshebel leicht zu bewegen war. Dann saß er da und hielt sie ungeschickt in der Hand.

»Sollten wir nicht etwas tun, Calvert? Wir sind doch hier lebende Zielscheiben.«

»Sie werden noch eine ganze Zeit auf sich warten lassen. Das nächste Haus oder Boot ist nach Osten hin mindestens noch eine Meile entfernt. Sie müssen mit dem Wind und mit der Flut kommen, und sie können es nicht wagen, dabei einen Motor zu gebrauchen. Ob sie mit einem Segelboot kommen oder in einem Schlauchboot paddeln, sie haben auf jeden Fall eine weite Strecke vor sich. Trotzdem haben wir wenig Zeit, Sir. Wir haben heute noch eine Menge zu tun. Um auf Loch Houron zurückzukommen, die Expedition kommt nicht in Frage. Die wären nicht einmal in der Lage, ein Schlauchboot aufzubringen, geschweige fünf schwere Frachter. Unser Freund Donald MacEachern benimmt sich äußerst verdächtig. Dort wären Möglichkeiten vorhanden. Er ist zu Tode beunruhigt, vielleicht zielten ein halbes Dutzend Gewehre auf seinen Rücken, während er mir seins vors Gesicht hielt. Aber das war alles zu gut, um wahr zu sein. Berufsverbrecher würden sich nicht in dieser Art und Weise benehmen.«

»Vielleicht erwarten Berufsverbrecher von einem Kollegen, daß er genauso reagiert. Sie sagen, er hätte Angst gehabt?«

»Es kann sein, daß er irgend etwas damit zu tun hat. Vielleicht nicht gerade direkt. Und dann sind da noch die Haifischer, die haben Boote und Möglichkeiten, und weiß der Himmel, das sind wirklich harte Burschen. Dagegen spricht, daß sie dort seit Jahren leben. Die Gegend wimmelt von Haifischen. Es müßte sich leicht feststellen lassen, ob regelmäßige Lieferungen von Haifischleberöl zum Festland verschickt werden. Noch dazu kennt man sie gut und hat allergrößte Hochachtung vor ihnen hier an der Küste. Ich bin überzeugt, daß man sie jederzeit überprüfen kann. Und dann noch Dubh Sgeir. Lord Kirkside und seine hübsche Tochter Sue.«

»Lady Susann«, sagte Onkel Arthur. Es ist gar nicht einfach, mit einer unpersönlichen und klanglosen Stimme einen gewissen Vorwurf auszudrücken. Aber es gelang ihm ohne jede Schwierigkeit. »Selbstverständlich kenne ich Lord Kirkside.« Sein Ton ließ erkennen, daß es höchst ungewöhnlich wäre, wenn er ihn nicht kennen würde. »Und während ich, was Sir Anthony betrifft, vielleicht nicht recht habe – ich wette aber eins zu hundert Pfund, daß ich recht habe –, bin ich bei Lord Kirkside überzeugt, daß er völlig unfähig ist, eine unehrliche oder illegale Handlung zu begehen oder zu unterstützen.«

»Ich auch. Er ist, könnte man sagen, ein wirklich harter Bursche, der aber mehr auf der Seite der Engel steht.«

»Und seine Tochter? Ich habe sie noch nie getroffen.«

»Ein ausgesprochen modernes Mädchen. Kleidet sich der Mode entsprechend und spricht, wie es heute modern ist: ›Ich bin hart, ich bin leistungsfähig und ich kann schon für mich alleine sorgen. Danke sehr.‹ Sie ist natürlich durchaus nicht hart, sondern ein nettes altmodisches Mädchen in neumodischen Kleidern.«

»Dann sind die beiden auf alle Fälle über jeden Verdacht erhaben.« Onkel Arthurs Stimme klang erleichtert. »Bleibt noch die Expedition, auch wenn Sie sich darüber lustig machen. Die Insel von MacEachern und die Haifischer. Ich würde mich auf jeden Fall für die Haifischer entscheiden.«

Mir war es egal, wofür er sich entscheiden würde. Für mich war es jetzt Zeit, an Deck zu gehen, und ich sagte es ihm.

»Das wird doch nicht lange dauern, oder?«

»Nicht anzunehmen, Sir. Wir werden die Lichter im Salon ausmachen; es würde ihnen merkwürdig vorkommen, wenn sie durch die Fenster sehen und niemanden hier bemerken würden. Wir werden die beiden Lichter in den Kabinen anmachen und das Licht am Bug. Auf diese Art und Weise haben sie keine Sicht. Das gesamte hintere Deck wird in Licht gebadet sein, während es ihnen vorn stockdunkel erscheinen wird. Wir werden uns in der Dunkelheit verbergen.«

»Wo denn im Dunkeln?« Das klang nicht sehr vertrauensvoll.

»Sie gehen bitte ins Steuerhaus. Die Tür des Steuerhauses öffnet sich nach außen. Halten Sie immer eine Hand ganz leicht auf dem Türgriff. Wenn Sie fühlen, daß er sich dreht, und zwar sehr langsam und sehr vorsichtig, dann können Sie wetten, was Sie wollen, dann sind es unsere Freunde. Warten Sie, bis die Tür etwas nachgibt, dann treten Sie genau unterhalb des Türgriffs, und zwar mit aller Kraft, die Sie haben, dagegen. Wenn Sie ihm dabei nicht das Nasenbein brechen oder ihn über Bord werfen, dann werden Sie ihn zumindest so zurichten, daß er ein neues Gebiß braucht. Ich werde mich um den oder die anderen kümmern.«

»Wie?«

»Ich verstecke mich auf dem Dach des Salons. Es ist ungefähr einen Meter niedriger als das Steuerhaus, so können sie mich gegen den Schatten, den das Licht von hinten wirft, nicht sehen, selbst wenn sie von den Seiten kommen.«

»Aber was wollen Sie machen?«

»Ich werde ihn oder sie niederschlagen. Ich werde ein schönes großes Brecheisen aus dem Maschinenraum holen und einen Sack darum wickeln. Das wird ausgezeichnet sein.«

»Warum blenden wir sie denn nicht mit Taschenlampen und sagen ihnen, daß sie die Hände hoch nehmen sollen?« Offensichtlich gefiel Onkel Arthur meine Art des Vorgehens nicht sonderlich.

»Aus drei Gründen. Erstens handelt es sich um gefährliche Mörder, und Menschen dieser Art warnt man niemals vorher. Ich gebe zu, daß es nicht sehr fair ist, aber man überlebt leichter. Außerdem werden sie höchstwahrscheinlich die ›Firecrest‹ mit Nachtferngläsern beobachten, und zwar jetzt schon. Und letztlich werden Geräusche laut und deutlich über das Wasser getragen, ich meine Schüsse, und der Wind ist im Moment auf Torbay gerichtet.«

Er sagte nichts mehr. Wir nahmen unsere Positionen ein und warteten. Es regnete noch immer heftig, und der Wind kam noch immer aus Westen. Ausnahmsweise störte mich der Regen nicht, ich hatte mir Ölzeug übergezogen. Ich lag flach auf dem Dach des Salons und lockerte von Zeit zu Zeit den Griff meiner Hände. In der rechten hielt ich das Brecheisen, in der linken das kleine Messer. Nach fünfzehn Minuten kamen sie. Ich hörte das leise Reiben des Gummibootes an unserer Steuerbordseite. Die Seite, an der sich auch die Tür zum Steuerhaus befand.

Es waren nur zwei. Mittlerweile hatten sich meine Augen gut an die Dunkelheit gewöhnt, und ich konnte deutlich die Konturen des ersten Mannes erkennen, der an Bord kam, etwa unterhalb der Stelle, wo ich lag. Er band das Boot fest und wartete auf seinen Kumpan. Dann gingen sie gemeinsam nach vorn.

Der Anführer stieß einen Schmerzensschrei aus, als ihn die Tür genau ins Gesicht traf. Ich hatte nicht ganz soviel Glück. Der zweite reagierte wie eine Katze, er warf sich auf das Deck, als das Brecheisen auf ihn zukam. Ich traf ihn am Rücken oder an der Schulter. Und dann stürzte ich mich auf ihn. In der Hand hatte er entweder eine Pistole oder ein Messer. Wenn ich noch eine Sekunde länger gezögert hätte, um herauszufinden, was es war, wäre ich ein Toter gewesen. Ich schlug mit der linken Hand zu, und er blieb liegen.

Ich ging an dem anderen Mann, der schreiend vor Schmerzen dalag, und an Onkel Arthur vorbei, zog die Vorhänge des Salons zu und machte Licht. Teils ziehend, teils tragend brachte ich dann den stöhnenden Mann in den Salon hinunter und ließ ihn auf den Teppich fallen. Ich erkannte ihn nicht. Seine eigene Mutter oder seine Frau hätten ihn auch kaum erkannt. Onkel Arthur war auf jeden Fall ein Mann, der, wenn er eine Arbeit tat, sie mit ganzer Kraft tat. Für einen kosmetischen Chirurgen war dies ein äußerst schwieriger Fall.

»Bitte, halten Sie Ihre Waffe auf ihn gerichtet, Sir.« Onkel Arthur sah sich das Resultat seiner Arbeit mit etwas verwundertem Gesicht an. Soweit man erkennen konnte, war er unter dem Bart ein wenig fahler als sonst. »Falls er atmet, schießen Sie.«

»Aber sehen Sie sich doch das Gesicht an, Mann.«

»Und sehen Sie sich bitte das hier an, Sir.« Ich bückte mich und hob die Waffe auf, die dem Mann aus der Hand gefallen war, als ich ihn auf den Teppich gelegt hatte. »Das bezeichnet die Polizei in den Vereinigten Staaten mit ›Whippet‹. Ein Gewehr, von dem zwei Drittel des Laufs und zwei Drittel des Griffs abgesägt sind. Falls er Sie zuerst getroffen hätte, hätten Sie überhaupt kein Gesicht mehr. Ich meine dies wörtlich. Kommen Sie sich immer noch wie Florence Nightingale vor und wollen sich um den gefallenen Helden kümmern?« Das war durchaus nicht die Art, in der man mit Onkel Arthur sprechen sollte. Ich war überzeugt davon, daß es nach unserer Rückkehr einige weitere Eintragungen in dem Geheimbericht geben würde. Falls wir zurückkehren würden. Aber ich konnte es auch im Moment nicht ändern. Ich ging an Onkel Arthur vorbei an Deck.

Im Steuerhaus nahm ich eine kleine Taschenlampe und richtete ihren Strahl nach unten auf das Wasser, hielt aber meine Hand schützend davor, so daß man den Lichtstrahl nicht weiter als fünfzig Meter sehen konnte. Sie waren tatsächlich mit einem Schlauchboot gekommen, an dem ein Außenbordmotor befestigt war. Die beiden Helden hatten sich vorgenommen, nachdem sie einen wirklich erstklassigen Job ausgeführt hatten, auf bequeme Art und Weise nach Hause zu fahren.

Ich schlang ein schweres Tau um den Zylinder des Außenbordmotors und zog dann abwechselnd an der Leine, mit der das Boot festgemacht war, und an dem Tau. Ich hatte das Boot mitsamt dem Außenbordmotor in knapp zwei Minuten an Deck gebracht. Dann schraubte ich den Außenbordmotor ab und zog das Boot auf die andere Seite hinter die Aufbauten, auf die Seite, die dem Innenhafen abgewandt war. Dann untersuchte ich es sorgfältig mit meiner Taschenlampe. Aber außer dem Namen des Herstellers fand ich keinerlei Hinweise, nichts, was anzeigte, zu welchem Schiff es gehörte. Ich schnitt es in kleine Streifen und warf es über Bord.

Dann ging ich ins Steuerhaus. Ich schnitt etwa sechs Meter von einem elektrischen Kabel ab, ging wieder nach draußen und band den Außenbordmotor um die Füße des Toten. Ich durchsuchte seine Taschen. Nichts. Ich wußte schon im voraus, daß ich nichts finden würde, schließlich hatte ich es mit Experten zu tun. Ich benutzte noch einmal die abgeschirmte Taschenlampe und sah mir sein Gesicht an. Ich hatte ihn noch nie vorher gesehen. Ich nahm ihm die Pistole, die er noch immer in der rechten Hand hielt, ab, dann löste ich die zwei Sicherheitshaken an der Reling, ließ zuerst den Außenbordmotor und dann den Mann hinab. Sie versanken in dem dunklen Wasser des Hafens von Torbay, ohne auch nur das geringste Geräusch zu verursachen. Ich ging wieder in das Steuerhaus und schloß dann hinter mir die Tür zum Salon.

Onkel Arthur und der Verwundete hatten mittlerweile ihre Position gewechselt. Der Mann stand jetzt auf den Beinen und lehnte wie betrunken gegen eine Wand. Er betupfte mit einem blutverschmierten Handtuch, das Onkel Arthur gefunden haben mußte, sein Gesicht. Dabei stöhnte er ab und zu. Ich konnte es ihm nicht verübeln; mit einem gebrochenen Nasenbein, eingeschlagenen Vorderzähnen und einem Kinn, das möglicherweise auch noch gebrochen war, hätte ich wahrscheinlich auch gestöhnt. Onkel Arthur, in der einen Hand die Pistole, in der anderen ein Glas Whisky, saß auf der Bank und betrachtete sein blutiges Werk mit einer eigenartigen Mischung von Zufriedenheit und Ekel. Er sah auf, als ich kam, und nickte in Richtung des Gefangenen.

»Er macht grauenhafte Flecke auf den Teppich«, beschwerte er sich. »Was fangen wir mit ihm an?«

»Wir übergeben ihn der Polizei.«

»Der Polizei? Ich war der Annahme, daß Sie der Polizei gegenüber gewisse Vorbehalte haben.«

»Vorbehalte ist zwar nicht das richtige Wort dafür, aber wir müssen irgendwie weiterkommen.«

»Und unseren Freund draußen auch?«

»Wen bitte?«

»Na, den . . . den Komplicen von diesem hier.«

»Den hab' ich über Bord geworfen.«

Onkel Arthur machte noch mehr Flecken auf den Teppich. Er übergoß ihn mit gutem Whisky. Dann fragte er: »Was haben Sie getan?«

»Kein Grund zur Beunruhigung.« Ich zeigte dabei nach unten. »Es ist hier etwa dreißig Meter tief, und außerdem war er noch mit dreißig Pfund Metall beschwert, die ich ihm an die Füße gebunden habe.«

»Sie wollen damit sagen, auf dem Meeresgrund?«

»Was haben Sie gedacht, was ich mit ihm tun würde? Sollte ich ein Staatsbegräbnis für ihn organisieren? Es tut mir leid, ich hatte ganz vergessen, Ihnen zu sagen, daß er tot war. Ich mußte ihn töten.«

»Ich mußte, ich mußte?« Er schien verärgert zu sein. »Aber warum, Calvert?«

»Da gibt es keine Frage. Es ist auch keine Rechtfertigung notwendig. Ich habe ihn getötet, sonst hätte er mich getötet und dann Sie, und dann wären wir beide jetzt da, wo er ist. Muß man sich rechtfertigen, wenn man Menschen umbringt, die mindestens dreimal soviel gemordet haben, wenn nicht mehr? Und wenn dieser Mensch noch kein Mörder war, dann kam er heute nacht auf jeden Fall, um zu morden. Ich habe ihn umgebracht mit genausowenig Überlegung oder Bedauern, wie ich eine Schwarze Witwe totgetreten hätte.«

»Aber Sie können doch nicht einfach hier als öffentlicher Scharfrichter tätig sein.«

»Das kann ich und das werde ich auch, solange es sich dabei um die Wahl handelt, sie oder ich.«

»Sie haben ja recht. Sie haben ja recht.« Er stöhnte. »Ich muß zugeben, wenn man Ihre Berichte von Ihren verschiedenen Unternehmungen liest, kommt es einem ganz anders vor, als wenn man dabei ist. Ich muß außerdem zugeben, daß es ganz beruhigend ist,

Sie in einem solchen Augenblick um sich zu haben. Gut, lassen Sie uns diesen Mann der Polizei übergeben.«

»Ich möchte lieber vorher noch einmal zur ›Shangri-la‹ fahren, um mich nach Hunslett umzuschauen, Sir.«

»Aha! Um nach Hunslett zu sehen. Ist es Ihnen vielleicht schon eingefallen, Calvert, daß man uns dort, wenn man uns feindlich gesinnt ist – Sie haben ja gesagt, die Möglichkeit besteht –, gar nicht gestattet, nach Hunslett zu suchen?«

»Gewiß Sir, es ist nicht meine Absicht, die ›Shangri-la‹ mit der Waffe in der Hand zu durchsuchen. Ich würde keine fünf Meter weit kommen. Ich möchte nur nach ihm fragen, ob ihn einer gesehen hat. Wenn wir annehmen, daß sie wirklich die Banditen sind, dann wäre es höchst aufschlußreich, ihre Reaktionen zu beobachten, wenn auf einmal ein Totgeglaubter zu ihnen an Bord kommt. Besonders wenn der tote Mann von einem Boot kommt, zu dem sie erst vor kurzem ein paar Mörder ausgeschickt haben. Und glauben Sie nicht, daß es noch aufschlußreicher für uns sein wird, sie zu beobachten, während die Zeit vergeht und weder der erste noch der zweite Mörder, den sie weggeschickt haben, zurückkehrt?«

»Immer unter der Annahme, daß es die Banditen sind, das meinen Sie doch.«

»Ich werde es genau wissen, noch ehe wir uns von ihnen verabschieden.«

»Und wie erklären wir es, daß wir beide einander kennen?«

»Wenn sie wirklich so weiß wie die Lilien im Felde sind, dann müssen wir es ihnen nicht erklären, und wenn sie es nicht sind, dann glauben sie uns sowieso kein einziges Wort.«

Ich holte eine Litzenschnur aus dem Steuerhaus und führte unseren Gefangenen in die hintere Kabine. Ich befahl ihm, sich hinzusetzen und den Rücken gegen einen der Generatoren zu lehnen. Er tat es. Widerstand war das letzte, woran er im Augenblick dachte. Ich band ihn fest an den Generator. Seine Füße band ich einzeln noch einmal an zwei Streben fest. Die Hände ließ ich ihm frei. Er konnte sich bewegen und das Handtuch benutzen. Außerdem stellte ich ihm einen Eimer mit frischem Wasser hin, so daß er sich damit sein Gesicht kühlen konnte, wenn ihm danach war. Er war außer Reichweite irgendeines Glases oder eines scharfen Instruments, das er dazu hätte benützen können, sich zu befreien oder sich umzubringen, wobei mir letzteres eigentlich ziemlich gleichgültig war. Ich startete die Maschinen, zog den Anker hoch, schaltete die Navigationslichter ein und fuhr auf die ›Shangri-la‹ zu. Ganz plötzlich war ich nicht mehr müde.

Sechstes Kapitel
Mittwoch: zwanzig Uhr vierzig bis zweiundzwanzig Uhr vierzig

Nicht ganz zweihundert Meter von der ›Shangri-la‹ entfernt ließ ich den Anker etwa fünfundzwanzig Meter ins Wasser hinunter. Ich löschte die Navigationslichter und zündete alle Lichter im Steuerhaus an, dann ging ich in den Salon und schloß die Tür hinter mir.

»Wie lange sollen wir jetzt hier warten?« fragte Onkel Arthur.

»Nicht lange. Ich schlage vor, daß Sie sich Ihr Ölzeug anziehen, Sir. Wir warten nur noch den nächsten Regensturz ab, und dann gehen wir. Ich bin überzeugt, daß sie ihre Nachtgläser bereits von der Bucht aus auf uns gerichtet haben, glauben Sie nicht?«

»Ohne jeden Zweifel. Sicher beobachten sie uns jetzt von überallher. Sie werden sich die größten Sorgen machen und sich wundern, was zum Teufel wohl schiefgegangen ist und was ihren beiden Spielgefährten, die sie geschickt haben, um uns zu interviewen, passiert ist. Vorausgesetzt, es handelt sich bei ihnen um die Banditen.«

»Sie werden auf jeden Fall noch einmal versuchen, festzustellen, was los ist.«

»Jetzt noch nicht. Nicht vor ungefähr ein bis zwei Stunden. Sie werden darauf warten, daß ihre beiden Freunde endlich auftauchen. Vielleicht glauben sie, daß es etwas länger gedauert hat, bis sie an die ›Firecrest‹ herangekommen sind, und daß wir schon den Anker hochgezogen hatten, ehe sie zu uns kamen. Oder vielleicht nehmen sie auch an, daß sie Schwierigkeiten mit ihrem Schlauchboot hatten.« Ich hörte das plötzliche Trommeln des Regens auf dem Dach. »Es ist Zeit, wir müssen jetzt gehen.«

Wir gingen durch die Küchentür, tasteten uns nach hinten und ließen das Boot ganz leise ins Wasser. Wir stiegen ein, und ich machte die Leine los. Der Wind und die Flut trieben uns in Richtung auf den Hafen. Durch den dichten Regen konnte man zur Linken undeutlich die ›Shangri-la‹ erkennen, als wir in ungefähr hundert Meter Entfernung an ihrer Steuerbordseite vorbeifuhren. Nachdem wir etwa den halben Weg zwischen der ›Shangri-la‹ und der Küste zurückgelegt hatten, startete ich den Motor, und wir fuhren auf die ›Shangri-la‹ zu.

Der große ,Tender war am Ende eines langen Balkens festgemacht. Das Hinterschiff des Tenders war ungefähr drei Meter von der erleuchteten Gangway entfernt. Ein Mann in Ölzeug, mit einer der komischen französischen Matrosenmützen, die die Besatzung der ›Shangri-la‹ trug, kam die Gangway entlanggelaufen und nahm unsere Leine.

»Ah, guten Abend, mein Freund«, sagte Onkel Arthur. Das war durchaus nicht gekünstelt, sondern die Art, wie er zu den meisten Menschen sprach. »Ist Sir Anthony an Bord?«

»Ja, Sir.«

»Wäre es wohl möglich, daß ich ihn einen Augenblick sehen kann?«

»Falls Sie einen Augenblick ...« Der Matrose unterbrach sich und starrte Sir Arthur an. »O Gott, es ist ... es ist der Admiral.«

»Admiral Arnford-Jason, selbstverständlich. Sie sind doch der Bursche, der mich heute nach dem Abendessen zum Columba-Hotel gebracht hat?«

»Jawohl, Sir. Ich führe Sie sofort in den Salon, Sir.«

»Mein Boot kann hier wohl ein paar Augenblicke liegenbleiben?« Damit stempelte er mich stillschweigend zu seinem Chauffeur.

»Aber selbstverständlich, Sir.«

Sie gingen gemeinsam die Gangway entlang nach hinten. Ich brauchte zehn Sekunden dazu, die Leitung zu untersuchen, die die Gangway mit Licht versorgte, und kam zu dem Entschluß, daß sie nicht viel Widerstand bieten würde. Dann folgte ich den beiden nach hinten. Ich ging an dem Gang, der zum Salon führte, vorbei und versteckte mich hinter einem Ventilator. Der Matrose kam wieder aus dem Gang heraus und machte sich auf den Weg nach vorn. Nach etwa zwanzig Sekunden würde er wie ein Wilder brüllen, daß der angebliche Chauffeur verschwunden sei. Mir war es völlig egal, was er in zwanzig Sekunden tun würde.

Als ich die angelehnte Salontür erreichte, hörte ich die Stimme von Sir Arthur. »Nein, nein, ich bedaure es außerordentlich, Sie so plötzlich belästigen zu müssen. Ja danke, gern, einen kleinen Schluck bitte, ja, mit Soda.« Onkel Arthur hatte es heute abend mit dem Whisky. »Ich danke Ihnen, ich danke Ihnen. Auf Ihr Wohl, Lady Skouras. Ihre Gesundheit, Gentlemen. Ich halte Sie nicht lange auf. In der Tat möchte ich fragen, ob Sie uns eventuell behilflich sein können. Mein Freund und ich sind äußerst besorgt, ich muß wirklich sagen, äußerst besorgt. Ja, wo ist er denn, ich dachte, daß er direkt hinter mir ...«

Das war das Stichwort für Calvert. Ich schlug den Kragen, der den unteren Teil meines Gesichts verdeckt hatte, herunter und nahm den Südwester, der den oberen Teil verdeckte, ab. Ich klopfte höflich an, trat ein und sagte: »Guten Abend, Lady Skouras. Guten Abend, Gentlemen. Bitte entschuldigen Sie die Störung.«

Abgesehen von Onkel Arthur waren sechs Personen um den Kamin am Ende des Salons geschart. Sir Anthony stand, die anderen saßen. Charlotte Skouras, Dollmann, der Generaldirektor von Skouras, Lavorski, sein Buchhalter, Lord Charnley, sein Börsenmakler, und noch ein fünfter Mann, den ich nicht kannte. Alle hatten Gläser in den Händen.

Die Reaktion, die mein plötzliches Eintreten auslöste, war höchst interessant. Der alte Skouras saß halb nachdenklich, halb beobachtend da und sah überrascht aus. Charlotte Skouras begrüßte mich mit einem erzwungenen Lächeln. Onkel Arthur hatte nicht übertrieben, als er von ihrem blauen Fleck gesprochen hatte. Er war wirklich enorm. Das Gesicht des Fremden war unbeteiligt. Das von Lavorski undurchdringlich. Dollmann sah aus, als ob sein Gesicht aus Marmor gehauen wäre, und bei Lord Charnley hatte man nur eine Sekunde lang den Eindruck, als ginge er um Mitternacht über einen Friedhof und jemand tippte ihm plötzlich auf die Schulter. Zumindest dachte ich das, ich konnte es mir auch eingebildet haben. Was ich mir nicht einbildete, war das plötzliche Herunterfallen eines Glases, das geräuschlos über den Teppich rollte. Es war eine Szene direkt aus einem viktorianischen Melodram. Unser aristokratischer Börsenfreund war über irgend etwas beunruhigt. Bei den anderen konnte man das nicht feststellen. Dollmann, Lavorski und ganz bestimmt auch Sir Anthony konnten ihren Gesichtern jeden gewünschten Ausdruck geben.

»Du lieber Himmel! Petersen!« Die Stimme von Skouras klang überrascht, aber nicht so überrascht, wie man einen Menschen begrüßt, der gerade dem Grab entstiegen ist. »Ich wußte nicht, daß Sie beide sich kennen.«

»Aber natürlich, ja. Wissen Sie, Tony, Petersen und ich sind schon seit Jahren Kollegen in der UNESCO.« Onkel Arthur gab immer vor, daß er ein britischer Delegierter bei der UNESCO sei, eine vorzügliche Möglichkeit, seine häufigen Reisen in entfernte Länder zu erklären. »Meeresbiologie mag kein sehr kulturelles Thema sein, aber es ist durchaus wissenschaftlich und auch volksbildend. Petersen ist einer meiner besten Leute, ich meine, wenn er Vorträge hält. Er hat schon für mich in Europa, Asien, Afrika und Südamerika gearbeitet.« Das stimmte absolut, nur handelte es sich dabei nicht unbedingt um Vortragsreisen. »Ich wußte nicht einmal, daß er hier ist, bis ich es heute im Hotel erfuhr. Aber ich sollte nicht von uns sprechen. Es handelt sich um Hunslett, den Kollegen von Petersen und in gewisser Hinsicht auch von mir. Wir können ihn nirgendwo finden. Er ist nicht im Dorf gewesen, und da Ihr Boot dem unseren am nächsten ist, dachten wir uns, wir fragen Sie. Haben Sie vielleicht etwas von ihm gesehen. Irgend etwas?«

»Ich fürchte nein«, sagte Skouras. »Irgend jemand von euch? Nein? Niemand?« Er drückte auf eine Klingel, und ein Steward kam. Er beauftragte den Steward, im Schiff weiter nachzufragen, und der Steward ging. »Wann ist er denn abhanden gekommen, Mr. Petersen?«

»Ich habe keine Ahnung. Er führte einige Experimente durch. Ich war den ganzen Tag unterwegs, um Material zu sammeln. Quallen.« Ich lachte übertrieben laut und rieb dabei mein entzündetes Gesicht. »Die giftige Art, fürchte ich. Und als ich zurückkam, konnte ich ihn nicht finden.«

»Sagen Sie, Mr. Petersen, konnte Ihr Freund schwimmen?« fragte der Fremde. Ich sah zu ihm hin. Ein dunkler, untersetzter Typ. Mitte Vierzig. Mit schwarzen, stechenden Augen in einem gebräunten, unbewegten Gesicht. Ausdruckslose Gesichter schienen hier an der Tagesordnung zu sein. Auch ich versuchte unbeteiligt auszusehen. Es war nicht leicht.

»Ich fürchte, nein«, sagte ich ruhig. »Ich fürchte, daß Sie dasselbe denken wir ich. Wir haben hinten keine Reling. Ein unvorsichtiges Danebentreten . . .« Ich brach ab, als der Steward wiederkam, um zu berichten, daß niemand etwas von Hunslett gesehen hatte. Dann fuhr ich fort: »Ich glaube, ich sollte die ganze Angelegenheit sofort dem Polizeimeister MacDonald melden.«

Alle anderen schienen der gleichen Meinung zu sein. Darauf gingen wir. Der kalte peitschende Regen war heftiger denn je. Am Fuß der Gangway gab ich vor, auszurutschen, schlug wild mit den Armen um mich, stürzte in die See und nahm bei der Gelegenheit gleich die Beleuchtung der Gangway mit. Bei dem Regen und der Dunkelheit gab das ein ziemliches Durcheinander, und es dauerte mindestens eine Minute, ehe man mich wieder auf die Gangway gezogen hatte. Der alte Skouras war die Güte selbst und bot mir sofort trockene Kleider an. Aber ich lehnte höflich ab und fuhr mit Onkel Arthur wieder zur ›Firecrest‹ zurück.

Nachdem wir das Boot festgemacht hatten, sagte ich: »Als Sie heute auf der ›Shangri-la‹ gewesen sind, müssen Sie doch irgendeinen Grund für Ihre Anwesenheit angegeben haben und für Ihre dramatische Ankunft in einer Rettungsjacht der Royal Air Force.«

»Ja, und zwar einen sehr guten. Ich erzählte ihnen, eine sehr wichtige UNESCO-Konferenz in Genf mußte abgebrochen werden, weil ein gewisser Dr. Spenser Freeman nicht anwesend war. Das stimmt sogar. Es steht heute in allen Zeitungen. In Wirklichkeit ist Dr. Freeman nicht in Genf, weil wir es nicht wollten. Das weiß natürlich niemand. Ich erzählte ihnen, daß seine Anwesenheit für die Nation lebenswichtig sei, daß wir eine Information erhalten hätten, er stelle irgendwelche Untersuchungen hier in Torbay an, und daß die Regierung mich hierhergeschickt hätte, um ihn zu suchen.«

»Aber warum haben Sie dann die Rettungsjacht weggeschickt? Das muß doch Argwohn geweckt haben.«

»Durchaus nicht. Wenn er irgendwo hier in der Wildnis von Torbay ist, dann kann ich ihn nur bei Tageslicht finden, und ich sagte ihnen, ein Hubschrauber stände bereit, der ihn jederzeit zurückfliegen könnte. Ich müßte nur einen Telefonhörer abheben, und innerhalb von fünfzehn Minuten wäre er da.«

»Und selbstverständlich konnten Sie nicht wissen, daß die Telefonlinien kaputt sind. Vielleicht hätte es klappen können, wenn Sie nicht, ehe Sie zur ›Shangri-la‹ fuhren, schon einmal auf der ›Firecrest‹ gewesen wären. Sie konnten nicht wissen, daß unsere Freunde, die sich in der hinteren Kabine eingeschlossen hatten, als Sie an Bord gingen, sofort berichten würden, daß eine Rettungsjacht der RAF bei der ›Firecrest‹ gewesen war. Vielleicht haben sie es auch durch eine der Luken gesehen. Aber das war gar nicht notwendig, die Motorengeräusche dieser Jachten sind nicht zu verkennen. Also jetzt wissen unsere Freunde, daß Sie schwindeln wie ein Jäger. Mittlerweile werden sie eine Ahnung haben, wer Sie wirklich sind. Ich darf Ihnen gratulieren, Sir. Sie haben jetzt die Ehre, in eine Kategorie aufgenommen zu sein, in der ich mich bereits seit Jahren befinde. Ich schwöre Ihnen, keine Versicherungsgesellschaft der Welt würde Ihnen selbst für eine Prämie von 99 Prozent eine Lebensversicherungspolice ausstellen.«

»Unser Besuch auf der ›Shangri-la‹ hat Ihre letzten Zweifel über unsere Freunde beseitigt?«

»Ja, Sir. Haben Sie die Reaktion des hochadeligen Maklers gesehen? Ich meine Lord Charnley. Und so etwas nennt sich Aristokrat!«

»Das ist eine Lappalie, und daraus wollen Sie einen so ernsten Schluß ziehen?« sagte Onkel Arthur kühl.

»Ja, Sir.« Ich holte meinen Taucheranzug aus dem Schrank und machte mich auf den Weg nach unten. »Ich bin übrigens mit Absicht ins Wasser gefallen. Ich hatte vergessen zu sagen, daß ich, als ich heute abend am Riff hing, in das Steuer des Bootes einen Einschnitt mit dem Messer gemacht habe. Ein tiefes großes V. Der Tender der

›Shangri-la‹ hat ein tiefes V in das Steuer eingeschnitten. Es ist tatsälich derselbe Einschnitt. Es ist auch dasselbe Boot.«

»Ah, ich verstehe, ich verstehe in der Tat.« Onkel Arthur saß jetzt wieder auf der Bank und klemmte sich das verdammte Monokel ins Auge. »Sie haben vergessen, mich vorher von Ihren Absichten in Kenntnis zu setzen.«

»Ich habe es nicht vergessen.« Ich begann mich aus meinen pitschnassen Sachen herauszuschälen. »Ich hatte keine Ahnung, was für ein guter Schauspieler Sie sind, Sir.«

»Genehmigt! Und das hat Ihre letzten Zweifel beseitigt?«

»Nein, Sir. Eigentlich nur noch eine zusätzliche und überflüssige Bestätigung. Ich wußte es schon früher. Erinnern Sie sich an den dunklen Burschen, der neben Lavorski saß und mich fragte, ob Hunslett schwimmen könne? Ich bin bereit, ein Vermögen zu verwetten, daß er heute abend beim Abendessen nicht auf der ›Shangri-la‹ dabei war.«

»Sie würden gewinnen. Woher wissen Sie das?«

»Weil er das Kommando über die Leute in dem Boot hatte, das den Hubschrauber abschoß, Williams ermordete und dann darauf wartete, mich zu erledigen. Sein Name ist Kapitän Imrie. Er war der Kapitän der ›Nantesville‹, nachdem sie von ihm gekapert worden war.«

Onkel Arthur nickte. Aber irgendwie war er nicht ganz bei der Sache. Er beschäftigte sich mit dem Taucheranzug, den ich gerade anzog. »Was, zum Teufel, wollen Sie denn mit diesem Ding machen?«

»Ich gebe Ihnen vorher meine Absichten bekannt, Sir, ich werde nicht lange fort sein. Ich mache einen kleinen Ausflug zur ›Shangri-la‹. Vielmehr zum Tender der ›Shangri-la‹. Mit einem kleinen selbstgebastelten Werkzeug und einer Tüte Zucker. Ich hoffe dazu Ihre Erlaubnis zu erhalten.«

»Sie haben vergessen, mir noch etwas anderes mitzuteilen. Nämlich, daß das Abreißen der Leitung auf der Gangway der ›Shangri-la‹ auch kein Zufall war? Was?«

»Ich möchte gern dort ankommen, ehe sie wieder in Ordnung gebracht wird.«

»Ich kann es nicht glauben, ich kann es einfach nicht glauben.« Onkel Arthur schüttelte den Kopf. Einen Augenblick lang glaubte ich, daß er dabei die Geschwindigkeit meinte, mit der ich den Weg zur ›Shangri-la‹ und zurück, der ohne Schwierigkeiten verlaufen war, hinter mich gebracht hatte. Aber bei seinen nächsten Worten zeigte sich, daß sein Geist auf einer höheren und wesentlicheren Ebene weilte. »Daß Tony Skouras bis zum Hals in dieser Sache steckt. Irgend etwas stimmt dabei nicht. Ich kann es einfach nicht glauben. Wissen Sie denn, Mann, daß er nächstes Jahr die Peerswürde erhalten sollte?«

»So bald schon? Er erzählte mir, daß er warten wolle, bis die Preise billiger seien.«

Onkel Arthur sagte nichts. Normalerweise hätte er eine solche Bemerkung als tödliche Beleidigung empfunden, da er ja selbst in dem Augenblick, in dem er in den Ruhestand trat, automatisch zum Peer ernannt werden würde. Aber nichts dergleichen. Er war wirklich zutiefst betroffen.

»Am liebsten würde ich den ganzen Haufen verhaften lassen«, sagte ich, »aber uns sind die Hände gebunden. Wir sind hilflos. Jetzt, nachdem wir es genau wissen, frage ich mich, ob Sie mir, noch ehe wir an Land gehen, einen Gefallen tun wollen. Es gibt zwei Dinge, die ich wissen möchte. Das eine ist, ob Sir Anthony wirklich unten im Clyde in irgendeiner Werft gewesen ist, um neue Stabilisatoren in seine Jacht einbauen zu lassen – das ist auf jeden Fall eine große Arbeit, und nur ganz wenige Werften können eine Jacht von der Größe der ›Shangri-la‹ aufnehmen. Das sollten Sie eigentlich in ein paar Stunden herausfinden. Menschen erzählen oft dumme und unnötige Lügen. Außerdem möchte ich wissen, ob Lord Kirkside die notwendigen Schritte unternommen hat, den Titel seines verstorbenen Sohnes – er war ein Viscount soundso – auf seinen jüngeren Sohn überschreiben zu lassen.«

»Machen Sie die Sendeanlage fertig. Ich werde alles fragen, was Sie für richtig halten«, sagte Onkel Arthur müde. Er hörte mir kaum zu. Er war noch immer mit der Überlegung beschäftigt, daß ein zukünftiger Peer bis zum Hals in eine riesige Gaunerei verwickelt sein sollte. »Und geben Sie mir noch eine Flasche 'rüber, ehe Sie nach unten gehen.«

Wenn Onkel Arthur so weitermachte, überlegte ich mir, war es nur günstig, daß die Heimat einiger der berühmtesten Whisky-Destillerien nicht weit von unserem Ankerplatz entfernt war.

Ich senkte die Haube der zweiten vorgetäuschten Dieselmaschine auf den Boden des Maschinenraums, als ob sie so schwer wäre wie eine Tonne. Dann richtete ich mich auf, stand eine ganze Minute bewegungslos und ging zur Tür des Maschinenraums.

»Sir Arthur?«

»Ich komme, ich komme.« Eine Sekunde später stand er in der Tür, ein Whiskyglas in der Hand. »Alles für die Sendung bereit?«

»Ich habe Hunslett gefunden, Sir.«

Onkel Arthur kam langsam in den Maschinenraum, er bewegte sich wie ein Mann, der einen Wachtraum hat.

Der Sender war fort. All unser Sprengstoff, unsere Abhöranlagen und unsere kleinen tragbaren Sender waren fort. So war viel Platz entstanden. Sie hatten ihn zusammenbiegen müssen, um ihn hineinzubekommen. Sein Kopf ruhte auf den Unterarmen und die Arme auf den Knien, aber es war immer noch genug Platz. Ich konnte sein Gesicht nicht sehen, ich konnte auch keine Spuren von Gewalt entdecken. Wie er da halb saß, halb lag, schien er einen eigenartig friedlichen Eindruck zu machen, wie ein Mann, der an einem Sommernachmittag an eine sonnendurchwärmte Wand gelehnt dahindöst. Ein sehr langer Sommernachmittag, denn die Ewigkeit war eine sehr lange Zeit. Das war genau das, was ich in der vergangenen Nacht zu ihm gesagt hatte, er würde so viel Zeit zum Schlafen haben, wie er nur wollte.

Ich berührte sein Gesicht. Es war noch nicht kalt. Er konnte höchstens zwei bis drei Stunden tot sein, nicht länger. Ich wandte sein Gesicht um, um zu sehen, ob ich herausfinden konnte, wie er gestorben war. Der Kopf rollte zur Seite wie das gebrochene Bein einer Puppe. Ich drehte mich um und sah Sir Arthur an. Der träumerische Ausdruck war verschwunden. Seine Augen waren jetzt kalt, erbittert und unbarmherzig. Ich dachte an die Geschichten, die ich gehört und nie ernstgenommen hatte, daß Onkel Arthur ein absolut unbarmherziger Mensch sein konnte. Jetzt war ich davon überzeugt. Schließlich war Onkel Arthur nicht auf dem Platz gelandet, den er jetzt einnahm, weil er auf eine Stellenanzeige im *Daily Telegraph* geantwortet hatte. Er war von zwei oder drei sehr cleveren Leuten ausgesucht worden, die das ganze Land abgesucht hatten, um einen Menschen zu finden, der die außerordentlichen Fähigkeiten besaß, die für diesen Posten nötig waren. Und sie hatten sich Onkel Arthur ausgesucht, den Mann mit den außerordentlichen Fähigkeiten. Seine absolute Unbarmherzigkeit mußte eine der hervorstechendsten gewesen sein. Ich hatte eigentlich nie in diesem Sinn daran gedacht.

Er sagte: »Ermordet, selbstverständlich.«

»Ja, Sir.«

»Wie?«

»Man hat ihm das Genick gebrochen, Sir.«

»Das Genick? Ein so kräftiger Mann wie Hunslett?«

»Ich kenne einen Menschen, der dazu in der Lage ist, und zwar mit seinen bloßen Händen: Quinn. Der Mann, der Baker und Delmont umgebracht hat. Der Mann, der auch mich fast umgebracht hätte.«

»Ich verstehe.« Nach einer Pause fuhr er dann beinah abwesend fort: »Sie werden selbstverständlich diesen Mann ausfindig machen und ihn vernichten. Welche Methode Sie dabei anwenden, ist mir egal. Können Sie die ganze Geschichte rekonstruieren, Calvert?«

»Jawohl, Sir.« Wenn es dazu kam, Ereignisse zu rekonstruieren, wo jede Hilfe zu spät kam, stand ich allein da. »Unser Freund oder unsere Freunde sind heute früh, ganz kurz nachdem ich die ›Firecrest‹ verlassen habe, an Bord gekommen. Das heißt noch vor Tagesanbruch. Sie hätten nie gewagt, es zu versuchen, wenn es schon hell gewesen wäre. Sie müssen Hunslett überwältigt und gefangengenommen haben. Eine Bestätigung, daß sie ihn den ganzen Tag über gefangengehalten haben, ist, daß er Sie mittags nicht, wie verabredet, angerufen hat. Er war immer noch ihr Gefangener, als Sie an Bord kamen. Es bestand kein Grund, warum unsere Freunde annehmen sollten, daß sich irgend jemand an Bord befand. Das Boot, das sie vor Tagesanbruch zur ›Firecrest‹ gebracht hatte, wird sofort wieder zurückgekehrt sein. Sie konnten es sich auf keinen Fall leisten, ein Boot der ›Shangri-la‹ den ganzen Tag über bei der ›Firecrest‹ liegenzulassen.«

»Es besteht kein Grund, alles bis ins i-Tüpfelchen zu erklären.«

»Nein, Sir. Ungefähr eine Stunde oder etwas später, nachdem Sie wieder von Bord gegangen waren, tauchte der Tender der ›Shangri-la‹ auf, um zu berichten, daß ich tot sei. Das war auch für Hunslett das Todesurteil. Nachdem ich tot war, konnten sie ihn nicht am Leben lassen. Warum er aber auf diese Weise umgebracht worden ist, weiß ich nicht. Vielleicht haben sie geglaubt, daß man einen Schuß hören würde, und sie wollten weder Messer noch sonstige stumpfe Gegenstände benutzen, um keine Blutspuren zu hinterlassen. Sie beschlossen, das Boot sich selbst zu überlassen, gegen Mitternacht zurückzukommen, um es dann in den Sund zu fahren und dort zu versenken. Meiner Überzeugung nach ist Hunslett deshalb auf diese Art und Weise umgebracht worden, und auch weil Quinn ein Psychopath ist, ein Mörder aus Passion, der einfach Menschen gern auf diese bestialische Weise umbringt.«

»Aha! Und dann fragten sie sich: Wo können wir Hunslett am besten verstecken, bis wir um Mitternacht wieder an Bord kommen? Nur für den Fall, daß inzwischen jemand an Bord kommt. Aber ja, wir verstecken ihn unter der falschen Dieselhaube. Und dann warfen sie den Sender und alles andere über Bord oder nahmen es mit. Es ist ja auch egal, und dann versteckten sie Hunslett darin.« Onkel

Arthur hatte das alles sehr ruhig gesagt, plötzlich, zum erstenmal seit ich ihn kannte, schrie er. »Woher, zum Teufel, wußten sie, daß der Diesel eine Attrappe war, Calvert? Woher konnten sie das wissen?« Jetzt flüsterte er beinah. »Irgend jemand muß uns verraten haben oder jemand muß kriminell fahrlässig gewesen sein.«

»Niemand hat uns verraten, Sir, aber jemand war kriminell fahrlässig, und das war ich. Hätte ich meine Augen wirklich aufgemacht, würde Hunslett jetzt nicht hier liegen. In der Nacht, als die zwei falschen Zollbeamten an Bord kamen, wußte ich, daß sie hier im Maschinenraum irgend etwas entdeckt hatten. Bis zu dem Augenblick, als sie die Batterien untersuchten, hatten sie alles wie nach einer Stecknadel durchsucht, danach war es ihnen völlig gleichgültig. Hunslett hatte sogar noch gesagt, daß es vielleicht etwas mit den Batterien zu tun haben könnte. Aber ich glaubte es nicht.« Ich holte die Taschenlampe und gab sie Onkel Arthur. »Sehen Sie etwas an den Batterien, das Ihnen verdächtig vorkommt?«

Er sah mich an, die Augen eiskalt und erbittert, dann nahm er die Taschenlampe und untersuchte die Batterien sorgfältig. Er brauchte dazu zwei Minuten, dann richtete er sich wieder auf. »Ich kann nichts finden«, sagte er kurz.

»Thomas, so nannte sich der eine Zollbeamte, muß etwas gefunden haben. Er war uns von Anfang an auf die Schliche gekommen, und er wußte genau, was er suchte. Er suchte einen starken Radiosender, nicht die Kleinigkeit für fünf Groschen, wie wir sie im Steuerhaus hatten. Er suchte nach Anzeichen, wo diesen Batterien der Strom abgenommen wurde. Er suchte nach Spuren, die die starken gezahnten Krokodilklammern hinterlassen.«

Onkel Arthur fluchte leise vor sich hin und beugte sich wieder über die Batterien. Diesmal dauerte seine Untersuchung nur zehn Sekunden. »Sie haben dies eben sehr schön und klar formuliert, Calvert.« Seine Augen waren noch immer erbittert, aber nicht mehr so eisig.

»Kein Wunder, daß sie genau wußten, was ich heute getan habe. Kein Wunder, daß sie genau wußten, daß Hunslett vor Tagesanbruch allein auf dem Schiff sein und daß ich heute abend in der Sandbucht landen würde. Alles, was sie benötigten, war eine Bestätigung über Radio von irgend jemand draußen in Loch Houron, daß Calvert dort aufgetaucht war und herumgesucht hatte, und damit war die Vernichtung des Hubschraubers eine beschlossene Sache. Die Zerstörung der Radiosender war doch nur ein Täuschungsmanöver, damit wir glauben sollten, wir seien das einzige Schiff hier, das über eine Sendeanlage verfügt. O Gott, wie blind kann man nur sein!«

»Ich hoffe, daß dieser Ausbruch einige logische Gedankengänge Ihrerseits zutage bringt«, sagte Onkel Arthur kalt.

»An dem Abend, als Hunslett und ich zu einigen Drinks auf der ›Shangri-la‹ eingeladen worden waren! Ich sagte Ihnen doch schon, wir merkten nach unserer Rückkehr, daß wir Besucher an Bord gehabt hatten. Nur wußten wir nicht, warum! O mein Gott.«

»Sie haben sich bereits außerordentliche Mühe gegeben, mir zu beweisen, daß ich, was die Batterie betrifft, auch nicht gescheiter bin als Sie. Es ist nicht nötig, die ganze Angelegenheit nochmals zu wiederholen ...«

»Lassen Sie mich zu Ende reden«, unterbrach ich ihn. Onkel Arthur hatte es gar nicht gern, wenn man ihn unterbrach. »Sie sind in den Maschinenraum gegangen. Sie wußten, daß sich hier ein Sender befand. Sie haben sich die Dieselhaube genau angesehen. Vier Schrauben, der Rest ist Attrappe. Sie haben diese Haube abgenommen, einen Anschluß an unserem Sender gemacht, und zwar so, daß auch die Stimmverzerrungsanlage ihn nicht beeinträchtigte, dann haben sie das Ganze zu einem kleinen Radiosender abgeleitet, der aller Wahrscheinlichkeit nach hinter der Bank mit den Batterien versteckt war. Sie hatten alles nötige Werkzeug bei sich, denn sie wußten genau, was sie vorhatten. Von da an konnten sie jedes Wort, das wir miteinander sprachen, mithören. Sie kannten alle unsere Pläne, sie wußten alles, was wir vorhatten, und konnten danach ihre Pläne einrichten. Sie rechneten sich aus – wie recht hatten sie –, daß es für sie viel günstiger sein würde, wenn Hunslett und ich direkte Verbindung mit Ihnen hätten und sie so genau erfuhren, was los war. Das war besser als den Sender kaputtzumachen und uns dadurch zu zwingen, Mittel und Wege der Verständigung zu finden, die sie nicht kontrollieren konnten.«

»Aber warum – warum haben sie sich selbst um ihren Vorteil gebracht, indem sie ... indem sie ...« Er zeigte auf den leeren Maschinenraum.

»Es war kein Vorteil mehr«, sagte ich müde. »Als sie den Sender herausrissen, war Hunslett bereits tot, und sie dachten, Calvert wäre auch tot. Sie hatten den Vorteil nicht mehr nötig.«

»Natürlich, natürlich, mein Gott, was für eine grauenhafte Brut ist das.« Er nahm das Monokel heraus und rieb sich das Auge mit dem Handrücken. »Sie wußten genau, daß wir Hunslett in dem Augenblick finden würden, in dem wir versuchten, unseren Sender zu benutzen. Ich fange langsam an, Ihre Bemerkung im Salon zu verstehen, daß es sehr schwierig für uns ist, eine Lebensversicherung abzuschließen. Sie können nicht wissen, wieviel wir wissen, aber sie dürfen nichts dem Zufall überlassen. Nicht mit siebzehn Millionen Pfund, die auf dem Spiel stehen. Sie müssen uns zum Schweigen bringen.«

»Weg von hier! Das ist die einzige Antwort«, stimmte ich zu. »Wir sind schon viel zu lange hier unten gewesen. Sie können jetzt schon auf dem Weg hierher sein. Legen Sie die Luger niemals aus der Hand, Sir. Unterwegs werden wir noch einigermaßen sicher sein. Aber vorher müssen wir Hunslett und unseren Freund aus der hinteren Kabine an Land bringen.

Unter den günstigsten Umständen ist das Hieven eines Ankers mit einer elektrischen Winde nicht unbedingt ein Job für einen Schwachsinnigen, nicht einmal für einen vorsichtigen Schwachsinnigen. Selbst unsere kleine Winde mußte immerhin über vierzehnhundert Pfund heben. Ein Fuß oder eine Hand an der falschen Stelle, ein flatterndes Hosenbein oder ein Teil der Ölkleidung, die sich zwischen Kette und Trommel verfangen, und schon ist man ohne Hand oder Fuß, bevor man Zeit hat aufzuschreien, geschweige denn die Maschine abzustellen, die sich wie immer hinter der Winde befindet. Das Ganze auf einem nassen schlüpfrigen Deck zu tun, ist doppelt gefährlich. Auf einem nassen schlüpfrigen Deck in absoluter Finsternis bei strömendem Regen und einem schwankenden Schiff unter den Füßen. Gar nicht zu reden davon, daß man die Bremsvorrichtung weglassen muß und die Winde durch eine Zeltplane abgedeckt ist. Alles in allem eine recht gefährliche Angelegenheit. Aber nicht so gefährlich wie die Möglichkeit, die Aufmerksamkeit unserer Freunde von der ›Shangri-la‹ zu erregen. Vielleicht weil ich zu sehr arbeitete, vielleicht auch, weil das Herunterlassen der Ankerkette einen gewissen Lärm machte, konnte ich das Geräusch nicht sofort hören, auch nicht, woher es kam. Zweimal dachte ich, ich hätte weit entfernt die Stimme einer Frau vernommen. Beide Male war ich der Meinung, daß sie von einer Party auf einer der kleineren Jachten in der Bucht herrührte. Um festzustellen, wieviel Gallonen Gin in den britischen Jachthäfen nach Sonnenuntergang verbraucht werden, hätte man ein Elektronengehirn der IBM nötig. Dann hörte ich die Stimme wieder. Diesmal sehr viel näher. Ich ließ sofort alle Gedanken an eine Party fallen. Der einzige Verzweiflungsschrei, den man jemals auf einer Jachtparty hören kann, ist der, wenn der Gin ausgeht. Dieser unterdrückte Verzweiflungsschrei klang ganz anders. Ich schaltete die Winde ab, und alle Geräusche auf dem Vorderschiff verstummten. Die Pistole in der Hand, horchte ich angestrengt.

»Helfen Sie mir!« Die Stimme klang leise, dringend und verzweifelt. »Um Himmels willen, helfen Sie mir.«

Die Stimme kam vom Wasser, ungefähr von der Mitte des Schiffes her. Ich ging leise in diese Richtung und stand dann bewegungslos. Ich dachte an Hunslett und bewegte keinen Muskel. Ich hatte nicht die Absicht, irgend jemandem zu helfen, ehe ich nicht sicher war, daß die Stimme nicht aus einem Boot kam, in dem sich zwei weitere Passagiere befanden, von denen jeder ein Maschinengewehr in der Hand hielt. Ein Wort nur, ein unvorsichtiger Lichtstrahl, ein Finger am Abzug, und Calvert würde bei seinen Vorfahren sein, das heißt, falls diese noch etwas mit ihm zu tun haben wollten, wenn er sich so dumm benahm.

»Bitte! Bitte, helfen Sie mir! Bitte!« Ich half ihr. Nicht so sehr, weil die Verzweiflung in ihrer Stimme echt klang, sondern weil es ohne jeden Zweifel die Stimme von Charlotte Skouras war.

Ich stieß zwischen den unteren Schutzgittern einen Gummireifen hindurch, der immer an einem der Pfeiler der Reling hing, und ließ ihn ins Wasser. Ich sagte: »Lady Skouras?«

»Ja, ja, ich bin es. Gott sei Dank, Gott sei Dank.« Ihre Stimme kam stockend, sie rang nach Luft und hatte Wasser im Mund.

»Hier auf der Seite des Bootes ist ein Tau, fassen Sie es.«

Nach ein oder zwei Augenblicken hörte ich: »Ich habe es.«

»Können Sie sich daran hochziehen?«

Ich hörte Platschen, schweres Keuchen und dann: »Nein, nein, ich schaffe es nicht.«

»Das macht nichts, warten Sie.« Ich drehte mich herum, um Onkel Arthur zu holen, aber er stand bereits neben mir. Ich sagte ihm leise ins Ohr: »Lady Skouras ist dort unten im Wasser. Es könnte eine Falle sein. Aber ich glaube es nicht. Sollten Sie irgendwo ein Licht sehen, dann schießen Sie.«

Er sagte nichts, aber ich fühlte, wie sich sein Arm bewegte, als er die Luger aus der Tasche nahm. Ich stieg über die Reling und ließ mich so weit hinunter, bis mein Fuß den Rand des Reifens berührte. Dann beugte ich mich vor und faßte ihren Arm. Charlotte Skouras besaß keine schmale sylphidenhafte Figur, noch dazu hatte sie ein dickes Paket um die Hüften gebunden. Ich war nicht so fit, wie ich es vor langer, sehr langer Zeit gewesen war, sagen wir, vor ungefähr achtundvierzig Stunden, aber mit Onkel Arthurs Hilfe gelang es mir, sie an Deck zu bringen. Zwischen uns beiden schleppten wir sie in den Salon, in dem die Vorhänge zugezogen waren, und setzten sie auf die Bank. Ich schob ihr ein Kissen unter den Kopf und sah sie lange an.

Sie wäre niemals als Titelblatt für die *Vogue* in Frage gekommen. Sie sah furchtbar aus. Ihre dunklen Haare und ihr Hemd sahen aus, als ob sie damit einen Monat lang im Meer gewesen wäre, statt, wie es wahrscheinlich der Fall war, nur ein paar Minuten. Das lange, zerraufte rotbraune Haar klebte ihr am Kopf und an den Wangen. Ihr Gesicht war totenbleich. Die großen braunen Augen mit den tiefen Ringen darunter waren weit geöffnet und voller Angst. Die Augentusche war ausgelaufen, und der Lippenstift war verschmiert. Auch ohne das war sie nie schön gewesen. Aber für mich war sie die begehrenswerteste Frau, die ich je gesehen hatte. Wahrscheinlich war ich verrückt.

»Meine liebe Lady Skouras, meine liebe Lady Skouras!« Onkel Arthur war wieder unter Aristokraten, und er zeigte es auch. Er kniete an ihrer Seite nieder und versuchte völlig sinnlos ihr Gesicht mit einem Taschentuch abzutrocknen. »Was, um Himmels willen, ist denn geschehen? Einen Brandy, einen Brandy, Calvert. Stehen Sie doch nicht so herum, einen Brandy!«

Onkel Arthur schien zu glauben, daß er sich in einem Lokal befand. Aber er hatte Glück, ich hatte wirklich noch etwas Brandy übrig. Ich gab ihm das Glas und sagte: »Wenn Sie sich weiter um Lady Skouras kümmern wollen, Sir, dann werde ich weitermachen und den Anker heraufholen.«

»Nein, nein!« Sie trank einen Schluck Brandy, hustete, und ich mußte warten, bis sich der Husten gelegt hatte und sie fortfahren konnte. »Es dauert noch mindestens zwei Stunden, bis sie kommen. Ich weiß es, ich habe es gehört. Irgend etwas Furchtbares geht vor, Sir Arthur. Ich mußte kommen, ich mußte einfach kommen.«

»Regen Sie sich nicht auf, Lady Skouras, regen Sie sich auf keinen Fall auf«, sagte Onkel Arthur, als ob sie sich nicht schon genug aufgeregt hätte. »Jetzt trinken Sie das schön langsam aus, Lady Skouras.«

»Nein, nur das nicht.« Ich fand die Art und Weise, wie sie meinen Brandy zurückwies, nicht gerade nett, schließlich war es ein erstklassiger Brandy, bis mir klarwurde, daß sie etwas ganz anderes meinte. »Nicht Lady Skouras, niemals wieder! Charlotte. Charlotte Meiner. Charlotte.«

Eins muß man Frauen lassen, sie haben einen ausgesprochenen Sinn für Nichtigkeiten. Da drüben auf der ›Shangri-la‹ waren sie im Augenblick gerade beschäftigt, eine hausgemachte Atombombe in unser Salonfenster zu werfen, und das einzige, was ihr einfiel, war die Aufforderung, sie Charlotte zu nennen. Ich sagte: »Warum mußten Sie kommen?«

»Calvert!« Die Stimme von Onkel Arthur klang scharf. »Lady – ich meine – Charlotte hat soeben einen schweren Schock hinter sich. Lassen Sie ihr doch Zeit zu ...«

»Nein.« Sie setzte sich mühsam auf und zwang sich zu einem schwachen Lächeln. Halb erschreckt und halb überlegen. »Nein, Mr. Peterson oder Mr. Calvert, wie Sie auch heißen mögen. Sie haben ganz recht, Schauspielerinnen neigen dazu, zu übertreiben. Aber ich bin keine Schauspielerin mehr.« Sie trank einen Schluck Brandy, und langsam kam wieder Farbe in ihr Gesicht. »Ich wußte schon seit einiger Zeit, daß etwas sehr Merkwürdiges auf der ›Shangri-la‹ vor sich ging. Eigenartige Menschen sind an Bord gekommen, einige Mitglieder der alten Besatzung wurden ohne jeden Grund ausgewechselt. Bei verschiedenen Gelegenheiten wurde ich mit der Stewardeß an Land in einem Hotel abgesetzt, während die ›Shangri-la‹ mysteriöse Reisen unternahm. Mein Mann – Sir Anthony – war nicht bereit, mir irgend etwas zu erklären. Er hat sich seit unserer Hochzeit schrecklich verändert. Ich glaube, er nimmt Drogen. Ich habe Gewehre gesehen. Immer wenn diese seltsamen Menschen an Bord kamen, wurde ich in meine Kabine geschickt, unmittelbar nach dem Essen.« Sie lächelte traurig. »Der Grund dafür war nicht etwa die Eifersucht meines Mannes, das können Sie mir glauben. In den letzten beiden Tagen habe ich gespürt, daß alles einem Höhepunkt zusteuert. Heute nacht, kurz nachdem Sie weggegangen waren, wurde ich wieder in meine Kabine geschickt. Ich verließ den Salon, blieb aber vor der Tür stehen. Lavorski sprach gerade. Ich hörte, wie er sagte: ›Wenn Ihr Freund, der Admiral, ein UNESCO-Delegierter ist, Skouras, dann bin ich Neptun persönlich. Ich weiß, wer er ist. Wir alle wissen es. Aber jetzt ist es zu spät, und sie wissen zu viel. Entweder sie oder wir‹. Und dann sagte Kapitän Imrie – wie ich diesen Mann hasse: ›Ich werde heute um Mitternacht Quinn und Jacques und Kramer schicken. Um ein Uhr heute nacht werden sie im Sund den Kahn versenken‹.«

»Wirklich nette Freunde, die Ihr Gatte da hat«, murmelte ich.

Sie sah mich ein bißchen unsicher und sinnend an und sagte: »Mr. Petersen oder Mr. Calvert, und ich hörte auch, wie Lavorski Sie Johnson genannt hat ...«

»Ich gebe zu, daß das einen etwas konfus machen kann«, sagte ich. »Calvert. Philip Calvert.«

»Also gut, Philip.« Sie betonte den Namen französisch, und es hörte sich wirklich sehr nett an. »Ich kann nur sagen, daß Sie ein großer verdammter Narr sind, wenn Sie so weitermachen. Sie befinden sich in Lebensgefahr.«

»Mr. Calvert«, sagte Onkel Arthur sauer – nicht das, was sie sagte, mißfiel ihm, vielmehr ihre vertrauliche Art, mich beim Vornamen zu nennen, was zwischen der Aristokratie und normalen Sterblichen durchaus nicht üblich ist –, »ist sich durchaus der Gefahr bewußt. Er drückt sich nur manchmal unglücklich aus, das ist alles. Sie sind eine außerordentlich tapfere Frau, Charlotte.« (Wenn Blaublütige sich gegenseitig beim Vornamen nennen, dann ist das natürlich etwas ganz anderes). »Sie sind ein sehr großes Risiko eingegangen, indem Sie gelauscht haben. Sie hätten ja dabei überrascht werden können.«

»Ich wurde dabei überrascht.« Nur ihre Mundwinkel hoben sich etwas, ihre Augen jedoch blieben ernst. »Das ist ein weiterer Grund, warum ich hier bin. Ich wäre auch, ohne zu wissen, daß Sie in Gefahr sind, zu Ihnen gekommen. Mein Mann hat mich dabei überrascht. Er brachte mich in meine Kabine.« Sie stand etwas unsicher auf, drehte sich mit dem Rücken zu uns und hob das feuchte dunkle Hemd hoch. Quer über ihren Rücken liefen drei große blaurote Striemen. Onkel Arthur stand stocksteif da, ein Mann, der unfähig war, sich zu bewegen. Ich ging durch den Salon und betrachtete den Rücken. Die Striemen waren ungefähr zwei Zentimeter breit, und fast ihr ganzer Oberkörper war damit bedeckt. Hier und da waren kleine blutunterlaufene Einstiche zu sehen. Vorsichtig versuchte ich einen dieser Striemen mit dem Finger zu berühren. Das Fleisch war aufgedunsen und geschwollen. Ein frischer Striemen. Der frischeste, echteste, den ich je gesehen hatte. Sie bewegte sich nicht.

»Das ist nicht sehr nett, nicht wahr, es fühlt sich auch nicht sehr nett an.« Sie lächelte, es war wieder das gleiche Lächeln. »Ich könnte Ihnen noch Schlimmeres zeigen.«

»Nein, nein«, sagte Onkel Arthur hastig. »Das ist nicht notwendig.« Einen Augenblick schwieg er, dann brach es aus ihm heraus: »Meine liebe Charlotte, was müssen Sie gelitten haben. Das ist teuflisch, absolut teuflisch. Er muß einfach unmenschlich sein. Ein Monstrum. Vielleicht stand er unter dem Einfluß von Drogen. Ich hätte das nie für möglich gehalten!« Sein Gesicht war krebsrot vor Wut, und seine Stimme hörte sich so an, als ob Quinn ihn an der Gurgel hätte und er wäre kurz vorm Ersticken. »Niemand würde das jemals geglaubt haben.«

»Außer der verstorbenen Lady Skouras«, sagte sie ruhig. »Jetzt begreife ich, warum sie mehrfach, ehe sie starb, in ein Sanatorium für Geisteskranke eingeliefert wurde.« Sie zuckte mit den Schultern. »Ich habe nicht den Wunsch, den gleichen Weg zu gehen. Ich bin aus härterem Holz als Madelaine Skouras. Deshalb nahm ich mein Zeug und lief fort.« Sie zeigte auf den kleinen Kunststoffsack mit Kleidern, den sie sich um die Hüften gebunden hatte. »Das sieht beinah aus, als ob ich ein richtiger Agent sei, nicht wahr?«

»Sie werden lange vor Mitternacht hier sein, wenn sie feststellen, daß Sie fort sind.«

»Vielleicht dauert es bis morgen früh, bis sie es merken. In den meisten Nächten schließe ich meine Kabine von innen ab, heute allerdings habe ich sie von außen verschlossen.«

»Das ist gut«, sagte ich. »Aber daß Sie hier in Ihren nassen Kleidern herumstehen, ist nicht gut. Es hat keinen Sinn, davonzulaufen, um dann an einer Lungenentzündung zu sterben. Sie finden in meiner Kabine Handtücher. Und dann können wir versuchen, Ihnen ein Zimmer im Columba-Hotel zu besorgen.«

»Ich hatte mir mehr erhofft.« Sie ließ plötzlich die Schultern sinken. Oder war das nur eine Einbildung von mir? Aber die grenzenlose Hoffnungslosigkeit in ihren Augen war keine Einbildung. »Genau dort würden sie mich suchen. Es gibt für mich keinen sicheren Platz in Torbay. Sie werden mich einfangen, mich zurückbringen, und mein Mann wird mich wieder in die Kabine einsperren. Meine einzige Hoffnung ist die Flucht. Bitte, können wir nicht gemeinsam fliehen?«

»Nein.«

»Sie sind kein Mann der Ausflüchte, nicht wahr?« Sie sah so verloren und dabei doch so stolz aus. Ich fühlte mich gar nicht wohl in meiner Haut. Sie wandte sich an Onkel Arthur, nahm seine beiden Hände in ihre und sagte mit leiser Stimme: »Sir Arthur, ich beschwöre Sie als englischen Gentleman.« Das bedeutete das Ende für Calvert, den ausländischen Bauernlümmel. »Darf ich bleiben? Bitte!«

Onkel Arthur sah mich an, zögerte, sah wieder Charlotte Skouras an, ihre großen braunen Augen, und war auch schon verloren.

»Aber selbstverständlich können Sie bleiben, meine liebe Charlotte.« Er machte eine altmodische kleine Verbeugung, die, das muß ich sagen, außerordentlich gut zu seinem Bart und dem Monokel paßte. »Es ist an Ihnen, zu befehlen, liebe Charlotte.«

»Ich danke Ihnen, Sir Arthur.« Sie lächelte mich an, nicht triumphierend oder befriedigt, es war eher ein etwas werbendes Lächeln. »Es wäre sehr hübsch, wenn auch Philip seine Zustimmung geben würde? Was meinen Sie?«

»Wenn Sir Arthur bereit ist, Sie einer weit größeren Gefahr an

Bord dieses Schiffes auszusetzen, als der, die Ihnen in Torbay drohen könnte, dann ist meine Zustimmung nicht erforderlich. Ich bin ein äußerst guttrainierter Beamter und gehorche Befehlen.«

»Es gibt eine Art, höflich zu sein, die schon beinah beleidigend ist«, sagte Onkel Arthur eisig.

»Es tut mir leid, Sir.« Und plötzlich ging mir ein Licht auf. Das war schon kein Licht mehr. Es war ein ganzer Christbaum. »Ich hätte Ihr Urteil in keinem Fall in Frage stellen dürfen, selbstverständlich ist die Lady hier willkommen. Aber ich würde sagen, daß sie, solange wir uns am Landungssteg aufhalten, unter Deck bleiben sollte, Sir.«

»Das ist eine durchaus vernünftige und weise Maßnahme«, sagte Onkel Arthur mild. Er schien sich über meinen Stimmungswechsel zu freuen und außerdem zu genießen, daß ich die Wünsche einer Aristokratin mit dem notwendigen Respekt behandelte.

»Es wird nicht lange dauern.« Ich lächelte Charlotte Skouras an. »Wir verlassen Torbay innerhalb einer Stunde.«

»Was geht das mich an, was Sie ihm vorwerfen?« Ich sah von Polizeimeister MacDonald auf den Mann mit dem zerschlagenen Gesicht und dem nassen blutdurchtränkten Handtuch und dann wieder auf MacDonald. »Einbruchdiebstahl. Versuchter Mord. Illegaler Besitz einer gefährlichen Waffe, mit der Absicht, diese zu einer Straftat zu benutzen. Sie können es sich aussuchen.«

»Also hören Sie einmal. Ganz so einfach ist das nun auch wieder nicht.« MacDonald legte die großen braunen Hände in seiner kleinen Polizeistation auf den Tisch und sah den Gefangenen und dann mich an. »Er ist schließlich nicht bei Ihnen eingebrochen, Mr. Petersen, er ist zu Ihnen an Bord gekommen. Dagegen gibt es kein Gesetz. Versuchter Mord? Es sieht eher so aus, als ob er das Opfer gewesen ist und nicht der Angreifer. Und welche Waffe trug er denn, Mr. Petersen?«

»Das weiß ich nicht. Die muß über Bord gefallen sein.«

»Ich verstehe, die ist über Bord gefallen. Also haben wir überhaupt keinen richtigen Beweis, daß eine Straftat vorliegt.«

Langsam ging mir der Polizeimeister MacDonald auf die Nerven. Er war durchaus bereit, jederzeit mit falschen Zollbeamten zusammenzuarbeiten, aber was meine Person anging, so bemühte er sich ganz bewußt, mir nicht behilflich zu sein. Ich sagte: »Als nächstes werden Sie mir jetzt erzählen, das alles sei nur ein Produkt meiner fieberhaften Einbildungskraft, ich sei an Land gegangen, habe mir den erstbesten Spaziergänger gegriffen, ihm mit einem

Gegenstand ins Gesicht geschlagen und mir, während ich ihn hierher schleppte, diese Geschichte ausgedacht. Selbst Sie können nicht so dumm sein, das zu glauben.«

Das dunkelbraune Gesicht des Polizeimeisters lief rot an, und seine Knöchel wurden weiß. Er sagte leise: »Sie wollen höflicherweise nicht weiter in diesem Ton mit mir sprechen.«

»Wenn Sie darauf bestehen, sich wie ein Narr zu benehmen, dann werde ich Sie auch wie ein solcher behandeln. Sind Sie jetzt bereit, ihn einzusperren?«

»Ich habe schließlich nur Ihr Wort gegen das seine.«

»Nein. Ich habe auch noch einen Zeugen. Er ist unten am Pier, wenn Sie ihn sehen wollen. Es ist Admiral Sir Arthur Arnford-Jason, ein sehr hoher Beamter.«

»Das letzte Mal, als ich auf Ihrem Schiff war, hatten Sie einen Mister Hunslett bei sich.«

»Der ist auch dort unten.« Ich nickte dem Gefangenen zu. »Warum stellen Sie nicht ein paar Fragen an unseren Freund?«

»Ich habe nach dem Arzt geschickt, er muß erst einmal sein Gesicht behandeln. Ich kann kein Wort von dem verstehen, was er sagt.«

»Das hat nichts mit seinem Gesicht zu tun. Der Hauptgrund ist der, daß er Italienisch spricht.«

»Ach, ein Italiener, das werden wir schnell haben. Der Besitzer des Kaffees Western-Insel ist ein Italiener.«

»Das ist gut. Es sind nur vier kleine Fragen, die er an unseren Freund stellen soll. Wo sein Paß ist, wie er in dieses Land gekommen ist, wer sein Arbeitgeber ist und wo er lebt.«

Der Polizeimeister sah mich eine Weile an und sagte dann langsam: »Sie scheinen mir ein außerordentlich eigenartiger Meeresbiologe zu sein, Mr. Petersen.«

»Und ich kann Ihnen nur sagen, daß Sie mir ein außerordentlich eigenartiger Polizeimeister zu sein scheinen. Gute Nacht.«

Ich ging über die sparsam erleuchtete Straße bis zur Kaimauer und wartete im Schatten einer Telefonzelle. Zwei Minuten später kam ein Mann mit einer kleinen Tasche die Straße herauf und ging in die Polizeistation. Nach fünf Minuten kam er wieder heraus, was nicht überraschend war. Ein normaler Arzt konnte nicht viel für einen Mann tun, der ins Krankenhaus gehörte.

Dann öffnete sich wieder die Tür, und Polizeimeister MacDonald trat heraus. Er trug einen langen schwarzen Regenmantel, der bis zum Hals zugeknöpft war. Er ging schnell an der Kaimauer entlang, ohne nach links oder rechts zu sehen, was es mir außerordentlich erleichterte, ihm zu folgen. Dann wandte er sich dem alten steinernen Pier zu. Als er am Ende des Piers war, ließ er eine Taschenlampe aufleuchten, ging ein paar Stufen hinunter und begann, ein kleines Boot heranzuziehen. Ich lehnte mich über die Mauer des Piers und machte meine eigene Taschenlampe an.

»Warum geben sie Ihnen eigentlich kein eigenes Telefon oder ein Radio, um dringende Nachrichten mitzuteilen?« fragte ich. »Sie können sich ja den Tod holen, wenn Sie bei solchem Wetter hinaus zur ›Shangri-la‹ rudern.«

Er richtete sich langsam auf und ließ die Leine aus den Händen fallen. Das Boot trieb allein hinaus in die Dunkelheit. Dann kam er die Stufen herauf, mit den schweren Schritten eines alten Mannes, und sagte ruhig:

»Was sagten Sie eben über die ›Shangri-la‹?«

»Lassen Sie sich von mir nicht aufhalten, Herr Polizeimeister«, erwiderte ich freundlich. »Die Pflicht geht immer privaten Dingen vor. Ihre erste Pflicht ist Ihrem Herrn gegenüber. Gehen Sie nur, sagen Sie nur, daß einer ihrer Spielgefährten schwer zusammengeschlagen worden ist und daß außerdem Petersen sehr schwere Verdachtsmomente gegen den Polizeimeister MacDonald hat.«

»Ich weiß nicht, wovon Sie sprechen«, sagte er mit hohler Stimme. »Die ›Shangri-la‹ ... Ich wollte noch nicht einmal in die Nähe der ›Shangri-la‹.«

»Und wohin wollten Sie dann? Erzählen Sie es mir doch. Vielleicht fischen? Unter diesen Umständen müßte ich Ihnen sagen, daß Sie Ihr Angelzeug vergessen haben, nicht wahr?«

»Und wie wäre es denn, wenn Sie sich um Ihren eigenen verdammten Kram kümmern wollten«, entgegnete MacDonald wütend.

»Genau das tue ich. Lassen Sie es gut sein, Polizeimeister. Glauben Sie, daß mich unser italienischer Freund irgendwie interessiert? Von mir aus können Sie ihm vorwerfen, daß er in der Hauptstraße Verstecken gespielt hat. Ich habe ihn ja nur zu Ihnen gebracht, um Ihnen auf diese Art und Weise mitteilen zu können, daß Sie hinter nichts Gutem her sind. Ich wollte sehen, wie Ihre Reaktion ist, um meine letzten Zweifel zu beseitigen. Sie haben einfach fabelhaft darauf reagiert.«

»Ich bin vielleicht keiner der klügsten Menschen, Mr. Petersen«, sagte er würdevoll. »Aber ich bin auch kein kompletter Idiot. Ich dachte, daß Sie einer von denen seien oder hinter denselben Dingen her sind, wie sie.« Er machte eine Pause. »Das sind Sie nicht. Sie sind ein Agent des Geheimdienstes.«

»Ich bin Beamter.« Ich nickte hinüber zu dem Platz, wo die ›Firecrest‹ kaum zwanzig Meter entfernt lag. »Sie kommen am besten mit zu meinem Boß.«

»Ich lasse mir von einem Beamten keine Befehle erteilen.«

»Ganz wie Sie wollen«, sagte ich ungerührt, wandte mich ab und sah auf das Meer hinaus. »Was Ihre beiden Söhne anlangt, ich meine die sechzehn Jahre alten Zwillinge, von denen man mir erzählt hat, daß sie in den Cairngorms vor einiger Zeit umgekommen seien ...«

»Was ist mit meinen Söhnen?« fragte er tonlos.

»Es ist einfach so, daß es mir keinen Spaß macht, ihnen sagen zu müssen, daß ihr eigener Vater keinen Finger krummgemacht hat, um sie ins Leben zurückzubringen.«

Er stand in der Dunkelheit, ganz ruhig und sagte nichts. Er leistete auch keinen Widerstand, als ich seinen Arm nahm, um ihn zur ›Firecrest‹ zu bringen.

Onkel Arthur konnte sehr einschüchternd wirken. Und in diesem Fall machte Onkel Arthur einen äußerst nachhaltigen Eindruck. Er stand nicht auf, als ich MacDonald in den Salon führte, er forderte ihn auch nicht auf, sich zu setzen. Der Basiliskenblick, der durch das glitzernde Monokel noch starrer wirkte, durchbohrte den unglücklichen Polizisten wie ein Laserstrahl.

»Also Sie haben einen Fehltritt getan, Polizeimeister«, begann Onkel Arthur ohne weitere Einleitung. Er sprach mit einer kalten, flachen, völlig gefühllosen Stimme, die einem die Haare zu Berge stehen ließ. »Die Tatsache, daß Sie jetzt hier sind, beweist es. Mr. Calvert ging an Land mit einem Gefangenen und einem Strick, der lang genug war, daß Sie sich mit ihm erhängen konnten. Beide Gelegenheiten ergriffen Sie mit offenen Händen. Das war nicht sehr klug von Ihnen, Polizeimeister, Sie hätten nicht versuchen sollen, Ihre Freunde zu erreichen.«

»Diese Leute sind nicht meine Freunde, Sir«, sagte MacDonald bitter.

»Ich werde Ihnen genausoviel sagen, wie es für Sie nötig ist, um über Calvert Bescheid zu wissen – Petersen war ein Pseudonym – und auch über mich und was wir hier vorhaben.« Onkel Arthur hatte seinen Einwand gar nicht gehört. »Wenn Sie jemals auch nur ein Wort von dem, was ich Ihnen jetzt sage, irgend jemandem weitererzählen, dann wird Sie das Ihren Job kosten und Ihre Pension. Außerdem können Sie jede Hoffnung aufgeben, je wieder einen Job in Großbritannien zu bekommen – ganz egal in welcher Eigenschaft –, und außerdem dürfen Sie fest damit rechnen, einige Jahre wegen Landesverrats im Gefängnis zuzubringen. Ich werde in diesem Fall persönlich die Anklage formulieren.« Er machte eine Pause und fügte dann noch den eigentlich überflüssigen Satz hinzu: »Habe ich mich verständlich ausgedrückt?«

»Sie haben sich äußerst klar ausgedrückt«, erwiderte MacDonald grimmig.

Daraufhin sagte ihm Onkel Arthur, was er für notwendig hielt, und das war nicht sehr viel. Er endete mit den Worten: »Ich bin sicher, daß wir jetzt hundertprozentig mit Ihrer Zusammenarbeit rechnen können, Polizeimeister.«

»Calvert mutmaßt lediglich meine Beteiligung bei der Angelegenheit«, erwiderte MacDonald mürrisch.

»Also Menschenskind!« sagte ich. »Sie wußten, daß die Zollbeamten Schwindler waren. Sie wußten, daß sie kein Fotokopiergerät bei sich hatten. Sie wußten, daß der einzige Grund, warum sie an Bord kommen wollten, der war, unseren Sender zu zerstören und das Boot nach einem eventuellen zweiten Sender zu durchsuchen. Sie wußten, daß sie in dem Boot nicht zum Festland fahren konnten – dafür war es viel zu stürmisch. Ihr Boot war in Wirklichkeit der Tender der ›Shangri-la‹, deshalb fuhren sie auch ohne Lichter wieder ab. Und nachdem sie weggefahren sind, hat kein anderes Boot den Hafen mehr verlassen. Das hätten wir gehört. Das einzige Lebenszeichen, das wir danach sahen, war, als sie im Steuerhaus der ›Shangri-la‹ das Licht einschalteten, um ihren eigenen Sender zu zerstören – *einen* ihrer Sender hätte ich besser sagen sollen. Und woher wußten Sie, daß die Telefonverbindungen im Sund zerstört worden waren? Sie wußten, daß sie zerstört waren, aber warum sagten Sie im Sund? Weil Sie wußten, daß sie dort zerstört worden waren. Dann, als ich Sie gestern früh fragte, ob irgendeine Hoffnung bestünde, daß die Leitung repariert würde, sagten Sie nein. Eigenartig. Man hätte annehmen sollen, daß Sie den Zollbeamten gesagt hätten, sie sollten sofort die zuständige Poststelle auf dem Festland benachrichtigen. Aber Sie wußten, daß diese gar nicht zum Festland gefahren waren. Und was Ihre beiden Söhne angeht, Polizeimeister, die Söhne, die angeblich tot sein sollen, so haben Sie vergessen, deren Sparkonten zu schließen, und zwar weil Sie wußten, daß sie gar nicht tot sind.«

»Das mit den Konten habe ich vergessen«, sagte MacDonald langsam, »und die anderen Sachen – ich fürchte, ich bin einer solchen Situation einfach nicht gewachsen.« Er blickte auf Onkel Arthur.

»Ich weiß, wann ich fertig bin. Jetzt ist es soweit. Sie sagten mir, daß sie meine Jungen umbringen werden, Sir.«

»Wenn Sie verläßlich mit uns zusammenarbeiten«, entgegnete Onkel Arthur präzise, »dann übernehme ich die volle Verantwortung, dafür zu sorgen, daß Sie Polizeimeister in Torbay bleiben, bis Sie über Ihren eigenen Bart stolpern. Wer sind die Leute?«

»Die einzigen, die ich gesehen habe, sind ein Kerl namens Kapitän Imrie und die beiden Zollmenschen – Durran und Thomas. Der wirkliche Name von Durran ist Quinn. Den Namen des anderen kenne ich nicht. Ich treffe sie normalerweise nach Einbruch der Dunkelheit in meinem Haus. Ich bin jetzt nur zweimal draußen auf der ›Shangri-la‹ gewesen. Um Imrie zu sehen.«

»Und was ist mit Sir Anthony Skouras?«

»Ich weiß es nicht.« MacDonald zuckte hilflos mit den Schultern. »Er ist ein guter Mensch, Sir, wirklich. Oder zumindest glaubte ich es. Vielleicht ist er irgendwie in das Ganze verwickelt. Jeder kann in schlechte Gesellschaft geraten. Es ist alles äußerst seltsam, Sir.«

»So! Und was war Ihre Rolle bei der ganzen Angelegenheit?«

»In den letzten Monaten sind hier eigenartige Dinge passiert. Boote sind verschwunden, Menschen sind verschwunden, Fischer fanden ihre Netze zerrissen im Hafen, und die Motoren von Jachten wurden auf geheimnisvolle Weise ebenfalls im Hafen beschädigt. Das passiert immer, wenn Kapitän Imrie gewisse Boote daran hindern will, zu einem bestimmten Zeitpunkt zu gewissen Orten zu gelangen.«

»Und Ihre Aufgabe war es, all diese Vorkommnisse mit größter Sorgfalt, aber völlig erfolglos zu untersuchen«, sagte Onkel Arthur. »Sie müssen für sie einfach unbezahlbar gewesen sein, Polizeimeister. Ein Mann mit Ihrer Diensterfahrung und Ihrem Charakter ist über jeden Verdacht erhaben. Sagen Sie mir, Polizeimeister, hinter was sind die eigentlich her?«

»Bei Gott, Sir, ich habe keine Ahnung.«

»Sie tappen völlig im dunkeln?«

»Ja, Sir.«

»Das habe ich mir gedacht. Das ist genau die Art, wie Leute dieses Schlages arbeiten. Sie haben auch keine Ahnung, wo sich Ihre Söhne aufhalten?«

»Nein, Sir.«

»Und woher wissen Sie, daß sie noch am Leben sind?«

»Vor drei Wochen wurde ich auf die ›Shangri-la‹ gebracht. Gleichzeitig hatte man meine Söhne von Gott weiß wo dorthin geholt. Es ging ihnen gut.«

»Und Sie sind wirklich so naiv zu glauben, daß es Ihren Söhnen weiterhin gutgehen wird und daß man sie Ihnen, wenn alles vorbei ist, lebend zurückgeben wird? Obwohl Ihre Jungen zwangsläufig wissen müssen, von wem sie gefangengehalten werden und dadurch in der Lage wären, sie zu identifizieren oder als Zeugen aufzutreten, wenn die Zeit kommen würde?«

»Kapitän Imrie sagte mir, daß ihnen nichts zustoßen würde, solange ich mit ihm zusammenarbeitete. Er sagte mir, daß nur Narren unnötig Gewalt anwenden.«

»Sie sind also überzeugt, daß diese Menschen niemals soweit gehen würden, einen Mord zu begehen?«

»Einen Mord? Wovon sprechen Sie, Sir?«

»Calvert?«

»Sir?«

»Geben Sie dem Polizeimeister einen doppelten Whisky.«

»Ja, Sir.« Wenn es sich darum handelte, meine privaten Bestände aufzubrauchen, war Onkel Arthur von einer ungeheuren Generosität. Onkel Arthur bezahlte mir keine Bewirtungsspesen. Ich goß dem Polizeimeister einen doppelten Whisky ein, und nachdem ich feststellte, daß ich sowieso vor dem Bankrott stand, tat ich das gleiche auch für mich. Zehn Sekunden später war das Glas des Polizeimeisters leer. Ich nahm seinen Arm und führte ihn in den Maschinenraum. Als wir nach einer Minute wieder im Salon auftauchten, war es nicht notwendig, den Polizeimeister zu überreden, einen weiteren Drink zu nehmen. Sein Gesicht war aschfahl.

»Ich habe Ihnen mitgeteilt, daß Calvert heute mit einem Hubschrauber Erkundungsflüge durchführte«, sagte Onkel Arthur beiläufig. »Was ich Ihnen nicht gesagt habe, ist, daß der Pilot heute abend ermordet wurde. Ich habe Ihnen auch noch nicht gesagt, daß zwei meiner besten Agenten im Lauf der letzten sechzig Stunden umgebracht worden sind. Und jetzt gerade haben Sie Hunslett gesehen. Glauben Sie noch immer, Polizeimeister, daß wir es hier mit einem Haufen von Gentlemen zu tun haben, denen ein Menschenleben heilig ist?«

»Was soll ich tun, Sir?« Langsam war die Farbe in MacDonalds gebräunte Wangen zurückgekehrt, und seine Augen blickten kalt und hart und ein wenig verzweifelt.

»Sie werden jetzt mit Calvert zusammen Hunslett zu Ihrer Dienststelle bringen. Sie werden den Arzt rufen und die Leiche untersuchen lassen. Wir müssen eine offizielle Bestätigung der Todesursache haben. Für den Prozeß. Die anderen Toten können wahrscheinlich nicht mehr geborgen werden. Dann werden Sie zur ›Shangri-la‹ hinausrudern und dort Kapitän Imrie sagen, daß wir Hunslett und den anderen Mann, den Italiener, zu Ihrer Dienststelle gebracht haben. Sie werden ihnen erzählen, daß Sie hörten, wie wir darüber sprachen, daß wir zum Festland zurückfahren müßten, um uns ein neues Echolot zu besorgen und gleichzeitig bewaffnete Hilfe anzufordern. Und daß wir mindestens zwei Tage weg sein würden. Wissen Sie, wo die Telefonlinien im Sund unterbrochen sind?«

»Ja, Sir. Ich habe sie selbst durchschnitten.«

»Wenn Sie von der ›Shangri-la‹ zurückkommen, gehen Sie dorthin und reparieren Sie sie, und zwar noch vor Tagesanbruch. Sie, Ihre Frau und Ihr Sohn müssen noch vor Tagesanbruch morgen früh verschwinden. Für sechsunddreißig Stunden. Wenn Sie noch weiterleben wollen. Ist das klar?«

»Ich verstehe, was ich tun soll. Ich verstehe nicht, warum Sie wollen, daß ich das tue.«

»Tun Sie es nur! Und noch etwas. Hunslett hat keine Verwandten – nur wenige meiner Leute haben welche –, er kann also ruhig in Torbay beerdigt werden. Wecken Sie noch den Totengräber im Ort und ordnen Sie ein Begräbnis für Freitag an. Calvert und ich möchten gern dabeisein.«

»Aber – aber für Freitag? Das ist ja schon übermorgen.«

»Das ist übermorgen. Bis dahin wird alles vorbei sein. Und auch Ihre Jungen werden dann wieder zu Hause sein.«

MacDonald sah ihn lange schweigend an. Dann sagte er langsam: »Wie können Sie nur so sicher sein?«

»Ich bin überhaupt nicht sicher.« Onkel Arthur strich sich mit der Hand müde über das Gesicht, und dann sah er mich an. »Aber Calvert ist sicher. Es ist ein Jammer, Polizeimeister, daß die Geheimhaltungsvorschriften es Ihnen nie gestatten werden, Ihren Freunden zu erzählen, daß Sie einmal Philip Calvert gekannt haben. Wenn es überhaupt einem Menschen gelingen kann, dann nur Calvert. Ich glaube, daß er es schafft. Auf jeden Fall hoffe ich es.«

»Ich kann mich dieser Hoffnung nur anschließen, Sir«, sagte MacDonald feierlich.

Ich auch. Und zwar noch mehr als jeder der beiden. Da aber schon so viel Verzweiflung im Raum herrschte, schien es mir nicht richtig, sie noch zu verstärken. Deshalb setzte ich ein zuversichtliches Gesicht auf und führte MacDonald zum Maschinenraum zurück.

Siebentes Kapitel
Mittwoch: zweiundzwanzig Uhr vierzig bis Donnerstag zwei Uhr früh

Drei von ihnen kamen, um uns umzubringen. Nicht um Mitternacht, wie versprochen, sondern um 22 Uhr 40 am selben Abend. Nur fünf Minuten früher, und sie hätten uns erwischt. Denn fünf Minuten früher lagen wir noch am alten Pier. Und wären sie diese fünf Minuten eher gekommen, dann hätte der Fehler nur bei mir gelegen. Nachdem ich Hunslett auf der Polizeistation zurückgelassen hatte, bestand ich nämlich darauf, daß mich Polizeimeister MacDonald noch begleitete, um seine Autorität bei dem einzigen Apotheker am Ort in die Waagschale zu werfen, da ich von diesem ein bestimmtes Präparat haben wollte. Keiner von beiden war von der illegalen Hilfe, die ich verlangte, begeistert gewesen, und ich hatte mein ganzes Einschüchterungsrepertoire benötigt, um von dem alten Apotheker widerwillig ein Minimum an Dienstleistung und eine kleine grünliche Flasche zu erhalten, auf deren Etikett schlicht und einfach »Die Tabletten« stand. Aber ich hatte Glück und war kurz nach 22 Uhr 30 wieder an Bord der ›Firecrest‹.

Die Westküste Schottlands ist nicht berühmt für ihren Altweibersommer, und diese Nacht machte keine Ausnahme. Abgesehen davon, daß sie kalt und windig war, was als üblich zu bezeichnen ist, war sie außerdem schwarz wie die Sünde, und dazu goß es wie aus Eimern, was zwar nicht ganz üblich ist, aber auch nicht so unüblich, daß man es als außergewöhnlich angesehen hätte. Eine Minute nachdem wir den Pier verlassen hatten, mußte ich den Scheinwerfer, der sich auf dem Dach des Steuerhauses befand, anmachen. Die westliche Einfahrt zum Sund vom Hafen von Torbay zwischen Torbay und der Insel Garve ist eine Viertelmeile breit, und ich hätte sie auch leicht mit dem Kompaß ansteuern können, aber zwischen dem Pier und der Einfahrt lagen kleine Jachten, und wenn diese irgendwelche Positionslichter gesetzt hatten, so waren sie in dem dichten Regen nicht zu erkennen.

Die Einstellung des Scheinwerfers befand sich vorn im Steuerhaus. Ich setzte sie so, daß der Strahl vorwärts und nach unten schien, und schwenkte ihn dann in einem Winkel von vierzig Grad zu beiden Seiten der ›Firecrest‹.

Ich entdeckte das erste Boot schon nach fünf Sekunden. Es war keine Jacht, die dort verankert lag, sondern ein Ruderboot, das langsam durch das Wasser kam, backbord, vielleicht fünfzig Meter von uns entfernt. Ich konnte den Mann, der ruderte, nicht identifizieren. Die Ruder waren in der Mitte mit weißem Stoff umwickelt, um möglichst jedes Geräusch zu vermeiden. Der Rücken des Mannes war mir zugewandt. Ein sehr breiter Rücken. Quinn. Der Mann im Bug saß mit dem Gesicht mir zugewandt. Er trug Ölzeug, eine dunkle Baskenmütze und hielt ein Gewehr in den Händen. Bei einer Entfernung von fünfzig Metern ist es fast unmöglich, eine Waffe genau zu erkennen. Aber diese schien mir wie eine deutsche Schmeisser-Maschinenpistole auszusehen. Ohne jeden Zweifel war es Jacques, der Maschinengewehrspezialist. Der Mann, der am Heck niedergebückt saß, war nicht zu erkennen. Aber ich konnte das Aufblitzen eines kurzen Gewehrs in seiner Hand wahrnehmen. Die Herren Quinn, Jacques und Kramer schienen sich auf dem Weg zu befinden, uns einen Höflichkeitsbesuch abzustatten, wie uns Charlotte Skouras mitgeteilt hatte. Allerdings kamen sie sehr viel früher als erwartet.

Charlotte Skouras befand sich zu meiner Rechten, in dem im Dunkel liegenden Steuerhaus. Sie war erst seit etwa drei Minuten hier, nachdem sie die ganze Zeit, die wir am Pier gelegen hatten, in ihrer verdunkelten Kabine hinter verschlossener Tür zugebracht hatte. Zu meiner Linken befand sich Onkel Arthur, der die klare Nachtluft mit einer seiner Zigarren verpestete. Ich griff nach einer kurzen Stablampe und befühlte meine rechte Tasche, um festzustellen, ob die Liliput noch dort war. Sie war da.

Ich sagte zu Charlotte Skouras: »Öffnen Sie die Tür des Steuerhauses. Machen Sie sie draußen fest und gehen Sie beiseite.« Dann sagte ich zu Onkel Arthur: »Nehmen Sie das Steuer, Sir. Wenn ich rufe, halten Sie hart nach backbord und dann wieder zurück auf unseren nördlichen Kurs.«

Ohne ein Wort zu sprechen, übernahm er das Steuer. Ich hörte, wie die Steuerbordtür festgemacht wurde. Unsere Geschwindigkeit betrug zu diesem Zeitpunkt nicht mehr als drei Knoten. Das Boot war jetzt noch fünfundzwanzig Meter entfernt. Die Männer im Bug und am Heck hielten ihre Arme hoch, um nicht von unserem Scheinwerfer geblendet zu werden. Quinn hatte zu rudern aufgehört. Bei unserem momentanen Kurs würden wir etwa backbord drei Meter an ihnen vorbeifahren. Ich hielt den Scheinwerfer weiter genau auf das Boot gerichtet.

Etwa zwanzig Meter trennten uns noch, und ich konnte sehen, wie Jacques seine Maschinenpistole fertig machte, um auf unseren Scheinwerfer zu zielen, als ich ganz plötzlich auf volle Fahrt umschaltete. Der Ton des großen Dieselauspuffs vertiefte sich, und die ›Firecrest‹ begann sich schnell vorwärts zu bewegen.

»Jetzt hart backbord.«

Onkel Arthur drehte das Steuer. Die plötzliche Beschleunigung unserer großen einzigen Backbordschraube schlug die Wassermengen zurück gegen das auf backbord gestellte Steuer und stieß dadurch das Heck scharf nach steuerbord. Flammen schlugen aus Jacques Maschinenpistole. Lautlose Flammen, denn er hatte einen Schalldämpfer aufgesetzt. Kugeln pfiffen um unseren Vordermast aus Aluminium, aber sie trafen weder den Scheinwerfer noch das Ruderhaus. Quinn sah, was ihnen bevorstand, und ließ die Ruder tief einsinken, aber es war zu spät. Ich rief: »Jetzt mittschiffs«, und schaltete die Maschine auf neutral. Dann stürzte ich durch die Steuerbordtür auf Deck.

Wir trafen sie genau dort, wo Jaques saß, und zerschmetterten den Bug des Bootes. Es schlug um und warf die drei Männer ins Wasser. Die Überbleibsel des Bootes und zwei strampelnde Männer kamen langsam an der Steuerbordseite der ›Firecrest‹ hoch. Mit Hilfe meiner Stablampe erkannte ich den Mann, der sich uns am nächsten befand. Es war Jacques, der die Maschinenpistole hoch über seinen Kopf hielt. Ganz instinktiv versuchte er sie trocken zu halten, obwohl sie, als er im Wasser landete, zwangsläufig naß geworden war. Ich hielt beide Hände, die Hand mit der Pistole und die Hand mit der Taschenlampe, zusammen vor mir ausgestreckt und zielte im Schein der Stablampe. Zweimal zog ich den Abzug der Liliput, und dort, wo sein Gesicht gewesen war, färbte sich das Wasser hellrot. Er ging unter, als ob ein Hai ihn erwischt hätte, die Waffe noch immer in den steif ausgestreckten Armen haltend. Es handelte sich tatsächlich um eine Schmeisser-Maschinenpistole. Ich ließ den Schein der Stablampe umherwandern. Ich konnte nur noch eine andere Person im Wasser erkennen, und das war nicht Quinn. Er war entweder unter der ›Firecrest‹ durchgetaucht, oder er verbarg sich unter dem gekenterten Teil des Bootes. Ich schoß zweimal auf den Mann, und dann begann er zu schreien. Das Schreien hielt zwei bis drei Sekunden an und endete in einem Gurgeln. Ich hörte, wie sich jemand neben mir an Deck furchtbar erbrach. Charlotte Skouras. Aber ich hatte keine Zeit, Charlotte Skouras zu beruhigen. Verdammt noch mal, sie hatte kein Recht, sich überhaupt an Deck aufzuhalten. Für mich gab es Wichtigeres zu tun. Zum Beispiel mußte ich Onkel Arthur davon abhalten, den alten Pier von Torbay glatt in zwei Stücke zu schneiden. Ich war überzeugt, daß die Bevölkerung von Torbay das nicht gern gesehen hätte. Onkel Arthur hatte die ›Firecrest‹ fast in einem Dreiviertelkreis gesteuert. Er wäre ein idealer Mann am Steuer einer dieser alten zum Rammen benutzten Galeeren gewesen, die sich darauf spezialisiert hatten, den Gegner einfach in der Mitte entzweizuschneiden. Aber seine Fähigkeiten als Steuermann im Hafen von Torbay ließen zu wünschen übrig. Ich rannte ins Steuerhaus, gab Vollgas und riß das Steuer nach Backbord, dann stürzte ich wieder heraus und zog Charlotte Skouras von Deck, damit ihr nicht der Kopf von einem der Pfeiler an den Enden des Piers abgerissen würde. Ob wir den Pier gestreift hatten oder nicht, war nicht festzustellen.

Ich ging ins Steuerhaus zurück und führte dabei Charlotte Skouras. Ich atmete schwer. Dieses Hin- und Herspringen konnte einen ziemlich fertigmachen. Ich sagte: »Mit allem notwendigen Respekt, Sir, was, zum Teufel, machen Sie eigentlich?«

»Ich?« Er war von meiner Frage ungefähr genauso beeindruckt wie ein im Winterschlaf befindlicher Bär im Januar. »Ist denn etwas passiert?«

Ich brachte die Maschine wieder auf langsame Fahrt, nahm ihm das Steuer ab und brachte die ›Firecrest‹ wieder dahin, daß wir uns dem Kompaß gemäß auf geradem Kurs nach Norden befanden. Dann sagte ich: »Wollen Sie diesen Kurs bitte einhalten.« Und dann suchte ich mit dem Scheinwerfer weiter die Wasseroberfläche ab. Überall war das Wasser schwarz und leer, nirgendwo war etwas zu erkennen. Nicht einmal die Überreste des Ruderbootes. Ich hatte angenommen, daß mittlerweile in ganz Torbay die Lichter angegangen wären. Wie bei einem Marinemanöver. Denn schließlich mußten die vier Schüsse eigentlich die gesamte Bevölkerung auf die Beine gebracht haben. Aber nichts dergleichen. Kein Zeichen, überhaupt keine Bewegung war festzustellen. Ich war überzeugt, daß die Ginflaschen heute noch leerer waren als sonst. Dann sah ich auf den Kompaß: Nord zwanzig West. Wie eine Biene sich der Blüte nähert, wie ein Eisen dem Magnet entgegenstrebt, so war Onkel Arthur fest entschlossen, wieder genau in den Hafen zu fahren. Ich nahm ihm bestimmt und vorsichtig das Steuer ab und sagte: »Sie sind ein bißchen nah an die Hafenmauer dort herangekommen.«

»Ich glaube, daß das tatsächlich der Fall war.« Er nahm ein Taschentuch heraus und reinigte damit sein Monokel. »Das verdammte Glas hat sich gerade im falschen Moment beschlagen! Ich nehme an, Calvert, daß Sie nicht nur zum Vergnügen da draußen herumgeschossen haben.« Onkel Arthur war im Lauf der letzten Stunden wesentlich kriegerischer geworden. Außerdem hatte er eine ganz spezielle Hochachtung vor Hunslett gehabt.

»Ich habe Jacques und Kramer erwischt. Jacques war derjenige, der so gut mit automatischen Feuerwaffen umgehen konnte. Der ist tot. Ich glaube, Kramer auch. Quinn ist davongekommen.« Was für eine Situation, dachte ich. Was für eine Situation. Hier war ich allein mit Onkel Arthur auf dem Meer, in der Dunkelheit der Nacht. Ich hatte schon immer gewußt, daß sein Sehvermögen selbst unter den günstigsten Umständen nicht sehr gut war: Aber ich hatte niemals angenommen, daß er nach Sonnenuntergang praktisch so blind wie eine Fledermaus war, aber unglücklicherweise nicht wie eine Fledermaus eine eingebaute Radarstation hatte, die es ihm ermöglichen würde, Felsen, Festland, Inseln oder ähnliche die Aussicht versperrende Gegenstände zu registrieren und nicht in sie hineinzufahren und damit die Fahrt vorzeitig zu beenden. Das bedeutete, daß ich mehr oder weniger auf mich allein angewiesen war. Weiter bedeutete es, daß ich meinen Plan radikal umstellen mußte, aber ich war mir nicht klar darüber, wie ich überhaupt etwas radikal ändern konnte.

»Gar nicht so schlecht«, sagte Onkel Arthur anerkennend. »Es ist schade wegen Quinn, aber sonst gar nicht so schlecht. Die Reihe der Schurken hat sich zufriedenstellend gelichtet. Glauben Sie, daß sie noch mal versuchen, uns anzugreifen?«

»Nein. Dafür gibt es vier Gründe. Erstens werden sie im Moment nicht wissen, was passiert ist. Zweitens sind ihre beiden Versuche heute abend gescheitert, und sie werden es nicht eilig haben, eine weitere derartige Expedition auszurüsten. Drittens müßten sie in diesem Fall den Tender benützen, nicht die ›Shangri-la‹, und wenn sie den Tender auch nur hundert Meter weit fahren können, dann freß ich einen Besen. Viertens kommt gerade Nebel oder zumindest starke Bewölkung auf. Wir können jetzt schon nicht mehr die Lichter von Torbay erkennen. Das heißt, sie können uns nicht folgen, weil sie nicht wissen, wo wir sind.«

Bis jetzt war die einzige Lichtquelle, die wir im Steuerhaus hatten, das reflektierte Licht des Kompasses gewesen. Plötzlich ging das Oberlicht an. Die Hand von Charlotte Skouras war am Schalter. Ihr Gesicht war eingefallen, und sie starrte mich an wie ein Wesen von einem anderen Stern. Die Zeit der anerkennenden und freundlichen Blicke schien vorbei.

»Was für ein Mensch sind Sie eigentlich, Mr. Calvert?« Kein »Philip« diesmal. Ihre Stimme war tiefer und heiserer denn je, und sie klang gebrochen. »Sie sind kein Mensch. Sie morden zwei Männer und fahren dann fort, sich ruhig und überlegen zu unterhalten, so, als ob nichts passiert sei. Wer, um Himmels willen, sind Sie? Ein angeheuerter Mörder? Das ist – das ist einfach unmenschlich. Haben Sie denn keine Gefühle, keine Erregung, kein Bedauern?«

»Doch, schon. Es tut mir leid, daß ich Quinn nicht auch noch umgebracht habe.«

Sie starrte mich mit einem Ausdruck des Entsetzens an, dann wandte sie sich an Onkel Arthur. Sie sagte beinah flüsternd zu ihm: »Ich habe den Mann gesehen, Sir Arthur. Ich habe gesehen, wie sein Gesicht durch die Kugeln in Fetzen gerissen wurde. Mr. Calvert hätte – er hätte ihn gefangennehmen können. Ihn entwaffnen können und der Polizei übergeben. Aber das hat er nicht getan. Er hat ihn und den anderen umgebracht. Das war genauer und überlegter Mord. Warum, warum, warum?«

»Meine liebe Charlotte, da gibt es überhaupt keine Frage.« Sir Arthurs Stimme klang irritiert. »Das bedarf keiner Rechtfertigung. Calvert hat sie umgebracht, oder sie hätten uns umgebracht. Sie kamen hierher, um uns zu töten. Sie selbst haben uns das gesagt. Würden Sie auch nur die geringsten Bedenken haben, eine giftige Schlange zu zertreten? Diese Männer sind um kein Haar besser. Was ihre Verhaftung betrifft ...« Onkel Arthur machte eine Pause, vielleicht um ein kurzes Lachen zu unterdrücken, vielleicht auch, weil er versuchte, sich an den Rest der Moralpredigt, die ich ihm am frühen Abend gehalten hatte, zu erinnern. »Bei diesem Spiel hier gibt es keine Zwischenstationen. Es heißt töten oder getötet werden. Diese Leute sind gefährlich und tödlich, und man warnt sie nicht noch vorher.« Der gute alte Onkel Arthur, er hatte wirklich beinah wörtlich die ganze Lektion behalten.

Sie sah ihn eine ganze Zeit lang fassungslos an. Dann sah sie mich an, drehte sich langsam um und verließ das Steuerhaus.

Ich sagte zu Onkel Arthur: »Sie sind genauso schlimm wie ich.«

Genau um Mitternacht erschien sie wieder und drehte, als sie eintrat, das Licht an. Ihr Haar war ordentlich gekämmt, und ihr Gesicht war etwas weniger geschwollen. Sie trug ein Kleid aus einem synthetischen Stoff, weiß, gerippt, in dem sie absolut nicht den Eindruck erweckte, daß sie eigentlich eine anständige Mahlzeit brauchte. Aus der Art, wie sie ihre Schultern hielt, konnte ich sehen, daß ihr der Rücken weh tat. Sie nickte mir mit einem verstohlenen Lächeln zu, ich erwiderte es nicht.

Ich sagte: »Vor einer halben Stunde, als wir Carrara Point umfuhren, habe ich fast den Leuchtturm mitgenommen. Jetzt kann ich nur hoffen, daß ich auf den Norden von Dubh Sgeir zusteure. Vielleicht steure ich aber auch direkt in die Mitte. Schwärzer kann es auch nicht in einer verlassenen Kohlenmine sein, die sich eine Meile unter der Erde befindet. Der Nebel wird immer dichter. Ich bin kein erfahrener Seemann und versuche meinen Weg durch die gefährlichsten Gewässer Großbritanniens zu finden. Und wenn wir auch nur eine Hoffnung zum Überleben haben, dann hängt das davon ab, wie lange ich noch fähig bin, in dieser Schwärze zu sehen. Machen Sie das verdammte Licht aus!«

»Ich bitte um Entschuldigung.« Das Licht ging aus. »Es war gedankenlos von mir.«

»Und machen Sie auch sonst nirgendwo Licht. Nicht einmal in Ihrer Kabine. Es sind nicht die Felsen im Loch Houron, die mich beunruhigen.«

»Es tut mir leid«, wiederholte sie. »Und ich bedaure, was ich vorhin gesagt habe. Deswegen bin ich nach oben gekommen. Ich wollte Ihnen das sagen. Ich meine, wie ich zu Ihnen gesprochen habe und daß ich so abrupt weggelaufen bin. Ich habe kein Recht, mich zum Richter über andere aufzuspielen – und außerdem glaube ich, daß mein Urteil falsch war. Ich war nur – nun ja, im wahrsten Sinn des Wortes, schockiert. Zuzusehen, wie zwei Menschen einfach exekutiert wurden. Denn es stimmt nicht, was Sir Arthur gesagt hat, daß es in diesem Fall hieß: töten oder getötet werden. Und dann den Menschen sehen, dem es überhaupt nichts ausmacht ...« Ihre Stimme verlor sich und war nicht mehr zu verstehen.

»Wenn schon, dann wäre es besser, Sie drückten sich präzise aus, meine Liebe«, sagte Onkel Arthur. »Drei Menschen, nicht zwei. Er hat einen getötet, kurz ehe Sie heute nacht zu uns an Bord kamen. Er hatte keine Wahl. Aber Philip Calvert wird kein vernünftiger Mensch als Mörder bezeichnen. Sie sagen, es berührt ihn nicht. Wenn es das täte, würde er verrückt werden. In anderer Beziehung berührt es ihn außerordentlich. Er tut es schließlich nicht für Geld, er ist ein miserabel bezahlter Mann, bei seinen einmaligen Talenten.« Ich nahm mir vor, diesen Satz bei passender Gelegenheit, wenn wir beide allein sein würden, wieder zu erwähnen. »Er tut es auch nicht, weil es ihm Spaß macht, oder wie sagt man doch heute so modern? – Aus schierer Lust am Schrecklichen. Ein Mann, der sich in seiner Freizeit mit Musik, Astronomie und Philosophie beschäftigt, tötet nicht, weil es ihm Spaß macht. Aber es gibt Dinge, die ihn berühren, nämlich der Unterschied zwischen Recht und Unrecht, zwischen Gut und Böse, und wenn dieser Unterschied groß genug ist, das Gute zu zerstören, dann wird er nicht zögern, Schritte zu unternehmen, die Balance wiederherzustellen. Und vielleicht macht ihn das zu einem besseren Menschen, als Sie oder ich es sind.«

»Und das ist noch nicht einmal alles«, sagte ich, »außerdem bin ich noch berühmt für meine Kinderliebe.«

»Tut mir leid, Calvert«, sagte Onkel Arthur, »ich wollte Sie weder beleidigen noch in Verlegenheit bringen. Ich hoffe, Sie verstehen das. Aber wenn Charlotte es für wichtig genug hielt und hier heraufkam, um sich zu entschuldigen, hielt ich es auch für wichtig genug, die Dinge beim Namen zu nennen.«

»Das ist aber nicht der einzige Grund, warum Charlotte nach oben gekommen ist«, sagte ich gehässig, »*falls* das überhaupt der Grund ist, warum sie nach oben gekommen ist. Sie kam herauf, weil ihre weibliche Neugier sie einfach auffrißt. Sie will unbedingt wissen, wohin wir fahren.«

»Macht es Ihnen etwas aus, wenn ich rauche?« fragte sie.

»Zünden Sie das Streichholz nicht vor meinen Augen an.«

Sie steckte sich eine Zigarette an und sagte: »Daß mich die Neugier auffrißt, stimmt. Aber nicht, wohin wir fahren. Ich weiß, wohin wir fahren. Das haben Sie mir schon gesagt. Zum Loch Houron. Was ich wissen möchte ist, was hier eigentlich vorgeht. Worin besteht dieses schreckliche Geheimnis, was bedeutet das ständige Kommen und Gehen von fremden Menschen auf der ›Shangri-la‹? Was ist so wichtig, daß es den Tod von drei Menschen an einem Abend rechtfertigt? Was machen Sie beide hier eigentlich, was sind Sie, und wer sind Sie? Ich habe niemals geglaubt, Sir Arthur, daß Sie ein UNESCO-Delegierter sind. Ich weiß jetzt, daß Sie es nicht sind. Bitte, ich glaube, ich habe ein Recht, es zu erfahren.«

»Sagen Sie es ihr nicht«, riet ich.

»Wieso, um alles in der Welt, nicht?« sagte Sir Arthur verschnupft. »Wie sie sehr richtig sagt, ist sie schon viel zu tief in alles verstrickt, ob sie es will oder nicht. Sie hat ein Recht darauf, es zu wissen. Abgesehen davon, wird das Ganze in ein oder zwei Tagen sowieso der Öffentlichkeit bekannt sein.«

»Daran haben Sie nicht gedacht, als Sie den Polizeimeister MacDonald mit Entlassung und Gefängnis bedrohten, falls er gegen die staatlichen Geheimhaltungsvorschriften verstößt.«

»Das habe ich lediglich getan, weil er unsere Pläne vereiteln könnte, wenn er an falscher Stelle spricht«, sagte er steif. »Lady – ich meine vielmehr, Charlotte – ist nicht in der Lage, das zu tun. Nicht daß sie etwa«, fuhr er schnell fort, »auch nur davon träumen würde. Unvorstellbar! Charlotte ist eine alte liebe Freundin. Eine vertrauenswürdige Freundin. Sie soll es erfahren.«

Charlotte sagte ruhig: »Ich habe das Gefühl, daß unser Freund

Mister Calvert mich nicht besonders mag. Oder vielleicht kann er Frauen überhaupt nicht leiden.«

»Das ist im Moment völlig uninteressant«, sagte ich. »Ich habe den Admiral lediglich an seinen eigenen Befehl erinnert. Sage nie, nie, nie – ich habe vergessen, wie viele ›Nies‹ es waren, aber ich glaube, vier oder fünf – irgend jemandem irgend etwas, es sei denn, es wäre notwendig, wichtig und unvermeidlich. In diesem Fall trifft keiner der drei Punkte zu.«

Onkel Arthur zündete sich erneut eine seiner widerlichen Zigarren an und ignorierte mich. Er vertrat den Standpunkt, daß sein Befehl sich selbstverständlich nicht auf vertrauliche Auskünfte zwischen Mitgliedern der Aristokratie erstreckte. Er sagte: »Es handelt sich hier um den Fall der verschwundenen Schiffe, meine liebe Charlotte. Um korrekt zu sein, handelt es sich um fünf verlorengegangene Schiffe, ganz abgesehen von einer gewissen Anzahl sehr vieler kleinerer Boote, die zum Teil ebenfalls vermißt sind oder zerstört wurden.

Fünf Schiffe habe ich gesagt. Am fünften April dieses Jahres verschwand das Dampfschiff ›Holmwood‹ vor der Südküste von Irland. Es war ein klarer Akt von Piraterie. Die Besatzung wurde an Land gebracht und dort gefangengehalten. Nachdem die Leute dort zwei oder drei Tage lang bewacht worden waren, wurden sie, ohne Schaden genommen zu haben, wieder freigelassen. Von der ›Holmwood‹ hat man nie wieder etwas gehört. Am 24. April ist das Motorschiff ›Antara‹ im Sankt Georgskanal verschollen. Am 17. Mai passierte das gleiche mit dem Motorschiff ›Headley Pioneer‹ vor der nordischen Küste, und am 6. August wurde das Dampfschiff ›Hurricane Spray‹ vermißt, nachdem es den Clyde verlassen hatte. Zum Schluß, am vergangenen Samstag, verschwand die ›Nantesville‹, kurz nachdem sie Bristol verlassen hatte. In allen Fällen wurde die Besatzung unverletzt wieder aufgefunden.

Abgesehen von dem Verschwinden und der unbeschadeten Rückkehr ihrer Besatzung hatten diese fünf Schiffe alle eins gemeinsam, an Bord befand sich jedesmal eine äußerst wertvolle und praktisch nicht aufzuspürende Ladung. Auf der ›Holmwood‹ waren zweieinhalb Millionen Pfund südafrikanischen Goldes. Die ›Antara‹ hatte für eineinhalb Millionen Pfund ungeschliffene brasilianische Diamanten, die für Industriezwecke verwendet werden sollten, an Bord. Auf der ›Headley Pioneer‹ waren für fast zwei Millionen Pfund geschliffene und ungeschliffene Smaragde, aus den Muzo Minen in den kolumbischen Anden. Die ›Hurricane Spray‹, die auf dem Weg von Rotterdam nach New York war und dabei eine Zwischenlandung in Glasgow machte, hatte für etwas mehr als drei Millionen Pfund Diamanten an Bord, die fast alle geschliffen waren. Und das letzte verschwundene Schiff, die ›Nantesville‹,« – hier verschluckte sich Onkel Arthur beinah – »hatte acht Millionen Pfund in Goldbarren geladen. Es waren Reserven, die das Finanzministerium der Vereinigten Staaten abgerufen hatte.

Wir hatten keinerlei Vorstellung, von wem die Leute, die für das Verschwinden dieser Schiffe verantwortlich sind, ihre Informationen bezogen haben. Die Auswahl der Schiffe, wann, wie und welche, wird unter strengster Geheimhaltung getroffen. Die Piraten, wer immer sie sein mögen, hatten bis ins letzte Detail zutreffende Informationen. Calvert sagte, daß er die Informationsquelle ausfindig gemacht hat. Nachdem die ersten drei Schiffe verschwunden waren und mit ihnen etwa sechs Millionen Pfund wertvoller Ware, wurde es klar, daß es sich bei dieser Arbeit um eine hervorragend und sorgfältig organisierte Bande handelte.«

»Wollen Sie damit sagen«, fragte Charlotte, »daß Kapitän Imrie damit zu tun hat?«

»Damit zu tun hat, ist milde ausgedrückt«, sagte Onkel Arthur trocken. »Er scheint vielmehr der leitende Kopf zu sein.«

»Und vergessen wir nicht unseren alten Freund Skouras«, fügte ich hinzu, »der steckt auch ganz schön tief darin. Ich würde sagen, so etwa bis an die Ohren.«

»Sie haben kein Recht, das zu behaupten«, erwiderte Charlotte heftig.

»Kein Recht? Warum denn nicht? Was bedeutet er Ihnen denn noch? Was soll diese plötzliche Verteidigung des Helden mit dem Ochsenziemer? Wie geht es übrigens Ihrem Rücken jetzt?«

Darauf gab sie keine Antwort. Auch Onkel Arthur äußerte sich nicht zu diesem Thema, sondern fuhr fort:

»Es war Calverts Idee, daß wir nach dem Verschwinden der ›Headley Pioneer‹ den meisten Schiffen, die Ladung von Goldbarren oder wertvollen Steinen mit sich führten, zwei von unseren Leuten und einen Spezialsender mitgaben. Wie Sie sich sicher vorstellen können, hatten wir keinerlei Schwierigkeiten, die Mitarbeit der verschiedenen Exportgesellschaften, Reedereien und der betroffenen Regierungen zu gewinnen. Unsere Agenten – wir hatten drei Paare, die diese Arbeit übernahmen – versteckten sich entweder bei der Ladung, in einer leeren Kabine oder im Maschinenraum, mit genügend Nahrungsmitteln versehen. Nur die Kapitäne der betroffenen Schiffe wußten, daß sie sich an Bord befanden. Sie sendeten ein fünfzehn Sekunden andauerndes Funksignal zu auf die Minute festgelegten, aber höchst unregelmäßigen Zeitpunkten. Diese Signale wurden von speziell dafür ausgesuchten Empfangsstationen an der Westküste aufgefangen. Wir hatten unsere Stationen auf die Westküste beschränkt, denn das war das Gebiet, wo wir stets die gefangengehaltenen Mannschaften vorfanden. Und außerdem wurden sie noch von einem Empfänger, der sich an Bord dieses Bootes hier befand, aufgefangen. Die ›Firecrest‹, meine liebe Charlotte, ist in vielerlei Hinsicht ein sehr seltsames Schiff.« Ich dachte schon, er würde jetzt anfangen, selbstverständlich auf seine eigene vornehme Art, sich damit zu brüsten, mit welcher Brillanz er die »Firecrest« entworfen habe. Aber er erinnerte sich noch rechtzeitig, daß mir die Wahrheit bekannt war.

»Zwischen dem 17. Mai und dem 6. August passierte gar nichts. Kein Piratenstück. Wir glauben, daß sie durch die kurzen hellen Nächte davon abgehalten wurden. Am 6. August verschwand die ›Hurricane Spray‹. Wir hatten niemanden an Bord dieses Schiffes – wir konnten schließlich nicht alle Schiffe besetzen. Aber wir hatten zwei Männer an Bord der ›Nantesville‹, dem Schiff, das letzten Sonnabend auslief. Delmont und Baker waren zwei unserer besten Leute. Die ›Nantesville‹ wurde knapp außerhalb des Bristol-Kanals gewaltsam aufgebracht. Baker und Delmont begannen sofort mit ihren programmgemäßen Funkübermittlungen. Genaue Peilungen gaben uns eine ganz genaue Position des Schiffes, mindestens einmal in jeder halben Stunde.

Calvert und Hunslett lagen in Dublin und warteten.«

»Ach ja«, unterbrach sie ihn. »Mr. Hunslett. Wo ist er denn? Ich habe nicht gesehen, daß . . .«

»Einen Moment. Die ›Firecrest« legte ab und folgte nicht der ›Nantesville‹, sondern verfolgte einen Kurs, der sie vor die ›Nantesville‹ führen sollte. Sie kamen bis an den Mull von Kintyre, dort hatten sie sich vorgenommen, zu warten, bis die ›Nantesville‹ auftauchen würde. Aber ganz plötzlich kam ein unvorhergesehener starker Südweststurm auf, und die ›Firecrest‹ mußte Schutz suchen. Als die ›Nantesville‹ das Gebiet des Mull von Kintyre erreichte, zeigte die Funkmeldung, daß sie sich im allgemeinen noch immer auf nördlichem Kurs befand. So daß es so aussah, als ob sie von außen am Mull von Kintyre, das heißt der westlichen Seite, vorbeifahren würde. Calvert riskierte etwas, er fuhr hoch zum Loch Fyne und von dort durch den Crinan-Kanal. Die Nacht verbrachte er im Seebecken von Crinan. Nachts ist die Schleuse geschlossen. Calvert hätte zwar über die Vollmacht verfügt, die Schleuse öffnen zu lassen, aber im Verlauf des späten Abends hatte sich der Sturm in einen reinen Weststurm verwandelt, und kleine Boote verlassen Crinan bei einem Weststurm bis zu Windstärke neun nicht.

Während der Nacht fuhr die ›Nantesville‹ nach Westen in den Atlantik. Wir dachten schon, daß wir sie verloren hätten. Wir glauben jetzt zu wissen, warum sie dorthin gefahren ist: Sie wollte in völliger Dunkelheit an einem bestimmten Platz zu einem bestimmten Zeitpunkt der Ebbe eintreffen und mußte die Zwischenzeit überbrücken. Wie wir annehmen, fuhr sie nach Westen, erstens, weil es die beste Möglichkeit war, mit dem Sturm zu fahren, und zweitens, weil sie nicht wollte, daß man sie den ganzen nächsten Tag vor der Küste kreuzen sehen konnte, und es vorzog, einen direkten Vorstoß von See aus zu unternehmen, wenn die Dunkelheit hereinbrach.

Über Nacht hatte sich das Wetter etwas beruhigt. Bei Tagesanbruch verließ Calvert Crinan, und beinah zur gleichen Minute änderte die ›Nantesville‹ ihren Kurs und fuhr wieder nach Osten. Die von Baker und Delmont ausgestrahlten Sendungen kamen noch immer auf die Minute genau. Die letzte Sendung erfolgte um 10 Uhr 22 an diesem Morgen. Danach nichts mehr.«

Onkel Arthur machte eine Pause, und seine Zigarre glühte in der Dunkelheit rot auf. Er hätte sicher ein Vermögen verdienen können, wenn er sich an Transport-Reedereien als Einmann-Leuchtturm verdingt hätte. Dann fuhr er fort, und zwar sehr schnell, als ob er das, was er jetzt zu sagen hätte, nicht besonders gern sagte.

»Wir wissen nicht, was passiert ist. Vielleicht haben sie sich durch irgendeine unvorsichtige Handlung verraten. Ich glaube das aber nicht. Dazu waren sie in ihrem Fach zu gut. Es kann sein, daß ein Mitglied der Mannschaft durch Zufall ihren Aufenthaltsort entdeckte. Aber auch das ist nicht wahrscheinlich, denn ein Mann, der zufällig auf Baker und Delmont stoßen würde, würde lange Zeit auf keinen anderen mehr stoßen. Calvert glaubt, und ich stimme hier mit ihm überein, daß durch einen unglücklichen Zufall der Funker der Piraten das Wellenband, auf dem Baker und Delmont sendeten, genau in dem Augenblick anpeilte, als sie eine ihrer Fünfzehn-Sekunden-Sendungen durchgaben. Bei der Entfernung, in der er sich zu ihrem Sender befand, mußte ihm dabei fast der Kopf zersprungen sein. Die Folge war unausbleiblich.

Der nach der letzten Sendung ausgerechnete Kurs der ›Nantesville‹ zeigt genau zweiundachtzig Grad an. Vermuteter Bestimmungsort – Loch Houron. Voraussichtliche Ankunftszeit – Sonnenuntergang. Calvert hatte infolgedessen knapp ein Drittel der Entfernung der ›Nantesville‹ zurückzulegen. Aber er fuhr mit der

›Firecrest‹ nicht zum Loch Houron, weil er ziemlich sicher war, daß Kapitän Imrie seinen Sender entdecken und annehmen würde, daß wir uns auf seinem Kurs befanden. Calvert war fernerhin ziemlich sicher, falls die ›Nantesville‹ ihren jetzigen Kurs fortsetzte – und er war ziemlich überzeugt, daß sie es tun würde –, daß sie mit jedem Schiff, das auch nur in die Nähe der Einfahrt von Loch Houron käme, kurzen Prozeß machen würde. Entweder durch Rammen oder durch Versenken. Deshalb ankerte er mit der ›Firecrest‹ in Torbay und befand sich, als die ›Nantesville‹ am Eingang von Loch Houron eintraf, mit einem Schlauchboot mit Außenbordmotor in einem Taucheranzug an Ort und Stelle. In der Dunkelheit ging er an Bord. Der Name des Schiffes war jetzt geändert, ebenso die Flagge, das Schiff hatte einen Mast weniger, und die Aufbauten waren umgestrichen worden. Aber es war die ›Nantesville‹.

Am nächsten Tag lagen Calvert und Hunslett wegen stürmischer See in Torbay fest. Am Mittwoch jedoch organisierte Calvert eine Fahndung mit einem Hubschrauber nach der ›Nantesville‹ oder nach einem Platz, wo sie versteckt sein könnte. Er machte einen Fehler. Er hielt es für höchst unwahrscheinlich, daß sich die ›Nantesville‹ noch im Loch Houron befand, da Imrie bekannt war, daß wir über seinen Kurs Bescheid wußten und er deshalb nicht unbegrenzt dort bleiben konnte. Laut Seekarte war Loch Houron der ungeeignetste Platz in Schottland, wo ein halbwegs vernünftiger Mensch ein Schiff verstecken würde. Und deshalb nahm Calvert an, daß sich die ›Nantesville‹ noch am selben Abend, nachdem er sie verlassen hatte, auf den Weg machen würde, in Richtung Carrara Point. Calvert glaubte, daß sie in Loch Houron nur so lange bleiben würde, bis es dunkel genug war, um unbeobachtet den Sund von Torbay zu durchqueren oder um die Südküste der Insel Torbay herum zum Festland zu fahren. Daraufhin konzentrierte er den größten Teil seiner Suche auf das Festland, auf den Sund von Torbay und auf Torbay selbst. Jetzt glaubt er, daß die ›Nantesvielle‹ noch immer in Loch Houron ist. Wir fahren dorthin, um es herauszufinden.« Wieder glühte seine Zigarre auf. »Das wäre es, meine Liebe. Mit Ihrer gütigen Erlaubnis möchte ich mich jetzt für eine Stunde im Salon hinlegen. Diese nächtlichen Eskapaden ...« Er gähnte und sagte: »Ich bin kein junger Bursche mehr, ich brauche meinen Schlaf.«

Das gefiel mir. Auch ich war kein junger Bursche mehr und hatte das Gefühl, seit Monaten nicht mehr geschlafen zu haben. Wie ich wußte, ging Onkel Arthur Schlag Mitternacht zu Bett. Und der arme Mann hatte seine Zeit tatsächlich schon um fünfzehn Minuten überschritten. Aber da ließ sich nichts machen. Eine meiner wenigen mir noch verbliebenen Ambitionen im Leben war, das Pensionsalter zu erreichen. Und um das zu schaffen, schien mir nichts wichtiger zu sein, als daß Onkel Arthur nie und nimmermehr seine Hand an das Steuer der ›Firecrest‹ legte.

»Aber das ist doch noch nicht alles«, protestierte Charlotte. »Mr. Hunslett, wo ist Mr. Hunslett? Und dann sagten Sie, daß Mr. Calvert an Bord dieser ›Nantesville‹ gewesen sei. Wie um alles in der Welt ...«

»Es gibt ein paar Dinge, meine Liebe, von denen Sie besser nichts wissen. Warum wollen Sie sich unnötig beunruhigen? Überlassen Sie das Ganze ruhig uns.«

»Ich fürchte, mein lieber Sir Arthur, Sie haben mich in der letzten Zeit nicht mehr richtig angeschaut«, sagte sie ruhig.

»Ich verstehe Sie nicht.«

»Es mag Ihrer Aufmerksamkeit entgangen sein, aber ich bin kein kleines Kind mehr. Ich bin nicht einmal mehr jung. Bitte behandeln Sie mich nicht, als ob ich noch nicht erwachsen wäre. Wenn Sie heute nacht etwas Schlaf haben wollen ...«

»Also gut. Wenn Sie darauf bestehen. Ich fürchte, daß die Gewalttaten nicht alle nur von einer Seite verübt worden sind. Wie ich Ihnen schon sagte, war Calvert an Bord der ›Nantesville‹. Er fand dort meine beiden Agenten, Baker und Delmont.« Onkel Arthurs Stimme klang unpersönlich und gefühllos. »Beide von hinten erstochen. Heute abend wurde der Pilot von Calverts Hubschrauber abgeschossen. Eine Stunde später wurde Hunslett ermordet. Calvert fand ihn mit gebrochenem Genick im Maschinenraum der ›Firecrest‹.«

Onkel Arthurs Zigarre glühte mindestens ein halbes dutzendmal auf, ehe Charlotte sprach. Das Zittern war jetzt wieder in ihrer Stimme. »Aber das sind ja Ungeheuer. Ungeheuer.« Nach einer langen Pause: »Wie können Sie es nur mit solchen Menschen aufnehmen?«

Onkel Arthur paffte noch ein wenig weiter und sagte dann überlegen: »Ich habe gar nicht die Absicht, es mit ihnen aufzunehmen. Schließlich finden Sie auch keine Generäle, die sich an Nahkämpfen in Schützengräben beteiligen. Calvert wird mit ihnen schon fertigwerden. Gute Nacht, meine Liebe.«

Er ging. Ich hatte ihm nicht widersprochen. Aber ich wußte, daß Calvert nicht mit ihnen fertig werden konnte. Jedenfalls jetzt nicht mehr. Calvert brauchte unbedingt Hilfe. Mit einer Besatzung, die aus einem kurzsichtigen Boß und einer Frau bestand, bei der jedesmal, wenn ich sie ansah, ihr zuhörte oder nur über sie nachdachte, warnende Glocken wild in meinem Hirn zu läuten begannen, brauchte Calvert Hilfe. Und er brauchte sie schnell.

Nachdem Onkel Arthur sich zurückgezogen hatte, standen Charlotte und ich schweigend im dunklen Steuerhaus. Es war ein freundliches Schweigen. So etwas spürt man. Der Regen hämmerte auf das Dach des Steuerhauses. Es war so dunkel, wie es nur auf See sein kann, und die Nebelschwaden wurden dichter und zahlreicher. Ich konnte nur noch mit halber Geschwindigkeit fahren. Dadurch verlor ich an Beweglichkeit in der Steuerung, und bei der schweren westlichen See, die von Steuerbord her kam, wäre es mir normalerweise sehr schwergefallen, den Kurs der ›Firecrest‹ zu kontrollieren. Aber ich hatte den automatischen Navigator angestellt, und es ging fabelhaft. Er war ein viel besserer Steuermann, als ich es je gewesen war, und Onkel Arthur war er bei weitem überlegen.

Plötzlich sagte Charlotte: »Was beabsichtigen Sie heute nacht zu tun?«

»Sie sind aber wirklich nimmersatt, was Informationen anlangt. Wissen Sie denn nicht, daß Onkel Arthur – ich bitte um Verzeihung, Sir Arthur – und ich mit einer streng vertraulichen Mission beauftragt sind? Geheimhaltung ist wichtig.«

»Jetzt lachen Sie mich aus – und vergessen dabei, daß ich mich ja auch auf dieser Geheimmission befinde!«

»Ich bin sehr froh, daß Sie dabei sind, und ich lache Sie durchaus nicht aus. Heute nacht muß ich das Boot ein- oder zweimal verlassen, und ich muß jemanden haben, dem ich vertrauen kann und der auf das Boot aufpaßt, während ich fort bin.«

»Aber Sie haben doch Sir Arthur.«

»Ich habe, wie Sie sehr richtig sagen, Sir Arthur. Es gibt keinen Menschen, auf dessen Urteil ich mehr gebe und vor dessen Intelligenz ich einen größeren Respekt habe. Aber in diesem Augenblick bin ich bereit, alle Urteilskraft und Intelligenz der Welt gegen ein Paar scharfe junge Augen einzutauschen. Wenn ich an die Leistung denke, die Sir Arthur heute abend vollbracht hat, dann finde ich, daß man ihn nirgendwohin ohne einen weißen Stock gehen lassen dürfte. Wie sind denn Ihre Augen?«

»Nun, ganz so jung sind sie nicht mehr, aber ich glaube, daß sie scharf genug sind.«

»Dann kann ich mich also auf Sie verlassen?«

»Auf mich? Ich – nun, ich verstehe überhaupt nichts davon, wie man mit einem Boot umgeht.«

»Sie und Sir Arthur könnten ein fabelhaftes Team abgeben. Ich habe Sie einmal in der Starrolle eines französischen Marinefilms gesehen, wo Sie ...«

»Wir sind niemals aus dem Studio herausgekommen, und selbst im Studioteich hatte ich ein Double.«

»Heute nacht gibt es kein Double für Sie.«

Ich blickte hinaus, durch die regenüberströmten Fenster. »Und auch keinen Studioteich. Der hier ist echt. Der Original-Atlantik. Charlotte, alles, was ich brauche, sind ein Paar scharfe Augen. Ein Paar Augen, die die Umgebung genau beobachten, bis ich wieder zurückkomme. Und die aufpassen, daß wir nicht auf die Felsen laufen. Können Sie das tun?«

»Habe ich denn irgendeine Wahl?«

»Sie haben keine Wahl.«

»Dann werde ich es versuchen. Wo wollen Sie denn an Land gehen?«

»Eilean Oran und Craigmore. Die zwei hintersten Inseln im Loch Houron, wenn«, sagte ich nachdenklich, »ich sie finden kann.«

»Eilean Oran und Craigmore.« Vielleicht täuschte ich mich, aber ich fand, daß ihr leichter französischer Akzent die original gälische Aussprache um ein vielfaches schöner klingen ließ. »Das ist alles so widersinnig. So abgrundtief widersinnig. Mitten in all diesem Gewirr von Haß, Geldgier und Mord. Und dann diese Namen. Sie atmen den Geist wahrer Romantik.«

»Eine Täuschung! Weit von der Wirklichkeit entfernt, meine Liebe.« Ich mußte aufpassen, daß ich mich nicht genauso wirr benahm wie Onkel Arthur. »Diese Inseln atmen schiere, steinige Verzweiflung. Aber Eilean Oran und Craigmore sind der Schlüssel für alles. Davon bin ich überzeugt.«

Sie sagte nichts. Ich starrte durch die Klarsichtscheibe und fragte mich, ob ich Dubh Sgeir eher zu sehen bekommen würde als es mich. Ein paar Minuten später fühlte ich eine Hand auf meinem Oberarm, sie war jetzt ganz nah bei mir. Die Hand zitterte. Ganz gleich, wo sie ihr Parfum her hatte, auf keinen Fall hatte sie es in einem Supermarkt gekauft, und es war auch nicht aus einem Knallbonbon gefallen. Ein paar Augenblicke fragte ich mich, ob es mir jemals gelingen würde, ein weibliches Wesen zu verstehen: Ehe sie dem entfloh, von dem sie bis jetzt geglaubt hatte, es sei ihr Leben, und ehe sie sich auf ihre lebensgefährliche Schwimmtour begab, hatte sie nicht vergessen, eine Flasche Parfum in ihren wasserdichten Beutel einzupacken. Denn kein Parfum hätte sich so lang gehalten, bis ich sie aus dem Hafen von Torbay herausgefischt hatte.

»Philip?«

Nun, das hörte sich schon besser an als das Gerede von Mr. Calvert. Ich war froh, daß Onkel Arthur nicht da war, dessen aristokratische Gefühle dadurch vielleicht verletzt worden wären. Ich sagte nur: »Ja?«

»Es tut mir leid.« Es klang so, als ob sie es ernst meinte, und ich glaube, ich hätte versuchen sollen zu vergessen, daß sie einst die beste europäische Schauspielerin gewesen war. »Es tut mir wirklich leid. Das, was ich vorhin gesagt habe. Und auch, daß ich gedacht habe, Sie seien ein Ungeheuer. Ich meine wegen der Leute, die Sie getötet haben. Ich, nun ja, ich wußte nichts von Hunslett und Baker und Delmont und dem Hubschrauberpiloten. Das waren alles Ihre Freunde. Es tut mir wirklich leid, Philip, wirklich.«

Sie übertrieb jetzt. Außerdem war sie mir zu nah auf der Pelle. Viel zu nah. Man hätte wirklich eine Pinzette benötigt, um auch nur eine Spielkarte zwischen uns zu stecken. Und dieses Parfum, das sie auch nicht auf der Straße gefunden hatte. Schwindelerregend, so hätten es die Reklamefritzen in den Illustrierten genannt. Und während der ganzen Zeit bimmelten die warnenden Glocken in mir, als ob sie einen Veitstanz vollführten. Ich machte eine verzweifelte Anstrengung, mich gegen all das zu wehren, und wandte meine Gedanken höheren Dingen zu.

Sie sagte nichts, sie drückte meinen Arm nur noch ein bißchen mehr, und ich ging beinah in die Luft. Das einzige, was mir etwas Sicherheit gab, war das ratternde Geräusch, das der Auspuff des Diesels machte. Die ›Firecrest‹ schwamm mit den großen über sie hinwegbrausenden Wellen nach unten und stieg dann vorsichtig wieder empor. Eine merkwürdige meteorologische Laune der Hebriden wurde mir zum erstenmal bewußt. Nämlich ein ausgesprochenes Ansteigen der Temperatur nach Mitternacht. Außerdem mußte ich mit den Verantwortlichen reden in bezug auf ihre Garantie, daß die Klarsichtscheiben sich unter keinen Umständen vernebeln dürfen. Vielleicht war das auch unfair, denn Bedingungen wie diese lagen wohl außerhalb ihrer Vorstellungskraft. Ich wollte gerade die automatische Steuerung abstellen, um mir selbst etwas Beschäftigung zu verschaffen, als sie sagte: »Ich glaube, ich werde bald nach unten gehen. Hätten Sie gern vorher noch eine Tasse Kaffee?«

»Wenn Sie kein Licht dazu anmachen müssen und wenn Sie dabei nicht über Onkel Arthur stolpern – ich meine Sir ...«

»Onkel Arthur paßt genau zu ihm«, erwiderte sie. Sie drückte noch einmal meinen Arm und verschwand.

Die merkwürdige meteorologische Laune dauerte nur kurz an. Langsam war meine Temperatur wieder auf dem Normalpunkt angelangt und die für die Klarsichtscheiben gegebene Garantie erwies sich als richtig. Ich überließ die ›Firecrest‹ der automatischen Steuerung, lief nach hinten zu meinem Schrank, nahm meinen Taucheranzug zusammen mit Luftzylindern und Maske heraus und brachte alles nach vorn ins Steuerhaus.

Sie brauchte fünfundzwanzig Minuten, um den Kaffee zu machen. Mit Propangas geht es sehr viel rascher als mit unserem üblichen Kohlengas, und selbst wenn man die Schwierigkeit, das Ganze in der Dunkelheit zuzubereiten, mit einkalkulierte, dann handelte es sich hier um einen Weltrekord an Langsamkeit für die Zubereitung von Kaffee auf See. Ich hörte das Klappern des Geschirrs, als der Kaffee durch den Salon getragen wurde, und lächelte zynisch in der Dunkelheit. Dann dachte ich an Hunslett und Baker und Delmont und Williams, und das Lächeln verging mir.

Ich lächelte auch nicht, als ich mich über die Felsen von Eilean Oran schleppte. Dort legte ich das Zubehör des Taucheranzugs ab und befestigte das große Warnlicht genau so, daß es direkt zur See schien. Mir war wirklich angst, ob die zehn Minuten, bevor ich die ›Firecrest‹ verlassen hatte, gereicht hatten, um Charlotte und Arthur zu lehren, wie man ein Schiff in einer festen Position und im gleichen Abstand von einem fixierten Punkt zum Land halten kann.

»Halten Sie das Boot nach dem Kompaß in genau westlicher Richtung«, hatte ich gesagt, »und zwar so, daß der Bug stets zur See und zum Wind gerichtet ist. Wenn die Maschine auf ›kleine Fahrt‹ steht, dann wird Ihnen das genügend Widerstand geben, die Position zu halten. Sollte es Ihnen passieren, daß Sie zu weit vorwärtskommen, machen Sie eine Drehung nach Süden – niemals nach Norden! Sie würden geradewegs auf die Felsen vor Eilean Oran auflaufen. Fahren Sie mit halber Kraft nach Osten, nicht langsamer, sonst könnte es sein, daß Sie auflaufen, dann scharf wieder nach Norden, und drehen Sie bei ›kleiner Fahrt‹ wieder nach Westen. Sie können dort am Südufer die Brecher sehen. Was Sie auch tun, halten Sie sich auf jeden Fall mindestens zweihundert Meter davon entfernt, wenn Sie nach Westen drehen, und noch etwas mehr, wenn Sie nach Osten drehen.«

Sie hatten mir feierlich versprochen, daß sie genau das tun würden, und schienen mir ein bißchen beleidigt zu sein, als sie meinen absoluten Mangel an Vertrauen zu ihren Steuerkünsten bemerkten.

Aber ich hatte Grund dafür, denn keiner von beiden hatte bewiesen, daß er die Küstenbrecher von den hohen gischtigen Wellen, die nach Osten zum Festland hinrollten, unterscheiden konnte. In meiner Verzweiflung hatte ich ihnen gesagt, ich würde einen statischen Lichtstrahl am Ufer anbringen, nach dem sie sich richten könnten. Jetzt betete ich nur zu Gott, daß Onkel Arthur nicht versuchen würde, sich wie der Kapitän einer französischen Schaluppe aus dem 18. Jahrhundert zu benehmen, der plötzlich eine Schmugglerlaterne an der felsenzerklüfteten Küste von Cornwall bemerkte und das verdammte Boot auf Grund laufen ließ, nur weil er den Eindruck hatte, hier ist ein Hoffnungsstrahl. Onkel Arthur war ein wirklich tüchtiger Mann, aber zu behaupten, daß die See der richtige Platz für ihn sei, wäre übertrieben.

Der Bootsschuppen war beinah leer, aber nicht ganz. Ich leuchtete mit meiner kleinen Stablampe das Innere ab und stellte fest, daß MacEacherns Bootsschuppen nicht der Ort war, den ich suchte. Es befand sich dort lediglich ein altes verwittertes Boot mit einem von Rost völlig zerfressenen Motor.

Dann kam ich zum Haus, an dessen Nordseite, der Seite, die dem Meer abgewandt war, ein Licht durch ein kleines Fenster schien. Um ein Uhr dreißig in der Nacht. Ich schlich mich zum Fenster und sah einen ordentlichen, sauberen, aufgeräumten kleinen Raum mit glatt getünchten Wänden, einen mit Matten bedeckten Steinfußboden und in der Kaminecke ein Feuer aus Treibholzstücken. Donald MacEachern saß in einem Korbstuhl, noch immer unrasiert, noch immer in seinem alten Hemd, den Kopf gesenkt, und starrte in die trübe rote Glut. Er machte den Eindruck, als sei dieses Starren in ein verlöschendes Feuer das einzige, das ihm noch in der Welt zu tun blieb. Ich wandte mich zur Tür, drehte den Griff und ging hinein.

Er hörte mich und drehte sich um, nicht schnell, sondern eigentlich so wie ein Mensch, der weiß, daß es nichts mehr auf der Welt gibt, das ihn verletzen kann. Er sah mich an, sah die Pistole in meiner Hand, blickte zu seinem Jagdgewehr, das an der Wand aufgehängt war, und sank dann wieder in seinen Stuhl zurück.

Tonlos sagte er: »Wer, in Gottes Namen, sind Sie?«

»Mein Name ist Calvert. Ich war gestern schon mal hier.« Ich zog die Gummikappe vom Kopf, und er konnte sich wieder erinnern. Ich nickte, den Blick auf das Gewehr gerichtet. »Ihre Waffe werden Sie heute nacht nicht brauchen, Mr. MacEachern. Außerdem hatten Sie sie gestern gar nicht entsichert.«

»Ihnen entgeht nicht viel«, sagte er langsam. »Es waren auch keine Patronen im Gewehr.«

»Und wollen Sie auch sagen, daß niemand hinter Ihnen gestanden hat?«

»Ich weiß nicht, wovon Sie reden«, sagte er müde. »Wer sind Sie, Mann, und was wollen Sie von mir?«

»Ich will wissen, warum Sie mich gestern so seltsam begrüßt haben.« Ich steckte meine Waffe ein. »Das war nicht gerade sehr freundlich, Mr. MacEachern.«

»Wer sind Sie, Sir?« Er sah jetzt noch älter aus als gestern, alt und zerbrochen.

»Calvert. Sie haben Ihnen befohlen, keine Besucher zu dulden, nicht wahr, Mr. MacEachern?« Keine Antwort. »Ich habe einem Freund von Ihnen heute abend ein paar Fragen gestellt. Archie MacDonald, dem Polizeimeister von Torbay. Er sagte mir, Sie seien verheiratet. Ich kann nirgendwo Mr. MacEachern sehen.«

Er richtete sich halb in seinem Stuhl auf. Seine müden blutunterlaufenen Augen wurden plötzlich lebendig. Dann sank er wieder in sich zurück, und die Augen hatten den alten müden Ausdruck.

»Sie waren einmal nachts draußen mit Ihrem Boot, Mr. MacEachern, nicht wahr? Sie waren draußen mit Ihrem Boot, und Sie sahen zuviel. Die Bande erwischte Sie und brachte Sie hierher zurück, und dann nahmen sie Ihre Frau mit und drohten Ihnen, wenn Sie jemals irgendeinem Menschen berichten würden, was Sie gesehen hätten, dann würden Sie Ihre Frau nie wiedersehen. Lebend. Sie sagten Ihnen, daß Sie hier bleiben sollten, für den Fall, daß Bekannte oder Fremde vorbeikämen, die sich wundern könnten, warum Sie nicht da wären und daraufhin Alarm schlagen würden. Und um ganz sicher zu sein, daß Sie nicht zum Festland fahren würden, um Hilfe zu holen – obwohl ich mir beim besten Willen nicht vorstellen kann, daß Sie so verrückt sein könnten –, haben sie Ihren Motor betriebsunfähig gemacht. Mit von Salzwasser durchtränkten Säcken. Trotzdem würde ein zufälliger Besucher glauben, daß der Motor nur durch nachlässige Behandlung eingerostet ist und nicht durch Sabotage.«

»Ja, ja, das haben sie getan.« Er starrte reglos ins Feuer. Seine Stimme war flüsternd, wie die eines Mannes, der lediglich intensiv denkt und sich kaum bewußt ist, daß er dabei spricht. »Sie haben meine Frau mitgenommen, und sie haben mein Boot ruiniert. Ich hatte meine gesamten Ersparnisse dort im hinteren Zimmer verwahrt, und die haben sie mir auch noch weggenommen. Ich wünschte nur, ich hätte eine Million Pfund, um sie ihnen zu geben.

Wenn sie mir nur meine Mary gelassen hätten. Sie ist fünf Jahre älter als ich.« Er war völlig kraftlos.

»Wovon, um Himmels willen, haben Sie denn gelebt?«

»Jede zweite Woche bringen sie mir ein paar Büchsen. Nicht viel und Büchsenmilch. Tee habe ich noch, und ab und zu fange ich ein paar Fische auf den Klippen.«

Seine Stirn war plötzlich voller Falten, als ob er sich bewußt würde, daß ich eine neue Hoffnung in sein Leben gebracht hatte. »Wer sind Sie, Sir? Wer sind Sie? Sie sind keiner von denen, und Sie sind auch kein Polizist. Ich weiß, daß Sie kein Polizist sind. Die kenne ich. Sie sind aus einem ganz anderen Holz geschnitzt.« Ganz plötzlich schien das Leben in ihn zurückzukehren. Er starrte mich eine ganze Minute an, und ich fühlte mich unbehaglich unter dem Blick der fast erloschenen Augen. »Ich weiß, wer Sie sind, ich weiß, wer Sie sein müssen. Sie sind ein Regierungsbeamter. Sie sind ein Agent des britischen Geheimdienstes.«

Also, ich muß schon sagen, ich machte innerlich eine Verbeugung vor dem alten Burschen. Hier stand ich ohne jegliche besondere Merkmale vor ihm, bis zum Kinn in einen Taucheranzug verpackt, und er hatte mich sofort durchschaut. Soviel nur über unseren Geheimdienst. Ich dachte daran, was Onkel Arthur ihm gesagt haben würde. Bedrohung mit Entlassung und Gefängnis, falls der alte Mann auch nur ein Wort verlauten ließe. Aber Donald MacEachern hatte keine Stellung, aus der man ihn entlassen konnte, und nach einem Leben auf Eilean Oran würde der finsterste Zellenbau ihm wie ein Luxushotel erscheinen, das im Baedeker mit fünf Sternen versehen ist. Deshalb schien es mir sinnlos, ihn einzuschüchtern. Statt dessen sagte ich zum erstenmal in meinem Leben: »Ja, Mr. MacEachern, ich bin ein Agent des Geheimdienstes. Und ich werde Ihnen Ihre Frau zurückbringen.«

Er nickte langsam und sagte dann: »Sie werden sehr tapfer sein müssen, Mr. Calvert. Sie haben keine Ahnung, was für schreckliche Menschen dort auf Sie warten.«

»Falls ich jemals einen Orden bekommen sollte, Mr. MacEachern, dann kann es sich nur um eine Personenverwechslung handeln. Ich weiß ziemlich genau, gegen wen ich losziehe. Bitte versuchen Sie mir zu glauben, Mr. MacEachern. Es wird schon klappen. Sie waren im Krieg, Mr. MacEachern.«

»Sie wissen das? Hat man es Ihnen gesagt?«

Ich schüttelte den Kopf. »Niemand mußte mir das sagen.«

»Ich danke Ihnen, Sir.« Sein Rücken war plötzlich ganz straff.

»Ich war zweiundzwanzig Jahre Soldat. Ich war Feldwebel in der einundfünfzigsten Hochlanddivision.«

»Sie waren Feldwebel in der einundfünfzigsten Hochlanddivision«, wiederholte ich. »Es gibt viele Leute, Mr. MacEachern, und nicht nur Schotten, die auf dem Standpunkt stehen, daß es keine bessere Einheit auf der Welt gegeben hat.«

»Und Donald MacEachern wird diese Ansicht nicht bestreiten, Sir.« Zum erstenmal schien so etwas wie ein Lächeln in seinen dunklen Augen aufzuleuchten. »Es gab vielleicht ein oder zwei schlechtere. Sie haben sich ganz klar ausgedrückt, Mr. Calvert. Wir waren nicht gerade bekannt dafür, davonzulaufen, die Hoffnung zu verlieren oder uns zu ergeben.« Ganz plötzlich erhob er sich. »Wovon rede ich denn überhaupt? Ich komme mit Ihnen, Mr. Calvert.«

Ich erhob mich und legte ihm die Hände auf die Schultern. »Ich danke Ihnen, Mr. Mac Eachern, aber das kommt nicht in Frage. Sie haben genug durchgemacht. Ihre Tage des Kampfes sind vorüber. Überlassen Sie das mir.«

Er sah mich schweigend an, dann nickte er. Wieder der Anflug eines Lächelns. »Ja, ja. Vielleicht haben Sie recht. Ich würde einem Mann wie Ihnen nur im Weg sein. Das verstehe ich.« Erschöpft setzte er sich wieder in seinen Sessel.

Ich ging zur Tür. »Gute Nacht, Mr. MacEachern, bald wird sie in Sicherheit sein.«

»Bald wird sie in Sicherheit sein«, wiederholte er. Er sah zu mir auf, und seine Augen waren feucht. Als er sprach, war in seiner Stimme eine gewisse Überraschung wahrzunehmen. »Wissen Sie was? Ich glaube es wirklich.«

»Bestimmt. Ich werde sie persönlich hierher zurückbringen, und das wird mir mehr Freude machen als alles, was ich je in meinem Leben getan habe. Bis Freitagmorgen, Mr. MacEachern.«

»Freitagmorgen? So bald?« Er sah auf einen Punkt, der eine Billion Lichtjahre entfernt zu sein schien, und war sich kaum noch bewußt, daß ich in der offenen Tür stand. Dann lächelte er mir offen und fröhlich zu, und seine Augen funkelten. »Mr. Calvert, ich werde heute nacht kein Auge zumachen und morgen nacht auch nicht.«

»Dafür werden Sie am Freitag schlafen«, versprach ich. Er konnte mich nicht länger ansehen. Tränen strömten über seine hageren unrasierten Wangen. Daraufhin schloß ich leise die Tür und ließ ihn allein mit seinen Träumen.

Achtes Kapitel
Donnerstag: zwei Uhr bis vier Uhr dreißig

Ich hatte mittlerweile Eilean Oran mit der Insel Craigmore vertauscht, aber noch immer hatte ich keinen Grund zum Lächeln. Deshalb nicht, weil erstens Onkel Arthur und Charlotte Skouras eine nautische Kombination abgaben, die mich schaudern machte, zweitens, weil die Nordspitze von Craigmore viel weiter in der offenen See lag und zerklüfteter war als die Südküste von Eilean Oran. Drittens, weil der Nebel immer dichter wurde. Viertens, weil ich noch immer atemlos war und zerschunden von den schweren Brechern, die mich, als ich auf die Insel zugeschwommen war, gegen unsichtbare Riffe geschleudert hatten. Fünftens, weil ich mir überlegte, ob ich auch nur die geringste Chance hatte, mein voreiliges Versprechen, das ich Donald MacEachern gegeben hatte, einhalten zu können. Falls ich noch ein bißchen mehr nachdachte, würden mir bestimmt noch andere und gleichwertige Gründe einfallen, warum mir das Lächeln vergangen war. Aber dazu hatte ich keine Zeit mehr. Die Nacht wurde kürzer, und ich hatte vor Tageseinbruch noch eine Menge zu tun.

Das nächste der beiden Fischerboote in dem kleinen von der Natur gebildeten Hafen wurde von den Wellen, die vom Riff herkamen, hin und her geworfen, und so brauchte ich mir keine Sorgen zu machen, daß man das Geräusch hören würde, wenn ich mich an Deck hochzog. Das einzige, wovor ich mich in acht nehmen mußte, war das verdammte helle Licht, das vom Häutungsschuppen herüberleuchtete. Es war so stark, daß man mich von den anderen Häusern her, die am Ufer lagen, erkennen konnte. Aber meine Sorge wegen des Lichtes war gering im Vergleich zu meiner Dankbarkeit für sein Vorhandensein. Auch Onkel Arthur war da draußen in der wilden dunklen See dankbar für jeden Hoffnungsstrahl.

Es war ein Motorboot von etwa fünfzehn Meter Länge und so gebaut, daß es jedem Hurrikan die Stirn bieten konnte. Das Boot war fabelhaft in Ordnung, nichts war an Bord, was nicht hingehörte. Es war ein echtes, gutes Fischerboot. Meine Hoffnung begann zu steigen.

Das zweite Motorboot war ein Spiegelbild des ersten. Bis ins Detail glichen sie einander. Es wäre gelogen, zu behaupten, daß meine Hoffnung plötzlich ins unermeßliche stieg, aber zumindest begann sie sich aus den Niederungen zu erheben, in denen sie sich in der letzten Zeit befunden hatte.

Ich schwamm ans Ufer, verstaute mein Tauchzubehör oberhalb

der Hochwassermarke und machte mich auf den Weg zum Häutungsschuppen. Ich hielt mich immer im Schatten. Im Schuppen waren Winden, Stahlrohre, Fässer und eine Menge fürchterlich aussehender Waffen, die ohne Zweifel zum Enthäuten benutzt wurden. Rollkräne und einige undefinierbare, aber zweifellos harmlose Gegenstände aus Eisen sowie die Überreste einiger Haie und der fürchterlichste Gestank, den ich je erlebt hatte. Fluchtartig verließ ich den Schuppen.

Im ersten Haus fand ich nichts. Ich leuchtete mit meiner Taschenlampe durch ein zerbrochenes Fenster. Der Raum war leer, und es sah so aus, als ob er ein halbes Jahrhundert lang nicht mehr betreten worden wäre. Es war absolut glaubhaft, was Williams mir erzählt hatte, daß dieser kleine Flecken bereits vor dem ersten Weltkrieg verlassen worden war. Nur die Tapeten sahen aus, als wären sie erst gestern angebracht worden. Ein eigenartiges und kaum erklärliches Phänomen der Westlichen Inseln. Die tüchtige Großmutter – in jenen Tagen hätte Großvater um keinen Preis der Welt auch nur einen Finger im Haus gerührt – klatschte einfach irgendeine Tapete für fünfzig Pfennig pro Meter an die Wand, und fünfzig Jahre später wirkte sie noch immer so neu wie an dem Tag, an dem sie sie angeklebt hatte. Das zweite Haus sah genauso verlassen aus.

Im dritten Haus, das vom Häutungsschuppen am weitesten entfernt war, lebten die Haifischer. Eine völlig verständliche Wahl. Möglichst weit fort von dem stinkenden Schuppen! Hätte ich die Wahl gehabt, so hätte ich in einem Zelt auf der anderen Seite der Insel geschlafen. Aber das war meine rein persönliche Reaktion. Vielleicht war der Gestank des Häutungsschuppens für die Haifischer das gleiche, wie es der schreckliche Ammoniakgeruch des flüssigen Dungs für die Schweizer Bauern ist. Der Odem des Lebens! Das Symbol des Erfolges! Meiner Meinung nach kann man für den Erfolg auch einen zu hohen Preis zahlen.

Ich öffnete vorsichtig die ohne Zweifel mit Haiöl gutgeschmierte Tür und ging hinein. Wieder machte ich meine Taschenlampe an. Großmutter hätte an diesem Vorraum keinen Gefallen gefunden, aber Großvater hätte sich bestimmt fröhlich hingesetzt und gewartet, bis sein Bart von Grau in Weiß übergegangen wäre, ohne jemals den Wunsch zu verspüren, wieder zur See zu fahren. Auf der einen Seite der Wand standen Regale voller Nahrungsmittel und ein schäbiges Dutzend Kisten Whisky. Außerdem noch Kisten über Kisten mit Bier. Australier, hatte Williams gesagt. Das wollte ich ihm wohl glauben. Die anderen drei Wände – an denen kaum noch ein Fetzen von Tapete war – waren einer Kunstform überlassen worden, die sich auf keinen besonderen Stil festgelegt hatte und in einer beeindruckenden Vielfalt von Farben prangte. Bilder, die man normalerweise nicht in den besseren Museen und Kunstgalerien findet. Ich muß schon sagen, das wäre nicht unbedingt nach Großmutters Geschmack gewesen.

Ich umging die Möbel, die wohl auch nicht gerade von Kunsttischlern hergestellt worden waren, und öffnete die Tür, die in das Innere des Hauses führte. Dahinter lag ein kleiner Korridor. Zwei Türen zur Rechten, drei zur Linken. Ich nahm an, daß der Chef des Haufens aller Wahrscheinlichkeit nach das größte Zimmer für sich beansprucht hatte, und öffnete vorsichtig eine Tür.

Im Schein der Taschenlampe sah ich einen erstaunlich gut eingerichteten Raum. Ein schöner Teppich, schwere Vorhänge, einige solide Armsessel, Schlafzimmermöbel in Eiche, ein Doppelbett und ein Bücherregal. Eine elektrische Birne mit einem Schirm hing über dem Bett. Diese wilden Australier hielten viel von häuslicher Bequemlichkeit. Neben der Tür befand sich ein Lichtschalter, ich drückte darauf, und das Licht ging an.

In dem Doppelbett lag nur eine Person, aber diese Person füllte es völlig aus. Es ist sehr schwer, die Größe eines Menschen zu schätzen, wenn er liegt. Aber wenn dieser Mann hier sich in einem Raum aufrichtete, der niedriger als einen Meter neunzig wäre, würde er ohne Zweifel eine Gehirnerschütterung bekommen. Er lag mir zugewandt, aber ich konnte nicht viel sehen, weil ihm dicke Strähnen schwarzen Haares übers Gesicht hingen. Außerdem trug er den herrlichsten schwarzen Vollbart, den ich je gesehen hatte. Er schlief fest.

Ich ging zum Bett, stieß ihm mit dem Schaft meiner Pistole in die Rippen, mit genug Druck dahinter, um einen Burschen seiner Größe aufzuwecken, und sagte: »Aufwachen.«

Er wachte auf. Ich trat respektvoll etwas vom Bett zurück. Er rieb sich die Augen mit einem behaarten Unterarm, stützte sich mit beiden Händen auf und setzte sich. Es hätte mich nicht überrascht, wenn er in ein Bärenfell gekleidet gewesen wäre, aber nein, er trug einen sehr geschmackvollen Pyjama, dessen Farbe mir gut gefiel.

Ehrenwerte Bürger, die in den dunkelsten Nachtstunden von einem Fremden, der sie mit einer Pistole bedroht, geweckt werden, reagieren darauf auf verschiedene Weise. Von Angst und Furcht bis zu Wutausbrüchen. Der Mann mit dem Bart reagierte ganz anders. Er starrte mich unter seinen dichten, überhängenden dunkelbraunen Augenbrauen an, und der Ausdruck in seinen Augen erinnerte mich an einen bengalischen Tiger, der sich gerade einen Zehnmetersprung überlegt, um sich sein Mittagessen zu sichern. Ich trat noch ein paar Schritte zurück und sagte: »Versuchen Sie es nicht.«

»Stecken Sie die Pistole weg, Sonnyboy«, erwiderte er. Die grollende Stimme schien aus einer der tiefsten Karlsbader Quellen zu kommen. »Stecken Sie sie weg, sonst muß ich aufstehen, Sie niederschlagen und sie Ihnen wegnehmen.«

»Also nun hören Sie mal«, beschwerte ich mich und fügte höflich hinzu: »Wenn ich sie wegstecke, werden Sie mich dann auch niederschlagen?«

Er überlegte sich das einen Augenblick und verneinte. Dann griff er nach einer großen schwarzen Zigarre und zündete sie an, wobei er die ganze Zeit nicht den Blick von mir wandte. Der beißende Rauch verbreitete sich langsam im Zimmer, aber da es für einen Gast in einem fremden Haus nicht sehr höflich ist, sofort zum nächsten Fenster zu rennen und dies ohne Erlaubnis zu öffnen, tat ich es nicht, obwohl ich nahe dran war. Kein Wunder, daß er den Gestank im Häuteschuppen nicht wahrnahm. Damit verglichen rochen Onkel Arthurs Zigarren ungefähr so wie Charlottes Parfum.

»Bitte, entschuldigen Sie die Störung, sind Sie Tim Hutchinson?«

»Klar, und Sie, Sonnyboy?«

»Philip Calvert. Ich möchte einen Ihrer Bootssender benutzen, um London zu erreichen. Außerdem brauche ich Ihre Hilfe. Wie dringend, können Sie sich gar nicht vorstellen. Eine Menge Menschenleben und einige Millionen Pfund können in den nächsten vierundzwanzig Stunden verloren sein.«

Er beobachtete, wie eine besonders scheußliche Wolke seines Giftgases langsam zur Decke stieg, dann richtete er seine Augen wieder auf mich. »Sind Sie ein kleiner Spaßmacher?«

»Sie großer schwarzer Affe, ich mache keinen Spaß; wenn wir schon gerade dabei sind, hören wir auch gleich mit diesem blödsinnigen Sonnyboy auf, Timothy.«

Er beugte sich vor, und die tiefsitzenden kohlschwarzen Augen waren durchaus nicht so freundlich, wie ich es mir gewünscht hätte. Dann schüttelte er sich mit einem Lachen: »Touché, wie meine französische Erzieherin zu sagen pflegte. Vielleicht machen Sie wirklich keinen Spaß. Was sind Sie, Calvert?«

Hier stand ich wieder vor derselben Frage. Dieser Mann würde seine Hilfe nur gegen die Wahrheit anbieten. Und er sah mir wie ein Mann aus, dessen Unterstützung sich lohnen würde. Und so sagte ich zum zweitenmal in dieser Nacht und zum zweitenmal in meinem Leben: »Ich bin Agent des britischen Geheimdienstes.« Ich war nur froh, daß Onkel Arthur da draußen auf der wilden See um sein Leben kämpfte. Sein Blutdruck war sowieso nicht gerade vorschriftsmäßig, und das, was ich eben getan hatte, und noch dazu zweimal in einer Nacht, könnte genügen, um ihn umkippen zu lassen.

Der Australier überlegte sich meine Antwort einige Zeit und sagte dann: »Vom Geheimdienst. Ich glaube, Sie sind wirklich dabei, oder Sie sind ein Verrückter. Aber ihr sagt das doch nie.«

»Ich mußte es. Es wäre sowieso klargeworden, wenn ich Ihnen jetzt sage, was ich Ihnen sagen muß.«

»Ich ziehe mich rasch an und bin in spätestens zwei Minuten vorn bei Ihnen. Nehmen Sie sich inzwischen einen Whisky.« Der Bart zitterte, ich nahm an, daß er grinste. »Sie werden dort bestimmt einen finden.«

Ich ging hinaus und fand einen, wonach ich mir einen Rundgang durch die Kunstgalerie von Craigmore leistete. Damit war ich noch beschäftigt, als Tim Hutchinson hereinkam. Er war völlig in Schwarz gekleidet. Hosen, Seemannshemd, Mantel und Wasserstiefel. Betten täuschen wirklich. Er hatte wahrscheinlich die Größe von ein Meter neunzig bereits mit zwölf Jahren überschritten und gerade erst aufgehört zu wachsen. Er blickte auf die Bilder und grinste.

»Wer hätte das wohl jemals gedacht?« sagte er. »Guggenheim und Craigmore. Beides Pflegestätten der Kultur. Finden Sie nicht auch, daß die eine dort mit den Ohrringen beinah unschicklich viel anhat?«

»Sie müssen ohne Zweifel die größten Galerien der Welt abgeklappert haben«, sagte ich ergeben.

»Ich bin kein Kenner, Renoir und Matisse, das sind die Leute, die ich mag.« Das war so unwahrscheinlich, daß es gerade deshalb stimmen mußte. »Sie sahen mir so aus, als ob Sie es eilig hätten. Ich möchte vorschlagen, alles Unwesentliche wegzulassen.«

Ich ließ alles Unwesentliche fort. Im Gegensatz zu MacDonald und Charlotte aber erfuhr Hutchinson nicht nur die Wahrheit, sondern die ganze, volle Wahrheit.

»Donnerwetter, wenn das nicht die verdammteste Geschichte ist, die je ein Mann gehört hat. Und genau hier unter unserer Nase.« Es war manchmal schwer festzustellen, ob Hutchinson ein Australier oder ein Amerikaner war – ich erfuhr später, daß er viele Jahre in Florida Thunfische gefangen hatte. »Also Sie waren heute nachmittag in dem Grashüpfer da oben. Sie müssen einen verdammt ungemütlichen Tag gehabt haben. Ich nehme die Sonnyboy-Bemerkung zurück. Es war eine Bemerkung, die ich aus meiner schlechten Laune heraus machte. Was wollen Sie von mir, Calvert?«

Ich sagte ihm, was ich wollte, seine persönliche Unterstützung heute nacht und seine Mannschaft und Boote für die nächsten vierundzwanzig Stunden sowie die sofortige Benutzung seines Senders. Er nickte.

»Sie können mit uns rechnen. Ich sag' den Jungens Bescheid, und Sie können sofort den Sender benutzen.«

»Ich würde lieber zu allererst mit Ihnen zu unserem Boot hinausfahren«, sagte ich, »und Sie dort lassen, um selbst dann hierher zurückzukommen und zu senden.«

»Sie scheinen wenig Vertrauen zu Ihrer Besatzung zu haben, wie?

»Ich erwarte jeden Augenblick, daß der Bug der ›Firecrest‹ uns hier die Haustür einschlägt.«

»Ich weiß noch etwas Besseres. Ich hole ein paar Jungens aus den Betten, wir nehmen die ›Charmaine‹ – das ist das Motorboot, das dem Häutungsschuppen am nächsten liegt – und fahren zur ›Firecrest‹ raus. Ich werde an Bord gehen, und wir werden umherkreuzen, bis Sie Ihre Nachricht durchgegeben haben. Dann kommen Sie an Bord der ›Firecrest‹, während die Jungens die ›Charmaine‹ wieder zurückbringen.«

Ich dachte an die tobenden weißen Brecher außerhalb des sogenannten Hafens und sagte: »Wird es nicht zu gefährlich sein, mit einem Motorboot in einer solchen Nacht hinauszufahren?«

»Was soll denn an einer Nacht wie dieser dran sein? Das ist eine schöne frische Nacht. Sie könnten gar keine bessere erwarten. Das ist überhaupt nichts. Ich habe die Jungens schon gesehen, wie sie hier in einer schwarzen Dezembernacht um sechs Uhr abends ein Boot in einem Sturm hinausgefahren haben.«

»Was für ein alarmierender Anlaß war das?«

»Zugegeben, ein sehr ernster.« Er grinste. »Unsere Vorräte waren zu Ende gegangen, und die Jungens wollten unbedingt noch in Torbay sein, ehe die Kneipen geschlossen wurden. Also los, Calvert.«

Ich sagte nichts mehr. Es war äußerst beruhigend, Hutchinson für den Rest der Nacht bei mir zu wissen. Er wandte sich dem Korridor zu und zögerte. »Zwei der Jungens sind verheiratet. Ich frage mich ...«

»Es besteht keinerlei Gefahr für sie. Außerdem werden sie für ihre Arbeit gut belohnt.«

»Jetzt machen Sie nicht wieder alles kaputt, Calvert.« Seine tiefe, grollende Stimme konnte manchmal ganz weich klingen. »Für so eine Arbeit nehmen wir kein Geld.«

»Ich stelle Sie auch nicht an«, sagte ich müde. Ich hatte mittlerweile genug Leute, die mich bekämpften, und brauchte nicht noch Tim Hutchinson auf deren Seite zu wissen. »Es gibt eine von der Versicherungsgesellschaft ausgesetzte Belohnung. Ich bin angewiesen worden, Ihnen die Hälfte anzubieten.«

»Ah, das ist freilich etwas anderes. Es wird mir eine Freude sein, Versicherungsgesellschaften jederzeit um ihr überflüssiges Geld zu erleichtern. Aber nicht die Hälfte, Calvert. Nicht die Hälfte. Nicht für eine Tagesarbeit und nicht im Hinblick auf all das, was Sie getan haben. Fünfundzwanzig Prozent für Sie und Ihre Freunde.«

»Sie bekommen die Hälfte. Die andere Hälfte wird dazu verwandt werden, all diejenigen zu entschädigen, die bei dieser Sache Schaden erlitten haben. Da gibt es zum Beispiel zwei alte Leute auf Eilean Oran, die für den Rest ihrer Tage wohlhabender sein werden, als sie es sich je erträumten.«

»Und Sie bekommen nichst?«

»Ich bekomme mein Gehalt, über dessen Höhe ich lieber nicht sprechen möchte, da es sich hier um einen wunden Punkt handelt. Beamten ist es nicht gestattet, Belohnungen anzunehmen.«

»Wollen Sie damit sagen, daß Sie sich niederschlagen und abschießen lassen, daß Sie fast ertrinken und daß außerdem noch Mordanschläge auf Sie verübt worden sind, und das alles nur für einen lausigen Monatslohn? Sind Sie überhaupt noch zu retten, noch normal, Calvert? Warum, zum Teufel, tun Sie das?«

»Das ist keine sehr originelle Frage. Ich stelle sie mir beinah zwanzigmal am Tag. In den letzten Tagen sogar häufiger. Es ist Zeit, daß wir uns auf den Weg machen.«

»Ich wecke die Jungens. Sie werden verrückt, wenn sie an die goldenen Uhren denken und was die Burschen von der Versicherung sonst noch locker machen werden. Die Uhren müssen natürlich graviert werden, darauf bestehen wir.«

»Die Belohnung wird in bar sein und nicht in Sachwerten bestehen. Es kommt darauf an, wieviel von dem gestohlenen Gut gefunden werden kann. Wir können ziemlich sicher sein, die gesamte Ladung der ›Nantesville‹ zu erbeuten. Vielleicht sogar alles. Die Belohnung sieht zehn Prozent vor, das bedeutet fünf Prozent für Sie. Das Minimum, das Sie und Ihre Leute bekommen werden, ist vierhundert, das Maximum achthundertfünfzig. Ich meine achthundertfünfzigtausend Pfund.«

»Sagen Sie das noch mal.« Er sah aus, als ob der Londoner Fernsehturm gerade auf ihn niedergestürzt wäre. So sagte ich es noch einmal. Und nach einiger Zeit sah er nur noch so aus, als ob ein Telegrafenmast ihn erschlagen hätte. Dann sagte er vorsichtig: »Bei solchen Beträgen kann ein Mann eine ganze Menge Unterstützung erwarten. Sagen Sie kein Wort mehr, schlagen Sie sich alle Gedanken aus dem Kopf, in der Zeitung nach einem solchen Mann zu inserieren. Tim Hutchinson ist Ihr Mann.«

Ohne Zweifel war Tim Hutchinson mein Mann. In einer pechfinsteren Nacht wie dieser, mit strömendem Regen und immer dichter werdendem Nebel, der es unmöglich machte – zumindest für mich – zwischen einem normalen Brecher und einer Welle, die über ein Riff ging, zu unterscheiden, war Tim Hutchinson mein Mann. Und für eine halbe Million sogar billig ...

Er war einer der ganz wenigen Menschen, die für die See geboren waren und denen die See die wahre Heimat ist. Zwanzig Jahre täglichen Übens und Verbesserns unter allen möglichen Bedingungen kamen zu dieser seltenen Gabe hinzu, die einem angeboren sein muß. Nur dann kann man so werden. Genauso wie die großen Rennfahrer der Grands Prix, die Carraciolas und Nuvolaris und Clarks, auf einer Ebene stehen, die selbst ausgezeichneten Fahrern schneller Wagen unbegreiflich ist, genauso benahm sich Hutchinson auf einer Ebene, die selbst den besten Amateur-Jachtsportlern unbegreiflich bleiben mußte. Selbst wenn man alle Jachtclubs und olympischen Jachtteams der ganzen Welt durchsuchte, würde man solche Männer nicht finden. Man findet sie selbst unter den berufsmäßigen Tiefseefischern nur selten.

Die riesigen Hände berührten kaum das Steuer! Er besaß die Nachtsicht einer Eule und ein Ohr, das unfehlbar unterscheiden konnte, ob sich die Wellen in der offenen See oder auf Riffs oder an Land brachen. Er konnte die Größe und Richtung von Brechern, die aus der Dunkelheit und aus dem Nebel auf uns zukamen, abschätzen und die Geschwindigkeit entsprechend variieren. In ihm befand sich ein eingebauter Computer, der Wind, Gezeiten, Strömungen und eigene Geschwindigkeit sofort in Beziehung zueinander setzte und der es ihm ermöglichte, stets genau zu wissen, wo er war. Und ich bin bereit zu schwören, daß er Land einfach riechen konnte, während wir alle unter den Wolken der großen schwarzen Zigarren, die ein untrennbarer Bestandteil des Mannes waren, litten und fast gelähmt wurden. Man mußte nur zehn Minuten neben ihm stehen, um zu erkennen, daß man von Navigation nichts verstand. Eine deprimierende Erkenntnis.

Er fuhr die ›Charmaine‹ zwischen Scylla und Charybdis unter voller Fahrt durch den gefährlichen Hafeneingang hinaus. Schäumende, weißgischtige Riffe starrten kaum einen Meter von uns entfernt zu beiden Seiten aus dem Wasser. Er schien sie nicht einmal zu bemerken. Auf jeden Fall sah er nicht nach ihnen hin. Die beiden »Jungens«, die er mitgebracht hatte, massive Brocken von etwa einsfünfundachtzig, gähnten ausgiebig. Hutchinson hatte die ›Firecrest‹ hundert Meter früher gesehen, ehe ich mir überhaupt einzubilden wagte, ich hätte vielleicht einen Umriß erblickt, und brachte die ›Charmaine‹ so sauber neben sie zu liegen, wie ich meinen Wagen – und das nur bei hellem Tageslicht, und zwar an einem Tag, an dem ich in Form war – am Straßenrand hätte parken können. Ich ging an Bord der ›Firecrest‹, zum Entsetzen von Onkel Arthur und Charlotte, die nicht das leiseste Geräusch bei unserer Ankunft gehört hatten. Ich erklärte die Situation, stellte Hutchinson vor und fuhr wieder zurück. Fünfzehn Minuten später, nachdem ich meine Nachricht durchgegeben hatte, war ich wieder an Bord der ›Firecrest‹.

Onkel Arthur und Tim Hutchinson waren bereits innigst befreundet. Der bärtige australische Gigant war extrem höflich und respektvoll. Bei jedem zweiten Satz nannte er Onkel Arthur »Admiral«, und Onkel Arthur schien ganz begeistert und sehr erleichtert, ihn an Bord zu haben. Ich fühlte, daß das ein Armutszeugnis für meine eigenen Qualitäten als Seemann darstellte, und ich hatte zweifellos recht.

»Wohin fahren wir jetzt?« fragte Charlotte Skouras. Ich war etwas enttäuscht, daß sie genauso erleichtert war wie Onkel Arthur.

»Dubh Sgeir, um Lord Kirkside und seiner charmanten Tochter unsere Aufwartung zu machen.«

»Dubh Sgeir!« Das schien sie zu verwundern. »Sie sagten doch, daß die Antwort in Eilean Oran und Craigmore zu suchen sei?«

»Ja, das sagte ich. Die Antworten auf einige der grundlegenden ersten Fragen. Aber das Ende der Straße führt nach Dubh Sgeir und zum Anfang des Regenbogens.«

»Sie sprechen in Rätseln«, erwiderte sie ungeduldig.

»Für mich nicht, durchaus nicht«, sagte Hutchinson jovial. »Das Ende des Regenbogens, Madame, das ist der Ort, wo der Topf mit dem Gold liegt.«

»Jetzt und in diesem Augenblick bin ich bereit, mit einem Topf Kaffee zufrieden zu sein«, erklärte ich. »Kaffee für vier, und ich werde ihn mit meinen eigenen geschickten Händen zubereiten.«

»Ich glaube, ich gehe lieber schlafen«, sagte Charlotte. »Ich bin sehr müde.«

»Ich habe Ihren Kaffee trinken müssen«, sagte ich drohend, »und jetzt trinken Sie meinen. Fair ist fair.«

»Wenn Sie sich beeilen.«

Ich beeilte mich. Ich hatte vier Tassen auf einem kleinen Metalltablett in Null Komma nichts fertig. Eine starke Mischung aus Pulverkaffee, Milch und Zucker in allem. Und in einer Tasse noch etwas extra. Keiner beschwerte sich über den Kaffee. Hutchinson trank seine Tasse aus und sagte: »Ich sehe eigentlich keinen Grund, warum Sie drei nicht ein bißchen ruhen sollten. Es sei denn, Sie glauben, daß ich Hilfe brauche?«

Niemand glaubte, daß er Hilfe brauchte. Charlotte Skouras war die erste, die ging. Sie sagte, daß sie sehr müde sei, was ich nicht bezweifelte. Onkel Arthur und ich gingen kurz danach. Tim Hutchinson versprach mir, mich zu rufen, wenn wir uns dem Landeplatz an der Westseite von Dubh Sgeir näherten. Onkel Arthur wickelte sich auf der Couch im Salon in eine Decke, und ich ging in meine eigene Kabine.

Ich lag etwa drei Minuten, dann stand ich auf, nahm eine dreieckige Feile, öffnete leise meine Kabinentür und klopfte an Charlottes Tür. Ich bekam keine Antwort, öffnete daraufhin die Tür und ging hinein. Leise schloß ich sie wieder und machte Licht.

Sie schlief wirklich. Sie war Millionen Meilen weit weg. Sie hatte es nicht einmal mehr bis zum Bett geschafft, sondern lag völlig angekleidet auf dem Teppich. Ich legte sie ins Bett und breitete ein paar Decken über sie. Dann schob ich einen Ärmel hoch und untersuchte die Male, die das Seil hinterlassen hatte.

Es war keine sehr große Kabine, und ich brauchte nur eine Minute, um das zu finden, wonach ich suchte.

Es war eine erfreuliche Abwechslung für mich, ohne diesen verdammten feuchten Taucheranzug von der ›Firecrest‹ an Land zu gehen.

Wie es Tim Hutchinson gelungen war, den alten Steinpier im Regen, Nebel und in der Dunkelheit zu finden, lag außerhalb meines Begriffsvermögens – wenn er es mir nicht später in der Nacht erzählt hätte. Er schickte mich mit einer Lampe in der Hand zum Bug, und ich will verdammt sein, wenn mir das Ding nicht aus der Dunkelheit entgegenschien, als ob er den Pier mit Radar angesteuert hätte. Er schaltete die Maschine auf Rückwärtslauf, brachte das Schiff bis auf einen halben Meter heran und wartete, bis ich den richtigen Absprungmoment gefunden hatte. Dann ging er mit voller Kraft nach rückwärts und verschwand im Nebel und in der Dunkelheit. Ich versuchte mir vorzustellen, wie etwa Onkel Arthur diese Situation gemeistert hätte, aber in diesem Fall versagte meine Vorstellungsgabe. Gott sei Dank schlief Onkel Arthur den Schlaf der Gerechten. Er war sicherlich tausend Meilen entfernt und träumte, er läge in seinem Bett im Londoner Westend.

Der Weg vom Landungssteg bis zu dem darüberliegenden Plateau war steil und steinig. Und man hatte unvorsichtigerweise vergessen, ein Geländer zur Seeseite hin anzubringen. Ich war keineswegs schwer beladen, alles, was ich außer dem Gewicht meiner eigenen Jahre zu tragen hatte, war eine Taschenlampe, eine Pistole und ein Seil. Ich hatte weder die Absicht noch die Erwartung, einen Kraftakt à la Douglas Fairbanks an den äußeren Befestigungen des Schlosses von Dubh Sgeir auszuführen, aber die Erfahrung hatte mich gelehrt, daß ein Seil das wesentlichste Ausrüstungsstück ist, wenn man sich auf eine Insel mit Steilabhängen begibt. Trotz allem war ich ziemlich außer Atem, als ich die Spitze erreichte.

Ich wandte mich nicht dem Schloß zu, sondern ging nach Norden, die Grasnarbe entlang, die zur Klippe am Nordende der Insel führte. Es war der Streifen, von dem der älteste Sohn von Lord Kirkside, zusammen mit seinem zukünftigen Schwager, in seinem Flugzeug an dem Tag aufgestiegen war, an dem die beiden verschwanden. Derselbe Streifen, über den Williams und ich nach unserem Gespräch mit Lord Kirkside und dessen Tochter vor weniger als zwölf Stunden geflogen waren. Der Streifen am äußersten nördlichen Ende, auf dem ich mir einbildete, das gesehen zu haben, was ich zu sehen wünschte. Ich war mir aber noch nicht ganz sicher und wollte mich jetzt vergewissern.

Der Streifen war weich und eben, und ich kam gut vorwärts, ohne daß ich die große Gummistablampe, die ich bei mir hatte, benutzen mußte. So nahe am Schloß hätte ich sowieso nicht gewagt, sie zu benutzen. Von dorther war zwar kein Licht zu sehen, aber das war keine Garantie, daß die Gottlosen nicht trotzdem eine ständige Wache aufgestellt hatten. Ich stolperte über etwas Warmes, Weiches, Lebendiges und fiel hart auf den Boden.

Meine Nerven waren nicht mehr so gut wie vor achtundvierzig Stunden, und meine Reaktionen waren dementsprechend. Ich hatte das Messer in der Hand und wollte ihn fertigmachen, ehe er auf die Beine kam. Auf seine vier Beine. Er strömte etwas von dem penetranten Aroma aus, das Tim Hutchinsons Häutungsschuppen verbreitete. Es soll mir einer erklären, warum eine Bergziege, die sich doch unentwegt an Chlorophyll labt, so stinken kann. Ich sagte ein paar versöhnliche Worte zu meinem vierbeinigen Freund, und diese schienen nicht ohne Wirkung zu bleiben, denn er versuchte nicht, mich mit seinen Hörnern zu stoßen. Ich ging weiter.

Eine solche erniedrigende Begegnung, stellte ich grimmig fest, passiert niemals den Männern vom Schlag Errol Flynns. Ferner, falls Errol Flynn bei einem solchen kleinen Sturz jemals eine Taschenlampe bei sich gehabt hätte, wäre diese nie entzweigegangen, und hätte er auch eine Kerze getragen, sie hätte hell in der Dunkelheit weitergebrannt. Aber nicht meine Taschenlampe. Nicht meine gummiverkleidete, mit Gummi abgesicherte Birne aus Plexiglas. Garantiert bruchsicher. Sie war kaputt. Ich holte eine bleistiftgroße Lampe aus der Tasche und versuchte sie unter meiner Jacke. Ich hätte mir die Vorsicht sparen können. Selbst ein Glühwurm hätte sie ausgelacht. Ich steckte sie wieder in die Tasche und ging weiter.

Ich wußte nicht, wie weit ich von dem verhängnisvollen Klippenende noch entfernt war. Deshalb warf ich mich zu Boden und kroch auf allen vieren vorwärts. Innerhalb von fünf Minuten erreichte ich das Klippenende und fand fast augenblicklich, wonach ich gesucht hatte. Die Kerbe war etwa fünfzig Zentimeter breit und zehn Zentimeter tief. Die Spuren waren frisch, aber nicht zu frisch. Das Gras war an den meisten Stellen wieder gewachsen. Der Zeitabschnitt mußte ungefähr stimmen. Es war die Spur, die der Rumpf des Flugzeugs hinterlassen hatte, als es unbemannt gestartet worden war. Es hatte nicht genügend Geschwindigkeit gehabt, um sich in die Luft zu erheben, und war über das Klippenende gestürzt, wobei es diese Spur hinterlassen hatte, als es vornüber kippte. Das war alles, was ich brauchte. Das, den beschädigten Boden des Bootes der Oxford-Expedition und die dunklen Ringe unter den blauen Augen von Sue Kirkside. Hier war kein Zweifel möglich.

Ich hörte ein leises Geräusch hinter mir. Selbst ein einigermaßen kräftiger Fünfjähriger, der mich an den Beinen packte, hätte mich, ohne daß ich etwas dagegen tun könnte, über den Klippenrand stoßen können. Aber vielleicht war es auch mein vierbeiniger Freund von vorhin, der sich für die rohe Unterbrechung seines Nachtschlafes rächen wollte. Ich warf mich herum, Taschenlampe und Pistole in den Händen. Es war wirklich mein Freund. Seine gelben Augen starrten unheilvoll in die Nacht. Aber dieser Ausdruck täuschte. Er war nur neugierig oder freundlich, oder auch beides. Ich schob mich langsam zurück, bis ich nicht mehr von ihm gestoßen werden konnte, streichelte dann leise seinen Kopf und machte mich davon.

Wenn das so weiterging, würde ich, noch ehe die Nacht vorüber war, einem Herzschlag erliegen.

Es hatte mittlerweile aufgehört zu regnen, und auch der Wind hatte stark nachgelassen. Zum Ausgleich hierfür war der Nebel schlimmer denn je. Er umgab mich völlig, und ich konnte kaum einen Meter weit sehen. Ich dachte daran, wie es wohl Hutchinson in diesem Wetter ergehen würde, schob aber den Gedanken schnell wieder von mir. Ich hatte keinen Zweifel, daß er seinen Job wesentlich besser verstand als ich den meinen. Ich hielt mich so, daß der Wind von der rechten Seite kam, und ging auf das Schloß zu. Unter meinem Gummiregenmantel war mein letzter Anzug völlig verschmutzt. Das Ministerium würde eine ziemlich hohe Reinigungsrechnung zu bezahlen haben.

Wie ein Blinder wäre ich fast gegen die Schloßmauer gelaufen, ehe ich sie im letzten Moment bemerkte. Ich war mir nicht sicher, ob ich mich rechts oder links vom Eingangstor auf der dem Land zugewandten Seite befand. Daraufhin ging ich vorsichtig nach links, um es zu erkunden. Nach etwa drei Meter fiel die Mauer rechtwinklig zu einer anderen Mauer ab. Das bedeutete, daß ich mich an der linken östlichen Seite des Tores befand. Ich begann mich nach rechts zu tasten.

Es war gut, daß ich auf dieser Seite angekommen war. Wäre ich auf die rechte Seite geraten, hätte der Wind anders gestanden, und ich hätte den Tabaksrauch nicht riechen können. Kein besonders starker Tabak, nicht so kräftig wie der Rauch von Onkel Arthurs Zigarren und absolut schwächlich im Vergleich zu Tim Hutchinsons tragbaren Giftgasfabriken, aber trotz allem Tabaksrauch. Am Tor rauchte jemand eine Zigarette. Es ist ein absolut richtiger Grundsatz, daß Wachtposten niemals rauchen sollten. Mit dem hier konnte ich fertig werden. Ich war niemals darin unterwiesen worden, wie man mit Bergziegen an einem Klippenrand umzugehen hat, aber mit solchen Problemen hatten sie mich bis zum Überdruß vertraut gemacht.

Ich hielt meine Pistole am Lauf und schlich vorwärts. Er stand gegen eine Ecke des Tores gelehnt, ein kaum wahrnehmbarer Umriß, aber seine Position wurde durch das Zigarettenende klar bestimmbar. Ich wartete, bis er die Zigarette zum drittenmal zum Mund führte, und als sie am hellsten aufleuchtete, wodurch seine Nachtsicht am meisten geschwächt war, machte ich einen Schritt vorwärts und schlug mit aller Kraft mit dem Revolverkolben zu, genau dorthin, wo nach präziser Berechnung die Schädeldecke eines normalen Menschen sein mußte.

Er fiel gegen mich. Ich fing ihn auf, und etwas stieß mir schmerzhaft gegen die Rippen. Da ließ ich ihn fallen und entfernte den Gegenstand, der sich in meinem Mantel verfangen hatte. Es war ein Bajonett, und noch dazu ein Bajonett mit einer äußerst unangenehmen Spitze. An dem Bajonett befand sich ein Enfield-Gewehr Kaliber 303. Äußerst militärisch. Das war mehr als eine reine Routinevorsichtsmaßnahme. Unsere Freunde begannen ängstlich zu werden, und ich hatte keine Möglichkeit zu erfahren, wieviel sie wußten oder mutmaßten. Die Zeit ging für sie zu Ende, genauso wie sie für mich zu Ende ging. In ein paar Stunden würde der Tag anbrechen.

Ich nahm das Gewehr und ging vorsichtig bis zum Klippenende, das Bajonett stieß dabei vor mir gegen die Erde. Langsam wurde ich ganz geschickt und lernte es, nicht mehr über die Klippen zu stolpern. Mit einem Gewehr und einem Bajonett vor sich, sind es mindestens eineinhalb Meter, die man abtasten kann, bevor man zu dem Punkt kommt, wo die Ewigkeit beginnt. Ich fand das Klippenende und ging zurück, drehte das Gewehr um und machte damit zwei parallel laufende Spuren in den morastigen Boden. Beide endeten genau am Klippenende. Dann wischte ich den Kolben ab und legte das Gewehr auf den Boden. Wenn der Tag anbrach und die Wachtposten ausgewechselt wurden, hoffte ich, daß man die richtigen Schlüsse ziehen würde.

Ich hatte ihn nicht so schwer getroffen, wie ich geglaubt hatte. Er begann sich zu bewegen und leise zu stöhnen, als ich zu ihm zurückkam. Das war nur gut, denn sonst hätte ich ihn tragen müssen, und ich war durchaus nicht in der Lage, jemanden zu tragen. Ich stopfte ihm ein Taschentuch in den Mund, und das Stöhnen hörte auf. Keine feine Art, denn ein geknebelter Mann, der eine Kopfgrippe oder die Nase voller Polypen hat, kann innerhalb von vier Minuten ersticken. Ich hatte aber keine Möglichkeit, bei ihm eine diesbezügliche Untersuchung durchzuführen. Es galt seine Gesundheit oder meine.

Innerhalb von zwei Minuten war er auf den Beinen. Er versuchte weder fortzulaufen noch Widerstand zu leisten. Denn mittlerweile waren seine Fußgelenke mit einem kurzen Strick gefesselt und seine Hände hinter dem Rücken zusammengebunden; der Lauf meiner Automatik drückte sich in seinen Nacken. Ich sagte ihm, daß er gehen solle, und er ging. Etwa zweihundert Meter entfernt, ungefähr am Ende des Weges, der zur Landestelle hinunterging, führte ich ihn vom Weg fort, band ihm die Fußgelenke und die Hände zusammen und ließ ihn liegen. Er schien mir ohne große Schwierigkeiten zu atmen.

Es waren keine anderen Wachen mehr da, zumindest nicht am Haupttor. Ich überquerte den leeren Hof und kam zur Haupttür. Sie war zu, aber nicht verschlossen. Ich ging hindurch und ärgerte mich, daß ich den Wachtposten nicht nach einer Taschenlampe durchsucht hatte, die er aller Wahrscheinlichkeit nach bei sich gehabt hatte. Die Vorhänge mußten alle zugezogen sein, denn die Dunkelheit in der Halle war vollkommen. Ich hatte keine große Lust, mich in der Halle eines schottischen Barons in totaler Finsternis zurechtzufinden, denn das Risiko, plötzlich eine alte Ritterrüstung mit klirrendem Getöse zu Boden zu werfen oder mich auf die Schilder zu setzen, von zweischneidigen Schwertern oder Geweihen durchbohrt zu werden, war mir zu groß. Ich nahm meine winzige Lampe heraus, aber der Glühwurm schien am Verenden zu sein. Selbst als ich sie gegen meine Armbanduhr hielt, war es unmöglich, das Zifferblatt zu erkennen.

Ich hatte gestern von der Luft aus gesehen, daß das Schloß in symmetrischer Vollkommenheit um drei Seiten eines Rechteckes errichtet worden war. Es war deshalb anzunehmen, daß – da die Hauptpforte genau in der Mitte des zentralen, der See zugekehrten Flügels war – sich die Haupttreppe der Pforte gegenüber befinden würde. Es war also gleichfalls zu erwarten, daß in der Mitte der Halle weder alte Rüstungen noch Schwerter aufgestellt waren.

So war es denn auch. Erst kamen zehn breite flache Stufen, und dann zweigte die Treppe nach rechts und links ab. Ich wählte den Weg nach rechts, da ich über mir auf dieser Seite einen schwachen Lichtstrahl wahrnahm. Sechs Stufen nach rechts, wieder eine Biegung nach rechts, acht weitere Stufen, und ich war auf dem Flur angekommen. Vierundzwanzig Stufen und nicht das leiseste Geräusch. Ich segnete im stillen den Architekten, der Marmor als Material für die Treppe ausgesucht hatte.

Der Lichtschein wurde jetzt merklich stärker. Ich folgte der Richtung, aus der er kam, und erreichte eine Tür, die knapp zwei Zentimeter offen stand. Behutsam sah ich durch den Türspalt. Alles, was ich erkennen konnte, war die Ecke eines Schrankes, ein Stück Teppich, ein Bettende und endlich ein schmutziger Stiefel. Ich hörte ein leises Röcheln, ungefähr so, als befände sich in einiger Entfernung eine Kesselfabrik. Ich stieß die Tür auf und ging hinein.

Ich war gekommen, um Lord Kirkside zu suchen. Wer auch immer das hier war, auf keinen Fall war es Lord Kirkside. Was auch immer seine Gewohnheiten sein mochten, es war ziemlich sicher, daß er nicht mit Stiefeln, Hosenträgern und einer Sportmütze ins Bett zu gehen pflegte. Auch ein Gewehr mit aufgepflanztem Bajonett, das dieser Bursche hier neben sich auf der Decke liegen hatte, konnte ich mir nicht als die normale Schlafausrüstung des edlen Lords vorstellen. Ich konnte sein Gesicht nicht erkennen, da es durch die Mütze bis zur Nase verdeckt wurde. Auf dem Nachttisch neben ihm lag eine Taschenlampe, und eine halbvolle Whiskyflasche rundete das Bild ab. Nirgendwo war ein Glas zu erblicken. Das wenige, das ich von dem Schlafenden erkennen konnte, ließ mich zu dem Schluß kommen, daß es sich bei ihm um einen jener Charaktere handelte, deren simple Lebenslust noch nicht durch den Einfluß von Konventionen unserer modernen Zivilisation gestört war. Ein getreuer Wachtposten, der sich pflichtbewußt auf die Schwere seiner kommenden Wache in einer rauhen schottischen Hochlandnacht vorbereitet hat. Aber er würde kaum zur rechten Zeit seinen Platz einnehmen können, da es niemanden gab, der ihn wecken würde. So wie er auch aussah, müßte er sich glücklich schätzen, wenn er um die Mittagsstunde wieder auf sein würde.

Es bestand lediglich die Möglichkeit, daß er sich selbst aufwecken würde. Die Urlaute, die er beim Schnarchen ausstieß, waren laut genug, um selbst Tote wieder zu erwecken. Er machte auf mich den Eindruck, zu jenen Menschen zu gehören, die, aus ihrem Rausch erwacht, sich sofort wieder auf die Flasche stürzen, um ihren Durst zu stillen. Deshalb öffnete ich die Flasche und ließ etwa ein halbes Dutzend der Tabletten, die mir mein pharmazeutischer Freund in Torbay freundlicherweise gegeben hatte, hineinfallen. Dann verschloß ich die Flasche wieder, nahm seine Taschenlampe an mich und ging.

Hinter der nächsten Tür zur Linken lag ein Badezimmer. Ein schmutziges Waschbecken, ein von Wasser verspritzter Spiegel, zwei mit Schaum bedeckte Rasierpinsel, ein Topf mit Rasierseife, dessen Deckel daneben lag, und auf dem Boden zwei Handtücher, die in sehr früher Vergangenheit einmal weiß gewesen sein müssen. Das Bad selbst war unberührt und blitzsauber. Dies war offensichtlich der Ort, wo sich die Wachen frisch zu machen pflegten.

Der nächste Raum war genauso schmutzig und unordentlich wie der des Wachtpostens. Vermutlich war es das Zimmer des Mannes, den ich draußen zwischen Gras und Steinen deponiert hatte.

Ich ging nun weiter nach links auf die in der Mitte der Etage liegenden Zimmer zu. Hier mußte eigentlich Lord Kirkside sein Zimmer haben. So war es auch, aber er war nicht zu Hause. Das nächste Zimmer gehörte ohne Zweifel ihm, schon ein Blick in den Schrank bestätigte mir das. Aber sein Bett war unberührt.

Der nächste Raum in diesem symmetrisch gebauten Haus war Lord Kirksides Badezimmer. Hier hätten sich die Wachleute auf keinen Fall wohl gefühlt. Die beinah antiseptische Sauberkeit war ein klarer Hinweis auf den Aristokraten. An der Wand befand sich ein Medizinschrank. Ich holte mir einen Streifen Heftpflaster heraus und verklebte damit die Taschenlampe, bis sie nur noch einen ganz schmalen Schein ausstrahlte. Den Rest des Pflasters steckte ich in meine Tasche.

Die nächste Tür war verschlossen, aber Schlösser, die aus der Zeit stammten, in der Schloß Dubh Sgeir erbaut worden war, waren für mich wirklich kein Problem. Ich entnahm meiner Tasche den besten Dietrich der Welt – ein längliches Stück steifes Zelluloid. Ich steckte es zwischen Tür und Pfosten, in der Höhe des Türschloßbolzens, zog den Türgriff in Richtung auf die Scharniere und bewegte den Dietrich. Dann ließ ich den Griff los, wiederholte noch einmal die ganze Prozedur und stand dann mucksmäuschenstill. Das Geräusch hätte eventuell meinen schlafenden Freund, den Wächter, aufwecken können, auf jeden Fall müßte es die Person, die sich im Zimmer befand, geweckt haben. Aber ich konnte kein Geräusch, das von irgendeiner Bewegung herrührte, feststellen.

Ich öffnete die Tür einen winzigen Spalt und hielt noch einmal den Atem an. Im Zimmer brannte Licht. Ich vertauschte die Taschenlampe mit der Pistole, ließ mich auf die Knie nieder, duckte mich und öffnete dann die Tür plötzlich weit. Ich stand wieder auf, machte die Tür zu und verschloß sie. Dann ging ich zum Bett hinüber.

Susan Kirkside schnarchte zwar nicht, aber sie schlief genauso tief wie der Mann, den ich gerade verlassen hatte. Ihr Haar war von einem blauen Seidenband zusammengehalten, und ihr Gesicht war ganz klar zu sehen, ein Anblick, der einem während des Tages im allgemeinen verwehrt blieb. Wie ihr Vater gesagt hatte, war sie einundzwanzig Jahre alt, aber wie sie so dalag, tief schlafend, machte sie den Eindruck einer Siebzehnjährigen. Eine Illustrierte, die sie gelesen hatte, war ihr aus den Händen gefallen und lag auf dem Boden. Auf ihrem Nachttisch stand ein halbleeres Glas Wasser und eine Packung rezeptfreier Schlaftabletten. Es schien ziemlich schwer zu sein, in Dubh Sgeir Vergessen zu finden, und ich hatte keine Zweifel, daß es für Susan Kirkside schwerer war als für viele andere.

Von einem Halter neben dem Waschbecken in einer Ecke des Raumes nahm ich ein Handtuch und rieb mir damit den schlimmsten Schmutz und die Feuchtigkeit vom Kopf und vom Gesicht, brachte mit einem Kamm notdürftig die Haare in Ordnung und probierte mein fröhlichstes und selbstsicherstes Lächeln im Spiegel aus. Ich sah aus wie jemand, der steckbrieflich in der ganzen Welt gesucht wird.

Ich brauchte fast zwei Minuten, um sie aufzuwecken oder zumindest aus den Tiefen des Vergessens in eine Art von Halbbewußtsein zurückzuholen. Bis sie wieder ganz bei sich war, dauerte es noch eine weitere Minute, und diese Tatsache rettete mich wahrscheinlich vor einem Schreikrampf. So hatte sie Zeit genug, langsam damit fertig zu werden, daß sich mitten in der Nacht ein Fremder in ihrem Zimmer befand. Nebenbei gesagt, ich hatte mein freundlichstes Lächeln aufgesetzt, und zwar so intensiv, daß meine Backenknochen zu schmerzen anfingen, aber ich glaube kaum, daß das viel half.

»Wer sind Sie? Wer *sind* Sie?« Ihre Stimme zitterte, und ihre noch völlig verschlafenen Augen öffneten sich weit und blickten mich angstvoll an. »Fassen Sie mich nicht an! Tun Sie es nicht ... ich schreie um Hilfe ... ich werde ...«

»Ich werde Sie nicht anfassen, Sue Kirkside. Abgesehen davon, überlegen Sie sich einmal, was Ihnen Schreien hier überhaupt nützen würde. Schreien Sie nicht. So, seien Sie ein braves Mädchen. Überhaupt, sprechen Sie nur im Flüsterton. Ich glaube nicht, daß es sehr klug von Ihnen wäre, sich anders zu verhalten. Sind Sie nicht auch meiner Meinung?«

Einige Sekunden starrte sie mich an, ihre Lippen bewegten sich, als ob sie sprechen wollte, und ganz langsam wich die Furcht aus ihren Augen. Urplötzlich richtete sie sich kerzengerade auf und sagte: »Sie sind Mr. Johnson. Der Mann von dem Hubschrauber.«

»Sie sollten ein bißchen mehr auf sich aufpassen«, sagte ich vorwurfsvoll. »Selbst in den Folies Bergère würde man Sie in diesem Zustand verhaften.« Ihre freie Hand ergriff schnell die Überdecke und zog sie bis ans Kinn, als ich fortfuhr: »Ich heiße Calvert, und ich arbeite für den Staat. Ich bin ein Freund, und ich glaube, daß Sie einen Freund brauchen können, glauben Sie nicht auch, Susan? Sie und Ihr alter Herr ... ich meine natürlich Lord Kirkside.«

»Was wollen Sie denn von mir?« flüsterte sie. »Was tun Sie überhaupt hier?«

»Ich bin hier, um Ihren Sorgen ein Ende zu machen«, sagte ich. »Ich bin hierhergekommen, um mir eine Einladung zu Ihrer Hochzeit mit dem Ehrenwerten John Rollinson zu erbitten! Versuchen Sie, die Hochzeit auf Ende nächsten Monats zu legen, wenn's geht. Um diese Zeit steht mir etwas Urlaub zu.«

»Machen Sie, daß Sie fortkommen.« Ihre Stimme war leis und klang verzweifelt. »Gehen Sie schnell von hier fort, sonst verderben Sie noch alles. Bitte, bitte gehen Sie fort. Ich bitte Sie. Ich bitte Sie darum. Gehen Sie weg. Wenn Sie ein Freund sind, gehen Sie fort. Bitte, bitte, so gehen Sie doch!«

Sie schien tatsächlich zu wünschen, daß ich verschwand. Ich erwiderte: »Ich habe den Eindruck, als ob man Sie alle hier einer ziemlichen Gehirnwäsche unterzogen hätte. Wenn Sie an das Versprechen dieser Kerle glauben, dann glauben Sie von mir aus auch noch an den Weihnachtsmann. Die werden Ihnen niemals gestatten zu verschwinden. Sie können es gar nicht wagen, Sie gehen zu lassen. Sie müssen jedes kleinste Stückchen Beweismaterials und jede Spur vernichten, durch die man auch nur in etwa ihre Identität erfahren könnte. Und das schließt jeden ein, der jemals mit ihnen in Berührung gekommen ist.«

»Das werden sie nicht tun, ganz bestimmt nicht! Ich war dabei, als Mr. Lavorski meinem Vater versprochen hat, daß keinem ein Leid zustoßen würde. Er sagte, daß sie schließlich Geschäftsleute seien und daß Mord nicht zu einem Geschäftsmann passe. Und ich weiß, daß er es ernst meinte.«

»Also Lavorski, was?« So mußte es sein. »Als er es gesagt hat, mag er noch daran geglaubt haben. Er hat sicherlich nichts davon gesagt, daß sie innerhalb der letzten drei Tage vier Menschen umgebracht haben und daß sie während der gleichen Zeit viermal versucht haben, mich zu ermorden.«

»Sie lügen! Sie saugen sich das aus den Fingern. Solche Dinge ... so etwas passiert heutzutage nicht mehr. Haben Sie Erbarmen und lassen Sie uns in Ruhe!«

»So kann wirklich nur die Tochter des Chefs eines der ältesten schottischen Stämme sprechen«, sagte ich barsch. »Ich kann Sie nicht brauchen. Wo ist Ihr Vater?«

»Ich weiß es nicht. Mr. Lavorski und Kapitän Imrie – das ist auch einer von ihnen – haben ihn heute abend gegen 23 Uhr abgeholt. Vater hat mir nicht gesagt, wohin er gehen würde. Er sagt mir überhaupt nichts.« Sie machte eine Pause, nahm die Hände herunter. Ihre Wangen waren gerötet. »Was wollen Sie damit sagen, daß Sie mich nicht brauchen können?«

»Hat er nicht gesagt, wann er zurückkommen würde?«

»Was heißt das, Sie können mich nicht brauchen?«

»Weil Sie noch zu jung und nicht sehr geschickt sind, und weil Sie noch nicht viel von dieser Welt verstehen und deshalb bereit sind, alles zu glauben, was ein Erzschurke Ihnen erzählt. Und vor allem deshalb, weil Sie mir nicht glauben. Sie lehnen es ab, der einzigen Person zu glauben, die in der Lage ist, Sie alle zu retten. Miss Kirkside, Sie sind eine dumme dickschädlige Närrin. Wenn es sich nicht darum drehen würde, daß der Ehrenwerte Rollison von der Pfanne direkt ins Feuer springen muß, würde ich sagen, daß er in bezug auf Sie noch einmal gut davongekommen ist.«

»Was meinen Sie damit?« Es ist für ein bewegliches junges Gesicht schwer, ausdruckslos zu wirken, aber ihr gelang es diesmal.

»Wenn er erst einmal tot ist, dann kann er Sie schließlich nicht mehr heiraten«, sagte ich brutal. »Und er wird sterben. Er wird deshalb sterben, weil Sue Kirkside nichts dagegen unternimmt. Weil sie zu blind war, die Wahrheit zu erkennen, als sie sie sehen konnte.« Ich hatte auf einmal eine Inspiration. Ich rollte meinen Kragen herunter und nahm den Schal ab. »Gefällt Ihnen das?« fragte ich sie.

Es gefiel ihr ganz und gar nicht. Sie wurde ganz blaß. Ich konnte mich selbst in ihrem Boudoir-Spiegel sehen und muß sagen, daß mir der Anblick auch nicht gefiel. Quinns Handarbeit war voll aufgeblüht. Das Kaleidoskop der Farben zeichnete einen vollkommenen Ring um meinen Hals.

»Quinn?« flüsterte sie.

»Sie kennen seinen Namen? Kennen Sie ihn persönlich?«

»Ich kenne alle. Zumindest die meisten. Der Koch hat einmal erzählt, daß Quinn eines Abends, nachdem er zuviel getrunken hatte, sich in der Küche damit brüstete, daß er früher einmal der Untermann einer Kraftgruppe im Zirkus gewesen ist. Er muß sich eines Nachts mit einem seiner Partner gestritten haben. Es ging um eine Frau. Er brachte seinen Partner um. So, genauso.« Sie mußte sich mit aller Gewalt dazu bringen, ihre Augen von meinem Nacken abzuwenden. »Ich dachte . . . ich glaubte, daß es sich dabei nur um Gerede gehandelt hat.«

»Und glauben Sie jetzt noch immer, daß unsere Freunde sich als unbezahlte Missionare der Gesellschaft zur Verbreitung der christlichen Lehren betätigen?« spottete ich. »Kennen Sie Jacques und Kramer?« Sie nickte.

»Ich habe beide heute nacht getötet, nachdem sie einen Freund von mir umgebracht hatten. Sie haben ihm das Genick gebrochen. Danach haben sie versucht, meinen Boß und mich umzulegen. Und dann habe ich noch einen getötet. Er kam aus der Dunkelheit, um uns umzubringen. Ich glaube, sein Name war Henry. Glauben Sie mir jetzt? Oder glauben Sie, daß es sich bei der ganzen Geschichte nur um ein kindliches Ringelspiel handelt, wobei wir alle ein fröhliches Liedchen auf den Lippen haben sollten?«

Meine Schockbehandlung hatte eine fast zu starke Wirkung. Ihr Gesicht war nicht mehr bleich, es war aschfahl. Sie sagte: »Ich glaube, ich muß mich übergeben.«

»Später«, sagte ich kalt. Am liebsten hätte ich sie in die Arme genommen und getröstet: »Gut, schon gut, zerbrich dir jetzt nicht mehr deinen hübschen Kopf, überlaß das alles ruhig deinem alten Onkel Philip, und noch ehe der Tag vorüber sein wird, ist alles wieder in Ordnung.« Es war in der Tat sehr schwer, das nicht zu tun. Statt dessen sagte ich mit der gleichen harten Stimme zu ihr: »Wir haben jetzt keine Zeit für kleine Spielchen. Sie wollen doch schließlich heiraten, oder? Hat Ihnen Ihr Vater gesagt, wann er zurückkommen wird?«

Einen Augenblick sah sie auf das Waschbecken in der Ecke des Zimmers, unsicher, ob sie sich übergeben müsse oder nicht. Dann blickte sie wieder zu mir auf und flüsterte: »Sie sind genauso schlimm wie die anderen Kerle. Sie sind ein fürchterlicher Mensch. Sie sind ein Mörder.«

Ich faßte sie an den Schultern und schüttelte sie. Dann fragte ich sie wütend: »Hat er gesagt, wann er zurückkommen wird?«

»Nein.« Sie sah mich ganz traurig an. Es war schon sehr lange her, daß eine Frau mich so angesehen hatte. Ich ließ meine Hände sinken.

»Wissen Sie, was diese Leute hier überhaupt machen?«

»Nein.«

Ich glaubte ihr. Ihr alter Herr würde es wissen, hatte ihr aber sicherlich nichts davon gesagt. Der Scharfsinn verbot Lord Kirkside, daran zu glauben, daß seine ungebetenen Gäste ihn einfach verlassen würden, ohne Opfer zu fordern. Vielleicht spielte er nur ein verzweifeltes Spiel, wobei er hoffte, daß – wenn er seiner Tochter nichts sagte und schwören konnte, daß sie wirklich nichts wußte – Sue vielleicht verschont würde. Wenn er das wirklich glaubte, wäre eine psychiatrische Behandlung bei ihm nicht fehl am Platz. Aber war ich hier nicht ungerecht? Wenn ich in seinen Schuhen steckte – oder vielleicht richtiger ausgedrückt, so tief im Morast watete wie er –, hätte auch ich jeden Strohhalm ergriffen, den ich erwischen konnte.

»Eins ist klar, Sie wissen offensichtlich, daß sich Ihr Verlobter noch am Leben befindet«, fuhr ich fort. »Ebenso Ihr ältester Bruder und auch noch andere Personen. Sie werden alle hier verborgen gehalten. Habe ich recht?«

Sie nickte schweigend. Ich wünschte nur, daß sie mich nicht so ansehen würde.

»Wissen Sie, um wie viele Menschen es sich handelt?«

»Ein Dutzend. Nein, sogar mehr. Ich weiß auch, daß sich Kinder darunter befinden. Drei Jungen und ein Mädchen.«

Das mußte stimmen. Die beiden Söhne von Polizeimeister MacDonald und der Junge und das Mädchen, die sich an Bord des umgebauten Lebensrettungsbootes befunden hatten, das bei seiner nächtlichen Kreuzfahrt von Torbay aus verschwunden war. Ich glaubte kein Wort von dem, was mir Susan über Lavorskis angebliche Achtung vor Menschenleben erzählt hatte. Aber es überraschte mich auch nicht, daß die Menschen, die sich auf den Booten befanden und dabei zufällig Zeugen der unlauteren Taten wurden, noch am Leben waren. Es gab dafür einen sehr guten Grund.

»Wissen Sie, wo sie gefangengehalten werden? Im Schloß von Dubh Sgeir müßten sich viele geeignete Verliese befinden.«

»Es gibt ganz unten tiefe Keller. In den letzten vier Monaten durfte ich niemals auch nur in ihre Nähe gehen.«

»Nun, hier kommt jetzt endlich Ihre große Chance. Ziehen Sie sich an und führen Sie mich dahin.«

»Hinunter zu den Kellern?« Entsetzen stand in ihrem Gesicht. »Sind Sie verrückt? Mein Vater hat mir gesagt, daß dort unten Tag und Nacht mindestens drei Mann auf Wache sind.« Jetzt würden es nur noch zwei sein, aber ihre Meinung von mir war schon schlecht genug, deshalb schwieg ich. »Die Wachen sind bewaffnet! Sie müssen verrückt sein. Ich denke nicht daran, dort hinzugehen!«

»Ich habe in Wirklichkeit auch nicht daran geglaubt. Sie lassen Ihren Verlobten einfach sterben, nur weil Sie ein verächtlicher kleiner Feigling sind.« Ich konnte die Verachtung praktisch in meinem Munde schmecken. »Lord Kirkside und der Ehrenwerte Rollinson. Was für ein glücklicher Vater! Und was für ein beneidenswerter Verlobter!«

Sie schlug auf mich ein, und da wußte ich, daß ich gewonnen hatte. Ich sagte, ohne mein Gesicht zu schützen: »Tun Sie das nicht, Sie werden die Wachen wecken. Ziehen Sie sich an.«

Ich erhob mich und setzte mich mit dem Rücken zum Bett. Während sie sich anzog, betrachtete ich die Tür und die Wände. Ich hatte es langsam satt, mir immer wieder von Frauen sagen zu lassen, was für ein schrecklicher Mensch ich sei. »Ich bin fertig«, sagte sie.

Sie hatte sich wieder die gleiche »Uniform« wie am Tag angezogen, eine Art Piratenbluse und die Hosen, aus denen sie, seit sie etwa fünfzehn Jahre zählte, herausgewachsen war. Das alles in genau dreißig Sekunden, und während der ganzen Zeit war kein Nähmaschinen-Geräusch zu hören gewesen. Höchst erstaunlich.

Neuntes Kapitel
Donnerstag: vier Uhr dreißig bis Tagesanbruch

Hand in Hand gingen wir die Treppen hinunter. Ich bin überzeugt, daß ich der letzte Mann gewesen wäre, den sie sich dazu ausgesucht hätte, mit ihr allein auf einer verlassenen Insel zu sein. Aber trotzdem drückte sie sich ziemlich fest an mich.

Am Fuß der Treppe angelangt, wandten wir uns nach rechts. Alle paar Meter machte ich kurz die Taschenlampe an, was eigentlich völlig unnötig war, da Susan jeden Zentimeter des Weges kannte. Am Ende der Halle gingen wir nach links, dem östlichen Flügel zu. Nach achtzig Metern hielten wir an einer Tür zur Rechten an.

»Die Speisekammer«, flüsterte sie. »Dahinter liegt die Küche.«

Ich beugte mich vor und sah durch das Schlüsselloch. Völlige Dunkelheit. Wir betraten die Küche, und ich tastete mit der Taschenlampe den Raum ab. Er war leer.

Susan hatte von drei Wachtposten gesprochen. Der Außenposten, den ich bereits erledigt hatte. Dann der Bursche, der auf den Befestigungen patrouillierte. Nein, sie wußte nicht, was er tat. Aber es war anzunehmen, daß er weder Astronomie betrieb, noch Ausschau nach Fallschirmjägern hielt. Sicher war er im Besitz von Nachtgläsern und spähte nach Fischerbooten oder Jachten aus, die eventuell vorbeikommen könnten, um ehrliche Menschen bei ihrer Arbeit zu stören. In einer Nacht wie dieser würde er kaum etwas sehen können. Der dritte, sagte Susan, bewache die hinteren Küchenräume, wo sich noch ein Eingang zum Schloß befand, außer dem Hauptportal, und von dort führten auch die Treppen zu den Unglücklichen, die sich in den tiefen Kellern befanden.

Der Wachtposten war nicht in den Küchenräumen, das bedeutete, daß er unten in den Kellern sein mußte.

Von der Spülküche führte eine Treppe zu einem aus Steinquadern gemauerten Gang. Rechts von diesem Gang konnte ich einen schwachen Lichtschein wahrnehmen. Susan legte den Finger an die Lippen, und wir bewegten uns lautlos vorwärts bis zum Ende der Treppe. Vorsichtig blickte ich um die Ecke.

Was ich sah, war kein Weg, sondern die unangenehmste Treppe, die ich jemals in meinem Leben gesehen hatte. Sie wurde von zwei oder drei weit auseinander hängenden, ganz schwachen elektrischen Birnen erleuchtet, und an ihrem Fuß schienen sich die Wände zu berühren, so wie Eisenbahnschienen, die in weiter Ferne vermeintlich zusammenstoßen. Vielleicht fünfzehn Meter oder siebzig Stufen weiter unten befand sich das erste Licht, wo ein anderer Gang nach rechts abzubiegen schien. An der Ecke der kleinen verbreiterten Fläche stand ein Hocker, und auf diesem Hocker saß ein Mann. Auf seinen Knien lag ein Gewehr. Die schienen es wirklich mit der schweren Artillerie zu halten.

Ich beugte mich zurück und murmelte Susan zu: »Wohin, in drei Teufels Namen, führen diese Stufen?«

»Selbstverständlich zum Bootshaus.« Sie schien überrascht. »Wohin denn sonst?«

Natürlich, wohin denn sonst. Das hast du wirklich fabelhaft gemacht, Calvert. Einfach fabelhaft. Du bist von Süden her in deinem Hubschrauber um Dubh Sgeir herumgeflogen, da hast du dir das Schloß und das Bootshaus angesehen und dabei feststellen können, daß die beiden nur um einige Handbreit durch die abfallenden Klippen voneinander getrennt sind, und da ist dir nicht ein einziges Mal der Gedanke gekommen, daß die beiden selbstverständlich irgendwo miteinander verbunden sein müssen.

»Dort rechts, wo der Gang abzweigt, geht es da zu den Kellern?« Sie nickte. »Aber warum denn so tief unten? Das ist ein ziemlich weiter Weg, um den Schnaps raufzuholen.«

»Das sind eigentlich keine Weinkeller. Die wurden früher als Wasserreservoire benutzt.«

»Gibt es keinen anderen Weg dort hinunter?«

»Nein, nur diesen.«

»Wenn wir nur fünf Schritte hinunter machen, schießt der uns mit seinem Gewehr voller Löcher. Wissen Sie, wer es ist?«

»Harry, seinen anderen Namen kenne ich nicht. Mein Vater sagt, daß er Armenier ist. Die Leute können seinen Zunamen nicht richtig aussprechen. Er ist jung, geschmeidig, ölig – und widerlich.«

»Hat er etwa die Frechheit besessen, sich an die Tochter des Clanchefs heranzumachen?«

»Ja, es war furchtbar.« Sie berührte ihre Lippen mit dem Handrücken. »Er stank nach Knoblauch.«

»Ich kann ihm das eigentlich nicht übelnehmen. Ich hätte es vielleicht auch bei Ihnen versucht, wenn ich mich nicht schon dem Pensionsalter nähern würde. Rufen Sie ihn und entschuldigen Sie sich.«

»Was?«

»Sagen Sie ihm, daß es Ihnen leid tut. Sagen Sie ihm, daß Sie seinen edlen Charakter falsch beurteilt haben, sagen Sie ihm, daß Ihr Vater fort ist und dies Ihre erste Gelegenheit, mit ihm zu reden. Sagen Sie ihm, was Sie wollen.«

»Nein!«

»Sue!«

»Er wird mir niemals glauben«, sagte sie wild.

»Wenn er erst mal auf einen Meter an Sie herangekommen ist, wird er jegliche Überlegung aufgeben. Schließlich ist er doch ein Mann, oder?«

»Sie sind auch ein Mann, und Sie sind nur wenige Zentimeter von mir entfernt.« Die ewigweibliche Logik.

»Ich habe es Ihnen doch schon gesagt. Mein Alter trennt uns beide. Also los, schnell!«

Sie nickte widerwillig, und ich verschwand im Schatten des nächstliegenden Keller, den Lauf der geladenen Pistole in der Hand. Sie rief, und er kam, das Gewehr im Anschlag, angerannt. Als er sah, wer es war, vergaß er sein Gewehr. Susan begann zu reden, aber das hätte sie sich auch schenken können. Wenn nichts anderes, so war Harry auf jeden Fall ein ungestümer junger Mann. Es war wohl das wilde armenische Blut. Ich trat vor und brachte ihn mit einem Schlag zu Boden. Dann band ich ihn zusammen, und als ich keine Taschentücher mehr fand, riß ich einen Teil seiner Hemdbrust ab und benutzte sie als Knebel. Susan kicherte. Ein etwas hysterisches Kichern.

»Was ist denn los?« fragte ich.

»Es ist wegen Harry, er ist immer nach der letzten Mode angezogen. Das ist ein seidenes Hemd. Sie haben wirklich nicht sehr viel Respekt vor den Menschen, Mr. Calvert.«

»Nicht vor Menschen wie diesem Harry. Ich gratuliere Ihnen. Das war doch gar nicht so schlimm?«

»Es war trotzdem gräßlich.« Wieder wischte sie sich mit dem Handrücken den Mund ab. »Er riecht aus allen Poren nach Whisky.«

»Die jungen Leute von heute haben eigenartige Geschmäcker«, sagte ich freundlich. »Zumindest muß es doch angenehmer gewesen sein als der Knoblauchgestank.«

Eigentlich war das Bootshaus überhaupt kein Bootshaus, es war eine große gewölbte Höhle. Am hinteren Ende der Höhle erstreckten sich nach beiden Seiten, parallel zur Küstenlinie, lange Tunnel, die so ausgedehnt waren, daß ihr Ende sich außerhalb der Reichweite meiner Stablampe befand. Von der Luft aus hatte man den Eindruck eines Bootshauses in einem kleinen künstlichen Hafen, eines Gebäudes von etwa sieben Quadratmetern, das auf keinen Fall mehr als zwei bis drei größere Ruderboote aufnehmen konnte. In der Tat war es groß genug, ein Schiff von der Größe der »Firecrest« aufzunehmen und darüber hinaus noch über einigen Platz zu verfügen. Vier Poller waren an der östlichen Seite des Bootshauses angebracht. Man konnte erkennen, daß am hinteren Ende der Höhle noch kürzlich gearbeitet worden und diese in Richtung auf die Tunnel hin verlängert worden war, um die Aufnahmefähigkeit für Schiffe zu vergrößern und außerdem eine breitere Arbeitsfläche zu schaffen. Abgesehen davon war alles so, wie es vor Hunderten von Jahren gewesen sein mußte. Ich nahm einen Bootshaken und versuchte festzustellen, wie tief das Wasser hier war, aber ich konnte keinen Grund finden. Jedes Schiff, das klein genug war, um hier hereinzufahren, konnte zu jedem Stadium der Gezeiten ein- und auslaufen. Die beiden großen Türen sahen stabil aus, aber nicht zu stabil. Zur Rechten befand sich außerdem eine kleine Tür, durch die das Bootshaus vom Land her betreten werden konnte.

Der Ankerplatz war leer. Genauso, wie ich es erwartet hatte. Unsere Freunde waren auf der Hut, und außerdem wurden sie übertariflich bezahlt. Es war nicht schwer zu ahnen, womit sie beschäftigt waren. Die Arbeitsplattform war über und über bedeckt mit ihrem Handwerkszeug. Ein Luftkompressor mit einem Stahlreservoir und Auslaßventilen, der durch eine Dieselmaschine betrieben wurde. Eine handbetriebene Zweizylinder-Doppelaktions-Luftpumpe mit zwei Auslaßventilen, zwei Taucherhelme, flexible, nicht knickbare Luftkabel mit Metallanschlüssen. Beschwerte Taucherstiefel, Taucheranzüge, Tauchersprechkabel, Beschwerungsmaterial und Froschmannanzüge, so wie ich auch einen besaß, und ein ganzer Haufen bereits gefüllter Luftzylinder waren aufgestapelt. Ich war weder überrascht noch erleichtert. Seit achtundvierzig Stunden wußte ich, daß so etwas existieren mußte, allerdings war mir der Ort erst heute abend klargeworden. Vielleicht war ich etwas überrascht, soviel Material hier vorzufinden, denn es konnte sich doch sicherlich nur um die Ersatzteile handeln. Aber ich hätte nicht überrascht sein dürfen. Was diesem Haufen auch fehlen mochte, war ganz bestimmt nicht genialer Organisationsgeist.

Weder in dieser Nacht noch später sah ich die Keller, in denen die Gefangenen untergebracht waren. Nachdem ich mit Mühe und Not über die Hälfte der nichtendenwollenden Treppe hinter mich gebracht hatte, wandte ich mich ziemlich außer Atem nach links, dem Gang zu, wo sich vorher Harry aufgehalten hatte. Nach ein paar Metern verbreiterte sich der Gang in eine niedrige feuchte Kammer, wo ein aus Bierkisten zusammengenagelter Tisch stand. Auch als Sitze wurden hier Kisten benutzt. In einer Ecke standen einige Kisten scharfer Sachen, die noch nicht aufgebraucht waren. Auf dem Tisch eine fast volle Flasche Whisky, offensichtlich Harrys Medizin gegen Knoblauchausdünstung.

Hinter dieser Kammer befand sich eine stabile hölzerne Tür, die durch ein genauso massiv aussehendes Schloß, zu dem der Schlüssel fehlte, verchlossen war. Dieses Problem konnte ich mit Zelluloid nicht lösen, aber mit einem kleinen Klumpen plastischen Sprengstoffs war ihm wohl beizukommen. Ich machte in meinem Gedächtnis eine entsprechende Notiz und ging dann die Treppe hinauf, um dort Susan zu treffen.

Harry war zu sich gekommen, er sagte irgend etwas, was glücklicherweise seinen seidenen Knebel nicht durchdringen konnte und so auch nicht die delikaten Ohren der jungen Tochter des Clanchefs erreichte. Seine Augen aber sprachen Bände. Und er versuchte, so gut er konnte, sich von den Stricken, die seine Arme und Beine zusammenschnürten, zu befreien. Susan Kirkside zeigte mit dem Gewehr in seine Richtung und sah erschrocken aus. Das hätte sie sich schenken können, Harry war wie ein Postpaket verschnürt.

»Die Leute da unten in den Kellern«, sagte ich, »einige sind dort seit Wochen, manche sogar schon seit Monaten. Wenn die herauskommen, dann werden sie so blind wie Fledermäuse und so schwächlich wie Neugeborene sein.«

Sie schüttelte den Kopf. »Ich glaube, die werden in Ordnung sein. Jeden Morgen müssen sie sich unter Bewachung eineinhalb Stunden auf dem Landeplatz bewegen. Von See aus kann man das nicht beobachten. Wir dürfen dabei nicht zusehen oder zumindest sollen wir es nicht. Ich habe sie aber oft gesehen. Vater hat darauf bestanden und auch Sir Anthony.«

»Der gute alte Papa.« Ich starrte sie an. »Und der liebe alte Skouras, der kommt hierher?«

»Natürlich.« Sie schien sich über mein Erstaunen zu wundern. »Er ist doch einer von ihnen. Lavorski und dieser Dollmann, die alles arrangieren, arbeiten für Sir Anthony. Wußten Sie das nicht? Mein Vater und Sir Anthony waren Freunde, ehe das hier passierte. Ich war oft in Sir Anthonys Haus in London zu Gast.«

»Aber jetzt sind Sie nicht mehr miteinander befreundet?« bohrte ich weiter.

»Seit seine erste Frau starb, ist Sir Anthony hier oben nicht mehr ganz richtig«, sagte Susan überzeugt. Verwundert betrachtete ich sie und überlegte, wann ich das letzte Mal mit soviel Autorität und Dogmatismus über Themen gesprochen hatte, von denen ich nichts verstand. Ich konnte mich nicht erinnern. »Wissen Sie, er hat wieder geheiratet, irgend so eine französische Schauspielerin. Sie taugt nichts. Und auf keinen Fall wird sie mit ihm fertig.«

»Susan«, sagte ich ergeben, »Sie sind wirklich wunderbar. Ich glaube, Sie werden niemals begreifen, was ich damit meinte, als ich sagte, daß meine bevorstehende Pensionierung zwischen uns steht. Kennen Sie sie eigentlich gut?«

»Ich habe sie nie getroffen.«

»Das hätten Sie mir nicht zu sagen brauchen. Und der arme alte Sir Anthony, er weiß einfach nicht, was er tut. Das meinen Sie doch?«

»Er ist völlig durcheinander«, verteidigte sie sich. »Er ist ein feiner Kerl, wirklich. Oder er war es.«

»Schließlich hat er nur etwas mit dem Tod von vier Menschen zu tun, ganz abgesehen von seinen eigenen drei Leuten«, sagte ich. Polizeimeister MacDonald hielt ihn für einen guten Mann. Susan ebenfalls. Ich hätte gern gewußt, was sie wohl sagen würde, wenn sie Charlotte Skouras' Rücken sähe. »Wie ist denn die Verpflegung der Gefangenen?«

»Wir haben zwei Köche, die erledigen alles. Das Essen wird ihnen hinuntergebracht.«

»Was ist sonst noch an Personal da?«

»Niemand. Vater mußte alle vor vier Monaten entlassen.«

Das erklärte den Zustand des Badezimmers, das ich gesehen hatte. Ich sagte: »Meine Ankunft im Hubschrauber gestern nachmittag wurde selbstverständlich über Radio der ›Shangri-la‹ gemeldet. Ein Mann mit einem stark zernarbten Gesicht. Wo ist der Sender?«

»Sie wissen wirklich alles, was?«

»Calvert weiß alles. Wo ist der Sender?«

»Neben der Eingangshalle, in einem Raum hinter der Treppe. Aber er ist verschlossen.«

»Ich habe Schlüssel, die sogar die Tore der Bank von England öffnen würden. Einen Augenblick.« Ich ging noch einmal zu dem Raum des Wachtpostens außerhalb des Kellers, wo die Gefangenen untergebracht waren, nahm die Whiskyflasche und gab sie Susan. »Passen Sie gut darauf auf.«

Sie sah mich unbewegt an. »Brauchen Sie das wirklich?«

»O mein Gott, süße Jugend«, sagte ich böse. »Natürlich brauche ich das, ich bin ein Alkoholiker.«

Ich löste den Strick, der um Harrys Knöchel gebunden war, und half ihm auf die Beine. Er revanchierte sich für diesen Samariterdienst, indem er mit seinem rechten Fuß nach mir zu treten versuchte. Aber die vergangenen fünfzehn Minuten hatten weder seiner Blutzirkulation noch seinem Reaktionsvermögen gutgetan, und so begegnete ich seinem Manöver mit einem Gegentritt. Als ich ihm zum zweitenmal hochhalf, hatte ihn jeder Angriffsgeist verlassen.

»Mußten Sie ... mußten Sie das wirklich tun?« Wieder sah sie mich voller Abneigung an.

»Mußte ich? Haben Sie gesehen, was er mir antun wollte?«

»Ihr Männer seid alle gleich.«

»Ach, seien Sie ruhig!« brummte ich. Ich war alt und krank und müde. Und mir fiel auch keine witzige Entgegnung ein.

Der Sender war fabelhaft. Ein großes glänzendes, metallisches Gebilde. Das neueste Modell von RCA. Das gleiche, das Schiffe von mindestens einem Dutzend Nationen benutzen. Ich zerbrach mir nicht den Kopf darüber, woher er gekommen sein mochte. Dem Haufen war alles zuzutrauen. Dann setzte ich mich und begann den Sender anzustellen. Dabei sah ich auf Susan. »Gehen Sie und holen Sie mir eine Rasierklinge von Ihrem Vater.«

»Sie wollen nicht, daß ich zuhöre, nicht wahr?«

»Denken Sie, was Sie wollen, nur holen Sie mir das Ding.«

Hätte sie einen Rock getragen, dann hätte man sagen können, daß sie aus dem Zimmer rauschte. Die Hosen machten das Rauschen praktisch unmöglich. Der Sender war so groß, daß er von der untersten Langwelle bis zur höchsten Kurzwelle auf jeder Frequenz senden konnte. Ich brauchte nur zwei Minuten, um SPFX zu erreichen. Die Station war das ganze Jahr hindurch Tag und Nacht besetzt. Es war wirklich höchst beachtenswert, daß die Verbrecher mir so ein fabelhaftes Instrument zugespielt hatten.

Sue Kirkside war zurück, bevor ich zu sprechen anfing. Alles in allem verbrachte ich zehn Minuten am Mikrophon. Abgesehen von Codenamen und Kartenreferenzen sprach ich die ganze Zeit Klartext. Das mußte ich, ich hatte kein Buch, und außerdem wurde die Zeit knapp. Ich sprach langsam und deutlich. Gab präzise Anweisungen in bezug auf die Position der Leute, die benutzte Radiofrequenz, eine detaillierte Schilderung des Schlosses von Dubh Sgeir und erkundigte mich, ob sonst irgend etwas Wichtiges in den letzten Stunden in diesem Gebiet vorgefallen war. Ich wiederholte mich nicht ein einziges Mal und verlangte auch nicht, daß mir irgend etwas wiederholt würde, da mein Gespräch sowieso auf Band lief. Noch ehe ich halb fertig war, waren Susans Augen unter ihrem blonden Haarschopf verschwunden, und Harry sah mich an, als ob er nicht ganz bei sich wäre. Ich beendete die Sendung, stellte den Sender wieder auf seine alte Frequenz ein und stand auf.

»Das wär's«, sagte ich. »Ich verschwinde jetzt.«

»Was? Was tun Sie?« Mit aufgerissenen graublauen Augen, die

Brauen immer noch von dem Haarschopf verdeckt, sah sie mich dieses Mal nicht verwundert, sondern sehr erschreckt an. »Sie gehen fort? Sie lassen mich hier?«

»Ich gehe fort; wenn Sie glauben, daß ich auch nur eine Minute länger als nötig in diesem verdammten Schloß zubringen werde, dann müssen Sie verrückt sein. Ich habe mich schon weit genug vorgewagt. Glauben Sie, daß ich hier sein will, wenn die Wache abgelöst wird oder wenn die Arbeiter vom Meeresgrund zurückkehren?«

»Arbeiter auf dem Meeresgrund? Was meinen Sie denn damit?«

»Lassen wir das.« Ich hatte vergessen, daß sie keine Ahnung davon hatte, was unsere Freunde in Wirklichkeit taten. »Calvert fährt jetzt nach Hause.«

»Sie haben doch eine Pistole!« sagte sie wild. »Sie könnten ... Sie könnten sie doch gefangennehmen, oder nicht?«

»Wen soll ich gefangennehmen?« fragte ich.

»Die Wachen. Sie sind im zweiten Stock. Sie schlafen.«

»Wie viele?«

»Acht oder neun. Ich weiß nicht genau.«

»Acht oder neun, aber sie weiß es nicht genau. Wer, glauben Sie, bin ich? Supermann? Machen Sie Platz. Wollen Sie, daß ich umgebracht werde? Und Susan, sagen Sie niemandem etwas. Nicht einmal Ihrem Vater, wenn Sie mit Johnny einmal vor den Altar treten wollen. Haben Sie mich verstanden?«

Sie legte eine Hand auf meinen Arm und sagte ruhig, aber immer noch voller Angst: »Sie könnten mich ja mitnehmen.«

»Das könnte ich. Ich könnte Sie mit mir nehmen und dadurch alles verderben. Wenn ich auch nur einen einzigen Schuß auf einen der da oben schlafenden Krieger abgebe, verderbe ich alles. Alles hängt davon ab, daß die Kerle niemals erfahren, daß irgend jemand heute nacht hier war. Wenn sie das auch nur vermuten würden, ja selbst der kleinste Schimmer eines Verdachtes würde genügen, sie dazu zu veranlassen, ihre Koffer zu packen und sich aus dem Staub zu machen. Und zwar noch heute nacht. Und ich kann unmöglich vor morgen nacht etwas unternehmen. Sie sind sich doch darüber im klaren, daß sie nicht weggehen würden, ehe sie alle Leute im Keller umgebracht hätten? Und selbstverständlich auch Ihren Vater. Dann würden sie in Torbay Station machen und sich vergewissern, daß Polizeimeister MacDonald niemals gegen sie auftreten kann. Wollen Sie, daß das passiert, Susan? Gott ist mein Zeuge, wie gern ich Sie hier wegholen möchte. Schließlich bin ich nicht aus Zement, aber wenn ich Sie hier wegholte, dann würde das einem Alarmsignal gleichkommen, und das wäre das Ende meiner Pläne. Verstehen Sie das nicht? Wenn die Kerle zurückkommen und feststellen, daß Sie fort sind, dann gibt es für sie nur den einen Gedanken: Unsere kleine Sue hat die Insel verlassen, und dann wissen sie, was los ist. Verstehen Sie jetzt, warum Sie nicht fort sein dürfen?«

»Gut.« Sie war jetzt ruhig. »Aber Sie haben etwas übersehen.«

»Ich bin ein fabelhafter alter Überseher. Was denn?«

»Harry! Man wird ihn vermissen. Bestimmt. Sie können ihn nicht hier lassen, daß er alles ausplaudert.«

»Man wird ihn vermissen. Ebenso wie den Wachtposten am Tor. Den habe ich bei meinem Kommen schon erledigt.« Sie riß wieder die Augen weit auf, aber ich hob meine Hand, streifte den Jackenärmel hoch, packte die Rasierklinge, die sie mir gegeben hatte, und brachte mir einen Schnitt im Oberarm bei. Nicht zu tief, da ich auf dem Standpunkt stand, daß ich alles Blut, das ich besaß, gebrauchen konnte. Ich ließ nur soviel heraus, daß es reichte, das Bajonett auf beiden Seiten ein paar Zentimeter breit mit Blut zu beschmieren. Ich gab ihr die Rolle mit dem Heftpflaster, und ohne ein Wort klebte sie mir einen Streifen über den Einschnitt. Ich rollte den Ärmel wieder herunter, und wir gingen. Voran Susan mit Whiskyflasche und Stablampe, dann Harry, den ich, das Gewehr in den Händen, vor mir hertrieb. Als wir wieder in der Halle waren, verschloß ich die Tür mit dem Dietrich, mit dem ich sie geöffnet hatte.

Es hatte aufgehört zu regnen, und auch der Wind hatte nachgelassen. Dafür war der Nebel dichter denn je, und es war bitterkalt geworden. Der Altweibersommer des Hochlandes war auf Hochtouren! Wir gingen durch den Hof und kamen zu der Stelle, wo ich das Bajonett am Klippenende niedergelegt hatte. Ich benutzte jetzt die Lampe ganz offen, nachdem ich das Heftpflaster abgezogen hatte. Aber wir sprachen leise. Der Bursche, der auf den Zinnen Wache hielt, hätte uns selbst mit den besten Nachtgläsern nicht auf eine Entfernung von fünf Metern erkennen können. Geräusch hingegen benimmt sich bei schwerem Nebel äußerst unterschiedlich. Es kann gedämpft klingen, es kann verzerrt werden, es kann aber auch bei manchen Gelegenheiten mit überraschender Klarheit vernommen werden. Und ich meinte, daß es zu spät am Tag war, um hier irgend etwas zu riskieren.

Ich fand das Bajonett und befahl Harry, sich vorläufig mit dem Gesicht nach unten ins Gras zu legen. Falls ich ihn stehen gelassen hätte, hätte er sich vielleicht versucht gefühlt, mich über die Klippe zu stoßen. Ich zertrampelte an verschiedenen Stellen das Gras, machte ein paar weitere Eindrücke mit dem Griff des Bajonetts und stieß die Klinge vom Bajonett des Torwächters so in den Boden, daß das Gewehr schräg nach oben stand. Dann legte ich Harrys Gewehr so hin, daß die blutverschmierte Bajonettspitze nicht den Boden berührte, damit das Blut nicht in das feuchte Gras tropfen konnte. Dann goß ich den größten Teil des Whiskys aus und stellte die Flasche, die etwa noch viertels voll war, in die Nähe der Bajonette. Zu Susan sagte ich: »Und was glauben Sie wohl, was hier passiert ist?«

»Das ist ganz klar. Die beiden waren betrunken, hatten einen Streit miteinander und stürzten in dem feuchten Gras über die Klippe.«

»Und was haben Sie gehört?«

»Oh, ich hörte, wie sich zwei Männer in der Halle anschrien. Ich ging zum Treppenabsatz und hörte beide laut brüllen. Der eine befahl Harry, auf seinen Posten zurückzugehen, Harry aber sagte, er dächte nicht daran, er würde es jetzt sofort regeln. Ich werde sagen, daß beide betrunken waren und daß ich nicht imstande bin, die Ausdrücke zu wiederholen, die sie benutzten. Das letzte, was ich hörte, war, daß sie zusammen über den Hof liefen, wobei sie sich noch immer stritten.«

»So ist es brav, Mädchen. Genau das haben Sie gehört.«

Sie begleitete uns bis zu der Stelle, wo ich den Torwächter zurückgelassen hatte. Er atmete noch immer. Ich nahm den Strick, den ich noch immer besaß, und band Harry und ihn an den Hüften zusammen, wobei der eine links, der andere rechts zu gehen hatte. Das Ende des Strickes hielt ich in der Hand. Nachdem ihre Arme hinter dem Rücken zusammengebunden waren, verfügten sie über wenig Balance und ein geringes Haltevermögen für den steilen steinigen Weg zum Landungssteg. Falls einer von ihnen ausrutschte oder stolperte, konnte ich ihn vielleicht durch einen scharfen Ruck in Sicherheit bringen. Auf keinen Fall war ich bereit, wie ein alpiner Kletterer den Strick zusätzlich um meine eigenen Hüften zu binden. Falls sie versuchen sollten, in die Dunkelheit hinauszulaufen, dann müßten sie es schon ohne mich tun.

Ich sagte: »Ich danke Ihnen, Susan, Sie haben mir sehr geholfen. Nehmen Sie heute nacht keine Schlaftabletten mehr. Es würde sehr eigenartig aussehen, wenn Sie morgen mittag noch immer schliefen.«

»Ich wünschte, es wäre schon übermorgen mittag. Sie können sich auf mich verlassen, Mr. Calvert. Jetzt geht doch wirklich alles in Ordnung?«

»Selbstverständlich.«

Nach einer Pause sagte sie: »Sie hätten diese beiden hier über die

Klippe stoßen können, wenn Sie gewollt hätten, nicht wahr? Aber das haben Sie nicht getan. Sie hätten Harrys Arm ritzen können, statt dessen nahmen Sie Ihren eigenen. Es tut mir leid, was ich Ihnen gesagt habe, Mr. Calvert. Daß Sie schrecklich und furchtbar seien. Sie tun nur das, was Sie müssen.« Nach einer weiteren Pause: »Ich glaube, Sie sind eigentlich ganz großartig.«

»Zum Schluß sagen das immer alle«, erwiderte ich, aber ich sprach zu mir selbst, sie war bereits im Nebel verschwunden. Ich wünschte nur, daß ich mich ihrer Meinung hätte anschließen können. Ich fühlte mich ganz und gar nicht großartig, ich fühlte mich hundemüde und war äußerst besorgt, denn selbst mit der besten Planung der Welt gab es zuviel, was nicht vorauszusehen war. Und was die Ereignisse der nächsten vierundzwanzig Stunden betraf, so war ich nicht bereit, auch nur einen Penny zu verwetten. Meine Besorgnis und Erregung ließ etwas nach, als ich meinen beiden Gefangenen einen Tritt versetzte, um sie hochzubringen.

Wir gingen langsam den ausgewaschenen, gefährlichen Weg im Gänsemarsch hinunter. Ich selbst als letzter, die Taschenlampe in der Hand, den Strick straff, aber nicht zu straff in meiner rechten Hand. Während wir abstiegen, fragte ich mich wirklich, warum ich eigentlich nicht Harry geritzt hatte. Es wäre doch viel passender gewesen, Harrys Blut auf Harrys Bajonett.

»Ich hoffe, Sie haben einen schönen Ausflug gemacht, oder?« fragte Hutchinson höflich.

»Es war nicht langweilig, Sie hätten sich gut amüsiert.«

Ich beobachtete, wie Hutchinson die ›Firecrest‹ durch den Nebel und die Dunkelheit steuerte. »Verraten Sie mir ein Berufsgeheimnis. Wie, um alles in der Welt, ist es Ihnen heute nacht gelungen, den Weg zu diesem Pier zurückzufinden? Der Nebel ist zweimal so dicht wie vorher. Sie kreuzen stundenlang hier herum, ohne in der Lage zu sein, Ihre Position zu bestimmen. Außerdem gibt es die Brecher, die Gezeiten, Nebel, Strömungen, und trotzdem sind Sie hier direkt vor meiner Nase und auf die Minute pünktlich. Das gibt es einfach nicht.«

»Es war eine wirklich ganz großartige Navigationsleistung«, sagte Hutchinson feierlich. »Wissen Sie, Calvert, es gibt Seekarten, und wenn Sie eine mit einem großen Maßstab für dieses Gebiet hier nehmen, dann werden Sie in einer Tiefe von acht Faden eine Bank entdecken, ungefähr einhundertfünfundachtzig Meter lang, die etwa in einer Entfernung von zweihundertachtzig Metern westlich vom alten Pier liegt. Infolgedessen bin ich direkt dem Wind und der

Flut entgegengedampft, wartete, bis das Echolot mir zeigte, daß ich mich über der Bank befand, und dann warf ich den Anker aus. Zum vereinbarten Zeitpunkt hievt der große Navigator den Anker und läßt sich von Wind und Flut hereintreiben. Nicht viele hätten eine solche Tat vollbringen können.«

»Ich bin bitter enttäuscht«, sagte ich. »Niemals mehr werde ich so große Stücke von Ihnen halten wie bisher. Ich nehme an, daß Sie ungefähr mit der gleichen Technik auch das erstemal hierhergekommen sind?«

»Mehr oder weniger. Lediglich, daß ich dabei eine Gruppe von fünf Banken und Flecken benutze. Meine Geheimnisse sind ein für allemal dahin. Wohin jetzt?«

»Hat Ihnen Onkel Arthur das nicht gesagt?«

»Da beurteilen Sie Onkel Arthur aber falsch. Er sagt, daß er sich niemals in – wie war das noch – die Ausführung einer von Ihnen gestarteten Operation einmischt. ›Ich plane‹, sagte er, ›ich wirke mit. Und Calvert führt die Sache zu Ende . . .‹«

»Er ist wirklich manchmal ganz bescheiden«, mußte ich zugeben.

»Er hat mir in der vergangenen Stunde ein paar Geschichten von Ihnen erzählt. Ich glaube, es ist eine Ehre, mit dabei zu sein.«

»Abgesehen von den vierhunderttausend Pfund oder wieviel es sein wird.«

»Abgesehen von den grünen Scheinchen, genau wie Sie sagen. Wohin jetzt, Calvert?«

»Nach Hause, falls Sie es überhaupt finden können.«

»Craigmore? Das kann ich finden.« Er zog an seiner Zigarre und hielt das Ende dicht vor die Augen. »Ich glaube, ich sollte sie ausmachen. Es wird jetzt langsam so, daß ich den Rand der Scheiben im Steuerhaus nicht mehr erkennen kann, geschweige denn etwas dahinter. Onkel Arthur läßt sich ziemlich viel Zeit, finden Sie nicht?«

»Onkel Arthur verhört die Gefangenen.«

»Ich glaube kaum, daß er aus den beiden etwas herauskriegen wird.«

»Das glaube ich auch nicht. Außerdem sind sie nicht gerade guter Laune.«

»Nun ja, es war auch ein ziemlich schwieriger Sprung vom Pier aufs Vorderdeck. Besonders weil das Boot so stark schwankte. Und vor allen Dingen, weil ihre Arme hinter dem Rücken zusammengebunden waren.«

»Ein gebrochener Knöchel und ein gebrochener Unterarm«, sagte ich. »Es hätte schlimmer sein können. Sie hätten das Deck überhaupt verfehlen können.«

»Das ist auch ein Standpunkt«, stimmte Hutchinson zu. Er steckte seinen Kopf aus dem Seitenfenster und zog ihn gleich wieder zurück. »Es hat nichts mit der Zigarre zu tun«, verkündete er, »also kein Grund, mit Rauchen aufzuhören. Die Sicht draußen ist gleich Null. Und wenn ich Null sage, meine ich Null. Jetzt werden wir mal blind nach Instrumenten steuern. Sie können genausogut das Licht im Steuerhaus anmachen. Auf die Art und Weise kann man die Karten besser lesen und das Echolot und den Kompaß erkennen. Und auf Radar hat es kaum einen Einfluß.« Als das Licht anging, starrte er mich an. »Was, zum Teufel, soll denn diese schreckliche Verkleidung?«

»Das ist ein Morgenrock«, erklärte ich. »Ich besitze drei Anzüge, und alle drei sind tropfnaß und verdorben. Hatten Sie Glück, Sir?« Gerade war Onkel Arthur ins Steuerhaus gekommen.

»Einer von ihnen ist ohnmächtig geworden.« Onkel Arthur schien nicht sehr zufrieden mit sich zu sein. »Der andere stöhnte so laut, daß ich mich nicht verständlich machen konnte. Nun, Calvert, erzählen Sie mal.«

»Was soll ich denn erzählen, Sir? Ich wollte gerade zu Bett gehen. Ich habe Ihnen doch schon alles erzählt.«

»Ein halbes Dutzend kurzer Sätze, die ich bei dem verdammten Geschrei des Burschen nicht verstehen konnte«, sagte er kalt. »Die ganze Geschichte, Calvert.«

»Ich fühle mich schwach, Sir.«

»Ich kenne kaum einen Zeitpunkt, an dem Sie sich nicht schwach gefühlt haben, Calvert. Sie wissen ja schließlich, wo der Whisky steht.«

Hutchinson hustete respektvoll. »Würden der Herr Admiral vielleicht gestatten . . .«

»Aber natürlich, natürlich«, sagte Onkel Arthur in einem ganz anderen Ton. »Natürlich, mein Junge.« Der Junge war fast einen halben Meter größer als Onkel Arthur. »Und wenn Sie schon einmal dabei sind, Calvert, bringen Sie mir auch einen mit. Aber keinen doppelten.« Manchmal konnte Onkel Arthur wirklich recht widerlich sein.

Fünf Minuten später sagte ich gute Nacht. Onkel Arthur war nicht ganz zufrieden. Ich hatte das Gefühl, er glaubte, daß ich die spannenden und aufregenden Momente in meiner Geschichte fortgelassen hatte. Aber ich war so müde wie der alte Sensenmann nach Hiroshima. Ich sah noch zu Charlotte Skouras hinein, sie schlief wie eine Tote. Einen Augenblick dachte ich an den Apotheker drüben in Torbay; er war völlig verschlafen gewesen, kurzsichtig wie eine Eule und fast achtzig. Vielleicht hatte er einen Fehler gemacht. Schließlich konnte er auf dem Gebiet der Herstellung von Schlafmitteln hier oben in den Hebriden kaum über eine größere Erfahrung verfügen.

Aber ich hatte dem alten Burschen unrecht getan. Nach unserer Ankunft in Craigmores sogenanntem Hafen, eine Ankunft, die mir wie ein Wunder erschien, hatte es nicht länger als eine Minute gedauert, Charlotte halbwegs wachzurütteln. Ich sagte ihr, sie solle sich anziehen – ein beabsichtigter Trick von mir, denn sie sollte nicht erfahren, daß ich wußte, daß sie noch immer angezogen war – und an Land kommen. Fünfzehn Minuten später waren wir alle in Hutchinsons Haus, und nach weiteren fünfzehn Minuten, nachdem Onkel Arthur und ich die Brüche der Gefangenen notdürftig geschient und die beiden in einem Raum untergebracht hatten, der lediglich ein Oberlicht besaß, durch das sich nicht einmal ein Seiltrickartist hätte hindurchzwängen können, lag ich in einem anderen winzigen Raum im Bett. Dieses Zimmer mußte offensichtlich dem Präsidenten des Auswahlkomitees der Craigmore Kunstgalerie gehören, denn die beiden Ausstellungsstücke hatte er für sich selbst aufbewahrt. Ich war kurz vor dem Einschlafen und dachte daran, falls Immobilienmakler jemals Doktorhüte erhielten, daß ohne Zweifel derjenige den ersten bekäme, dem es gelingen würde, ein Haus auf den Hebriden in der Nähe des Häutungsschuppens zu verkaufen – als sich die Tür öffnete und das Licht angemacht wurde. Erschöpft öffnete ich die Augen ein wenig und sah, wie Charlotte Skouras leise die Tür hinter sich schloß.

»Gehen Sie fort«, sagte ich, »ich schlafe.«

»Kann ich hereinkommen?« fragte sie. Sie betrachtete die Kunstgalerie, und ihre Lippen verzogen sich zu einem leisen Lächeln. »An Ihrer Stelle hätte ich das Licht angelassen.«

»Sie müssen sich erst mal die hinter dem Schrank ansehen«, prahlte ich. Langsam und soweit ich dazu in der Lage war, öffnete ich meine Augen ganz. »Es tut mir leid, ich bin müde. Was kann ich für Sie tun? Es ist keine Spezialität von mir, mitten in der Nacht Damenbesuch zu empfangen.«

»Onkel Arthur ist nebenan. Wenn Sie wollen, können Sie jederzeit um Hilfe rufen.« Sie blickte auf einen von Motten zerfressenen Sessel. »Kann ich mich setzen?«

Sie setzte sich. Sie trug noch immer das unverwüstliche weiße

Kleid, und ihr Haar war ordentlich gekämmt, das war aber auch alles, was man zu ihren Gunsten sagen konnte. Vielleicht hatte sie einen Anflug von Humor in ihrer Stimme, in ihrem Gesicht und in ihren Augen war davon jedoch nichts zu erkennen. Diese braunen, wissenden Augen, Augen, die alles vom Leben, von der Liebe und vom Lachen wußten, die Augen, die sie einst zur beliebtesten Schauspielerin ihrer Zeit gemacht hatten, in diesen Augen war nur noch Trauer und Verzweiflung. Und Angst. Jetzt, da sie ihrem Gatten und dessen Helfershelfern entkommen war, hätte es eigentlich keinen Grund mehr für diese Angst geben sollen. Aber sie war da. Halb verborgen. Aber vorhanden. Der Ausdruck der Angst ist etwas, das ich genau kenne. Die Fältchen unter den Augen und um den Mund, die so reizend aussahen, wenn sie lächelte oder lachte – in den Tagen, als sie noch gelächelt oder gelacht hatte –, sahen jetzt so aus, als hätten die Zeit, das Leid und die Verzweiflung sie für immer eingegraben in ein Gesicht, das niemals Lachen und Liebe gekannt hatte. Das Gesicht von Charlotte Skouras, ohne das der alten Charlotte Meiner dahinter. Ein Gesicht, das nicht mehr zu ihr gehörte. Ein erschöpftes, müdes und fremdes Gesicht. Ich nahm an, daß sie ungefähr fünfunddreißig Jahre alt sein mußte. Aber sie sah viel älter aus. Und doch, als sie fast zusammengekauert in diesem Sessel saß, existierte die Kunstgalerie von Craigmore für mich nicht mehr.

Sie sagte tonlos: »Sie vertrauen mir nicht, Philip.«

»Warum in aller Welt sagen Sie das? Warum sollte ich Ihnen nicht vertrauen?«

»Sagen Sie es mir. Sie weichen mir aus, Sie wollen meine Fragen nicht beantworten. Nein, das stimmt nicht einmal. Sie beantworten meine Fragen. Aber ich verstehe genug von Menschen, um zu wissen, daß Sie mir nur sagen, was Sie sagen wollen, und nicht das, was ich wissen müßte. Warum ist das so, Philip? Was habe ich getan, daß Sie mir nicht vertrauen?«

»Soll das heißen, daß ich nicht die Wahrheit sage? Gut, ich will zugeben, daß ich manchmal auf einem scharfen Grat wandle. Vielleicht lüge ich ab und zu. Aber alles selbstverständlich nur, wenn es beruflich notwendig ist. Ich würde einen Menschen wie Sie nie belügen.« Das meinte ich ernst und wollte es auch nicht tun – es sei denn für ihr Wohl. Das war etwas anderes.

»Warum sollten Sie einen Menschen wie mich nicht belügen?«

»Ich weiß nicht genau, wie ich das erklären soll. Ich könnte sagen, daß ich im allgemeinen reizende und anziehende Frauen, von denen ich eine hohe Meinung habe, nicht belüge. Und daraufhin könnten Sie spöttisch erwidern, daß ich mit dieser Behauptung die Wahrheit auf eine harte Probe stelle. Aber Sie hätten unrecht, weil es die Wahrheit ist, wenn man auf dem Standpunkt steht, daß die Wahrheit immer nur vom Standpunkt des Betrachters aus gesehen werden kann. Ich weiß nicht, ob sich das wie eine Beleidigung anhört, aber es ist bestimmt nicht so gemeint. Schon deswegen nicht, weil ich es schrecklich finde, Sie in Ihrer derzeitigen Lage vor mir zu sehen. Völlig erledigt, kein Ort, wohin Sie gehen und niemanden, an den Sie sich wenden können. Das einzige Mal in Ihrem Leben, wo Sie einen Zufluchtsort haben müßten. Aber das hört sich wieder wie eine Beleidigung an, fürchte ich. Ich könnte auch beispielsweise sagen, daß ich meine Freunde nicht belüge. Aber auch das wäre eine Beleidigung, denn eine Charlotte Skouras macht sich nicht gemein mit Söldnern der Regierung, die für Geld morden. Es hat keinen Zweck, Charlotte, ich weiß nicht, was ich sagen soll, außer daß es keine Rolle spielt, ob Sie mir glauben oder nicht, solange Sie nur glauben, daß Ihnen von mir kein Leid droht, und daß, solange ich in Ihrer Nähe bin, Ihnen auch von niemandem anderen ein Leid drohen wird. Vielleicht glauben Sie auch das nicht. Vielleicht hat Ihr weiblicher Instinkt zu arbeiten aufgehört.«

»O nein. Er macht – wie nennen Sie das doch gleich? – Überstunden. Er arbeitet ganz intensiv.« Ihre braunen Augen waren ruhig und ihr Gesicht ausdruckslos. »Ich glaube wirklich, daß ich mein Leben in Ihre Hände geben könnte.«

»Vielleicht würden Sie es dann nicht wiederbekommen.«

»Soviel ist es gar nicht wert. Außerdem möchte ich es gar nicht zurück haben.«

Sie sah mich lange Zeit und ohne Furcht an. Dann blickte sie auf ihre gefalteten Hände. Sie betrachtete sie so lange, daß auch ich letzten Endes in die gleiche Richtung sah. Ich konnte aber nicht erkennen, was mit ihren Händen nicht in Ordnung gewesen wäre. Endlich sah sie mit einem halben, beinahe ängstlichen Lächeln, das gar nicht zu ihr paßte, auf.

»Sie möchten wissen, warum ich gekommen bin«, fragte sie.

»Nein, das haben Sie mir schon gesagt. Sie möchten, daß ich Ihnen eine Geschichte erzähle, insbesondere den Anfang und das Ende der Geschichte.«

Sie nickte. »Als ich meine Karriere als Schauspielerin begann, habe ich ganz kleine Rollen gespielt, aber ich wußte stets, wovon das Stück handelte. In diesem Spiel, das das Leben geschrieben hat, spiele ich noch immer eine sehr kleine Rolle. Nur weiß ich überhaupt nicht, worum es sich handelt. Ich habe einen Auftritt von drei Minuten im zweiten Akt und habe keine Ahnung, was vorher passiert ist. Und dann komme ich noch mal für eine Minute im vierten Akt auf die Bühne. Aber ich habe keine Ahnung, was zwischen dem zweiten und vierten Akt geschehen ist, und ich kann mir überhaupt nicht vorstellen, wie alles enden wird.« Sie hob halb ihre Arme, die Handflächen nach außen gedreht. »Sie können sich nicht vorstellen, wie enttäuschend so etwas für eine Frau sein kann.«

»Wissen Sie wirklich überhaupt nichts von dem, was bisher vorgegangen ist?«

»Ich kann Sie nur bitten, mir zu glauben.«

Ich glaubte ihr. Ich glaubte ihr, weil ich wußte, daß es die Wahrheit war.

»Gehen Sie bitte in das Vorderzimmer und bringen Sie mir, wie man das in diesen Gegenden so hübsch nennt, eine Erfrischung«, sagte ich. »Ich werde von Stunde zu Stunde schwächer.«

Gehorsam stand sie auf, ging in das Vorderzimmer und brachte mir die Erfrischung, die mich gerade so weit stärkte, daß ich in der Lage war, ihr zu erzählen, was sie wissen wollte.

»Sie waren ein Triumvirat«, sagte ich, was nicht ganz genau stimmte, aber der Wahrheit für meine Erklärung am nächsten kam. »Sir Anthony, Lavorski, der, wie ich annehme, nicht nur sein Buchhalter in geschäftlichen und privaten Angelegenheiten war, sondern außerdem der Direktor aller seiner finanziellen Transaktionen, und John Dollmann, der Generaldirektor der Schiffahrtsgesellschaften – die aus steuerlichen Gründen gespalten wurden –, schlossen sich mit den Ölfirmen Ihres Mannes zusammen. Ich dachte, daß der schottische Anwalt MacCallum und der bärtige Jules Biscarte, dem eine der größten Handelsbanken in Paris gehört, auch mit von der Partie waren. Aber da irrte ich mich. Zumindest nicht Biscarte. Er wurde offiziell eingeladen, geschäftliche Besprechungen zu führen, sollte aber in Wirklichkeit unser Triumvirat unbewußt mit Informationen versehen, die die Basis für den nächsten Coup sein sollte. Ihm gefiel das Ganze aber nicht, und er zog sich zurück. Über MacCallum weiß ich nichts.«

»Ich weiß auch nichts über Biscarte«, sagte Charlotte. »Weder er noch Mr. MacCallum wohnten an Bord der ›Shangri-la‹. Sie hielten sich einige Tage im Columba-Hotel auf und waren zweimal zum Abendessen eingeladen. Seit dem Abend, an dem Sie an Bord waren, sind sie nicht mehr dagewesen.«

»Unter anderem mißfiel ihnen die Behandlung, die Ihr Gatte Ihnen zukommen ließ.«

»Mir mißfiel sie auch. Ich weiß, was Mr. MacCallum an Bord tat. Mein Mann plante in der Clydemündung im kommenden Winter eine Raffinerie zu bauen, und MacCallum verhandelte wegen der Pachtverträge für ihn. Mein Mann sagte, daß er Ende des Jahres aller Wahrscheinlichkeit nach eine große Summe freien Kapitals besitzen würde, die er anlegen wollte.«

»Das möchte ich wetten. Ein hübscher Ausdruck für den Erlös einer Reihe schwerer Diebstähle. Ich nehme an, es wird sich herausstellen, daß Lavorski der Initiator und führende Kopf hinter allem war, daß er es war, der feststellte, daß das Skouras-Imperium dringend neues Blut in Form von barem Kapital benötigte, und sich dabei einer Methode bediente, die ihm nah lag.«

»Aber – mein Mann hatte doch immer genug Geld«, widersprach Charlotte. »Er hatte stets das Beste von allem, Jachten, Wagen, Häuser . . .«

»In dieser Hinsicht hatte er immer genug Geld, genauso wie die Hälfte der Millionäre, die sich von den Wolkenkratzern stürzten, als in New York am schwarzen Freitag die Börse zusammenbrach. Nein, mein Kind, von Hochfinanz verstehen Sie wirklich nichts.« Diese Bemerkung, die von einem Menschen kam, der sein nacktes Leben von einem unzureichenden Gehalt bestritt, fand ich recht gut. »Lavorski hatte die fabelhafte Idee, Piraterie im großen Stil zu betreiben – das heißt, niemals Schiffe aufzubringen, deren Ladung nicht wenigstens eine Million Pfund wert war.«

Sie starrte mich mit offenem Mund an. Ich wünschte mir nur, solche Zähne zu besitzen, anstatt daß mir im Verlauf der Jahre die Hälfte von Onkel Arthurs Feinden ausgeschlagen worden war. Bitter dachte ich daran, daß Onkel Arthur fünfundzwanzig Jahre älter als ich war und daß er sich des öfteren damit brüstete, bis heute noch keinen Zahn verloren zu haben. »Sie denken sich das alles aus«, flüsterte sie.

»Lavorski dachte sich das alles aus. Ich erzähle es Ihnen nur, ich wäre nie gescheit genug, so etwas zu erfinden. Nachdem sie dieses fabelhafte System, Geld zu verdienen, ausgeklügelt hatten, standen sie vor drei Problemen: Erstens herauszufinden, wann und wo wertvolle Waren in so großen Mengen verschifft wurden, zweitens, wie diese Schiffe zu kapern waren und wo man sie verbergen konnte, während man die Tresore öffnete – da die meisten Schiffe mit den modernsten Safes ausgerüstet sind, kann dies bis zu einem Tag dauern – und drittens, besagte Waren fortzuschaffen.

Das Problem Nummer eins war leicht zu lösen. Ich zweifle nicht daran, daß sie hohe Bankangestellte bestochen haben – die Tatsache, daß sie es auch bei Biscarte versuchten, ist ein Beweis dafür –, aber ich glaube nicht, daß es jemals möglich sein wird, diese Leute vor Gericht zu bringen. Hingegen wird es möglich sein, ihren Hauptinformanten, ihre Trumpfkarte, unseren guten Freund und adligen Makler Lord Charnley zu verhaften und mit Erfolg anzuklagen. Um aus Seeräuberei wirklich ein großes Geschäft zu machen, benötigt man die Mitarbeit der Londoner Schiffsversicherungsgesellschaft Lloyd's, das heißt eines Angestellten von Lloyd's, also jemanden wie Lord Charnley, der von Beruf Seeversicherer bei Lloyd's ist. Hören Sie auf, mich so anzustarren, Sie bringen mich aus dem Konzept.

Ein großer Teil wertvoller Schiffsladungen wird bei Lloyd's versichert. Charnley mußte zumindest ein Teil dieser Versicherungen bekannt sein. Er wußte Bescheid über den Wert, die Firma oder die versendende Bank und außerdem über den mutmaßlichen Versandtag und das Schiff.«

»Aber Lord Charnley ist doch äußerst wohlhabend«, warf sie ein.

»Lord Charnley versucht den Eindruck zu erwecken, daß er wohlhabend ist«, korrigierte ich sie. »Zugegeben, um ein Mitglied dieses alten Versicherungsclubs zu werden, mußte er nachweisen, daß er vermögend war. Aber vielleicht hat er auf die falschen Pferde gewettet oder an der Börse gespielt. Entweder braucht er Geld oder wollte er Geld bekommen. Vielleicht hat er sogar viel Geld. Aber mit Geld ist es wie mit dem Alkohol, manche Menschen vertragen es und manche nicht. Und die, die es nicht vertragen, brauchen – je mehr Geld sie haben – immer noch mehr.

Dollmann löste das zweite Problem, den Raub der Ware und die richtigen Leute dafür. Ich möchte annehmen, daß das bei den Mitteln, über die er verfügte, gar nicht so schwierig war. Die Schiffe Ihres Mannes transportieren ihr Öl zu einigen höchst eigenartigen und finsteren Plätzen auf dieser Erde. Und dafür brauchte man fraglos einige recht eigenartige und harte Leute. Ich glaube nicht einmal, daß Dollmann die Piratenmannschaft selbst ausgesucht hat. Ich könnte mir vorstellen, daß er unseren guten Freund Kapitän Imrie auswählte, dessen Vergangenheit sich als äußerst interessant erweisen müßte, und diesem den Auftrag gab, die Skouras-Flotte zu durchkämmen und sich die geeigneten Leute für die Mannschaft auszusuchen. Als die Mannschaft aufgestellt war, warteten die Herren Skouras, Lavorski und Dollmann, bis sich ihr Opfer auf hoher See befand, steckten Sie und Ihre Stewardeß in ein Hotel, nahmen die Leute auf die ›Shangri-la‹, hielten das ausersehene Frachtschiff an, wobei sie verschiedene Tricks anwandten, die ich Ihnen später noch erzählen werde. Es gelang ihnen, an Bord zu kommen und die Schiffe zu übernehmen. Dann setzte die ›Shangri-la‹ die gefangengenommene Besatzung mit einer Wachmannschaft an Land, während die Piratenmannschaft das gekaperte Schiff zu einem Versteck führte.«

»Das kann nicht wahr sein, das kann einfach nicht wahr sein«, murmelte sie. Es war lange her, daß ich gesehen hatte, wie eine Frau die Hände rang, aber in diesem Augenblick tat es Charlotte Skouras. Ihr Gesicht war totenblaß. Sie wußte, daß das, was ich sagte, die Wahrheit war, und nichts hatte sie vorher jemals davon gehört. »Ein Versteck, Philip? Was für ein Versteck?«

»Wo würden Sie ein Schiff verstecken, Charlotte?«

»Woher soll ich das wissen?« Sie zuckte müde mit den Schultern. »Meine Gedanken sind heute nacht nicht sehr auf Draht. Vielleicht in der Arktis oder in einem einsamen norwegischen Fjord oder bei einer entlegenen Insel. Weiter kann ich nicht denken, Philip. Es kann nicht sehr viel Plätze geben, denn schließlich ist ein Schiff kein unauffälliger Gegenstand.«

»Es gibt Millionen von Plätzen, man kann ein Schiff praktisch überall in der Welt verstecken. Man muß es nur versenken.«

»Wollen Sie damit sagen . . . meinen Sie . . .«

»Genau das. Man setzte es auf Grund. Westlich vom Sund bis östlich zur Insel Dubh Sgeir befindet sich eine hübsche kleine, von Wirbeln und Untiefen verseuchte Wasserstrecke, mit dem schönen Namen Beul nan Uamh, Schlund des Grabes. Bei dieser Strecke muß es sich um den am engsten bepackten Schiffsfriedhof von Europa handeln. Bei niedrigstem Wasserstand wurden bei allen fünf Schiffen die Luken geöffnet, an einem genau vorher ausgesuchten Platz im Beul nan Uamh, und schon gingen sie unter. Wie die Gezeitentafel zeigt, wurden die meisten von ihnen genau oder um Mitternacht herum versenkt. ›Feuerpause um Mitternacht‹, wie der Poet so schön sagt. Nur daß es sich in diesem Fall um eine äußerst schmerzliche Sache handelte, zumindest für die Versicherungsunternehmer.«

Komisch. Warum war mir der Gedanke nicht eher gekommen? »Der Schlund des Grabes« war ein passender Name. Dabei war er auch noch ganz dick auf der Karte eingetragen, geradezu augenfällig. Aber nicht für einen Mann wie Calvert.

Sie konnte natürlich nicht hören, was ich dachte, und fragte:

»Dubh Sgeir? Aber . . . aber . . . aber das ist doch das Schloß von Lord Kirkside.«

»Nicht aber, sondern weil. Das Versteck wurde entweder von Ihrem Gatten ausgesucht oder, falls es durch jemand anderen geschah, wurde das Ganze von Ihrem Gatten arrangiert. Ich habe erst vor kurzem erfahren, daß Ihr Mann ein alter Trinkkumpan von Lord Kirkside ist. Ich habe ihn gestern gesehen, aber er wollte nicht reden. Weder er noch seine charmante Tochter.«

»Sie kommen wirklich ganz schön 'rum. Ich habe die Tochter niemals kennengelernt.«

»Das sollten Sie nachholen. Sie hält Sie für ein altes geldgieriges Scheusal. Wirklich ein reizendes Mädchen. Aber verängstigt. In Todesangst um ihr eigenes Leben und das Leben anderer.«

»Aber warum denn?«

»Wie, glauben Sie, ist es unseren Freunden gelungen, Lord Kirkside dazu zu bewegen, bei ihnen mitzumachen?«

»Durch Geld. Durch Bestechung.«

Ich schüttelte den Kopf. »Lord Kirkside ist ein Holländer und ein Gentleman. Der alte Skouras könnte in seinem ganzen Leben nicht soviel Geld besitzen, wie dazu nötig wäre, Lord Kirkside auch nur zu bestechen, in einem öffentlichen Verkehrsmittel zu fahren, ohne zu bezahlen. Das ist vielleicht ein schlechtes Beispiel, denn Lord Kirkside würde ein öffentliches Verkehrsmittel nicht mal erkennen, wenn er davon überfahren würde. Ich will damit nur sagen, daß der Alte einfach unbestechlich ist. Daraufhin entführten Ihre charmanten Freunde den ältesten Sohn von Lord Kirkside – der jüngere lebt in Australien –, und um sicherzugehen, daß Susan Kirkside nicht etwa eine Dummheit machen würde, nahmen sie auch noch gleich ihren Verlobten mit. Eine Vermutung, aber eine äußerst wahrscheinliche. Offiziell heißt es, daß die beiden tot sind.«

»Aber nein, nein«, flüsterte sie. Sie hielt die Hand vor den Mund und ihre Stimme zitterte. »Mein Gott, nein!«

»Mein Gott, ja. Es ist logisch und außerordentlich wirkungsvoll. Sie haben außerdem die Söhne des Polizeimeisters MacDonald und die Frau von Donald MacEachern aus den gleichen Gründen entführt. Um sich Schweigen und Mitarbeit zu erkaufen.«

»Aber . . . aber Menschen können doch nicht so ohne weiteres verschwinden.«

»Wir haben es hier nicht mit Dilettanten, sondern mit genial veranlagten Kriminellen zu tun. Das Verschwinden der Leute war aufgezogen, daß es wie ein Unglück mit tödlichem Ausgang aussah. Noch weitere Personen sind verschollen. Menschen, die das

Pech hatten, in kleinen Privatbooten in der Nähe zu sein, während unsere Freunde auf den genauen Zeitpunkt warteten, um die gekaperten Schiffe zu versenken.«

»Aber hat das nicht die Polizei auf sie gehetzt? Wenn so viele kleine Schiffe in derselben Gegend vermißt werden?«

»Sie haben zwei dieser Schiffe fünfzig oder noch mehr Seemeilen weit gesegelt oder geschleppt, ehe sie sie auf Felsen auflaufen ließen. Ein anderes Boot konnte irgendwo verschwunden sein. Das vierte segelte von Torbay ab und war verschollen. Aber das Verschwinden eines einzigen Bootes ist nicht genug, um Verdacht zu erregen.«

»Das stimmt. Ich weiß, daß es stimmen muß.« Sie schüttelte den Kopf, als ob sie trotz allem nicht glauben konnte, daß es sich um die Wahrheit handelte. »Es paßt alles so gut. Es erklärt so vieles. Aber ... aber was nützt es schon, zu wissen, daß irgend etwas ganz und gar nicht stimmt und daß dieses Etwas sich in Loch Houron befindet? Sie werden sich aus dem Staub machen.«

»Woher wissen Sie, daß unser Verdacht sich auf Loch Houron richtet?«

»Onkel Arthur hat es mir vergangene Nacht im Steuerhaus erzählt.« Ihre Stimme klang überrascht. »Erinnern Sie sich nicht mehr?«

Jetzt fiel es mir wieder ein. Ich war halb tot vor Schlaflosigkeit. Eine dumme Bemerkung, vielleicht sogar eine verräterische. Ich war nur froh, daß Onkel Arthur sie nicht gehört hatte.

»Calvert hat den Höhepunkt seiner Kräfte überschritten«, sagte ich. »Mein Gedächtnis läßt mich im Stich. Natürlich werden sie sich aus dem Staub machen. Aber noch nicht innerhalb der nächsten achtundvierzig Stunden. Sie werden sich einbilden, daß sie viel Zeit haben. Es ist noch keine acht Stunden her, seit wir Polizeimeister MacDonald befohlen haben, ihnen mitzuteilen, daß wir zum Festland gefahren sind, um Hilfe zu holen.«

»Ich verstehe«, sagte sie beklommen. »Und was haben Sie heute nacht in Dubh Sgeir gemacht, Philip?«

»Nicht viel, aber genug.« Eine weitere kleine Notlüge. »Genug, um meine letzten Verdachtsmomente zu bestätigen. Ich schwamm an Land, zu dem kleinen künstlichen Hafen, und öffnete die Tür des Bootshauses. Es ist ein äußerst interessantes Bootshaus. Es ist innen nicht nur dreimal so groß, wie es von außen aussieht, sondern auch noch bis an die Decke mit Tauchgeräten vollgestopft.«

»Tauchgeräte?«

»Um Himmels willen, Sie stellen sich beinah so dumm an wie

ich. Wie, glauben Sie, kann man die Beute aus den gesunkenen Schiffen bergen? Sie benutzen ein Tauchboot, das sonst im Bootshaus von Dubh Sgeir untergebracht ist.«

»Ist das . . . Ist das alles, was Sie herausgefunden haben?«

»Es gibt nichts weiter herauszufinden. Ich hatte mir vorgenommen, mich etwas im Schloß umzusehen – vom Bootshaus führt hinten eine steile Treppe bis zur Klippe hinauf –, aber etwa auf dreiviertel Höhe saß ein Kerl mit einem Gewehr in der Hand. Ein Wachtposten. Er trank, war aber trotz allem auf dem Posten. Ich wäre noch nicht einmal auf 100 Meter an ihn herangekommen, ohne von ihm durchlöchert zu werden. Deshalb ging ich wieder fort.«

»Du lieber Gott«, murmelte sie, »wie entsetzlich. Das ist ja entsetzlich. Und Sie haben keinen Sender, wir sind von jeder Hilfe abgeschnitten. Was werden wir tun? Was werden Sie tun, Philip?«

»Ich werde in der kommenden Nacht mit der ›Firecrest‹ dort hinfahren. Ich habe unter der Sitzbank im Salon ein Maschinengewehr versteckt, und Onkel Arthur und Tim Hutchinson haben auch jeder ein Gewehr. Wir werden auf Erkundungsfahrt gehen. Ihre Zeit läuft ab, sie werden spätestens übermorgen versuchen abzuhauen. Die Türen des Bootshauses schließen nicht sehr fest, und falls kein Licht hindurchscheint, bedeutet das, daß sie mit ihrem Tauchen noch nicht fertig sind. Wir werden also warten, bis sie fertig sind, und dann erst hineingehen. Wir werden das Licht auf eine Entfernung von zwei Meilen sehen, wenn sie die Tür öffnen, um das Tauchboot hereinzulassen und die Beute, die sie in den anderen vier versenkten Schiffen gemacht haben, zu verladen. Während sie laden, wird selbstverständlich die Tür des Bootshauses geschlossen sein. Also werden wir durch die Tür durchstoßen, und zwar auf Deck der ›Firecrest‹. Die Türen sahen mir nicht zu stark aus. Überraschung ist alles. Wir werden sie schnappen, während sie gerade ein Nickerchen machen. Ein Maschinengewehr ist in einem so kleinen Raum eine äußerst gefährliche Waffe.«

»Sie werden Sie umbringen. Sie werden Sie umbringen!« Sie kam zu mir herüber und setzte sich mit aufgerissenen, erschreckten Augen auf die Bettkante. »Bitte, Philip, bitte, bitte tun Sie es nicht. Ich sage Ihnen, daß Sie dabei getötet werden. Ich bitte Sie, tun Sie es nicht!« Sie schien sehr sicher zu sein, daß man mich umbringen würde.

»Ich muß, Charlotte. Mir bleibt keine Zeit mehr. Es gibt keine andere Möglichkeit.«

»Bitte.« Ihre braunen Augen schwammen in Tränen. Ich konnte es kaum glauben. »Bitte Philip, mir zuliebe.«

»Nein.« Eine Träne fiel auf meinen Mundwinkel; sie schmeckte so salzig wie Meerwasser. »Alles sonst auf der Welt, aber nicht das.«

Langsam erhob sie sich, die Arme hingen müde herunter und Tränen strömten über ihre Wangen. Sie sagte tonlos: »Das ist der verrückteste Plan, von dem ich je in meinem Leben gehört habe.« Sie drehte sich um, machte das Licht aus und verließ den Raum.

Ich lag da und starrte in die Dunkelheit. Sie hatte durchaus recht, die Lady, mit dem, was sie gesagt hatte. Das war tatsächlich der verrückteste Plan, von dem ich je in meinem Leben gehört hatte. Ich war nur froh, daß ich ihn nicht auszuführen brauchte.

Zehntes Kapitel
Donnerstagmittag bis Freitag Tagesanbruch

»Laßt mich schlafen«, sagte ich und weigerte mich, die Augen zu öffnen. »Ich bin tot.«

»Komm schon, komm schon.« Wieder ein hartes Schütteln. Eine Hand wie eine Kohlenschaufel. »Auf!«

»O mein Gott!« Ich machte vorsichtig ein Auge auf. »Wie spät ist es?«

»Kurz vor zwölf. Ich kann Sie nicht länger schlafen lassen.«

»Mittag! Ich wollte doch um fünf Uhr früh geweckt werden. Wissen Sie nicht . . .«

»Kommen Sie her.« Er ging zum Fenster. Ich versuchte aus dem Bett herauszukommen. Meine Beine waren steif. Ich mußte während des Schlafes operiert worden sein. Ohne Narkose. Die war in meinem Zustand gar nicht nötig. Irgend jemand hatte mir die Knochen aus den Beinen herausoperiert. Ich war fix und fertig. Hutchinson nickte in Richtung auf das Fenster. »Was halten Sie davon?«

Ich blickte hinaus in eine graue trübe Welt und sagte gereizt: »Was erwarten Sie denn, daß ich in diesem verdammten Nebel sehen soll?«

»Den Nebel.«

»Ich verstehe«, sagte ich blöde. »Den Nebel.«

»Der Wetterbericht für die Schiffahrt um zwei Uhr nachts«, sagte Hutchinson und machte den Eindruck, als ob er sich in großer Geduld übe, »meldet, daß sich der Nebel in den frühen Morgenstunden heben würde. Nun, der gottverdammte Nebel hat sich in den frühen Morgenstunden nicht gehoben.«

Langsam klärte sich mein schlaftrunkener Kopf. Ich fluchte und griff nach dem Anzug, der am wenigsten schmutzig war. Er war feucht, klamm und kalt, aber ich nahm es kaum wahr. Es sei denn im Unterbewußtsein. Meine Gedanken waren mit etwas anderem beschäftigt. Montagnacht hatten sie die ›Nantesville‹ bei seichtem Wasser versenkt. Das bedeutete, daß sie kaum eine Möglichkeit hatten, noch in dieser Nacht oder Dienstagnacht daran zu arbeiten. Das Wetter war selbst in dem geschützten Hafen von Torbay schlimm genug gewesen, Gott allein wußte, wie es zu diesem Zeitpunkt in Beul nan Uamh gewesen war. Aber in der vergangenen Nacht hätten sie anfangen können. Und sie hatten in der letzten Nacht auch angefangen, denn das Tauchboot war nicht im Bootshaus von Dubh Sgeir gewesen. Berichte von den Eigentümern der ›Nantesville‹ hatten ergeben, daß der Panzerschrank des Schiffes verhältnismäßig alt war, nicht aus gehärtetem Stahl, und daß man ihn mit dem richtigen Werkzeug innerhalb von zwei Stunden ohne weiteres öffnen konnte. Lavorski und Genossen würden sicher über das richtige Werkzeug verfügen. Den Rest der vergangenen Nacht dürften sie damit zugebracht haben, den größten Teil der Goldbarren nach oben zu bringen. Aber selbst wenn sie drei Taucher und ständige Ersatzleute die ganze Zeit eingesetzt hatten, war ich ziemlich sicher, daß sie auf keinen Fall die ganzen achtzehn Tonnen hatten nach oben bringen können. Schließlich waren Marinebergungsarbeiten mein Job gewesen, ehe Onkel Arthur mich holte. Sie mußten zumindest noch eine weitere Nacht oder den größten Teil davon arbeiten, da sie nur nach Sonnenuntergang wagen konnten, die Beute zu bergen, wenn niemand sie sehen konnte. Aber auch in diesem dichten Nebel konnte sie niemand sehen. Das war genauso gut, als ob man ihnen eine Nacht geschenkt hätte.

»Wecken Sie Onkel Arthur und sagen Sie ihm, daß wir uns mit der ›Firecrest‹ auf den Weg machen.«

»Er wird mitkommen wollen.«

»Er muß hierbleiben. Er weiß verdammt genau, daß er hierbleiben muß. Sagen Sie ihm nur, Beul nan Uamh.«

»Nicht Dubh Sgeir? Nicht zum Bootshaus?«

»Sie wissen ganz genau, daß wir nicht vor Mitternacht dorthin dürfen.«

»Das hatte ich vergessen«, sagte Hutchinson langsam. »Stimmt, wir können dort unmöglich vor Mitternacht hinfahren.«

Beul nan Uamh benahm sich nicht so, wie man es aufgrund seines gefürchteten Rufes erwarten sollte. An diesem Nachmittag war das Wetter träge, und nur ganz leichte Wellen kamen von Südwesten her. Wir kreuzten von Ballara bis zum äußersten Norden der Ostküste von Dubh Sgeir und krochen dann zentimeterweise mit minimalster Kraft nach Süden. Wir hatten die Maschine so eingestellt, daß der Unterwasserauspuff benutzt wurde, und im Steuerhaus konnten wir kaum das Klopfen der Dieselmaschine hören. Selbst als wir beide Türen des Steuerhauses weit öffneten, konnten wir es nur gerade eben vernehmen. Der Grund, warum wir die Türen des Steuerhauses geöffnet hatten, war aber nicht der, unseren eigenen Maschinenlärm nicht zu hören.

Zu diesem Zeitpunkt hatten wir fast die Hälfte des östlichen Teiles des wunderbar ruhigen Wassers durchfahren, das normalerweise von dem wilden Getöse des Beul nan Uamh begrenzt war. Es war die gleiche Stelle, die Williams und ich am vergangenen Nachmittag vom Hubschrauber aus beobachtet hatten. Zum erstenmal zeigte Hutchinson Anzeichen aufkommender Sorge. Fast nie blickte er durch das Fenster des Steuerhauses, und nur ganz selten sah er einmal auf den Kompaß. Er steuerte fast ausschließlich nach der Karte und dem Echelot.

»Sind Sie sicher, daß sich das Schiff auf dieser vierzehn Faden tiefen Bank befindet, Calvert?«

»Da muß es sein. Zum Teufel, nur da kann es sein. Dort bei der sieben Faden tiefen Bank ist der Seeboden ziemlich flach, aber dort wäre nicht genügend Tiefe vorhanden, um bei Ebbe die Schiffsaufbauten und Masten zu verbergen. Von dort bis zu der Stelle von vierzehn Faden befindet sich praktisch ein Riff. Und hinter der Bank geht die Tiefe sofort auf fünfunddreißig Faden. Tief genug, um ein Schiff dort umdrehen zu können. In solchen Tiefen kann man aber nur mit besonderen Spezialausrüstungen operieren.«

»Das ist eine verdammt schmale Bank«, grollte er. »Wie konnten sie wissen, daß das versenkte Schiff genau dort zu liegen kam, wo sie es haben wollten?«

»Die wußten es. Bei absolut ruhigem Wasser kann man sicher sein.«

Hutchinson stellte die Maschine auf Leerlauf und ging nach draußen. Ruhig machten wir unseren Weg durch die graue trübe Welt. Die Sichtverhältnisse gingen nicht über die Schiffsbreite hinaus. Das gedämpfte Klopfen der Dieselmaschine trug nur dazu bei, die unwirkliche Ruhe noch zu verstärken. Hutchinson kam ins Steuerhaus zurück. Seine massige Figur bewegte sich so ruhig wie immer.

»Ich fürchte, Sie haben recht. Mir kommt es so vor, als hätte ich Motorengeräusche gehört.«

Ich lauschte, und dann konnte ich es auch hören. Das unverkennbare Rattern eines Luftkompressors. Ich sagte: »Was heißt, Sie fürchten, ich habe recht?«

»Das wissen Sie verdammt genau.« Er gab etwas Kraft voraus und steuerte hart Backbord, so daß wir langsam wieder ins tiefere Wasser kamen. »Sie wollen doch da 'runter.«

»Halten Sie mich für verrückt? Glauben Sie, ich *will* da 'runter? Zum Teufel, ich will überhaupt nicht da 'runter – aber Sie wissen genausogut wie ich, daß ich da 'runter *muß*. Und Sie wissen auch warum. Wollen Sie, daß die Kerle mit ihrer Arbeit fertig werden, alles in Dubh Sgeir verladen und die ganze Bande längst zum Teufel ist, ehe wir um Mitternacht dort sein können?«

»Die Hälfte, Calvert. Nehmen Sie die Hälfte von dem, was uns zusteht. Bei Gott, Mann, wir tun ja überhaupt nichts.«

Ich einigte mich mit ihm auf ein großes Bier im Columba-Hotel in Torbay. »Konzentrieren Sie sich nur darauf, diesen Kahn hier genau an der Stelle zu halten, wo er sein soll. Ich möchte den Rest meines Lebens nicht damit zubringen, im Atlantik herumzuschwimmen, wenn ich wieder von der ›Nantesville‹ auftauche.«

Er sah mich mit einer Miene an, die besagte, »falls überhaupt . . .« Aber er schwieg. Er drehte nach Süden in Richtung auf das Tauchboot zu. Wir konnten die ganze Zeit aus der Entfernung den Kompressor hören. Dann drehte er etwas nach Westen und steuerte die ›Firecrest‹ mit Geschick und Präzision genau auf die Stelle zu, von der das Geräusch kam. »Knapp zweihundert Meter«, sagte er.

»Ungefähr. Ziemlich schwer im Nebel auszumachen.«

»Nord zweiundzwanzig klar Ost. Anker 'runter.« Ich ließ den Anker 'runter. Nicht den normalen schweren Anker, sondern einen kleineren an einem Tau von vierzig Faden. Er verschwand geräuschlos im Wasser, und das Tau folgte genauso unhörbar. Ich ließ die ganzen vierzig Faden herunter, so schnell ich konnte. Dann ging ich zum Steuerhaus zurück und schnallte mir die Druckzylinder auf den Rücken.

»Also vergessen Sie nicht«, sagte Hutchinson, »wenn Sie nach oben kommen, lassen Sie sich treiben. Die Ebbe beginnt von Nordnordost und wird Sie hierher zurückbringen. Ich lasse außerdem die Maschine laufen, so daß Sie den Unterwasserauspuff auf eine Entfernung von zwanzig Metern hören können. Ich hoffe nur, daß der Nebel nicht hoch geht. Das würde bedeuten, daß Sie nach Dubh Sgeir schwimmen müßten.«

»Das wäre wirklich reizend. Und was machen Sie, wenn es sich aufklärt?«

»Dann kappe ich den Anker und fahre los.«

»Und wenn sie Sie verfolgen?«

»Mich verfolgen? Einfach so? Das würde bedeuten, daß zwei oder drei tote Taucher dort unten zurückbleiben.«

»Ich wünschte nur«, sagte ich wütend, »daß Sie jetzt nicht von toten Tauchern in der ›Nantesville‹ reden würden.«

An Bord der ›Nantesville‹ befanden sich drei Taucher. Sie waren nicht tot, sondern arbeiteten wie die Wilden, das heißt, so schnell, wie man mit langsamen Bewegungen unter großem Druck im Wasser arbeiten kann.

Das Herunterkommen war nicht schwierig gewesen. Ich war an der Oberfläche auf das Tauchboot zugeschwommen, wobei mir das Kompressorengeräusch klar die Richtung wies, und als ich noch drei Meter davon entfernt war, tauchte ich. Meine Hände berührten Kabel, Rettungsleinen und endlich eine Trosse.

Ich hielt in meinem Abstieg an der Trosse inne, als ich einen schwachen Lichtschein unter mir erblickte. Dann schwamm ich von der Trosse fort nach unten, bis meine Füße festen Boden berührten. Ich war auf dem Deck der ›Nantesville‹. Vorsichtig bewegte ich mich auf die Lichtquelle zu.

Dort standen zwei von ihnen in ihren beschwerten Stiefeln am Rand einer offenen Luke. Wie ich erwartet hatte, trugen sie nicht wie ich eigenständige Taucherkleidung, sondern den normalen Taucherhelm und den Taucheranzug mit Luftleitung und Rettungsleitung. Ganz gewiß waren die Rettungsleitungen mit Telefondrähten gekoppelt. Eigenständiges Tauchgerät hätte hier unten auch nicht viel genutzt. Für Sauerstoff war es zu tief, und komprimierte Luft begrenzte die Zeitdauer zu sehr. In diesen Anzügen konnten sie sich mindestens eineinhalb Stunden unten aufhalten. Allerdings mußten sie dreißig bis vierzig Minuten wegen des Druckausgleichs auf ihrem Weg nach oben zubringen. Ich wollte in kürzerer Zeit, ich wollte am liebsten sofort wieder nach oben. Mein Herz schlug in einem heftigen Trommelwirbel gegen die Brust. Aber das war nur der Wasserdruck, wie ich mir selbst sagte. Das konnte unmöglich Angst sein. Dafür war ich doch viel zu tapfer.

Die Trosse, die ich benutzt hatte, um mich zur ›Nantesville‹ herunterzulassen, endete in einem großen Metallring, an dem vier

Ketten mit einem rechteckigen Stahlkorb hingen. Die beiden Taucher beluden diesen Korb mit Stahlkisten, die sie aus dem Innern des Schiffsbauchs ungefähr im Abstand von je einer Minute herausholten. Die Stahlkisten waren klein, aber offensichtlich sehr schwer. In jeder befanden sich vier Goldbarren im Gewicht von je fünfundzwanzig Pfund. Jede Kiste enthielt ein Vermögen. Insgesamt befanden sich dreihundertsechzig solcher Vermögen an Bord der ›Nantesville‹.

Ich versuchte in etwa die Anzahl der Entladungen zu kalkulieren. Der Stahlkorb faßte sechzehn Kisten. Ladezeit sechzehn Minuten. Weitere zehn Minuten, ihn zum Tauchboot hochzuwinden, zu entladen und wieder herunterzubringen. Das bedeutete etwa vierzig in der Stunde. In eineinhalb Stunden etwa sechzig. Nach neunzig Minuten würden sie die Taucher auswechseln müssen. Weitere vierzig Minuten, wobei zwei Pausen von, sagen wir zwölf und vierundzwanzig Minuten zum Druckausgleich nötig waren, bis sie an die Oberfläche kamen. Dann weitere zwanzig Minuten, während die Taucheranzüge gewechselt wurden und die andern Taucher nach unten gingen. Alles in allem wenigstens eine Stunde. Das bedeutete, daß sie alle zweieinhalb Stunden sechzig Kisten herausbringen konnten oder vierundzwanzig in der Stunde. Die einzige Frage war: Wie viele Kisten lagen noch im Panzerschrank der ›Nantesville‹?

Das mußte ich herausfinden, und zwar sofort. Ich hatte nur die beiden Druckluftzylinder mit an Bord der ›Firecrest‹ genommen und von den zweihundert Atmosphären, die in ihnen waren, schon einen Großteil verbraucht. Die Trosse bewegte sich, und der gefüllte Korb begann nach oben zu steigen, wobei die Taucher aufpaßten, daß er sich nicht in den Aufbauten der ›Nantesville‹ verfing. Dies taten sie mit Hilfe einer Führungsleine. Ich bewegte mich vorwärts von der Ecke, die der geöffneten Luke am nächsten war, wobei ich am weitesten entfernt von dem Punkt zu bleiben versuchte, wo die beiden Taucher standen. Ich schwang mich unbemerkt, wie ich annahm, hinein, denn der Schein ihrer Lampe war sehr begrenzt, und sie konnten mich unmöglich dort, wo ich stand, gesehen haben.

Meine Hände, die bereits durch das eisige Wasser klamm und abgestorben waren, berührten einen Luftschlauch und eine Rettungsleine und zuckten sofort zurück. Unter mir, zu meiner Rechten, konnte ich einen weiteren schwachen Lichtstrahl wahrnehmen. Ein paar vorsichtige Schwimmstöße, und dann sah ich den Ursprung des Lichts.

Das Licht bewegte sich. Es bewegte sich deshalb, weil es am Helm des Tauchers angebracht war, und zwar so, daß es in einem Winkel von etwa fünfundvierzig Grad nach unten schien. Der Taucher befand sich im Panzerschrank.

Sie hatten den Panzerschrank nicht mit einem Sicherheitsschlüssel geöffnet, sondern seitlich mit einem Unterwasserschweißbrenner aufgeschnitten, und zwar in Form eines Rechtecks, etwa ein Meter achtzig mal ein Meter zwanzig. Ich bewegte mich auf die Öffnung zu und steckte meinen Kopf hinein. Hinter dem sich gerade bückenden Taucher befand sich noch ein anderes Licht, das an der Decke befestigt war. Die Kisten mit den Goldbarren waren säuberlich in Reihen an der Seite aufgestapelt, und ich brauchte etwa fünf Sekunden, um ihre Anzahl zu errechnen. Von den ursprünglich dreihundertsechzig Kisten waren noch etwa einhundertzwanzig übrig.

Etwas streifte meinen Arm und glitt an ihm ab. Ich sah nach unten und erkannte, daß es ein Nylonseil war, an dem der Taucher zog, um es um den Griff einer der Kisten zu winden.

Sein Rücken war mir zugewandt. Es bereitete ihm Schwierigkeiten, das Seil zu befestigen, aber endlich gelang es ihm mit zwei Knoten. Und nun zog er ein Messer aus dem Gürtel. Ich wunderte mich darüber, was er mit dem Messer wollte.

Ich sollte schnell herausfinden, wofür das Messer gedacht war. Für niemanden anderen als für mich. Gebückt, wie er dagestanden hatte, konnte er nur einen flüchtigen Schatten von mir erkannt haben, oder er hatte den plötzlichen Druck und das Loslassen des Nylonseils gespürt, oder aber sein sechster Sinn befand sich in einer besseren Verfassung als der meine. Ich will nicht behaupten, daß er sich herumwarf, denn in einem schweren Taucheranzug in solcher Tiefe wird jede Bewegung so langsam, daß sie Zeitlupentempo entspricht.

Auf jeden Fall bewegte er sich zu schnell für mich. Es war nicht einmal so sehr mein Körper, der zu langsam reagierte, sondern mein Gehirn. Er hatte sich jetzt umgewandt und stand in einer Entfernung von nicht viel mehr als einem Meter, das Gesicht mir zugewandt. Und ich war noch immer da, wo ich schon gewesen war, als er die erste Bewegung gemacht hatte. Meine Reaktionen und meine Aktivität entsprachen ungefähr der eines Zementsackes. Das Messer lag mit seiner ungefähr fünfzehn Zentimeter langen Klinge in seiner gesenkten Hand und zeigte auf mich. Und jetzt konnte ich sein Gesicht klar erkennen. Gott allein weiß, wofür er das Messer brauchte. Es mußte sich dabei um eine Reflexbewegung gehandelt haben, denn er brauchte kein Messer, um mit mir fertigzuwerden. Er hätte nicht einmal ein Messer gebraucht, um mit zwei Menschen in meiner Verfassung fertigzuwerden.

Es war Quinn.

Ich beobachtete mit einer eigenartigen, fast paralysierten Spannung sein Gesicht. Ich beobachtete sein Gesicht, um festzustellen, ob sein Kopf sich nach unten senken würde, um den Telefonknopf mit dem Kinn herunterzudrücken. Aber sein Kopf bewegte sich nicht. Niemals in seinem Leben hatte Quinn um Hilfe gerufen, und er würde es auch jetzt nicht tun. Statt dessen verzogen sich seine Lippen zu einem beinahe engelsgleichen Lächeln. Meine Maske machte es fast unmöglich, mein Gesicht zu erkennen, aber er wußte, wer da war. Er wußte, mit wem er es zu tun hatte, ohne auch nur im geringsten zu zweifeln. Er hatte das Gesicht eines Menschen, der sich in einem Zustand höchster religiöser Ekstase befand. Langsam fiel er nach vorn, mit gebeugten Knien, bis er sich etwa in einem Winkel von fünfundvierzig Grad zu mir befand, und warf sich dann vor, mit bereits weit ausholendem rechten Arm.

Der Augenblick der Lähmung war vorüber. Ich stieß mich mit dem linken Fuß an der Außenwand des Panzerschrankes ab und sah, wie die Luftleitung in einer Schleife auf mich zukam, als Quinn durch die aufgebrochene Öffnung trat. Ich ergriff sie und zog mit aller Kraft daran, um ihn aus der Balance zu bringen. Ein scharfer stechender Schmerz stieg mir von den unteren Rippen bis zur rechten Schulter hoch, und ich fühlte einen plötzlichen Ruck in meiner rechten Hand. Ich fiel rückwärts auf den Boden des Laderaums, und dann konnte ich Quinn nicht mehr sehen, nicht weil mich der Fall benommen gemacht hatte, auch nicht weil sich Quinn fortbewegt hatte, sondern weil er in einer trüben blubbernden Masse von kleinen Blasen verschwand. Eine unzerbrechliche Lufttleitung kann und muß ziemlich viel aushalten. Aber sie kann unmöglich dem mit aller Gewalt ausgeführten Schnitt eines rasierklingenscharfen Messers aus der Hand eines der stärksten Männer, die ich kannte, widerstehen. Quinn hatte seine eigene Luftleitung säuberlich durchschnitten.

Nichts auf der Welt konnte ihn jetzt noch retten. Mit einem Druck von etwa vierzig Pfund auf den Quadratzentimeter, der sich auf das durchschnittene Ende der Luftleitung legte, mußte er bereits am Ertrinken sein. Sein Taucheranzug mußte sich mit Wasser füllen und ihn so herunterdrücken, daß er sich nicht wieder erheben konnte. Fast ohne zu wissen, was ich tat, bewegte ich mich, das Nylonseil noch immer in meinen Händen, auf ihn zu und wand es, wo ich nur konnte, um seine wie wild um sich schlagenden Beine. Ich war vorsichtig genug, mich außerhalb der Reichweite seiner Arme zu bewegen, denn Quinn war noch immer in der Lage, mich mit sich zu nehmen, er hätte mein Genick wie einen morschen Ast brechen können. Im Unterbewußtsein hatte ich die Hoffnung, wenn seine Kameraden nachschauen würden, was jeden Augenblick passieren konnte – denn die großen Luftblasen mußten sich bereits auf dem Weg vom Laderaum an die Oberfläche befinden –, daß sie dann glauben würden, er hätte sich verheddert und dann versucht, sich mit dem Messer zu befreien. Ich dachte weder damals noch tue ich es heute, daß meine Handlungsweise gefühllos gewesen ist. Ich hatte keinerlei Skrupel oder Hemmungen, dies einem Sterbenden anzutun. Er war auf jeden Fall verloren. Er war ein psychopathisches Monstrum, das aus Freude an der Sache tötete, und vor allem mußte ich an jene Lebenden denken, die in den Kellern von Schloß Dubh Sgeir sterben könnten. Ich ließ ihn um sich strampeln und sterbend liegen, schwamm nach oben und versteckte mich unterhalb der Deckplanken des Laderaums.

Die zwei Männer, die sich an Deck befunden hatten, waren bereits auf dem Weg nach unten, wobei sie sich an ihren Rettungsleinen langsam herunterließen. Sobald ihre Taucherhelme sich unter mir befanden, stieg ich durch die Luke nach oben und fand die Trosse, an der ich mich weiter zur Wasseroberfläche bewegte. Ich war knapp zehn Minuten unten gewesen. Als der Tiefenmesser an meinem Handgelenk zwei Faden anzeigte, machte ich drei Minuten Pause wegen des Druckausgleichs. Jetzt war Quinn bereits tot.

Ich tat genau das, was Hutchinson mir gesagt hatte. Ich ließ mich auf die ›Firecrest‹ zutreiben – jetzt bestand kein Grund mehr zur Eile – und fand sie auch ohne Schwierigkeiten. Hutchinson war da, um mir aus dem Wasser zu helfen, und ich war ihm für seine Hilfe sehr dankbar.

»Junge, bin ich froh, Sie zu sehen«, sagte er. »Ich habe niemals geglaubt, daß es den Tag geben würde, an dem Tim Hutchinson tausend Tode sterben würde, aber heute ist er tausend Tode gestorben. Wie war's denn?«

»Alles in Ordnung. Wir haben Zeit. Noch etwa fünf bis sechs Stunden.«

»Ich werde den Haken hochziehen.« Drei Minuten später waren wir bereits unterwegs, und nach weiteren drei Minuten waren wir nahe genug dem Mittelkanal von Beul nan Uamh und fuhren der stärker werdenden Flut in nordöstlicher Richtung entgegen. Ich hörte, wie die automatische Steuerung eingestellt wurde, und dann kam Hutchinson in den erleuchteten Salon, in dem die Vorhänge überflüssigerweise, da ja dichter Nebel war, fest zugezogen waren. Er sah, wie ich mir selbst Erste Hilfe leistete, indem ich gerade damit anfing, mir Verbandsstoff über einen häßlichen Schnitt, der von meiner untersten Rippe bis zur Schulter reichte, zu legen. Seinen Gesichtsausdruck konnte ich unter der dunklen Pracht seines Bartes nicht wahrnehmen. Aber seine plötzliche Unbeweglichkeit war Ausdruck genug. Er sagte leise: »Was ist passiert, Calvert?«

»Quinn. Ich traf ihn im Panzerschrank der ›Nantesville‹.« Er kam auf mich zu und half mir den Verband anzulegen. Als wir fertig waren, sagte er: »Quinn ist tot.« Es war keine Frage.

»Quinn ist tot, er hat seine eigene Luftleitung durchschnitten.« Ich erzählte ihm, was passiert war. Er sagte nichts. Auf dem Weg zurück nach Craigmore sprach er kaum ein Dutzend Worte. Ich wußte, daß er mir nicht glaubte. Ich wußte, daß er es mir nie glauben würde.

Auch Onkel Arthur glaubte mir nicht. Er würde es mir bis zum Tage seines Todes nicht glauben. Aber seine Reaktion war eine ganz andere. Er zeigte vollste Zufriedenheit. In seiner eigenen onkelhaften Art war er ein Mensch von absoluter Unbarmherzigkeit. Er schien in der Tat die Hälfte der angeblichen Exekution sich selbst zuzuschreiben. »Es ist noch keine vierundzwanzig Stunden her«, sagte er am Teetisch, »daß ich Calvert den Befehl erteilte, diesen Mann zu finden und ihn, ganz gleich durch welche Methoden auch immer, zu vernichten. Ich muß zugeben, daß ich niemals daran gedacht habe, daß die Methode eine messerscharfe Klinge gegen eine Luftleitung sein würde. Sehr schön gemacht, mein Junge. Wirklich sehr schön gemacht.«

Charlotte Skouras glaubte mir. Ich weiß nicht warum, aber sie glaubte mir, während sie meinen laienhaft angelegten Verband abnahm, die Wunde säuberte und mich äußerst sorgfältig wieder verband, was ich ohne mit der Wimper zu zucken, wenn auch zähneknirschend durchstand, weil ich ihren Glauben an einen Geheimagenten nicht zerstören wollte, indem ich laut aufschrie. So erzählte ich ihr, was passiert war, und ohne jeden Zweifel und ohne mich zu fragen, glaubte sie mir. Ich dankte ihr für den Verband und für ihren Glauben, und sie lächelte.

*

Sechs Stunden später, zwanzig Minuten vor unserer für elf Uhr abends festgesetzten Abfahrt mit der ›Firecrest‹ lächelte sie nicht mehr. Sie betrachtete mich so, wie Frauen einen im allgemeinen ansehen, wenn sie wissen, daß etwas, was sie sich fest vorgenommen haben zu erreichen, doch keinen Erfolg haben wird. Ein nicht gerade liebevoller Blick.

»Es tut mir leid, Charlotte«, sagte ich. »Es tut mir wirklich leid, aber es geht nicht. Sie kommen auf keinen Fall mit. Das ist mein letztes Wort.« Sie trug schwarze Hosen und einen Pullover, wie jemand, der entschlossen war, uns auf unserer mitternächtlichen Spritztour zu begleiten. »Wir haben kein Picknick auf der Themse vor. Es wird eine Schießerei geben. Glauben Sie, ich will zusehen, wie Sie umgebracht werden?«

»Ich werde unter Deck bleiben«, beschwor sie mich. »Ich werde mich aus jeder Gefahr heraushalten. Bitte, Philip, lassen Sie mich mitkommen.«

»Nein!«

»Sie haben gesagt, daß Sie alles in der Welt für mich tun würden. Erinnern Sie sich?«

»Das ist unfair, das wissen Sie genau. Ich habe gemeint, alles, was Ihnen von Nutzen sein kann. Nicht etwas, wobei Sie umgebracht werden könnten. Nicht gerade Sie, von allen Menschen.«

»Von allen Menschen? Halten Sie so viel von mir?«

Ich nickte.

»Bedeute ich Ihnen so viel?«

Wieder nickte ich. Sie sah mich lange Zeit an, die Augen weit geöffnet und fragend. Ihre Lippen bewegten sich, als ob sie etwas sagen wollte, und dann sprach sie doch nicht. Sie ging einen Schritt auf mich zu, warf ihre Arme um meinen Nacken und schien mir das Genick brechen zu wollen. Zumindest fühlte es sich so an, denn Quinns liebevolle Behandlung spürte ich an dieser Stelle immer noch. Aber sie wollte mir das Genick gar nicht brechen. Sie klammerte sich an mich, so wie man sich an einen Menschen klammert, von dem man weiß, daß man ihn nie wiedersehen wird. Vielleicht fühlte sie sich dem Tode geweiht, vielleicht war sie hellsichtig, vielleicht sah sie im Geiste schon den alten Calvert mit dem Gesicht nach unten in den finsteren Gewässern des Bootshauses von Dubh Sgeir schwimmen. Wenn ich daran dachte, sah ich mich schon selber in dieser Lage – kein hübscher Anblick. Langsam wurde es etwas schwierig für mich zu atmen, da ließ sie mich urplötzlich los. Halb führte sie mich, halb stieß sie mich aus ihrem Zimmer, und dann schloß sie die Tür zu. Ich hörte, wie der Schlüssel umgedreht wurde.

»Unsere Freunde sind zu Hause«, sagte Tim Hutchinson. Wir hatten Dubh Sgeir von Süden her umkreist, dicht an der südlichen Küste von Loch Houron, und kamen jetzt schnell mit der Flut bei abgestellten Maschinen in einer von Osten nach Norden führenden Richtung vorwärts, an dem kleinen Hafen von Dubh Sgeir vorbei. »Sie hatten recht, Calvert, sie bereiten sich darauf vor, im Mondlicht abzuhauen.«

»Calvert hat meistens recht«, erwiderte Onkel Arthur mit einer Stimme, die besagte: ›Hat er ja alles bei mir gelernt.‹ – »Und nun, mein Junge?«

Der Nebel war jetzt weniger dicht, so daß eine Sichtweite von etwa hundert Metern bestand. Ich sah auf den Lichtstrahl, der an der Stelle hervorschien, wo die Türen des Bootshauses in der Mitte nicht ganz fest schlossen.

»Also, jetzt geht's los«, sagte ich. Ich wandte mich an Hutchinson. »Die Breite des Decks beträgt knapp fünf Meter, der Eingang zum Hafen ist genau sechs Meter breit. Wir haben keinerlei Zeichen oder Markierungen. Die Flut kommt mit einer Geschwindigkeit von vier Knoten. Glauben Sie wirklich, daß Sie es schaffen – daß Sie die ›Firecrest‹ mit einer Geschwindigkeit von vier bis fünf Knoten in den Hafen bringen können, schnell genug, um anschließend die Türen aufzusprengen, und ohne daß Sie uns beim Hineinfahren auf die Klippen auflaufen lassen?«

»Es gibt nur eine Möglichkeit, das festzustellen.« Er drückte auf den Starter, und die vorgewärmte Dieselmaschine sprang sofort an. Durch den Unterwasserauspuff war kaum ein Geräusch wahrzunehmen. Ohne stark zu beschleunigen, drehte er nach Süden, fuhr dann eine Zeitlang westlich, drehte nach Norden, gab Vollgas und steckte sich eine Zigarre an. Das war Tim Hutchinson, der sich aktionsbereit machte. Im Lichtschein, den das Streichholz gab, war das dunkle Gesicht ruhig und nachdenklich. Sonst nichts.

Über eine Minute lang war überhaupt nichts zu sehen. Nur Dunkelheit und graue Nebelstreifen, die an uns vorbeizogen. Hutchinson steuerte ein paar Grad nordwestlich, um die Flut mit einzukalkulieren. Ganz plötzlich sahen wir es, und es schien genau mit der Strömung der Flut zu stimmen. Das in Form eines T scheinende Licht in der Dunkelheit sprang uns förmlich an. Ich nahm die Maschinenpistole, öffnete die Backbordtür des Steuerhauses, machte sie fest, und dann stand ich da, die Waffe in der Hand, einen Fuß auf Deck, den anderen noch im Steuerhaus. Ich wußte, daß Onkel Arthur in ähnlicher Position auf der Steuerbordseite stand. Wir hatten uns mit dem Rücken so fest gegen den Türrahmen abgestützt wie nur möglich. Wenn die ›Firecrest‹ zum Halten kam, würde es gewiß urplötzlich sein.

Noch vierzig Meter. Hutchinson verminderte die Geschwindigkeit und steuerte ein wenig nach Backbord. Der Lichtstrahl befand sich jetzt auf unserer Steuerbordseite, war aber in gerader Linie mit unserer Fahrtrichtung. Das dunkle Wasser im Westen schien beinahe phosphorartig mit seinen weißen Schaumkronen. Das war der Punkt, wo die Flut auf das äußere Ende des östlichen Brechers traf. Als die Entfernung noch zwanzig Meter betrug, beschleunigte er wieder, so daß wir genau in der Richtung fuhren, wo die von uns nicht zu erkennenden westlichen Brecher sich befinden mußten. Wir waren viel zu weit nach Backbord abgekommen, und es war unmöglich zu vermeiden, daß wir genau in die Brecher hineinfuhren. Da steuerte Hutchinson plötzlich hart nach Steuerbord, und die Flut stieß uns in der gleichen Richtung. Wir waren im Hafeneingang, und der kostbare Anstrich von Onkel Arthurs Boot hatte nicht den kleinsten Kratzer abbekommen. Hutchinson brachte die Maschine auf Leerlauf. Eine Sekunde überlegte ich, ob ich, falls ich bis an mein Lebensende üben würde, jemals ein Schiff so manövrieren könnte. Aber ich wußte verdammt genau, daß ich es nie schaffen würde.

Ich hatte Hutchinson gesagt, daß die Poller sich auf der Steuerbordseite des Bootshauses befanden. Das bedeutete, daß das Tauchboot auf der Seite festgemacht haben würde. Er manövrierte das Boot durch den winzigen Hafen, auf den jetzt rechts befindlichen Lichtstrahl zu, steuerte dann Backbord, bis wir uns genau auf den Lichtschein hin bewegten, und dann hart Steuerbord. Es war schließlich nicht unsere Absicht, die ›Firecrest‹ gegen die Mauer des Bootshauses laufen zu lassen und sie – und damit auch uns – in die Tiefe zu schicken.

Unser Auftritt war, wenn man es so nennen kann, sehr eindrucksvoll. Statt daß die Türen in der Mitte nachgaben, brachen sie an den Scharnieren ab, und wir stießen sie mit einem unbeschreiblichen Getöse vor uns her. Dadurch verloren wir einen guten Knoten an Geschwindigkeit. Der Vormast aus Aluminium, in dem sich unsere teleskopische Spezialantenne befand, brach beinahe rechtwinklig ab und fiel gerade noch am Steuerhaus vorbei auf das Deck. Dadurch wurde unsere Geschwindigkeit um einen weiteren Knoten vermindert. Die Schraube, die mit Maximalgeschwindigkeit sich nach Steuerbord festbiß, reduzierte unsere Fahrt um einen weiteren Knoten. Trotz allem hatten wir noch genügend Geschwindigkeit, als wir unter dem Geräusch von splitterndem Holz – teils unsere eigenen Planken, hauptsächlich aber die Türen – und dem Quietschen der Gummireifen, die unsere Schiffsseiten schützten, plötzlich mit einem harten Ruck anhielten. Wir waren zwischen der Backbordseite des Tauchbootes und der Mauer des Bootshauses festgefahren. Die Gefühle Onkel Arthurs mußten in diesem Augenblick beinah genauso verletzt sein wie sein zerkratztes und beschädigtes Boot, seine heißgeliebte ›Firecrest‹. Hutchinson ließ die Maschine auf langsam Vorwärts laufen, um uns in unserer Position zu halten. Dann schaltete er unseren Fünfzehn-Zentimeter-Scheinwerfer an, weniger um den ausreichend beleuchteten Schuppen noch heller zu machen, als um die Umstehenden zu blenden. Ich ging hinaus auf Deck, die Maschinenpistole in den Händen.

Wir waren, wie es so schön in Reisebüchern heißt, von einer Szene geschäftigster Aktivität umgeben. Oder präziser ausgedrückt, die Szene war bei unserem Eintreffen von geschäftigster Aktivität gewesen. Jetzt waren unsere Freunde wie gelähmt, sie verharrten in den gleichen Stellungen, in denen sie gerade gewesen waren. Ganz rechts starrten uns drei Gesichter vom Laderaum des Tauchbootes an. Es war ein typisches Fünfzehn-Meter-Boot, ein Motorflottenboot, ungefähr von der gleichen Größe wie die ›Charmaine‹. Zwei Männer auf Deck schienen beim Versenken einer Kiste in den Laderaum vom Starrkrampf befallen worden zu sein. Zwei andere standen aufrecht da, einer von ihnen die Arme einer Kiste entgegengestreckt, die von einem Ladekran herabhing. In diesem Augenblick war die Kiste das einzige, was sich im Bootshaus bewegte. Der Mann am Kran, der eine außerordentliche Ähnlichkeit mit dem falschen Zollbeamten Thomas hatte, stand da, einen Hebel gegen die Brust gedrückt, den anderen in der ausgestreckten rechten Hand, und machte den Eindruck, als ob die Lava aus dem Vesuv ihn in dieser Stellung vor zweitausend Jahren übergossen und versteinert hätte. Zwei Männer standen mit gebeugtem Rücken an der Wand des Bootshauses und hielten ein Tau, an dem sich eine große Kiste befand, die zwei Froschmänner gerade aus dem Wasser hoben. Was das Verstecken von Beute anlangt, waren sie nicht gerade originell. Ganz links stand Kapitän Imrie, offensichtlich mit der Aufgabe betraut, die Arbeit zu überwachen, und neben ihm seine Auftraggeber, Lavorski und Dollmann. Schließlich war das ihr großer Tag, die Verwirklichung all ihrer Träume, und sie wollten sich keinen Augenblick davon entgehen lassen.

Imrie, Lavorski und Dollmann gehörten mir. Ich ging nach vorn, bis sie sehen konnten, daß der Lauf des Maschinengewehrs auf sie gerichtet war.

»Kommen Sie näher«, sagte ich, »ja, Sie drei. Kapitän Imrie, sprechen Sie zu Ihren Leuten. Sagen Sie ihnen, falls sie sich bewegen, falls sie auch nur irgend etwas zu tun versuchen, bringe ich Sie alle drei um. Vier von Ihren Leuten habe ich bereits erledigt, und falls ich die Anzahl verdoppeln sollte, was macht's? Nach den neuen Gesetzen kriegen Sie sowieso nur fünfzehn Jahre, für eine mörderische Pest ist das nicht genug. Mir wäre es lieber, wenn Sie hier sterben würden. Glauben Sie mir, Kapitän Imrie?«

»Ich glaube Ihnen.« Die volle Stimme war tief und mißmutig. »Sie haben Quinn heute nachmittag umgebracht.«

»Er hat den Tod verdient.«

»Er hätte Sie damals in der Nacht auf der ›Nantesville‹ umlegen sollen«, erwiderte Imrie. »Dann wäre nichts von dem hier passiert.«

»Kommen Sie einzeln zu uns an Bord«, sagte ich. »In diesem Augenblick sind Sie, Kapitän Imrie, ohne Zweifel der gefährlichste von allen. Nach Ihnen Lavorski und dann . . .«

»Halten Sie sich ruhig, ganz ruhig.« Die Stimme hinter mir war fast tonlos, aber die Pistole, die sich in meinen Rücken bohrte, sprach eine Sprache, die nicht mißzuverstehen war. »Gut, treten Sie einen Schritt vor und nehmen Sie die rechte Hand von der Maschinenpistole.«

Ich machte einen Schritt vorwärts, nahm meine rechte Hand weg und hielt mit meiner Linken die Maschinenpistole am Schaft.

Es war ganz klar, daß ich sie auch nicht mehr als Schlagwaffe benutzen konnte, also legte ich sie auf das Deck. Ich war schon ein paarmal in einer solchen Situation gewesen, und nur um zu beweisen, daß ich meinen Beruf gründlich erlernt hatte, hob ich daraufhin meine Hände und drehte mich langsam um.

»Aber, Charlotte Skouras!« sagte ich, und wieder wußte ich, was ich zu tun und wie ich mich zu verhalten hatte. Es war genau der richtige Ton für einen überlisteten Agenten. Leicht ironisch und bitter. »Eigenartig, Sie hier zu treffen. Ich muß mich wirklich ganz herzlich bei Ihnen bedanken, meine Liebe.« Sie trug noch immer den dunklen Pullover. Nur die Hosen waren nicht mehr ganz so proper wie zu dem Zeitpunkt, als ich sie das letztemal darin gesehen hatte, sie waren pitschnaß. Ihr Gesicht war totenbleich und ausdruckslos. Die braunen Augen unbeweglich. »Und wie, um alles in der Welt, sind Sie hierhergekommen?«

»Ich bin durch das Schlafzimmerfenster entflohen und hergeschwommen. Ich habe mich in der hinteren Kabine versteckt.«

»Wirklich? Warum haben Sie sich denn nichts Trockenes angezogen?«

Sie ignorierte mich und wandte sich an Hutchinson: »Schalten Sie den Scheinwerfer ab.«

»Tun Sie, was die Dame sagt«, riet ich ihm.

Er tat, was die Dame gesagt hatte. Das Licht ging aus, und wir konnten jetzt von allen Männern, die im Schuppen waren, gesehen werden. Imrie sagte: »Werfen Sie Ihre Pistole über Bord, Admiral.«

»Tun Sie, was der Gentleman sagt«, riet ich ihm. Onkel Arthur warf seine Pistole über Bord. Kapitän Imrie und Lavorski kamen zuversichtlich auf uns zu. Sie konnten es sich auch leisten, zuversichtlich zu sein. Denn in der Zwischenzeit hatten sich die drei Männer im Laderaum und die beiden Männer, die plötzlich vom Steuerhaus des Tauchbootes verschwunden waren, ebenso wie der Kranführer – insgesamt also sechs Mann – ausreichend bewaffnet. Ich übersah die bewaffnete Macht und sagte langsam: »Sie haben uns also erwartet.«

»Aber selbstverständlich haben wir Sie erwartet«, erwiderte Lavorski jovial. »Unsere liebe Charlotte hat uns den genauen Zeitpunkt Ihrer Ankunft signalisiert. Haben Sie sich das noch nicht gedacht, Calvert?«

»Woher wissen Sie meinen Namen?«

»Von Charlotte, Sie Narr. Ich muß schon sagen, ich glaube, daß wir eine Schuld auf uns geladen haben. Nämlich Sie bei weitem zu überschätzen.«

»Also Mrs. Skouras war eine Falle«, sagte ich.

»Ein Köder«, meinte Lavorski fröhlich. Seine Fröhlichkeit täuschte mich nicht im geringsten. Er hätte sich sicherlich vor Lachen ausgeschüttet, wenn man mich langsam gerädert hätte. »Und Sie haben ja auch bei dem Köder schön, und wie es sich gehört, angebissen. Ein Köder, der im Besitz eines kleinen, aber äußerst leistungsstarken Senders war und außerdem auch noch eine Pistole in seinem wasserdichten Kunststoffsack hatte. Wir haben den Sender in Ihrer Steuerbordmaschine gefunden.« Und wieder lachte er, bis er sich vor Lachen beinahe verschluckte. »Wir haben jede Ihrer Bewegungen verfolgen können, die Sie seit dem Verlassen Torbays gemacht haben. Nun, wie gefällt Ihnen das, Herr Geheimagent Calvert?«

»Es gefällt mir ganz und gar nicht. Was werden Sie mit uns tun?«

»Seien Sie nicht kindisch. Was werden Sie mit uns tun«, fragte er naiv. »Ich glaube, das wissen Sie ganz genau. Wie sind Sie auf diesen Ort hier verfallen?«

»Ich unterhalte mich nicht mit Scharfrichtern.«

»Ich glaube, wir werden zuerst einmal dem Admiral das Bein

durchschießen«, strahlte Lavorski. »Eine Minute später dann den Arm und dann den Oberschenkel ...«

»Also gut, wir hatten einen starken Sender auf der ›Nantesville‹.«

»Das wissen wir, aber wie sind Sie auf Dubh Sgeir gekommen?«

»Durch das Boot, das zu der geologischen Oxford-Expedition gehört. Es war vorn und hinten verankert, in einem kleinen natürlichen Hafen, südlich von hier. Obwohl weit und breit keine Felsen waren, hatte es ein Leck. Es war unmöglich, daß dieses Leck auf normale Weise zustande gekommen war. Sagen wir, es kam durch übernatürliche Dinge zustande. Jedes andere Boot hätten Sie schon von weitem kommen sehen können, aber dieses Boot mußte nur auslaufen, um das Bootshaus zu erkennen und das dort verankerte Tauchboot. Das war äußerst primitiv.«

Lavorski sah Imrie an, der nickte. »Das mußte ihm auffallen. Ich war damals schon dagegen. Gab es noch mehr, Calvert?«

»Donald MacEachern auf Eilean Oran. Sie hätten ihn mitnehmen sollen, nicht seine Frau. Auch Susan Kirkside hätten Sie nicht herumlaufen lassen sollen. Wann haben Sie eine Einundzwanzigjährige, die völlig gesund ist, mit so großen Augenringen herumlaufen sehen? Ich meine ein junges Mädchen, dem nichts auf der Welt fehlt, das soll so aussehen? Und außerdem hätten Sie die Spur, die das Flugzeug von Lord Kirksides ältestem Sohn gemacht hat, verwischen sollen, als Sie es an der Nordklippe abstürzen ließen. Das konnte ich sogar vom Hubschrauber aus sehen.«

»Ist das alles?« fragte Lavorski. Ich nickte, und er sah wiederum zu Imrie.

»Ich glaube ihm«, sagte Imrie. »Keiner hat geredet, das ist alles, was wir wissen wollten. Zuerst Calvert, Mr. Lavorski?« Sie waren wirklich ein geschäftstüchtiges Unternehmen.

Ich sagte schnell: »Zwei Fragen noch! Zwei Antworten. Ich bin Fachmann und möchte es gerne wissen. Ich weiß nicht, ob Sie das begreifen.«

»Und zwei Minuten«, lächelte Lavorski. »Beeilen Sie sich, wir haben noch eine Menge zu tun.«

»Wo ist Sir Anthony Skouras? Er sollte doch eigentlich hier sein.«

»Das ist er auch. Er ist oben im Schloß bei Lord Kirkside und Lord Charnley. Die ›Shangri-la‹ hat auf der Westseite festgemacht.«

»Stimmt es, daß Sie und Dollmann den ganzen Plan ausgeheckt haben, daß Sie Charnley bestochen haben, Ihnen die Versicherungsgeheimnisse anzuvertrauen, daß Sie – oder vielmehr Dollmann – Kapitän Imrie aussuchten, damit er sich eine Mannschaft zusammenstellen sollte, und daß Sie für das Kapern und Versenken der Schiffe und die nachfolgende Sicherstellung der Beute verantwortlich waren? Und übrigens auch für die Toten, direkt oder indirekt, die wir zu beklagen haben?«

»Es ist zu spät am Tag, um das Offensichtliche zu bestreiten.« Und wieder Lavorskis dröhnendes Lachen. »Ich glaube, wir haben das alles ganz gut ausgeklügelt, was John?«

»In der Tat sehr gut«, sagte Dollmann kalt. »Wir verschwenden unsere Zeit.«

Ich wandte mich an Charlotte Skouras. Die Pistole zeigte noch immer auf mich. »Ich soll anscheinend umgebracht werden«, sagte ich. »Da Sie für meinen Tod verantwortlich sein werden, sollten Sie die Arbeit auch zu Ende führen.« Ich griff nach unten, erfaßte die Hand mit der Pistole und drückte sie gegen meine Brust, dann ließ ich meine eigene Hand herunterfallen. »Bitte tun Sie es schnell.«

Nur das leise Geräusch von der Dieselmaschine der ›Firecrest‹ war zu vernehmen. Alle Augen im Bootsschuppen waren jetzt auf uns gerichtet. Ich stand mit dem Rücken zu ihnen, aber ich wußte, was ich wollte. Ich wollte, daß in diesem Augenblick alle Augen im Bootsschuppen auf uns gerichtet waren. Onkel Arthur trat einen Schritt durch die Steuerbordtür auf uns zu und sagte eindringlich: »Sind Sie verrückt, Calvert? Sie wird Sie umbringen! Sie gehört zu ihnen.«

Die braunen Augen waren zu Tode erschrocken. Es gab keinen anderen Ausdruck dafür, es waren die Augen eines Menschen, der weiß, daß seine Welt zusammenbricht. Der Finger löste sich vom Abzug, langsam öffnete sich die Hand, und die Pistole fiel auf das Deck. Der Lärm dröhnte durch den Bootsschuppen, kam als Echo von beiden Seiten zurück. Ich nahm ihren linken Arm und sagte: »Es hat den Anschein, als ob Mrs. Skouras doch nicht ganz dazu in der Lage wäre. Ich fürchte, Sie werden jemand anders dafür suchen müssen.«

Charlotte Skouras schrie vor Schmerz auf, als sie mit den Füßen gegen die Schwelle des Steuerhauses fiel. Vielleicht hatte ich sie auch mit unnötiger Gewalt durch die Tür gestoßen. Aber es war jetzt zu spät, um irgendwelche Risiken einzugehen. Hutchinson war auf der Hut gewesen und fing sie auf, als sie fiel, wobei er gleichzeitig in die Knie ging. Ich raste durch die Tür hinter ihr her wie ein internationaler Rugbyspieler, der einer Mannschaft zu entkommen sucht, die mit mindestens einem Dutzend Händen nach ihm greift. Aber Onkel Arthur war noch schneller. Onkel Arthur hatte durchaus den Wunsch zu überleben. Noch im Fallen ergriff ich das Megaphon, das auf dem Deck des Steuerhauses bereit lag.

»Schießen Sie nicht!« Die verstärkte Stimme dröhnte gegen die Mauern des Bootsschuppens. »Falls Sie schießen, werden Sie sterben. Ein Schuß, und Sie sterben alle. Hinter jedem von ihnen befindet sich eine Maschinenpistole. Hinter jedem einzelnen Mann im Bootshaus. Drehen Sie sich um, ganz langsam, und überzeugen Sie sich selbst.« Ich erhob mich halb und blickte vorsichtig durch das Steuerhausfenster. Dann stand ich ganz auf, ging hinaus und nahm die Maschinenpistole vom Deck auf.

Das war das Überflüssigste und Unnötigste, was ich in den letzten Tagen getan hatte. Wenn es überhaupt etwas gab, wovon in diesem Augenblick zuviel da war, dann waren es die Maschinenpistolen. Es gab zwölf. Und zwar in zwölf Paar Händen, die zu den ruhigsten gehörten, die ich je sah. Die zwölf Leute standen in einer Art Halbkreis im Inneren des Bootshauses. Ruhig, groß und überzeugend. Männer mit Wollkappen, grauschwarzer Tarnkleidung und Gummistiefeln. Ihre Hände und Gesichter waren kohlrabenschwarz. Die Augen glänzten weiß wie bei Mitgliedern einer Negertruppe. Aber hier endet jeglicher Vergleich mit der Unterhaltungsindustrie.

»Nehmen Sie die Hände herunter und lassen Sie Ihre Waffen fallen.« Der Befehl kam von einem Mann in der Mitte der Gruppe, der sich durch nichts von den anderen unterschied. »Seien Sie bitte äußerst vorsichtig, langsam herunter, Waffen fallen lassen, absolute Ruhe. Meine Leute sind außerordentlich gut trainiert. Sie sind darauf trainiert, auf Verdacht zu schießen. Sie haben nur gelernt zu töten. Ihr Training umfaßt nicht, zu verwunden oder zu verkrüppeln.«

Sie glaubten ihm. Ich glaubte ihm auch. Sie ließen ihre Waffen fallen und standen ganz ruhig da.

»Jetzt verschränken Sie die Hände hinter dem Nacken.«

Sie taten es. Alle bis auf einen, Lavorski. Er lächelte jetzt nicht mehr, und seine Miene ließ in jeder Hinsicht zu wünschen übrig. Daß sie bestens trainiert waren, wollte ich gern glauben. Kein Wort oder Kommando wurde gewechselt. Der Soldat, der Lavorski am nächsten stand, schritt auf leisen Sohlen, die Maschinenpistole vor der Brust, auf ihn zu. Der Griff schien sich nicht mehr als fünf Zentimeter zu bewegen. Als Lavorski sich wieder aufraffte, war die untere Hälfte seines Gesichts mit Blut bedeckt, und ich konnte sehen, wo einige seiner Zähne geblieben waren. Er faltete die Hände hinter dem Kopf.

»Mr. Calvert?« fragte der Offizier.

»Das bin ich«, sagte ich.

»Kapitän Rawley, Sir, von der Königlichen Marine.«

»Das Schloß, Kapitän?«

»In unseren Händen.«

»Die ›Shangri-la‹?«

»In unseren Händen.«

»Die Gefangenen?«

»Zwei Männer sind gerade auf dem Weg nach oben, Sir.«

Ich wandte mich an Imrie: »Wieviel Wachen?«

Er spuckte aus und sagte nichts. Der Soldat, der sich gerade um Lavorski angenommen hatte, ging mit erhobener Maschinenpistole auf ihn zu. Imrie sagte: »Zwei.«

Ich wandte mich an Rawley. »Sind zwei Männer genug?«

»Ich hoffe, Sir, daß die Wachen nicht so dumm sind und Widerstand leisten.«

Gerade als er den Satz beendete, hörte man das Feuern einer Maschinenpistole. Rawley zuckte mit den Schultern.

»Jetzt ist es zu spät, klug zu werden. Robinson?«

Er wandte sich an einen Mann, der einen wasserdichten Behälter über der Schulter trug. »Gehen Sie nach oben und öffnen Sie die Kellertür. Sergeant Evans, stellen Sie sie in zwei Reihen gegen die Wand da, immer einer stehend, einer sitzend.«

Sergeant Evans führte den Befehl aus. Nun, nachdem keine Gefahr mehr bestand, in ein Kreuzfeuer zu geraten, gingen wir an Land, und ich präsentierte Onkel Arthur mit allen militärischen Ehren und was dazugehört, Kapitän Rawley. Die Ehrenbezeugungen von Kapitän Rawley waren einfach umwerfend. Onkel Arthur strahlte. Er übernahm jetzt das Kommando.

»Fabelhaft gemacht, mein Junge!« sagte er zu Rawley. »Es wird für Sie in der Neujahrsliste der Königin eine kleine Überraschung geben. Oh! Hier kommen ein paar Freunde.«

Nun, es waren nicht alles »Freunde«, die Gruppe, die in diesem Augenblick am Ende der Treppe auftauchte. Vier von ihnen waren harte, aber gebrochen aussehende Burschen, die ich nie zuvor gesehen hatte. Zweifelsohne Imries Leute. Ihnen folgten Sir Anthony Skouras und Lord Charnley. Den Schluß der Gruppe bildeten vier Männer, mit den ruhigen Händen, die das Gütezeichen von Rawleys Leuten waren. Diesen wiederum folgte Lord Kirkside mit seiner Tochter. Es war unmöglich festzustellen, was die vier schwarzgesichtigen Männer wohl dachten, aber die anderen acht hatten alle den gleichen Gesichtsausdruck, verblüfft und völlig verwirrt.

»Mein lieber Kirkside! Lieber Freund!« Onkel Arthur lief eilends auf ihn zu und schüttelte ihm die Hand. Ich hatte ganz vergessen, daß die beiden einander kannten. »Ich freue mich außerordentlich,

Sie gesund und munter zu sehen, alter Freund. Einfach großartig. Es ist jetzt alles vorbei.«

»Was, in Gottes Namen, geht hier vor?« fragte Lord Kirkside. »Sie – Sie haben sie? Sie haben sie alle? Wo ist mein Junge? Wo ist Rollinson? Was ...?«

Ein merkwürdig gedämpftes Explosiongeräusch erklang. Onkel Arthur sah zu Rawley, der nickte: »Plastischer Sprengstoff, Sir.«

»Ausgezeichnet, ausgezeichnet – Kirkside, Sie werden sie jeden Augenblick sehen.« Er ging hinüber, wo der alte Skouras stand, die Hände hinter dem Nacken, griff mit beiden Händen nach oben, zog Skouras' Arme herunter und schüttelte ihm die rechte Hand, als ob er sie ihm abreißen wolle.

»Sie stehen beim falschen Haufen, Toni, mein Junge.« Das war einer der großen Augenblicke in Onkel Arthurs Leben. Er führte ihn hinüber zu der Stelle, wo Lord Kirkside stand. »Es war ein furchtbarer Alptraum, mein Junge, ein furchtbarer Alptraum, aber jetzt ist alles vorüber.«

»Warum haben Sie das getan?« sagte Skouras betrübt. »Warum haben Sie es getan? Gott, o Gott, Sie wissen nicht, was Sie getan haben.«

»Lady Skouras? Die *echte* Lady Skouras?« In jedem von uns steckt irgendwo ein Schauspieler, aber in Onkel Arthur steckten mindestens zehn. Er schob den linken Ärmel zurück und betrachtete mit äußerster Konzentration das Zifferblatt seiner Uhr. »Sie ist vor etwas mehr als drei Stunden von Nizza in London auf dem Luftweg eingetroffen und befindet sich in einer Londoner Klinik.«

»Was, um Himmels willen, meinen Sie? Sie wissen ja nicht, was Sie sagen. Meine Frau ...«

»Ihre Frau ist in London. Charlotte hier ist Charlotte Meiner und war es immer.« Ich sah Charlotte an. Zuerst begriff sie gar nicht, und dann tauchte so etwas wie eine entfernte Hoffnung in ihr auf. «Zu Beginn dieses Jahres und gleichzeitig als Auftakt für viele Verschleppungen, die folgen sollten, haben Ihre Freunde Lavorski und Dollmann Ihre Frau entführt, so daß Sie gezwungen waren, ihnen zu Willen zu sein und ihnen Ihre finanziellen Mittel zur Verfügung zu stellen. Die Tatsache, daß Sie Millionär waren, während sie lediglich Angestellte waren, verbitterte sie. Sie hatten sich einen genauen Plan ausgearbeitet und besaßen sogar die Frechheit, den Erlös ihrer Untaten in Ihren Unternehmungen zu investieren. Jedoch gelang es Ihrer Frau zu entkommen, daraufhin ergriffen sie deren Kusine und beste Freundin Charlotte. Eine Freundin, von der – nun, sagen wir einmal – Ihre Frau gefühlsmäßig äußerst abhängig war, und drohten diese umzubringen, wenn Lady Skouras nicht zurückkäme. Lady Skouras ergab sich sofort. Dadurch hatten sie die brillante Idee, gleich zwei Damoklesschwerter über Ihrem Haupt aufzuhängen. Und da es sich bei ihnen ja um ›Ehrenmänner‹ handelte, entschlossen sie sich, Charlotte ebenso wie Ihre Frau gefangenzuhalten. Dann, so wußten sie, würden Sie genau das tun, was sie wünschten und wann und wo sie es wünschten. Um eine gute Entschuldigung zu haben, Sie und Charlotte ständig gleichzeitig überwachen zu können und dadurch ebenfalls den Eindruck zu verstärken, daß Ihre Frau wirklich tot war, gaben sie das Gerücht aus, daß Sie beide heimlich geheiratet haben.« Onkel Arthur war ein höflicher Mensch: Mit nichts erwähnte er die allgemein bekannte Tatsache, daß zum Zeitpunkt ihres angeblichen Todes die Kopfverletzungen, die Lady Skouras bei einem Autounfall zwei Jahre vorher erlitten hatte, sich ständig verschlechtert hatten, so daß es klar war, daß sie nie wieder aus der Klinik entlassen werden würde.

»Wie, um alles in der Welt, haben Sie das erraten?« fragte Lord Kirkside.

»Nichts davon ist erraten. Man muß schließlich auch seinen Untergebenen Gerechtigkeit widerfahren lassen«, sagte Onkel Arthur mit seiner besten »Habe ich ihnen ja alles beigebracht«-Stimme. »Am Dienstag um Mitternacht sprach ich über den Sender mit Hunslett. Er diktierte mir eine Liste mit den Namen derjenigen Leute, über die Calvert sofortige und erschöpfende Auskunft benötigte. Dieses Gespräch wurde auf der ›Shangri-la‹ mitgehört, aber sie wußten nicht, von wem Hunslett sprach, weil bei unseren Direktgesprächen alle Namen ohne Ausnahme gecodet sind. Calvert sagte mir später, daß, als er Sir Anthony Dienstag abend gesehen hatte, er sich des Eindrucks nicht erwehren konnte, Sir Anthony habe in seiner Art ein wenig übertrieben. Er meinte aber, daß nicht alles geschauspielert gewesen sei. Er war der Ansicht, daß Sir Anthony bei dem Gedanken an seine verstorbene Frau völlig zusammengebrochen und verzweifelt gewesen wäre und daß es völlig unvorstellbar sei, daß ein Mann, der den Gedanken an seine Frau so außerordentlich hoch hielt, zwei oder drei Monate später sich wieder verheiratet. Es sei denn, daß er zum Wohl der einzigen Person, die er jemals und so ausschließlich liebte, vorgab, wieder geheiratet zu haben.

Ich telegraphierte nach Frankreich. Die Polizei an der Riviera grub den Sarg in Beaullieu aus. Sie fanden den Sarg voller Holzscheite. Sie wußten das, Tony.« Der alte Skouras nickte. Er machte den Eindruck, als träume er.

»Sie brauchten eine halbe Stunde, um herauszufinden, wer den

Totenschein ausgestellt hatte, und den größten Teil des Tages, um den Arzt selbst aufzutreiben. Sie beschuldigten ihn des Mordes. Dies kann in Frankreich auf Grund einer fehlenden Leiche geschehen. Der Arzt verlor keine Zeit, sie sogleich zu seiner Privatklinik zu führen, in der Lady Skouras sich in einem verschlossenen Zimmer befand. Der Arzt, die Oberschwester und noch ein paar andere sind bereits verhaftet. Warum, um Gotteswillen, sind Sie denn nicht eher zu mir gekommen?«

»Sie hatten Charlotte, und sie sagten, daß sie meine Frau ohne weiteres umbringen würden. Was . . . was hätten Sie an meiner Stelle getan?«

»Gott weiß«, sagte Onkel Arthur ehrlich. »Sie ist in einem verhältnismäßig anständigen Gesundheitszustand, Tony. Calvert wurde das heute früh um fünf über Radio bestätigt.« Onkel Arthurs Daumen zeigte nach oben. »Er benutzte dazu Lavorskis großen Sender oben im Schloß.« Sowohl Skouras als auch Lord Kirkside standen mit offenem Mund da. Lavorski, von dessen Mund noch immer Blut floß, und Dollmann sahen aus, als ob sie der Schlag getroffen hätte. Die Augen von Charlotte waren weit aufgerissen. Sie sah mich auf eine ganz eigenartige Weise an.

»Es stimmt«, bestätigte Susan Kirkside. »Ich war bei ihm, er verbot mir, mit irgend jemandem darüber zu reden.« Sie nahm meinen Arm, wobei sie mich anlächelte. »Ich bitte nochmals um Entschuldigung für das, was ich vergangene Nacht zu Ihnen gesagt habe. Ich glaube, Sie sind der wunderbarste Mann, den ich je kennengelernt habe. Selbstverständlich mit Ausnahme von Rolly.« Als sie auf den Stufen Geräusche vernahm, wandte sie sich um, und im gleichen Augenblick vergaß sie alles, was den zweitwunderbarsten Mann anging, den sie in ihrem Leben getroffen hatte.

»Rolly!« schrie sie, »Rolly!«

Sie waren alle da. Ich zählte sie. Der Sohn von Lord Kirkside, der Ehrenwerte Rollinson, die Söhne des Polizeimeisters, die vermißten Besatzungen der kleinen Boote, und hinter allen eine kleine alte Frau in einem langen dunklen Kleid, mit einem schwarzen Schal auf dem Kopf. Ich schritt auf sie zu und nahm ihren Arm.

»Mrs. MacEachern«, sagte ich, »ich bringe Sie bald nach Hause. Ihr Mann wartet auf Sie.«

»Ich danke Ihnen, junger Mann«, erwiderte sie ruhig. »Das wäre sehr nett von Ihnen.« Sie hakte sich bei mir beinah besitzergreifend ein.

Charlotte Skouras kam auf mich zu und nahm nicht ganz so besitzergreifend, aber doch so, daß es jeder sehen konnte, meinen Arm.

Ich hatte nichts dagegen. »Wußten Sie Bescheid? Wußten Sie die ganze Zeit Bescheid über mich?« fragte sie.

»Er wußte Bescheid«, sagte Onkel Arthur nachdenklich. »Er sagte es wenigstens. Sie haben mir eigentlich die Sache niemals ganz erklärt, Calvert.«

»Es war gar nicht so schwer, Sir, wenn man alle Fakten kannte, heißt das«, fügte ich schnell hinzu. »Sir Anthony brachte mich darauf. Der Besuch, den er mir auf der ›Firecrest‹ abstattete, um jeglichen Verdacht abzulenken, den wir eventuell hätten haben können, weil unser Sender zerstört worden war, diente nur dazu, mich mißtrauisch zu machen. Normalerweise wären Sie niemals zu mir gekommen. Sie wären sofort an Land gegangen, zur Polizei oder zu einem Telefon, Sir. Dann erwähnten Sie, um mich dazu zu bringen, Ihnen von den zerstörten Telefonleitungen zu berichten, daß der Mann, der den Sender zerstört hatte, ja wohl nicht auch noch die beiden öffentlichen Telefonzellen in Torbay außer Betrieb gesetzt haben würde. Für einen Mann von Ihrer Intelligenz war eine solche Bemerkung einfach zu billig. In vielen Privathäusern in Torbay dürften sich ja ebenfalls Telefone befinden. Aber Sie glaubten, daß es auffallen könnte, wenn Sie von zerstörten Leitungen sprechen würden. Deshalb erwähnten Sie dies nicht. Dann schilderte der Polizeimeister MacDonald Sie in den rosigsten Farben. Er erzählte mir, daß Sie die respektierteste Persönlichkeit in Torbay wären, und Ihr Verhalten in der Öffentlichkeit wich so scharf von Ihrem persönlichen Verhalten am Dienstagabend auf der ›Shangri-la‹ ab, daß ich einfach nicht darauf hereinfallen konnte.

Das Melodram aus der spätviktorianischen Zeit des 19. Jahrhunderts, das Sie und Charlotte an jenem Abend aufführten, konnte nicht länger als fünf Sekunden täuschen. Es war unvorstellbar, daß ein Mann, der seiner Frau so ergeben war, sich bei einer anderen offensichtlich netten Frau so aufführen konnte ...«

»Ich danke vielmals, mein Herr«, murmelte Charlotte.

»Es war unvorstellbar, daß er sie fortschicken würde, um sich von ihr ein Foto seiner Frau holen zu lassen, es sei denn, daß man es ihm befohlen hatte. Und es war Ihnen von Lavorski und Dollmann befohlen worden. Es war gleichfalls unvorstellbar, daß sie Ihrer Anordnung Folge geleistet hätte – die Charlotte Meiner, die ich kannte, hätte Ihnen eher eins mit einem Enterhaken über den Schädel gegeben. Daraus ließ sich folgern, daß, wenn Sie nicht derjenige waren, der Sie zu sein schienen, dies auch nicht bei Charlotte zutreffen konnte.

Die Strolche glaubten, dies wäre ein erstklassiger Grund, vor dem bösen Sir Skouras auf die ›Firecrest‹ zu flüchten, wo Sie dann die Augen und Ohren der Bande werden und sie über alle unsere Pläne und Bewegungen unterrichten sollten, da sie nicht sicher waren, wie lange der kleine Sender, den sie im Maschinenraum angebracht hatten, unentdeckt bleiben würde. Nachdem sie wußten, daß wir Hunslett gefunden hatten – in der Zwischenzeit hatten sie ihren kleinen Sender wieder entfernt –, war es unausbleiblich, daß sie versuchen würden, Sie an Bord der ›Firecrest‹ zu bringen. So versuchten sie noch weitere Gründe zu schaffen, indem sie Ihnen ein blaues Auge machten – die Farbe ist schon fast völlig abgewaschen – und einige bösartige Striemen auf Ihrem Rücken. Dann warfen sie Sie in der Nähe unseres Bootes zusammen mit einem wasserdichten Beutel, in dem sich der kleine Sender und die Pistole befanden, ins Wasser. Tun Sie das, was wir Ihnen sagen, oder Lady Skouras hat die längste Zeit gelebt.«

Sie nickte. »Genau das sagten sie.«

»Ich habe ausgezeichnete Augen. Sir Arthurs Augen sind nicht mehr sehr gut. Sie wurden im Krieg schwer verletzt. Ich betrachtete die Striemen auf Ihrem Rücken ganz genau. Die Striemen waren echt. Genauso echt waren aber auch die Nadelstiche, die davon zeugten, daß man Sie betäubt hatte, ehe man Ihnen die Striemen beibrachte. In diesem Punkt zumindest war man human gewesen.«

»Ich konnte eine ganze Menge vertragen«, sagte Skouras schwer, »aber ich konnte nicht den Gedanken ertragen . . . den Gedanken, daß . . .«

»Ich nahm an, daß Sie auf einer Betäubung bestanden haben, Sir. Nein, ich wußte es. Genauso wie ich wußte, daß Sie verlangt hatten, daß die Besatzungsmitglieder der kleinen Jachten am Leben gelassen werden mußten, oder es wäre Ihnen alles egal. Charlotte, ich bin mit meinem Fingernagel einen dieser Striemen entlang gefahren. Sie hätten normalerweise glatt an die Decke gehen müssen. Aber Sie verzogen keine Miene, und das, nachdem Sie im Salzwasser gewesen waren. Danach wußte ich Bescheid.

Ich hatte verschiedene Gründe, warum ich die Dinge so und nicht anders tat. Sie erzählten uns, daß Sie gekommen wären, um uns vor einer tödlichen Gefahr zu warnen – als ob ich das nicht schon längst wußte. Ich sagte Ihnen, daß wir Torbay innerhalb einer Stunde verlassen würden, also gingen Sie in Ihre Kabine und meldeten, daß wir innerhalb einer Stunde fortfahren würden. Daraufhin kamen Quinn, Jacques und Kramer frühzeitig angepaddelt, viel früher, als Sie uns angekündigt hatten, in der Hoffnung, daß wir uns durch Ihre Angaben fälschlich in Sicherheit wiegten. Charlotte, Sie müssen

Lady Skouras wirklich sehr lieben. Es war eine klare Wahl, Lady Skouras oder wir, und Sie hatten gewählt. Aber ich war auf der Hut vor Ihnen, und so starben Jacques und Kramer. Daraufhin sagte ich Ihnen, daß wir nach Eilean Oran und Craigmore fahren würden, und wieder trotteten Sie zu Ihrer Kabine und meldeten, daß wir jetzt nach Eilean Oran und Craigmore führen, was Ihre Auftraggeber in keiner Weise beunruhigte. Später erzählte ich Ihnen, daß wir nun nach Dubh Sgeir fahren würden. Und wieder machten Sie den Weg zu Ihrer Kabine. Aber noch ehe Sie ihnen etwas mitteilen konnten, wurden Sie ohnmächtig und fielen zu Boden. Vielleicht aufgrund eines kleinen Zusatzes, den ich Ihnen in Ihren Kaffee getan hatte. Ich konnte es nicht zulassen, daß Sie Ihren Freunden hier mitteilen würden, daß ich nach Dubh Sgeir führe. Sind Sie nicht auch der Meinung? Sie hätten doch glatt ein Empfangskomitee für mich vorbereitet.«

»Sie . . . Sie waren in meiner Kabine?«

»Don Juan ist ein reiner Stümper gegen mich. Ich berste nur so in die Schlafzimmer von Damen hinein. Fragen Sie Susan Kirkside. Sie lagen am Boden, und ich legte Sie ins Bett. Ich sah mir bei dieser Gelegenheit auch Ihre Arme an. Übrigens die Blutergüsse, die durch Fesselung entstanden sein sollten, waren fort. Sie hatten wahrscheinlich Gummibänder benutzt, die sie ziemlich fest zugedreht hatten, kurz ehe Hunslett und ich an Bord kamen, nicht wahr?«

Sie nickte, sie sah völlig verdutzt aus.

»Selbstverständlich fand ich bei dieser Gelegenheit auch Ihren Sender und die Pistole. Dann, als wir wieder in Craigmore waren, kamen Sie und versuchten von mir Informationen zu erhalten. Zur gleichen Zeit wollten Sie mich auch warnen. Zu diesem Zeitpunkt waren Sie bereits hin- und hergerissen. Ich gab Ihnen Informationen. Sie enthielten nicht die ganze Wahrheit, bedaure ich Ihnen sagen zu müssen, aber es war das, was Sie an Lavorski weitergeben sollten. Und dies taten Sie auch«, sagte ich anerkennend, »wie ein braves kleines Mädchen. Sie trotteten zu Ihrer kleinen, weißgetünchten Kabine . . .«

»Philip Calvert«, sagte sie langsam, »Sie sind das widerlichste, hinterlistigste, niedrigste, betrügerischste . . .«

»An Bord der ›Shangri-la‹ befinden sich noch immer ein paar von Lavorskis Leuten«, unterbrach der alte Skouras erregt. »Die werden sich aus dem Staub machen . . .«

»Sie werden lebenslänglich bekommen«, sagte ich. »Sie sind bereits in Ketten oder was immer die Leute von Kapitän Rawley bei diesen Gelegenheiten zu benutzen pflegen.«

»Aber woher ... aber wie, in Gottes Namen, wußten Sie, wo sich die ›Shangri-la‹ befand? In der Dunkelheit, in dem Nebel, das ist völlig unmöglich ...«

»Was macht denn der Tender der ›Shangri-la‹?« fragte ich.

»Der was? Der Tender ... Was zum Teufel ...« Er beruhigte sich. »Der funktioniert nicht. Die Maschine hat einen Defekt.«

»Feiner Zucker pflegt das im allgemeinen zu bewirken«, erklärte ich. »Überhaupt jeder Zucker, wenn man ihn in den Tank schüttet. Aber feiner Puderzucker war alles, was ich am Mittwochabend, nachdem Sir Arthur und ich Sie verlassen hatten, ehe wir mit der ›Firecrest‹ nach Torbay fuhren, gerade zur Hand hatte. Ich ging mit ein paar Pfund Zucker an Bord des Tenders. Ich fürchte, Sie werden feststellen, daß die Ventile ruiniert sind. Bei dieser Gelegenheit habe ich außerdem einen batteriebetriebenen Transistorensender, den ich hinten bei der Ankerkette anbrachte, bei mir gehabt. Das ist ein Ort, der noch nicht einmal im Jahr nachgesehen wird. Auf diese Art und Weise wußten wir, nachdem Sie den arbeitsunfähigen Tender an Bord gehievt hatten, genau, wo die ›Shangri-la‹ war.«

»Ich fürchte, ich kann Ihnen nicht folgen, Calvert.«

»Schauen Sie sich die Herren Dollmann, Lavorski und Imrie an. Sie können mir folgen. Ich kannte genau die Frequenz, auf der der Sender seine Signale ausstrahlte – schließlich war es ja mein Sender. Einer der Leute von Mr. Hutchinson, dem ich vorher die Frequenz mitgeteilt hatte, hat sich auf den Sender eingeschaltet. Wie alle Motorflottenboote hatte er eine Suchantenne, die ihm dies ermöglichte. Er brauchte sie lediglich genau einzustellen und dann direkt auf das Signal zuzusteuern. Das konnte gar nicht schiefgehen. Und es ging auch nicht schief.«

»Einer von Mr. Hutchinsons Leuten?« fragte Skouras vorsichtig. »Motorflottenboote sagten Sie?«

Es war ganz gut, dachte ich, daß mein Selbstbewußtsein mich nicht zu sehr belastete. Aber mit Mrs. MacEachern zur Linken und Charlotte zur Rechten und aller Augen bis zu einem gewissen Grad feindselig auf mich gerichtet, konnte die Situation fast peinlich werden. »Mr. Hutchinson hat zwei solche Boote für den Haifischfang. Ehe ich vergangene Nacht nach Dubh Sgeir kam, habe ich von einem seiner Boote einen Hilferuf gefunkt. Daraufhin kamen die Gentlemen, die Sie hier sehen. Man sagte mir, daß man bei diesem Wetter unmöglich Boote oder Hubschrauber schicken konnte. Die Sichtverhältnisse waren gleich Null. Ich erwiderte darauf, daß das letzte, was ich wollte, ihre verdammten lauten Hubschrauber wären.

Und daß sie sich wegen des Seetransports keine Sorgen machen sollten. Ich wüßte ein paar Leute, für die der Ausdruck ›Sicht gleich Null‹ nur ein Witz war. Die Leute von Mr. Hutchinson. Sie liefen zum Festland aus und brachten Kapitän Rawley und seine Leute hierher. Ich glaubte, daß sie kaum früher als heute nacht hier eintreffen konnten. Das ist der Grund, warum Sir Arthur und ich unseren Angriff nicht vor Mitternacht starteten. Wann sind Sie eigentlich hier angekommen, Kapitän Rawley?«

»Einundzwanzig Uhr dreißig.«

»So früh schon? Ich muß zugeben, daß es ohne Nachrichtenübermittlung etwas unangenehm war. Dann mußten Sie in Ihren Schlauchbooten an Land fahren, sich durch die Seitentür des Schuppens einschleichen und warten.«

»Wir sind ganz schön steif dabei geworden, Sir.«

Lord Kirkside räusperte sich. Vielleicht dachte er gerade an meine nächtliche Zusammenkunft mit seiner Tochter.

»Sagen Sie mir das eine, Mr. Calvert. Wenn Sie schon von Mr. Hutchinsons Boot in Craigmore Nachrichten gesendet haben, warum taten Sie es denn noch einmal von hier, später in der Nacht?«

»Wenn ich das nicht getan hätte, würden Sie sich jetzt bereits unter den Toten befinden. Ich habe fast fünfzehn Minuten dazu verwandt, um eine äußerst detaillierte Beschreibung der Umgebung von Dubh Sgeir zu geben, vom Inneren des Schlosses und vom Bootshaus. Alles, was Kapitän Rawley und seine Leute zu tun hatten, mußte in völliger Dunkelheit geschehen. Sie kümmern sich doch um unsere Freunde hier, Kapitän Rawley?«

Kapitän Rawleys Leute trieben sie zusammen in den linken Tunnel, stellten drei Scheinwerfer auf und eine vier Mann starke Wache, mit Maschinenpistolen im Anschlag. Ohne Zweifel würden unsere Freunde hier friedlich warten, bis das Boot sie in der Frühe abholen würde.

Charlotte sagte langsam: »Also das war der Grund, warum Sir Arthur heute nachmittag zurückblieb, als Sie und Mr. Hutchinson zur ›Nantesville‹ fuhren? Um aufzupassen, daß ich mich nicht mit den Leuten unterhielt und dadurch hätte herausfinden können, was los war?«

»Natürlich, was glauben Sie denn?«

Sie löste ihren Arm und sah mich recht unfreundlich an. »Das heißt, Sie haben mich ganz schön hereingelegt«, sagte sie leise. »Sie haben mich dreißig Stunden lang leiden lassen, obwohl Sie mich die ganze Zeit durchschauten.«

»Fair ist fair. Sie wollten mich hereinlegen, deshalb habe ich Sie hereingelegt.«

»Ich bin Ihnen äußerst dankbar.« Ihre Stimme klang bitter.

»Wenn Sie es nicht sind, dann kann ich Ihnen nur sagen, Sie sollten es sein, verdammt noch mal«, sagte Onkel Arthur kalt. Das war ein Tag, an dem man einen roten Strich im Kalender machen mußte: Onkel Arhtur sprach in gereiztem Ton zu einem Mitglied der Aristokratie, wenn auch nur einem angeheirateten. »Wenn Calvert nicht für sich sprechen will, dann werde ich es tun.

Erstens, wenn Sie nicht Ihre Meldungen von Ihrem Sender abgegeben hätten, dann hätte Lavorski geglaubt, daß etwas schiefgegangen wäre, was ihn hätte veranlassen können, die letzten paar Tonnen Gold in der ›Nantesville‹ zurückzulassen und sich aus dem Staub zu machen, ehe wir hier gewesen wären. Menschen wie Lavorski haben, was Gefahr anlangt, so etwas wie einen hochentwickelten sechsten Sinn. Zweitens, unsere Freunde hätten niemals ihre Schandtaten eingestanden, wenn sie nicht sicher gewesen wären, daß wir erledigt waren. Drittens, Calvert wollte eine Situation schaffen, in der sich die Aufmerksamkeit aller Anwesenden auf die ›Firecrest‹ konzentrierte, damit Kapitän Rawley und seine Leute in Stellung gehen konnten, um auf diese Weise die Gefahr eines unnötigen Blutvergießens zu vermeiden – vielleicht auch Ihr Blut, meine liebe Charlotte. Viertens, und das ist noch viel wichtiger, wären Sie nicht in ständiger Funkverbindung mit ihnen gewesen und hätten Sie ihnen nicht genauestens unsere Ankunft bis zu dem Augenblick, wo wir diese Türen hier sprengten, durchgegeben – wir haben sogar die Türen zum Salon offengelassen, damit Sie uns auch genau hören konnten und wußten, was wir taten –, dann hätte hier eine wilde Schlacht stattgefunden von der Sekunde an, wo wir durch die Tür brachen. Und wer weiß, wie viele Menschenleben dabei hätten geopfert werden müssen. Aber sie wußten, daß Sie die Kontrolle hatten, sie wußten, daß wir in der Falle waren, sie wußten, daß Sie sich an Bord befanden, mit einer Waffe, um uns fertigzumachen. Fünftens, und das ist am allerwichtigsten, Kapitän Rawley hier hatte sich fast hundert Meter weit in dem Seitentunnel verborgen gehalten, und die Gruppe oben war in einem Vorratsraum des Schlosses versteckt. Was glauben Sie, woher sollten die Leute wissen, wann sie losschlagen sollten, was gleichzeitig geschehen mußte? Nun, wie alle Kommandoeinheiten waren sie mit tragbaren Sendern ausgerüstet. Und sie hörten jedes einzelne Wort Ihres laufenden Kommentars mit. Sie dürfen nicht vergessen, daß Ihr Sender von der ›Firecrest‹ gestohlen worden war. Es war Calverts Sender, meine Liebe, er kannte die Frequenz, die Sie benutzten, und hatte sie in der vergangenen Nacht dem Festland mitgeteilt. Das geschah, nachdem er Ihnen – hm – eine Kleinigkeit zu trinken gegeben hatte. Dann kontrollierte er Ihren Sender, ehe er den Sender hier im Schloß vergangene Nacht benutzte.«

Charlotte wandte sich an mich: »Ich glaube, daß Sie der hinterlistigste und verworfenste und vertrauensunwürdigste Mensch sind, den ich je getroffen habe.« Ihre Augen glänzten, ich weiß nicht, ob es Tränen waren oder was sonst. Ich war verlegen und betreten. Sie legte ihre Hand auf meinen Arm und sagte mit leiser Stimme: »Sie Narr, o Sie Narr! Die Pistole hätte losgehen können, ich ... ich hätte Sie umbringen können, Philip!«

Ich streichelte ihre Hand und sagte: »Das glauben Sie doch selber nicht.« Unter diesen Umständen hielt ich es für besser, ihr nicht mitzuteilen, daß – wäre die Pistole losgegangen – ich jegliches Vertrauen in den Nutzen einer Dreikantfeile verloren hätte.

Der graue Nebel hob sich langsam, die Dämmerung kam herauf, und die See war ruhig, als Tim Hutchinson die ›Firecrest‹ auf Eilean Oran zusteuerte.

Wir waren nur zu viert an Bord. Hutchinson und ich, Mrs. MacEachern und Charlotte. Ich hatte Charlotte vorgeschlagen, doch in Schloß Dubh Sgeir zu übernachten, aber sie hatte mich ganz einfach ignoriert und Mrs. MacEachern an Bord der ›Firecrest‹ geholfen. Danach machte sie keine Anstalten, das Schiff zu verlassen. Sie war äußerst willensstark, und ich konnte schon jetzt ahnen, daß mir das in zukünftigen Jahren noch eine Menge Ärger bereiten würde.

Onkel Arthur war nicht bei uns. Nicht einmal eine ganze Herde wilder Pferde hätte Onkel Arthur in dieser Nacht auf die ›Firecrest‹ bringen können. Denn Onkel Arthur genoß einen Vorgeschmack vom Paradies. Er saß vor einem großen Kaminfeuer im Salon von Schloß Dubh Sgeir, kippte einige von Lord Kirksides unbeschreiblich guten Whiskys hinter die Binde und erzählte einer atemlosen Gruppe von Aristokraten seine Erlebnisse. Falls ich Glück hatte, würde er im Verlauf seiner Erzählungen ab und zu einmal meinen Namen erwähnen. Es konnte allerdings auch sein, daß er es vergaß.

Mrs. MacEachern genoß keinen Vorgeschmack des Paradieses, sie befand sich bereits dort. Eine schweigsame, dunkle alte Dame mit einem runzligen braunen Gesicht. Sie lächelte und lächelte und lächelte, den ganzen Weg bis nach Eilean Oran. Ich hoffte nur, daß Donald MacEachern nicht vergessen hatte, ein frisches Hemd anzuziehen.

Rendezvous mit dem Tod

I

Dienstag: 12 bis 17 Uhr

Mein Hemd war kein Hemd mehr, sondern ein schlaffer, klebriger, schweißdurchtränkter Fetzen. Meine Füße brannten von der Gluthitze der stählernen Deckplatten. Immer enger schnürte das Lederband der weißen Schirmmütze meine Stirn zusammen. Bald würde es mich skalpieren. Das war nur noch eine Frage der Zeit. Meine Augen schmerzten vom grellen Glanz des Sonnenlichts, den das Wasser, das Metall und die weißgetünchten Hafenbauten zurückwarfen. Und meine Kehle schmerzte vom heftigen Durst. Ich fühlte mich verteufelt unwohl.

Aber nicht nur ich fühlte mich nicht wohl. Auch der Besatzung, den Passagieren und selbst Kapitän Bullen ging es so, und deshalb war mir doppelt mulmig zumute. Das hatte seinen bestimmten Grund: Wenn etwas schiefging, pflegte Bullen sich an seinem Ersten Offizier schadlos zu halten. Und sein Erster Offizier war ich.

Über die Reling gebeugt, lauschte ich dem Knarren des Holzes und der Drahtseile und sah zu, wie sich unser Heckladebaum unter dem Gewicht einer besonders großen Kiste quälte, die vom Kai hochgehievt wurde – da berührte eine Hand meinen Arm. Schon wieder Kapitän Bullen, dachte ich verdrossen. Es war höchstens eine halbe Stunde vergangen, seit er mir zuletzt meine Mängel vorgehalten hatte. Dann aber wurde mir klar, daß der Herr Kapitän, wie immer er auch gelaunt sein mochte, ganz ohne Zweifel nicht Chanel Nr. 5 benützte. Es mußte also Miss Beresford sein.

Und sie war es. Sie trug ein weißes Seidenkleid und zeigte um die Lippen jenes wunderliche, halb belustigte Lächeln, das die meisten Offiziere an Bord dermaßen verhexte, daß sie innerlich Rad schlugen. Ich aber fand es nur irritierend. Ich habe meine Schwächen. Doch große, kühle, raffinierte und weltgewandte junge Damen mit einem leicht boshaften Humor gehören nicht zu meinen Schwächen.

»Guten Tag, Herr Obersteuermann«, sagte sie in honigsüßem Ton. Sie hatte eine weiche, melodische Stimme, in der nur ein ganz leichter Anflug von Überlegenheit oder Herablassung schwang, wenn sie mit meinesgleichen, mit Plebejern sprach. Dieser Anflug reichte gerade, um zu betonen, daß sie die beste Schule und das beste College an der Ostküste besucht hatte, ich jedoch nicht.

»Wir haben Sie vermißt. Sie pflegen für gewöhnlich den Aperitif nicht zu versäumen.«

»Ich weiß, Miss Beresford. Ich bitte um Entschuldigung.« Was sie da sagte, stimmte schon. Was sie nicht wußte, war, daß ich mehr oder minder mit vorgehaltenem Revolver gezwungen wurde, den Passagieren beim Aperitif Gesellschaft zu leisten. Im Reglement der Schiffahrtsgesellschaft hieß es, die Offiziere seien verpflichtet, nicht nur das Schiff in den Hafen zu steuern, sondern zugleich auch die Passagiere zu unterhalten. Und da Kapitän Bullen sämtliche Passagiere aus tiefstem Herzen verabscheute, sorgte er dafür, daß es zumeist meine Aufgabe war, den Maître de Plaisir zu spielen.

Ich deutete zuerst auf die große Kiste, die über der Ladeluke Nummer vier schwebte, und dann auf die Kistenpyramiden unten am Kai. »Leider bin ich beschäftigt. Noch wenigstens vier bis fünf Stunden. Heute kann ich mir nicht einmal einen Lunch gönnen, geschweige denn einen Aperitif.«

»Sagen Sie nicht Miss Beresford; nur Susan.« Es war, als habe sie lediglich meine ersten paar Worte gehört. »Wie oft muß ich Sie darum bitten?«

Bis wir in New York sind, sagte ich zu mir – und auch dann wird es keinen Zweck haben. Laut aber sagte ich, mit einem Lächeln: »Sie dürfen es mir nicht schwermachen. Unsere Vorschriften verlangen, daß wir alle Passagiere höflich, rücksichtsvoll und mit Respekt behandeln.« Aus reiner Selbstachtung konnte ich die jungen, unverheirateten Dämchen nicht ausstehen, die mich als ein Spielzeug für ihre allzu vielen verspielten Stunden betrachteten – am allerwenigsten die *reichen* Nichtstuerinnen. Und es war allgemein bekannt, daß Julius A. Beresford ein Heer festangestellter Buchhalter beschäftigte, die nichts weiter zu tun hatten, als seinen jährlichen Nettoprofit zu errechnen. »Und ganz besonders mit Respekt, Miss Beresford«, fügte ich hinzu.

Sie lachte. »Sie sind nicht zu retten.« Ich war ein viel zu kleines Kieselsteinchen, um den spiegelglatten Weiher ihrer Selbstgefälligkeit auch nur an der Oberfläche zu kräuseln. »Und kein Lunch, Sie armer Mann. Ich sah doch gleich, daß Sie heute recht verdrossen dreinschauen.« Sie betrachtete zuerst den Kranführer, dann die Matrosen, welche die an dicken Seilen baumelnde Kiste in die Tiefe des Laderaums dirigierten. »Ihre Leute scheinen diese Aussicht auch nicht sehr erfreulich zu finden. Mein Gott, was für finstere Gesellen!«

Ich musterte sie flüchtig. Es waren wirklich lauter recht finstere Gestalten.

»Gleich beginnt die Essenspause. Aber man hat eben seine privaten Sorgen. Erstens einmal müssen dort unten im Laderaum an die fünfundvierzig Grad Celsius sein, und ein ungeschriebenes Gesetz verlangt, daß in den Tropen weiße Seeleute am Nachmittag nicht zur Arbeit herangezogen werden. Zweitens liegt ihnen noch der schwere Verlust im Magen, den sie erlitten haben. Vergessen Sie nicht, es sind noch keine zweiundsiebzig Stunden vergangen, seit sie ihr Scharmützel mit den Zollbehörden auf Jamaika hatten.«

Scharmützel, dachte ich mir, ist kein schlechter Ausdruck. Sozusagen im Frontalangriff hatte der Zoll bei etwa vierzig Besatzungsmitgliedern nicht weniger als fünfundzwanzigtausend Zigaretten und über zweihundert Flaschen Schnaps beschlagnahmt, die sich vor der Ankunft in den Gewässern Jamaikas unter Zollverschluß hätten befinden müssen. Daß der Schnaps nicht im Zollverschluß gelegen hatte, war ohne weiteres verständlich, da es der Besatzung von vornherein ausdrücklich untersagt war, Alkohol in ihrem Logis mitzuführen. Wenn auch die Zigaretten nicht ordnungsgemäß versiegelt worden waren, so lag es daran, daß die Besatzung auf gewohnte Weise sowohl den Schnaps wie den Tabak an Land zu schmuggeln beabsichtigt hatte, um sie dort mit schönem Verdienst an Jamaikaner zu verhökern, die gern bereit waren, einen hohen Preis für den Luxus zollfreien Kentucky-Bourbons und amerikanischer Zigaretten zu zahlen. Aber man hatte ja schließlich der Besatzung nicht mitgeteilt, daß die ›Campari‹ zum erstenmal in ihrem fünfjährigen Dienst auf der Westindienroute vom Bug bis zum Heck durchsucht werden sollte, und dies sogar mit einer Gründlichkeit und Rücksichtslosigkeit, die nichts verschonte – ein Wirbelsturm, der das Schiff blank fegte. Es war ein schwarzer Tag gewesen.

Und der jetzige war nicht viel heiterer. Noch während Miss Beresford tröstend meinen Arm tätschelte und ein paar teilnahmsvolle Abschiedsworte murmelte, die nicht allzu gut zu dem Zwinkern in ihren Augen paßten, erblickte ich Kapitän Bullen oben an der Treppe, die vom Hauptdeck nach unten führte. ›Bitterböse‹ wäre die beste Bezeichnung für seine Miene gewesen. Als er die Treppe herunterkam und an Miss Beresford vorbeiging, bemühte er sich heldenhaft, seine Züge zu einem matten Lächeln zu verziehen. Es gelang ihm, die Maske volle zwei Sekunden lang beizubehalten, bis er nämlich vorbei war. Dann setzte er wieder die bitterböse Miene auf. Von Kopf bis Fuß in strahlendes Weiß gekleidet zu sein und doch an eine schwarz dräuende Gewitterwolke zu gemahnen, ist keine geringe Leistung. Kapitän Bullen vollbrachte sie mühelos. Kapitän Bullen war einsfünfundachtzig groß und von schwerem Knochenbau, Haar und Brauen strohblond, mit einem glatten roten Gesicht, das keine noch so heiße Sonne bräunen, und mit klaren blauen Augen, die kein noch so reichlicher Whiskygenuß trüben konnte. Mit unparteiischem Mißfallen musterte er zuerst den Kai, dann die Luke und dann mich.

»Na, Mister«, sagte er dumpf. »Wie geht es denn voran? Miss Beresford ist Ihnen behilflich gewesen, hm?« Wenn er schlecht gelaunt war, hieß es allemal ›Mister‹. War die Stimmung neutral: ›Erster.‹ War er guter Laune – ehrlich gesagt, war er das meistens –, dann war ich sein ›Johnny-Boy‹. Heute aber hieß es ›Mister‹. Also sah ich mich vor und ignorierte den stummen Vorwurf, ich hätte meine Zeit vergeudet. Am nächsten Tag würde er sich auf seine barsche Art bei mir entschuldigen. Das versäumte er nie.

»Nicht gar so übel, Sir. Nur unten geht's langsam.« Auf dem Kai war eine Gruppe Arbeiter – manche bärtig, alle mit blauen Baumwollhosen und Hemden bekleidet, die etwas militärisch wirkten – emsig bemüht, Kettenschlingen an einer Kiste zu befestigen, die mindestens sechs Meter lang und zwei Meter breit war. »Ich glaube, die Schauerleute von Carracio sind es nicht gewöhnt, mit so schweren Lasten zu hantieren.«

Er sah genauer hin.

»Nicht einmal mit einem lausigen Schubkarren würden sie fertigwerden«, schnauzte er nach einer Weile. »In meinem ganzen beschissenen Leben habe ich keine solchen Stümper gesehn. Zum erstenmal hier in diesem verflohten, stinkenden Teufelsloch!« (In Wirklichkeit ist Carracio einer der saubersten und malerischsten Häfen im Karibischen Meer.) »Ich hoffe zu Gott, daß es das letzte Mal bleibt. Werden Sie es bis sechs Uhr schaffen, Mister?« Sechs Uhr war eine Stunde nach dem höchsten Stand der Flut. Da mußten wir die Sandbank an der Hafeneinfahrt hinter uns haben oder weitere zehn Stunden warten.

»Ich glaube schon, Sir.« Dann, um ihn von seinen Sorgen abzulenken und auch aus Neugier fragte ich: »Was enthalten denn die Kisten? Autos?«

»Autos? Sind Sie verrückt?« Der kalte Blick seiner blauen Augen wanderte über das weißgetünchte Häusergewirr des Städtchens und das dunkle Grün der bewaldeten Hügel, die sich steil dahinter erhoben. »Diese Herrschaften könnten nicht einmal einen Karnickelstall für den Export zurechtzimmern, geschweige denn ein Auto! Maschinen, steht in den Frachtbriefen. Dynamos, Generatoren, Kühl-, Luftkonditionierungs- und Raffinieranlagen. Für New York.«

»Soll das heißen«, sagte ich behutsam, »daß der Generalissimo, nachdem er die Beschlagnahme sämtlicher Zuckerraffinerien erfolgreich abgeschlossen hat, sie jetzt demontiert und die Maschinen an die Amerikaner zurückverkauft? Frecher Diebstahl?«

»Wenn ein einzelner einen Löffel maust, dann ist das Diebstahl«, erwiderte der Kapitän mürrisch. »Wenn der Staat en gros plündert, nennt man es Volkswirtschaft. Ach, es ist bestimmt alles auf legale Weise zugegangen – trotzdem komme ich mir wie ein Schmuggler vor. Aber wenn *wir* es nicht machen, macht es ein anderer. Und der Frachtsatz ist doppelt so hoch wie üblich.«

»Also brauchen der Generalissimo und seine Regierung dringend Geld?«

»Na, was denn sonst?« brummte Bullen. »Niemand weiß, wie viele Todesopfer am Dienstag die Hungerkrawalle in der Hauptstadt und einem Dutzend anderer Orte gefordert haben. Die Jamaika-Behörden rechnen mit mehreren Hunderten. Seit man die meisten Ausländer weggejagt und fast alle ausländischen Betriebe entweder zugesperrt oder enteignet hat, war es unmöglich, im Ausland auch nur einen Groschen zu verdienen. Die Kassen der Revolution sind so leer wie ein alter Kanister. Der gute Mann fiebert nach Geld.«

Kapitän Bullen wandte sich ab und starrte auf den Hafen hinaus, die breiten Hände mit gespreizten Fingern auf die Reling gestützt, den Rücken kerzengerade. Er schien es nicht eilig zu haben. Aber müßiges Herumlungern hatte in Kapitän Bullens Leben keinen Platz. Er war immer auf Hochtouren. Ich erkannte also die Symptome – kein Wunder, da ich drei Jahre lang mit ihm gesegelt war. Er wollte etwas sagen, er wollte etwas Dampf ablassen, und es gab wohl kein besseres Sicherheitsventil als den erprobten und zuverlässigen Ersten Offizier Carter. Aber wenn er das Bedürfnis verspürte, seinem Herzen Luft zu machen, war er einfach zu stolz, die Angelegenheit selber zur Sprache zu bringen. Es war kein Kunststück zu erraten, was ihn beunruhigte; also tat ich ihm den Gefallen.

Ich sagte in legerem Gesprächston: »Die Kabelnachricht, die wir nach London geschickt haben, Sir ...«

Der Kapitän hatte sie persönlich abgeschickt, aber das ›Wir‹ würde die Last auf mehrere Schultern verteilen, falls es schiefgehen sollte. Es war sicherlich schon schiefgegangen. »Noch keine Antwort, Sir?«

»Doch, vor zehn Minuten.« Er drehte sich um, ganz beiläufig, als ob die Sache eigentlich seinem Gedächtnis entfallen sei, aber die leicht bläuliche Färbung seines Gesichts verriet ihn. Auch seine Stimme klang alles eher als gleichgültig. »Man hat mir auf die Finger geklopft, Mister; ja, glattweg auf die Finger geklopft. Meine eigene Gesellschaft! Und das Verkehrsministerium. Beide. Ich soll mich nicht drum kümmern; meine Proteste seien durchaus unangebracht. Ich sollte mich vor den Folgen hüten, falls ich den zuständigen Behörden nicht entgegenkäme – weiß der Teufel, was das für zuständige Behörden sind! Ich! Meine eigene Gesellschaft! Fünfunddreißig Jahre lang bin ich für die Blue-Mail-Linie gefahren, und jetzt – jetzt ...« Er ballte die Fäuste. Seine Stimme erstickte in zornigem Schweigen.

»Dann hat also doch jemand ordentlichen Druck dahintergesetzt«, murmelte ich.

»Und ob, Mister, und ob.« Die kalten blauen Augen blickten kälter denn je. Er öffnete die Fäuste weit, ballte sie heftig, bis das Elfenbein der Knöchel sichtbar wurde. Bullen war Kapitän, aber mehr als ein gewöhnlicher Kapitän: Er war der Kommodore der Blue-Mail-Flotte. Selbst die Aufsichtsräte dämpfen die Stimme, wenn der Flottenkommodore zugegen ist. Zumindest behandeln sie ihn nicht wie einen Laufburschen. Leiser fuhr er fort: »Wenn mir Doktor Slingsby Caroline je in die Finger gerät, drehe ich ihm den Hals um!«

Kapitän Bullen hätte nur allzu gern diesen Herrn mit dem wunderlichen Namen in die Finger bekommen. Zehntausende von Polizeibeamten, Geheimdienstagenten und amerikanischen Soldaten, die an der Suche beteiligt waren, hätten ihn gleichfalls allzu gern erwischt. Desgleichen Millionen simpler Bürger – wenn auch nur aus dem einen triftigen Grunde, daß eine Belohnung von fünfzigtausend Dollar für jede Mitteilung ausgesetzt war, die zu seiner Festnahme führen würde.

Kapitän Bullen aber und die Besatzung der ›Campari‹ hatten ein persönliches Interesse an dem Vermißten: Er war der Urheber aller unserer Sorgen und Nöte.

Dr. Slingsby Caroline war, wie es sich sozusagen gehörte, in South-Carolina verschwunden. Er war in einer streng geheimen bundesstaatlichen Waffenforschungsanstalt südlich der Stadt Columbia tätig gewesen, in einer technisch-wissenschaftlichen Werkstatt, die sich, wie erst vor etwa einer Woche bekannt geworden war, mit der Entwicklung einer kleinen Kernwaffe beschäftigte – für den Einsatz in einem begrenzten, taktischen Atomkrieg, abschießbar entweder von Kampfflugzeugen oder fahrbaren Raketenrampen. Im Vergleich zu den bereits von den Vereinigten Staaten und von Rußland konstruierten Fünf Megatonnen-Monstren handelte es sich freilich um eine reine Bagatelle. Mit knapp einem Tausendstel der Sprengkraft jener Giganten war dieses Bömbchen kaum imstande, mehr als zwei bis drei Quadratkilometer Land zu verwüsten. Immerhin durfte sie mit ihrer Energie von fünftausend Tonnen TNT auch nicht als Kinderspielzeug betrachtet werden.

Eines Tages sodann – genauer gesagt, eines Nachts – war Dr. Slingsby Caroline verschwunden.

Da er der Leiter der Forschungsabteilung war, wirkte sein Verschwinden allein schon alarmierend. Aber er hatte noch außerdem und zur allgemeinen Bestürzung den betriebsfertigen Prototyp der Waffe mitgenommen. Allem Anschein nach war er von zwei Nachtwächtern überrascht worden und hatte sie beide erschossen. Vermutlich mit einer schallgedämpften Pistole, da niemand etwas gehört oder etwas Verdächtiges bemerkt hatte. An jenem Abend war er um zehn Uhr am Steuer seines blauen Chevrolet-Kombiwagens durchs Fabriktor gefahren. Die Pförtner, die den Wagen und ihren Chef erkannten und wußten, daß er die Gewohnheit hatte, bis spät in die Nacht hinein zu arbeiten, ließen ihn passieren, ohne ein zweites Mal hinzuschauen. Und seither hatte niemand mehr Dr. Caroline oder die ›Windhose‹, wie die Waffe aus einem dunklen Grund genannt wurde, zu sehen bekommen. Das galt aber nicht für den blauen Chevrolet. Etwa neun Stunden, nachdem das Verbrechen begangen, aber knapp eine Stunde, nachdem es entdeckt worden war, hatte man ihn am Rand der Hafenstadt Savannah gefunden. Die Polizei hatte keine schlechte Arbeit geleistet.

Unser Pech aber wollte, daß die ›Campari‹ ausgerechnet an dem Tag im Hafen von Savannah einlief, an dem jene Vorfälle bekannt wurden.

Binnen einer Stunde, nachdem man die beiden toten Nachtwächter auf dem Betriebsgelände gefunden hatte, wurde der gesamte Flug- und Schiffsverkehr in den südöstlichen Staaten gestoppt. Von sieben Uhr morgens an durfte kein Flugzeug starten, bevor es nicht gründlich durchsucht worden war. Von sieben Uhr morgens an wurden sämtliche Lastautos an der Staatsgrenze angehalten und kontrolliert. Und nicht einmal einem Ruderboot war gestattet, in See zu stechen.

Zum Unglück der Behörden und im besonderen zu unserem Leid war die ›Campari‹ am selben Morgen um sechs ausgelaufen. Automatisch wurde sie damit sehr, sehr ›heiß‹. Nummer eins auf der Verdachtsliste.

Um 8.30 Uhr kam der erste Funkspruch durch. Ob Kapitän Bullen so freundlich sein wolle, sofort nach Savannah zurückzukehren? Der Kapitän, der nicht viel Umschweife zu machen pflegte, fragte zurück, warum denn zum Teufel? Es sei, wurde ihm mitgeteilt, unerhört wichtig, daß er sofort umkehre. O nein, erwiderte der Kapitän, keinesfalls, sofern sie ihm nicht einen wirklich zwingenden Grund nannten. Sie weigerten sich, ihm einen Grund zu nennen, und Kapitän Bullen weigerte sich, umzukehren. Sackgasse. Schließlich lieferten ihm die Bundesbehörden, die bereits den Fall in die Hand genommen hatten, die Fakten – da ihnen nichts anderes übrigblieb.

Kapitän Bullen wollte Näheres wissen. Er verlangte eine Beschreibung des verschwundenen Wissenschaftlers und der Waffe. Er würde, sagte er, selber sehr bald festgestellt haben, ob sie sich an Bord befanden oder nicht. Nach einem viertelstündigen Aufschub, der zweifellos erforderlich war, um die Freigabe streng geheimer Daten zu erwirken, wurden ihm recht widerwillig die Beschreibungen anvertraut.

Beide hatten eine wunderliche Ähnlichkeit miteinander. Sowohl die Windhose wie Dr. Caroline waren genau einsfünfundachtzig lang. Beide waren dünn. Die Waffe hatte einen Durchmesser von fündundzwanzig Zentimetern. Das Gewicht des

Doktors betrug 90, das der Windhose 137 Kilo. Die Windhose steckte in ihrem aus einem Stück angefertigten Futteral aus poliertem Edelaluminium, der Doktor in einem grauen zweiteiligen Gabardineanzug, der ebenfalls nach Maß geschneidert war. Der Kopf der Windhose war mit einem grauen Pyroceram-Überzug, der des Doktors mit schwarzen Haaren und einer verräterischen grauen Strähne neben dem Scheitel bedeckt.

Was den Doktor betraf, so lautete der Befehl, ihn zu identifizieren und festzunehmen; was die Waffe betraf, sie zu identifizieren, sie aber nicht, wir wiederholen, *nicht* zu berühren! Eigentlich wäre sie durchaus ungefährlich. Normalerweise brauchte einer der zwei Fachleute, die bisher hinlänglich mit ihr vertraut waren, mindestens zehn Minuten, um sie zu laden: Niemand aber könne erraten, wie der heikle Mechanismus auf die durch den Transport verursachten Erschütterungen reagiert haben mochte.

Drei Stunden später konnte Bullen mit völliger Gewißheit melden, daß sich weder der vermißte Wissenschaftler noch die Waffe an Bord befanden. ›Intensiv‹ wäre ein unzulängliches Wort, um die Suche zu beschreiben: Jeder Quadratzentimeter Raum zwischen dem Kettenkasten und dem Ruderhaus wurde mehrmals durchstöbert. Kapitän Bullen hatte die amerikanischen Bundesbehörden von dem Ergebnis seiner Bemühungen verständigt und sich dann nicht mehr damit beschäftigt. Er hätte den Vorfall glatt vergessen, wäre nicht in den darauffolgenden zwei Nächten auf unserem Radarschirm ein geheimnisvolles Fahrzeug aufgetaucht, das ohne Kennlichter achtern herankam und vor Tagesanbruch verschwand. Dann erreichten wir unseren südlichsten Bestimmungshafen, Kingston auf Jamaika.

In Kingston war der Schlag herabgesaust.

Kaum waren wir angekommen, da erschienen die Hafenbehörden an Bord und verlangten, es möge einer Patrouille des amerikanischen Zerstörers, der beinahe längsseits neben uns lag, gestattet werden, die ›Campari‹ zu durchsuchen. Zweifellos steckte unser Freund vom Radarschirm dahinter. Die Patrouille, etwa vierzig Mann stark, hatte bereits an Deck des Zerstörers Aufstellung genommen.

Vier Stunden später stand sie immer noch dort. Mit einigen schlichten, wohlgewählten Worten, die deutlich und weithin über die besonnten Wasser des Hafens von Kingston hallten, erklärte Bullen den Behörden: Wenn die Flotte der Vereinigten Staaten beabsichtige, am hellichten Tag ein Schiff der britischen Handelsmarine in einem britischen Hafen zu entern, dann möge sie es doch versuchen. Die Herrschaften seien willkommen, müßten sich aber, fügte er hinzu, nicht nur auf gewisse körperliche Schäden und einigen Blutverlust gefaßt machen, den das Verfahren mit sich brächte, sondern auch auf die empfindliche Geldbuße, die ein internationales Seegericht ihnen aufbrummen würde, weil es sie nämlich wegen einer ganzen Skala ungesetzlicher Maßnahmen, von tätlichem Überfall über Seeräuberei bis zur vollendeten Kriegshandlung, verurteilen werde. Selbiges Seegericht habe, fügte Kapitän Bullen nachdrücklich hinzu, seinen Sitz nicht in Washington, sondern in Den Haag.

Damit hatte man sich festgerannt. Die Behörden zogen sich zurück, um mit den Amerikanern zu beraten. Wie wir später erfuhren, wurden verschlüsselte Depeschen mit Washington und London gewechselt. Kapitän Bullen ließ sich nicht erweichen. Unsere Passagiere, zu neunzig Prozent Amerikaner, unterstützten ihn begeistert. Kabel des Hauptbüros der Schiffahrtslinie und des Verkehrsministeriums forderten Kapitän Bullen auf, mit der Flotte der Vereinigten Staaten zusammenzuarbeiten. Man setzte ihn unter Druck. Bullen zerriß die Telegramme und nutzte das Angebot der örtlichen Marconivertretung, die Funkanlage einer längst fälligen Überprüfung zu unterziehen, als einen vom Himmel gesandten Vorwand, um die Funker zu beurlauben. Dem Oberbootsmaat an der Gangway befahl er, keine Mitteilungen mehr entgegenzunehmen.

Das alles hatte volle dreißig Stunden gedauert.

Da aber ein Unglück selten allein kommt, erhielten am Morgen nach unserer Ankunft die Harrisons und die Curtis', zwei miteinander verwandte Familien, welche die beiden Vorderkabinen auf dem A-Deck bewohnten, Kabel mit der erschütternden Nachricht, Angehörige beider Familien seien bei einem Autozusammenstoß ums Leben gekommen. Sie gingen nachmittags von Bord. Finstere Trübsal hing schwer über der ›Campari‹.

Gegen Abend wurde der gordische Knoten durch den Befehlshaber des amerikanischen Zerstörers gelöst. Er war ein diplomatisch wendiger, höflicher und äußerst peinlich berührter Mann namens Varsi.

Man hatte ihm gestattet, an Bord zu kommen, ihn barsch in Kapitän Bullens Kabine gebeten und ihm ein Glas Whisky vorgesetzt. Verlegen und respektvoll hatte Varsi einen Ausweg aus dem Dilemma vorgeschlagen. Er wisse, sagte er, wie unerträglich es für einen altgedienten Seekapitän sein müsse, wenn man nicht nur sein Wort, sondern auch seine Fähigkeit, eine gründliche Durchsuchung vorzunehmen, bezweifle. Er für seine Person finde seinen Auftrag widerwärtig.

Er habe, betonte Kapitän Varsi in fast verzweifeltem Ton, allerdings seine Befehle auszuführen. Doch wie wäre es, wenn er und Kapitän Bullen diese Befehle auf ihre Weise deuteten? Wie wäre es, wenn nicht seine Leute, sondern die britischen Zollbeamten im regulären Verlauf ihrer Obliegenheiten die Durchsuchung besorgten, während seine Leute nur als Beobachter zugegen wären und strenge Weisung erhielten, nichts anzurühren? Nach einigem empörten Hin und Her hatte Kapitän Bullen sich schließlich einverstanden erklärt. Nicht nur, weil dieser Vorschlag ihm bis zu einem gewissen Grad das Gesicht und die Ehre rettete. Er war sich darüber im klaren: Solange die Durchsuchung nicht erfolgt war, würden ihn die Hafenbehörden in Quarantäne halten, und solange diese nicht aufgehoben war, konnte er nicht die sechshundert Tonnen Lebensmittel und Maschinen löschen, die er hier abzuliefern hatte. Außerdem waren die Hafenbehörden in der Lage, ihm die Ausfahrtserlaubnis zu verweigern, und das wäre recht peinlich geworden.

Nun wurden also so gut wie alle Zollbeamten ganz Jamaikas zusammengetrommelt. Um neun Uhr früh begann die Aktion. Sie dauerte bis zum nächsten Morgen um zwei. Kapitän Bullen grollte, giftig wie ein Vulkan, der sich kurz vor einem Ausbruch befindet. Die Passagiere murrten, teils, weil sie es schändlich fanden, daß man ihre Kabinen so sorgfältig durchstöberte, teils, weil sie bis in die frühen Morgenstunden aufbleiben mußten. Vor allem aber grollte und schäumte die Besatzung, weil der normalerweise tolerante Zoll bei dieser Gelegenheit gezwungen war, die zutage geförderten Hunderte von Schnapsflaschen und Tausende von Zigaretten zur Kenntnis zu nehmen.

Sonst wurde natürlich nichts weiter gefunden. Man entschuldigte sich, ohne Dank zu ernten. Die Gesundheitsbehörden stellten ihren Schein aus, das Löschen der Ladung begann. Spät nachts verließen wir Kingston. Vierundzwanzig Stunden lang hatte Kapitän Bullen über den jüngsten Ereignissen gebrütet und sodann zwei Telegramme abgeschickt. Eines an das Hauptbüro in London, ein zweites an das Verkehrsministerium, um mitzuteilen, was er, Kapitän Bullen, von ihm halte. Ich hatte den Text gelesen; er war schon sehr eindrucksvoll. Vielleicht nicht besonders klug. Doch auch Unklugheit ist gut, wenn sie einen drohenden Schlaganfall abwendet. Offenbar hatte man in der Antwort Kapitän Bullen mitgeteilt, was man in London von ihm halte. Ich konnte Bullens Empfindungen gegenüber Dr. Slingsby Caroline nachfühlen, der sich wahrscheinlich bereits in China befand.

Ein gellender Warnruf erinnerte uns jäh an die Gegenwart und ihre Probleme. Eine der beiden Kettenschleifen an der großen Kiste, die nun genau über dem Laderaum vier schwebte, hatte sich plötzlich gelöst. Das eine Kistenende kippte um sechzig Grad nach unten und stoppte mit einem so heftigen Ruck, daß sogar der schwere Kran unter der Belastung zu schwanken begann. Nun bestand die Gefahr, daß die Kiste aus der zweiten Schlinge rutschen und in den tiefen Laderaum stürzen würde. Das wäre wohl auch geschehen, wenn sich nicht die beiden Matrosen, welche die an der Ecke befestigte Führungsleine festhielten, geistesgegenwärtig mit ihrem ganzen Gewicht dagegengestemmt hätten. Dadurch verhinderten sie, daß sich die Kiste in allzu spitzem Winkel neigte und losreißen konnte. Aber es hing alles an einem Haar.

Die Kiste schwenkte an die Bordseite zurück. Die beiden Matrosen klammerten sich verzweifelt an der Leine fest. Ich sah die Schauerleute unten auf dem Kai vor Schreck erstarren. In der neuen Volksdemokratie, in der alle Menschen frei und gleich sind, wird man wahrscheinlich für die Nachlässigkeit, die sie sich hatten zuschulden kommen lassen, mit dem Tode durch Erschießen bestraft. Anders konnte man sich ihr ungeheucheltes Entsetzen nicht erklären. Die Kiste schwenkte zur Luke zurück.

Ich rief den Leuten im Laderaum zu, sie sollten sich in Sicherheit bringen, und gab dem Kranmaschinisten das Zeichen, ein Notmanöver vorzunehmen. Zum Glück war er ebenso geistesgegenwärtig wie erfahren. Als die wild hin und her pendelnde Kiste sich genau in der Mitte der Luke befand, ließ er sie blitzschnell in die Tiefe fallen und bremste erst knapp vor dem Augenblick, in dem sie auf dem Boden des Laderaums zersplittert wäre. Gleich darauf lag sie harmlos im Schiff.

Kapitän Bullen zog ein Taschentuch hervor, nahm die goldverbrämte Mütze ab und wischte sich langsam den Schweiß von der Stirn. Er schien mit sich selber zu reden.

»So weit ist es also gekommen. Kapitän Bullen in die Enge getrieben, die Besatzung fuchsteufelswild, die Passagiere wütend. Zwei Tage verspätet. Wie ein schmutziger Schmuggler vom Topp bis zum Kielschwein durchschnüffelt. Würde mich nicht wundern, wenn wir jetzt wirklich Schmuggelware an Bord hätten. Die Passagiere, die hier an Bord kommen sollen, lassen sich nicht blicken. Um sechs soll ich den Hafen hinter mir haben. Und jetzt will uns diese Affenbande noch in Grund bohren. Der Mensch kann nur ein bestimmtes Quantum schlucken, Erster, und mehr nicht.« Er setzte die Mütze auf. »Shakespeare hat da mal ein treffendes Wort gesagt, Erster.«

»Ein Meer der Sorgen, Sir?«

»Nein, was anderes. Aber etwas sehr Passendes.« Er seufzte. »Lassen Sie sich vom Zweiten ablösen. Der Dritte kontrolliert die Vorräte. Der Vierte – nein, nicht dieser hoffnungslose Trottel! – der Bootsmaat soll den Pier übernehmen. Er spricht Spanisch wie ein Einheimischer. Keine Widerrede. Das ist das letzte Stück Fracht, das wir an Bord holen. Dann gehen wir beide essen, Erster.«

»Ich sagte Miss Beresford, daß ich heute nicht –«

Kapitän Bullen unterbrach mich schroff. »Wenn Sie sich einbilden, daß ich mir anhöre, wie diese Bande von den Hors-d'œvres bis zum Dessert mit dem Geldbeutel klingelt und ihr schweres Los bejammert, dann sind Sie nicht ganz bei Trost. Wir essen in meiner Kajüte.«

Also aßen wir in seiner Kajüte. Es war das übliche ›Campari‹-Menü, von dem selbst der blasierteste Epikureer träumen würde. Ausnahmsweise einmal – und das war zu verstehen – ging Kapitän Bullen von der strengen Regel ab, daß weder er noch seine Offiziere zum Mittagessen Alkohol tranken. Als das Mahl beendet war, fühlte er sich fast wieder wie ein Mensch. Einmal verstieg er sich so weit, ›Johnny-Boy‹ zu mir zu sagen. Freilich sollte es nicht lange dauern. Vorläufig aber war es recht angenehm, und nur ungern vertauschte ich schließlich die von der Klimaanlage erzeugte Kühle der Kapitänskajüte mit dem glühenden Sonnenschein, um den Zweiten abzulösen.

Dieser strahlte übers ganze Gesicht, als ich mich dem Laderaum vier näherte. Tommy Wilson strahlte stets. Er war ein schwarzhaariger, sehniger Walliser, mittelgroß, mit einer ansteckenden Fröhlichkeit und einer gewaltigen Lebenslust, ganz gleich, was ihm in den Weg kam. Nichts machte ihm zuviel Mühe, nichts konnte ihn unterkriegen. Das heißt, bis auf die Mathematik: Seine Schwäche auf diesem Gebiet hatte ihn bereits das Kapitänspatent gekostet. Aber er stellte jene ebenso seltene wie an Bord eines Passagierdampfers gesuchte Mischung zwischen tüchtigem Seemann und äußerst beliebtem Gesellschaftsmenschen dar. Aus diesen Gründen hatte Kapitän Bullen ihn mitgenommen.

»Wie geht es voran?« fragte ich.

»Überzeugen Sie sich selbst.« Er deutete selbstzufrieden auf den Kistenstapel am Kairand, der, seit ich ihn zuletzt gesehen hatte, um ein gutes Drittel kleiner geworden war. »Schnell und wirkungsvoll. Wenn Tommy Wilson das Kommando führt, gibt's keine Mucken . . .«

»Der Bootsmaat heißt MacDonald, nicht Wilson.«

»Richtig.« Er lachte, blickte zu dem Bootsmann hinunter, einem stämmigen, zähen, unerhört tüchtigen Sohn der Hebriden, der auf die bärtigen Schauerleute einredete, und schüttelte bewundernd den Kopf. »Wenn ich bloß verstehen könnte, was er sagt.«

»Jede Übersetzung wäre überflüssig«, bemerkte ich trocken. »Ich löse Sie ab. Der Alte läßt sagen, Sie sollen an Land gehen.«

»An Land?« Seine Miene erhellte sich. In zwei kurzen Jahren waren die Heldentaten, die unser Zweiter Offizier an Land zu verrichten pflegte, bereits legendär geworden. »Niemand soll behaupten, Tommy Wilson gehorche nicht, wenn die Pflicht ruft. Zwanzig Minuten, um zu duschen, mich zu rasieren und mich in Schale zu werfen –«

Ich fiel ihm ins Wort. »Das Schiffsbüro liegt gleich vor den Docks. Sie brauchen sich nicht umzuziehen. Stellen Sie fest, was aus unseren Passagieren geworden ist. Der Alte beginnt unruhig zu werden. Wenn sie bis fünf nicht an Bord sind, fährt er ohne sie ab. So wie ihm augenblicklich zumute ist, wird ihn das wenig bekümmern. Wenn der Agent nicht Bescheid weiß, soll er sich erkundigen. Schnellstens.«

Wilson zog los. Die Sonne wanderte zwar nach Westen, doch die Hitze blieb unverändert. Dank der Tüchtigkeit MacDonalds und seiner Zungenfertigkeit in der spanischen Sprache wurde der Stapel auf dem Kai zusehends kleiner.

Wilson kehrte bald zurück und meldete, die Passagiere hätten sich nicht blicken lassen. Ihr Gepäck war vor zwei Tagen eingetroffen. Obwohl es nur für fünf Personen bestimmt war, hätte es, sagte Wilson, ausgereicht, um zwei Eisenbahnwaggons zu füllen. Was die Passagiere betraf, so war der Agent recht nervös gewesen. Es handle sich um bedeutende Persönlichkeiten, Señor, sehr, sehr bedeutende Persönlichkeiten. Einer unter ihnen sei der wichtigste Mann in der ganzen Provinz Camafuegos. Man hatte bereits einen Jeep in westlicher Richtung an der Küste entlanggeschickt, um nach ihnen Ausschau zu halten. Manchmal geschehe es nämlich, wie der Señor verstehen müsse, daß eine Feder kaputt gehe oder ein Stoßdämpfer breche. Als Wilson sich mit Unschuldsmiene erkundigte, ob es daran liege, daß die Revolutionsregierung kein Geld übrig habe, um die riesigen Löcher in den Straßen ausfüllen zu lassen, war der Agent noch nervöser geworden und hatte entrüstet erklärt, schuld sei ausschließlich das minderwertige Metall, das die perfiden Americanos bei dem Bau ihrer Autos verwendeten. Wilson sagte, er habe den Eindruck gewonnen, daß Detroit eine besondere Montagehalle nur zu dem Zweck errichtet habe, absichtlich minderwertige Wagen zu erzeugen, die ausschließlich für diesen idyllischen Winkel des Karibischen Meeres bestimmt seien.

Wilson verschwand. In stetem Strom wanderte die Fracht in den Laderaum. Gegen vier Uhr nachmittags hörte ich das Geräusch knirschender Getriebe und das asthmatische Schnaufen eines offenbar recht altersschwachen Motors. Ich dachte, das würden nun endlich die Passagiere sein, aber nein: Was da um die Ecke des Kais ratterte, war ein baufälliges Lastauto, an dessen Karosserie kaum noch ein Restchen Lack zurückgeblieben war. An den Reifen schaute die weiße Leinwand hervor. Die Kühlerhaube war entfernt. Von meiner hohen Warte aus gesehen, lag dort ein solider Rostklotz. Wahrscheinlich handelte es sich um eines der Sondermodelle, die Detroit geliefert hatte. Auf der rissigen und zersplitterten Plattform ruhten drei mittelgroße, frisch vernagelte und mit Blechstreifen umwickelte Kisten.

In einen blauen Dunst gehüllt, der mit dem Stakkato der Fehlzündungen aus dem Auspuff kam, vibrierend wie eine zerbrochene Stimmgabel, ratternd mit jedem Bolzen des überalterten Chassis, holperte das Auto schwerfällig über die Pflastersteine und hielt keine fünf Schritt von MacDonald entfernt. Ein kleiner Mann in weißer Hose und Schirmmütze sprang durch die Öffnung, in der sich die Tür hätte befinden sollen, blieb ein paar Sekunden lang stehen, bis er wieder festen Boden unter sich spürte, und schusselte dann auf das Fallreep zu. Ich erkannte ihn wieder. Es war unser Agent in Carracio, derselbe Mann, der eine so geringe Meinung von Detroit hegte.

Ich fragte mich unwillkürlich, welchen neuen Kummer er uns bringen würde.

Genau drei Minuten später wurde meine Neugier befriedigt, als Kapitän Bullen an Deck erschien. Mit besorgter Miene zappelte der Agent hinter ihm her. Die blauen Augen des Kapitäns sprühten Funken, der rote Teint war grau verfärbt, aber der Käpt'n hatte das Sicherheitsventil fest zugeschraubt.

»Särge, Mister«, sagte er mit gepreßter Stimme. »Särge, so wahr mir Gott helfe.«

Wahrscheinlich gibt es eine prompte und geistreiche Antwort, mit der man auf derartige einleitende Gesprächswendungen reagiert, aber sie fiel mir nicht ein. Deshalb fragte ich höflich: »Särge, Sir?«

»Särge, Mister. Und nicht einmal leere Särge. Bestimmungsort New York.« Er fuchtelte mit etlichen Papieren. »Ermächtigungen, Schiffszettel, alles in Ordnung. Einschließlich einer schriftlichen Bitte, die von keinem Geringeren als dem Botschafter unterzeichnet wurde. Drei Stück. Zwei britische Untertanen, ein Amerikaner. Opfer der Hungerkrawalle.«

»Das wird der Besatzung nicht recht sein, Sir«, sagte ich. »Besonders nicht den genuesischen Stewards. Es ist bekannt, wie abergläubisch sie sind und wie sie –«

Der kleine weißgekleidete Mann unterbrach mich hastig. »Es wird schon in Ordnung gehen, Señor . . .« Wilson hatte recht gehabt, als er von seiner Nervosität sprach. Aber es steckte mehr dahinter, eine seltsame Angst, die an Verzweiflung grenzte. »Wir haben dafür gesorgt –«

»Ruhe!« sagte Kapitän Bullen schroff. »Die Besatzung braucht es nicht zu erfahren, Mister. Auch keiner der Passagiere.« Man merkte deutlich, daß ihm die Passagiere erst nachträglich eingefallen waren, so wenig interessierten sie ihn. »Die Särge sind in Kisten verpackt – dort auf dem Lkw.«

»Ja, Sir. Bei den Straßenunruhen umgekommen. Vorige Woche.« Ich hielt inne, fuhr dann mit sanfter Betonung fort: »Bei dieser Hitze –«

»Bleisärge«, sagte er. »Wir können sie also in den Laderaum stellen. In einen gesonderten Winkel, Mister. Einer der – hm – Verblichenen ist mit einem unserer Passagiere verwandt. Es gehört sich wohl nicht, daß wir die Särge zwischen die Dynamos stopfen.« Er seufzte tief. »Nun sind wir noch obendrein in der Leichenbestattungsbranche gelandet. Mehr kann das Leben nicht bieten, Erster.«

»Sie nehmen die Fracht an, Sir?«

»Ja, selbstverständlich, aber selbstverständlich.« Wieder

mischte der kleine Mann sich ein. »Der eine ist ein Vetter Señor Carreras', der bei Ihnen mitfährt. Señor Miguel Carreras. Señor Carreras ist, wie man sagt, untröstlich. Señor Carreras ist der wichtigste Mann in –«

»Seien Sie doch endlich still«, sagte Kapitän Bullen verdrossen. Er raschelte mit den Papieren. »Ich übernehme die Fracht. Ein Briefchen des Herrn Botschafters. Wieder wird man unter Druck gesetzt. Es sind schon genug Kabel über den Atlantik geflattert. Ich habe es satt. Zuviel Kummer. Ich bin nur noch ein alter, geschlagener Mann.« Er blieb eine Weile so stehen, die Hände flach gegen die Reling gedrückt und ernstlich bemüht, wie ein alter, geschlagener Mann auszusehen, aber es wollte ihm durchaus nicht glücken. Dann richtete er sich unvermittelt auf. Eine Fahrzeugkarawane bog auf den Kai ein und kam auf die ›Campari‹ zu. »Zehn gegen eins, Mister, da ist neuer Kummer im Anmarsch.«

»Gott sei Lob und Dank!« murmelte der kleine Mann. Nicht nur die Worte waren ein Stoßseufzer aus gequältem Herzen, sondern auch der Tonfall. »Señor Carreras persönlich! Endlich sind Ihre Passagiere erschienen, Herr Kapitän.«

»Das habe ich eben gesagt«, brummte Bullen. »Noch mehr Kummer!«

Der kleine Mann musterte ihn verdutzt, wie das ohne weiteres von jemandem zu erwarten war, der Bullens Einstellung zu seinen Passagieren nicht kannte. Dann machte er kehrt und eilte auf die Gangway zu. Meine Aufmerksamkeit wurde ein paar Sekunden lang durch eine Kiste abgelenkt, die eben an Bord gehoben wurde. Dann hörte ich Kapitän Bullen leise und mit Nachdruck murmeln: »Wie gesagt, Mister, neuer Kummer!«

Die Karawane, zwei große Vorkriegs-Packards mit je einem Chauffeur am Steuer, der eine von einem Jeep geschleppt, hatte soeben an der Gangway gehalten. Die Passagiere stiegen aus. Das heißt, soweit sie dazu imstande waren. Einer war es offensichtlich nicht. Der eine der Chauffeure im grünen Tropen-Drillich, auf dem Kopf einen Buschhelm, hatte den Kofferraum seines Wagens geöffnet, einen zusammenklappbaren Rollstuhl hervorgeholt und ihn mit erfahrener Hand in knapp zehn Sekunden aufgestellt. Sein Kollege hob mit Hilfe einer hochgewachsenen, hageren Krankenschwester, die von der flotten gestärkten Haube bis zu dem Rock, der an den Fußknöcheln endete, in makelloses Weiß gekleidet war, behutsam einen gebeugten alten Mann aus dem Fond des zweiten Packard und setzte ihn ebenso behutsam in den Rollstuhl. Der alte Herr – selbst auf diese Entfernung hin waren die Altersfalten in seinem Gesicht und das Schneeweiß seines noch vollen Haares deutlich zu sehen – tat sein Bestes, um ihnen behilflich zu sein, aber die Bemühungen waren nicht viel wert.

Kapitän Bullen sah mich an, und ich sah Kapitän Bullen an. Es blieb nichts zu sagen. Man hat nicht gern invalide Menschen an Bord. Sie sind eine Last: für den Schiffsarzt, der sich um ihren Gesundheitszustand kümmern muß, für die Kabinenstewards, die bei ihnen aufzuräumen haben, für die Speisesaalstewards, die sie füttern müssen, und für die Matrosen, die den Auftrag erhalten, sie herumzufahren. Handelt es sich außerdem um ältere und kränkliche Leute – und wenn dieser da nicht dazu gehörte, müßte ich mich sehr getäuscht haben –, dann hat man immer mit einem Todesfall auf hoher See zu rechnen. Das ist ein Ereignis, das der Seemann mehr als alles andere verabscheut. Es schadet auch dem Passagierverkehr. Aber solange die Krankheit weder ansteckend noch anstößig ist und ein Zeugnis des behandelnden Arztes vorliegt, das die Reisefähigkeit des Patienten bescheinigt, läßt sich nichts dagegen tun.

»Na schön«, sagte Kapitän Bullen dumpf, »nun muß ich wohl unsere letzten Gäste an Bord begrüßen. Es bleibt mir nichts erspart. Sehen Sie zu, daß Sie so schnell wie möglich fertig werden, Mister.«

»Jawohl, Sir.«

Bullen nickte und ging weg. Ich sah, wie die beiden Chauffeure zwei lange Stangen unter den Sitz des Rollstuhls schoben, sich aufrichteten und den Stuhl mühelos über die Planken der Gangway herauftrugen.

Hinter ihnen kam die große, knochige Schwester und hinter ihr eine zweite Krankenpflegerin, genauso gekleidet wie die erste, aber kleiner und untersetzter. Der alte Knabe hatte ein eigenes Sanitätskorps bei sich. Das bedeutete, daß er mehr Geld besaß, als ihm gut tat, oder daß er Hypochonder war, oder wirklich schon dem Ende nahe, oder eine Mischung aus allen drei Elementen. Erfreulich war nur, daß die beiden Damen den zwar undefinierbaren, aber kompetenten und nüchternen Eindruck tüchtiger Berufsschwestern machten. Das würde unserem Schiffsarzt, dem alten Dr. Marston, der an manchen Tagen eine ganze Stunde lang schuften mußte, die Arbeit beträchtlich erleichtern.

Mich aber interessierten weit mehr die beiden letzten Personen, die aus den Packards stiegen.

Der erste der beiden Männer war in meinem Alter und von meiner Größe. Damit aber hörte die Ähnlichkeit auf. Er sah aus wie eine Kreuzung zwischen Ramon Navarro und Rudolph Valentino, nur schöner. Groß, breitschultrig, mit tief gebräunten, vollendet modellierten romanischen Zügen, trug er den klassischen Schnurrbart seiner Rasse und besaß kräftige, ebenmäßige Zähne mit jener eingebauten Neonlichtfluoreszenz, die bei jeder Beleuchtung, vom hellichten Mittag bis zum Einbruch der Dunkelheit, zu strahlen scheint. Seinen Kopf schmückten schwarzglänzende, kurze Locken. Hätte man ihn auf dem Gelände einer beliebigen Mädchenhochschule losgelassen, wäre er verloren gewesen. Trotz alledem wirkte er bei weitem nicht verzärtelt. Er hatte das kräftige Kinn, die ausgewogene Haltung und den leichten federnden Boxergang eines Mannes, der genau weiß, daß er keine Amme braucht, um sich in dieser Welt durchzuschlagen. Wenn er schon sonst nichts leistete, würde er mir wenigstens, wie ich mir säuerlich überlegte, Miss Beresford vom Halse schaffen.

Der andere war eine etwas kleinere Ausgabe des ersten. Die gleichen Züge, die gleichen Zähne, der gleiche Schnurrbart und das gleiche Haar, nur daß Schnurrbart und Haar etwas angegraut waren. Er mochte etwa Fünfundfünfzig sein. Er besaß jenes unbeschreiblich autoritäre und selbstsichere Fluidum, hinter dem Macht, Geld oder eine sorgfältig gepflegte Hochstapelei stecken. Ich vermutete, daß dies Señor Miguel Carreras war, vor dem unser Agent in Carracio zitterte. Ich hätte gern gewußt, aus welchem Grund.

Zehn Minuten später war das letzte Stück Fracht an Bord, und es blieben nur noch die drei in Kisten verpackten Särge auf dem alten Lastauto übrig. Ich sah zu, wie der Bootsmaat eine Schlinge um die erste dieser Kisten legte. Da ertönte hinter mir eine Stimme, die mir tief verhaßt war: »Darf ich Sie mit Mr. Carreras bekannt machen, Sir? Kapitän Bullen schickt mich zu Ihnen.«

Ich drehte mich um und beehrte den Vierten Offizier Dexter mit dem Blick, den ich eigens für ihn reservierte. Dexter war die Ausnahme von der Regel, daß der Flottenkommodore an Offizieren und Besatzung stets das Beste erhält, über das die Gesellschaft verfügt. Aber der Alte konnte kaum etwas dafür. Es gibt Leute, die sich sogar ein Flottenkommodore gefallen lassen muß, und Dexter gehörte zu ihnen. Dexter, ein eigentlich recht netter junger Mann von einundzwanzig Jahren mit blondem Haar, leicht hervorstehenden blauen Augen, einem qualvoll echten Hochschulakzent und beschränktem Verstand, war der Sohn und leider auch der Erbe Lord Dexters, des Aufsichtsratsvorsitzenden und Generaldirektors der Blue-Mail-Line. Lord Dexter, der mit fünfzehn Jahren etwa zehn Millionen geerbt und sich von diesem Augenblick an verständlicherweise nicht mehr umgeschaut hatte, war auf die wunderliche Idee verfallen, sein Sohn müsse von der Pike auf dienen, und hatte ihn vor etwa fünf Jahren als Schiffsjungen anfangen lassen. Dexter selbst hielt nicht viel von diesem Arrangement, und alle Mann an Bord, vom Kapitän abwärts, hielten ebenfalls nichts davon. Ebensowenig aber von Dexter. Doch wir konnten nichts dagegen tun.

»Guten Abend, Sir.«

Ich nahm Carreras' ausgestreckte Hand und sah ihn mir genauer an. Der feste Blick der schwarzen Augen und das höfliche Lächeln konnten nicht darüber hinwegtäuschen, daß er in der Nähe doch beträchtlich älter wirkte. Die herrische Haltung war jedoch jetzt noch spürbar, und ich verwarf jeden Gedanken daran, es könnte sich dabei um einen Bluff handeln. Das war echte Marke, und damit basta.

»Mr. Carter? Sehr erfreut.« Der Händedruck war fest, die Verbeugung mehr als nur ein oberflächliches Nicken, das kultivierte Englisch das Produkt eines vornehmen amerikanischen Colleges. »Ich habe ein gewisses Interesse an der Schiffsladung, und wenn Sie mir gestatten würden –«

»Aber selbstverständlich, Señor Carreras.« Carter, der ungeschliffene angelsächsische Diamant, würde sich nicht von lateinischer Höflichkeit übertrumpfen lassen. Ich deutete auf die Ladeluke. »Wenn Sie so freundlich sein wollen, sich an Steuerbord zu halten – ich meine, rechts von der Luke ...«

»›Steuerbord‹ reicht, Mr. Carter.« Er lächelte. »Ich habe selber einmal Schiffe befehligt. Aber es hat mir nie Spaß gemacht.« Er blieb eine Weile stehen und sah zu, wie MacDonald die Schlinge festknüpfte, während ich mich zu Dexter wandte, der keine Miene machte, sich zu entfernen. Dexter hatte es selten eilig. Er besaß ein bemerkenswert dickes Fell.

»Womit sind Sie augenblicklich beschäftigt, Vierter?« fragte ich.

»Ich helfe Mr. Cummings.«

Das bedeutete, daß er nichts zu tun hatte. Cummings, der Zahlmeister, war ein außerordentlich tüchtiger Offizier, der nie Hilfe brauchte. Er hatte nur einen Fehler, den ihm der jahrelange Umgang mit Passagieren eingebracht hatte – er war viel zu höflich. Besonders gegenüber Dexter. Ich sagte: »Und die Karten, die wir in Kingston bekommen haben und die zu berichtigen sind? ... Eigentlich könnten Sie weitermachen, wie?« Das mochte allerdings bedeuten, daß wir in zwei Tagen vor den Bahamas auf ein Riff aufliefen.

»Aber Mr. Cummings erwartet –«

»Die Karten, Dexter!«

Er sah mich lange an, seine Miene wurde allmählich immer finsterer, dann machte er kehrt und ging. Ich ließ ihn drei Schritte machen und sagte dann nicht allzu laut: »Dexter.«

Er blieb stehen, drehte sich langsam um.

»Die Karten, Dexter«, wiederholte ich. Er blieb noch fünf Sekunden lang stehen, stierte mir ins Gesicht und blickte dann zur Seite.

»Jawohl, Sir.« Die Betonung des »Sir« war nur ganz leicht, aber unverkennbar. Abermals drehte er sich um und ging davon. Nun war ihm die Röte bis in den Nacken gestiegen, und der Rücken war steif wie ein Ladestock. Ich kümmerte mich nicht darum. Wenn er erst einmal auf dem Stuhl des Aufsichtsratsvorsitzenden saß, hatte ich mich längst zurückgezogen. Ich blickte ihm nach, wandte mich dann zu Carreras und sah, daß er mich mit stiller, forschender Miene musterte. Er war dabei, den Ersten Offizier Carter auf die Waagschale zu legen, aber er behielt das Ergebnis für sich. Gemächlich schlenderte er zur Steuerbordseite des Laderaums vier hinüber. Als er sich umdrehte, sah ich zum erstenmal das schwarze Seidenband, das am linken Aufschlag seines grauen Tropenanzugs festgenäht war. Es schien nicht recht zu der weißen Rose in seinem Knopfloch zu passen. Vielleicht aber galt beides zusammen in diesen Breiten als Zeichen der Trauer.

Und das kam mir durchaus wahrscheinlich vor. Während die drei Kisten mit den Särgen an Bord gehievt wurden, stand er regungslos da, fast in Habachtstellung, die Hände locker an den Hosennähten. Als die dritte Kiste über der Reling schwebte, nahm er ganz beiläufig den Hut ab, als wollte er die leichte Brise genießen, die soeben von Norden, von der offenen See her, aufgekommen war. Dann sah er sich fast verstohlen um, hob unter dem Schutz des Hutes, den er in der Linken hielt, die rechte Hand und bekreuzigte sich hastig. Trotz der Hitze lief mir ein kalter Schauder über die Schulter; ich wußte nicht, warum. Nur mit der kühnsten Phantasie hätte man sich die prosaische Luke des Laderaums vier als ein offenes Grab vorstellen können. Aber eine meiner Großmütter war Schottin gewesen. Vielleicht war ich okkult veranlagt oder mit dem zweiten Gesicht begabt, wie das im Hochland oft vorkommen soll. Vielleicht aber hatte ich nur zuviel gegessen.

Was immer es gewesen sein mochte – Señor Carreras schien nicht tief davon betroffen zu sein. Als die letzte Kiste sanft auf dem Boden des Laderaums landete, setzte er den Hut auf, starrte ein paar Sekunden lang hinunter, machte dann kehrt und begab sich nach vorn. Als er an mir vorbeikam, lüpfte er abermals den Hut und lächelte mir zu, heiter und unbekümmert. Da ich nichts Besseres zu tun wußte, erwiderte ich sein Lächeln.

Fünf Minuten später waren das alte Lastauto, die beiden Packards, der Jeep und die letzten Schauerleute verschwunden und MacDonald eifrig damit beschäftigt, die Verschalung der Luke zu überwachen.

Um fünf Uhr, eine volle Stunde vor dem letzten Termin und genau auf dem Höhepunkt der Flut, dampfte die ›Campari‹ langsam über die Sandbank an der Nordseite des Hafens und dann in nordwestlicher Richtung der untergehenden Sonne entgegen, mit ihrer Ladung von Kisten, Maschinen und Leichen, ihrem wutschäumenden Kapitän, ihrer mißmutigen Besatzung und ihren murrenden Passagieren. Es war ein schöner Juniabend, aber man hätte schwerlich behaupten können, daß die ›Campari‹ unter einem glücklichen Stern in See stach.

2

Dienstag: 20 bis 21.30 Uhr

Um acht Uhr am selben Abend dürften sich Fracht, Kisten und Särge noch im gleichen Zustand befunden haben wie um fünf; unter der lebenden Fracht aber machte sich eine deutliche Besserung bemerkbar, ein Übergang von tiefem Mißvergnügen zu einer fast an frohe Zufriedenheit grenzenden Stimmung.

Natürlich hatte das seine Gründe.

Im Fall von Kapitän Bullen – als er mich zum Essen hinunterschickte, nannte er mich zweimal ›Johnny-Boy‹ – lag es daran, daß er den Hafen von Carracio hinter sich hatte, den er als pestilenzialisch zu betrachten geruhte, daß er wieder auf See war, auf seiner Brücke stand und einen ausgezeichneten Anlaß gefunden hatte, mich nach unten zu schicken, während er selber auf der Brücke blieb und sich auf diese Weise die gesellschaftliche Folter ersparte, mit den Passagieren dinieren zu müssen.

Bei der Besatzung lag es daran, daß der Kapitän, teils aus Gerechtigkeitssinn, teils, um dem Hauptbüro die Beleidigungen heimzuzahlen, die man ihm angetan, sich entschlossen hatte, ihr bedeutend mehr Überstundengeld zu zahlen, als sie eigentlich für die zusätzliche Arbeitsleistung in den letzten drei Tagen zu beanspruchen hatte.

Und was die Offiziere und Passagiere betraf: Es gibt ganz einfach wohlbekannte Grundgesetze der menschlichen Natur, und eines davon besagte, daß es unmöglich sei, an Bord der ›Campari‹ auf längere Zeit hinaus den Kopf hängen zu lassen.

Als ein Fahrzeug ohne regelmäßige Anlegehäfen, mit recht

begrenzten Unterbringungsmöglichkeiten für Passagiere und umfangreichen Frachträumen, die nur selten nicht voll belegt waren, gehörte die ›Campari‹ eigentlich zur Klasse der Trampdampfer und stand auch in den Reiseprospekten der Blue Mail als solcher verzeichnet. Doch – wie die Prospekte mit gebührender, dem kultivierten Feingefühl der begüterten Kundschaft, an die sie sich wandten, exakt angepaßter Zurückhaltung betonten – die ›Campari‹ war kein gewöhnlicher Trampdampfer. Sie war eigentlich überhaupt kein gewöhnliches Schiff. Sie war, wie es in der Broschüre ohne jede Anmaßung hieß, ›ein mittelgroßer Frachtdampfer mit luxuriösen Kabinen und einer hervorragenden Küche, wie sie heute kein Schiff auf der Welt besser zu bieten hat‹.

Nur ein Umstand konnte sämtliche großen Passagierschiffslinien von der Cunard White Star abwärts daran hindern, die Blue Mail wegen dieser ungeheuerlichen Behauptung zu verklagen: daß sie haargenau stimmte.

Lord Dexter, der Aufsichtsratsvorsitzende der Blue-Mail-Line, der offensichtlich alle seine Verstandeskräfte für sich behalten und darauf verzichtet hatte, seinem Sohn, unserem jetzigen Vierten Offizier, etwas davon zukommen zu lassen, hatte sich diesen Slogan ausgedacht. Wie die Konkurrenz, die sich jetzt anstrengte, Schritt zu halten, ehrlich zugeben mußte, war das ein echter Geniestreich gewesen. Lord Dexter war derselben Meinung.

Es hatte Anfang der fünfziger Jahre recht einfach mit einem früheren Schiff der Blue Mail, der ›Brandywine‹ begonnen. Aus einer seltsamen Laune heraus, die nur auf dem Sofa eines Psychoanalytikers ihre Erklärung finden könnte, hatte Lord Dexter, selbst ein fanatischer Abstinenzler, seine Schiffe nach diversen Weinen und anderen alkoholhaltigen Getränken getauft. Die ›Brandywine‹ war eines von zwei Blue-Mail-Schiffen gewesen, die regelmäßig zwischen New York und den britischen Besitzungen in Westindien verkehrten. Lord Dexter hatte ein Auge auf die Luxusdampfer geworfen, die zwischen New York und dem Karibischen Meer kreuzten, und keinen rechten Grund gesehen, warum er sich nicht in diesen dollarschwangeren Markt einschalten sollte. Er ließ an Bord der ›Brandywine‹ einige Extrakabinen einrichten, annoncierte in auserwählten amerikanischen Zeitungen und Zeitschriften und gab deutlich zu verstehen, daß ihn nur die Haute Volée interessiere. Zu den Attraktionen, die er zu bieten hatte, gehörte ein kompletter Mangel an Tanzkapellen, Bällen, Konzerten, Kostümfesten, Swimmingpools, Tombolen, Deckspielen, Ausflügen und Parties: Nur ein Genie konnte aus der Not eine so begehrenswerte und hochtönende Tugend machen. An Aktivposten offerierte er lediglich die mysteriöse Romantik eines Trampdampfers, der mit unbekanntem Ziel in See sticht. Das soll nicht heißen, daß der Dampfer keinen regulären Fahrplan besaß; es bedeutete nur, daß der Kapitän die Namen der verschiedenen Bestimmungshäfen bis kurz vor der Ankunft für sich behielt. Hinzu kam der Komfort einer ständigen funktelegrafischen Verbindung zu den Börsen in New York, London und Paris.

Der Erfolg war von Anfang an phantastisch. Im Börsenjargon: Die Emission wurde hundertfach überzeichnet. Das fand Lord Dexter unerträglich. Offenbar wurden viel zu viele Leute angelockt, die nicht zur Haute Volée gehörten, ehrgeizige Streber auf den unteren Sprossen der Leiter, die noch nicht ihre erste Million hinter sich hatten. Leute, mit denen die Haute Volée nicht gern an einem Tisch sitzt. Er verdoppelte also die Fahrpreise. Es spielte keine Rolle. Er verdreifachte sie und machte dabei die erfreuliche Entdeckung, daß es viele Menschen auf der Welt gibt, die bereit sind, buchstäblich fast jeden beliebigen Preis zu zahlen, nicht nur, um exklusiv und anders als die anderen zu sein, sondern auch, um dies augenfällig zu demonstrieren. Lord Dexter bremste den Bau seines neuesten Schiffes, der ›Campari‹, ließ ein Dutzend der luxuriösesten Kabinen, die es je gegeben hat, entwerfen und installieren und schickte das Schiff nach New York, fest überzeugt, es würde ihm sehr bald die Extrakosten von über einer viertel Million Pfund einbringen, die der Einbau der Appartements verursacht hatte. Wie gewöhnlich war seine Zuversicht nicht fehl am Platze.

Natürlich gab es Nachahmer, aber man hätte ebenso gut versuchen können, den Buckingham Palace, den Grand Canyon oder den Cullinan-Diamanten nachzuahmen. Lord Dexter war ihnen allen um etliche Nasenlängen voraus. Er hatte seine Formel entdeckt und hielt unverbrüchlich an ihr fest: Komfort, Bequemlichkeit, Stille, gutes Essen und gute Gesellschaft.

Was den Komfort betraf, so mußte man den märchenhaften Luxus der Kabinen mehrmals gesehen haben, um seinen Augen zu trauen. Bequemlichkeit fand die überwiegende Mehrzahl der Passagiere in der Kombination der Börsenticker mit einer der bestversehenen Bars der Welt in dem einzigartigen Telegrafenfoyer. Stille wurde durch eine besonders sorgfältige Isolierung sowohl der Kabinen als auch des Maschinenraums gewährleistet, ferner dadurch, daß man der Königsjacht ›Britannia‹ nacheiferte und niemals ein lautes Kommando ertönen ließ. Die Stewards trugen Sandalen mit Gummisohlen, und Musikkapellen, Parties, Deckspiele waren verpönt, alle die Amüsements also, die eine minderwertigere Kundschaft als unerläßlich für den Genuß des Bordlebens erachtet. Um die großartige Küche zu organisieren, hatte man mit ungeheuren Kosten, und um den noch höheren Preis gekränkter Gefühle, einer der größten Botschaften in London und einem der besten Hotels in Paris die Chefköche abspenstig gemacht. Diese Meister der kulinarischen Welt arbeiteten nur jeden zweiten Tag. Die paradiesischen Ergebnisse ihres Bestrebens, einander zu überbieten, waren das neidische Gesprächsthema des Westatlantiks.

Anderen Reedern mochte es vielleicht gelungen sein, einige dieser Leistungen oder sogar alle nachzuahmen, doch mit Sicherheit nur in geringerer Qualität. Lord Dexter aber war kein gewöhnlicher Reeder. Er war, wie gesagt, ein Genie, und das ging vor allem aus seiner hartnäckigen Entschlossenheit hervor, nur die richtigen Leute an Bord zu nehmen.

Keine einzige Kreuzfahrt fand statt, ohne daß sich nicht auf der Passagierliste der ›Campari‹ wenigstens eine ›Persönlichkeit‹ befunden hätte, deren Etikett zwischen ›bedeutend‹ und ›weltberühmt‹ variierte. Bekannte Politiker, Minister, Spitzenstars der Bühne und des Films, hier und da einmal ein berühmter Schriftsteller oder Maler – falls er genügend sauber war und sich zu rasieren pflegte – und die unteren Ränge des englischen

Adels reisten in dieser Kabinenflucht zu beträchtlich herabgesetzten Preisen. Mitglieder des Königshauses, Ex-Präsidenten, ehemalige Premierminister, Aristokraten vom Herzogtitel aufwärts segelten gratis. Es hieß, wenn man sämtliche Angehörige des britischen Hochadels, die auf der Warteliste der ›Campari‹ standen, gleichzeitig untergebracht hätte, dann hätte das Oberhaus schließen müssen. Man braucht wohl kaum hinzuzufügen, daß Lord Dexters großzügige Gastfreundschaft keinerlei philantropische Hintergründe hatte. Er erhöhte ganz einfach die Fahrpreise für die reichen Insassen der restlichen elf Luxuskabinen, die ohnedies weiß Gott was für das Privileg gezahlt haben würden, sich in der köstlichen Nähe solcher erhabener Gestalten bewegen zu dürfen.

Nachdem wir mehrere Jahre lang unsere Route befahren hatten, nahmen wir fast nur noch Stammgäste an Bord. Manche fuhren dreimal im Jahr mit uns – ein recht zuverlässiger Hinweis auf die Höhe ihres Bankkontos. Inzwischen war die Passagierliste der ›Campari‹ zum exklusivsten Klub der Welt geworden. Um es nicht allzu überschwenglich auszudrücken: Lord Dexter hatte die sorgsam gemischten Elemente des gesellschaftlichen und finanziellen Snobismus durch seinen Destillationsapparat getrieben und in der reinsten Quintessenz eine unerschöpfliche Goldquelle entdeckt.

Ich rückte meine Serviette zurecht und betrachtete das Goldbergwerk, das wir im Augenblick an Bord hatten. Gut fünfhundert Millionen Dollar Lebendgewicht, wie sie da gingen und standen – oder vielmehr auf dem taubengrauen Samt der Fauteuils des prunkvollen, mit einer hypermodernen Klimaanlage versehenen Speisesaals thronten. Vielleicht auch eine Milliarde. Der alte Beresford allein würde für ein gutes Drittel gradestehen.

Julius Beresford, Generaldirektor und Hauptaktionär des Hüttenkonzerns Hart-McCormick, saß dort, wo er fast immer zu sitzen pflegte, nicht nur diesmal, sondern auch bei einem halben Dutzend früherer Fahrten, nämlich rechts oben am Tisch des Kapitäns, neben Bullen. Nicht weil er es mit dem bloßen Schwergewicht seines Reichtums erzwungen hatte, saß er auf dem begehrtesten Platz an Bord der ›Campari‹, sondern deshalb, weil Kapitän Bullen selbst darauf bestanden hatte. Jede Regel hat ihre Ausnahme. Julius Beresford war die Ausnahme von Bullens Regel, daß er Passagiere nicht ausstehen könne. Beresford, ein großer, magerer, ruhiger Mann mit buschigen, schwarzen Brauen, einem hufeisenförmigen Kranz angegrauter Haare rund um die sonngebräunte Glatze und lebhaften, nußbraunen Zwinkeraugen im zerfurchten braunen Leder des Gesichts, suchte bei uns nichts als Frieden, Komfort und gutes Essen. Die Gesellschaft der Großen ließ ihn kalt, ein Umstand, den Kapitän Bullen sehr zu schätzen wußte, weil er diese Gefühle teilte. Beresford, der mir schräg gegenübersaß, begegnete meinem Blick.

»Guten Abend, Mr. Carter.« Im Unterschied zu seiner Tochter erweckte er in mir nicht das Gefühl, daß er mir jedesmal, wenn er mich anzureden geruhte, den Ritterschlag erteile. »Schön, daß man wieder auf hoher See ist, nicht wahr? Doch wo steckt heute abend unser Kapitän?«

»Leider ist er beschäftigt, Mr. Beresford. Er läßt sich bei seinen Tischgenossen entschuldigen. Er kann die Brücke nicht verlassen.«

»Die Brücke?« Mrs. Beresford, die ihrem Gatten gegenüber saß, wandte mir den Kopf zu. »Ich dachte, um diese Zeit hätten Sie Ihre Wache, Mr. Carter?«

»Das stimmt.« Ich lächelte ihr zu. Für Mrs. Beresford hielt ich ein besonderes Lächeln in Bereitschaft, genauso wie für den jungen Dexter eine besondere Miene. Mrs. Beresford, dicklich, mit Juwelen behängt, das blonde Haar gefärbt, aber mit ihren fünfzig Jahren noch immer eine schöne Frau, sprühte von guter Laune, Lachlust und Freundlichkeit. Auf die bissige Bemerkung, das sei nicht schwer, wenn man 300 Millionen auf der Bank liegen habe, kann ich nur erwidern: Während der Jahre auf der Millionärsroute hatte ich festgestellt, daß Neigung zu Trübsal bei unseren reichen Freunden in direkter Abhängigkeit von der Zahl ihrer Goldbarren im Banktresor zu wachsen schien. Das war Mrs. Beresfords erste Reise, aber ich hatte sie bereits ins Herz geschlossen und zu meinem Bordliebling ernannt. Ich fuhr fort: »Es gibt in diesen Gewässern so viele Inselketten, Riffe und Korallenbänke, daß Kapitän Bullen die Navigation lieber persönlich überwacht.« Ich unterließ es, hinzuzufügen, daß Kapitän Bullen, wäre es mitten in der Nacht gewesen und hätten sämtliche Passagiere geborgen in ihren Betten gelegen, gleichfalls längst zu Bett gegangen wäre, ohne sich über die Zuständigkeiten seines Ersten den Kopf zu zerbrechen.

»Ich dachte, der Erste Offizier müsse befähigt sein, ein Schiff zu führen.« Das war wieder einmal Miss Beresford, die mich süß lächelnd auf den Arm nahm. Die im Augenblick so unschuldsvollen Augen waren fast zu groß für das zart gebräunte Gesicht. »Ich meine, für den Fall, daß dem Kapitän etwas passiert. Sie haben doch ein Kapitänspatent, nicht wahr?«

»Natürlich. Ich besitze auch einen Führerschein, aber Sie werden mich trotzdem nicht dabei ertappen, daß ich während der Stoßzeit im Zentrum von Manhattan einen Bus steuere.«

Der alte Beresford lächelte. Seine Frau lächelte. Miss Beresford betrachtete mich eine Weile nachdenklich und beugte sich dann vor, um die Hors-d'œuvres zu inspizieren. Das schimmernde braune Haar war im Nacken zu einer barocken Frisur arrangiert, die so aussah, als sei sie mit einer Gartenharke und einer Blumenschere bewerkstelligt worden. Sie hatte jedoch wahrscheinlich ein Vermögen gekostet. Der Herr neben ihr wollte mich nicht so leichten Kaufs davonkommen lassen. Er legte die Gabel hin, hob den schmalen, schwarzhaarigen Kopf, fixierte mich über seine Adlernase und sagte mit seiner hellen, trägen Stimme: »Aber Herr Obersteuermann! Ich finde diesen Vergleich gar nicht passend.«

Das ›Herr Obersteuermann‹ sollte mich auf meinen Platz verweisen. Der Herzog von Hartwell verbrachte einen großen Teil seiner Zeit an Bord der ›Campari‹ damit, daß er Leute zur Ordnung rief. Das war recht undankbar von ihm, wenn man bedenkt, daß er alles gratis bekam. Er hatte nichts gegen mich persönlich, er wollte nur in aller Öffentlichkeit für Miss Beresford Partei ergreifen. Selbst die recht erheblichen Summen, die er damit verdiente, daß er die gebührend hochachtungsvollen niedrigen Volksklassen dazu verleitete, gegen ein Eintrittsgeld von anderthalb Schilling sein stattliches Heim zu besichtigen, waren nur ein Tropfen auf dem heißen Stein der Erbschaftssteuern, während ein Ehebündnis mit Miss Beresford seine Not endgültig beheben würde. Für den unglücklichen Herzog wurde die Sache dadurch erschwert, daß zwar sein Verstand auf Miss Beresford konzentriert war, seine Aufmerksamkeit und seine Blicke aber zumeist von den außerordentlichen Reizen und der unbestreitbaren Schönheit der platinblonden und oft geschiedenen Filmschauspielerin gefangen wurden, die an seiner anderen Seite saß.

»Ich auch nicht, Sir«, sagte ich entgegenkommend. Kapitän Bullen lehnte es ab, ihn ›Euer Gnaden‹ zu betiteln, und der Teufel sollte mich holen, wenn ich mich dazu herbeiließe. »Aber etwas Besseres ist mir in der Eile nicht eingefallen.«

Er nickte gleichsam befriedigt und nahm wieder seine Vorspeisen in Angriff. Der alte Beresford musterte ihn nachdenklich, Mrs. Beresford mit einem halben Lächeln, Miss Harcourt – die Filmschauspielerin – voller Bewunderung, während Miss Beresford selbst uns auch weiterhin den unbehinderten Anblick ihrer barocken Nackenfrisur gönnte.

Mit der Freizeit weiß man auf See wenig anzufangen. Die Vorgänge am Tisch des Kapitäns zu beobachten war ein recht unterhaltsamer Zeitvertreib, der jetzt noch unterhaltsamer zu werden versprach. Der junge Mann, der unten an meinem Tisch saß, zeigte nämlich ein recht großes Interesse für den Tisch des Kapitäns. Er gehörte zu den Passagieren, die in Carracio an Bord gekommen waren.

Tony Carreras – meine Vermutung, er sei Miguel Carreras' Sohn, traf wirklich zu – war unter allen Umständen der schönste Mann, der je die Tür des Speisesaals der ›Campari‹ durchschritten hatte. In gewisser Hinsicht mochte das nicht viel bedeuten. Man braucht lange Jahre, um das Bargeld anzuhäufen, das man benötigt, um auch nur ein Wochenende an Bord der ›Campari‹ zu verbringen. Junge Männer befanden sich jederzeit in verschwindender Minorität. Trotzdem war nicht zu leugnen, daß er Aufsehen erregte. Selbst aus nächster Nähe war nichts von jener Zimperlichkeit, jener fast weibischen Regelmäßigkeit der Züge zu merken, wie man sie so oft in den Gesichtern besonders gutaussehender Männer findet. Er sah genauso aus wie eine leicht latinisierte Reinkarnation des jungen Erroll Flynn, nur härter, zäher, widerstandsfähiger. Der einzige Schönheitsfehler, wenn man von einem Schönheitsfehler sprechen kann, waren die Augen. Irgend etwas schien da nicht ganz zu stimmen, als ob die Pupillen etwas abgeflacht wären, was dem Blick eine stechende Härte verlieh. Vielleicht lag es nur an der Tischbeleuchtung. Aber das Sehvermögen an sich war in Ordnung, auf den Bruchteil einer Dioptrie, und er nützte es fleißig aus, um den Tisch des Kapitäns zu studieren. Miss Beresford oder Miss Harcourt – ich wußte nicht recht, wem seine Aufmerksamkeit galt. Er sah mir nicht danach aus, als würde er seine Zeit damit vergeuden, sich mit den übrigen Tischgästen zu beschäftigen. Jedenfalls gehörte er zu denen, die Ziele haben.

Die Gänge folgten einander. An diesem Abend hatte Antoine Küchendienst. Man konnte die wortlose Seligkeit, die sich der Gäste bemächtigte, beinahe mit Händen greifen. Samtfüßige genuesische Kellner huschten lautlos über den dicken, dunkelgrauen Perserteppich, Speisen erschienen und verschwanden wie im Traum, stets tauchte im richtigen Augenblick ein Arm mit der richtigen Weinsorte auf. Nur nicht für mich. Ich trank Sodawasser. Das stand in meinem Anstellungsvertrag.

Der Kaffee wurde serviert. Das war der Augenblick, da ich anfangen mußte, mir meine Heuer zu verdienen. Wenn Antoine kochte und in guter Form war, galt jede Art von Konversation als ein Sakrileg, und ein ehrfürchtiges Schweigen, eine fast liturgische Feierlichkeit war geboten. Etwa vierzig Minuten stummen Entzückens waren dem Anlaß angemessen. Doch ewig konnte es so natürlich nicht weitergehen. Ich bin noch niemals reichen Leuten begegnet, die nicht das Plaudern, hauptsächlich und vorzugsweise über die eigene Person, zu ihren Lieblingsbeschäftigungen gezählt hätten. Die Zielscheibe ihrer Bemerkungen aber ist unvermeidlicherweise der Offizier, der obenan am Tisch sitzt.

Ich sah mich um und war neugierig, wer den Ball ins Rollen bringen würde. Vielleicht Miss Harrbride? Ihr mitteleuropäischer Mädchenname blieb unaussprechlich. Sie war mager, knochig, Mitte der Sechzig, zäh wie Fischbein und hatte sich mit teuren und völlig wertlosen kosmetischen Präparaten ein Vermögen verdient. Dabei war sie klug genug, das Zeug selber nie anzuwenden. Mr. Greenstreet, ihr Mann, war eine graue, anonyme Erscheinung mit grauem, eingesunkenem Gesicht, der sie aus Gott weiß welchem Grund geheiratet hatte, da er auch zuvor schon sehr reich war. Oder Tony Carreras? Und sein Vater, Miguel Carreras? Es hätte eine sechste Person an meinem Tisch sitzen müssen, um zusammen mit den Carreras' die dreiköpfige Familie Curtis zu ersetzen, die ebenso wie die Harrisons in Kingston hastig nach Hause geholt worden war. Aber der alte Herr, der in seinem Rollstuhl an Bord gekommen war, beabsichtigte offenbar, die Mahlzeiten in seiner Kabine einzunehmen und sich von seinen beiden Krankenpflegerinnen bedienen zu lassen. So waren es nur vier Männer und eine Frau: eine schlecht ausgewogene Tafelrunde.

Señor Miguel Carreras ergriff als erster das Wort.

»Die Preise der ›Campari‹, Mr. Carter, sind skandalös«, sagte er ruhig, geschmäcklerisch an seiner Zigarre paffend. »Seeräuberei wäre dafür eine passende Bezeichnung. Andererseits hält die Küche, was sie verspricht. Sie haben einen Koch von Gottes Gnaden. Vielleicht ist dieser Vorgeschmack einer besseren Welt nicht allzu hoch bezahlt.«

Demzufolge mußte Señor Carreras ein sehr reicher Mann sein. Reiche Leute sprechen nie von Geld, damit man nicht glaube, sie hätten nicht genug. Sehr reiche Leute dagegen, denen das Geld an und für sich nichts mehr ausmacht, kennen diese Hemmung nicht. Die Passagiere der ›Campari‹ beklagten sich immerzu über die Preise. Und kamen wieder.

»›Ein Koch von Gottes Gnaden‹ dürfte wohl die richtige Bezeichnung sein, Sir. Erfahrene Weltenbummler, die in den besten Hotels zu beiden Seiten des Atlantik abgestiegen sind, behaupten, Antoine habe weder in Europa noch in Amerika seinesgleichen. Vielleicht mit Ausnahme von Henriques.«

»Henriques?«

»Unser zweiter Küchenchef. Er ist morgen dran.«

»Finde ich es mit Recht ein wenig unbescheiden, Mr. Carter,

wenn Sie die Vorzüge der ›Campari‹ dermaßen anpreisen?« Es war nicht böse gemeint, davon zeugte sein Lächeln.

»Ich glaube kaum, Sir. Aber die nächsten vierundzwanzig Stunden werden für sich – und für Henriques – sprechen, besser, als ich es vermag.«

»Touché!« Wieder lächelte er. Er griff nach der Flasche Remy Martin. Die Kellner verschwanden, als sie den Kaffee serviert hatten. »Und die Preise?«

»Sind schrecklich«, sagte ich. Das sagte ich zu allen Passagieren, und es schien ihnen zu gefallen. »Wir bieten, was kein anderes Schiff auf der ganzen Welt zu bieten hat, aber die Preise sind trotzdem empörend. Das haben mir mindestens ein halbes Dutzend der in diesem Augenblick hier anwesenden Personen mitgeteilt – und die meisten sind mindestens zum drittenmal an Bord.«

»Sie haben ins Schwarze getroffen, Mr. Carter.« Das war Tony Carreras. Seine Stimme klang genauso, wie man es erwartet hätte – langsam, beherrscht, mit einem tiefen Timbre. Er sah seinen Vater an. »Erinnerst du dich an die Warteliste im Büro der Blue Mail?«

»Allerdings. Wir standen ziemlich weit unten. Und was für eine Liste! Die Hälfte aller mittel- und südamerikanischen Millionäre. Ich glaube, wir dürfen uns glücklich schätzen, Mr. Carter, daß wir nach dem plötzlichen Abgang unserer Vorgänger in Kingston schon so rasch zum Zuge kamen. Aber vergessen Sie nicht, um zurechtzukommen, mußten wir in aller Eile per Flugzeug und Auto die sechshundert Kilometer von der Hauptstadt nach Carracio zurücklegen. Und wie die Straßen aussehen . . .!«

Señor Carreras teilte offenbar nicht die respektable Scheu unseres Agenten in Carracio vor der Revolutionsregierung. Ich hätte auch gern gewußt, warum ein Mann von so offensichtlich aristokratischer Herkunft wie Miguel Carreras seinen Reichtum hatte behalten können angesichts der gewaltsamen Umwälzung, welche die alte Ordnung restlos beiseitegefegt hatte. Und warum man ihm, da doch das Geld auf der Insel so verzweifelt knapp war, gestattet hatte, recht erhebliche Summen in Dollars einzuwechseln, um diese Reise zu bezahlen. Schließlich auch, wieso und warum er überhaupt die Insel hatte verlassen dürfen.

Aber ich zügelte meine Neugier. Statt zu fragen sagte ich: »Das ist trotzdem noch lange kein Rekord, Señor Carreras. Auf der vorigen Fahrt hatten wir eine Familie aus Santiago und zwei Herren aus Beirut an Bord, die eigens mit dem Flugzeug aus New York gekommen waren, um die Rückreise mitzumachen.«

»Alle diese Leute können sich doch nicht täuschen, hm? Seien Sie unbesorgt, Mr. Carter, ich bin fest entschlossen, mich zu amüsieren. Können Sie uns eine Andeutung über unsere Route machen?«

»Eine unserer Attraktionen ist es, daß wir keine festgelegte Route haben, Sir. Unser Fahrplan wird zum größten Teil von den Abgangs- und Bestimmungshäfen unserer Fracht bestimmt. Nur eines ist sicher: das Endziel heißt New York. Die meisten unserer Passagiere sind dort an Bord gegangen, und man kehrt gern an seinen Ausgangspunkt zurück.« Das wußte er ohnedies. Schließlich waren ja die Särge für New York bestimmt. »Vielleicht ankern wir vor Nassau. Es hängt von der Stimmung des Kapitäns ab – die Gesellschaft läßt ihm eigentlich freie Hand, den Lokalfahrplan den Wünschen und Bedürfnissen der Passagiere anzupassen – und vom Wetterbericht. Wir sind in der Hurrikansaison, Mr. Carreras, oder kurz davor. Wenn die Aussichten schlecht sind, wird Kapitän Bullen Nassau nicht anlaufen, um möglichst viel Wasser zwischen dem Schiff und dem Land zu haben.« Ich lächelte. »Zu den weiteren Attraktionen der ›Campari‹ gehört auch, daß wir unsere Passagiere nur dann seekrank werden lassen, wenn es absolut nicht zu vermeiden ist.«

»Rücksichtsvoll, sehr rücksichtsvoll«, murmelte Carreras. Er sah mich forschend an. »Aber wir werden doch ein- oder zweimal an der Ostküste anlegen?«

»Keine Ahnung, Sir. Normalerweise ja. Auch das hängt wieder vom Kapitän ab. Und das Verhalten des Kapitäns hängt wiederum von Doktor Slingsby Caroline ab.«

»Man hat ihn noch nicht erwischt«, erklärte Miss Harrbride mit ihrer rauhen, heiseren Stimme. Mit dem wilden Patriotismus einer Amerikanerin der ersten Generation runzelte sie die Stirn, sah sich in der Runde um und beehrte uns ohne Ausnahme mit ihrem finsteren Blick. »Es ist unglaublich, einfach unglaublich. Ich kann es noch immer nicht fassen. Ein Amerikaner in der dreizehnten Generation!« Ich konnte mir vorstellen, wie unvorstellbar einer Miss Harrbride dreizehn Generationen amerikanischer Vorfahren erscheinen mußten. Für zwei davon hätte sie gern ihre Kosmetikmillionen eingetauscht. »Vorgestern habe ich in der ›Tribune‹ einen ausführlichen Bericht über den Mann gelesen. Wissen Sie, daß die Slingsbys im Jahre 1662 an den Potomac kamen, knapp fünf Jahre später als die Washingtons? Dreihundert Jahre! Man stelle sich das vor: dreihundert Jahre lang Amerikaner. Und heute? Ein Renegat. Ein Verräter. Dreizehn Generationen.«

»Nehmen Sie es nicht zu schwer, Miss Harrbride«, sagte ich tröstend. »Wenn es sich darum handelt, mit dem Familiensilber durchzubrennen, kann Doktor Caroline meinen Landsleuten noch lange nicht das Wasser reichen. Der letzte Engländer, der hinter den Eisernen Vorhang verschwand, hat einen Ahnen, dessen Name im Grundbuch Wilhelms des Eroberers verzeichnet steht. Dreißig solide Generationen! Trotzdem hat er sich leichten Herzens aus dem Staub gemacht.«

»Pfui!« sagte Miss Harrbride.

»Wir haben von dem Mann gehört.« Tony Carreras war ebenso wie sein Vater an irgendeinem vornehmen amerikanischen College erzogen worden, aber er behandelte die englische Sprache nicht ganz so formell. »Ich meine Slingsby Caroline. Mir kommt es sinnlos vor. Was will er mit der Waffe anfangen – ›Windhose‹ heißt sie, nicht wahr? –, auch wenn es ihm glückt, sie außer Landes zu schaffen? Wer wird sie ihm abkaufen? Ich meine, so wie heutzutage die Kernwaffen aussehen, ist sie ja fast nur ein Spielzeug! Sie wird bestimmt nichts am Gleichgewicht der Weltmächte ändern, ganz gleich, wer sie in die Hand bekommt.«

»Tony hat recht«, stimmte Miguel Carreras zu. »Wer wird sie ihm abkaufen? Außerdem ist die Kernwaffenherstellung kein Geheimnis mehr. Wenn ein Land über genügend Geld und technische Mittel verfügt – bisher gibt es nur vier solche Länder –, kann es jederzeit eine Kernwaffe herstellen. Fehlen diese Voraussetzungen, dann nützen ihm sämtliche Pläne und Modelle nichts.«

»Er wird etwas erleben, wenn er mit seiner ›Windhose‹ hausieren geht«, sagte Tony Carreras. »Besonders, da man sie, nach den Berichten zu schließen, nicht einfach in einem Koffer verstauen kann. Aber was haben *wir* mit dem Knaben zu tun, Mr. Carter?«

»Solange er sich auf freiem Fuß befindet, wird jeder Frachter, der die Ostküste verläßt, gründlich durchsucht, ob nicht etwa der Mann oder die Waffe an Bord versteckt sind. Damit verzögert sich die Abfertigung der Fracht- und Passagierschiffe um die doppelte Zeit, und das bedeutet für die Hafenarbeiter einen empfindlichen Lohnverlust. Sie sind in den Streik getreten. Auf beiden Seiten sind so unangenehme Äußerungen gefallen, daß man damit rechnen muß, daß sie weiterstreiken werden, auch wenn man den Doktor Caroline schnappen sollte.«

»Verräter«, sagte Miss Harrbride. »Dreizehn Generationen.«

»Wir werden uns also vor der Ostküste in acht nehmen, ja?« fragte Carreras senior. »Wenigstens vorläufig.«

»Solange wie möglich, Sir. Aber New York ist obligat. Wann, das weiß ich nicht. Wenn dort noch immer gestreikt wird, werden wir vielleicht zuerst in den St. Lawrence einlaufen. Kommt ganz darauf an.«

»Romantik, Geheimnisse und Abenteuer«, sagte Carreras lächelnd. »Wie es im Prospekt steht.« Er blickte an mir vorbei. »Sie scheinen Besuch zu haben, Mr. Carter.«

Ich drehte mich in meinem Sessel um. Ja, ich hatte Besuch. Rusty Williams – ›Rusty‹ wegen seines feuerroten Haarschopfs – kam auf mich zu, in tadellos gebügelter weißer Uniform, die Mütze steif unter den linken Arm geklemmt. Rusty war sechzehn, unser jüngster Kadett, furchtbar schüchtern und leicht beeinflußbar. Kadetten haben für gewöhnlich keinen Zutritt zum Speisesaal. Rusty quollen die Augen aus den Höhlen, als er die jungen Damen am Tisch des Kapitäns erblickte, aber es gelang ihm, mit aller Gewalt den Blick auf mich zu lenken, während er neben mir stehenblieb und hörbar die Hacken zusammenschlug.

»Was gibt's denn, Rusty?« Eine uralte Konvention besagt, daß man Kadetten stets mit dem Zunamen anzureden habe, aber alle nannten ihn immer nur Rusty. Es war unmöglich, ihn anders zu nennen.

»Der Herr Kapitän läßt bitten, Sir, ob Sie bitte für einen Augenblick zu ihm auf die Brücke kommen könnten, Mr. Carter?«

»Ich komme sofort.« Rusty wandte sich zum Gehen. Ich sah das Funkeln in Miss Beresfords Augen, jenes Funkeln, das zumeist einen boshaften Scherz auf meine Kosten ankündigte. Es war vorauszusehen, daß es sich diesmal um meine Unentbehrlichkeit handeln würde, und um den verzweifelten Kapitän, der, wenn alles verloren ist, seinen treuen Helfer rufen läßt. Obwohl ich ihr nicht zutraute, daß sie damit vor einem Kadetten herausrücken würde, hätte ich doch keine drei Groschen darauf verwetten mögen; also erhob ich mich hastig, sagte: »Entschuldigen Sie mich, Miss Harrbride, entschuldigen Sie, meine Herren!« und folgte Rusty schnell zur Tür hinaus in den Steuerbordgang.

»Der Herr Kapitän ist in seiner Kajüte, Sir. Sie sollen dorthin kommen.«

»Wie bitte? Eben sagten Sie –«

»Ich weiß, Sir. Er hat es mir aufgetragen. Mr. Jamieson ist auf der Brücke« – George Jamieson war unser Dritter Offizier – »Kapitän Bullen ist in seiner Kajüte. Mit Mr. Cummings.«

Ich nickte und ging weg. Jetzt fiel mir ein, daß Cummings, als ich den Speisesaal verließ, nicht an seinem gewohnten Tisch gesessen hatte, obwohl er zu Anfang des Abendessens dagewesen war. Das Logis des Kapitäns lag unmittelbar unter der Brücke. In zehn Sekunden war ich dort.

Ich klopfte an die polierte Eichentür, hörte eine barsche Stimme und trat ein.

Die Blue Mail hatte gut für ihren Kommodore gesorgt. Nicht einmal Kapitän Bullen, der gewiß kein Anhänger einer luxuriösen Lebensweise war, hatte man jemals darüber klagen hören, daß man ihn zu sehr verwöhne. Er verfügte über drei Räume mit Badezimmer, die im besten Millionärsgeschmack gehalten waren. Seine Tageskajüte, in der ich mich jetzt befand, ließ ohne weiteres auf den Stil der restlichen Räume schließen: weinroter Teppich, der unter den Füßen nachgab; dunkelrote Gardinen, schimmernde Sykomorentäfelung, an der Decke schmale Eichenbalken, die Stühle und das Sofa aus Eiche und grünem Leder. Als ich hereinkam, blickte Kapitän Bullen zu mir auf. Er sah gar nicht wie ein Mensch aus, der seinen häuslichen Komfort genießt.

»Ist etwas passiert, Sir?« fragte ich.

»Setzen Sie sich.« Seufzend zeigte er auf einen Stuhl. »Natürlich ist etwas passiert. Bananenbein-Benson ist verschwunden. White hat es mir vor zehn Minuten gemeldet.«

Bananenbein-Benson klang wie der Name eines gezähmten Menschenaffen oder im besten Fall wie der eines Berufsringers, der die Provinz bereist. Er gehörte aber in Wirklichkeit zu dem sehr kultivierten, manierlichen und äußerst tüchtigen Chefsteward Frederick Benson. Benson stand in dem wohlverdienten Ruf, ein eisernes Regiment zu führen. Einer seiner mißvergnügten Untergebenen, dem anläßlich einer strengen und berechtigten Strafpredigt der geringfügige Abstand zwischen Bensons Knien aufgefallen war, hatte ihn, sowie er ihm den Rücken kehrte, auf den neuen Namen getauft. Der Name war haftengeblieben, vor allem deshalb, weil er so ungereimt und völlig unpassend war. White war der Stellvertreter des Chefstewards.

Ich schwieg. Bullen liebte es nicht, wenn jemand, besonders einer seiner Untergebenen, sich Rufe des Erstaunens, verblüffte Mienen oder läppische Wiederholungen erlaubte. Statt dessen sah ich den Mann an, der dem Kapitän gegenüber am Tisch saß: Howard Cummings.

Cummings, der Zahlmeister, ein kleiner, dicklicher, liebenswürdiger und äußerst gewitzter Ire, war neben Bullen der wichtigste Mann an Bord. Das bezweifelte kein Mensch, obwohl Cummings selber in keiner Weise merken ließ, daß dem so war. An Bord eines Passagierdampfers ist ein tüchtiger Zahlmeister sein Gewicht in Gold wert, und Cummings war eine unbezahlbare Perle. In den drei Jahren, die er auf der ›Campari‹ verbracht hatte, waren Reibungen unter den Passagieren und Beschwerden ihrerseits so gut wie unbekannt gewesen. Howard

Cummings war ein Genie, wenn es galt, Streitigkeiten zu schlichten, Kompromisse zu finden, verletzte Gemüter zu besänftigen und ganz im allgemeinen mit Menschen umzugehen. Lieber hätte Kapitän Bullen sich die rechte Hand abgehackt, als Cummings wegzuschicken.

Aus drei Gründen sah ich Cummings an. Er wußte alles, was auf der ›Campari‹ vor sich ging; von den geheimen Verkaufsorders, die im Telegrafenfoyer ausgeheckt wurden, bis zum Herzenskummer des jüngsten Heizers im Kesselraum. Er war in letzter Instanz für sämtliche Bordstewards verantwortlich. Außerdem war er ein enger persönlicher Freund von Bananenbein-Benson. Zehn Jahre lang waren sie zusammen als Zahlmeister und Chefsteward auf einem der großen transatlantischen Dampfer gefahren. Es war einer der Geniestreiche in der erfolgreichen Karriere des Erzzauberers Lord Dexter gewesen, als es ihm glückte, diese beiden Männer von ihrem Schiff wegzulocken und sie an Bord der ›Campari‹ zu holen.

Cummings fing meinen Blick auf und schüttelte den Kopf.

»Bedaure, Johnny, ich tappe genauso im dunkeln wie Sie. Ich sah ihn zuletzt vor dem Essen. Es dürfte zehn Minuten vor acht gewesen sein, als ich gerade mit den zahlreichen Gästen einen kleinen Tropfen trank.« Cumming's Tropfen kamen aus einer speziellen, nur mit Ginger Ale gefüllten Whiskyflasche. »Eben war White hier. Er sagt, er habe Benson gegen acht Uhr zwanzig in Kabine sechs gesehen, wo er die Betten für die Nacht zurechtmachte. Also vor einer halben Stunde – nein, jetzt sind es schon an die vierzig Minuten. Er rechnete damit, ihn kurz nachher wiederzusehen, denn in den letzten zwei Jahren haben Benson und White Abend für Abend, wenn das Wetter gut war, an Deck zusammen eine Zigarette geraucht, während die Passagiere bei Tisch saßen.«

»Immer zur selben Zeit?« warf ich ein.

»Ja. Ungefähr um halb neun, nie später als acht Uhr fünfunddreißig. Aber heute abend nicht. Um acht Uhr vierzig suchte ihn White in seiner Kabine. Er war nicht da. Dann beauftragte er ein halbes Dutzend Stewards, sich nach ihm umzuschauen. Noch immer ohne Erfolg. Er ließ mich holen; ich ging zum Kapitän.«

Und, dachte ich mir, der Kapitän ließ mich holen. Den alten zuverlässigen Carter, der immer zur Stelle ist, wenn es brenzlig wird. Ich sah Bullen an.

»Das Schiff durchsuchen, Sir?«

»Richtig, Mister. Verdammt lästig. Eine Schweinerei nach der anderen. So unauffällig wie möglich.«

»Selbstverständlich, Sir. Kann ich Wilson, den Bootsmaat, einige Stewards und Matrosen haben?«

»Meinetwegen auch Lord Dexter und seine Aufsichtsräte, wenn Sie mir bloß Benson zur Stelle schaffen«, brummte Bullen.

»Ja, Sir.« Ich wandte mich zu Cummings. »Er ist doch nicht kränklich, wie? Schwindelanfälle, Herzattacken, Ohnmachten oder dergleichen?«

»Plattfüße, weiter nichts«, erwiderte Cummings lächelnd. Aber ihm war nicht heiter zumute. »Vorigen Monat war er bei Doktor Marston zur jährlichen Untersuchung. Hundertprozentig gesund. Die Plattfüße sind Berufsleiden.«

Ich wandte mich wieder zu Kapitän Bullen.

»Dürfte ich mich erst einmal in aller Ruhe zwanzig Minuten, vielleicht eine halbe Stunde lang umschauen, Sir? Zusammen mit Mr. Cummings. Es ist eine ruhige, windstille Nacht. Niemand will etwas gehört haben, kein Geschrei, keine Hilferufe. Nachts sind immer recht viel Leute auf den unteren Decks. Wenn etwas zu hören war, müßten sie es vernommen haben. Und es ist auch nicht wahrscheinlich, daß Benson plötzlich erkrankt ist. Ich will folgendes sagen: Hundert gegen eins befindet er sich nicht in einer Notlage, die ein sofortiges Eingreifen erfordert. Wenn er Hilfe gebraucht hat, ist es dazu vermutlich schon zu spät. Es wird wohl nicht schaden, wenn wir noch zwanzig Minuten warten, bevor wir Alarm schlagen.«

»Niemand wird Alarm schlagen, Mister! Wir befinden uns auf der ›Campari‹.«

»Ja, Sir. Aber es spielt keine Rolle, ob wir es per Lautsprecher durchgeben oder nur in dunklen Winkeln flüstern. Wenn Benson verschwunden ist und verschwunden bleibt, wird bis Mitternacht das ganze Schiff Bescheid wissen. Oder schon früher.«

»Hiobs Trost«, brummte Bullen. »Schön, Johnny, und auch Sie, Howie – seht zu, was ihr feststellen könnt.«

»Sind wir ermächtigt, *überall* nachzuschauen, Sir?«

»Natürlich in vernünftigen Grenzen.«

»Überall?« betonte ich. »Sonst vergeude ich nur meine Zeit. Das wissen Sie sehr gut, Sir.«

»Du lieber Gott! Es ist erst zwei Tage her, seit wir die Jamaika-Bande an Bord gehabt haben! Erinnern Sie sich gefälligst daran, wie unsere Passagiere reagiert haben, als der Zoll und die amerikanische Flotte ihre Kabinen durchstöberten. Der Aufsichtsrat wird sehr erfreut sein.« Verdrossen blickte er zu mir auf. »Es sind doch wohl die Passagierkabinen gemeint?«

»Wir werden uns vorsehen, Sir. Noch sitzt man zu Tisch. Und wenn etwas passiert, wird Howie es ordnen.«

»Also schön, zwanzig Minuten. Ich werde auf der Brücke sein. Bitte, niemandem auf die Hühneraugen zu treten, wenn es sich vermeiden läßt!«

Wir verließen die Kajüte des Kapitäns, gingen aufs A-Deck hinunter und bogen erst rechts, dann links in den dreißig Meter langen Mittelgang ein. Auf dem A-Deck gab es nur sechs Luxuskabinen, drei an jeder Seite. Ungefähr in der Mitte des Ganges marschierte White nervös auf und ab. Ich winkte ihm, und er kam schnell auf uns zu, ein magerer Geselle mit beginnender Glatze und ewig gequälter Miene, von zwei Leiden geplagt: chronischen Magenbeschwerden und übertriebener Gewissenhaftigkeit.

»Haben Sie sämtliche Hauptschlüssel bei sich, White?«

»Ja, Sir.«

»Gut.« Ich deutete auf die erste Eingangstür zu meiner Rechten, Kabine eins an der Backbordseite. »Bitte, sperren Sie auf.«

White sah Cummings an. Es war auf See sozusagen selbstverständlich, daß ein Deckoffizier nie, aber auch nie die Passagierräume der ›Campari‹ betrat, es sei denn auf ausdrückliche Einladung des Passagiers, und auch dann nur mit freundlicher Erlaubnis des Zahlmeisters und des Chefstewards. Aber in eine Passagierkabine einfach einzubrechen . . .

»Sie haben gehört, was der Erste Offizier sagt.« Ich fragte

mich, ob ich schon jemals einen so barschen Ton in Howies Stimme vernommen hatte, und sagte mir, nie. Aber er und Bananenbein-Benson waren eng befreundet. »Aufsperren.«

White sperrte auf. Ich drängte mich an ihm vorbei, den Zahlmeister dicht auf den Fersen. Wir brauchten nicht Licht zu machen, die Beleuchtung war eingeschaltet. Die Passagiere der ›Campari‹ bei den Preisen, die sie zahlten, zu ermahnen, sie möchten das Licht löschen, wäre in den Wind geredet und außerdem eine Beleidigung gewesen.

In den Kabinen der ›Campari‹ gab es natürlich keine Kojen, sondern nur Himmelbetten, und noch dazu massive Himmelbetten mit verborgenen und automatisch zu regulierenden Seitenwänden, die bei schlechtem Wetter schnell hochgezogen werden konnten. Doch die Wetterberichte waren heutzutage so zuverlässig, und Kapitän Bullen hatte so große Vollmacht, jedem schlechten Wetter auszuweichen, außerdem arbeiteten unsere Denny-Brown-Stabilisatoren so hervorragend, daß ich mich nicht daran erinnern konnte, wann diese Seitenbretter jemals benützt worden wären. An Bord der ›Campari‹ war die Seekrankheit verpönt.

Das Appartement bestand aus einer Schlafkabine, einem anstoßenden Salon und einem Badezimmer. Hinter dem Salon lag noch eine Kabine. Die Fenster aus geschliffenem Glas gingen alle nach der Backbordseite. Wir durchsuchten binnen einer Minute sämtliche Räume, blickten unter die Betten und in die Wandgarderoben, hinter die Gardinen, in alle Winkel. Nichts.

Wir zogen ab.

Draußen im Korridor deutete ich mit dem Kopf auf die gegenüberliegende Kabine, Nummer zwei.

»Jetzt hier«, sagte ich zu White.

»Bedaure, das ist ausgeschlossen, Sir. Es ist der alte Herr mit seinen Krankenschwestern, Sir. Sie haben sich drei Spezialtabletts heraufschicken lassen – gegen ... ja, Sir, gegen Viertel sieben. Mr. Carreras, der Herr, der heute an Bord kam, hat uns angewiesen, hier vor morgen früh nicht zu stören.« White hatte seinen Spaß daran. »Strengste Weisung, Sir.«

»Carreras?« Ich sah den Zahlmeister an. »Was hat er damit zu tun, Mr. Cummings?«

»Wissen Sie das nicht? Nein, natürlich nicht. Mr. Carreras – der Papa – ist allem Anschein nach Seniorpartner in einer der größten Anwaltsfirmen des Landes, Cerdan & Carreras. Mr. Cerdan, der Gründer der Firma, ist der alte Herr, der diese Kabine bewohnt. Seit acht Jahren ist er halb gelähmt. Ein Krüppel, aber ein recht zäher Krüppel. Sein Sohn und seine Schwiegertochter – Cerdan junior ist der nächste Seniorpartner nach Carreras – haben ihn die ganze Zeit auf dem Hals gehabt, und ich glaube, der alte Knabe machte ihnen reichlich zu schaffen. Soviel ich gehört habe, hat Carreras ihn vor allem mitgenommen, um Cerdan junior und Gemahlin eine Atempause zu gönnen. Natürlich fühlt Carreras sich für ihn verantwortlich, deshalb hat er wahrscheinlich Benson seine Weisungen erteilt.«

»Mir kommt es nicht so vor, als ob er in den letzten Zügen läge«, sagte ich. »Niemand will ihm an den Kragen. Ein paar Fragen werden ihm nicht wehtun – und auch nicht den Damen.« White machte den Mund auf, um abermals zu protestieren, aber ich schob ihn unsanft beiseite und klopfte an die Tür.

Keine Antwort. Ich wartete volle dreißig Sekunden und klopfte dann noch einmal, etwas lauter. White, der neben mir stand, erstarrte vor Entrüstung und Mißbilligung. Ich beachtete ihn nicht und hob die Hand, um kräftiger gegen das Holz zu pochen, da hörte ich Schritte, und plötzlich wurde die Tür geöffnet.

Es war die kleinere der beiden Krankenpflegerinnen, die dickliche, die vor uns stand. Auf ihrem Kopf saß eine altmodische Leinwandhaube mit Zugschnur; mit der einen Hand hielt sie einen leichten wollenen Hausmantel zusammen, unter dessen Kante nur die Spitzen ihrer Pantoffeln zu sehen waren. Der Raum hinter ihr lag im Halbdunkel, aber ich sah, daß er zwei Betten enthielt, von denen das eine zerwühlt war. Die freie Hand, mit der sie sich die Augen rieb, erläuterte uns den Rest der Geschichte.

»Ich bitte Sie aufrichtig, die Störung zu entschuldigen«, sagte ich. »Ich hatte keine Ahnung, daß Sie schon zu Bett gegangen waren. Ich bin der Erste Offizier, und das ist unser Zahlmeister, Mr. Cummings. Unser Chefsteward wird vermißt. Wir möchten Sie fragen, ob Sie vielleicht etwas gesehen oder gehört haben, das uns von Nutzen sein könnte.«

»Vermißt?« Sie hüllte sich fester in ihren Morgenrock. »Heißt das – heißt das, daß er ganz einfach verschwunden ist?«

»Sagen wir, daß wir ihn nicht finden können. Haben Sie uns etwas mitzuteilen?«

»Ich weiß nichts. Ich habe geschlafen. Sehen Sie, wir lösen uns alle drei Stunden am Bett des alten Herrn ab. Man muß die ganze Zeit auf ihn aufpassen. Ich wollte ein bißchen schlafen, bevor ich an der Reihe bin, Miss Werner abzulösen.«

»Ich bitte nochmals um Entschuldigung. Sie können uns also nichts berichten?«

»Leider nein.«

»Vielleicht Ihre Kollegin, Miss Werner?«

»Miss Werner.« Sie musterte mich mit zusammengekniffenen Augen. »Aber Mr. Cerdan darf nicht –«

»Bitte. Es ist vielleicht eine ernste Angelegenheit. Ein Mitglied der Besatzung ist verschwunden. Jede Verzögerung könnte gefährlich sein.«

»Gut.« Wie jede tüchtige Krankenschwester wußte sie, wie weit sie gehen durfte, und wann sie einen Entschluß zu fassen hatte. »Aber ich muß Sie ersuchen, recht leise zu sein und Mr. Cerdan in keiner Weise zu stören.«

Sie erwähnte mit keinem Wort die Möglichkeit, daß Mr. Cerdan uns stören könnte, aber sie hätte uns eigentlich warnen müssen. Als wir durch die offene Tür seiner Kabine kamen, saß er im Bett, ein Buch vor sich auf der Decke. Eine helle Lampe über seinem Kopf beleuchtete eine rote, mit Troddeln versehene Nachtmütze. Das Gesicht lag tief im Schatten, der aber nicht tief genug war, um das feindselige Funkeln unter den waagrechten, buschigen Brauen zu verbergen. Dieser feindselige Ausdruck schien mir ein ebenso wesentliches Merkmal seines Gesichts zu sein wie die große Schnabelnase, die über einen zottigen weißen Schnurrbart ragte. Die Schwester, die vorausging, traf Anstalten, uns vorzustellen, aber Cerdan befahl ihr mit einer herrischen Geste zu schweigen. Herrisch, ja, das ist, dachte ich mir, das richtige Wort für den alten Knaben, wenn man von anderen passenden Ausdrücken wie knurrig, griesgrämig und ungezogen absehen will

»Hoffentlich haben Sie eine stichhaltige Erklärung für Ihr schändliches Benehmen, Sir.« Seine Stimme war so eiskalt, daß es einen Polarbären gefröstelt hätte. »In meine Privatkabine einzudringen, ohne auch nur um Erlaubnis zu fragen!« Er richtete den durchbohrenden Blick seiner Knopfaugen auf Cummings. »Sie! Sie da! Sie haben Ihre Weisungen erhalten, verdammt! Ich wünsche ungestört zu bleiben. Absolut. Erklären Sie mir Ihr Benehmen, Sir!«

»Ich kann gar nicht sagen, wie leid es mir tut, Mr. Cerdan«, erwiderte Cummings gewandt. »Nur die ungewöhnlichsten Umstände –«

»Dummes Zeug!« Gleichgültig, wofür der alte Stoffel leben mochte: Er konnte sich auf keinen Fall vorgenommen haben, seine Freunde zu überleben. Den letzten hatte er schon verloren, bevor er die Kinderstube verließ. »Amanda! Holen Sie mir den Kapitän ans Telefon! Sofort!«

Die große magere Krankenschwester, die auf einem hochlehnigen Stuhl neben dem Bett saß, wollte die Strickarbeit zusammenraffen, die in ihrem Schoß lag – einen fast fertigen hellblauen Pullover –, aber ich bedeutete ihr, sitzen zu bleiben.

»Es ist nicht nötig, den Kapitän zu verständigen, Miss Werner. Er weiß Bescheid. Er hat uns hierher geschickt. Wir haben nur eine kleine Bitte an Sie und Mr. Cerdan . . .«

»Und ich habe nur eine kleine Bitte an Sie zu richten, Sir.« Seine Stimme überschlug sich ins Falsett, vor Aufregung, vor Ärger, vor Altersschwäche, oder aus allen drei Gründen. »Machen Sie, daß Sie wegkommen!«

Ich wollte tief Atem holen, um mich zu beruhigen, aber selbst diese kurze Pause würde nur einen zweiten Ausbruch beschleunigt haben, deshalb sagte ich sofort: »Gut, Sir. Zuerst aber möchte ich wissen, ob Sie oder Miss Werner im Lauf der letzten Stunde etwas Sonderbares oder Ungewöhnliches gehört oder irgend etwas bemerkt haben, das Ihnen befremdlich erschien. Unser Chefsteward ist verschwunden. Vorläufig können wir uns sein Verschwinden nicht erklären.«

»Verschwunden, ha?« Cerdan schnaubte durch die Nase. »Wahrscheinlich ist er besoffen oder eingeschlafen!« Dann setzte er hinzu: »Oder beides.«

»Das wäre nicht seine Art«, sagte Cummings gelassen. »Können Sie uns behilflich sein?«

»Bedaure, Sir.« Miss Werner, die Krankenschwester, hatte eine tiefe, heisere Stimme. »Wir haben nichts gesehen, nichts gehört. Gar nichts, das Ihnen von Nutzen sein könnte. Aber wenn wir Ihnen auf irgendeine Weise –«

Cerdan fiel ihr schroff ins Wort. »Sie haben sich um nichts anderes zu kümmern als um Ihre Arbeit. Wir können Ihnen nicht helfen, meine Herren. Gute Nacht.«

Als wir wieder draußen im Korridor standen, blies ich den Atem von mir, den ich anscheinend die letzten zwei Minuten lang angehalten hatte, und wandte mich zu Cummings.

»Ich weiß nicht, wieviel der alte Flegel für seine Kabine zahlt«, sagte ich erbittert, »aber man hat ihm auf jeden Fall zuwenig berechnet!«

»Ich kann verstehen, daß Mr. und Mrs. Cerdan junior froh sind, ihn eine Weile los zu sein«, sagte Cummings zustimmend. Im Munde des normalerweise unerschütterlichen und diplomatischen Zahlmeisters war das schon das Äußerste an Mißbilligung, was man von ihm erwarten durfte. Er sah nach seiner Uhr. »Wir kommen nicht weiter. In fünfzehn bis zwanzig Minuten werden die Passagiere in ihre Kabinen zurückkehren. Wie wäre es, wenn Sie sich hier oben umschauten, während ich mit White nach unten gehe?«

»Gut. Zehn Minuten.« Ich ließ mir von White die Schlüssel geben und nahm die restlichen vier Kabinen vor, während Cummings wegging, um die sechs Kabinen auf dem darunterliegenden Deck zu inspizieren.

Zehn Minuten später befand ich mich, nachdem ich in drei von den vier restlichen Kabinen nicht das Geringste gefunden hatte, im letzten Appartement, dem größten, das achtern an Backbord lag und von der Familie Beresford bewohnt wurde. Ich durchsuchte die Kabine, die Beresford und seiner Frau gehörte. Diesmal gab ich mir besondere Mühe. Ich suchte nicht nur Benson, sondern irgendein Anzeichen dafür, daß er hier gewesen sein könnte – aber es war abermals eine Fehlanzeige. Desgleichen im Salon und im Badezimmer. Ich betrat die zweite, etwas kleinere Kabine, in der Beresfords Tochter hauste. Nichts hinter den Möbeln, nichts hinter den Gardinen, nichts unter dem Himmelbett. Ich ging zum Achterschott und öffnete die Schiebetür, die diese ganze Wand in eine einzige riesige Garderobe verwandelte.

Miss Susan Beresford, überlegte ich mir, war ganz schön mit Kleidern versorgt. Die Garderobe mußte an die sechzig oder siebzig Bügel enthalten. Wenn an einem dieser Bügel etwas hing, das weniger als zwei- bis dreihundert Dollar gekostet hatte, dann war ich ein blutiger Stümper. Ich bahnte mir eine Gasse durch die Balenciagas, die Diors und die Givenchys, blickte darunter und dahinter. Nichts, gar nichts.

Ich schloß die Schiebetür und ging zu der kleineren Garderobe in der Ecke. Sie steckte voller Pelze, Mäntel, Capes, Stolen. Warum sich jemand Mühe machte, soviel Pelzwerk auf eine Kreuzfahrt durchs Karibische Meer mitzuschleppen, war mir restlos unbegreiflich. Ich griff nach einem besonders schönen Stück und drückte es zur Seite, um einen Blick in die dunkle Tiefe zu werfen, da hörte ich ein leises Knacken, wie von einer Klinke, die man losläßt, und eine Stimme sagte:

»Es ist ein recht schöner Nerzmantel, Mr. Carter, nicht wahr? Er dürfte unter Brüdern mehr kosten, als Sie in zwei Jahren an Gehalt beziehen.«

3

Dienstag: 21.30 bis 22.15 Uhr

Susan Beresford war unbedingt eine Schönheit. Ein vollendet geschnittenes, ovales Gesicht, hohe Backenknochen, schimmernd braunes Haar, Brauen, die um zwei Schattierungen dunkler waren, Augen vom grünsten Grün, das man je gesehen hat: Sämtliche Schiffsoffiziere gingen ihretwegen an den Wänden hoch, selbst diejenigen, die sie bis aufs Blut quälte. Das heißt, alle bis auf Carter. Eine blasiert kühle, spöttische Miene ist nicht dazu angetan, mir das Herz zu erwärmen.

Im Augenblick freilich konnte ich mich nicht beklagen. Die Miene war weder kühl noch spöttisch. Zwei dunkelrote Flecken – Zorn? oder vielleicht ein Anflug unerklärlicher Furcht? – glühten auf den gebräunten Wangen. Wenn ihr Gesichtsausdruck auch noch nicht die Reaktion eines Menschen verriet, der unter einem flachen Stein einen besonders widerwärtigen Mistkäfer gefunden hat, so konnte man doch deutlich erkennen, daß es bald so weit sein würde. Man brauchte kein Mikrometer, um die Kräuselfalte in ihrem Mundwinkel zu messen.

Ich ließ den Nerzmantel zurückfallen und machte die Garderobentür zu.

»Sie sollten einen nicht so erschrecken«, sagte ich vorwurfsvoll. »Sie hätten anklopfen sollen.«

»Ich hätte . . .?« Sie preßte die Lippen zusammen. Sie war noch immer nicht blasiert. »Was hatten Sie mit meinem Mantel vor?«

»Nichts. Ich trage nie Nerz, Miss Beresford. Nerz steht mir nicht.« Ich lächelte nicht. »Ich kann es Ihnen erklären.«

»Bestimmt.« Sie war bereits halb um den Türpfosten gebogen, auf dem Weg in den Korridor. »Aber mir ist es lieber, wenn Sie es meinem Vater erklären.«

»Wie Sie wünschen«, antwortete ich unbeschwert. »Aber beeilen Sie sich, bitte. Was ich vorhabe, ist sehr dringend. Benützen Sie das Telefon. Oder soll ich anrufen?«

»Lassen Sie das Telefon in Ruhe«, sagte sie gereizt. Mit einem Seufzer schloß sie die Tür und lehnte sich dagegen. Ich mußte zugeben, daß jede Tür, sogar die kostbar getäfelten Türen an Bord der ›Campari‹, doppelt so imposant wirkte, wenn sie mit Susan Beresford drapiert war.

Sie schüttelte den Kopf, sah mich dann mit ihren verblüffend grünen Augen von unten her an. »Vieles kann ich mir ausmalen, Mr. Carter, eines aber ist mir unvorstellbar: Daß unser würdevoller Erster Offizier in einem Rettungsboot mit meinem Nerz im Heck auf eine einsame Insel zusteuert.« Mit Bedauern stellte ich fest, daß sie wieder in ihre normale Pose verfiel. »Übrigens – warum? Dort drüben in der Schublade muß Schmuck im Wert von mindestens fünfzigtausend Dollar herumliegen.«

»Er ist mir entgangen«, erwiderte ich. »Ich habe nicht in den Schubladen nachgesehen. Ich suche einen Mann, der krank ist oder bewußtlos oder noch Schlimmeres, und Benson würde in keine der Schubladen passen, die ich bisher in meinem Leben gesehen habe.«

»Benson? Unser Chefsteward? Der nette Mann?« Sie trat ein paar Schritte näher. Ich hatte ein dunkles Gefühl der Freude, als ich sah, daß ihr Blick plötzlich besorgt war. »Wird er vermißt?« fragte sie.

Ich berichtete ihr, was ich wußte. Das dauerte nicht lange. Als ich fertig war, bemerkte sie: »Na, ich muß schon sagen – viel Lärm um nichts. Vielleicht hat er eine Deckpromenade gemacht oder sich irgendwo hingesetzt und eine Zigarette geraucht. Doch sofort fangt ihr an, die Kabinen zu durchsuchen . . .«

»Sie kennen Benson nicht, Miss Beresford. Nie in seinem Leben hat er die Passagierquartiere vor elf Uhr nachts verlassen.

Wir könnten nicht beunruhigter sein, wenn sich herausstellte, daß der Wachhabende von der Brücke verschwunden ist oder der Oberbootsmaat jetzt das Ruder verlassen hat. Entschuldigen Sie mich einen Augenblick.« Ich öffnete die Kabinentür, um nachzuschauen, wo die Stimmen herkamen, und sah draußen im Korridor in einiger Entfernung White mit einem anderen Steward beisammen stehen. Als White mich erblickte, hellte sich seine Miene auf, umwölkte sich aber mißbilligend, als er Miss Beresford hinter mir aus der Tür kommen sah. Whites Anstandsgefühl mußte in dieser Nacht eine Berg-und-Talbahn-Fahrt über sich ergehen lassen.

»Ich habe mich gewundert, wo Sie stecken, Sir«, sagte er vorwurfsvoll. »Mr. Cummings hat mich heraufgeschickt. Leider hatten wir auch unten kein Glück, Sir. Mr. Cummings durchsucht jetzt unser Logis.« Er hielt einen Augenblick inne, dann setzte sich seine Unruhe durch und verscheuchte den Ausdruck der Mißbilligung aus seinen Zügen. »Was soll ich jetzt machen, Sir?«

»Nichts. Jedenfalls Sie persönlich nicht. Sie bleiben im Dienst, bis wir den Chefsteward gefunden haben, und kümmern sich um die Passagiere, die auch jetzt an erster Stelle stehen, das wissen Sie ja. Schicken Sie binnen zehn Minuten drei Stewards an den Vordereingang zum A-Logis. Der eine soll das Offizierslogis in der Back, der andere das Offizierslogis achtern, der dritte die Kombüsen, die Pentries, die Vorratsräume durchsuchen. Aber warten Sie, bis ich Bescheid sage. Miss Beresford, darf ich Ihr Telefon benützen?«

Ich wartete nicht erst auf ihre Erlaubnis. Ich nahm den Hörer ab und ließ mich von der Zentrale mit der Kabine des Bootsmaats verbinden. Ich hatte das Glück, ihn anzutreffen.

»MacDonald? Hier spricht der Erste. Tut mir leid, daß ich Sie heraustrommeln muß, Archie, aber es ist etwas Unangenehmes passiert. Benson ist verschwunden.«

»Der Chefsteward, Sir?«

Es lag etwas unendlich Beruhigendes in der tiefen, gelassenen Stimme, die in zwanzig Jahren auf See nicht eine Spur ihres lispelnden Hochlandakzents verloren hatte. MacDonald war nie überrascht, nie regte er sich über etwas auf. Er war mehr als meine kräftige rechte Hand, er war an Deck die wichtigste Person. Und die unentbehrlichste. »Sie haben also bereits die Passagier- und Mannschaftsräume durchsucht?«

»Ja. Ohne Ergebnis. Nehmen Sie ein paar Leute – ob sie Wache oder Freiwache haben, spielt keine Rolle – und klappern Sie die Hauptdecks ab. Um diese Zeit ist meistens ein großer Teil der Besatzung dort versammelt. Erkundigen Sie sich, ob jemand Benson gesehen oder etwas Ungewöhnliches bemerkt hat. Vielleicht ist er krank, vielleicht ist er gestürzt und hat sich verletzt. Wer weiß, vielleicht ist er über Bord gefallen.«

»Und wenn wir kein Glück haben, Sir? Wieder den ganzen Kahn von vorn bis hinten durchschnüffeln, Sir?«

»Ich fürchte, es wird uns nichts anderes übrigbleiben. Können Sie in zehn Minuten fertig und hier oben bei mir sein?«

»Ohne weiteres, Sir.«

Ich legte auf, ließ mich mit dem diensttuenden Chefmaschinisten verbinden, ersuchte ihn, mir ein paar Leute zu schicken, führte ein Gespräch mit Tommy Wilson, dem Zweiten Steuermann, und ließ mich dann mit Kapitän Bullen verbinden. Während ich wartete, beehrte mich Miss Beresford wieder mit ihrem Lächeln, dem süßen, in dem für meinen Geschmack zuviel Bosheit lag.

»Schau, schau«, sagte sie in bewunderndem Ton. »Sind wir nicht tüchtig? Hier ein Telefonat, dort ein Telefonat, forsch und befehlend. General Carter, der seinen Feldzugsplan entwirft. Von dieser Seite habe ich den Herrn Obersteuermann noch gar nicht kennengelernt.«

»Lauter überflüssiges Getue«, sagte ich, als wollte ich um Entschuldigung bitten. »Besonders, wenn es sich um einen simplen Steward handelt. Aber er hat eine Frau und drei Töchter, die sich einbilden, daß mit ihm die Sonne auf- und untergeht.«

Sie wurde rot bis an die Haarwurzeln. Einen Augenblick lang befürchtete ich, sie würde mir eine Ohrfeige versetzen. Dann machte sie auf den Hacken kehrt, ging über den dicken Teppich, blieb am Fenster stehen und starrte in die Finsternis hinaus. Ich hatte nicht gewußt, daß ein Rücken so viel seelische Bewegung ausdrücken kann.

Dann kam Kapitän Bullen an den Apparat. Seine Stimme klang so barsch und brüsk wie üblich, aber nicht einmal die blecherne Unpersönlichkeit des Telefons konnte seine Besorgnis vertuschen.

»Noch kein Glück, Mister?«

»Nein, Sir. Ich habe einen Suchtrupp zusammengestellt. Darf ich in fünf Minuten beginnen?«

Eine Pause. Dann: »Es wird sich also nicht vermeiden lassen. Wie lange werden Sie brauchen?«

»Zwanzig Minuten, eine halbe Stunde.«

»Sie werden sich möglichst beeilen, ja?«

»Ich nehme nicht an, daß er sich vor uns versteckt, Sir. Wenn er krank oder verletzt ist oder aus einem dringenden Grund seinen Posten verlassen hat, erwarte ich, ihn an einem augenfälligen Ort zu finden.«

Er brummte etwas in sich hinein und sagte: »Ich kann Ihnen nicht weiter behilflich sein . . .« Es war halb eine Frage, halb eine Feststellung.

»Nein, Sir.« Der Anblick des Kapitäns, wie er auf dem Oberdeck umherschnüffelt oder unter die Persennings der Rettungsboote schaut, würde das Vertrauen der Passagiere zur ›Campari‹ nicht gerade stärken.

»Also schön, Mister. Wenn Sie mich brauchen – ich bin im Telegrafenfoyer. Ich werde versuchen, Ihnen die Passagiere vom Leib zu halten, während Sie weitermachen.« Daraus ging hervor, daß er wirklich beunruhigt war, tief beunruhigt. Er hätte sich lieber in einen Käfig voll bengalischer Tiger gewagt, als mit den Passagieren gesellschaftlich umzugehen.

»Gut, Sir.«

Ich legte auf. Susan Beresford hatte das Fenster verlassen und war in meiner Nähe stehengeblieben. Sie schraubte eine Zigarette in eine etwa dreißig Zentimeter lange Jadespitze. Irgendwie irritierte mich diese Zigarettenspitze, so wie mich alles an Miss Beresford irritierte, nicht am wenigsten ihre Art, sich hinzustellen und zuversichtlich darauf zu warten, daß ich ihr Feuer gab. Ich hätte gern gewußt, wann Miss Beresford es zum erstenmal nötig gehabt hatte, sich eine Zigarette selber anzuzünden.

Wohl seit vielen Jahren nicht mehr, jedenfalls solange nicht, als im Umkreis von hundert Metern ein männliches Wesen vorhanden war. Sie bekam ihr Feuer, blies den Rauch gemächlich von sich und sagte: »Ein Suchtrupp, ja? Das muß interessant sein. Sie dürfen mit mir rechnen.«

»Bedaure, Miss Beresford.« Ich muß gestehen, daß es nicht so klang, als ob ich es allzusehr bedauerte. »Es ist eine interne Angelegenheit der Schiffsgesellschaft. Dem Kapitän würde es nicht recht sein.«

»Und auch nicht seinem Ersten Offizier, wie? Bemühen Sie sich nicht, meine Frage zu beantworten.« Sie sah mich forschend an. »Aber ich könnte ja auch kratzbürstig sein. Was würden Sie sagen, wenn ich ans Telefon ginge und meinen Eltern erzählte, daß ich Sie soeben dabei ertappt habe, wie Sie unsere persönlichen Sachen durchstöberten?«

»Das wäre mir nur recht, meine Dame. Ich kenne Ihre Eltern. Ich würde gern sehen, wie man Ihnen eine Tracht Prügel verabreicht, weil Sie sich wie ein verwöhnter Balg benehmen, wenn ein Menschenleben auf dem Spiel steht.«

An diesem Abend wechselte die Farbe auf ihren hohen Bakkenknochen wie eine Leuchtreklame. Aus – an. Jetzt leuchtete sie wieder. Miss Beresford war bei weitem nicht so selbstbeherrscht und unnahbar, wie sie ihrer Umgebung einreden wollte. Sie drückte die soeben erst angezündete Zigarette aus und sagte: »Wie wäre es, wenn ich mich über Sie wegen unverschämten Benehmens beschwerte?«

»Nicht nur dastehen und davon reden! Das Telefon ist in Reichweite.« Als sie sich nicht rührte, fuhr ich fort: »Ehrlich gestanden, meine Dame, Sie und Ihresgleichen sind mir in der Seele zuwider. Sie benutzen den Reichtum Ihres Vaters und Ihre privilegierte Stellung als zahlender Fahrgast an Bord der ›Campari‹, um sich über Besatzungsmitglieder, die sich nicht wehren dürfen, lustig zu machen, sehr oft auf boshafte Weise. Man muß stillhalten und es hinnehmen, weil man Ihnen nicht gleichgestellt ist. Die meisten haben kein Geld auf der Bank, aber eine Familie oder eine Mutter zu ernähren, also müssen sie Miss Beresford freundlich zulächeln, wenn sie auf ihre Kosten Witze reißt oder sie in Verlegenheit bringt oder sie ärgert. Sonst werden nämlich Miss Beresford und ihresgleichen dafür sorgen, daß sie aufs Pflaster fliegen.«

»Bitte, sprechen Sie sich aus«, sagte sie. Mit einemmal war sie ganz still geworden.

»Das ist alles. Jeder Machtmißbrauch, selbst in so kleinem Rahmen, erregt meinen Abscheu. Und wenn sich dann einer traut, so wie ich zurückzuschlagen, drohen Sie ihm mit der Entlassung, denn darauf läuft Ihre Drohung hinaus. Und das ist noch schlimmer als abscheulich. Es ist feige.«

Ich wandte mich zum Gehen.

Ich nahm mir vor, erst einmal Benson zu suchen und dann Bullen mitzuteilen, daß ich kündigen wolle. Ich hatte die ›Campari‹ ohnedies schon recht satt.

»Mr. Carter.«

»Ja?« Ich drehte mich um, ohne die Hand vom Türknauf zu nehmen.

Der Farbmechanismus in ihren Wangen arbeitete mit Hochdruck. Jetzt war sie unter der Sonnenbräune blaß geworden. Sie trat ein paar Schritte auf mich zu und berührte meinen Arm. Ihre Hand war nicht allzu sicher.

»Es tut mir sehr leid«, sagte sie mit gedämpfter Stimme. »Ich hatte keine Ahnung ... Ich scherze gern, aber ich will doch nicht boshaft sein. Ich dachte – na ja, ich dachte, daß es harmlos sei und sich niemand daran stoße. Und ich würde mir nicht im Traum einfallen lassen, jemanden um seine Stellung zu bringen.«

»Ha!« sagte ich.

»Sie glauben es nicht?« Immer noch die gleiche verzagte Stimme, immer noch die Hand auf meinem Arm.

»Natürlich glaube ich es Ihnen«, erwiderte ich. Es klang nicht sehr überzeugt. Und dann sah ich ihr in die Augen.

Das war ein schwerer Fehler und äußerst gefährlich, denn diese großen, grünen Augen besaßen, wie ich zum erstenmal bemerkte, ein wunderliches Vermögen, hinzuschmelzen und sich aufzulösen, und das konnte einem Mann ohne weiteres den Atem verschlagen. Mir jedenfalls fiel das Atmen plötzlich recht schwer.

»Natürlich glaube ich Ihnen«, wiederholte ich, und diesmal war ich selber über den Brustton der Überzeugung verblüfft. »Verzeihen Sie mir, bitte, meine Ungezogenheit. Aber ich muß mich beeilen, Miss Beresford.«

»Darf ich, bitte, mitkommen?«

»Na schön, hol's der Teufel«, sagte ich gereizt. Es gelang mir, ihrem Blick auszuweichen, und ich schöpfte wieder Atem. »Kommen Sie mit, wenn Sie wollen.«

Am Backende des Mittelgangs, gleich hinter Cerdans Kabine, stieß ich auf Carreras senior. Er rauchte eine Zigarre und sah so zufrieden, so gesättigt drein wie alle Passagiere, wenn Antoine sie in der Kur gehabt hatte.

»Ah, da sind Sie ja, Mr. Carter«, sagte er. »Ich war schon neugierig, warum Sie nicht an unseren Tisch zurückkehrten. Ist etwas los, wenn ich fragen darf? Mindestens ein Dutzend Matrosen stehen draußen am Eingang zu unseren Räumen herum. Ich dachte, es sei im Reglement verboten –«

»Die Leute warten auf mich, Sir . . . Benson – wahrscheinlich hatten Sie noch keine Gelegenheit, ihn kennenzulernen, seit Sie an Bord sind –, also unser Chefsteward ist verschwunden. Wir müssen ihn suchen.«

»Verschwunden?« Die grauen Brauen ruckten nach oben. »Was, um Gottes willen . . . Nein, natürlich haben Sie keine Ahnung, was aus ihm geworden ist, sonst würden Sie ihn nicht suchen lassen. Kann ich Ihnen behilflich sein?«

Ich zögerte, dachte an Miss Beresford, die sich mir bereits aufgedrängt hatte, wurde mir darüber klar, daß ich jetzt keinen der Passagiere mehr daran hindern konnte, sich einzeln oder in corpore anzuschließen, wenn sie Lust hatten, und sagte: »Besten Dank, Mr. Carreras. Sie sehen mir nicht danach aus, daß Sie sich etwas entgehen ließen.«

»Wir sind aus dem gleichen Holz geschnitzt, Mr. Carter.«

Ich ließ ihm diese dunkle Bemerkung hingehen und eilte an Deck: Eine wolkenlose Nacht mit dem üblichen unwahrscheinlichen Sterngewimmel, ein warmer, linder Südwind, eine mäßige Dwarsdünung, keine Angelegenheit für unsere Denny-Brown-Stabilisatoren, die mit Leichtigkeit einen Schlingerwinkel von dreißig Grad auf fünf Grad verniedlichten. Von einem schattigen Schott in der Nähe löste sich eine schwarze Gestalt. Archie MacDonald, der Bootsmaat, kam auf mich zu. Trotz seiner soliden hundert Kilo war er leichtfüßig wie ein Ballettänzer.

»Glück gehabt, Bootsmaat?« fragte ich.

»Niemand hat etwas gesehen, niemand hat etwas gehört. Und zwischen acht und neun waren mindestens ein Dutzend Leute an Deck.«

»Ist Mr. Wilson da? . . . Aha! . . . Mr. Wilson, nehmen Sie die Leute aus dem Maschinenraum und drei Matrosen. Hauptdeck und Zwischendeck. Sie müßten jetzt schon wissen, wo Sie nachzuschauen haben«, fügte ich erbittert hinzu. »MacDonald, wir beide inspizieren die oberen Decks. Sie an Backbord, ich an Steuerbord. Zwei Seeleute und ein Schiffsjunge. Eine halbe Stunde. Dann treffen wir uns wieder hier.«

Ich beauftragte einen Mann, die Rettungsboote zu kontrollieren. Warum Benson in ein Rettungsboot gekrochen sein sollte, konnte ich mir freilich nicht vorstellen – davon abgesehen, daß Rettungsboote immer eine seltsame Lockung auf Leute ausüben, die sich verstecken wollen. Aber ich konnte mir auch nicht denken, warum er auf den Gedanken hätte kommen sollen, sich zu verstecken. Ein zweiter Mann wurde beauftragt, den Deckaufbau hinter der Kommandobrücke zu überprüfen. Ich begann die verschiedenen Kabinen auf dem Bootsdeck durchzuschnüffeln; Kartenraum, Flagg- und Funkkabinen. Mr. Carreras war mir dabei behilflich. Rusty, unser jüngster Lehrling, ging nach achtern, um sich von dort her nach vorn zu arbeiten – in Gesellschaft Miss Beresfords, die mit Recht vermutete, ich sei nicht in der richtigen Laune, um ihr Gesellschaft zu leisten. Rusty aber war es. Er war es immer. Nichts, was Susan Beresford zu ihm oder über ihn äußern mochte, konnte ihm auch nur das geringste anhaben. Er war ihr Sklave und machte kein Hehl daraus. Wenn sie ihn aufgefordert hätte, ihr zuliebe in den Schornstein zu springen, hätte er sich dadurch geehrt gefühlt. Ich konnte mir lebhaft vorstellen, wie er an Susan Beresfords Seite über die oberen Decks schlich. Sein Gesicht war sicher von der gleichen Farbe wie sein feuerroter Haarschopf.

Als ich den Radarraum verließ, prallte ich buchstäblich wieder mit ihm zusammen. Er keuchte, als wäre er einen weiten Weg gelaufen, und ich merkte, daß ich mich in bezug auf seine Gesichtsfarbe getäuscht hatte: Im Halbdunkel an Deck sah sein Gesicht grau aus wie altes Zeitungspapier.

»Funkraum, Sir«, stieß er atemlos hervor und packte mich beim Arm. Das hätte er sich normalerweise nicht im Traum einfallen lassen. »Kommen Sie schnell, Sir – bitte . . .«

Ich hatte mich bereits in Trab gesetzt. »Haben Sie ihn gefunden?«

»Nein, Sir. Es handelt sich um Mr. Brownell.« Brownell war unser Cheffunker. »Es scheint ihm was passiert zu sein.«

In zehn Sekunden war ich angelangt, drängte mich an Susan Beresford vorbei, die außerhalb der Tür stand, überschritt die Schwelle und blieb stehen.

Brownell hatte den Rheostat an der Decke so weit herabgeschraubt, daß der Raum halb erhellt war, eine alte Gewohnheit der Funker, wenn sie Nachtdienst tun. Er saß vornübergebeugt an seinem Tisch, den Kopf auf den rechten Unterarm gebettet, so daß nur seine Schultern, das schwarze Haar und der kahle Fleck, der ihm das Leben sauer gemacht hatte, zu sehen waren. Den linken Arm hielt er ausgestreckt, die Finger der linken Hand berührten das Telefon, das mit der Brücke verbunden war. Die Sendertaste tickte unaufhörlich. Ich schob den rechten Unterarm Brownells ein paar Zentimeter nach vorn, und das Ticken hörte sofort auf.

Ich fühlte nach dem Puls in dem ausgestreckten linken Handgelenk. Ich drehte mich zu Susan Beresford um, die noch immer an der Tür stand, und sagte: »Haben Sie einen Spiegel bei sich?« Sie nickte wortlos, kramte in ihrer Handtasche und reichte mir eine Puderdose, geöffnet, so daß der Spiegel zu sehen war. Ich drehte am Rheostat, bis der Raum von grellem Licht erfüllt war, drückte Brownells Kopf ein wenig zur Seite, hielt ihm etwa zehn Sekunden lang den Spiegel an Mund und Nase, nahm ihn weg, sah ihn mir an und gab ihn dann Miss Beresford zurück.

»Ja, allerdings«, murmelte ich. »Es ist ihm etwas passiert.« Meine Stimme klang fest, und das fand ich ganz natürlich. »Er ist tot. Jedenfalls nehme ich an, daß er tot ist. Rusty, holen Sie sofort Doktor Marston. Um diese Zeit sitzt er meist im Telegrafenfoyer. Verständigen Sie auch den Kapitän, falls er da ist. Aber niemand sonst darf davon erfahren.«

Rusty verschwand, und eine andere Gestalt trat an seine Stelle neben Susan Beresford in die Tür. Carreras. Er hielt inne, den einen Fuß über der Sturmschwelle, und sagte: »Du lieber Gott! Benson.«

»Nein, Brownell. Unser Cheffunker. Er scheint tot zu sein.« Auf die geringe Chance hin, daß Bullen sich noch nicht ins Foyer begeben hatte, griff ich nach dem Wandtelefon, das die Aufschrift ›Kapitänskajüte‹ trug, und wartete auf eine Antwort. Mein Blick ruhte starr auf dem Toten, der still über dem Tisch hing. Seine einzige harmlose Schwäche hatte seinem Äußeren gegolten, der kleinen Tonsur, die ihn sogar einmal dazu getrieben hatte, sich eine Perücke anzuschaffen. Aber die öffentliche Meinung an Bord hatte sie ihm verleidet. Brownell, nicht mehr jung, immer vergnügt, war einer der beliebtesten Schiffsoffiziere. War? Er war es gewesen. Ich hörte ein Knacken in der Leitung.

»Herr Kapitän? Hier spricht Carter. Könnten Sie in den Funkraum kommen? Sofort, bitte.«

»Benson?«

»Brownell. Ich fürchte, er ist tot, Sir.«

Eine Pause. Ein Knacken. Ich legte auf und griff nach einem zweiten Apparat, der direkt mit den Kabinen der Funkoffiziere verbunden war. Wir hatten drei Funkoffiziere an Bord. Der die Mittelwache hatte, von Mitternacht bis vier Uhr morgens, schenkte sich zumeist das Abendessen im Speisesaal und kroch statt dessen in seine Koje. Eine Stimme meldete sich: »Peters.«

»Hier spricht der Erste Offizier. Entschuldigen Sie die Störung, aber kommen Sie sofort in den Funkraum herauf.«

»Was ist los?«

»Das werden Sie schon sehen.«

Die Deckenbeleuchtung wirkte viel zu grell für einen Raum, in dem ein Toter lag. Ich drehte am Rheostat. Der grelle Glanz wich einem dunkelgelben Leuchten. Rustys Gesicht tauchte im

Türrahmen auf. Er sah nicht mehr so blaß aus, vielleicht aber lag es nur an der gedämpften Beleuchtung.

»Der Arzt kommt sofort, Sir.« Sein Atem ging schneller denn je. »Er holt nur seine Tasche aus der Offizin.«

»Danke. Verständigen Sie den Bootsmaat, ja? Und Sie brauchen sich nicht zu Tode zu hetzen, Rusty. Wir haben es nicht mehr sehr eilig.«

Er verschwand.

Susan Beresford fragte leise: »Was ist passiert? Was ist mit ihm geschehen?«

»Sie sollten nicht hier herumstehen, Miss Beresford.«

»Was ist mit ihm geschehen?« wiederholte sie.

»Das wird der Arzt feststellen müssen. Ich habe den Eindruck, daß er plötzlich gestorben ist, während er da auf seinem Stuhl gesessen ist. Herzschlag. Koronarthrombose. Etwas Ähnliches.«

Sie erschauerte und schwieg. Der Anblick eines Toten war mir nichts Neues. Dennoch rieselten mir Eisnadeln über den Nacken und am Rückgrat entlang, so daß mir zumute war, als müßte ich gleichfalls erschauern. Der warme Passatwind erschien mir jetzt viel kühler als vor einigen Minuten.

Dann erschien Dr. Marston. Bei ihm konnte von Laufschritt oder auch nur von Eile nicht die Rede sein: ein gelassener Mann mit ruhig gemessenem Schritt, dieser Dr. Marston. Eine prächtige weiße Mähne, kurzgestutzter weißer Schnurrbart, ein bei seinen Jahren ungewöhnlich glatter und faltenloser Teint, helle blaue Augen mit klarem, festem, eigentümlich durchdringendem Blick: Man weiß instinktiv, daß das ein Arzt ist, dem man bedingungslos vertrauen darf. Aber das ist nur ein Beweis dafür, wie wenig man sich auf den Instinkt verlassen darf. Zugegeben, wenn man Dr. Marston nur ansah, fühlte man sich gleich wohler, und das war ja an sich recht schön. Doch ihm das Leben anzuvertrauen, war eine ziemlich riskante Sache, da man damit rechnen mußte, es nicht zurückzubekommen. Seit etlichen Jahrzehnten hatte dieser durchdringende Blick keine Fachzeitschrift mehr zu sehen bekommen und nicht den geringsten Versuch unternommen, die neuesten medizinischen Errungenschaften zu verfolgen. Aber das hatte der gute Doktor auch nicht nötig. Er und Lord Dexter hatten zusammen die Volksschule, das Gymnasium und die Universität besucht, und solange er imstande war, ein Stethoskop in der Hand zu halten, brauchte er nicht um seine Stellung zu bangen. Und um ihm gerecht zu werden: Wenn es darum ging, reiche und hypochondrische alte Damen zu behandeln, hatte er nicht seinesgleichen auf allen sieben Meeren.

Gespannt blickte ich Dr. Marston an.

»Na, John!« sagte er mit dröhnender Stimme. Mit Ausnahme Kapitän Bullens redete er sämtliche Offiziere an Bord mit dem Vornamen an, genauso, wie ein Mittelschulrektor einen vielversprechenden Zögling anredet, dem man aber trotz allem auf die Finger schauen muß. »Was ist los? Hat unser Dandy, der schöne Brownell, sich den Magen verdorben?«

»Leider ist es etwas bedeutend Schlimmeres, Herr Doktor. Brownell ist tot.«

»Grundgütiger Himmel! Brownell? Tot? Mal sehen, mal sehen. Ein bißchen mehr Licht, wenn Sie so lieb sein wollen, John.« Er warf seine Tasche auf den Tisch, angelte das Stethoskop hervor, horchte Brownell an diversen Stellen ab, fühlte ihm den Puls und richtete sich seufzend auf. »Aus der Fülle des Lebens gerissen ... Und es muß auch schon eine Weile her sein. Ich möchte behaupten, daß er seit über einer Stunde tot ist.«

Jetzt bemerkte ich die dunkle, massige Gestalt Kapitän Bullens auf der Schwelle. Er wartete, er hörte zu, er schwieg.

»Herzanfall, Herr Doktor?« fragte ich. So untüchtig war er nun wieder nicht, nur um ein Vierteljahrhundert zurück.

»Mal sehen, mal sehen«, wiederholte er. Er drehte Brownells Kopf zur Seite und sah sich sein Gesicht an. Er mußte sehr genau hinschauen. Durchdringender Blick hin, blaue Augen her – er war kurzsichtig wie eine Fledermaus. Das wußten alle an Bord. Nur er wußte nicht, daß alle es wußten. »Mhm, schau, schau. Zunge, Lippen, Augen, vor allem die Hautfarbe. Kein Zweifel, nicht der geringste Zweifel. Gehirnblutung. Schwere Gehirnblutung. Und in seinem Alter. Wie alt, John?«

»Sieben-, achtundvierzig. So ungefähr.«

»Siebenundvierzig. Nicht älter als siebenundvierzig.« Er schüttelte den Kopf. »Von Tag zu Tag erwischt es sie früher. Das hektische Leben. Chronische Überanstrengung.«

»Und die ausgestreckte Hand, Herr Doktor? Sie scheint nach dem Telefon zu angeln. Meinen Sie –?«

»Das bestätigt nur meine Diagnose, leider. Er spürte es kommen, er wollte um Hilfe rufen, aber es kam zu plötzlich, zu heftig. Armer, guter Brownell, unser Dandy.« Er drehte sich um und sah Kapitän Bullen in der Tür stehen. »Ach, da sind Sie ja, Herr Kapitän. Schlimme Sache, schlimme Sache. Unser guter Brownell weilt nun schon in höheren Regionen.«

»Schlimme Sache«, erwiderte Bullen mit dumpfer Zustimmung. »Miss Beresford, Sie haben hier nichts verloren. Sie zittern ja vor Kälte. Gehen Sie sofort in Ihre Kabine.« Wenn Kapitän Bullen diesen Ton anschlug, schienen die Millionen der Beresfords keine Rolle mehr zu spielen. »Doktor Marston wird Ihnen nachher ein Beruhigungsmittel bringen.«

»Vielleicht wird Mr. Carreras so freundlich sein –«, begann ich.

Dieser fiel mir ins Wort. »Aber selbstverständlich. Es ist mir eine Ehre, die junge Dame in ihre Kabine begleiten zu dürfen.« Mit einer leichten Verbeugung bot er ihr seinen Arm. Sie war offenbar heilfroh, nicht allein gehen zu müssen. Die beiden verschwanden.

Fünf Minuten später herrschten im Funkraum wieder normale Verhältnisse.

Peters hatte die Stelle des Verstorbenen eingenommen. Dr. Marston war zu seiner Lieblingsbeschäftigung zurückgekehrt, mit unseren Millionären zusammenzusitzen und hingebungsvoll zu süffeln. Der Kapitän hatte mir seine Weisungen erteilt, ich hatte sie an den Bootsmaat weitergegeben. Und Brownell war, in eine Teerleinwand gehüllt, nach vorn in die Werkstatt des Schiffszimmermanns transportiert worden.

Ich blieb noch ein paar Minuten im Funkraum, unterhielt mich mit dem schwer angeschlagenen Peters und warf ab und zu einen flüchtigen Blick auf die neuesten Funkmeldungen, die gerade durchgegeben worden waren. Diese Meldungen wurden in zweifacher Ausfertigung niedergeschrieben. Das Original war für die Brücke bestimmt, die Kopie wurde aufgespießt.

Ich nahm die oberste Meldung – den abgelegten Durchschlag – zur Hand, aber es war nichts Wichtiges, nur eine Warnung, daß südöstlich von Kuba in ziemlicher Entfernung das Wetter sich verschlechtert habe und eventuell mit einem Hurrikan zu rechnen sei. Routine, und viel zu weit weg, um uns Kopfzerbrechen zu bereiten. Ich griff nach dem leeren Notizblock, der neben Peters' Ellbogen lag.

»Darf ich ihn mitnehmen?«

»Bitte sehr.« Er war noch immer so erschüttert, daß er nicht einmal fragte, wozu ich den Block brauchte. »Der Vorrat ist unerschöpflich.«

Ich verließ den Raum, ging draußen eine Weile auf und ab und machte mich dann auf den Weg zur Kapitänskajüte, wo ich Meldung erstatten sollte, sobald ich fertig war. Bullen saß an seinem gewohnten Platz. Cummings und der Chefmaschinist saßen auf dem Sofa. Die Anwesenheit McIlroys, eines kleinen, dicken Schotten aus der Tyne-Gegend mit dem Gesichtsausdruck und der Frisur eines mittelalterlichen Mönchs, bedeutete, daß der Kapitän besorgt war und einen Kriegsrat abzuhalten gedachte. McIlroys Begabung beschränkte sich nicht darauf, Maschinenteile auszuwechseln. Hinter diesem feisten Gesicht mit den tausend Lachfältchen steckte ein Hirn, wie es an Bord der ›Campari‹ kein schlaueres gab – Mr. Julius Béresford mit eingeschlossen, der doch sehr schlau sein mußte, da es ihm geglückt war, dreihundert Millionen, oder wie viele es nun sein mochten, zusammenzuraffen.

»Nehmen Sie Platz, Mister, nehmen Sie Platz«, sagte Bullen brummig. Das ›Mister‹ bedeutete nicht, daß ich mir seine Gunst verscherzt hatte. Es war nur ein Zeichen für seine Kümmernisse. »Noch immer keine Spur?«

»Nicht die geringste Spur.«

»Ist das eine be . . . Tour!« Bullen schob mir ein Tablett mit Whisky und Gläsern herüber – unerwartet großzügige Gastlichkeit, abermals ein Symptom für seinen Gemütszustand. »Bedienen Sie sich, Mister.«

»Danke, Sir.« Ich bediente mich ausgiebig – es gab nicht oft Gelegenheit dazu – und fuhr dann fort: »Was machen wir in der Angelegenheit Brownell?«

»Was, zum Teufel, soll denn das heißen – ›was machen wir in der Angelegenheit Brownell‹? Es sind keine Angehörigen zu verständigen, keinerlei Vollmachten einzuholen. Das Hauptbüro habe ich verständigt. Bei Tagesanbruch ins Meer versenken, bevor unsere Passagiere aus den Betten gekrochen sind. Man darf ihnen doch nicht ihre be . . . Lustreise versalzen.«

»Wäre es nicht ratsamer, ihn nach Nassau mitzunehmen, Sir?«

»Nach Nassau?« Er musterte mich über den Rand seines Glases und stellte es dann behutsam auf die Tischplatte. »Nur weil ein Mensch gestorben ist, brauchen Sie doch nicht gleich den Verstand zu verlieren, Mann!«

»Nassau – oder ein anderes britisches Gebiet. Oder Miami. Wo es kompetente Stellen gibt, Polizeibehörden, die den Fall untersuchen.«

»Was für einen Fall, Johnny?« fragte McIlroy. Er hatte den Kopf auf die Seite gelegt, wie eine fette, wohlgenährte Eule.

»Ja, was denn für einen Fall?« Es klang bedeutend anders als aus McIlroys Mund. »Nur weil die Durchsuchung noch keinen Benson aufgestöbert hat –«

»Ich habe die Aktion abgeblasen, Sir.«

Bullen schob seinen Stuhl zurück, bis er mit augestreckten Armen die Hände auf die Tischkante legen konnte.

»Sie haben die Aktion abgeblasen«, sagte er leise. »Wer zum Donnerwetter hat Sie dazu ermächtigt?«

»Niemand, Sir. Aber ich –«

»Warum, Johnny?« Abermals McIlroy, in sehr ruhigem Ton.

»Weil wir Benson nicht mehr wiedersehen werden. Das heißt, nicht lebendig. Benson ist tot, er ist ermordet worden.«

Volle zehn Sekunden lang sagte keiner ein Wort. Das Geräusch, mit dem die kühle Luft durch die Ventilation in der Balkendecke hereinströmte, wirkte ungewöhnlich laut. Der Kapitän sagte schroff: »Ermordet? Benson ermordet? Sind Sie bei Trost, Mister? Was soll das heißen – ermordet?«

»Ermordet heißt ermordet.«

»Ermordet? Ermordet?« McIlroy rutschte unruhig auf seinem Stuhl hin und her. »Haben Sie die Leiche gesehen? Können Sie es beweisen? Wie können Sie denn behaupten, er sei umgebracht worden?«

»Ich habe die Leiche nicht gesehen. Und ich kann es nicht beweisen. Ich besitze nicht die Spur eines Beweises.« Ich sah mit flüchtigem Blick, wie unser Zahlmeister dasaß, die Finger ineinander verkrampft, und mich fassungslos anstarrte, und mir fiel ein, daß Benson an die zwanzig Jahre lang sein bester Freund gewesen war. »Aber ich kann beweisen, daß Brownell umgebracht wurde. Und ich sehe den Zusammenhang.«

Jetzt dauerte das Schweigen noch länger.

»Sie sind verrückt«, sagte Bullen schließlich mit entschiedener Überzeugung. »Nun ist also auch Brownell ermordet worden. Sie sind verrückt, Mister, bei Ihnen ist eine Schraube los. Haben Sie nicht gehört, was Doktor Marston sagt? Schwere Gehirnblutung. Aber er praktiziert natürlich erst seit vierzig Jahren. Er wird nicht wissen –«

Ich unterbrach ihn. »Geben Sie mir eine Chance, Sir.« Meine Stimme klang genauso schroff wie die seine. »Ich weiß, er ist Arzt. Ich weiß auch, daß er nicht sehr gut sieht. Aber ich habe gesehen, was ihm entgangen ist. Ich habe hinten an Brownells Uniformkragen einen dunklen Fleck gesehen. Und wann hätte man je Flecken an einem Hemd gesehen, das Brownell trug? Ich frage das nur. Er war nicht umsonst unser Dandy. Jemand hat ihm einen Schlag auf den Hinterkopf versetzt, einen wuchtigen Schlag mit einem schweren Gegenstand. Die Haut unter dem linken Ohr ist leicht verfärbt. Ich habe es gesehen, als sein Kopf dort auf dem Tisch lag. Nachdem der Bootsmaat und ich ihn in die Zimmermannswerkstatt gebracht hatten, untersuchten wir ihn gemeinsam. Unter dem rechten Ohr sitzt eine entsprechende kleine Abschürfung, unter dem Kragen sind Sandspuren zu finden. Jemand hat ihn mit einem Sandsack bewußtlos geschlagen und ihm dann die Halsschlagadern zusammengepreßt, bis er starb. Gehen Sie hin und überzeugen Sie sich selbst. Schauen Sie sich den Kopf von Brownell genau an.«

»Ohne mich«, murmelte McIlroy. Es war ihm anzumerken, daß sogar sein normalerweise nicht zu erschütternder Gleichmut ins Wanken geraten war. »Ohne mich. Ich glaube Ihnen aufs Wort, Johnny. Restlos. Das Gegenteil wäre zu leicht zu beweisen. Ich glaube Ihnen. Aber ich kann mich trotzdem nicht damit abfinden.«

»Gottverdammich, Erster!« Bullen ballte die Fäuste. »Der Arzt erklärt –«

»Ich bin kein Mediziner«, warf McIlroy ein. »Aber ich stelle mir vor, daß die Symptome in beiden Fällen so ziemlich die gleichen sein würden. Man darf dem guten Marston keinen Vorwurf machen.«

Bullen beachtete ihn nicht, sondern gönnte mir das volle Gewicht seines Kommodoreblicks.

»Hören Sie zu, Mister«, sagte er langsam. »Sie schlagen plötzlich andere Töne an. Als ich da war, hatten Sie an Doktor Marstons Erklärung nichts auszusetzen. *Sie* haben sogar zuerst von einem Herzschlag gesprochen. Es war Ihnen in keiner Weise anzumerken –«

Ich fiel ihm ins Wort. »Miss Beresford und Mr. Carreras waren zugegen, Sir. Ich wollte sie nicht auf gefährliche Gedanken bringen. Wenn es sich an Bord herumspricht – und das wäre nicht zu vermeiden gewesen –, daß wir den Verdacht hegen, es sei ein Mord begangen worden, könnte der Täter sich gezwungen sehen, noch einmal zuzuschlagen, und zwar schnell, um uns zuvorzukommen. Ich weiß nicht, was der Mann – vielleicht sind es mehrere – unternehmen würde, aber nach den bisherigen Beispielen zu schließen, würde es etwas verteufelt Ungemütliches sein.«

»Miss Beresford? Mr. Carreras?« Bullen hatte die Hände nicht mehr geballt, aber es war deutlich zu merken, daß sie sich gleich wieder zu Fäusten schließen konnten. »Miss Beresford ist über jeden Verdacht erhaben. Aber Carreras? Und sein Sohn? Erst heute an Bord gekommen, unter höchst ungewöhnlichen Umständen. Es könnte stimmen.«

»Es stimmt nicht. Ich habe mich erkundigt. Carreras senior und junior haben sich beide, bevor wir Brownell fanden, fast zwei Stunden lang entweder im Telegrafenfoyer oder im Speisesaal aufgehalten. Beide sind außer Obligo.«

»Außerdem wäre es viel zu offensichtlich«, sagte McIlroy.» Ich glaube, Herr Kapitän, es ist an der Zeit, daß wir vor Mr. Carter den Hut ziehen. Er hat sich umgesehen und seinen Kopf benützt, während wir bloß herumhockten und Daumen drehten.« Seine Worte blieben ohne Eindruck auf den Kapitän.

»Benson«, murmelte Bullen. Er machte keine Miene, den Hut zu ziehen. »Was ist mit Benson? Wie paßt denn er in dieses Schema?«

»Folgendermaßen.« Ich schob den leeren Telegrammblock über den Tisch. »Ich habe die letzte Meldung kontrolliert, die in Empfang genommen und auf die Brücke hinaufgeschickt wurde. Üblicher Wetterbericht. Zeitpunkt: Zwanzig null sieben. Nachher aber wurde noch eine Meldung auf dem Block notiert: Original, Blaupapier, Durchschlag. Die Abdrücke sind nicht zu entziffern – aber für die Polizei mit ihrer modernen Ausrüstung würde es ein Kinderspiel sein, festzustellen, was dort gestanden hat. Entziffern lassen sich ohne weiteres die Abdrücke der beiden letzten Ziffern der Zeitangabe. Überzeugen Sie sich selbst. Ganz deutlich. Drei drei. Das bedeutet zwanzig Uhr dreiunddreißig. Zu diesem Zeitpunkt lief eine Meldung ein, eine Meldung von so dringender Natur, daß Brownell, statt abzuwarten, bis der reguläre Bote sie holen würde, sich anschickte, sie sofort telefonisch durchzugeben. Deshalb hatte er die Hand nach dem Telefon ausgestreckt, als wir ihn fanden, nicht aber, weil ihm plötzlich übel geworden wäre. Und dann wurde er umgebracht. Der Täter war gezwungen, ihn aus dem Weg zu räumen. Brownell zu betäuben und das Telegramm zu stehlen, hätte keinen Zweck gehabt. Sobald Brownell wieder zu sich gekommen wäre, hätte er sich an den Inhalt der Nachricht erinnert und ihn sofort an die Brücke weitergeleitet. Es muß«, fügte ich nachdenklich hinzu, »eine verdammt wichtige Meldung gewesen sein.«

»Benson ...«, wiederholte Bullen ungeduldig. »Was ist aus Benson geworden?«

»Benson ist einer lebenslangen Gewohnheit zum Opfer gefallen. Howie berichtet, daß Benson immer zwischen halb neun und fünf nach halb an Deck war, um eine Zigarette zu rauchen, während die Passagiere zu Tisch saßen. Der Funkraum liegt unmittelbar über der Stelle, wo er zu promenieren pflegte. Der Empfang der Meldung und Brownells Tod fielen in diese Fünfminutenspanne. Benson muß etwas Ungewöhnliches gesehen oder gehört haben und ging nachschauen. Vielleicht hat er sogar den Mörder auf frischer Tat ertappt. Also mußte auch Benson sterben.«

»Aber warum?« fragte Bullen hartnäckig. Er konnte es noch immer nicht glauben. »Warum, warum, warum? Warum wurden die beiden ermordet? Warum war diese Nachricht so ungeheuer wichtig? Ich finde das Ganze einfach irrsinnig. Um Gottes willen, was hat denn in dem Telegramm gestanden?«

»Um das zu erfahren, müssen wir nach Nassau, Sir.«

Bullen sah mich ausdruckslos an, betrachtete sein Glas, gelangte offensichtlich zu der Überzeugung, daß ihm das Glas lieber sei als ich – oder die schlechten Neuigkeiten, die ich mitgebracht hatte – und stürzte den Inhalt in zwei Zügen hinunter.

McIlroy rührte sein Glas nicht an. Eine volle Minute saß er davor, musterte es nachdenklich, sagte dann: »Sie haben sich nicht viel entgehen lassen, Johnny. Aber eines ist Ihnen entgangen. Sie vergessen den diensttuenden Funkoffizier – Peters heißt er, ja? Woher wissen Sie, daß nicht dieselbe Meldung noch einmal durchgegeben wird? Vielleicht erwartet man eine Empfangsbestätigung? Wenn das zutrifft und die Bestätigung ausbleibt, wird man die Meldung mit ziemlicher Sicherheit wiederholen. Wer garantiert uns dann, daß nicht dem armen Peters die gleiche Behandlung widerfährt?«

»Der Bootsmaat, Herr Chefmaschinist. Er sitzt im Schatten keine zehn Meter vom Funkraum entfernt, ein Spleißeisen in der Hand und schottische Mordlust im Herzen. Sie kennen MacDonald. Gott sei dem Mann gnädig, der sich dem Funkraum auch nur nähert.«

Bullen schenkte sich noch einen kleinen Whisky ein, lächelte verdrossen und warf einen Blick auf seinen breiten Kommodorestreifen.

»Mr. Carter, ich bin der Meinung, wir sollten unsere Jacken tauschen.« Das war das Äußerste an Abbitte, das man je von ihm hätte erwarten dürfen, und noch dazu zwölf Stunden vor dem üblichen Termin. »Würden Sie gern an meinem Platz sitzen?«

»Aber mit größtem Vergnügen, Sir«, erwiderte ich. »Besonders, wenn Sie es übernehmen, die Passagiere zu unterhalten.«

»In diesem Fall bleibt alles beim alten.« Wieder ein flüchtiges Lächeln, kaum sichtbar, schon verschwunden. »Wer ist auf der Brücke? Jamieson, ja? Lösen Sie ihn ab, Erster.«

»Ein wenig später, Sir, wenn Sie gestatten. Noch haben wir das Allerwichtigste nachzuprüfen. Aber ich weiß nicht einmal, wo wir beginnen sollen.«

»Erzählen Sie mir ja nicht, daß noch etwas passiert ist«, sagte Bullen böse.

»Ich hatte keine Zeit, darüber nachzudenken, das ist alles. In unserem Funkraum kam eine Meldung an, so wichtig, daß sie um jeden Preis abgefangen werden mußte. Woher aber sollte irgend jemand genau wissen, daß diese Nachricht zu erwarten sei? Nur auf einem einzigen Weg konnte sie an Bord der ›Campari‹ gelangen, nämlich durch den Kopfhörer, den Brownell umgeschnallt hatte. Aber jemand anderer hat im selben Augenblick wie Brownell die Nachricht empfangen. Es kann sich nur so abgespielt haben. Kaum hatte Brownell auf seinem Block die Meldung mitgeschrieben, da griff er nach dem Telefon, um die Brücke zu verständigen, und kaum hatte er nach dem Telefon gegriffen, da starb er. An Bord der ›Campari‹ befindet sich ein zweites Empfangsgerät, das auf die gleiche Wellenlänge eingestellt ist, und zwar nur einen Katzensprung vom Funkraum entfernt, denn wo immer der Lauscher auch gesessen haben mag, so brauchte er nur wenige Sekunden, um den Funkraum zu erreichen. Problem: Das Empfangsgerät finden.«

Bullen sah mich an. McIlroy sah mich an. Die beiden sahen einander an. Dann kam McIlroy mit einem Einwand.

»Der Funkoffizier wechselt ständig die Wellenlänge. Woher sollte jemand wissen, welche Wellenlänge in einem gegebenen Augenblick dran ist?«

»Woher soll unsereiner etwas wissen?« fragte ich. Ich deutete auf den Notizblock. »Solange das da nicht entziffert ist . . .«

»Die Meldung.« Bullen betrachtete den Block und faßte unvermittelt einen Entschluß. »Nassau. Wir gehen auf höchste Geschwindigkeit, aber vorsichtig, im Verlauf einer halben Stunde, damit niemand merkt, daß wir mit Volldampf fahren. Rufen Sie die Brücke. Fragen Sie, wo wir sind.« Er holte Seekarte, Lineale, Zirkel, während ich die Daten besorgte, und nickte mir zu, als ich auflegte. »Bestimmen Sie den kürzesten Kurs.«

Es dauerte nicht lange. »Null siebenundvierzig von hier bis hierher, Sir, annähernd zweihundertzwanzig Meilen, dann dreihundertfünfzig.«

»Ankunftszeit?«

»Bei höchster Geschwindigkeit?«

»Freilich.«

»Morgen, kurz vor Mitternacht.«

Er griff nach einem Block, schrieb etwas auf, las es dann vor. ». . . ›Hafenbehörde Nassau. MS Campari eintrifft morgen Mittwoch 23.30 Uhr. Erbitten Polizei längsseits für unmittelbare Untersuchung. Ein Mann ermordet, einer vermißt. Dringend. Bullen, Kapitän.‹ . . . Das dürfte genügen.« Er griff nach dem Telefon. Ich berührte seinen Arm.

»Der Besitzer des zweiten Geräts kann die abgehenden Meldungen genauso abhören wie die ankommenden. Er wird merken, daß wir ihm auf seine Schliche gekommen sind. Weiß der Himmel, was dann passiert.«

Bullen sah zuerst mich, dann McIlroy, dann den Zahlmeister an, der kein Wort gesagt hatte, seit ich in der Kajüte erschienen war, dann wieder mich. Er zerriß den Telegrammentwurf in kleine Schnitzel und warf sie in seinen Papierkorb.

4

Dienstag/Mittwoch: 22.15 Uhr bis 8.45

In dieser Nacht konnte ich nicht viel ausrichten. Ich hatte mir schon zurechtgelegt, wie ich es anpacken wollte, aber das Verflixte dabei war, daß ich nicht beginnen konnte, bevor die Passagiere aufgestanden waren. Niemand läßt sich gern mitten in der Nacht aus dem Bett holen, am allerwenigsten ein Millionär.

Nachdem ich mich vorsichtig dem Bootsmaat zu erkennen gegeben hatte, um nicht einen Schlag mit dem Spleißeisen auf den Hinterkopf zu bekommen, verbrachte ich gute fünfzehn Minuten in der Umgebung des Funkraums und prüfte seine Lage in bezug auf andere benachbarte Kabinen und Diensträume. Der Funkraum lag an der Steuerbordseite, mehr nach vorn zu, unmittelbar über den Passagierräumen des A-Decks. Die Kabine Cerdans befand sich unmittelbar darunter. Wenn meine Annahme stimmte, daß der Mörder, auch wenn er die letzten paar Worte der Meldung nicht abgewartet hatte, nicht mehr als zehn Sekunden von dem versteckten Empfangsgerät bis zum Funkraum gebraucht haben konnte, dann war jede vom Funkraum aus in zehn Sekunden zu erreichende Stelle in den Todeskreis einbezogen.

Innerhalb dieser verdächtigen Grenzen gab es alle möglichen Plätze. Brücke, Flaggraum, Radarraum, Kartenraum, die Kabinen sämtlicher Deckoffiziere und Offiziersanwärter: Sie konnte man sofort ausschalten. Sodann der Speisesaal, die Kombüse, die Pentries, die Offiziersmesse, das Telegrafenfoyer und gleich hinter dem Telegrafenfoyer ein zweites Foyer, das den stolzen

Namen Salon trug. Es hatte sich nämlich als nötig erwiesen, unseren Millionärsfrauen und -töchtern, die nicht gar so sehr wie die Gatten und Väter auf die alkoholischen und Tickerband-Attraktionen des Telegrafenfoyers versessen waren, einen anderen Aufenthaltsraum zu bieten. Ich verbrachte vierzig Minuten damit, diese Räume zu durchsuchen. Zu so später Stunde waren sie alle leer. Wenn es schon einen Transistorempfänger von der Größe einer Streichholzschachtel gegeben hätte, würde ich ihn vielleicht übersehen haben. Alles Größere aber hätte ich bestimmt entdeckt.

Nun lagen nur noch die unmittelbar unterhalb des Funkraums gelegenen Passagierkabinen des A-Decks im Schatten des Verdachts. Die B-Deck-Kabinen auf dem nächsttieferen Deck waren nicht ganz dem Bereich des Verdächtigen entzogen. Doch als ich die steifbeinige Schar der ältlichen Knacker vom B-Deck Revue passieren ließ, konnte ich mir nicht einen einzigen unter ihnen vorstellen, der in weniger als zehn Sekunden bis zum Funkraum hätte kommen können. Eine Frau war es bestimmt nicht gewesen. Der Mörder Brownells hatte ja auch Benson niedergeschlagen und aus dem Weg geräumt, und Benson wog gute neunzig Kilo.

Also: A- oder B-Deck. Beide würden wir morgen früh unter die Lupe nehmen müssen. Ich bat den Himmel um gutes Wetter, das unsere Passagiere auf die Sonnendecks hinauslocken würde, damit die Stewards beim Bettenmachen und Aufräumen in den Kabinen Gelegenheit hätten, sich gründlich umzuschauen. Natürlich hatte das bereits der Zoll in Jamaika besorgt. Dort aber hatte man einen mehr als zwei Meter langen Apparat gesucht, nicht ein Radio, das in unserer Zeit der Miniaturformate ohne weiteres, sagen wir, in einer der schweren Schmuckkassetten unterzubringen war, die zur Standardausrüstung all unserer Millionärsfrauen gehörten.

Wir lagen jetzt unter dem sternhellen Himmel ziemlich genau auf Nordost-Kurs. Sachte schlingernd schob sich die ›Campari‹ durch die träge See. Wir hatten uns fast eine halbe Stunde Zeit gelassen, um den Kurswechsel von 80 Grad vorzunehmen, damit nicht etwa ein Nachtschwärmer unter den Passagieren, der sich noch an Deck befand, am Kielwasser die Richtungsänderung bemerken konnte. Allerdings waren diese Vorsichtsmaßnahmen völlig unnütz, sofern irgendeiner unserer Passagiere auch nur das Geringste von der Sternpeilung verstand oder gar die elementare Fähigkeit besaß, den Polarstern ausfindig zu machen.

Langsam ging ich an der Backbordseite des Bootsdecks entlang, als ich Kapitän Bullen herankommen sah. Er hob den Arm und winkte mich in den tiefen Schatten, den eines der Rettungsboote warf.

»Ich habe mir gleich gedacht, Sie würden hier oder in der Nähe zu finden sein«, sagte er leise. Er griff in die Jackentasche und drückte mir etwas Kaltes und Hartes in die Hand. »Ich glaube, Sie wissen damit umzugehen.«

Matt leuchtete der blaue Stahl im Sternenlicht. Eine Colt-Pistole, eine der drei Waffen, die in der Schlafkabine des Kapitäns an einer Sperrkette in einem Glaskasten verwahrt lagen. Endlich begann Kapitän Bullen die Sache ernstzunehmen.

»Vielleicht werde ich sie brauchen, Sir.«

»Richtig. Stecken Sie sie in den Gürtel, oder wo man die verdammten Dinger hinsteckt. Ich hätte nie gedacht, daß sie so schwer zu verstecken sind. Und hier haben Sie einen Reservestreifen. Hoffentlich bleibt es uns erspart, in der Gegend herumzuknallen.« Das bedeutete, daß er gleichfalls eine Pistole eingesteckt hatte.

»Und die dritte, Sir?«

»Ich weiß nicht recht.« Er zögerte. »Ich hatte an Wilson gedacht.«

»Er ist zuverlässig. Aber geben Sie sie lieber dem Bootsmaat.«

»Dem Bootsmaat?« Bullens Stimme klang schärfer. Dann fiel ihm ein, daß wir uns in acht nehmen mußten, und er senkte die Stimme zu verschwörerischem Flüstern. »Sie kennen die Bestimmungen, Mister. Die Waffen dürfen nur in Kriegszeiten, zur Abwehr eines Überfalls oder einer Meuterei benützt und nie an andere Personen als an Schiffsoffiziere ausgegeben werden.«

»Die Bestimmungen interessieren mich nicht halb soviel wie mein eigener Hals, Sir. Sie kennen MacDonalds Vergangenheit – der jüngste Oberfeldwebel, der je bei den Kommandotruppen gedient hat; eine ellenlange Liste von Auszeichnungen. Geben Sie ihm die Pistole, Sir.«

»Wir werden sehen«, brummte er, »wir werden sehen. Ich war soeben in der Zimmermannswerkstatt, mit Dr. Marston. Zum erstenmal habe ich den alten Hanswurst tief erschüttert gesehen. Er gibt Ihnen recht, sagt, es bestehe kein Zweifel, daß Brownell ermordet wurde. Man hätte meinen können, er stehe vor Gericht, so viele Gründe hat er zu seiner Entlastung angeführt. Aber ich glaube, McIlroy hat recht, wenn er sagt, daß die Symptome ungefähr die gleichen sind.«

»Na ja«, sagte ich nachdenklich. »Hoffentlich kommt nichts heraus, Sir.«

»Was soll das heißen?«

»Sie kennen den braven Doktor Marston genauso gut wie ich. Die beiden großen Leidenschaften seines Lebens sind Jamaikarum und das Bestreben, den Eindruck zu erwecken, daß er in alles, was vorgeht, eingeweiht sei. Eine gefährliche Kombination. Er ist der einzige außer McIlroy, dem Zahlmeister, Ihnen selbst, dem Bootsmaat und mir, der weiß, daß Brownell keines natürlichen Todes gestorben ist. Der Bootsmaat wird nie ein Wort sagen. Aber Doktor Marston . . .?«

»Seien Sie ganz unbesorgt, lieber Mann«, erwiderte Bullen mit einem süffisanten Beiklang in der Stimme. »Ich habe unserem ehrenwerten Medikus mitgeteilt – Lord Dexters Busenfreund hin oder her –, daß er binnen einer Woche pensioniert werde, wenn er vor unserer Ankunft in Nassau ein Glas Rum auch nur anrühre.«

Ich versuchte mir vorzustellen, wie jemand es wagen konnte, dem ehrwürdigen und aristokratischen Arzt etwas so Ungeheuerliches mitzuteilen: Mein Hirn weigerte sich, diesen Gedanken zu fassen. Aber man hatte den braven Bullen nicht umsonst zum Kommodore der Reederei ernannt. Ich wußte, er würde zu seinem Wort stehen.

»Hat er Brownell irgendeines der Kleidungsstücke ausgezogen?« fragte ich. »Zum Beispiel sein Hemd?«

»Nein, was hätte das für einen Sinn?«

»Der Mann, der Brownell erwürgt hat, dürfte aller Wahrscheinlichkeit nach die Finger um seinen Nacken gelegt haben, um die nötige Hebelwirkung zu erzielen. Ich glaube, die Polizei kann heute schon an jedem beliebigen Material Fingerabdrücke nachweisen, auch an gewissen Textilien. Es sollte nicht schwer sein, auf einem so sauberen und gestärkten Kragen Fingerabdrücke festzustellen.«

»Ihnen entgeht wirklich nichts«, brummte Kapitän Bullen. »Aber Sie haben vielleicht Ihren Beruf verfehlt ... Sonst noch etwas?«

»Ja. Die Beisetzung morgen früh.«

Es trat eine längere Pause ein. Dann sagte Kapitän Bullen mit der lästerlich verdrossenen Selbstbeherrschung eines vielgeplagten Mannes, der sich schon allzu lange hat mühsam zusammennehmen müssen: »Welche gottverdammte Beisetzung denn? Brownells Leiche ist das einzige Beweisstück, das wir der Polizei in Nassau vorzulegen haben.«

»Die Beisetzung, Sir«, wiederholte ich. »Aber nicht bei Tagesanbruch. Sagen wir, gegen acht, dann sind schon ziemlich viele Passagiere aufgestanden und machen ihren Morgenspaziergang. Ich meine folgendes, Sir ...«

Ich sagte ihm, was gemeint war, und er hörte, alles in allem, recht geduldig zu. Als ich fertig war, nickte er langsam, zwei- oder dreimal hintereinander, machte kehrt und ging wortlos weg.

Ich trat aus dem Schatten des Rettungsbootes heraus und warf einen Blick auf meine Uhr. Fünfundzwanzig Minuten nach elf. Ich hatte MacDonald versprochen, ihn um Mitternacht abzulösen. Ich ging zur Reling, blieb neben einer Kiste mit Schwimmwesten stehen, blickte auf die schimmernde, träge See hinaus, die Hände in Armeslänge auf die Reling gestützt, und bemühte mich vergebens, mir darüber klarzuwerden, was hinter den Ereignissen dieses Abends stecken mochte.

Als ich erwachte, war es zwanzig Minuten vor eins. Das erkannte ich allerdings nicht gleich, als ich erwachte. Erst einmal erkannte ich so gut wie nichts. Es ist schwer, etwas zu erkennen, wenn man den Kopf zwischen den Backen eines gigantischen

Schraubstocks eingeklemmt hat und wenn die Augen erblindet sind. Schwer zumindest, etwas anderes zur Kenntnis zu nehmen als den Schraubstock und die Blindheit ... Blindheit ... Meine Augen. Meine Augen machten mir Sorgen. Ich hob die Hand, tastete eine Weile umher und fand schließlich meine Augen. Sie waren von einer harten Kruste bedeckt. Als ich daran herumrieb, löste sich die Kruste, und darunter war etwas Klebriges. Blut. Ich hatte Blut in den Augen, Blut, das mir die Lider verklebte, so daß ich nichts sehen konnte. Jedenfalls hoffte ich, es möge nur das Blut daran schuld sein, daß ich nichts sehen konnte.

Ich wischte mir mit dem Ballen der Hand weiteres Blut aus den Augen, und da konnte ich wieder sehen: Nicht allzu gut, nicht so gut, wie ich zu sehen gewohnt war, denn die Sterne am Himmel waren nicht jene hellen Lichtpunkte, an die ich gewöhnt war, sondern nur ein matter, wirrer Dunst, als würde ich durch ein Milchglasfenster blicken. Zitternd streckte ich die Hand aus und wollte jene Milchglasscheibe berühren, aber sie verschwand und löste sich auf, und meine Hand stieß gegen etwas Kaltes, Metallisches. Ich riß mühsam die Augen auf und sah, daß es wirklich kein Glas war. Was ich angefaßt hatte, war die unterste Stange der Reling.

Jetzt konnte ich besser sehen, zumindest besser als ein Blinder. Mein Kopf lag im Speigatt, ein paar Zentimeter von einem der Davits entfernt, an denen die Rettungsboote hingen. Was um Gottes willen hatte ich denn hier zu suchen, mit dem Kopf im Speigatt, ein paar Zentimeter von den Davits entfernt? Es gelang mir, mich auf beide Hände zu stützen und mich mit einem jähen Ruck in eine sitzähnliche Stellung zu bringen. Mit dem einen Ellbogen stützte ich mich noch auf das Deck. Das war ein Fehler, ein schwerer Fehler. Ein wilder, qualvoller Schmerz, jener nie erforschte Schmerz, den der Mensch in der letzten, niederschmetternden Millisekunde des Bewußtseins empfinden muß, wenn das herabsausende Fallbeil Knochen, Fleisch und Muskeln zertrennt, ehe es gegen den Block stößt, zuckte mir lähmend durch Kopf, Hals und Schulter. Ich fiel aufs Deck zurück. Mein Kopf mußte heftig gegen die Stahlkante des Speigatts geprallt sein, aber ich glaube nicht, daß ich auch nur stöhnte.

Langsam, unendlich langsam kehrte das Bewußtsein wieder. Eine unvollkommene Art Bewußtsein. Was Klarheit, Schärfe und Schnelligkeit des Denkens betraf, war ich wie ein an Händen und Füßen gefesselter Mensch, der aus der Tiefe eines Melassemeers emporsteigt. Ich spürte undeutlich, daß etwas mein Gesicht, meine Augen, meinen Mund berührte, etwas Kaltes, Feuchtes, Süßes. Wasser. Jemand betupfte mein Gesicht mit Wasser und versuchte mir behutsam das Blut aus den Augen zu wischen. Ich wollte den Kopf wenden, um zu sehen, wer es sei. Dann fiel mir ein, was geschehen war, als ich vorhin den Kopf bewegt hatte. Ich hob also nur die rechte Hand und stieß gegen ein Handgelenk.

»Immer mit der Ruhe, Sir, sachte, sachte.« Der Mann mit dem Schwamm mußte einen langen Arm haben, er war mindestens zwei Meilen weit entfernt. Trotzdem erkannte ich die Stimme wieder. Archie McDonald. »Bleiben Sie jetzt still liegen. Schön abwarten. Es wird schon wieder gut werden, Sir. Ich bleibe jetzt bei Ihnen.«

»Archie?« Wir sind zwei recht ätherische Gestalten, dachte ich mir in meinem wirren Hirn. Ich war nämlich auch mindestens zwei Meilen weit entfernt. Hoffentlich in derselben Richtung. »Sind Sie es, Archie?« Ich bezweifelte es weiß Gott nicht, ich wollte es nur zu meinem Trost aus seinem eigenen Mund hören.

»Ich bin es, Sir. Überlassen Sie jetzt alles mir.« Ja, er war es, unser Bootsmaat. In den Jahren, seit ich ihn kannte, hatte er diese Wendung bestimmt nicht häufiger als fünftausendmal verwendet. »Schön liegenbleiben.«

Ich hatte nicht die Absicht, etwas anderes zu tun. Ich müßte schon recht alt werden, ehe ich vergessen würde, wie mir geschehen war, als ich mich das letzte Mal bewegt hatte. Im Augenblick kam es mir allerdings nicht sehr wahrscheinlich vor, daß ich überhaupt so alt werden würde.

»Mein Genick, Archie.« Meine Stimme klang jetzt schon ein paar hundert Meter näher. »Ich glaube, es ist gebrochen.«

»Natürlich haben Sie dieses Gefühl, Sir. Aber ich hoffe, daß es vielleicht doch nicht so schlimm ist. Wir wollen mal nachschauen.«

Ich weiß nicht, wie lange ich dort lag, vielleicht zwei bis drei Minuten, in denen der Bootsmaat mich vom Blut säuberte. Allmählich traten die Sterne wieder deutlicher hervor. Nun schob Archie den einen Arm unter meine Schulter und begann mich geduldig, Zoll um Zoll, hochzuheben, bis ich saß.

Ich wartete darauf, daß abermals die Guillotine herabsauste, aber sie kam nicht. Diesmal war es eher das Hackmesser eines Metzgers, ein recht stumpfes Messer. Binnen weniger Sekunden drehte sich die ›Campari‹ auf ihrem Kiel mehrere Male um 360 Grad, schlug dann jedoch wieder ihren Kurs ein. Ich glaubte mich zu erinnern: 047. Und diesmal verlor ich nicht das Bewußtsein.

»Wie spät ist es, Archie?« Eine dumme Frage, aber ich war nicht in meiner allerbesten Form. Meine Stimme jedoch befand sich, wie ich mit Freude bemerkte, so gut wie nebenan.

Er drehte mein Handgelenk.

»Auf Ihrer Uhr ist es Viertel vor eins. Sie müssen eine gute Stunde hier gelegen haben, im Schatten des Boots. Wer hier vorbeikam, konnte Sie nicht sehen.«

Ich drehte meinen Kopf versuchshalber um einen Zoll nach der Seite und zuckte vor Schmerz zusammen. Zwei Zoll, und er würde abfallen.

»Was zum Donnerwetter ist mir denn passiert, Archie? Ein Ohnmachtsanfall? Ich kann mich nicht erinnern . . .«

»Ein Ohnmachtsanfall!« Seine Stimme klang gedämpft und kalt. Ich spürte, wie seine Finger meinen Nacken betasteten. »Unser Freund mit dem Sandsack ist wieder umherspaziert, Sir. Eines Tages«, fügte er grimmig hinzu, »werde ich ihn dabei erwischen.«

»Sandsack!« Ich rappelte mich hoch, aber ohne den Bootsmaat hätte ich es nicht geschafft. »Der Funkraum! Peters!«

»Jetzt hat der junge Jenkins Dienst, Sir. Er ist in Ordnung. Sie hatten versprochen, mich zur Mittelwache abzulösen. Als es zwanzig nach zwölf wurde, wußte ich, daß ein Unglück geschehen sein mußte. Ich ging also in den Funkraum und rief Kapitän Bullen an.«

»Den Kapitän?«

»Wen sollte ich denn sonst anrufen, Sir? . . .« Ja, wen sonst? Außer mir war der Kapitän der einzige Deckoffizier, der sich auskannte, der wußte, wo der Bootsmaat sich versteckt hatte, und warum. MacDonald hatte den Arm um meine Hüften gelegt, um mich zu stützen. Er geleitete mich in den Quergang, der zum Funkraum führte. »Er kam sofort. Im Augenblick ist er bei Mr. Jenkins. Tief besorgt. Er befürchtete, es könnte Ihnen so ergangen sein wie Benson. Bevor ich Sie suchen ging, hat er mir etwas geschenkt.« Er machte eine leichte Bewegung, und ich sah den Lauf einer Pistole, die in seiner gewaltigen Pfote beinahe ertrank. »Hoffentlich werde ich Gelegenheit haben, sie zu gebrauchen, Mr. Carter, und zwar nicht nur den Kolben. Sie sind sich wohl über eines im klaren: Wenn Sie nicht nach der Seite, sondern nach vorne gefallen wären, dann wären Sie aller Wahrscheinlichkeit nach über die Reling ins Wasser gekippt.«

Ich fragte mich erstaunt, warum man mich eigentlich nicht über Bord gestoßen hatte, sagte aber nichts, sondern konzentrierte mich darauf, den Funkraum zu erreichen.

Dort wartete Kapitän Bullen gleich vor der Tür, und die Ausbuchtung in der Tasche seiner Uniformjacke war nicht nur durch seine Hand verursacht. Rasch kam er uns entgegen, wahrscheinlich, um außer Hörweite des Funkoffiziers zu sein. Seine Reaktion auf meinen Zustand und auf die Schilderung des Vorgangs, der sich abgespielt hatte, entsprach allen berechtigten Erwartungen. Er war fuchsteufelswild. Im gesamten Verlauf unserer dreijährigen Bekanntschaft hatte ich ihn nie in einer solchen Stimmung kaum noch beherrschter Wut gesehen. Nachdem er sich ein wenig beruhigt hatte, sagte er: »Warum, zum Teufel, ist man nicht aufs Ganze gegangen und hat Sie gleich über Bord geworfen?«

»Es war nicht nötig, Sir«, antwortete ich verdrossen. »Man wollte mich nicht umbringen. Man wollte mich nur aus dem Weg schaffen.«

Er musterte mich scharf, einen forschenden Blick in den kalten Augen.

»Das klingt ja fast so, als ob Sie wüßten, warum man Sie überfallen hat.«

»Ich weiß es. Oder glaube es zu wissen.« Ich rieb mir behutsam den Nacken. Ich hatte mich jetzt überzeugt, daß keine Wirbel gebrochen waren. »Es war meine eigene Schuld. Ich habe das Selbstverständliche übersehen. Übrigens haben wir alle nicht erkannt, was doch klar auf der Hand lag. Nachdem die Herrschaften Brownell umgebracht und wir daraus geschlossen hatten, sie müßten auch Benson beseitigt haben, verlor ich jedes Interesse an Benson. Ich nahm ganz einfach an, sie hätten ihn erledigt. Ich war nur daran interessiert – das waren wir alle –, den Funkoffizier vor einem Überfall zu schützen, das Versteck des Empfangsgeräts ausfindig zu machen und herauszubekommen, was dahintersteckte. Benson war unserer festen Überzeugung nach tot, und ein toter Benson konnte uns nichts mehr nützen. Deshalb vergaßen wir Benson. Benson gehörte der Vergangenheit an.«

»Wollen Sie behaupten, daß Benson noch am Leben war – oder am Leben ist?«

»Nein, nein, freilich war er tot.« Ich fühlte mich wie Neunzig, wie ein neunzigjähriger Krüppel und Klappergreis, und soweit ich feststellen konnte, wollte sich der Schraubstock, in dem mein Kopf saß, nicht lockern. »Er war tot, aber man hatte ihn noch nicht weggeräumt. Vielleicht hatte man keine Gelegenheit gehabt, ihn wegzuräumen. Vielleicht mußte man warten, bis es ganz finster geworden war, ehe man darangehen konnte, ihn wegzuräumen. Aber man mußte ihn wegräumen. Hätten wir ihn gefunden, dann hätten wir gewußt, daß sich ein Mörder an Bord befindet. Wahrscheinlich hatte man ihn irgendwo verstaut. An einem Ort, wo wir ihn auf keinen Fall suchen würden, auf dem Dach einer Deckkajüte, in einem Entlüftungskanal, hinter einer der Bänke auf dem Sonnendeck, einerlei, wo. Und ich? Entweder war ich dem Versteck zu nahe, in dem man ihn untergebracht hatte, oder man konnte ihn nicht über Bord werfen, solange ich dort an der Reling stand. Ich war das einzige Hindernis. Im übrigen wagte man nicht viel. Jetzt, da wir mit Volldampf fahren und eine mächtige Bugwelle aufwühlen, würde kein Mensch etwas hören, wenn der Leichnam ins Wasser plumpste. In der dunklen, mondlosen Nacht konnte auch niemand etwas sehen.

Man hatte es also nur mit mir zu tun. Und das erwies sich als keineswegs beschwerlich«, fügte ich erbittert hinzu.

Bullen schüttelte den Kopf. »Und Sie haben nichts gehört? Keine noch so leisen Schritte, nicht einmal den durch die Luft sausenden Knüppel?«

»Unser Freund mit den Katzenpfötchen muß ein gefährlicher Bursche sein, Sir«, sagte ich nachdenklich. »Er machte nicht den geringsten Lärm. Ich hätte es nicht für möglich gehalten. So wie es aussah, hätte es auch ein Ohnmachtsanfall sein können – wer weiß, vielleicht hatte ich mir den Kopf am Davit angeschlagen. Das war sogar mein erster Gedanke. Ich erwähnte es gegenüber MacDonald. Und das werde ich auch morgen jedem erzählen, der es wissen will.« Lächelnd blinzelte ich dem Bootsmaat zu, und sogar das Blinzeln tat weh. »Ich werde erklären, daß Sie mich mit Arbeit überhäuft haben, Sir, und daß ich vor Erschöpfung zusammengebrochen bin.«

»Warum denn überhaupt etwas erzählen?« Bullen fand meine Bemerkung durchaus nicht amüsant. »Man sieht nicht, wo der Schlag Sie getroffen hat, die Wunde sitzt oberhalb der Schläfe in den Haaren und ließe sich gut verbergen. Einverstanden?«

»Nein, Sir. Es gibt zumindest einen Menschen, der weiß, daß ich einen, sagen wir, Unfall erlitten habe. Nämlich den Täter. Und er würde es verdammt merkwürdig finden, wenn ich es mit keinem Wort erwähnte. Wenn ich es aber erwähne und als einen damenhaften Ohnmachtsanfall abtue, besteht eine gewisse Chance, daß man es schluckt. Dann haben wir noch immer den Vorteil, zu wissen, was hier vorgeht, nämlich Mord und Totschlag, während die Herrschaften nicht ahnen, daß wir im Bilde sind.«

»In Ihrem Kopf«, sagte Kapitän Bullen ohne jedes Mitgefühl, »beginnt es endlich wieder hell zu werden.«

Als ich morgens aufwachte, strömte bereits Sonnenschein durch mein gardinenloses Fenster. Meine Kajüte, gleich hinter der Kabine des Kapitäns, lag an der Steuerbordseite. Das Licht kam von vorn, das hieß also, daß wir noch immer Nordost-Kurs steuerten. Ich stemmte mich auf dem Ellbogen hoch, um mir den Seegang anzuschauen. Die ›Campari‹ hatte, wenn auch sachte, so doch ganz entschieden zu stampfen begonnen. Und da war mir, als ob mein Hals in einem starren Gipsverband säße. Ich konnte ihn ein paar Zentimeter nach der einen und nach der anderen Seite bewegen, dann aber schnappten zwei Klammern zu. Der nagende dumpfe Schmerz war vielleicht doch der Rede wert. Ich versuchte, meinen Kopf gewaltsam aus den Klammern zu befreien, aber ich versuchte es nur ein einziges Mal. Ich wartete, bis die Kabine nicht mehr hin und her schwankte und die glutheißen Drähte in meinem Nacken sich einigermaßen abgekühlt hatten, dann kroch ich steif aus der Koje. Steifnackiger Carter: Meinetwegen sollten sie mir diesen Spitznamen anhängen. Mir war es gleich.

Ich trat ans Fenster. Immer noch wolkenloser Himmel. Die Sonne, weiß, grell, bereits hoch über dem Horizont, warf einen blendend silbernen Streifen auf die Bläue des Meers. Der Wellengang war tiefer, länger, schwerer, als ich erwartet hatte. Er kam von Steuerbord. Ich kurbelte die Scheibe herunter. Es war kein Luftzug zu merken, also mußte wohl von achtern her eine recht kräftige Brise wehen, die freilich nicht ausreichte, um die Meeresfläche mit weißem Schaum zu versehen.

Ich duschte, rasierte mich – nie hätte ich mir vorstellen können, wie schwierig es ist, sich zu rasieren, wenn die Drehbewegung des Kopfes auf fünf Zentimeter beschränkt ist. Dann untersuchte ich die Wunde. Bei Tageslicht sah sie schlimm aus, viel schlimmer als bei Nacht: Ein fünf Zentimeter breiter Riß oberhalb und hinter der linken Schläfe, ziemlich tief. Und das dumpfe Pochen darin gefiel mir ganz und gar nicht. Ich griff nach dem Telefon und verlangte Dr. Marston. Er läge noch im Bett, aber er werde mich sofort empfangen: eine morgenfrische, hippokratische Bereitwilligkeit, die überhaupt nicht zu dem Mann paßte. Vielleicht plagte ihn das Gewissen, weil er gestern abend eine falsche Diagnose gestellt hatte. Ich zog mich an, setzte die Mütze auf, rückte sie in hinlänglich flottem Winkel zurecht, bis das Schweißband knapp über der Wunde vorbeilief, und ging hinunter.

Dr. Marston, munter, ausgeruht, ungewöhnlich klaräugig – zweifellos dank der Ermahnung Bullens, den Rum zu meiden – sah nicht aus wie ein von Gewissensbissen gequälter Mensch, der sich eine schlaflose Nacht lang in den Kissen gewälzt hat. Er fand es anscheinend nicht einmal sehr besorgniserregend, daß wir einen Passagier an Bord hatten, der sich, wenn er seinen Beruf wahrheitsgemäß registriert hätte, als ›Mörder‹ hätte eintragen müssen. Nur der Vermerk im Logbuch schien ihm Sorge zu machen. Als ich ihm sagte, Brownells Tod sei nicht im Logbuch erwähnt worden und würde auch erst nach unserer Ankunft in Nassau Erwähnung finden, und es würde sodann im Zusammenhang mit der Diagnose mein Name überhaupt nicht genannt werden, da wurde er geradezu jovial. Er rasierte ein paar Quadratzentimeter Haar weg, gab mir eine Spritze, säuberte und vernähte die Wunde, klebte ein Heftpflaster drauf und wünschte mir einen guten Morgen. Sein Tagesprogramm war bewältigt.

Es war ein Viertel vor acht. Ich kletterte die Leitern hinunter, die in die Back führten, und ging in die Werkstatt des Schiffszimmermanns. Hier ging es ungewöhnlich lebhaft zu, wenn man bedachte, daß es noch früh am Morgen war. An die vierzig Mitglieder der Besatzung mochten versammelt sein, Deckpersonal, Maschinenraumpersonal, Köche und Stewards. Alle warteten darauf, Brownell die letzte Ehre erweisen zu dürfen. Das waren aber nicht die einzigen Zuschauer. Ich blickte nach oben und sah, daß auf dem Promenadendeck, das im Bogen rund um die Backaufbauten der ›Campari‹ herumführte, Passagiere standen, alles in allem etwa elf oder zwölf. Keine große Zahl, aber so ziemlich das gesamte männliche Kontingent – Frauen sah ich nicht – mit Ausnahme des alten Cerdan und vielleicht noch einiger anderer. Unglücksbotschaften sprechen sich schnell herum, und selbst Millionäre haben nicht allzu oft Gelegenheit, eine Beisetzung auf hoher See zu erleben. Mitten unter ihnen stand der Herzog von Hartwell. Er sah so nautisch wie nur möglich aus, mit sorgfältig zurechtgerückter Jachtklubmütze, Seidenschal und lederner, messingknopfverzierter Seglerjacke.

Ich ging am Rand des Laderaums eins entlang und überlegte mißgelaunt, ob an dem alten Aberglauben vielleicht doch etwas dran sei: Daß nämlich Tote Gesellschaft fordern. So behaupten erfahrene Seebären. Die Toten, die wir erst gestern nachmittag an Bord genommen hatten und die nun im Laderaum vier lagen, hatten sich beeilt, Gesellschaft anzufordern. Zwei weitere im Lauf weniger Stunden, und um ein Haar wären es drei gewesen. Ich war lediglich zur Seite, statt über die Reling gefallen. Wieder spürte ich eiskalte Finger im Nacken. Ich schauderte. Dann betrat ich das Halbdunkel der Zimmermannswerkstatt im Vordersteven.

Alles war vorbereitet. Die Bahre – hastig zusammengenagelte Bretter, zweihundert mal sechzig Zentimeter – stand auf dem Deck. Die rote Flagge, an zwei Enden der Traggriffe befestigt, an der anderen Seite frei herabhängend, bedeckte das in Leinwand genähte Bündel. Nur der Bootsmaat und der Schiffszimmermann waren zugegen. Wenn man MacDonald ansah, wäre man nie auf den Gedanken verfallen, daß er in der vorigen Nacht nicht geschlafen hatte. Freiwillig hatte er sich bereit erklärt, bis zum Morgengrauen vor dem Funkraum Wache zu halten. Es war auch seine Idee gewesen – obwohl man am hellichten Tag kaum mit unliebsamen Zwischenfällen zu rechnen brauchte –, selbst nach dem Frühstück, ja, im Notfall den ganzen Tag über das Deck vor dem Funkraum im Auge zu behalten. Zwei Leute wurden damit beauftragt. Unterdessen hatte man den Funkraum geschlossen und ein schweres Vorhängeschloß an der Tür befestigt, damit Peters und Jenkins Gelegenheit hätten, an der Beisetzung ihres Kollegen teilzunehmen. Das ließ sich ohne weiteres machen. Üblicherweise läutete eine Klingel entweder auf der Brücke oder in der Kabine des Cheffunkers, sobald über die Alarmwellenlänge oder das Rufzeichen der ›Campari‹ eine Funkmeldung eintraf.

Die leichten Vibrationen der Schiffsmotoren verebbten. Die Geschwindigkeit wurde vermindert, bis wir gerade nur noch so viel Fahrt hatten, um in der lebhaften See über die nötige Manövrierfähigkiet zu verfügen. Der Kapitän kam die Treppe herunter, eine dicke, messingbeschlagene Bibel unterm Arm. Die schwere Stahltür in der Backbordwand wurde geöffnet und zurückgeschlagen, bis sie klirrend in ihre Sperre schnappte. Eine längliche Holzkiste wurde zurechtgeschoben, bis das eine Ende auf gleicher Höhe mit der Öffnung in der Bordwand lag. Dann erschienen MacDonald und der Zimmermann barhäuptig mit ihrer Bürde und stellten die Bahre auf die Kiste.

Der Trauerakt war sehr kurz, sehr schlicht. Kapitän Bullen äußerte ein paar Worte über Brownell, mehr oder weniger wahre Worte, wie sie bei solchen Gelegenheiten üblich sind, intonierte einen Psalm, in den einzelne Stimmen zögernd einfielen, las die Totenmesse und nickte dem Bootsmaat zu. Bei der Königlichen Marine geht es feierlicher zu, doch wir hatten keine Trompeten an Bord der ›Campari‹. MacDonald hob das Bordende der Bahre hoch, das in Leinwand gehüllte Bündel rutschte unter der roten Flagge heraus und verschwand mit einem kaum hörbaren Platschen. Ich blickte zum Promenadendeck hinauf und sah dort den Herzog von Hartwell in strammem Habacht stehen, den rechten Arm abgewinkelt, die Hand am Mützenschirm. Wenn man berücksichtigt, wie unvorteilhaft seine Gesichtszüge waren, hatte ich selten etwas Lächerlicheres gesehen. Freilich benahm er sich in den Augen eines unparteiischen Betrachters weit passender als ich, aber mir fällt es schwer, ehrerbietig dreinzuschauen, wenn ich weiß, daß ich den Meerestiefen nichts anderes anvertraue als ein Stück Leinwand, einen Haufen Putzwolle aus dem Maschinenraum und achtzig Kilo rostiger Ketten, um dem Auftrieb entgegenzuwirken.

Die Tür in der Bordwand fiel geräuschvoll zu, Kapitän Bullen reichte die Bibel einem Kadetten, die Motoren gingen wieder auf Touren, und die ›Campari‹ begann ihren normalen Tageslauf. Nummer eins auf der Liste war das Frühstück.

In meinen drei Jahren an Bord der ›Campari‹ hatte ich selten mehr als ein halbes Dutzend Passagiere im Speisesaal frühstükken sehen. Die meisten ließen sich ihr Frühstück in den Kabinen oder auf ihren privaten Terrassen servieren. Abgesehen von etlichen Aperitifs, der Ouvertüre zu den Kompositionen der hervorragenden Kochkunst Antoines oder Henriques', war nichts so sehr geeignet, die gesellschaftlichen Instinkte unserer Passagiere zu wecken, wie eine würdige, rührende Trauerfeier. Alles in allem mochten kaum sieben oder acht Personen fehlen.

An meinem Tisch saß ein volles Kontingent, natürlich mit Ausnahme des gelähmten Señor Cerdan. Eigentlich hätte ich Wache gehabt, aber der Kapitän war der Meinung gewesen, da ein sehr tüchtiger Bootsmaat am Ruder stand und es im Umkreis von siebzig Meilen kein Land gab, würde es der junge Dexter, der meistens mit mir zusammen Wache schob, in der Frühstückspause allein bewältigen können.

Kaum hatte ich meinen Stuhl herangezogen, da richtete Miss Harrbride den Blick ihrer Käferaugen auf mich.

»Ja, um Gottes willen, was ist denn Ihnen passiert, junger Mann?« fragte sie.

»Offen gestanden, Miss Harrbride, ich weiß es selber nicht recht.«

»Wie bitte?«

»Leider.« Ich machte ein möglichst beschämtes Gesicht. »Ich stand gestern nacht auf dem Bootsdeck – und dann lag ich auf einmal im Speigatt mit einer Rißwunde am Kopf. Ich muß umgefallen sein und mich am Davit gestoßen haben.« Dieses Märchen hatte ich mir schön zurechtgelegt. »Doktor Marston ist der Meinung, es sei zum Teil ein Sonnenstich gewesen – ich hatte gestern fast den ganzen Tag Fracht geladen, und ich kann Ihnen versichern, daß die Sonne ordentlich brannte. Zum andern Teil sei es der Umstand, daß ich in den letzten drei Tagen kaum zum Schlafen gekommen war. All die Scherereien in Kingston und die dadurch bedingten Verzögerungen . . .«

»Ich muß schon sagen, an Bord der ›Campari‹ tut sich was«, warf Miguel Carreras ein. Seine Miene war ernst. »Ein tödlicher Herzanfall – oder was das nun war. Ein Mann vermißt. Man hat doch unsern Chefsteward noch nicht gefunden, nicht wahr?«

»Leider nicht, Sir.«

»Und nun schlagen Sie sich den Kopf blutig. Hoffen wir von Herzen, daß es damit zu Ende ist!«

»Aller schlimmen Dinge sind drei, Sir. Ich bin überzeugt, daß es jetzt vorbei ist. Wir hatten noch nie –«

Vom Tisch des Kapitäns her ertönte eine befehlende Stimme.

»Junger Mann, lassen Sie sich mal ansehen.« Es war Mrs. Beresford, mein Liebling unter den Passagieren. Ich wandte den

Kopf und sah, daß Mrs. Beresford, die mir normalerweise den Rücken zukehrte, sich in ihrem Sessel zu mir umgedreht hatte. Der Herzog von Hartwell, der an ihrer Seite saß, hatte im Gegensatz zu gestern abend keine Mühe, Miss Susan Beresford seine ungeteilte Aufmerksamkeit zu widmen. Miss Beresfords Konkurrentin, die über den Platz an seiner rechten Seite verfügte, hielt sich an die Traditionen der Bühnenwelt und stand selten vor zwölf Uhr auf.

Fast zehn Sekunden lang musterte mich Mrs. Beresford stumm und gründlich.

Schließlich sagte sie: »Sie sehen gar nicht gut aus, Mr. Carter. Jetzt haben Sie sich am Ende auch noch den Hals verrenkt. Sie brauchen sich nicht umzudrehen, um mit mir zu sprechen.«

»Ein bißchen ... Die Muskeln sind steif ...«

»Und außerdem tut Ihnen der Rücken weh. Ich merke es an Ihrer sonderbaren Haltung.«

»Ach, es tut fast nicht weh«, erklärte ich forsch. Eigentlich tat es auch nicht weh, aber ich hatte mich noch nicht daran gewöhnt, eine Pistole im Hosengurt zu tragen, und der Kolben bohrte sich mir schmerzhaft in die Rippen.

»Ein Sonnenstich, ja?« Ihre Miene war ehrlich besorgt. »Und Mangel an Schlaf? Sie gehören ins Bett. Kapitän Bullen, ich fürchte, Sie überlasten den jungen Mann mit Arbeit!«

»Das sage ich ihm schon die ganze Zeit, gnädige Frau«, erklärte ich, »aber er hört nicht auf mich.«

Mit einem flüchtigen Schmunzeln stand Kapitän Bullen auf. Sein Blick, der langsam über die Runde wanderte, gab zu verstehen, daß er Aufmerksamkeit und Ruhe wünsche. Er war eine so kraftvolle Persönlichkeit, daß dieser Wunsch innerhalb von drei Sekunden erfüllt wurde.

»Meine Damen und Herren«, begann er.

Der Herzog von Hartwell betrachtete das Tischtuch mit gerümpfter Nase, als ob es nach schlechtem Fisch röche – eine Miene, die reserviert war für seine Pächter, die eine Herabsetzung des Pachtzinses verlangten, und für Kapitäne der Handelsmarine, die es versäumten, öffentlichen Ansprachen die Worte ›Euer Gnaden‹ voranzuschicken.

»Ich bin«, fuhr Kapitän Bullen fort, »über die Ereignisse der letzten zwölf Stunden genauso bestürzt wie Sie alle. Daß wir unseren Ersten Funkoffizier verloren haben – wenn er auch eines natürlichen Todes starb –, ist weiß Gott schlimm genug. Aber daß am selben Abend unser Chefsteward verschwand – nein, in sechsunddreißig Jahren zur See habe ich so etwas nie erlebt ...

Was aus dem Chefsteward Benson geworden ist, können wir nicht mit Sicherheit sagen. Aber ich möchte eine Vermutung riskieren und gleichzeitig eine Warnung ergehen lassen. Es gibt wahrhaftig Hunderte von beglaubigten Fällen, in denen Personen zur Nachtzeit über Bord gefallen sind, und ich bezweifle kaum, daß Bensons Verschwinden die gleiche Ursache hatte. Selbst auf den erfahrensten Seemann, der sich des Nachts über die Reling beugt, hat das schwarze Wasser unten eine unheimliche, hypnotische Wirkung. Ich glaube, es ist so ähnlich wie der Schwindel, der viele Menschen packt, wenn sie sich der Brüstung eines hohen Gebäudes nähern. Sie sind dann überzeugt, eine fremde Kraft werde sie zwingen, in die Tiefe zu springen, so sehr auch ihr Bewußtsein sich dagegen sträuben mag. Aber wenn man sich über eine Schiffsreling beugt, bleibt das Angstgefühl aus. Ganz allmählich setzt die hypnotische Wirkung ein. Der Betreffende beugt sich immer weiter vor, bis sich plötzlich sein Schwergewicht verlagert. Und da ist er verloren.«

Als Erklärung für Bensons Verschwinden mochte diese Rede ebensoviel taugen wie jede andere Hypothese. Als allgemeine Feststellung traf jedenfalls alles zu.

»Deshalb, meine Damen und Herren, möchte ich Ihnen aufs nachdrücklichste den Rat geben, sich nachts nie der Reling zu nähern, wenn nicht jemand bei Ihnen ist. Ich wäre Ihnen dankbar, wenn Sie alle sich das zu Herzen nähmen!«

Ich sah mich in der Runde um, soweit mein steifer Nacken es mir gestattete. Sie würden es sich schon zu Herzen nehmen. Von jetzt an würden keine zehn Pferde sie des Nachts in die Nähe der Reling bringen.

»Aber«, fuhr Bullen in entschiedenem Ton fort, »diese Worte werden keinem der Unglücklichen mehr helfen, und wir würden uns selber damit nur einen schlechten Dienst erweisen, wenn wir uns unnützen Grübeleien hingäben. Ich kann nicht von Ihnen verlangen, daß Sie sich die beiden Todesfälle sofort aus dem Sinn schlagen, aber ich kann Sie bitten, nicht darüber nachzudenken. An Bord eines Schiffes muß, wie überall, das Leben weitergehen; an Bord eines Schiffes ganz besonders! Sie befinden sich auf der ›Campari‹, um die Fahrt zu genießen. Wir sind an Bord, um Ihnen dabei behilflich zu sein. Ich wäre Ihnen sehr dankbar, wenn Sie uns in jeder Weise beistehen wollten, das Leben an Bord so schnell wie möglich wieder in normale Bahnen zu lenken.«

Ein gedämpftes, zustimmendes Gemurmel. Dann erhob sich Julius Beresford von seinem Platz neben dem Kapitän.

»Darf ich ein paar Worte sagen, Sir?« Er hätte die ganze Blue Mail Line kaufen können, ohne sein Bankkonto auch nur anzuknabbern. Trotzdem bat er ums Wort und redete den alten Bullen mit ›Sir‹ an.

»Selbstverständlich, Mr. Beresford.«

»Es handelt sich um folgendes.« Julius Beresford hatte schon allzu häufig in Aufsichtsratssitzungen das Wort ergriffen, um nicht völlig unbeschwert zu sein, gleichgültig, wie viele Millionen Dollar seine Zuhörer repräsentierten. »Ich stimme restlos allem zu, was unser Kapitän gesagt hat. Kapitän Bullen hat betont, daß er und seine Besatzung eine Aufgabe durchzuführen haben, und daß diese Aufgabe darin besteht, in jeder Weise für das Wohlbefinden seiner Passagiere zu sorgen. Unter den recht traurigen Umständen, unter denen wir uns heute früh zusammengefunden haben, glaube ich, daß auch wir, die Passagiere, eine Pflicht haben, die Pflicht nämlich, dem Kapitän, den Offizieren und der Besatzung ihre Aufgabe möglichst zu erleichtern. Ich möchte den Ball dadurch ins Rollen bringen, daß ich Sie bitte, heute abend für eine Weile meine Gäste zu sein. Heute, meine Damen und Herren, feiert meine Frau Geburtstag.« Lächelnd blickte er auf Mrs. Beresford hinunter. »Sie hat vergessen, der wievielte es ist. Ich kann Sie nicht zu einem Geburtstagsessen einladen, denn was sollte ich Ihnen an Genüssen bieten, die Antoine und Henriques uns ohnehin die ganze Woche hindurch

Abend für Abend auftischen? Aber meine Frau und ich würden uns freuen, Sie heute abend bei einer Cocktail-Party als unsere Gäste begrüßen zu dürfen. Ein Viertel vor acht. Im Salon. Vielen Dank.«

Ich sah mich am Tisch um. Miguel Carreras nickte leicht, als ob er Beresfords heimlichen Beweggründen zustimme und sie zu würdigen wisse. Miss Harrbride strahlte vor Vergnügen. Sie vergötterte die Beresfords, nicht wegen ihres Geldes, sondern weil sie zu den allerältesten Familien Amerikas zählten, mit weiß Gott wie vielen Generationen hinter sich. Mr. Greenstreet, ihr Gatte, studierte auf seine gewohnte, eifrige Art das Tischtuch. Tony Carreras, schöner denn je, so daß es kaum zu glauben war, lehnte sich in seinen Sessel zurück und musterte Julius Beresford mit einem etwas belustigten, nachdenklichen Interesse. Oder war es vielleicht Susan Beresford, der sein Blick galt? Ich glaubte immer deutlicher zu merken, daß mit Tony Carreras' Augen etwas nicht in Ordnung war. Man konnte fast nicht feststellen, in welche Richtung sie blickten. Er begegnete meinem Blick und lächelte.

»Werden Sie auch anwesend sein, Mr. Carter?«

Er hatte die gemächliche Art einer Brieftasche, die an den Nähten platzt, sprach aber ohne die geringste Spur der hier allgemein üblichen Herablassung. Tony Carreras würde mir mit der Zeit vielleicht gefallen.

»Leider nur ganz kurz. Um acht Uhr beginnt meine Wache.« Ich lächelte. »Wenn man um Mitternacht noch beisammen ist, werde ich mich hinzugesellen.« . . . Aber keine Spur: Um Mitternacht würde ich die Polizei von Nassau an Deck herumführen . . . »Leider müssen Sie mich auch jetzt entschuldigen. Ich muß den wachhabenden Offizier ablösen.«

Ich verbeugte mich nach allen Seiten und verließ den Tisch. Auf Deck wäre ich beinahe mit einem strohblonden jungen Seemann namens Whitehead zusammengeprallt, der mir für gewöhnlich auf der Brücke Gesellschaft leistete in seiner Eigenschaft als Maschinenraumtelegrafist, Ausguck, Laufbursche und Kaffeekoch.

»Was machen denn Sie hier?« fragte ich in scharfem Ton.

Wenn der junge Dexter Wache hatte, wollte ich möglichst viel helle Augen und flinke Hirne in seiner Nähe wissen: Whitehead besaß beides. »Sie wissen, daß Sie in meiner Abwesenheit die Brücke nicht verlassen dürfen.«

»Bedaure, Sir, aber Ferguson schickt mich zu Ihnen.« Ferguson war der Bootsmaat, der die Frühwache hatte. »Wir haben die beiden letzten Kursänderungen versäumt, und er ist recht besorgt.«

Alle fünfzehn Minuten schwenkten wir um drei Grad nach Nord, weil wir jetzt einen Nordwest-Kurs einschlagen wollten, aber wiederum ganz langsam, damit es niemandem auffalle.

»Warum müssen Sie mich damit belästigen?« erwiderte ich gereizt. »Unser Vierter Offizier, Mr. Dexter, ist durchaus imstande, diese Angelegenheit zu regeln.«

Er war es zwar nicht, aber ein Kollege Dexters zu sein, brachte den Nachteil mit sich, daß man gezwungen war, wild draufloszulügen, um nach außen den Schein der Solidarität zu wahren.

»Ja, Sir. Aber er ist nicht da, Mr. Carter. Er hat vor etwa zwanzig Minuten die Brücke verlassen und ist noch nicht zurückgekehrt.«

Ich stieß Whitehead zur Seite, drängte mich an ihm vorbei und stürzte Hals über Kopf auf die Brücke zu, die Treppe hinauf, wobei ich drei Stufen auf einmal nahm. Als ich um die Ecke bog, sah ich, daß Whitehead mir mit höchst sonderbarer Miene nachblickte.

Wahrscheinlich nahm er an, ich sei plötzlich verrückt geworden.

5

Mittwoch: 8.45 Uhr bis 15.30 Uhr

Ferguson, ein großer, dunkelhäutiger und griesgrämiger Londoner, der kaum noch ein Haar auf dem Kopf hatte, drehte sich um, als ich vom Steuerbordflügel der Brücke in die Tür des Ruderhauses gelaufen kam.

»Na, bin ich aber froh –«

Ich fiel ihm ins Wort. »Wo ist Mr. Dexter?«

»Mich dürfen Sie nicht fragen, Sir. Die Kursänderungen –«

»Hol der Teufel die Kursänderungen! Wo ist er hingegangen?«

Ferguson zwinkerte verdutzt mit den Augen. Er sah genauso drein wie vor einigen Sekunden Whitehead, erstaunt und etwas ängstlich, wie einem zumute ist, wenn man einen Menschen den Verstand verlieren sieht.

»Ich weiß es nicht, Sir. Er hat nichts gesagt!«

Ich griff nach dem nächsten Telefon, ließ mich mit dem Speisesaal verbinden und verlangte den Kapitän. Er kam an den Apparat.

»Hier spricht Carter, Sir. Könnten Sie sofort auf die Brücke heraufkommen?«

Eine kurze Pause, dann: »Warum?«

»Dexter ist verschwunden, Sir. Er hat vor zwanzig Minuten die Brücke verlassen.«

»Die Brücke verlassen.« Bullens Stimme klang tonlos, aber nur, weil er sich beherrschte. Sohn Lord Dexters hin, Sohn Lord Dexters her – der junge Herr war an Bord der ›Campari‹ unten durch, wenn es ihm nicht gelang, seine Handlungsweise zu begründen. »Haben Sie sich schon nach ihm umgesehen? Er könnte doch irgendwo abgeblieben sein.«

»Das befürchte ich eben, Sir.«

Ein Knacken am anderen Ende der Leitung. Ich legte auf. Der junge Whitehead, immer noch recht bestürzt, war soeben in der Tür aufgetaucht. Ich sagte zu ihm: »Sie werden den Dritten Offizier in seiner Kabine antreffen. Richten Sie ihm meine Empfehlungen aus und bitten Sie ihn, für ein paar Minuten die Brücke zu übernehmen. Ferguson?«

»Sir?« Die Stimme klang noch immer ein bißchen verschüchtert.

»Hat Mr. Dexter gar nichts geäußert, bevor er wegging?«

»Doch, Sir, ich hörte ihn etwas murmeln, ungefähr ›Eine Sekunde; was, zum Teufel, geht denn hier vor?‹ Oder so ähnlich, ich weiß es nicht mehr genau. Dann sagte er zu mir: ›Halten Sie den Kurs, ich bin gleich wieder da.‹ Und damit war er weg.«

»War das alles?«

»Das war alles, Sir.«

»Wo hat er denn in diesem Augenblick gestanden?«

»An der Steuerbordseite, Sir. Gleich außerhalb der Tür.«

»Und ist er dann auch an dieser Seite nach unten gegangen?«

»Ja, Sir.«

»Wo hat Whitehead gestanden?«

»An der Backbordseite, Sir.« Fergusons Miene und Tonfall gaben eindeutig zu erkennen, daß er fürchtete, einem Irren gegenüberzustehen. Kühl und gelassen fand er sich damit ab.

»Sie haben nicht nachgesehen, wo Mr. Dexter hingegangen ist?«

»Nein, Sir.« Er zögerte. »Aber mir kam es ein bißchen komisch vor, deshalb habe ich Whitehead gebeten, nachzuschauen. Er konnte nichts sehen.«

»Verdammt! Wie lange war Mr. Dexter schon weg?«

»Eine Minute, vielleicht auch zwei Minuten. Ich weiß es nicht genau, Sir.«

»Aber was immer auch Mr. Dexter gesehen haben mag, es muß achteraus gewesen sein?«

»Ja, Sir.«

Ich trat auf die Seitenbrücke hinaus und blickte nach achtern. Auf beiden Decks war keine Menschenseele zu sehen. Die Besatzung hatte schon längst die Decks geschrubbt, die Passagiere saßen noch beim Frühstück. Niemand und nichts, das mich hätte interessieren können. Sogar der Funkraum lag verödet, die Tür geschlossen und versperrt. Deutlich sah ich das Messingschloß in der Morgensonne funkeln und glitzern, indessen die ›Campari‹ langsam, aber stetig durch die immer lebhafter werdende See stampfte.

Der Funkraum! Mindestens drei Sekunden lang blieb ich stocksteif stehen, was mir in Fergusons Augen die Anwartschaft auf eine Zwangsjacke sicherte; dann raste ich genauso die Treppe hinunter, wie ich sie heraufgekommen war: drei Stufen auf einmal nehmend. Wenn ich nicht blitzschnell gebremst hätte, und wenn nicht der Kapitän erstaunlich flink zur Seite gewichen wäre, dann wären wir am Fuß der Treppe mit den Köpfen zusammengeprallt. Bullen formulierte den Gedanken, der ganz offensichtlich an Bord der ›Campari‹ Wurzel zu schlagen begann.

»Sind Sie denn schon völlig übergeschnappt, Mister?«

»Der Funkraum, Sir!« stieß ich hastig hervor. »Kommen Sie ...«

In wenigen Sekunden war ich angelangt, Bullen dicht hinter mir. Ich probierte das Vorhängeschloß, ein solides Spezialsicherheitsschloß, aber es war abgesperrt.

Nun erst sah ich, daß im Schloß ein Schlüssel steckte. Ich drehte ihn zuerst nach der einen, dann nach der anderen Seite, aber er hatte sich verklemmt. Ich wollte ihn herausziehen. Es ging nicht. Ich spürte Bullens hastigen Atem an meiner Wange.

»Was, zum Teufel, ist denn los, Mister? Was ist denn plötzlich in Sie gefahren?«

»Einen Augenblick, Sir.« Ich hatte Whitehead erblickt, der zur Brücke hinaufging, und winkte ihn heran. »Holen Sie den Bootsmaat. Er soll eine Zange mitbringen.«

»Ja, Sir, ich hole die Zange.«

»Ich habe gesagt, der Bootsmaat soll sie mitbringen«, erwiderte ich wütend. »Dann bitten Sie Peters um den Schlüssel zu dieser Tür. Beeilen Sie sich.«

Er beeilte sich. Man konnte deutlich merken, daß er froh war, sich davonmachen zu dürfen.

Bullen sagte: »Hören Sie zu, Mister –«

Ich unterbrach ihn. »Dexter verließ die Brücke, weil er etwas Sonderbares bemerkt hatte. Wo könnte es gewesen sein, wenn nicht hier, Sir?«

»Warum hier? Warum nicht ...?«

»Schauen Sie sich das an!« Ich nahm das Vorhängeschloß in die Hand. »Der verbogene Schlüssel. Alles, was sich bisher ereignete, hing mit dem Funkraum zusammen!«

»Das Fenster?«

»Zwecklos, ich habe nachgesehen.« Ich führte ihn um die Ecke zu dem Viereck aus geschliffenem Glas. »Die Nachtgardinen sind noch zugezogen.«

»Können wir nicht das verdammte Ding einschlagen?«

»Wozu? Jetzt ist es ohnedies zu spät.«

Bullen sah mich mit sonderbarer Miene an, sagte aber kein Wort. Eine halbe Minute verstrich unter dumpfem Schweigen. Bullen wurde von Sekunde zu Sekunde nervöser. Ich nicht. Ich war schon so nervös, daß eine Steigerung unmöglich war. Jamieson erschien auf dem Weg zur Brücke, erblickte uns, wollte auf uns zugehen, aber Bullen winkte ab, und er setzte seinen Weg fort. Dann tauchte der Bootsmaat auf, eine schwere, isolierte Beißzange in der Hand.

»Öffnen Sie die verdammte Tür«, befahl Bullen kurz.

MacDonald versuchte, den Schlüssel mit den Fingern zu entfernen. Es gelang ihm nicht, und er setzte die Zange an. Beim ersten Ruck brach der Schlüssel im Schloß entzwei.

»Mhm«, sagte Bullen. »Das nützt uns beträchtlich.«

MacDonald sah erst ihn, dann mich an, dann wieder den abgebrochenen Schlüssel, der noch zwischen den Backen der Zange saß.

»Ich habe ihn nicht einmal umgedreht, Sir«, sagte er ruhig. »Und wenn das ein Yale-Schlüssel ist«, fügte er mit einem Anflug von Verachtung hinzu, »dann bin ich ein Engländer.« Er gab uns den Schlüssel zur näheren Besichtigung. An der Bruchstelle war die graue, rauhe, poröse Struktur eines minderwertigen Metalls zu sehen. »Heimarbeit. Und noch nicht einmal besonders gut gearbeitet.«

Bullen steckte den zerbrochenen Schlüssel ein.

»Können Sie die andere Hälfte herausziehen?«

»Nein, Sir. Völlig festgeklemmt.« Er durchstöberte die Taschen seines Overalls und brachte eine Metallsäge zum Vorschein. »Vielleicht wird es damit gehen, Sir.«

»Bravo.«

MacDonald mußte sich drei Minuten lang plagen – die Säge war, im Gegensatz zum Vorhängeschloß, aus gehärtetem Stahl –, dann war er durch. Er hakte das Schloß aus und sah Bullen fragend an.

»Kommen Sie mit 'rein«, sagte der Kapitän. Schweißtropfen standen auf seiner Stirn. »Sorgen Sie dafür, daß uns niemand stört.« Er stieß die Tür auf und trat ein. Ich war ihm dicht auf den Fersen.

Wir hatten Dexter gefunden, und wir hatten ihn zu spät gefunden. Er sah so aus, wie nur Tote aussehen können – ein Bündel von Kleidern, schlaff, in sich zusammengefallen, formlos. Mit dem Gesicht nach unten lag er ausgestreckt auf den Kunststoffplatten des Fußbodens. Bullen und ich hatten kaum genug Platz zu stehen.

»Soll ich den Arzt holen, Sir?« fragte MacDonald. Er stand mit gespreizten Beinen über der Sturmschwelle. Die Fingerknöchel seiner Hand, die den Türpfosten umklammerte, schimmerten weiß durch die gestraffte Haut.

»Zu spät für ärztlichen Beistand, Bootsmaat«, erwiderte Bullen mit steinerner Miene. Dann verlor er die Fassung und stieß heftig hervor: »Mein Gott, Mister, wo soll denn das enden? Er ist tot – Sie sehen doch, daß er tot ist. Was steckt dahinter? Wer steckt dahinter? Ein Teufel? Warum hat man ihn umgebracht, Mister? Warum mußte man ihn umbringen? Er war ja noch ein junges Bürschchen. Wem hat denn der kleine Dexter je etwas zuleide getan?« Es sprach für Bullen, daß ihm im Augenblick nicht der Gedanke kam, der Tote sei ja auch der Sohn des

Aufsichtsratsvorsitzenden und Generaldirektors der Schiffahrtsgesellschaft. Das sollte ihm erst später einfallen.

»Er starb aus dem gleichen Grunde wie Benson«, sagte ich. »Er hatte zuviel gesehen.« Ich kniete neben ihm nieder, untersuchte seinen Nacken und den Hals. Keinerlei Spuren waren zu finden. Ich blickte auf. »Darf ich ihn umdrehen, Sir?«

»Es kann nichts mehr schaden.« Die Farbe war aus Bullens Wangen gewichen, der Mund ein schmaler, harter Strich.

Ich plagte mich ein paar Sekunden, und es gelang mir, den toten Dexter mehr oder weniger auf die Seite zu wälzen. Er ruhte halb auf dem Rücken, halb auf der einen Schulter. Ich vergeudete keine Zeit damit, seinen Atem oder seinen Puls zu kontrollieren. Wenn man drei Schüsse in den Unterleib bekommen hat, gehören Atem und Puls der Vergangenheit an. Dexters weißes Uniformhemd mit den drei kleinen, pulvergeschwärzten und blutumränderten Löchern dicht unterhalb des Brustbeins war ein Beweis dafür, daß drei Schüsse gefallen waren. Den Umkreis der Einschußlöcher hätte man mit einer Spielkarte zudecken können. Da hatte irgend jemand um jeden Preis auf Nummer Sicher gehen wollen.

Ich richtete mich auf, blickte vom Kapitän zum Bootsmaat, sagte dann zu Bullen: »Das können wir nun aber kaum als Herzanfall klassifizieren, Sir.«

»Drei Schüsse«, sagte Bullen sachlich.

»Es sieht fast so aus, als hätten wir es mit einem Irren zu tun, Sir.«

Ich betrachtete den Toten, ich konnte den Blick nicht von dem verzerrten Gesicht wenden, von dem erschütternden Abglanz des letzten bewußten Augenblicks, von dem Gepräge jenes flüchtigen, Mark und Bein durchzuckenden Schmerzes, der das Tor zum Tod geöffnet hatte.

»Jedes der drei Geschosse wäre tödlich gewesen. Aber der Mörder hat ihn dreimal getötet. Es muß jemand sein, der gern eine Waffe abfeuert, jemand, dem es Spaß macht, wenn das Blei ins Fleisch eines Menschen schlägt, auch wenn dieser Mensch schon tot ist.«

»Sie nehmen die Sache sehr kaltblütig hin, Mister.« Bullen musterte mich mit merkwürdiger Miene.

»Und ob!« Ich zeigte dem Kapitän meine Pistole. »Führen Sie mich zu dem Mann, der das getan hat, und ich werde ihn so behandeln, wie er Dexter behandelt hat. Aufs Haar genauso. Hol der Teufel Kapitän Bullen und das britische Strafrecht! So kaltblütig bin ich.«

»Nichts für ungut, Johnny«, murmelte er. Dann wurde seine Stimme wieder hart. »Niemand hat etwas gehört. Warum hat niemand etwas gehört?«

»Er hielt die Waffe ganz nah an sein Opfer, vielleicht stieß er ihm sogar den Lauf in die Rippen. Sie sehen doch die Pulverspuren. Dadurch wurde der Knall gedämpft. Außerdem deutet alles darauf hin, daß es sich um einen – oder mehrere – Berufsverbrecher handelt. Also dürfte die Waffe mit einem Schalldämpfer versehen sein.«

»Mhm.« Bullen sagte zu MacDonald: »Holen Sie bitte Peters her, Bootsmaat. Sofort.«

»Aye, aye, Sir.« MacDonald wandte sich zum Gehen. Schnell warf ich ein: »Ein Wort, Sir, bevor MacDonald weggeht.«

»Ja?« Seine Stimme klang schroff und ungeduldig.

»Wollen Sie eine Nachricht senden?«

»Selbstverständlich will ich eine Nachricht senden. Ich werde verlangen, daß man uns zwei schnelle Patrouillenboote entgegenschickt. Mit ihren Gasturbinen können sie zu Mittag schon bei uns sein. Wenn ich bekanntgebe, daß uns binnen zwölf Stunden drei Mann an Bord ermordet wurden, werden sie angesaust kommen. Ich habe es satt, den Pfiffigen zu mimen, Erster! Die Komödie heute früh, die den Verdacht der Herrschaften einschläfern und ihnen einreden sollte, wir hätten den einzigen Mordbeweis, der gegen sie vorliegt, beseitigt – was hat sie uns genützt? Was hat sie uns eingebracht? Einen dritten Mord.«

»Zu spät, Sir. Es ist bereits zu spät.«

»Was soll das heißen?«

»Er nahm sich nicht einmal die Mühe, den Deckel zu befestigen, bevor er weglief, Sir.« Ich deutete mit einem Kopfnicken auf das schwere Sende- und Empfangsgerät. Der Metalldeckel saß schief. Die Schrauben waren gelockert. »Vielleicht hat er es eilig gehabt, vielleicht aber wußte er ganz einfach, daß es ohnedies keinen Zweck mehr gehabt hätte, den Deckel festzuschrauben. Wir würden es ja doch früher oder später entdecken – eher früher als später.« Ich schlug den Deckel hoch und trat zur Seite, damit auch Bullen es sehen konnte.

Eines war sicher: Nie wieder würde jemand diesen Sender benützen können. Das Innere war mit zerrissenen Leitungsdrähten, verbeultem Blech, zerschlagenen Kondensatoren und Röhren gefüllt. Man hatte sich eines schweren Hammers bedient. Da brauchte man nicht herumzuraten: Der Hammer lag zwischen den wirren Trümmern, die allein noch von den ehemals so komplizierten Eingeweiden des Sendegeräts übriggeblieben waren. Ich klappte den Deckel zu.

»Wir haben ein Ersatzgerät«, sagte Bullen heiser. »Im Schrank dort unter dem Tisch. Mit einem Petroleumgenerator. Es wird ihm entgangen sein.«

Aber es war dem Mörder nicht entgangen. Er war nicht der Mann dazu, etwas zu übersehen. Und er wußte mit einem Hammer umzugehen. Das Ersatzgerät war womöglich noch übler zugerichtet als der Hauptsender. Obendrein hatte man die Armatur des Petroleumgenerators in Stücke geschlagen.

»Unser Freund muß wieder vor seinem Privatradio gesessen haben«, warf MacDonald gelassen ein. »Also ist er hier erschienen, entweder um die Meldung zu stoppen, oder um die Geräte zu zerstören, damit überhaupt kein Empfang mehr möglich ist. Er hat Glück gehabt. Wäre er ein wenig später erschienen und der Funkoffizier wieder im Dienst gewesen, dann hätten meine beiden Leute das Deck überwacht, und er hätte nichts ausrichten können.«

»Glück und Pech kann ich mir bei diesem Burschen nicht vorstellen«, entgegnete ich. »Dazu ist er viel zu tüchtig. Ich glaube nicht, daß weitere Meldungen eingelaufen sind, die ihn beunruhigt haben. Er befürchtete nur, es könnten welche einlaufen. Er wußte, daß Peter und Jenkins an der Beisetzung teilnahmen. Wahrscheinlich hat er nachgeschaut, ob der Funkraum abgesperrt ist. Er wartete also, bis die Luft rein war, schlich sich an Deck, öffnete das Vorhängeschloß und betrat den Funkraum. Dexter hat ihn – zu seinem Unglück – hineingehen sehen.«

»Der Schlüssel, Mister!« sagte Bullen schroff. »Der Schlüssel! Wo kommt der Schlüssel her?«

»Erinnern Sie sich an den Marconi-Mann in Kingston, der die Geräte überprüft hat?« Er erinnerte sich sehr gut an ihn. Der Marconi-Vertreter hatte angerufen und sich erkundigt, ob man seinen Service benötige, und Kapitän Bullen hatte dankbar die Gelegenheit benützt, den Funkraum zuzusperren, um es sich zu ersparen, weitere peinliche und ärgerliche Depeschen aus London und New York entgegenzunehmen. »Er ist ungefähr vier Stunden hier gewesen. Da konnte er machen, was er wollte. Wenn er ein Marconi-Mann war, bin ich die Feenkönigin. Er hatte eine schöne, große, imposante Werkzeugtasche bei sich, aber das einzige Werkzeug – wenn man es so nennen kann –, das er benutzt hat, war eine Stange Wachs, auf die richtige Temperatur erhitzt, um einen Abdruck von dem Yaleschloß anzufertigen. Auch wenn es ihm geglückt wäre, das Schloß zu klauen und ungesehen zurückzulegen, hätte er auf keinen Fall ein neues zurechtfeilen können. Diese Spezialschlösser sind viel zu kompliziert. Ich vermute, daß das alles war, was er hier gemacht hat.«

Und ich irrte mich gründlich. Aber der Gedanke, daß der falsche Marconi-Mann sich während seines Aufenthaltes im Funkraum auch noch auf andere Weise betätigt haben könnte, schoß mir erst viele Stunden später durch den Kopf. Es war so augenfällig, so kraß, daß ich es glatt übersah, obwohl mich zwei Minuten konstruktiven Nachdenkens zweifellos darauf gebracht hätten. Aber es vergingen Stunden, bevor ich zum Nachdenken kam, und da war es dann zu spät. Zu spät für die ›Campari‹, zu spät für ihre Passagiere und zu spät für allzu viele Mitglieder der Besatzung.

Wir ließen den toten Dexter im Funkraum zurück und sicherten die Tür mit einem neuen Vorhängeschloß. Fast fünf Minuten lang hatten wir das Problem erörtert, wo wir ihn hinschaffen sollten, bis wir auf die simple Lösung verfielen: ihn liegen zu lassen. An diesem Tag würde niemand mehr den Funkraum benützen. Er war dort ebensogut aufgehoben wie anderswo, bis in Nassau die Polizei an Bord kam.

Vom Funkraum begaben wir uns geradewegs ins Telegrafenfoyer. Die Fernschreiber waren auf fixen Wellenlängen mit Empfangs- und Sendegeräten in London, Paris und New York verbunden, konnten aber von Fachleuten wie Peters und Jenkins auf so ziemlich jede andere Wellenlänge umgestellt werden. Aber der Situation, die wir vorfanden, waren auch Peters und Jenkins nicht gewachsen. Im Telegrafenfoyer waren zwei große Sendegeräte untergebracht, auf geschickte Weise als Likörschränke getarnt. Beide hatten das gleiche Schicksal erlitten wie die Geräte im Funkraum: Das Äußere unversehrt, die inneren Teile hoffnungslos zertrümmert und irreparabel. Jemand war im Laufe der Nacht sehr fleißig gewesen. Der Funkraum hatte offenbar an letzter Stelle gestanden.

Ich sah Bullen an.

»Wenn Sie gestatten, Sir, werden MacDonald und ich einen Blick in die Rettungsboote werfen. Wir können unsere Zeit ebenso auf diese wie auf jede andere Weise vergeuden.«

Er wußte genau, was gemeint war, und nickte. Kapitän Bullen machte mit der Zeit einen etwas gehetzten Eindruck. Er war der tüchtigste, der kompetenteste Kapitän der Blue-Mail-Flotte: Nichts aber in seiner langjährigen Ausbildung und Erfahrung hatte ihn gelehrt, mit einer solchen Lage fertigzuwerden.

Also vergeudeten MacDonald und ich brav unsere Zeit. Drei Rettungsboote waren mit handgetriebenen Sendern ausgerüstet. Für den Notfall, sollte das Schiff sinken oder sollte man aus anderen Gründen gezwungen sein, es zu verlassen. Das heißt, sie waren einmal mit Sendern ausgerüstet gewesen. Jetzt nicht mehr. Die Sender waren weg. Man braucht keine Zeit zu verschwenden oder unnötigen Lärm zu machen, wenn man nichts weiter zu tun hat, als sie über Bord zu werfen. Unser mordlustiger Freund hatte nicht die geringste Kleinigkeit übersehen.

Als wir in die Kajüte des Kapitäns zurückkehrten, wo wir uns zu melden hatten, lag etwas in der Luft, das mir ganz und gar nicht gefiel. Es heißt, man könne die Angst riechen. Davon weiß ich nichts. Aber man kann sie spüren, und um neun Uhr morgens war sie in dieser Kajüte deutlich zu spüren. Die Angst; das Gefühl, hilflos in einer Falle zu sitzen, unbekannten, gewaltigen und erbarmungslosen Mächten auf Gnade und Ungnade ausgeliefert zu sein, schuf eine Atmosphäre nervös brüchiger Spannung, die man fast mit Händen greifen konnte.

McIlroy und Cummings waren beim Kapitän und außer ihnen auch unser Zweiter Offizier, Tommy Wilson. Man hatte ihn informiert. Es sei, sagte Bullen, ein Stadium erreicht, in dem man sämtliche Offiziere informieren müsse. Im Interesse ihrer persönlichen Sicherheit, damit sie sich vorsehen könnten. Ich war davon nicht ganz überzeugt. Als wir zur Tür hereinkamen, blickte Bullen auf. Sein Gesicht war finster und starr, eine undurchsichtige Maske, hinter der sich lähmende Sorge verbarg.

»Na?«

Ich schüttelte den Kopf und setzte mich. MacDonald blieb stehen. Mit einer gereizten Geste deutete Bullen auf einen Stuhl. Er sagte, ohne sich an jemand besonders zu wenden: »Damit sind wohl alle Sender, die wir an Bord hatten, berücksichtigt!«

»Soweit wir wissen, ja.« Ich fuhr fort: »Sollten wir nicht auch White hinzuziehen, Sir?«

»Ich war eben dabei.« Er griff nach dem Hörer, sagte ein paar Worte, legte auf und meinte dann böse: »Also, Mister – gestern nacht steckten Sie voller brillanter Einfälle. Womit können Sie heute aufwarten?«

Wenn man die Worte nur zitiert, klingen sie scharf und ungemütlich, aber sie waren seltsamerweise durchaus nicht beleidigend. Bullen wußte ganz einfach nicht mehr aus noch ein und klammerte sich an jeden Strohhalm.

»Bedaure. Wir wissen nur, daß Dexter heute früh um acht Uhr ermordet wurde – es mag auch eine Minute früher oder später gewesen sein. Das steht außer Frage. Zu diesem Zeitpunkt saßen die meisten unserer Passagiere beim Frühstück. Auch das steht außer Frage. Die einzigen, die fehlten, waren Miss Harcourt, Mr. Cerdan und seine beiden Pflegerinnen, Mr. und Mrs. Piper aus Miami und das Ehepaar Hournos aus Venezuela, nebst Tochter. Das sind unsere Verdachtspersonen. Und jede einzelne – absurd.«

»Außerdem waren sie alle – bis auf den alten Mann und seine Pflegerinnen – gestern abend, als Brownell getötet wurde, bei Tisch.« McIlroy kratzte sich hinterm Ohr.

»Also fällt der Verdacht nur noch auf diese drei, und das ist nicht nur lächerlich: Es wäre auch viel zu augenfällig. Ich glaube, wir haben bereits ausreichende Beweise dafür, daß die Leute, die da ihr Unwesen treiben, alles eher als unvorsichtig sind. Es sei denn, natürlich«, fügte ich langsam hinzu, »daß einige der Passagiere miteinander Hand in Hand arbeiten.«

»Oder mit Mitgliedern der Besatzung«, murmelte Tommy Wilson.

»Wie?« Der alte Bullen beehrte ihn mit seinem besten Kommodoreblick. »Was sagten Sie?«

»Ich sagte: ›Mit Mitgliedern der Besatzung . . .‹«, wiederholte Wilson laut und deutlich. Wenn der alte Bullen Tommy Wilson einschüchtern wollte, hätte er sich die Mühe ersparen können. »Und zur Besatzung rechne ich auch die Offiziere. Ich gebe zu, Sir, daß ich erst vor fünf Minuten von den Morden erfahren habe, und ich gebe ferner zu, daß ich nicht genug Zeit hatte, meine Gedanken zu ordnen. Andererseits bin ich nicht so eng in die Sache verwickelt worden; ich kann Abstand halten. Mit Verlaub gesagt, ich habe mich nicht so sehr in den Wald verirrt, daß ich ihn vor lauter Bäumen nicht mehr sehen kann. Sie alle sind offenbar überzeugt, meine Herren, die Schuldigen – oder der Schuldige – müßten unter den Passagieren zu suchen sein. Unser Erster Offizier scheint Ihnen diesen Floh ins Ohr gesetzt zu haben. Aber wenn einer der Passagiere mit einem Besatzungsmitglied zusammenarbeitete und diesem den Auftrag erteilte, sich in der Nähe des Funkraums herumzutreiben und im Notfall zuzuschlagen –«

»Sie sagten, der Erste Offizier habe uns diesen Gedanken eingetrichtert«, erwiderte Bullen langsam. »Was soll das eigentlich heißen?«

»Nicht mehr, als ich sagte, Sir. Ich wollte nur –« Dann kam ihm zum Bewußtsein, was Bullens Frage bedeutete. »Du lieber Gott, Sir! Mr. Carter? Halten Sie mich für wahnsinnig?«

»Niemand hält Sie für wahnsinnig«, warf McIlroy begütigend

ein. Unser Chefmaschinist hatte Wilson immer als geistiges Bantamgewicht betrachtet, aber nun war zu merken, daß er seine Meinung allmählich zu revidieren begann. »Die Besatzung, Tommy ... Wie kommen Sie darauf, die Besatzung zu verdächtigen?«

»Fragen wir einmal nach Motiven und Gelegenheit«, erwiderte Wilson prompt. »Die Passagiere scheinen wir mehr oder weniger ausgeschieden zu haben. Jeder hat ein Alibi. Und das Motiv? Was sind die üblichen Motive?«

»Rache, Eifersucht, Gewinn«, sagte McIlroy. »Diese drei.«

»Also, da haben wir's. Nehmen wir Rache und Eifersucht. Ist es denkbar, daß einer unserer Passagiere Brownell, Benson und Dexter so glühend gehaßt haben sollte, daß er sich vornahm, alle drei aus dem Weg zu räumen? Lächerlich. Gewinn? Wozu würde diese Schar fetter Plutokraten noch mehr Mammon brauchen?« Langsam sah er sich in der Runde um. »Und welcher Offizier oder Matrose an Bord der ›Campari‹ könnte nicht ein bißchen mehr schnöden Mammon brauchen? Ich zum Beispiel.«

»Die Gelegenheit, Tommy«, sagte McIlroy mit sanftem Drängen. »Sie sprachen auch von der Gelegenheit.«

»Darauf brauche ich nicht weiter einzugehen«, antwortete Wilson. »Das Personal des Maschinenraums wird mit Ausnahme der Offiziere nie in der Nähe des Bootsdecks oder der Passagierkabinen zu finden sein. Die Leute des Bootsmaats dürfen sich dort nur während der Morgenwache blicken lassen, um die Decks zu schrubben. Aber –«, wieder sah er sich in der Runde um, noch langsamer, »– jeder Deckoffizier, jeder Funkoffizier, jeder Radarmann, jeder Koch, jeder Küchenjunge und Steward an Bord der ›Campari‹ ist berechtigt, sich zu jeder beliebigen Zeit in der Nähe des Funkraums aufzuhalten. Niemand würde seine Anwesenheit merkwürdig finden. Nicht nur das –«

Es wurde an die Tür geklopft. Der Stellvertreter des Chefstewards, White, kam mit der Mütze in der Hand herein. Er machte einen bedrückten Eindruck, und seine Miene wurde noch jämmerlicher, als er den Umfang und die Zusammensetzung des Empfangskomitees erkannte.

»Kommen Sie, nehmen Sie Platz«, sagte Bullen. Er wartete,

bis White seiner Aufforderung gefolgt war, dann fuhr er fort: »Wo waren Sie heute früh zwischen acht und halb neun, White? Denken Sie genau nach.«

»Heute früh? Zwischen acht und halb neun?« White bot sofort ein Bild tiefster Entrüstung. »Im Dienst, Sir, selbstverständlich. Ich –«

»Immer mit der Ruhe, Mann«, sagte Bullen verdrossen. »Niemand hat die Absicht, Ihnen etwas vorzuwerfen.« Dann fügte er in freundlicherem Ton hinzu: »Wir haben Schlimmes erlebt und erfahren. Nichts, das Sie direkt betrifft, also machen Sie sich keine allzu großen Sorgen. Aber Sie sollen es hören.«

Bullen berichtete nun ohne jede Ausschmückung von den drei Morden, mit dem einen unmittelbaren Resultat, daß alle Anwesenden sofort bereit waren, White von der Liste der in Betracht kommenden Personen zu streichen. Er mochte ein guter Schauspieler sein, aber nicht einmal ein Irving oder ein Kean hätte seine Gesichtsfarbe so plötzlich von gesundem Rot auf aschgraue Blässe umschalten können. Er sah so elend aus, sein Atem ging so hastig und flach, daß ich schnell aufstand und ihm ein Glas Wasser holte. Er leerte es in zwei Zügen.

»Es tut mir leid, daß ich Ihnen diese Aufregung nicht ersparen konnte, White«, fuhr Bullen fort. »Aber Sie mußten es erfahren. Also – zwischen acht und halb neun: Wie viele Ihrer Passagiere haben in ihren Kabinen gefrühstückt?«

»Ich weiß es nicht, Sir, ich weiß es nicht genau.« Er schüttelte den Kopf, fuhr dann langsam fort: »Verzeihung, Sir, jetzt fällt es mir ein. Natürlich Mr. Cerdan und seine Krankenschwestern. Die Familie Hournos. Miss Harcourt. Mr. und Mrs. Piper.«

»Wie Mr. Carter bereits erwähnt hat«, murmelte McIlroy.

»Ja.« Bullen nickte. »Nun denken Sie recht scharf nach, White. Hat einer dieser Passagiere irgendwann während dieser Zeitspanne seine Kabine verlassen? Irgendwann? Wenn auch nur für einen Moment?«

»Nein, Sir. Absolut nicht. Jedenfalls nicht auf meinem Deck. Die Hournos logieren auf dem B-Deck. Aber keiner der anderen hat die Schwelle der Kabinen überschritten – nur Stewards mit ihren Tabletts. Das kann ich beschwören, Sir. Von meiner, das heißt, Mr. Bensons Nische aus kann ich sämtliche Türen im Korridor überblicken.«

»Das stimmt«, sagte Bullen. Er erkundigte sich nach dem Namen des dienstältesten Stewards auf dem B-Deck, führte ein kurzes Telefongespräch, legte dann auf. »Schön, White, Sie können gehen. Aber halten Sie Augen und Ohren offen und melden Sie sich sofort bei mir, wenn Sie etwas bemerken, das Ihnen ungewöhnlich erscheint. Sprechen Sie mit niemandem darüber.« White erhob sich schnell und verließ den Raum. Offenbar alles eher als ungern.

»Da haben wir es also«, sagte Bullen mit einem schweren Seufzer. »Alle, das heißt alle Passagiere, stehen mit weißen Westen da. Ich glaube nachgerade, Sie könnten recht haben, Mr. Wilson.« Er sah mich forschend an. »Was meinen Sie, Mr. Carter?«

Ich sah erst ihn, dann Wilson an. »Mr. Wilson scheint der einzige vernünftige Mensch unter uns zu sein. Was er sagt, ist logisch, durchaus plausibel und paßt zu den Tatsachen. Mir ist es zu logisch, zu einleuchtend. Ich glaube es nicht.«

»Warum nicht?« fragte Bullen. »Weil Sie nicht glauben wollen, ein Mitglied unserer Besatzung wäre zu bestechen? Oder weil es Ihre Lieblingstheorien über den Haufen wirft?«

»Ich kann Ihnen keinen Grund dafür oder dagegen nennen, Sir. Es ist nur ein Einfall, ein Gefühl.«

Kapitän Bullen brummte etwas in sich hinein. Es klang nicht gerade sehr freundlich. Der Chefmaschinist kam mir unerwartet zu Hilfe.

»Ich bin derselben Meinung wie Mr. Carter. Wir haben es mit sehr, sehr schlauen Menschen zu tun – wenn es Menschen sind.« Er hielt inne, fragte dann unvermittelt: »Ist die Überfahrt für die Familie Carreras, Vater und Sohn, schon bezahlt?«

»Was hat denn das damit zu tun?« fuhr Bullen ihn an.

»Ist sie bezahlt?« wiederholte McIlroy. Er sah den Zahlmeister an.

»Sie ist bezahlt«, antwortete Cummings. Er war noch lange nicht über den Schock weg, den der gewaltsame Tod seines Freundes Benson ausgelöst hatte.

»In welcher Währung?«

»Mit Reiseschecks einer New Yorker Bank.«

»Dollar? So? Nun, Kapitän Bullen, ich gebe zu bedenken, daß das wirklich sehr interessant ist. Mit Dollars bezahlt. Aber im Mai vorigen Jahres hat der Generalissimo den Besitz fremder Valuten für strafbar erklärt. Ich möchte wissen, wo unsere Freunde das Geld herhaben. Und warum sie es behalten durften, statt in einem Dschungelkerker zu verschmachten.«

»Was wollen Sie damit sagen, Chef?«

»Nichts«, gestand McIlroy ehrlich. »Das ist ja das Verteufelte. Ich weiß nicht, wie das mit allen anderen Faktoren zusammenhängen soll. Ich behaupte nur, daß es sehr merkwürdig ist, und daß alles Merkwürdige unter den gegebenen Umständen eine nähere Untersuchung verdient.« Er schwieg eine Weile und sagte dann wie nebenbei: »Sie wissen doch, daß unser lieber Generalissimo vor kurzem ein Geschenk aus der Gegend hinter dem Eisernen Vorhang erhalten hat? Einen Zerstörer und zwei Fregatten. Mit einem Schlag wurde seine Flottenstärke verdreifacht. Ich nehme an, es ist Ihnen bekannt, daß der Generalissimo dringend Geld braucht. Sein Regime wackelt an allen Ecken und Enden, weil das nötige Geld fehlt. Daher die blutigen Unruhen in der vorigen Woche. Sie wissen, daß wir ein Dutzend Personen an Bord haben, die weiß Gott wie viele Millionen an Lösegeld wert wären. Wenn plötzlich eine Fregatte am Horizont auftaucht und uns befiehlt, beizudrehen – tja, wie können wir dann einen SOS-Ruf losschicken, wenn alle unsere Sender im Eimer sind?«

»Eine so lächerliche Hypothese habe ich in meinem Leben nicht gehört«, sagte Bullen mit Nachdruck ... Lieber Bullen, dachte ich bei mir, lächerlich oder nicht, du selbst denkst darüber nach, bei Gott, und wie du darüber nachdenkst ... »Um Ihrem Hirngespinst gleich eines auf den Deckel zu versetzen: Wie sollte die Fregatte uns finden? Wo sollte sie uns suchen? Gestern nacht haben wir unseren Kurs geändert, wir sind hundert Meilen von der Stelle entfernt, an der sie uns vermuten würden, wenn sie überhaupt wissen, wohin wir wollen.«

»In diesem Punkt könnte ich die Argumentation des Chefmaschinisten unterstützen, Sir«, warf ich ein. Ich hielt es für zwecklos, zu betonen, daß mir McIlroys Gedanke ebenso weit hergeholt vorkam wie dem Kapitän. »Wer einen Radioempfänger besitzt, kann ebenso gut auch einen Sender besitzen. Miguel Carreras hat mir gegenüber erwähnt, daß er früher einmal eigene Schiffe befehligte. Es würde ihm leicht fallen, den Kurs nach der Sonne oder den Sternen zu bestimmen. Wahrscheinlich kennt er unsere Position innerhalb einer Toleranz von plus oder minus zehn Meilen.«

»Und die Funkmeldung«, fuhr McIlroy fort. »Eine oder mehrere. Eine Meldung, die so verteufelt wichtig war, daß ihretwegen zwei Menschen sterben mußten. Die bloße Möglichkeit, daß noch eine solche Meldung eintreffen würde, hat einem dritten das Leben gekostet. Was für eine Meldung, Herr Kapitän, was für eine so überaus wichtige Meldung? Eine Warnung! Ich weiß nicht, wo sie herkam, ich weiß nicht, wer sie durchgegeben hat. Eine Warnung, Herr Kapitän! Informationen, die es uns ermöglicht hätten, sorgfältig ersonnene Pläne zu durchkreuzen. Die Bedeutung dieser Pläne kann man daran ermessen, daß drei Menschen sterben mußten, damit die Warnung ihr Ziel nicht erreichte.«

Bullen war angeschlagen. Er bemühte sich, es zu verbergen, aber es hatte ihn getroffen. Schwer. Das merkte ich in der nächsten Sekunde, als er sich zu Tommy Wilson wandte.

»Auf die Brücke, Mr. Wilson. Doppelter Ausguck – bis wir in Nassau sind.« Er sah McIlroy an. »Falls wir hinkommen. Einen Mann an die Signalraketen. ›Brauchen Hilfe‹-Flaggen für die Rahnock bereithalten. Radarraum: Wenn die Herren auch nur eine Sekunde lang vom Schirm wegschauen, sind sie geschaßt. Egal, wie klein das Pünktchen ist, das sie sehen, egal, in welcher Entfernung – sofort die Brücke verständigen!«

»Bitten wir um Hilfe, Sir?«

»Sie Schwachkopf«, schrie Bullen. »Um unser liebes Leben zu retten, hauen wir in die entgegengesetzte Richtung ab. Wollen Sie auf die lauernden Geschütze eines Zerstörers zusteuern?« Keine Frage, daß Bullen völlig aus dem Gleichgewicht war. Der innere Widerspruch in seinen Weisungen war ihm entgangen.

»Sie glauben also, daß der Chefmaschinist recht hat, Sir?« fragte ich.

»Ich weiß nicht, was ich glauben soll«, knurrte Bullen. »Ich will ganz einfach kein Risiko eingehen.«

Als Wilson weg war, sagte ich: »Vielleicht hat der Chefmaschinist recht, vielleicht hat auch Wilson recht. Beides könnte miteinander übereinstimmen. Ein bewaffneter Überfall auf die ›Campari‹, wobei einige bestochene Besatzungsmitglieder die Angreifer unterstützten.«

»Aber Sie wollen es nach wie vor nicht glauben«, bemerkte McIlroy ruhig.

»Mir geht es wie dem Kapitän. Ich weiß nicht, was ich glauben soll. Eines aber weiß ich genau. Das Funkgerät, das die Meldung abgefangen hat, die uns nie erreichte – dieses Funkgerät ist der Schlüssel, der uns fehlt.«

»Wir müssen ihn finden. Den Schlüssel. Das Gerät.« Bullen stemmte sich aus seinem Sessel hoch. »Herr Chefmaschinist, es wäre mir recht, wenn Sie mitkämen. Ich beabsichtige, mich persönlich auf die Suche nach dem Gerät zu begeben. Wir fangen bei mir an. Dann machen wir bei Ihnen weiter, schließlich durchsuchen wir die Quartiere sämtlicher Besatzungsmitglieder. Nachher schauen wir uns in allen Ecken und Winkeln um. Kommen Sie mit, MacDonald!«

Der Alte meinte es ernst. Wenn sich das Radio im Mannschaftsquartier befand, würde er es aufstöbern. Dafür bürgte seine Absicht, in der eigenen Kajüte zu beginnen.

Er fuhr fort: »Mr. Carter, ich glaube, es ist Ihre Wache.«

»Ja, Sir. Jamieson könnte mich eine Stunde lang vertreten. Ist es mir gestattet, die Kabinen der Passagiere zu durchsuchen?«

»Wilson hatte recht mit dem Floh im Ohr, Mister.«

Daraus ging wieder einmal hervor, wie sehr Bullen die Fassung verloren hatte. Normalerweise war er, wenn die Umstände es erforderten, von einer geradezu pedantischen Korrektheit. Nie würde er in Anwesenheit des Bootsmaats so zu mir und zu Wilson geredet haben. Er sah mich finster an und ging zur Tür hinaus.

Er hatte mir die Erlaubnis nicht erteilt, aber auch nicht verweigert. Ich sah Cummings an: Er nickte und stand auf.

Wir hatten Glück bei unserer Expedition, der Zahlmeister und ich, insofern wir niemanden aus den Kabinen weisen mußten. Sie waren alle leer. Die Funkberichte während der Morgenwache hatten von einer raschen Verschlechterung der Wetterlage im Südosten gesprochen, und es waren Bulletins ausgehängt worden, die schlechtes Wetter ankündigten. Infolgedessen waren die Sonnendecks mit Passagieren überschwemmt, die den blauen Himmel noch möglichst ausgiebig genießen wollten, bevor es losging. Sogar der alte Cerdan war an Deck erschienen, flankiert von seinen beiden Pflegerinnen. Die eine, die große, hatte ihren dicken Strickbeutel mitgebracht und klapperte fleißig mit ihren Nadeln, während die andere sich in einen Stoß Zeitschriften vertiefte. Man hatte den Eindruck, sie seien, wie alle tüchtigen Krankenschwestern, nur mit halbem Herzen bei ihrer Beschäftigung. Ohne sich von den Stühlen zu rühren, schienen sie wie zwei Bruthennen den alten Cerdan zu umsorgen. Und wenn Cerdan Bruthennen engagierte, um sich behüten zu lassen, würde er für sein Geld den vollen Gegenwert fordern. Er hockte in seinem Rollstuhl, eine reichgestickte Decke über den knochigen Knien. Ich warf im Vorbeigehen einen raschen Blick auf die Decke, aber ich hätte mir die Mühe ersparen können. Sie war so fest um seine Schenkel gewickelt, daß er nicht einmal eine Streichholzschachtel, geschweige denn ein Radio darunter hätte verstecken können.

Während zwei Stewards Posten standen, durchsuchten wir mit peinlichster Sorgfalt die Kabinen auf dem A- und B-Deck. Ich hatte einen Brückenmesser bei mir, der uns als Vorwand dienen sollte, unser Tun zu bemänteln, falls sich das als nötig erwies. Wir würden behaupten, daß wir einen Isolationsfehler in einem der Stromkabel suchten. Aber kein Passagier mit schlechtem Gewissen würde auch nur einen Augenblick lang auf dieses Ammenmärchen hereinfallen, wenn er uns in seiner Kabine erwischte; deshalb hielten wir den Einfall mit den beiden Stewards für noch besser.

Kein Passagier hatte es nötig, einen Radioapparat an Bord

der ›Campari‹ mitzunehmen. Dank der üblichen Extravaganz der ›Campari‹ war jede Kabine nicht nur mit einem, sondern mit zwei in die Wand eingebauten Relaisempfängern ausgestattet, die durch eine Gerätebatterie im Telegrafenfoyer gespeist wurden. Man brauchte nur auf einen der acht Vorwählknöpfe zu drücken, um eine von acht verschiedenen Stationen zu hören. Das alles stand ausführlich im Prospekt zu lesen, deshalb kam normalerweise niemand auf den Gedanken, ein Radio mitzunehmen.

Cummings und ich übersahen nicht die geringste Kleinigkeit. Wir durchschnüffelten jeden Schrank, jede Garderobe, jedes Bett, jede Schublade, sogar die Schmuckkassetten der Damen. Nichts. Mit einer Ausnahme. In Miss Harcourts Kabine stießen wir auf einen Kofferapparat, aber ich wußte, daß sie einen bei sich hatte. Jeden Abend, wenn das Wetter gut war, spazierte Miss Harcourt, angetan mit einem ihrer Abendkleider, aufs Deck hinaus, setzte sich in einen Sessel und drehte am Einstellknopf, bis sie die passende Schmachtmusik gefunden hatte. Vielleicht glaubte sie, damit die zauberhafte und geheimnisvolle Aura zu fördern, die eine Filmkönigin umschweben soll, vielleicht fand sie es romantisch. Es konnte natürlich auch daran liegen, daß sie ganz einfach Schmachtmusik liebte. Wie dem auch sei, eines war sicher: Miss Harcourt zählte nicht zu den Personen, die uns verdächtig erschienen. Um es grob herauszusagen: Ihr hätte der nötige Verstand gefehlt. Und um gerecht zu sein trotz ihres Gehabes: Sie war ein viel zu netter Mensch.

Geschlagen kehrte ich auf die Brücke zurück und löste Jamieson ab. Fast eine Stunde verstrich, bevor ein zweiter geschlagener Mann auf der Brücke erschien. Kapitän Bullen. Er brauchte mir nicht zu erzählen, daß auch er gescheitert war. Es war ihm deutlich anzumerken, in den stillen, bekümmerten Zügen, in der Haltung seiner leicht gebeugten Schultern. Ich nickte stumm. Das genügte, um ihm Bescheid zu geben. Ich nahm mir insgeheim vor – für den nicht unwahrscheinlichen Fall, daß Lord Dexter uns beide aufs Pflaster setzte –, jeden Vorschlag Kapitän Bullens, wir sollten gemeinsam ein Detektivbüro gründen, entschieden abzulehnen. Vielleicht gibt es kürzere Wege zu verhungern, aber bestimmt keinen zuverlässigeren.

Nun befanden wir uns im zweiten Stadium unseres geheimen Kurswechsels, 10 Grad Nordwest. Wir steuerten geradewegs auf Nassau zu. In zwölf Stunden würden wir dort anlangen. Die Augen taten mir weh, so eifrig beobachtete ich den Himmel und den Horizont, obwohl ich wußte, daß mindestens zehn andere ebenso emsig Ausschau hielten. Ob ich McIlroys These für annehmbar hielt oder nicht – auf jeden Fall benahm ich mich so, als erschiene sie mir plausibel. Aber der Horizont blieb klar, restlos klar, was ein reines Wunder war, da wir uns auf einer vielbefahrenen Dampferroute befanden. Der Lautsprecher, der uns mit dem Radarraum verband, schwieg beharrlich. Wir hatten auch auf der Brücke einen Radarschirm, gaben uns aber nur selten die Mühe, ihn zu Rate zu ziehen. Walters, der wachhabende Techniker, konnte das kleinste Pünktchen auf dem Schirm isolieren und identifizieren, lange ehe wir andern es auch nur gesehen hatten.

Nachdem Bullen etwa eine halbe Stunde lang rastlos auf der Brücke hin und her spaziert war, wandte er sich zum Gehen. Oben an der Treppe zögerte er, drehte sich um, winkte mir und begab sich ans äußerste Ende des Steuerbordflügels. Ich folgte ihm.

»Ich habe über Dexter nachgedacht«, sagte er ruhig. »Was würde es für Folgen haben – um die Bequemlichkeit der Passagiere kümmere ich mich nicht mehr, ich bin nur noch um das Leben sämtlicher an Bord befindlichen Männer und Frauen besorgt –, also welche Folgen würde es haben, wenn ich bekanntgäbe, daß Dexter ermordet worden ist?«

»Gar keine«, sagte ich. »Wenn man einen Ausbruch von Massenhysterie nicht zu den Folgen rechnen will.«

»Sie glauben nicht, der Teufel, der das alles inszeniert hat, könnte es abblasen? Was es auch sein mag?«

»Aber ganz bestimmt nicht. Da Dexters Tod bisher mit keinem Wort erwähnt und auch kein Versuch gemacht wurde, seine Abwesenheit zu erklären, müssen die Herrschaften wissen, daß wir sein Schicksal kennen. Sie müssen wissen, daß der wachhabende Offizier nicht einfach von der Brücke verschwinden kann, ohne daß Alarm geschlagen wird. Wir würden ihnen nur laut bekanntgeben, was sie bereits wissen, ohne daß man es ihnen erzählt hat. Diese Bande läßt sich nicht einschüchtern. So brutal tritt man nur auf, wenn es um einen gewaltigen Einsatz geht.«

»Das dachte ich mir auch, Johnny«, murmelte er finster, »genau das habe ich mir auch gedacht.« Er machte kehrt und ging hinunter, und ich konnte mir plötzlich vorstellen, wie Bullen einmal aussehen würde, wenn er ein alter Mann war.

Bis zwei Uhr blieb ich auf der Brücke, weit über die übliche Wache hinaus, aber ich hatte ja Jamieson, dem der Nachmittagsdienst zufiel, frühmorgens viel Zeit gestohlen. Aus der Kombüse wurde mir ein Tablett heraufgeschickt. Zum erstenmal ließ ich eine Opfergabe aus Henriques' gesegneter Hand unberührt zurückgehen. Als Jamieson mich ablöste, wechselten wir kein Wort außer den unvermeidlichen Bemerkungen über Kurs und Geschwindigkeit. Aus seiner starren, verzerrten Miene hätte man schließen mögen, er habe den Hauptmast der ›Campari‹ auf seinen Schultern zu tragen. Bullen hatte mit ihm gesprochen, hatte wahrscheinlich mit sämtlichen Offizieren gesprochen. Nun würden sie alle vor Angst zittern wie alte Jungfern, die sich in der Kasbah verirrt haben. Was der Käpt'n darüber hinaus hatte erreichen wollen, blieb mir unerfindlich.

Ich ging in meine Kabine, machte die Tür zu, zog Hemd und Schuhe aus und legte mich in meine Koje, nachdem ich die Klimaanlage an der Decke so eingestellt hatte, daß mir die Luft ins Gesicht und über die Brust wehte. Mein Hinterkopf tat weh, verteufelt weh. Ich schob das Kissen zurecht und versuchte, die Schmerzen damit zu lindern. Sie hörten nicht auf, also ließ ich es sein und bemühte mich, nachzudenken. Jemand mußte nachdenken, und ich hatte nicht den Eindruck, daß Bullen dazu fähig war. Ich war es zwar auch nicht, aber ich gab mir wenigstens Mühe.

Ich hätte meinen letzten Cent darauf wetten mögen, daß der Feind – eine andere Bezeichnung konnte ich mir für ihn nicht mehr vorstellen – unseren Kurs und die Ankunftszeit fast genauso gut kannte wie wir selbst. Und ich wußte, er würde es sich nicht leisten können, uns in den Hafen einlaufen zu lassen, solange nicht das, was er sich vorgenommen hatte, durchgeführt war, was immer es sein mochte.

Jemand mußte nachdenken. Die Zeit war erschreckend knapp.

Um drei war mir noch nichts eingefallen. Ich hatte das Problem von allen Seiten her angepackt, wie ein Foxterrier einen alten Pantoffel angeht. Ich hatte es unter jedem nur erdenklichen Gesichtspunkt betrachtet; ich hatte mir ein Dutzend verschiedener Lösungen ausgeklügelt, die alle gleich unwahrscheinlich, und ein Dutzend verdächtiger Namen aufgezählt, die alle gleich unmöglich waren. Meine Grübeleien führten zu nichts. Ich setzte mich auf, meinen steifen Nacken schonend, angelte eine Flasche Whisky aus dem Schrank, goß mir ein Quantum in ein Glas, schüttete Wasser dazu, trank und schenkte mir dann, nur weil es unerlaubt war, eine zweite Portion ein. Ich stellte das Glas auf den Tisch neben meiner Koje und legte mich wieder lang.

Der Whisky schaffte es. Ich werde immer darauf schwören, daß der Whisky es geschafft hat. Als geistiger Schmierstoff für ein eingerostetes Hirn hat er nicht seinesgleichen. Nachdem ich weitere fünf Minuten auf dem Rücken gelegen und mit leerem Blick zu der Frischluftdüse an der Decke hinaufgestarrt hatte, fiel der Groschen. Plötzlich, im Nu war es da, und es mußte stimmen, davon war ich überzeugt. Das Radio! Das Empfangsgerät, mit dem man die für den Funkraum bestimmte Sendung abgefangen hatte: Es gab gar kein Radio, du lieber Gott, nur ein Blinder wie ich hatte das übersehen können! Natürlich gab es kein Radio! Aber dafür etwas anderes. Mit einem Ruck fuhr ich hoch – Archimedes in der Badewanne – und stieß einen schrillen Schmerzensschrei aus, weil sich mir ein glühendes Messer ins Genick bohrte.

»Haben Sie oft solche Anfälle oder führen Sie sich immer so auf, wenn Sie allein sind?« fragte eine besorgte Stimme von der Schwelle her. Susan Beresford, in einem weißen Seidenkleid mit viereckigem Ausschnitt, stand in der Tür. Ihre Miene war halb belustigt, halb ängstlich. Ich war so tief in meine Gedanken versunken gewesen, daß ich die Tür nicht hatte gehen hören.

»Miss Beresford!« Ich rieb mir mit der rechten Hand die schmerzende Stelle. »Was machen Sie denn hier? Sie wissen doch, Passagiere haben keinen Zutritt zu den Quartieren der Offiziere.«

»Nein? Soviel ich weiß, war mein Vater auf seinen früheren Reisen mehrere Male hier oben und hat sich mit Ihnen unterhalten.«

»Ihr Vater ist weder jung, noch weiblichen Geschlechts, noch unverheiratet.«

»Pfui!« Sie trat ein und machte die Tür hinter sich zu. Mit einemmal war das Lächeln aus ihrem Gesicht verschwunden. »Werden Sie sich herbeilassen, mit mir zu sprechen, Mr. Carter?«

»Jederzeit«, erwiderte ich galant. »Aber nicht hier . . .« Meine Stimme erstarb. Ich hatte mich eines Besseren besonnen.

»Sehen Sie, Sie sind der einzige Mensch, mit dem ich sprechen kann«, sagte sie.

Eine schöne junge Frau in meiner Kabine, offenbar darauf versessen, mit mir zu sprechen – und ich hörte nicht einmal zu. Ich überlegte mir etwas. Es hatte mit Susan Beresford zu tun, aber nur nebenbei.

»Ach, hören Sie mir doch zu!« sagte sie ärgerlich.

»Gut«, erwiderte ich resigniert. »Ich höre . . .«

Dann griff ich nach dem Whiskyglas. »Prost!«

»Ich dachte, Sie dürfen im Dienst keinen Alkohol zu sich nehmen?«

»Es ist streng verboten. Was wünschen Sie?«

»Ich möchte wissen, warum niemand mit mir sprechen will.« Als ich etwas sagen wollte, hob sie die Hand. »Bitte, keine Scherze. Ich bin beunruhigt. Es muß etwas Furchtbares geschehen sein, nicht wahr? Sie wissen doch, ich unterhalte mich lieber mit den Offizieren als mit den Passagieren . . .« – ich versagte mir das Vergnügen, einige vergiftete Pfeile loszuschicken – ». . . und jetzt will niemand mit mir sprechen. Papa sagt, ich bilde es mir ein. Das stimmt nicht. Ich weiß, daß es keine Einbildung ist. Man will nicht mit mir sprechen. Aber es liegt nicht an mir, das weiß ich. Alle haben eine Todesangst vor irgend etwas, gehen mit zusammengepreßten Lippen herum, schauen einen nicht an, nur heimlich, von der Seite. Es ist etwas passiert, nicht wahr? Etwas Furchtbares ... Der Vierte Offizier, Mr. Dexter, wird vermißt, habe ich recht?«

»Was sollte denn passiert sein, Miss Beresford?«

»Bitte!« Es war ein Schauspiel für Götter. Susan Beresford flehte mich an! Sie ging durch die Kabine – bei der Quadratmeterzahl, die der gute Dexter seinen Offizieren zuzubilligen geruhte, beanspruchte das nicht mehr als zwei, drei Schritte – und blieb vor mir stehen. »Sagen Sie mir die Wahrheit. Drei Mann sind im Verlauf von vierundzwanzig Stunden ausgefallen. Erzählen Sie mir nicht, daß das ein Zufall ist! Und sämtliche Offiziere sehen aus, als sollten sie im Morgengrauen erschossen werden.«

»Finden Sie es nicht sonderbar, daß außer Ihnen niemand etwas Ungewöhnliches bemerkt zu haben scheint? Was sagen denn die übrigen Passagiere?«

»Die übrigen Passagiere!« Ihr Tonfall war für die übrigen Passagiere nicht eben schmeichelhaft. »Wie können sie denn etwas merken, wenn die Weiber entweder ihr Nachmittagsschläfchen verrichten ober beim Friseur oder Masseur sitzen, und die Männer mit Leichenbittermienen im Foyer hocken, nur weil die Börsenticker kaputtgegangen sind ... Und das ist auch so eine Geschichte! Warum sind die Börsenticker kaputt? Und warum ist der Funkraum geschlossen? Warum fährt die ›Campari‹ so schnell? Ich war grade am Heck, um das Stampfen der Motoren zu hören, und ich weiß, so schnell sind wir noch nie gefahren!«

Ihr entging nichts. Ich sagte: »Warum kommen Sie zu mir?«

»Papa hat es mir vorgeschlagen.« Sie zögerte, lächelte dann ein schiefes Lächeln. »Er sagt, ich bilde mir allerlei ein, und einem Menschen, der an Sinnestäuschungen und allzu lebhafter Phantasie leidet, könne er nichts Besseres empfehlen als eine Visite beim Ersten Offizier, Mr. Carter, dem beides unbekannte Begriffe seien.«

»Ihr Vater irrt sich.«

»Er irrt sich? Leiden auch Sie an – äh – Sinnestäuschungen?«

»Er irrt sich, wenn er meint, daß Sie sich etwas einbilden. Es ist keine Einbildung.« Ich leerte mein Glas und stand auf. »Es ist etwas los, etwas sehr Schlimmes, Miss Beresford.«

Sie sah mir fest in die Augen und sagte dann ruhig: »Werden Sie mir erzählen, was es ist? Bitte ...!« Alles Blasierte war nun aus ihrer Miene und aus dem Klang ihrer Stimme gewichen. Vor mir stand eine ganz andere Susan Beresford, als ich sie bisher gekannt hatte, eine, die mir weit besser gefiel als die frühere. Zum erstenmal, recht spät am Tage, schoß mir der Gedanke durch den Kopf, daß dies jetzt die echte Susan Beresford sein könnte. Wenn man einen Preiszettel mit der Aufschrift *x-Millionen* um den Hals trägt und durch einen Wald wandert, der von Wölfen wimmelt, die nach Gold und lebenslänglicher Gratisverpflegung lechzen, dürfte eine Art Schutzwehr gegen die Bestien recht angebracht sein. Ich mußte zugeben, daß Spott und Herablassung, mit denen sie so häufig operierte, äußerst wirksame Abschrekkungsmittel waren.

»Bitte, sagen Sie mir, was los ist«, wiederholte sie. Jetzt stand sie dicht bei mir. Ihre grünen Augen hatten begonnen, auf jene eigenartige Weise zu verschwimmen, und ich hatte wieder Schwierigkeiten mit dem Atem. »Ich glaube, Sie dürfen sich auf mich verlassen, Mr. Carter.«

»Ja.« Ich wandte den Blick ab – es kostete mich den letzten Rest meiner Willenskraft, aber ich blickte weg – und es gelang mir, meinen Atem wieder zu regulieren. Ein-aus, ein-aus, es war nicht allzu schwer, wenn man erst einmal dahinterkam. »Ich glaube, ich darf mich auf Sie verlassen, Miss Beresford. Ich werde es Ihnen erzählen. Aber nicht sofort. Wenn Sie wüßten, warum, würden Sie nicht darauf bestehen. Sind irgendwelche Passagiere an Deck, um Luft zu schnappen oder sich zu sonnen?«

»Wie, bitte?« Der jähe Themenwechsel machte sie stutzig, aber sie faßte sich schnell und deutete zum Fenster. »Bei diesem Wetter?«

Ich sah, was gemeint war. Die Sonne war restlos verschwunden. Eine schwere, schwarze Kumuluswolke, die aus Südost heranzog, hatte den Himmel fast völlig überdeckt. Der Seegang wirkte nicht heftiger als zuvor, aber ich hatte das Gefühl, die

Temperatur müsse kräftig gesunken sein. Mir gefiel der Anblick nicht. Und ich konnte gut verstehen, daß keiner der Passagiere Lust hatte, sich an Deck zu begeben. Das war mir lästig. Aber es gab keinen anderen Weg.

»Ich verstehe, was Sie meinen. Ich verspreche Ihnen, heute abend alles, was Sie wissen wollen, zu erzählen« – das war eine recht elastische Zeitgrenze –, »wenn Sie mir dafür versprechen, niemandem zu verraten, daß ich zugegeben habe, etwas sei los. Und wenn Sie mir noch einen Gefallen erweisen.«

»Was soll ich tun?«

»Folgendes. Ihr Vater veranstaltet heute abend im Salon eine Cocktailparty zu Ehren Ihrer Mutter. Sie soll ein Viertel vor acht beginnen. Veranlassen Sie ihn, den Beginn auf halb acht zu verlegen. Ich will vor dem Abendessen mehr Zeit zur Verfügung haben – gleichgültig, warum. Begründen Sie es, wie Sie wollen, aber lassen Sie mich aus dem Spiel. Und bitten Sie Ihren Vater, auch den alten Señor Cerdan einzuladen. Es liegt nichts daran, wenn er seinen Rollstuhl und seine beiden Krankenschwestern mitnehmen muß. Sorgen Sie dafür, daß er an der Party teilnimmt. Ihr Vater besitzt eine große Überredungsgabe, und ich kann mir vorstellen, daß auch Sie es fertigbringen, Ihren Vater zu allem zu überreden. Sagen Sie ihm, daß der alte Herr Ihnen leid tut, weil er nirgends mitmachen darf. Sagen Sie ihm, was Ihnen einfällt, aber schaffen Sie mir den alten Knaben auf die Cocktailparty. Ich kann Ihnen nicht sagen, wie wichtig es ist.«

Sie sah mich forschend an. Sie hatte wirklich ganz ungewöhnliche Augen. Drei Wochen war sie bei uns gewesen, und mir waren sie nicht aufgefallen. Augen von dem durchsichtigen Grün des Meerwassers über dem Sand der Windward-Inseln, Augen, die zu zerschmelzen und zu flimmern vermögen wie eine Wasserfläche, die von einer Brise gekräuselt wird, Augen die . . . Mühsam wandte ich meinen Blick ab.

Geh zu Carter, hatte Vater Beresford gesagt. Er ist der Richtige für dich. Keine Phantastereien. Was er sich einbildete . . .

Da hörte ich, daß Susan Beresford mit leiser Stimme sagte: »Ich werde es tun. Das verspreche ich Ihnen. Ich weiß nicht, welche Spur Sie verfolgen, aber ich weiß, daß es die richtige ist.«

»Was meinen Sie damit?« fragte ich gespannt.

»Mr. Cerdans Pflegerin. Die große mit der Strickerei. Sie kann so wenig stricken wie über den Mond springen. Sie sitzt bloß da, klappert mit den Nadeln, läßt jede zweite Masche fallen und kommt so gut wie überhaupt nicht voran. Ich weiß es. Eine Millionärstochter zu sein bedeutet nicht, daß man nicht genauso geschickt wie jede andere Frau mit zwei Stricknadeln umzugehen weiß.«

»Wie?« Ich packte sie bei den Schultern und starrte auf sie hinunter. »Haben Sie es gesehen? Bestimmt?«

»Bestimmt!«

»Schau, schau.« Ich blickte noch immer auf sie hinab, aber jetzt sah ich nicht ihre Augen, sondern vieles andere, und was ich sah, gefiel mir nicht. Ich sagte: »Das ist ja sehr, sehr interessant. Bis nachher. Seien Sie lieb und ordnen Sie mir die Sache bei Ihrem Herrn Vater, ja?« Ich tätschelte zerstreut ihre Schulter, drehte mich um und starrte zum Fenster hinaus.

Nach ein paar Sekunden merkte ich, daß sie noch nicht weggegangen war. Sie hatte die Tür geöffnet, die eine Hand auf dem Knauf, und betrachtete mich mit sonderbarer Miene.

»Sie hätten nicht Lust, mir ein Lutschbonbon zu schenken, nein?« Wenn man sich eine Stimme vorstellen kann, die zugleich bitter und süß ist: so klang ihre Stimme. »Oder ein Seidenband für meinen Zopf?«

Damit knallte sie die Tür zu und war verschwunden. Die Tür zersplitterte keineswegs, aber nur, weil sie aus Stahl war.

Einen Augenblick lang starrte ich die geschlossene Tür an, dann gab ich es auf. Zu jeder anderen Zeit hätte ich vielleicht einige Minuten geopfert, um über die wunderlichen und wundersamen Launen des Frauenhirns nachzugrübeln. Aber das war jetzt eben keine andere Zeit. Ich zog Schuhe, Hemd und Jacke an, holte die Pistole unter der Matratze hervor, steckte sie in den Hosengürtel und machte mich auf die Suche nach dem Kapitän.

6

Mittwoch: 19.45 Uhr bis 20.15 Uhr

Was die Besucherzahl betraf, hatte Mr. Julius Beresford sich an diesem Abend nicht zu beklagen: Geschlossen waren die Passagiere zur Cocktailparty seiner Gattin erschienen, und soviel ich sehen konnte, waren auch sämtliche dienstfreien Offiziere der ›Campari‹ zugegen. Das Fest schien einen glänzenden Verlauf zu nehmen. Um ein Viertel vor acht war so ziemlich ein jeder bereits bei dem zweiten Cocktail angelangt, und die Drinks, die im Salon der ›Campari‹ serviert wurden, waren alles eher als klein.

Beresford und seine Frau machten die Runde unter ihren Gästen. Nun war ich an der Reihe. Ich sah sie herankommen, hob mein Glas und sagte: »Meine herzlichsten Glückwünsche, Mrs. Beresford.«

»Besten Dank, junger Mann. Amüsieren Sie sich gut?«

»Freilich. Alle Welt amüsiert sich. Und Sie sollten die Lustigste sein.«

»Ja.« Es klang ein bißchen unschlüssig. »Ich weiß nicht, ob Julius richtig gehandelt hat. Ich meine, es sind noch keine vierundzwanzig Stunden vergangen . . .«

»Wenn Sie an Benson und Brownell denken, gnädige Frau, machen Sie sich unnütze Sorgen. Sie hätten gar nichts Besseres tun können, als diese Feier zu arrangieren. Ich bin überzeugt, alle Passagiere sind Ihnen dankbar, weil Sie mithelfen, das Leben an Bord so schnell wie nur möglich in normale Bahnen zu lenken. Ich weiß jedenfalls, daß die Offiziere Ihnen dafür dankbar sind.«

»Habe ich es dir nicht gesagt, mein Schatz?« Beresford tätschelte die Hand seiner Frau. Dann sah er mich an, ein belustigtes Zwinkern in den Augenwinkeln. »Meine Frau scheint genauso wie meine Tochter das größte Vertrauen zu Ihrer Urteilskraft zu haben, Mr. Carter.«

»Ja, Sir. Ich möchte nur fragen, ob Sie Ihre Tochter bewegen könnten, keine Besuche im Offizierslogis abzustatten.«

»Nein«, erwiderte Beresford mit Bedauern. »Ganz ausgeschlossen. Eigenwillige junge Dame.« Er lächelte. »Wetten, daß sie nicht einmal angeklopft hat.«

»Stimmt.« Ich betrachtete Miss Susan Beresford, die am anderen Ende des Raumes über den Rand ihres Martiniglases hinweg Tony Carreras den vollen Anblick ihrer meergrünen Augen bescherte. Die beiden waren ein auffallend schönes Paar. »Wenn Sie gestatten – Ihre Tochter bildet sich ein, es sei an Bord der ›Campari‹ irgend etwas nicht in Ordnung. Offenbar haben die bedauerlichen Ereignisse vom gestrigen Abend sie zu sehr aufgeregt.«

»Selbstverständlich. Ist es Ihnen gelungen, ihr diese – Einbildung auszutreiben?«

»Ich glaube schon, Sir.«

Nach einer kurzen Pause sagte Mrs. Beresford ungeduldig: »Julius, warum gehen wir wie die Katze um den heißen Brei herum?«

»Aber, Mary, ich meine –«

»Dummes Zeug«, sagte sie forsch. »Junger Mann, darf ich Ihnen einen der Hauptgründe verraten, die mich veranlaßt haben, diese Reise mitzumachen? Abgesehen –«, sie lächelte, »– von dem guten Essen: Weil mein Mann mich darum gebeten hat, weil er ein zusätzliches Urteil wünscht – über Ihre Person. Julius ist, wie Sie wissen, mehrere Male mit der ›Campari‹ gereist. Er hat, wie man so sagt, ein Auge auf Sie geworfen und möchte Ihnen eine Stellung in seinem Apparat anbieten. Ich behaupte, daß mein Mann nicht so sehr durch eigene Arbeit reich geworden ist, sondern dadurch, daß er immer die richtigen Kräfte gefunden hat, die für ihn arbeiten. Bisher hat er sich noch nie geirrt. Ich glaube, daß er sich auch jetzt nicht irrt. Und noch etwas spricht zu Ihren Gunsten.«

»Ja, gnädige Frau?« sagte ich höflich.

»Sie sind der einzige Mann in unserem Bekanntenkreis, der sich nicht sofort in eine Fußmatte verwandelt, wenn unsere Tochter sich blicken läßt. Eine sehr wichtige Qualifikation, glauben Sie mir.«

»Hätten Sie Lust, für mich zu arbeiten, Mr. Carter?« fragte Beresford rundheraus.

»Ich glaube, ja, Sir.«

»Gut.« Mrs. Beresford sah ihren Mann an. »Das wäre erledigt und –«

Beresford fiel ihr ins Wort. »Sind Sie auch dazu bereit?«

»Nein, Sir.«

»Warum nicht?«

»Sie haben mit Stahl und Erdöl zu tun. Ich verstehe nur etwas von der See und von Schiffen. Beides paßt nicht zueinander. Ich verfüge nicht über die nötigen Qualifikationen, um für Sie tätig zu sein. Und in meinem Alter würde es zu lange dauern, bis ich sie mir erworben habe. Ich kann nicht eine Stellung akzeptieren, für die ich nicht qualifiziert bin.«

»Auch nicht zum doppelten Gehalt? Zum dreifachen Gehalt?«

»Ich bin Ihnen für das Angebot dankbar, Sir, glauben Sie mir. Ich weiß es zu schätzen. Aber es liegt nicht nur am Geld.«

»Mhm – gut.« Die Beresfords sahen einander an. Sie schienen über meine Ablehnung nicht allzu bestürzt zu sein. Warum denn auch? »Wir haben eine Frage gestellt, wir haben eine Antwort erhalten. Das geht in Ordnung.« Er wechselte das Thema. »Was halten Sie von meiner Leistung, den alten Herrn heute hierher zu locken?«

»Ich finde das sehr aufmerksam von Ihnen.« Ich blickte zu der Stelle neben der Tür hin, wo der alte Cerdan, ein Sherryglas in der Hand, mit seinen Pflegerinnen auf einem Sofa saß. Die beiden tranken gleichfalls Sherry. Der alte Knabe schien sich lebhaft mit dem Kapitän zu unterhalten. »Er muß ein sehr zurückgezogenes Leben führen, immer zwischen seinen vier Wänden eingesperrt. War es schwer, ihn zu überreden?«

»Durchaus nicht. Er hat mit Freuden zugesagt.«

Ich merkte mir diese Auskunft. Meine Begegnung mit Cerdan hatte bei mir den Eindruck hinterlassen, an einer solchen Einladung würde ihn nur die Gelegenheit freuen, mürrisch abzulehnen.

»Wenn Sie uns jetzt entschuldigen wollen, Mr. Carter. Sie wissen – die Pflichten der Gastgeber gegenüber den Gästen!«

»Gewiß, Sir.«

Ich trat beiseite, aber Mrs. Beresford pflanzte sich vor mir auf und lächelte wunderlich.

»Mr. Carter«, sagte sie in festem Ton, »Sie sind ein sehr steifnackiger Mann. Und, bitte, bilden Sie sich ja nicht ein, daß sich das auf Ihren gestrigen Unfall bezieht.«

Sie gingen weiter. Ich sah ihnen nach, dachte mir alles Mögliche und ging zu der Klappe, die den Weg hinter den Bartisch versperrte. Sooft ich mich dieser Türklappe näherte, hatte ich das Gefühl, ich müßte nicht ein Glas in der Hand halten, sondern eine Machete, um mir einen Pfad durch das Dickicht der Blumen, Topfpflanzen, Kakteen, Schling- und Hängegewächse zu bahnen, die den Raum in die unwahrscheinlichste Bar verwandelten, die ich je in meinem Leben gesehen hatte. Der Innenarchitekt, der für diese Orgie verantwortlich war, hatte sich in Lobgesängen ergangen, aber er hatte leicht reden. Er brauchte das Dickicht nicht Tag für Tag zu sehen; er konnte sich allabendlich im Süden Londons zurückziehen, wo seine Frau ihm die Tür gewiesen hätte, wenn er ihr mit solchem Unfug gekommen wäre. Den Passagieren aber schien es zu gefallen.

Ich schlängelte mich hinter den Bartisch, ohne mir allzu viele Kratzer zu holen, und sagte zum Mixer: »Wie macht es sich, Louis?«

»Sehr gut, Sir«, erwiderte er griesgrämig. Seine Glatze glänzte vor Schweiß, sein zwirnschmaler Schnurrbart zuckte nervös. Es ging unordentlich zu, und Louis liebte keine Unordnung. Dann taute er ein wenig auf und sagte: »Heute abend wird bedeutend mehr konsumiert als sonst, Sir.«

»Es kommt noch besser!«

Ich näherte mich den mit Kristallgläsern beladenen Wandregalen. Von dort aus konnte ich unter den Bartisch schauen. Ich neigte den Kopf. »Sie scheinen sich nicht gerade sehr wohl zu fühlen.«

»Bei Gott nicht!« Und der Bootsmaat hatte es auch wirklich nicht leicht gehabt, seine Körperfülle zwischen das erhöhte Deck und die Unterseite des Bartisches zu zwängen. Die Knie reichten ihm bis ans Kinn, aber er war wenigstens von der anderen Seite des Bartisches aus nicht zu sehen. »Steif wie ein Brett, Sir. Wenn es soweit ist, werde ich mich nicht bewegen können.«

»Und die Alkoholdüfte treiben Sie zum Wahnsinn«, sagte ich teilnahmsvoll. Ich war nicht so unbekümmert, wie es den Anschein haben mochte. Immerzu mußte ich mir die Handflächen an der Jacke abwischen, aber so sehr ich mich anstrengte, ich konnte sie nicht richtig trocken kriegen. Ich trat wieder an den Bartisch heran. »Einen doppelten Whisky, Louis. Einen großen doppelten Whisky.«

Louis schenkte den Whisky ein und reichte mir wortlos das Glas. Ich setzte es an die Lippen, senkte es dann unter die Theke, und eine breite Hand nahm es dankbar entgegen. Ich sagte gelassen, als ob ich mit Louis plauderte: »Wenn der Kapitän nachher den Geruch merkt, können Sie behaupten, der schlampige Mixer habe Sie begossen. Ich mache jetzt einen Spaziergang, Archie. Wenn alles okay ist, bin ich in fünf Minuten wieder da.«

»Und wenn nicht? Wenn Sie sich geirrt haben?«

»Gott sei mir gnädig! Dann wirft mich der Alte den Haifischen zum Fraß vor.«

Ich kam hinter der Bar hervor und schlenderte langsam auf die Tür zu. Ich sah, daß Bullen meine Aufmerksamkeit auf sich lenken wollte, aber ich ignorierte ihn. Er ist der schlechteste Schauspieler auf Gottes Erdboden. Ich lächelte Susan Beresford und Tony Carreras zu, begrüßte den alten Cerdan mit einem recht höflichen Kopfnicken, verbeugte mich leicht vor den beiden Krankenschwestern – die Magere hatte sich, wie ich feststellte, wieder ihr Strickzeug vorgenommen – und ging zur Tür hinaus.

Kaum war ich draußen, war es aus mit dem lässigen Schlendern.

Binnen zehn Sekunden hatte ich den Eingang zu den Passagierunterkünften auf dem A-Deck erreicht. White saß in seinem Verschlag, genau in der Mitte des langen Mittelganges. Ich ging rasch zu ihm hin, klappte den Deckel seines Pults hoch und nahm die vier Gegenstände heraus, die drin lagen: Coltpistole, Stablampe, Schraubenzieher und Hauptschlüssel. Ich steckte den Colt in den Gürtel, die Stablampe in die eine, den Schraubenzieher in die andere Tasche. Ich sah White an, aber er wich meinem Blick aus. Er starrte in einen Winkel seines Verschlags, als ob ich nicht vorhanden wäre. Er hatte die Hände fest gefaltet wie ein Beter. Hoffentlich betete er für mich. Obwohl er die Hände gegeneinander drückte, konnte er nicht verhindern, daß sie heftig zitterten. Ich verließ ihn wortlos.

Abermals zehn Sekunden später befand ich mich in dem Appartement, das Cerdan und seine Pflegerinnen bewohnten, und hatte die Tür hinter mir abgesperrt.

Instinktiv knipste ich meine Stablampe an und ließ den Lichtstrahl an den Kanten der Tür entlanggleiten. Mattblau hob sich die Tür kaum von der mattblauen Wand ab. Von der oberen Türleiste hing ein mattblauer Faden bis etwa fünf Zentimeter unterhalb der oberen Türkante herab. Ein zerrissener mattblauer Faden: für die Leute, die ihn hingehängt hatten, der unverkennbare Beweis, daß sich ein ungebetener Besucher eingeschlichen hatte. Das machte mir kein Kopfzerbrechen, aber mich beunruhigte der Gedanke, daß jemand mißtrauisch, äußerst mißtrauisch war. Das war eine sehr lästige Komplikation. Vielleicht hätten wir Dexters Tod doch bekanntgeben sollen.

Ich ging geradewegs durch die Kabine der Pflegerinnen und den Salon in Cerdans Kabine. Die Gardinen waren vorgezogen, aber ich machte kein Licht. Durch die Spalten der Vorhänge wäre der Schein zu sehen gewesen. Wenn man Verdacht geschöpft hatte, wie ich es für sicher hielt, würde man sich vielleicht wundern, warum ich plötzlich auf den Gedanken verfallen war, eine Deckpromenade anzutreten. Ich verstellte die Stablampe, bis der Lichtstrahl so dünn war wie ein Bleistift, und leuchtete die Dekke ab. Die Belüftungsleitung lief von vorn nach achtern, und der erste Schlitz befand sich unmittelbar über Cerdans Bett. Den Schraubenzieher brauchte ich gar nicht. Ich leuchtete durch den Schlitz ins Innere des Kanals und sah dort im hellen Lichtstrahl etwas Metallisches blinken. Ich streckte zwei Finger hoch und pulte das Metallische aus dem Schlitz hervor. Ein Kopfhörer. Ich warf abermals einen Blick durch den Schlitz. An der Leitungsschnur des Kopfhörers war ein Stecker befestigt, und der Stecker saß in einer Dose, die an der oberen Wand des Luftkanals festgeschraubt war. Unmittelbar darüber lag der Funkraum. Ich zog den Steckkontakt heraus, wickelte die Schnur um den Kopfhörer und knipste meine Stablampe aus.

White saß genauso da, wie ich ihn verlassen hatte. Er zitterte wie eine Stimmgabel. Ich öffnete sein Pult, legte Schlüssel, Schraubenzieher und Lampe zurück. Den Kopfhörer behielt ich. Ebenso die Pistole.

Als ich in den Salon zurückkehrte, war man beim dritten Cocktail angelangt. Ich brauchte nicht die leeren Flaschen zu zählen, um das festzustellen. Das Gelächter und die angeregte Konversation waren ausreichende Beweise.

Kapitän Bullen plauderte noch immer lebhaft mit dem alten Cerdan. Die magere Krankenschwester strickte noch immer, die kleine hielt ein frisch gefülltes Glas in der Hand. Tommy Wilson stand an der Bar. Ich rieb mir die Wange, und er drückte seine Zigarette aus. Ich sah, wie er etwas zu Miguel und Tony Carreras sagte – auf etwa sieben Meter Entfernung war bei diesem Lärm kein Wort zu verstehen –, sah, wie Tony Carreras halb belustigt, halb fragend die Brauen hochzog, und wie dann alle drei sich an den Bartisch begaben.

Ich gesellte mich zu Bullen und Cerdan. Hier würden mir umständliche Reden nichts nützen. Nur ein Narr würde solche Leute warnen und damit sein Leben opfern.

»Guten Abend, Señor Cerdan«, sagte ich. Ich zog die linke Hand unter der Jacke hervor und schleuderte ihm den Kopfhörer in den in eine Decke gehüllten Schoß. »Erkennen Sie ihn wieder?«

Cerdan riß die Augen auf, warf sich dann nach vorn und ein

wenig zur Seite, als wollte er sich aus dem hinderlichen Rollstuhl befreien, aber der alte Bullen hatte darauf gewartet und kam ihm zuvor. Er versetzte Cerdan einen Fausthieb, hinter dem all die mühsam zurückgedämmte Sorge und Wut der letzten vierundzwanzig Stunden saß. Cerdan kippte über die Seitenlehne seines Stuhls und fiel mit einem Krach zu Boden.

Ich sah ihn nicht fallen, ich hörte nur das Geräusch. Ich war zu sehr damit beschäftigt, mich selber aus der Affäre zu ziehen. Die Pflegerin mit dem Sherryglas in der Hand schleuderte mir flink wie eine Katze das Getränk ins Gesicht – im selben Moment, da Bullens Faustschlag Cerdan traf. Um nicht geblendet zu werden, mußte ich mit einem hastigen Ruck ausweichen. Im Sturz sah ich, wie die magere Pflegerin ihr Strickzeug wegwarf und mit der rechten Hand tief in den Strickbeutel langte.

Es gelang mir, bevor ich auf dem Fußboden landete, mit der rechten Hand die Pistole aus dem Gürtel zu reißen. Zweimal drückte ich ab. Gerade als ich abdrückte, stieß meine rechte Schulter gegen den Teppich. Ich wußte nicht recht, wo die Geschosse hinflogen, und in der kurzen Sekunde, als mir die Wucht des Sturzes einen lähmenden Schmerz durchs Genick jagte, war es mir auch einerlei. Dann wurde es in meinem Kopf wieder klar, und ich sah, daß die magere, hochgewachsene Pflegerin aufgesprungen war. Sie reckte sich nicht nur auf den Füßen, sondern auf den Fußspitzen hoch, Kopf und Schultern scharf nach vorne gewinkelt, die Hände mit beinweißen Knöcheln gegen die Mitte gepreßt. Dann schwankte sie in makabrem Zeitlupentempo vornüber und sackte auf dem hingestreckten Cerdan zusammen. Die andere Frau hatte sich nicht von der Stelle gerührt. Solange Kapitän Bullens Colt nur fünfzehn Zentimeter von ihrem Gesicht entfernt war und sein Zeigefinger weißlich verfärbt am Abzug lag, würde sie sich auch weiterhin nicht rühren.

Der zweifache Knall meiner schweren Pistole, ohrenbetäubend und fast qualvoll mit seiner Schärfe in dem verhältnismäßig engen Raum zwischen Stahlwänden, erstarb in einer Stille, die in mehr als einer Hinsicht unheimlich war: eine richtige Totenstille. Durch diese Stille ertönte eine weiche Schottenstimme. Sie sagte ganz sanft: »Wer sich bewegt, den knalle ich nieder.«

Carreras senior und Carreras junior, die offenbar mit dem Rücken zur Bar gestanden hatten, hatten sich jetzt halb zu ihr umgedreht und starrten in die Mündung der Pistole, die MacDonald in der Hand hielt. Miguel Carreras' Gesicht war nicht wiederzuerkennen. Seine Miene, früher die eines aalglatten, urbanen und wohlhabenden Geschäftsmannes, hatte sich völlig verwandelt: teuflisch, böse. Als er sich hastig umgedreht hatte, war seine rechte Hand auf der Theke neben einer Karaffe aus geschliffenem Glas gelandet. Archie MacDonald trug an diesem Abend keine seiner Auszeichnungen, und Carreras konnte nicht wissen, was für eine lange und blutbefleckte Laufbahn der Bootsmaat hinter sich hatte, sonst würde er nie versucht haben, MacDonald die Karaffe auf den Kopf zu werfen. Carreras' Reaktion war so schnell, das Manöver so unerwartet, daß es jedem anderen gegenüber geglückt wäre. Da er es aber mit MacDonald zu tun hatte, gelang es ihm nicht einmal, die Karaffe von der Theke hochzureißen. Den Bruchteil einer Sekunde später blieb ihm nichts mehr übrig, als fassungslos den zerschmetterten Klumpen anzustarren, der einmal seine Hand gewesen war.

Zum zweitenmal binnen weniger Sekunden verebbte der scharfe Knall einer schweren Pistole, diesmal mit dem Geklirr zerbrochenen Glases und umherfliegender Scherben vermischt. Abermals ertönte MacDonalds Stimme fast mit Bedauern: »Ich hätte Sie eigentlich totschießen sollen, aber ich lese so gern Gerichtsberichte. Wir sparen Sie für den Henker auf, Mr. Carreras.«

Ich rappelte mich hoch, da stieß jemand einen Schrei aus, einen gellenden, häßlichen Schrei, der von den Wänden widerhallte. Eine zweite Frauenstimme übernahm ihn, ein langgezogenes Gekreische wie ein Expreßzug, der mit weit geöffneter Signalpfeife auf einen ungesicherten Straßenübergang zueilt. Massenhysterie lag in der Luft.

»Hört mit dem Geschrei auf!« stieß ich hervor. »Verstanden? Sofort aufhören . . .! Es ist alles vorbei.«

Stille. Abermals eine gespenstisch unnatürliche Stille, die fast so schlimm war wie der Lärm, den sie abgelöst hatte. Dann kam Beresford auf mich zu, ein wenig unsicher auf den Beinen, das

Gesicht kreideweiß. Seine Lippen formten Worte, die nicht zu hören waren. Ich konnte es ihm nicht verdenken. In seiner wohlgeordneten und schön gepolsterten Welt dürften die Feste, die er für seine Gäste veranstaltete, nicht oft damit geendet haben, daß Leichen auf dem Teppich umherlagen.

»Sie haben sie getötet, Carter«, sagte er schließlich. Seine Stimme klang heiser und gepreßt. »Sie haben sie ermordet. Ich habe es gesehen, wir alle haben es gesehen. Eine – eine wehrlose Frau.« Er starrte mich an. Falls er noch immer Lust gehabt haben sollte, mir eine Stellung anzubieten, war es ihm in keiner Weise anzumerken. »Sie haben sie ermordet ...«

»Eine Frau, oder auch nicht!« erwiderte ich wütend. Ich bückte mich, riß die Pflegerinnenhaube und sodann eine festgeklebte Perücke los, so daß eine schwarze, kurzgestutzte Bürstenfrisur zum Vorschein kam. »Sehr reizvoll, nicht wahr? Die neueste Mode aus Paris ... Und wehrlos.« Ich griff nach dem Strickbeutel, leerte den Inhalt auf den Teppich, bückte mich, und als ich mich aufrichtete, hielt ich eine Schrotflinte in der Hand: Das heißt, früher einmal war es eine doppelläufige Schrotflinte von normaler Länge gewesen, aber man hatte die Läufe abgesägt, bis nur noch knappe fünfzehn Zentimeter zurückblieben, den hölzernen Kolben entfernt und ihn durch einen roh zurechtgeschnitzten Pistolengriff ersetzt. »Haben Sie schon einmal so ein Ding gesehen, Mr. Beresford? Ich glaube, es ist ein echtes Produkt Ihrer Heimat. Es wird mit Schrot geladen, und auf die Entfernung, aus der unser Damenimitator zu feuern gedachte, hätte es mir ein großes Loch mitten in die Kaldaunen gerissen. Wehrlos!« Ich wandte mich dem Kapitän zu, der noch immer seine Waffe auf die andere ›Pflegerin‹ gerichtet hielt. »Ist der Kerl auch bewaffnet?«

»Das werden wir gleich feststellen«, erwiderte Bullen grimmig. »Haben Sie eine Waffe bei sich, lieber Mann?«

Die ›Pflegerin‹ stieß mit tiefer knurrender Stimme einen wüsten Fluch aus, zwei Wörtchen in elementarem Angelsächsisch. Wortlos holte Bullen mit dem Colt aus und versetzte dem Mann mit dem Lauf einen schweren Schlag ins Gesicht und gegen die Schläfe. Er taumelte und geriet ins Wanken. Ich fing ihn auf, hielt ihn mit der einen Hand fest, während ich mit der anderen das Kleid vorne aufriß, zog eine kurzläufige Pistole aus dem Halfter unter seiner linken Schulter und ließ ihn dann los. Er taumelte noch eine Weile hin und her, brach dann auf dem Sofa zusammen und kollerte auf den Teppich herab.

»Ist – ist das nötig?« Beresfords Stimme klang noch immer rauh und gepreßt.

»Alle zurücktreten!« befahl Bullen herrisch. »An die Fenster! Ja nicht unseren Freunden, den Herren Carreras, zu nahe kommen! Sie sind äußerst gefährlich und könnten versuchen, mit einem Satz unter euch Deckung zu nehmen. MacDonald, das haben Sie großartig gemacht. Aber das nächste Mal glatt erschießen! Das ist ein Befehl. Ich übernehme die volle Verantwortung. Doktor Marston, holen Sie Ihren Kram und verarzten Sie Carreras' Hand.« Er wartete, bis Marston sich entfernt hatte, und wandte sich dann mit einem schiefen Lächeln an Beresford. »Tut mir leid, daß ich Ihnen Ihre Feier ruinieren mußte. Aber ich kann Ihnen versichern, daß es nötig war, unbedingt nötig.«

»Aber schießen, töten ...?«

»Die Herrschaften haben mir in den letzten vierundzwanzig Stunden drei meiner Leute ermordet.«

»Wie ...?«

»Benson, Brownell und den Vierten Offizier, Dexter. Ermordet. Brownell wurde erdrosselt, Benson erdrosselt oder erschossen, Dexter liegt tot im Funkraum, mit drei Schußwunden im Magen, und Gott allein mag wissen, wie viele noch hätten dran glauben müssen, wenn unser Erster Offizier, Mr. Carter, den Herrschaften nicht auf die Schliche gekommen wäre.«

Ich ließ meinen Blick über die bleichen, verzerrten, noch immer restlos verblüfften Gesichter wandern. Noch immer hatten sie nicht recht begriffen, was der Kapitän gesagt hatte. Der Schock, die Angst, die drohende Hysterie ließen sie nicht zum Nachdenken kommen. Von ihnen allen – das muß ich zugeben – hatte der alte Beresford sich am besten gehalten. Er hatte es am besten verstanden, sich mit dem in seinen Augen unvorstellbaren Schauspiel abzufinden, daß einige seiner Mitpassagiere plötzlich von Offizieren der ›Campari‹ niedergeknallt wurden.

Er hatte am schnellsten seinen Weg aus dem Nebel dieser wirren Lage gefunden.

»Aber – ich meine, Herr Kapitän – was kann denn ein alter Mann, ein Krüppel wie Mr. Cerdan, damit zu tun gehabt haben?«

»Laut Mr. Carter ist er kein alter Mann. Er hat sich nur dementsprechend zurechtgemacht. Und wenn Cerdan von der Mitte abwärts gelähmt ist, wie man uns glauben machen will, dann werden Sie – auch hier berufe ich mich auf Mr. Carter – eine moderne Wunderheilung erleben, sobald er wieder zu sich gekommen ist. Wer weiß, vielleicht ist Cerdan sogar der Anführer dieser Mörderbande. Wahrscheinlich. Wir wissen es nicht.«

»Aber was, um Gottes willen, steckt dahinter?« fragte Beresford.

»Das wollen wir eben herausbekommen«, erwiderte Bullen schroff. Er sah die Carreras, Vater und Sohn, an. »Kommt her, ihr beide!«

Sie kamen heran. MacDonald und Tommy Wilson folgten ihnen. Carreras senior hatte ein Taschentuch um die zerschmetterte Hand gewickelt und bemühte sich ohne Erfolg, die Blutung zu stillen. Sein Blick war mit wildem Haß geladen. Tony Carreras dagegen machte einen ruhigen, unbekümmerten, ja, sogar leicht amüsierten Eindruck. Ich nahm mir vor, auf Tony Carreras ganz besonders gut aufzupassen. Er war mir bei weitem zu ruhig und unbekümmert.

Ein paar Schritte von uns entfernt blieben sie stehen. Bullen sagte: »Mr. Wilson!«

»Sir?«

»Diese Schrotflinte mit den abgesägten Läufen hat unserem verblichenen Freund gehört. Heben Sie sie auf.«

Wilson hob sie auf.

»Glauben Sie, mit ihr umgehen zu können? . . . Und zielen Sie nicht mit dem verdammten Ding auf mich!« fügte er hastig hinzu.

»Ich glaube schon, Sir.«

»Cerdan und die sogenannte Krankenschwester sind scharf im Auge zu behalten. Wenn sie zu Bewußtsein kommen und

Dummheiten machen ...« Bullen beendete den Satz nicht. »Mr. Carter, Carreras und sein Sohn könnten gleichfalls bewaffnet sein.«

»Ja, Sir.« Ich trat hinter Tony Carreras, sah zu, daß ich weder Bullen noch MacDonald in die Schußlinie geriet, packte sein Jackett und zerrte es gewaltsam über die Schultern und die Arme, bis es an den Ellbogen saß.

»Sie scheinen das gründlich geübt zu haben, Mr. Carter«, sagte Tony Carreras gemächlich. Ein kaltblütiger Bursche, viel zu kaltblütig für meinen Geschmack.

»Fernsehen«, erklärte ich. Er hatte eine Waffe bei sich, unter der linken Achsel. Er trug ein besonders angefertigtes Hemd mit zwei eingesäumten Schlitzen vorn und hinten an der linken Seite, so daß der Brustgurt des Futterals unter dem Hemd verborgen war. Tony Carreras liebte gründliche Vorbereitungen.

Ich durchsuchte seine Taschen, aber er hatte nur die eine Waffe bei sich. Dann nahm ich die gleiche Prozedur mit Miguel Carreras vor, der bei weitem nicht so liebenswürdig war wie sein Sohn. Und daher möglicherweise der Chef. Möglicherweise brauchte er selber keine Waffe bei sich zu tragen, weil er in der Lage war, andere für sich morden zu lassen.

»Besten Dank«, sagte Kapitän Bullen. »Mr. Carreras, in wenigen Stunden sind wir in Nassau. Um Mitternacht wird die Polizei an Bord sein. Wollen Sie jetzt eine Erklärung abgeben, oder möchten Sie lieber erst vor der Polizei aussagen?«

»Meine Hand ist schwer verletzt.« Miguel Carreras flüsterte rauh. »Der Zeigefinger zerschmettert. Er wird amputiert werden müssen. Jemand wird dafür büßen.«

»Ich nehme an, daß das Ihre Antwort auf meine Frage war«, sagte Bullen gelassen. »Gut ... Bootsmaat, bitte, vier Wurfleinen. Die vier sind zu verschnüren wie bratfertige Truthähne.«

»Aye, aye, Sir.« Der Bootsmaat trat einen Schritt vor und blieb dann wie angewurzelt stehen. Durch die offene Tür war ein hartes Stakkatogeräusch zu hören – unverkennbar das Rattern eines Maschinengewehrs! Es schien fast genau von oben, von der Brücke her zu kommen. Und dann erloschen die Lichter.

Ich glaube, ich war der erste, der sich in Bewegung setzte. Ich trat einen kräftigen Schritt vor, legte den linken Arm um Tony Carreras' Hals, stieß ihm den Colt ins Kreuz und sagte leise: »Lassen Sie sich ja nichts einfallen, Carreras . . .«

Dann herrschte wieder Stille. Sie schien nicht enden zu wollen, dauerte aber wahrscheinlich alles in allem nicht länger als ein paar Sekunden. Eine Frau schrie auf. Es war ein kurzer, halb erstickter Laut, der in einem Stöhnen ausklang. Dann wurde es abermals still.

Die Ruhe wurde jäh durch ein heftiges Getöse, ein Splittern und Klirren zerrissen. Schwere Metallgegenstände zerschlugen in fast perfektem Gleichtakt die Fenster, die aufs Deck hinausgingen. Gleichzeitig knallte mit scharfem Echo Stahl gegen Stahl: Die Tür war aufgestoßen worden und gegen das Schott geprallt.

»Die Waffen wegwerfen – alle!« rief Miguel Carreras mit schriller, klarer Stimme. »Sofort! Sonst gibt es ein Blutbad.«

Die Beleuchtung flammte wieder auf.

Draußen vor den vier eingeschlagenen Fensterscheiben des Salons waren verschwommene, aber bedrohliche Umrisse zu sehen: Köpfe, Schultern, Arme, vier Silhouetten. Noch bedeutend weniger gefiel mir, was sie in Händen hielten – die bösartig aussehenden Läufe und zylindrischen Magazine von vier Maschinenpistolen. Ein fünfter Mann, in dschungelgrünem Kampfanzug, ein grünes Barett auf dem Kopf, stand in der Tür. Auch er hielt eine Maschinenpistole im Anschlag.

Ich verstand, was Miguel Carreras gemeint hatte, als er uns ersuchte, die Waffen wegzuwerfen. Unsere Chancen waren ungefähr so groß wie die der letzten Eisbombe auf einem Kinderfest. Ich wollte schon meine Pistole loslassen, da sah ich zu meinem Entsetzen, wie Bullen mit einem Ruck seinen Colt auf den Bewaffneten in der Tür richtete. Das war reiner Wahnsinn, krimineller, selbstmörderischer Wahnsinn. Entweder handelte er völlig instinktiv, ohne überhaupt nachzudenken, oder der bittere Verdruß, die niederschmetternde Enttäuschung hatten ihn verwirrt, nachdem ihm alle Trümpfe aus der Hand geschlagen worden waren. Ich hätte es wissen müssen, sagte ich mir hastig und wütend, er war viel zu ruhig und selbstbeherrscht gewesen!

Ich versuchte, einen Warnungsruf auszustoßen, aber ich kam zu spät, viel zu spät. Heftig stieß ich Tony Carreras beiseite und versuchte, Bullen zu erreichen, um ihm die Waffe zu entreißen. Aber ich kam eben zu spät, um ein ganzes Menschenleben zu spät. Die schwere Pistole bäumte sich mit einem dumpfen Knall in Bullens Hand. Der Mann auf der Schwelle, dem offenbar alles eher eingefallen wäre als der lächerliche Gedanke, wir könnten uns wehren, ließ die Maschinenpistole langsam seinen leblosen Händen entgleiten, taumelte nach hinten und war plötzlich verschwunden.

Der Mann hinter dem Fenster, das der Tür am nächsten lag, zielte mit seiner Maschinenpistole auf den Kapitän. Bullen war in dieser Sekunde der größte Narr auf Gottes Erdboden, ein Verrückter, der um jeden Preis Selbstmord begehen wollte. Trotzdem konnte ich nicht einfach zuschauen, wie er abgeknallt wurde. Ich weiß nicht, wo meine erste Kugel landete, aber die zweite muß die Maschinenpistole getroffen haben. Ich sah sie hochzucken, wie von einer Riesenfaust getroffen. Dann kam die Kakophonie eines ohrenbetäubenden Dauerfeuers. Ein dritter hielt den Finger am Abzug seiner MP und nahm ihn nicht weg. Mit der Wucht einer Pfostenramme schlug etwas gegen meinen linken Schenkel und schleuderte mich gegen den Bartisch. Mein Kopf prallte gegen die schwere Messingstange am unteren Rand der Theke. Das Getöse des Dauerfeuers erstarb.

Gestank der Korditschwaden. Grabesstille. Noch ehe ich wieder ganz bei Bewußtsein war, ja, noch ehe ich die Augen öffnete, stellte ich es fest. Pulverrauch und unirdische Stille. Langsam schlug ich die Augen auf und richtete mich zitternd auf, bis ich mit mehr oder weniger geradem Rücken dasaß. An die Bar gelehnt, schüttelte ich den Kopf, um meine Gedanken zu klären. Mein steifes Genick hatte ich vergessen, das war zu verstehen. Doch nichts hätte in meinem Kopf rascher Klarheit schaffen können als der scharfe Schmerz, der mich durchzuckte.

Zuerst einmal sah ich die Passagiere regungslos ausgestreckt auf dem Teppich liegen. Mir stockte der Herzschlag. Einen Augenblick lang bildete ich mir ein, sie seien alle tot oder im Sterben, von der ratternden Maschinenpistole hingemäht. Dann merkte ich, wie Mr. Greenstreet, Miss Harrbrides Mann, leicht den Kopf bewegte und sich mit vorsichtigem, entsetztem Auge umschaute. Ich sah nur das eine Auge. Zu einem anderen Zeitpunkt wäre es sehr, sehr komisch gewesen. Aber ich war bei Gott nicht zum Lachen aufgelegt. Die Passagiere hatten sich vielleicht aus Schlauheit, wahrscheinlich aber instinktiv, mit einer durch den Selbsterhaltungstrieb ausgelösten Reflexbewegung auf den Fußboden geworfen, als die Maschinenpistole zu feuern begann. Jetzt wagten sie kaum den Kopf zu heben. Ich schloß daraus, daß ich nur wenige Sekunden lang bewußtlos gewesen war.

Ich ließ meinen Blick nach rechts wandern. Carreras und sein Sohn standen noch an der gleichen Stelle. Tony Carreras hielt jetzt eine Pistole in der Hand. Meine Pistole. Hinter ihnen, auf dem Teppich hockend oder ausgestreckt, Cerdan, die ›Pflegerin‹, die ich erschossen hatte, und drei andere.

Tommy Wilson, der liebenswerte, leichtlebige Tommy Wilson war tot. Jetzt hatte er sich nicht mehr mit seiner Mathematik zu plagen.

Ich brauchte keinen Doktor Marston mit seinen kurzsichtigen Glotzaugen, um zu wissen, daß Wilson tot war. Er lag auf dem Rücken, und es sah so aus, als hätte man ihm die halbe Brust weggeschossen. Ihn mußte die Hauptwucht des Feuerstoßes getroffen haben. Und er hatte nicht einmal seine Pistole zücken können.

Dicht neben ihm lag Archie MacDonald auf der Seite. Er kam mir sehr still vor, viel zu still. Ich konnte ihn nicht von vorn sehen, er kehrte mir halb den Rücken. Wer weiß, vielleicht hatten die MP-Brocken ihm genauso den Garaus gemacht wie Tommy Wilson. Ich sah, daß er im Gesicht und am Hals blutete. Langsam versickerte das Blut im Teppich.

Kapitän Bullen saß aufrecht da. Er war nicht tot, aber ich hätte keinen löchrigen Penny für seine Chancen gegeben. Er war bei Bewußtsein, sein Mund zu einem unnatürlichen Lächeln verzerrt, das Gesicht schneeweiß und schmerzverkrampft. Die rechte Seite von der Schulter bis fast zur Mitte mit Blut durchtränkt, so triefnaß, daß ich nicht sehen konnte, wo die Geschosse ihn getroffen hatten, aber ich sah die hellroten Blasen auf den Lippen, und das bedeutete, daß seine Lunge verletzt war.

Wieder betrachtete ich die drei. Bullen, MacDonald, Wilson. Drei bessere Männer wären schwer, drei bessere Bordkameraden unmöglich zu finden gewesen. Sie hatten es nicht gewollt, das Blut, die Qualen, den Tod, sie hatten sich nichts anderes gewünscht, als still und in Frieden ihre Arbeit verrichten zu dürfen. Anständige, fleißige, umgängliche Menschen. Sie hatten keinen Streit gesucht, sie hätten nie daran gedacht, gewalttätig zu werden. Und nun lagen sie da, tot oder im Sterben, MacDonald und Bullen, die ihre Frauen und Kinder in England hatten, Tommy Wilson, auf den eine Braut in Liverpool und ein Mädel in jedem amerikanischen und karibischen Hafen wartete.

Ich sah sie an. Ich verspürte weder Trauer noch Zorn noch Empörung. Mir war seltsam kalt zumute, als gehörte ich gar nicht mit dazu, als ginge es mich nichts an. Mein Blick wanderte von ihnen zu den Carreras und zu Cerdan, und ich gab mir selber ein Versprechen, und es war ein Glück für mich, daß keiner der beiden Carreras mein Versprechen hören konnte oder von meinem unwiderruflich endgültigen Entschluß wußte. Denn sie waren gewitzte, berechnende Burschen, und sie hätten mich sofort erschossen.

Mir tat nichts weh, aber ich erinnerte mich an die Ramme, die mich gegen den Bartisch geschleudert hatte. Ich blickte auf mein linkes Bein hinunter. Von der Mitte des Schenkels bis unters Knie war die Hose so von Blut getränkt, daß kein weißer Fleck mehr zu sehen war. Der Teppich rund um mich her war durchnäßt. Mir fiel ein, daß dieser Teppich über zehntausend Pfund gekostet hatte. Er mußte sich heute abend allerlei bieten lassen. Lord Dexter wäre wütend gewesen. Abermals betrachtete ich mein Bein und betastete den durchfeuchteten Stoff. Drei deutliche Risse. Das hieß, daß mich drei Kugeln getroffen hatten. Ich nahm an, die Schmerzen würden später einsetzen. Viel Blut, viel zuviel Blut hatte ich verloren. Ob eine Schlagader verletzt worden war?

»Meine Damen und Herren.« Es war Carreras' Stimme.

Obwohl ihm seine Hand höllische Schmerzen bereiten mußte,

war seinem Gesicht nichts davon anzumerken. Die Wut, die Bosheit, die ich erst vor kurzem an ihm wahrgenommen hatte, waren nur noch Erinnerung. Er hatte sein Gleichgewicht wiedergefunden. Er war Weltmann, Herr der Lage.

»Ich finde das alles bedauerlich, äußerst bedauerlich.« Er deutete mit der linken Hand auf Bullen, Wilson, MacDonald und mich. »Alles so überflüssig, so furchtbar überflüssig, nur durch Kapitän Bullens törichte Übereilung heraufbeschworen.« Die meisten Passagiere hatten sich inzwischen erhoben. Ich sah Susan Beresford neben ihrem Vater stehen. Sie blickte auf mich herab, als ob sie schlecht sähe, die Augen abnorm groß in dem blassen Gesicht. »Ich bedauere all die traurigen Vorfälle, die sich ereignet haben. Und bei Ihnen, Mr. und Mrs. Beresford, möchte ich mich dafür entschuldigen, daß Ihre Geburtstagsfeier so häßlich gestört worden ist. Ihre Güte wurde übel belohnt.«

»Lassen Sie um Gottes willen diese geschwollenen Phrasen«, warf ich ein. Meine Stimme kam mir sehr fremd vor. Es war ein rauhes, dumpfes Krächzen, das ich von mir gab. Wie ein Ochsenfrosch mit Kehlkopfkatarrh. »Holen Sie den Arzt. Kapitän Bullen ist in der Lunge getroffen worden.«

Er musterte mich nachdenklich, sah dann Bullen, sodann wieder mich an.

»Sie sind aber wirklich nicht unterzukriegen, Mr. Carter«, sagte er kopfschüttelnd. Er beugte sich vor und betrachtete mein blutüberströmtes Bein. »Drei Schußwunden. Ihr Bein muß recht übel zugerichtet sein, trotzdem fällt Ihnen der winzige Blutfleck auf Kapitän Bullens Lippen auf. Sie sind außer Gefecht gesetzt, und das freut mich. Wären Ihr Kapitän, die Offiziere und die Besatzung aus gleichem Holz geschnitzt wie Sie, hätte ich mich nicht auf tausend Meilen an die ›Campari‹ herangewagt. Der Arzt wird gleich erscheinen. Er behandelt einen Mann auf der Kommandobrücke.«

»Jamieson? Unsern Dritten Offizier?«

»Mr. Jamieson ist über alle Hilfe hinaus«, erwiderte er trokken. »Gleich Kapitän Bullen bildete er sich ein, ein wahrer Herkules zu sein. Gleich Kapitän Bullen mußte er für seine Torheit büßen. Nein, der Mann am Ruder wurde durch eine verirrte Kugel am Arm getroffen.« Er wandte sich zu den Passagieren. »Sie brauchen nicht mehr um Ihre persönliche Sicherheit besorgt zu sein. Die ›Campari‹ befindet sich jetzt restlos in meiner Hand, und so wird es bleiben. Sie aber, meine Damen und Herren, haben mit meinen Plänen nichts zu tun und werden in zwei oder drei Tagen an Bord eines anderen Fahrzeugs gebracht werden. Unterdessen werden Sie alle in diesem Raum wohnen, essen und schlafen. Ich kann keine Wachtposten vor jede einzelne Kabine stellen. Man wird Sie mit Matratzen und Decken versorgen. Wenn Sie sich fügen, werden Sie es verhältnismäßig bequem haben. Auf jeden Fall brauchen Sie nichts mehr zu fürchten.«

»Was soll dieses schändliche Verhalten bedeuten, Carreras?« Beresfords Stimme bebte vor Wut. »Diese Desperados, diese Mörder? Was sind das für Leute? Wo kommen sie her? Was, um Gottes willen, haben Sie denn vor? Sie sind wahnsinnig, Mann, total wahnsinnig. Sie wissen wohl, daß Sie nicht damit rechnen können, ungeschoren davonzukommen.«

»Sie dürfen sich ruhig mit diesem Gedanken trösten! – Ah, Herr Doktor, da sind Sie ja.« Er streckte Dr. Marston die in das blutbefleckte Taschentuch gebundene Hand hin. »Schauen Sie sich das einmal an, ja?«

»Hol der Teufel Sie und Ihre Hand!« antwortete Dr. Marston erbittert. Der alte Knabe zitterte, der Anblick der Toten und der Sterbenden mußte ihn schwer getroffen haben, aber er war trotzdem fuchsteufelswild. »Es gibt hier schwerere Verletzungen. Ich muß –«

Carreras unterbrach ihn. »Seien Sie sich, bitte, darüber im klaren, daß von jetzt an nur ich hier befehle, ich allein. Meine Hand. Sofort . . . ah, Juan!« Dieser Ausruf war an einen großen, mageren, dunkelhäutigen Mann gerichtet, der soeben eingetreten war, eine zusammengerollte Seekarte unterm Arm. »Geben Sie die Karte Mr. Carter. Das ist er, dort! Ja – Mr. Carter, Kapitän Bullen sagte – und ich habe es schon seit vielen Stunden gemerkt –, daß wir Kurs auf Nassau genommen haben und in knapp vier Stunden dort eintreffen sollen. Ändern Sie den Kurs, so daß wir in ziemlichem Abstand östlich an Nassau vorbeifahren. Ich möchte zwischen den Great-Abaco- und den

Eleuthera-Inseln hindurch und auf Nordnordwest-Kurs hinaus in den Nordatlantik. Leider sind meine navigatorischen Kenntnisse ein bißchen eingerostet. Notieren Sie die ungefähren Zeiten für die jeweiligen Kurs-Korrektionen.«

Ich nahm Karte, Bleistift, Zirkel und Parallellineal und breitete die Karte auf meinem Knie aus. Carreras fragte offensichtlich verwundert: »Was? Keine Einwände, kein heroisches Weigern?«

»Was hätte das für einen Zweck?« sagte ich verdrossen. »Wenn ich nicht parierte, würden Sie nicht zögern, sämtliche Passagiere aufmarschieren und einen nach dem anderen erschießen zu lassen.«

»Es ist ein Vergnügen, wenn man es mit einem Mann zu tun hat, der das Unvermeidliche erkennt und sich ihm beugt.« Carreras lächelte. »Aber Sie überschätzen meine Rücksichtslosigkeit ganz gewaltig. Später, Mr. Carter, wenn wir Sie verarztet haben, werden Sie sich ständig auf der Brücke aufhalten müssen. Es ist traurig, aber Sie werden sich vielleicht darüber im klaren sein, daß uns außer Ihnen kein Deckoffizier geblieben ist.«

»Sie werden wohl einen anderen auf die Brücke schicken müssen«, sagte ich wütend. »Mein Schenkelknochen ist zerschmettert.«

»Wie?« Er sah mich forschend an.

»Ich spüre, wie er knirscht.« Ich verzog das Gesicht, um ihm zu zeigen, wie sehr ich es spürte. »Doktor Marston wird es Ihnen bestätigen.«

»Dann wird sich ein anderes Arrangement treffen lassen«, sagte Carreras gleichmütig. Er zuckte zusammen, als Marston seine Hand untersuchte. »Der Zeigefinger! Wird man ihn abnehmen müssen?«

»Ich glaube nicht. Lokalbetäubung, ein kleiner Eingriff. Ich glaube, ich kann den Finger retten.« Carreras wußte nicht, in welcher Gefahr er schwebte. Wenn er sich von dem alten Marston behandeln ließ, würde er wahrscheinlich nicht nur den Finger, sondern den ganzen Arm verlieren. »Aber das kann ich nur in meiner Ordination machen.«

»Es ist wohl höchste Zeit, daß wir uns alle in Ihre Sprechstunde begeben. Tony, du kontrollierst den Maschinenraum, den Radarraum, alle dienstfreien Leute. Sieh zu, daß sie unter strenger Bewachung bleiben. Dann geh mit der Karte auf die Brücke hinauf und sorge dafür, daß der Mann am Ruder zum entsprechenden Zeitpunkt die entsprechenden Kursänderungen vornimmt. Sieh zu, daß der Radartechniker überwacht wird und alles sofort meldet, was auf seinem Schirm erscheint. Mr. Carter wäre durchaus imstande, einen Kurs zu ermitteln, der uns auf den Eleutheria-Inseln stranden ließe. Zwei Mann bringen Mr. Cerdan in seine Kabine. Doktor Marston, ist es möglich, diese beiden Männer in Ihren Ordinationsraum zu transportieren, ohne ihr Leben zu gefährden?« Jetzt spielte er den guten Samariter, der um seine lieben Nächsten besorgt ist.

»Ich weiß es nicht.« Marston hatte Carreras' Hand provisorisch verbunden und trat jetzt zu Bullen. »Wie fühlen Sie sich, Herr Kapitän?«

Bullen musterte ihn mit trüben Augen. Er versuchte zu lächeln, aber es war nur eine verquälte Grimasse. Er wollte etwas sagen, brachte aber kein Wort hervor. Nur ein paar neue Blutblasen erschienen auf seinen Lippen. Marston zog eine Schere aus der Tasche, schnitt das Hemd des Kapitäns auf, untersuchte ihn kurz und sagte: »Wir werden es eben riskieren müssen. Zwei Ihrer Leute, Mr. Carreras, zwei kräftige Leute. Sie sollen achtgeben, daß seine Brust nicht belastet wird.«

Er verließ Bullen, beugte sich über MacDonald und richtete sich fast sogleich wieder auf. »Dieser Mann ist ohne weiteres transportfähig.«

»MacDonald?« rief ich aus. »Der Bootsmaat? Er ist nicht tot?«

»Es hat ihn am Kopf erwischt. Streifschuß. Wahrscheinlich eine Gehirnerschütterung, aber er wird es überleben. Er scheint auch am Knie verwundet zu sein. Nichts Ernstliches.«

Ich hatte das Gefühl, als hätte man mir die London Bridge von den Schultern gewälzt. Der Bootsmaat war schon seit allzu vielen Jahren mein Freund, mein guter Freund. Außerdem – solange ich Archie MacDonald zur Seite hatte, war nicht alles verloren.

»Und Mr. Carter?« fragte Carreras.

»Rühren Sie ja nicht mein Bein an!« schrie ich. »Erst will ich eine Spritze haben.«

»Wahrscheinlich hat er recht«, murmelte Marston. Er sah näher hin. »Es blutet nicht mehr stark. John, Sie haben Glück gehabt. Wäre die Hauptschlagader verletzt worden, dann wäre es schon aus mit Ihnen.« Unschlüssig sah er Carreras an. »Ich glaube, man darf ihn transportieren, aber mit einem gebrochenen Schenkelknochen wird das äußerst schmerzhaft sein.«

»Mr. Carter ist zäh«, erwiderte Carreras ohne jedes Mitgefühl. Es war ja nicht sein Schenkelknochen. Er hatte jetzt eine volle Minute lang den guten Samariter gemimt, und die Anstrengung war ihm zu groß geworden. »Mr. Carter wird es überleben.«

7

Mittwoch/Donnerstag: 20.30 Uhr bis 10.30 Uhr

Ich überlebte es. Aber das hatte ich keineswegs der Sorgfalt zu verdanken, mit der man mich ins Schiffslazarett transportierte. Die Krankenabteilung lag an der Backbordseite zwei Decks unterhalb des Salons. Auf der zweiten Treppe stolperte einer der Leute, die mich trugen, und stürzte. Ich fühlte erst wieder etwas, als ich im Bett erwachte.

Wie jede andere Abteilung an Bord der ›Campari‹ war auch unser kleines Lazarett ohne Rücksicht auf die Kosten ausgestattet worden. Ein großer Raum, sieben mal fünf Meter, zur Gänze mit persischen Teppichen ausgelegt. Die pastellfarbenen Wände mit Wandmalereien bedeckt: Wasserski, Tauchen, Schwimmen und ähnliche für kernige Gesundheit und körperliche Tüchtigkeit symbolische Sportarten. Diese suggestiven Malereien sollten den Patienten, der das Pech hatte, an eines der drei Betten gefesselt zu sein, ermuntern, sich so schnell wie möglich wieder aufzurappeln und davonzumachen. Die Betten allerdings, mit dem Kopfende dicht an den Backbordfenstern, fielen unangenehm auf: simple, übliche Krankenhausbetten. Die einzige Konzession an den guten Geschmack bestand darin, daß man sie mit der gleichen Pastellfarbe gestrichen hatte wie die Schotte. In der äußersten Ecke gegenüber der Tür stand Marstons Konsultationstisch mit zwei Stühlen, weiter gegen die Tür zu, an der Innenwand, eine flache, verstellbare Couch, die bei Untersuchungen und im Notfall auch bei kleineren Operationen verwendet werden konnte. Zwischen Schreibtisch und Couch führte eine

Tür zu zwei kleineren Räumen, einer Apotheke und einem zahnärztlichen Behandlungsraum. Das alles wußte ich, weil ich vor kurzem drei Viertelstunden im Zahnarztstuhl zugebracht hatte, während Marston einen abgebrochenen Zahn behandelte. Dieses Erlebnis würde mir bis ans Ende meiner Tage unvergeßlich bleiben.

Die drei Betten waren belegt. Kapitän Bullen lag in der Nähe der Tür, der Bootsmaat im mittleren Bett, ich in der Ecke. Man hatte die Betten mit Gummitüchern überzogen. Marston beugte sich über das mittlere Bett und untersuchte das Knie des Bootsmaats. Neben ihm stand Susan Beresford und hielt ein Blechtablett mit Schalen, Schwämmen, Instrumenten und Flaschen voll unidentifizierbarer Flüssigkeiten in den Händen. Sie sah sehr blaß aus. Ich fragte mich verwirrt, was sie denn eigentlich hier zu suchen habe. Auf der Couch saß ein junger, unrasierter Mann: grüne Hose, grünes, durchschwitztes Hemd mit Epauletten, grüne Baskenmütze. Er kniff die Augen zusammen, damit ihn der Rauch nicht störe, der sich in Spiralen von der Zigarette in seinem Mundwinkel emporkräuselte. In der Hand hielt er eine Maschinenpistole. Ich hätte gern gewußt, wie viele mit MP's bewaffnete Leute an Bord der ›Campari‹ postiert waren. Daß Carreras einen Mann damit beauftragte, drei klägliche Ruinen wie MacDonald, Bullen und mich zu bewachen, ließ darauf schließen, daß er entweder sehr viel Personal zur Verfügung hatte oder übertrieben vorsichtig war. Vielleicht beides.

»Was machen denn Sie hier, Miss Beresford?« fragte ich, noch immer erstaunt über ihre Anwesenheit.

Erschrocken blickte sie auf. Die Instrumente auf dem Tablett klirrten.

»Ach, wie froh bin ich . . .!« stieß sie hervor. Es klang fast so, als ob es ernst gemeint sei. »Ich befürchtete schon . . . Wie fühlen Sie sich?«

»So, wie ich aussehe. Warum stehen Sie hier herum?«

»Weil ich Sie brauche.« Dr. Marston richtete sich langsam auf und rieb sich das Kreuz. »Um solche Wunden zu behandeln, muß ich – tja – Hilfe haben. Assistenz. Meistens sind es junge, oft sehr hübsche Personen weiblichen Geschlechts, und an Bord der ›Campari‹ befinden sich nur zwei Vertreterinnen dieser Kategorie. Miss Beresford und Miss Harcourt.«

»Ich sehe keine Miss Harcourt.« Ich versuchte, mir die glanzvolle junge Filmdarstellerin in der lebensechten Rolle einer Florence Nightingale vorzustellen, aber meine Phantasie war gegenwärtig nicht lebhaft genug, um solchen Absurditäten gewachsen zu sein. Ich konnte mir Miss Harcourt nicht einmal auf der Leinwand vorstellen.

»Sie war hier«, erwiderte Marston kurz. »Sie wurde ohnmächtig.«

»Das läßt sich hören. Wie geht es dem Bootsmaat?«

»Ich muß Sie ersuchen, den Mund zu halten, John«, sagte Marston streng. »Sie haben viel Blut verloren und sind sehr geschwächt. Bitte, schonen Sie Ihre Kräfte.«

Ich wiederholte meine Frage. »Wie geht es dem Maat?«

Dr. Marston seufzte. »Leidlich. Das heißt, es besteht keine Lebensgefahr. Abnorm dicker Schädel, muß ich sagen. Das hat ihn gerettet. Eine Gehirnerschütterung, ja, aber, wie ich glaube, kein Schädelbruch. Ohne zu röntgen ist das schwer feststellbar. Atmung, Puls, Temperatur, Blutdruck – nichts deutet auf einen umfangreicheren Gehirnschaden hin. Nur sein Bein macht mir Sorge.«

»Das Bein?«

»Die Patella, also die Kniescheibe. Total zerschmettert – unheilbar. Sehnen zerfasert, Schienbein gebrochen. Das Bein entzweigesägt. Es muß ihn mehrmals getroffen haben. Verdammte Mörderbande.«

»Amputation? Sie glauben doch nicht . . .?«

»Nein, keine Amputation.« Gereizt schüttelte er den Kopf. »Ich habe alle Knochensplitter entfernt, soweit ich sie finden konnte. Entweder muß man die Knochen zusammennieten, dann wird das Bein kürzer, oder man setzt eine Metallplatte ein. Das läßt sich noch nicht bestimmen. Eines aber kann ich jetzt schon sagen: Er wird das Knie nie mehr beugen können.«

»Das heißt, daß er sein Leben lang ein Krüppel bleibt, daß er hinken muß.«

»Bedaure es. Ich weiß, daß Sie mit ihm befreundet sind.«

»Also ist es aus mit dem Seemannsberuf.«

»Bedaure es«, sagte Marston abermals. Abgesehen von seiner Untüchtigkeit war er ein recht netter alter Knabe. »Jetzt sind Sie an der Reihe, John.«

»Mhm.« Es machte mir gar keine Freude, an der Reihe zu sein. Ich sagte zu dem Wachtposten: »He, Sie da! Ja, Sie... Wo steckt Carreras?«

»Señor Carreras.« Der junge Mann warf seine Zigarette auf den Perserteppich und trat sie mit dem Absatz aus. Lord Dexter wäre wahnsinnig geworden. »Es geht mich nichts an, wo Señor Carreras sich aufhält.«

Damit war diese Frage erledigt. Er verstand Englisch. Wo Carreras sich im Augenblick befand, war mir völlig gleichgültig. Marston hatte seine große Schere gezückt und wollte mir das Hosenbein aufschneiden.

»Kapitän Bullen?« fragte ich. »Hat er Chancen?«

»Ich weiß nicht. Jetzt ist er bewußtlos.« Marston zögerte. »Er wurde zweimal getroffen. Die eine Kugel ist zwischen den Schultern gelandet und hat den Brustmuskel durchbohrt. Die andere ist ein wenig tiefer in die rechte Brustseite eingedrungen, hat eine Rippe zerschlagen und muß dann die Lunge in der Nähe der Spitze verletzt haben. Das Geschoß sitzt noch im Körper, fast sicher in der Umgebung des Schulterblatts. Vielleicht werde ich mich später entscheiden, es operativ zu entfernen.«

»Operativ...« Der Gedanke, daß Marston an einem bewußtlosen Bullen herumschnippelte, ließ mich erblassen. Dabei war ich ohnedies schon blaß genug. Ich schluckte die nächsten paar Wörter, die mir einfielen, und fuhr fort: »Operieren! Sie würden dieses große Risiko eingehen, Sie wären bereit, Ihren Ruf aufs Spiel zu setzen, den Sie ein Leben lang aufgebaut haben?«

»Es geht um ein Menschenleben, John«, erwiderte er ernst.

»Aber Sie werden vielleicht das Brustfell durchstoßen müssen. Ein schwerer Eingriff, Doktor Marston! Ohne Assistenten, ohne geschulte Operationsschwestern, ohne einen tüchtigen Narkotiseur, ohne Röntgenstrahlen. Dabei handelt es sich vielleicht um ein Geschoß, das einen lebensgefährlichen Riß in der Lunge oder Pleura – oder wie ihr es nennt – verursacht hat. Außerdem könnte ja das Geschoß weiß Gott wohin abgelenkt worden sein.« Ich holte tief Atem. »Doktor Marston, ich kann gar nicht sagen, wie sehr ich Sie achte und bewundere, weil Sie unter so unmöglichen Bedingungen an eine Operation auch nur zu denken wagen. Aber das Risiko ist zu groß. Doktor, solange der Kapitän lahmgelegt ist, befehlige ich die ›Campari‹ – zumindest formell«, fügte ich erbittert hinzu. »Ich verbiete Ihnen entschieden, unter so ungünstigen Bedingungen eine so riskante Operation vorzunehmen. Miss Beresford, Sie sind Zeugin.«

»Na ja, John, vielleicht haben Sie recht«, antwortete der Arzt bedächtig. Plötzlich sah er um fünf Jahre jünger aus. »Ja, Sie könnten recht haben. Aber mein Pflichtgefühl –«

»Es macht Ihnen Ehre, Doktor. Aber denken Sie an die vielen Menschen, die seit dem ersten Weltkrieg eine Kugel im Körper mitgeschleppt haben und heute noch gesund sind.«

»Das kann man wohl sagen, freilich, das kann man wohl sagen.« Selten hatte ich einen Menschen so erleichtert dreinschauen sehen. »Wir geben der Natur eine Chance, wie?«

»Kapitän Bullen ist stark wie ein Pferd.« Nun hatte er wenigstens die Aussicht, sich durchzukämpfen. Mir war zumute, als hätte ich einem Menschen das Leben gerettet. Ich sagte matt: »Sie hatten recht, Doktor. Ich fürchte, ich habe zu viel geredet. Könnte ich, bitte, einen Schluck Wasser haben?«

»Selbstverständlich, mein Junge, selbstverständlich.« Er brachte mir ein Glas, sah mir beim Trinken zu und sagte dann: »Fühlen Sie sich jetzt besser?«

»Danke.« Meine Stimme klang recht kläglich. Mehrmals bewegte ich die Lippen, als wollte ich etwas sagen, brachte aber kein Wort hervor. Marston, äußerst beunruhigt, legte das Ohr dicht an meinen Mund, um aufzuschnappen, was ich zu sagen versuchte. Ich murmelte langsam und deutlich: »Mein Schenkelknochen ist nicht gebrochen, aber tun Sie so, als ob er gebrochen sei.«

Er zuckte zusammen, in seinen Augen spiegelte sich Erstaunen. Er machte den Mund auf, um etwas zu erwidern, klappte ihn aber schnell wieder zu. Er war gar nicht so schwer von Begriff, der alte Herr. Er nickte kurz. »Darf ich jetzt anfangen?«

Und er begann. Susan Beresford assistierte. Mein Bein bot einen fürchterlichen Anblick, sah aber schlimmer aus, als es war. Ein Geschoß hatte es durchschlagen, die beiden anderen aber hatten nur an der Innenseite ein paar oberflächliche Rißwunden verursacht, aus denen das meiste Blut geflossen war. Während Dr. Marston mich behandelte, lieferte er einen ausführlichen Kommentar zum Ausmaß und zur Schwere meiner Verletzungen. Einen Kommentar, der für die Ohren des Wachtpostens bestimmt war. Wenn ich nicht gewußt hätte, daß es lauter freche Lügen waren, wäre mir übel geworden. Offenbar gelang es ihm, den Wachtposten restlos zu überzeugen. Nachdem er meine Wunden gereinigt und verbunden hatte – ein Vorgang, den ich nur deshalb mit stoischer Tapferkeit ertrug, weil ich nicht in Anwesenheit von Susan Beresford zu heulen beginnen wollte –, schiente er das Bein, als ob es gebrochen sei. Dann bettete er es auf einen Stoß Kissen, ging in die Apotheke und kehrte mit zwei aneinandergeschraubten Flaschenzügen und einem Drahtseil zurück. An dem einen Ende des Seils hing ein schweres Gewicht, am anderen eine Schlaufe. Die Schlaufe streifte er über mein linkes Fußgelenk.

»Welchen Zweck soll das haben?« fragte ich.

»Vergessen Sie bitte nicht, daß ich der Schiffsarzt bin«, erwiderte er barsch. Dann zwinkerte er mir mit dem linken Auge zu. »Streckung, Mr. Carter! Sie wollen doch nicht Ihr Leben lang mit einem verkürzten Bein herumhumpeln?«

»Verzeihung«, murmelte ich. Vielleicht hatte ich Marston falsch beurteilt. Nichts würde mich je dazu veranlassen, seine ärztlichen Fähigkeiten anders einzuschätzen als bisher, aber ansonsten war er recht gescheit. Ein Mann wie Carreras hätte sofort gefragt, warum ein gebrochenes Bein nicht gestreckt wurde. Marston schraubte die beiden Haken in Löchern an der Decke fest, zog den Draht hindurch, befestigte das Gewicht am einen Ende und die Schlaufe am anderen. Es war nicht allzu unbequem. Dann nahm er das abgeschnittene Hosenbein, vergewisserte sich hastig, daß der Wachtposten zusah, befeuchtete es und wrang es über meinen Bandagen aus. Ich mußte sogar mir selber gestehen, daß mir selten ein überzeugenderer Anblick begegnet war. Noch nie hatte ich einen Patienten gesehen, der so restlos und gründlich seiner Bewegungsfreiheit beraubt worden war.

Er wurde gerade zur rechten Zeit fertig. Er und Susan Beresford waren mit Aufräumen beschäftigt, da wurde die Tür geöffnet, und Tony Carreras trat ein. Langsam, nachdenklich musterte er Bullen, MacDonald und mich – er war ein Mann, dessen scharfem Blick nicht so leicht etwas entgehen würde. Neben meinem Bett blieb er stehen.

»Guten Abend, Carter«, sagte er freundlich. »Wie fühlen Sie sich?«

»Wo steckt denn Ihr blutdürstiger Herr Papa?« fragte ich zurück.

»Blutdürstig? Sie tun meinem Vater unrecht. Im Augenblick schläft er. Seine Hand schmerzt ihn sehr, nachdem Doktor Marston sie behandelt hatte« – das wunderte mich nicht –, »deshalb nahm er ein Schlafmittel. Das brave Schiff, die ›Campari‹, hat sich zur Ruhe begeben und steht unter dem Befehl Kapitän Tony Carreras'. Ihr könnt euch alle schlafen legen. Übrigens wird es Sie interessieren, daß wir soeben Nassau auf dem Radarschirm gesichtet haben. Backbord 40, oder wie der nautische Ausdruck lautet. Sie haben uns also mit dem neuen Kurs doch keinen Possen gespielt.«

Ich brummte etwas in mich hinein und wandte mich ab.

Carreras ging auf Marston zu. »Wie geht es den Patienten?«

»Wie soll es ihnen gehen, nachdem Ihre Banditen sie mit Kugeln gespickt haben!« erwiderte Marston böse. »Kapitän Bullen schwebt zwischen Leben und Tod. Ich weiß nicht, wie es enden wird. MacDonald, der Bootsmaat, wird es überleben, aber ein steifes Bein zurückbehalten. Der Erste Offizier hat eine komplizierte Fraktur des Femur – einen Bruch des Schenkelknochens. Völlig zersplittert. Wenn wir ihn nicht binnen zwei Tagen in ein Krankenhaus schaffen, wird auch er sein Leben lang ein Krüppel sein. Ohnedies wird er auf jeden Fall nie mehr richtig gehen können.«

»Das tut mir aufrichtig leid«, sagte Tony Carreras. Es klang wirklich so, als ob es ehrlich gemeint sei. »Tüchtige Leute totzuschießen oder zu Krüppeln zu machen, ist eine unverzeihliche Verschwendung. Beinahe unverzeihlich. Aber in diesem Fall leider durch manches gerechtfertigt.«

»Ihre menschliche Denkweise ehrt Sie«, sagte ich höhnisch aus meinen Kissen hervor.

»Wir sind humane Leute«, antwortete er.

»Das habt ihr zur Genüge bewiesen.« Mühsam drehte ich mich zu ihm um. »Aber ihr könntet immerhin auf einen schwerkranken Menschen Rücksicht nehmen.«

»Wieso?« Im Stirnrunzeln war er ein Meister.

»Da! Unser Freund Lederstrumpf.« Ich deutete auf die bewaffnete Schildwache. »Dürfen Ihre Leute im Dienst rauchen?«

»José?« Er lächelte. »José ist eingefleischter Kettenraucher. Wenn man ihm seine Zigaretten wegnimmt, streikt er. Wir sind kein Garderegiment, lieber Carter. Warum diese plötzliche Besorgnis?«

»Sie haben gehört, was Doktor Marston sagt. Kapitän Bullen hat eine durchschossene Lunge, und sein Zustand ist überaus kritisch.«

»Ach, nun glaube ich zu verstehen, was Sie meinen. Sind Sie derselben Meinung, Herr Doktor?«

Ich hielt den Atem an. Möglicherweise hatte der alte Knabe nicht die leiseste Ahnung, wovon die Rede war. Abermals aber hatte ich seinen Scharfsinn unterschätzt.

»Für einen Menschen mit verletzter Lunge«, erwiderte er ernst, »gibt es nichts Schlimmeres als eine mit Rauch gesättigte Atmosphäre.«

»Mhm . . . José!« Carreras sagte schnell etwas auf Spanisch zu dem Posten, der sich liebenswürdig lächelnd erhob und auf die Tür zuging. Unterwegs griff er nach einem Stuhl. Die Tür fiel hinter ihm zu.

»Keine Disziplin«, sagte Tony Carreras mit einem Seufzer. »Kein strammes Auf und Ab und Kehrt wie vor dem Buckingham Palace, Mr. Carter. Ein gegen die Wand gekippter Stuhl! Ich fürchte, das liegt an unserem lateinamerikanischen Blut. Aber ich warne Sie. Er läßt trotzdem nicht mit sich spaßen. Meinetwegen soll er draußen Wache halten. Ich wüßte nicht, was

Sie für Schaden anrichten könnten, außer durchs Fenster ins Meer zu springen – und auch dazu sind Sie nicht in der nötigen Verfassung.« Er hielt inne und musterte mich nachdenklich. »Sie sind so gar nicht neugierig, Mr. Carter. Das finde ich merkwürdig. Es paßt nicht zu Ihnen. Wissen Sie, da wird man mißtrauisch!«

»Neugierig? Inwiefern? Ich wüßte nicht, worauf ich neugierig sein sollte. Wie viele bewaffnete Banditen haben Sie an Bord der ›Campari‹?«

»Vierzig. Nicht übel, wie? Na ja, achtunddreißig kampffähige Männer. Einen hat Kapitän Bullen umgelegt, einem anderen haben Sie die Hand schwer beschädigt. Wo haben Sie denn so gut schießen gelernt, Carter?«

»Glückssache. Cerdan schon wieder auf dem Damm?«

»Ja«, erwiderte er kurz. Er schien sich nicht über Cerdan äußern zu wollen.

»Hat er Dexter umgebracht?« fragte ich hartnäckig.

»Nein, Werner, der als Krankenschwester verkleidet war und den Sie heute abend erschossen haben, erledigte das.« Dem geschworenen Menschenfreund schien der Tod eines Spießgesellen nicht besonders nah zu gehen. »In der Uniform eines Stewards, ein Serviertablett in Augenhöhe. Ihr Steward White hat ihn zweimal gesehen, ohne Verdacht zu schöpfen. Freilich ist er ihm nicht zu nahe gekommen. Dexter hatte Pech, daß er gerade sah, wie ein Steward den Funkraum aufsperrte.«

»Ich nehme an, daß dieser Teufel auch Benson auf dem Gewissen hatte.«

»Ja. Benson ertappte ihn dabei, wie er aus dem Funkraum kam, nachdem er Brownell zum Schweigen gebracht hatte. Er wurde erschossen. Werner wollte ihn sofort über Bord werfen, aber es waren Leute in der Nähe, Matrosen auf dem darunterliegenden Deck. Er schleppte ihn nach Backbord hinüber. Auch dort waren Leute. Also leerte er einen Schwimmwestenkasten aus und stopfte die Leiche hinein.« Carreras lächelte. »Und Sie hatten das Pech, grade neben diesem Kasten zu stehen, als wir gestern, kurz vor Mitternacht, Werner nach oben schickten, damit er die Leiche beseitige!«

»Wer hat sich den Trick ausgedacht, den falschen Marconimann in Kingston vom Funkraum aus ein Loch durch den Lüftungskanal in die darunterliegende Kabine bohren und den Hörer in den Empfängerstromkreis des Funkgeräts einschalten zu lassen? Cerdan, Ihr alter Herr oder Sie?«

»Mein Vater.«

»Und die Variante des trojanischen Pferdes? Gleichfalls Ihr Papa?«

»Er ist ein gescheiter Mann. Jetzt verstehe ich, warum Sie nicht neugierig waren. Sie wußten Bescheid.«

»Es war nicht schwer zu erraten«, sagte ich verdrossen. »Das heißt, als es zu spät war. All unsere Nöte hatten in Carracio angefangen. In Carracio hatten wir die riesigen Kisten eingeladen. Und jetzt weiß ich auch, warum die Schauerleute so entsetzt waren, als eine der Kisten sich fast aus den Seilen löste. Jetzt weiß ich, warum Ihr alter Herr so sehr darauf erpicht war, den Laderaum zu inspizieren. Nicht um den Toten in ihren Särgen seine Reverenz zu erweisen, sondern um nachzuschauen, ob seine Leute gut placiert waren, damit sie sich im gegebenen Augenblick aus den Kisten befreien konnten. Gestern nacht haben sie sich befreit und die Verschalung der Luke aufgebrochen. Wieviel Mann pro Kiste, Carreras?«

»Zwanzig, zusammengepfercht und unbequem. Arme Teufel. Es müssen recht unangenehme vierundzwanzig Stunden gewesen sein.«

»Zwanzig. Zwei Kisten. Wir haben vier Stück an Bord genommen. Was enthalten die beiden anderen?«

»Maschinen, Mr. Carter, nichts als Maschinen.«

»Eines aber möchte ich doch gerne wissen.«

»Ja?«

»Was steckt hinter dieser blutigen Aktion? Geht es um Geld? Lösegeld?«

»Ich bin nicht ermächtigt, mich mit Ihnen über diese Frage zu unterhalten.« Er lächelte. »Zumindest jetzt noch nicht. Bleiben Sie hier, Miss Beresford – oder soll ich Sie – äh – zu Ihren Eltern in den Salon begleiten?«

»Bitte, lassen Sie die junge Dame ungeschoren«, sagte Marston.

»Sie muß mir helfen, Tag und Nacht an Kapitän Bullens Bett zu wachen. Er kann jeden Augenblick einen Rückfall erleiden.«

»Wie Sie wollen.« Er verbeugte sich vor Susan Beresford. »Gute Nacht, allerseits.«

Die Tür fiel zu. Susan Beresford sagte: »So also sind sie an Bord gekommen! Und woher, um Gottes willen, haben Sie das gewußt, Mr. Carter?«

»Woher ich es gewußt habe? Wir konnten doch wohl nicht annehmen, daß man vierzig Mann im Schornstein versteckt hatte. Sobald wir also festgestellt hatten, daß Cerdan und Carreras die gesuchten Drahtzieher sind, lag alles auf der Hand. Sie kamen in Carracio an Bord, zusammen mit den riesigen Kisten. Zweimal zwei, Miss Beresford, ergibt allemal vier.« Sie wurde rot und beehrte mich mit einem sehr altmodischen Blick, aber ich ignorierte ihn und fuhr fort: »Ihr begreift wohl beide, was das bedeutet, ja?«

»Sie sollten es uns erklären«, sagte Miss Beresford in eisigem Ton. »Sie brennen doch darauf, uns aufklären zu dürfen.«

»Es bedeutet, daß es gewichtige Hintergründe gibt«, sagte ich langsam. »Alle Fracht – bis auf die in den Freihäfen – muß durch den Zoll gehen. Diese Kisten sind durch den Zoll in Carracio gegangen. Das heißt also, der Zoll weiß, was drin war. Das ist wahrscheinlich auch die Erklärung dafür, daß unser Agent so nervös war. Aber der Zoll hat die Kisten durchgelassen. Warum? Weil er die Weisung erhalten hatte, sie durchzulassen. Und wer hat die Weisung erteilt? Dic Regierung. Und wer hat ihr die Weisung erteilt? Wer anders, wenn nicht der Generalissimo – schließlich ist er der Staat. Hinter dieser Geschichte«, fuhr ich nachdenklich fort, »steckt unmittelbar der Generalissimo. Und wir alle wissen, daß er dringend Geld braucht. Ich frage mich, ich frage mich . . .«

»Was?« fragte Marston.

»Ich weiß es nicht genau. Sagen Sie mal, Doktor, gibt es hier die Möglichkeit, Tee oder Kaffee zu kochen?«

»Ich habe noch nie eine Apotheke ohne die Möglichkeit gesehen, mein Junge.«

»Eine ausgezeichnete Idee!« Susan Beresford sprang auf. »Ich würde mein Leben gern eine Tasse Tee trinken!«

»Kaffee.«

»Tee.«

»Kaffee. Erfüllen Sie einem kranken Mann seinen Wunsch. Es müßte doch für Miss Beresford ein neuartiges Erlebnis sein, selber ihren Kaffee zu brühen. Man füllt die Maschine mit Wasser –«

»Bitte, machen Sie hier einen Punkt.« Sie kam an mein Bett und blickte auf mich herab, mit ausdrucksloser Miene und ohne mit der Wimper zu zucken. »Sie haben ein sehr kurzes Gedächtnis, Mr. Carter. Vorgestern abend habe ich mich bei Ihnen entschuldigt. Erinnern Sie sich?«

»Ich erinnere mich. Verzeihung, Miss Beresford.«

»Susan«, erwiderte sie lächelnd. »Das heißt, wenn Sie Ihren Kaffee haben wollen.«

»Erpressung!«

»Ach, um Gottes willen, sagen Sie schon Susan zu ihr, wenn sie darauf besteht«, warf Dr. Marston ärgerlich ein. »Was kann es schon schaden?«

»Also ärztliche Vorschrift«, sagte ich resignierend. »Okay, Susan, bringen Sie dem Patienten seinen Kaffee.« Die Umstände waren nicht normal. Später würde ich wieder dazu übergehen können, Miss Beresford zu sagen.

Fünf Minuten verstrichen, dann kam Susan mit dem Kaffee zurück.

Ich betrachtete das Tablett und sagte: »Wie? Nur drei Tassen! Es sollten vier sein.«

»Vier?«

»Vier. Drei für uns und eine für unseren Freund vor der Tür.«

»Für unseren Freund? Sie meinen den Wachtposten.«

»Wen denn sonst?«

»Haben Sie den Verstand verloren, Mr. Carter?«

»Das ist unfair«, murmelte Marston. »Er heißt John.«

Sie sah ihn kalt an, musterte mich finster und fragte in eisigem Ton: »Haben Sie den Verstand verloren? Warum sollte ich diesem Banditen Kaffee servieren? Ich denke nicht daran!«

Marston kam mir unerwarteterweise zu Hilfe. Er sagte in scharfem Ton: »Unser Erster Offizier hat immer Gründe für seine Handlungsweise. Bitte, tun Sie, was er sagt.«

Sie füllte eine Tasse mit Kaffee, ging mit ihr nach draußen und kehrte nach wenigen Sekunden zurück.

»Hat er sich gefreut?« fragte ich.

»Und wie! Anscheinend hat er seit ewiger Zeit nichts zu sich genommen außer einem Schluck Wasser.«

»Das kann ich mir denken. Die Verpflegung in den Kisten dürfte nicht besonders gut gewesen sein.« Ich nahm die Tasse Kaffee, die sie mir reichte, trank sie aus und stellte sie weg. Der Kaffee schmeckte so, wie Kaffee schmecken soll.

»Wie ist er?« fragte Susan.

»Perfekt. Die Behauptung, daß Sie nicht einmal Wasser kochen könnten, nehme ich vorbehaltlos zurück.«

Sie und Marston sahen einander an. Dann sagte Marston: »John – Sie haben doch heute nacht nichts mehr zu überlegen, keine Probleme mehr zu lösen?«

»Absolut nicht. Ich habe nur einen Wunsch – mich ordentlich auszuschlafen.«

»Gut. Deshalb habe ich ein recht starkes Schlafmittel in Ihren Kaffee getan.« Er musterte mich nachdenklich. Kaffee hat die bemerkenswerte Eigenschaft, fremde Geschmackszusätze zu tarnen.

Ich wußte, was gemeint war, und er wußte, daß ich es wußte. Ich sagte: »Doktor Marston, ich glaube wirklich, daß ich Sie sträflich unterschätzt habe.«

»Sicher«, erwiderte er jovial. »Davon bin ich überzeugt.«

Schlaftrunken merkte ich, daß mich das Bein schmerzte; nicht sehr, doch genug, mir den Schlaf zu rauben. Jemand zerrte daran, alle paar Sekunden, kräftig und energisch, ließ es los und fing wieder von neuem an. Und dabei brabbelte er immerzu etwas vor sich hin. Ich hoffte, dieser Jemand, wer es auch sei, würde das Zerren und Brabbeln sein lassen. Wußte er nicht, daß ich ein kranker Mann war?

Ich öffnete die Augen. Das erste, was ich erblickte, war die

Uhr an der gegenüberliegenden Wand. Zehn Uhr! Zehn Uhr vormittags, weil das helle Tageslicht durch die gardinenlosen Fenster hereinfiel. Dr. Marston hatte das Schlafmittel richtig charakterisiert. ›Stark‹ war eher ein zu bescheidener Ausdruck.

Wirklich redete jemand vor sich hin: Es war der alte Bullen. Er brabbelte zusammenhanglos im unruhigen Drogenschlaf. Niemand aber zerrte an meinem Bein. Es war vielmehr das Streckgewicht, das von der Decke herabhing. Trotz ihrer Stabilisatoren schlingerte die ›Campari‹ beträchtlich. Es mußte also schwerer Seegang sein. Sooft das Schiff den Endpunkt der Schlingerbewegung erreicht hatte, war auch die Pendelbewegung des Flaschenzuges beendet, und es gab einen spürbaren Ruck, der sich ein paar Sekunden später wiederholte. Nun, da ich hellwach war, schmerzte es bedeutend mehr, als ich gedacht hatte. Bei einem echten Schenkelknochenbruch wäre mir das schwerlich bekommen. Ich sah mich nach Dr. Marston um und wollte ihn bitten, das Ding wegzunehmen.

Aber mein Blick fiel zunächst nicht auf Dr. Marston, sondern auf Miguel Carreras. Er stand am Kopfende meines Bettes. Vielleicht hatte er mich wachgerüttelt. Er war frisch rasiert, sah munter und ausgeruht aus, trug die sauber verbundene Hand in einer Schlinge und hatte einige Seekarten unterm Arm. Er lächelte mir flüchtig zu.

»Guten Morgen, Mr. Carter. Wie fühlen Sie sich heute?«

Ich ignorierte ihn. Susan Beresford saß am Schreibtisch des Arztes. Sie kam mir recht erschöpft vor, mit dunklen Ringen unter den grünen Augen. Ich fragte: »Susan, wo ist Doktor Marston?«

»Susan?« murmelte Carreras. »Wie rasch das Beisammensein Vertraulichkeiten fördert!«

Wieder beachtete ich ihn nicht. Susan erwiderte: »Er ist in der Apotheke und schläft. Er war fast die ganze Nacht auf.«

»Bitte, wecken Sie ihn. Sagen Sie ihm, er solle das verdammte Gewicht wegnehmen. Es reißt mir das Bein entzwei.«

Sie ging in die Apotheke.

Carreras sagte: »Darf ich Sie um Ihre Aufmerksamkeit bitten, Mr. Carter?«

»Erst wenn das Gewicht weg ist«, sagte ich mürrisch. »Nicht eher.«

Dr. Marston tauchte auf. Er rieb sich die Augen und entfernte wortlos das Gewicht.

»Wie geht es dem Kapitän und dem Bootsmaat?« fragte ich ihn.

»Der Kapitän behauptet sich mit Mühe und Not.« Dr. Marston sah müde aus, seine Stimme klang schwach. »Der Maat jedoch erholt sich rasch. Beide sind heute früh zu sich gekommen. Ich habe ihnen Schlafmittel gegeben.«

Ich nickte, wartete, bis er mir geholfen hatte, mich aufzusetzen und mein Bein zurechtzulegen, dann fragte ich schroff: »Was wünschen Sie, Carreras?«

Er entrollte eine der Karten und breitete sie auf meinen Knien aus. »Einen kleinen navigatorischen Rat. Nennen wir es so, ja? Sind Sie bereit, mir zu helfen?«

»Ich bin bereit, Ihnen zu helfen.«

»Wie?« Susan Beresford kam heran und blickte auf mich herab. »Sie wollen diesem Menschen helfen?«

»Haben Sie nicht gehört, was ich sagte? Was verlangen Sie von mir – soll ich den Helden spielen?« Ich deutete auf mein Bein. »Da sehen Sie, was mir mein Heroismus eingebracht hat!«

»Ich hätte es nicht für möglich gehalten!« Rote Flecken flammten auf den blassen Wangen. »Sie! Sie wollen diesem – diesem Monstrum, diesem Mörder helfen . . .«

»Wenn nicht«, erwiderte ich verdrossen, »wird er sich wahrscheinlich über Sie hermachen, Ihnen vielleicht einen Finger nach dem anderen ausreißen – ohne Betäubung. Ich behaupte nicht, daß es ihm Spaß machen würde, aber er würde es tun.«

»Ich habe keine Angst vor ihm«, sagte sie trotzig, aber sie war bleicher geworden.

»Dann ist es höchste Zeit, daß Sie Angst bekommen«, entgegnete ich kurz. »Also, Carreras?«

»Sie sind im Nordatlantik gefahren, Mr. Carter? Ich meine zwischen Europa und Amerika?«

»Viele Male.«

»Gut.« Er klopfte mit dem Zeigefinger auf die Karte. »Ein

Fahrzeug verläßt Clyde und nimmt Kurs auf Norfolk in Virginia. Ich ersuche Sie, den Kurs zu skizzieren, den es wählen wird. Sollten Sie etwa Nachschlagebücher brauchen, lasse ich sie holen.«

»Ich brauche keine.« Ich nahm den Bleistift, den er mir reichte. »Nordwärts rund um Irland – so. Ein leicht abgeplatteter Bogen längs der Sommerroute gegen Westen – hier bis zu diesem Punkt südöstlich von Neufundland. Die nördliche Kurve sieht merkwürdig aus, aber das liegt an der Kartenprojektion. Es ist die kürzeste Route.«

»Ich glaube es Ihnen. Und dann?«

»Kurz darauf weicht der Kurs von der Hauptroute ab, die in westlicher Richtung nach New York führt, ungefähr hier, unser Schiff steuert Norfolk aus Ostnordost an.« Ich drehte den Kopf, um einen Blick aus der Tür werfen zu können. »Was ist denn das für ein Lärm? Wo kommt er her? Es klingt nach Niethämmern oder Preßluftmeißeln.«

»Später, später«, sagte er gereizt. Er entfaltete eine zweite Karte, und die Spannung verschwand aus seinen Zügen. »Großartig, Carter, großartig. Ihr Kurs stimmt fast genau mit dem überein, der hier eingezeichnet ist.«

»Warum, zum Teufel, haben Sie mich gefragt?«

»Ich pflege alles doppelt und dreifach zu kontrollieren, Mr. Carter. Das Fahrzeug, von dem die Rede ist, soll in zwei Tagen, am Sonnabend, Punkt zehn Uhr abends in Norfolk eintreffen. Nicht früher, nicht später. Punkt zehn. Wenn ich diesem Fahrzeug am selben Tag im Morgengrauen begegnen will, wo werde ich es abfangen müssen?«

Ich behielt meine Fragen für mich. »In diesen Breiten bricht die Dämmerung um fünf Uhr an. Mit einer Abweichung von einigen Minuten. Welche Geschwindigkeit hat das Fahrzeug?«

»Natürlich! Wie dumm von mir! Zehn Knoten.«

»Zehn Knoten. Siebzehn Stunden. Einhundertsiebzig Seemeilen. Der Treffpunkt würde hier liegen ...«

»Richtig.« Wieder hatte er seine Karte zu Rate gezogen. »Sehr erfreulich.« Er warf einen Blick auf den Zettel, den er in der Hand hielt. »Unsere jetzige Position ist sechsundzwanzig Minuten zweiundfünfzig Nord, sechsundsiebzig Minuten dreiunddreißig West. Wie lange werden wir brauchen, um diesen Kreuzungspunkt zu erreichen?«

»Was ist das für ein Hämmern dort draußen?« fragte ich. »Welche Teufelei haben Sie vor, Carreras?«

»Beantworten Sie meine Frage!« Sein Ton war scharf.

Er hatte sämtliche Trümpfe in der Hand. Ich fragte: »Wie groß ist unsere Geschwindigkeit?«

»Vierzehn Knoten.«

»Dreiundvierzig Stunden«, sagte ich nach einer Pause. »Knapp.«

»Dreiundvierzig Stunden«, wiederholte er langsam. »Jetzt haben wir Donnerstag, zehn Uhr vormittags, und ich muß am Sonnabend um fünf Uhr früh am Treffpunkt sein. Mein Gott, das sind nur dreiundvierzig Stunden.« Zum erstenmal wurde seine Miene besorgt. »Wie groß ist die Höchstgeschwindigkeit der ›Campari‹?«

»Achtzehn Knoten.« Ich sah Susans Gesicht. Sie verlor soeben alle Illusionen, die sie sich über den Ersten Offizier Carter gemacht hatte.

»Aha! Achtzehn?« Seine Miene erhellte sich. »Und wenn wir mit achtzehn Knoten fahren?«

»Dann werden wahrscheinlich die Stabilisatoren streiken und das Schiff wird aus den Fugen platzen.«

Das gefiel ihm nicht. Er sagte: »Was soll das heißen?«

»Das soll heißen, daß Sie sich auf Schwierigkeiten gefaßt machen müssen, Carreras, auf große Schwierigkeiten.« Ich sah zum Fenster hinaus. »Ich sehe den Seegang nicht, aber ich spüre ihn. Ungewöhnlich heftig! Fragen Sie jeden beliebigen Fischer auf den Bahamas, was das zu dieser Jahreszeit bedeutet. Er wird Ihnen Bescheid sagen. Es kann nur eines bedeuten, Carreras – ein tropisches Unwetter, mit ziemlicher Sicherheit ein Orkan! Die Brecher kommen aus dem Osten, dort liegt das Sturmzentrum. Vielleicht noch zweihundert Meilen entfernt. Und der Seegang wird schlimmer. Haben Sie es nicht bemerkt? Er wird schlimmer, weil der klassische Weg der Orkane in diesen Gegenden in westnordwestlicher Richtung verläuft. Sie wandern mit einer Geschwindigkeit von zehn bis fünfzehn Seemeilen in der Stunde. Wir steuern einen nordöstlichen Kurs. Mit anderen Worten: Der Orkan und die ›Campari‹ steuern auf einen Zusammenstoß zu. Es ist Zeit, daß Sie die Wetterberichte studieren, Carreras.«

»Wie lange würden wir bei einer Geschwindigkeit von achtzehn Knoten bis zu meinem Treffpunkt brauchen?«

»Dreiunddreißig Stunden. Ungefähr. Bei gutem Wetter.«

»Und der Kurs?«

Ich zeichnete ihn ein und sah Carreras an. »Zweifellos der gleiche, der auf Ihrer Karte verzeichnet steht.«

»Ja. Auf welcher Wellenlänge werden die Wetterberichte gesendet?«

»Wellenlänge?« sagte ich trocken. »Wenn vom Atlantik her in westlicher Richtung ein Hurrikan im Anrollen ist, werden sämtliche Sender an der Ostküste so gut wie ununterbrochen Wetterberichte senden.«

Carreras ging zu Marstons Telefon, sprach mit der Brücke und befahl, Volldampf zu geben und die Wetterberichte abzuhören. Als er fertig war, sagte ich: »Achtzehn Knoten? Na schön, ich habe Sie gewarnt.«

»Ich muß so viel Zeit wie irgend möglich zur Verfügung haben.« Er blickte auf Bullen hinunter, der immer noch im Schlaf unzusammenhängende Worte vor sich hinmurmelte. »Was würde unser Kapitän unter solchen Umständen tun?«

»Kehrt machen und in jede beliebige Richtung abhauen – nur nicht nach Nord. Wir müssen an unsere Passagiere denken. Sie werden nicht gern seekrank.«

»Ich fürchte, die Armen werden viel zu leiden haben. Aber sie leiden im Dienst einer guten Sache.«

»Ja«, sagte ich langsam. Jetzt wußte ich, was das Hämmern an Deck bedeutete. »Eine gute Sache. Für einen Patrioten wie Sie könnte es wohl keine bessere Sache geben. Die Geldschränke des Generalissimo sind leer. Kein Sou in Sicht, und das Regime wackelt. Nur eines kann den kranken Mann im Karibischen Meer retten: eine Bluttransfusion. Besser gesagt, eine Goldtransfusion. Das Schiff, das wir abfangen wollen, Carreras – wie viele Millionen Barrengold hat es an Bord?«

Marston war in die Krankenstube zurückgekehrt. Er und Susan sahen zuerst mich, dann einander an. Die gemeinsame Diagnose war unverkennbar: Der hinausgezögerte Schock mußte eine leichte Verwirrung in meinem Gehirn angerichtet haben. Carreras war, wie ich deutlich sah, anderer Meinung. Seine Züge waren wie seine Muskeln ganz starr geworden.

»Sie haben Zugang zu Nachrichtenquellen, die mir völlig unbekannt sind.« Es war nur ein Flüstern. »Was für Quellen, Carter: Rasch . . .«

»Gar keine Quellen, Carreras.« Ich lächelte. »Warum?«

»Niemand wird mit mir Katz und Maus spielen.« Er war noch immer unheimlich ruhig. »Die Quellen, Carter . . .«

»Hier.« Ich klopfte mir mit dem Finger an die Stirn. »Nur hier. Die einzige Quelle.«

Einige Sekunden lang betrachtete er mich kalt und stumm, nickte dann kurz. »Ich habe es vom ersten Augenblick an bemerkt. Sie haben etwas Besonderes an sich. Der Meisterboxer sieht, auch wenn er sich ausruht, wie ein Meisterboxer aus. Ein gefährlicher Mann kann nicht anders als gefährlich aussehen, sogar in den gemütlichsten Situationen, in der harmlosesten Umgebung. Das ist Ihre Besonderheit. Ich habe mich nicht umsonst darin geschult, solche Faktoren zu erkennen.«

»Haben Sie das gehört?« sagte ich zu Susan. »Sie hätten es nie geahnt, wie? Sie hielten mich für einen Durchschnittsmenschen.«

»Sie sind aber noch klüger, als ich dachte, Mr. Carter«, murmelte Carreras.

»Wenn man nur deshalb klug ist, weil man weiß, daß zwei mal zwei jederzeit vier ergibt, dann haben Sie recht. Aber, mein Gott, wenn ich tatsächlich klug wäre, würde ich nicht mit einem gebrochenen Bein hier herumliegen.« Ein gelegentlicher Hinweis auf meine Hilflosigkeit würde nicht schaden. »Der Generalissimo braucht Geld. Ich hätte es mir schon längst ausrechnen können.«

»Ja?«

»Ja. Soll ich Ihnen verraten, warum Brownell, unser Funkoffizier, umgebracht wurde?«

»Das würde mich interessieren.«

»Weil Sie eine Mitteilung der Familien Harrison und Curtis abgefangen hatten, der beiden Familien, die in Kingston durch ein Kabel in die Heimat gerufen worden waren. In der Mitteilung hieß es, das Kabel sei ein schlechter Scherz gewesen. Hätten wir das erfahren, dann würden wir uns die Herren Carreras und Cerdan, die die freigewordenen Plätze übernommen hatten, gründlich angeschaut haben. Entscheidend ist, daß die gefälschten Kabel über Ihre Hauptstadt gegangen waren, Carreras. Daraus erhellt, daß die Postverwaltung mitgemacht hat und infolgedessen die Regierung informiert war. Die Post ist staatlich.

Zweitens ist die Warteliste der ›Campari‹ in Ihrem Vaterland sehr lang. Sie standen ganz unten, rutschten aber plötzlich, auf geheimnisvolle Weise, an die Spitze. Sie haben selber erklärt, daß Sie und Ihre Freunde die einzigen waren, die die günstige Gelegenheit ausnutzen und die beiden freigewordenen Kabinenfluchten beziehen konnten. Quatsch. Aber eine hochgestellte, sehr hochgestellte Person, hat erklärt: Carreras und Cerdan rücken an die erste Stelle. Und niemand konnte aufbegehren. Ich frage, warum?

Drittens: Obwohl eine Warteliste existiert, sind keine von Ihren Landsleuten unter den Anwärtern, Carreras. Sie dürfen nicht mit Schiffen fahren, die nach Auslandshäfen bestimmt sind. Darüber hinaus wird jeder sofort eingelocht, bei dem man ausländische Valuta findet. Sie aber durften fahren. Sie durften sogar mit Dollars zahlen. Können Sie nach wie vor meinen Gedankengängen folgen?«

Er nickte. »Wir mußten es riskieren, mit Dollars zu zahlen.«

»Viertens: Der Zoll drückte beide Augen zu, als die Kisten mit Ihren Leuten an Bord geschafft wurden. Und die Kisten mit den Geschützen. Daraus ist zu ersehen –«

Marston unterbrach mich. »Geschütze?« Er sah völlig verstört drein. »Geschütze?«

»Der Lärm, den Sie draußen hören«, sagte Carreras gleichmütig. »Mr. Carter wird es Ihnen später erklären. Schade«, fuhr er fort, »daß wir beide nicht im gleichen Lager stehen. Sie hätten einen unvergleichlichen Adjutanten abgegeben, Mr. Carter. Und Sie hätten Ihr Gehalt selber bestimmen dürfen!«

»Ungefähr das gleiche hat Mr. Beresford gestern zu mir gesagt. Plötzlich werden mir von allen Seiten Posten angeboten. Doch der Zeitpunkt solcher Angebote könnte besser gewählt sein.«

»Wollen Sie mir erzählen«, warf Susan ein, »daß Papa Ihnen –«

»Nur keine Panik!« warf ich ein. »Er hat es sich inzwischen anders überlegt. Also, Carreras, so sieht es aus. Die Behörden machen mit. Und was wird benötigt? Geld. Dringend. In den letzten zwei Jahren hat man aus den Ländern hinter dem Eisernen Vorhang Waffen für dreihundertfünfzig Millionen Dollar bezogen. Leider hat der Generalissimo von Anfang an keine dreihundertfünfzig Millionen Dollar besessen. Seit niemand mehr seinen Zucker kaufen will, ist der Außenhandel praktisch lahmgelegt. Wie also soll ein ehrlicher Mensch Geld heranschaffen? Sehr einfach. Er stiehlt es.«

»Persönliche Beleidigungen könnten wir uns ersparen.«

»Wie Sie wollen. Vielleicht klingt Seeräuberei besser als Diebstahl. Ich weiß es nicht. Aber was stiehlt er? Obligationen, Aktien, Akzepte, Bargeld? Nein. Er interessiert sich nur für Werte, deren Spuren man nicht bis zu ihm verfolgen kann. Und da gibt es nur eine Substanz, die dazu tauglich ist: Gold. Ihr Staatschef und Führer, Mr. Carreras«, fügte ich nachdenklich hinzu, »muß sowohl in Großbritannien wie in den Vereinigten Staaten ein ausgedehntes Spionagenetz besitzen.«

»Wenn man bereit ist, das erforderliche Kapital in ein solches Unternehmen zu investieren«, sagte Carreras gleichgültig, »ist ein großer Spionageapparat äußerst nützlich. In meiner Kabine liegen sogar die kompletten Ladepläne des Goldschiffs. Die meisten Menschen sind zu kaufen, Mr. Carter.«

»Wenn es eines Tages doch jemand auch bei mir versuchen wollte!« sagte ich seufzend. »Na, da haben wir's. Die amerikanische Regierung hat kein Hehl daraus gemacht, daß es ihr gelungen ist, einen großen Teil ihrer Goldreserven, die in den letzten Jahren nach Europa gewandert waren, zurückzukaufen. Dieses Barrengold muß transportiert werden. Ein Teil davon befindet sich an Bord des Dampfers, den wir abfangen wollen – dafür möchte ich meinen Kopf verwetten. Daß das Schiff erst nach Einbruch der Dunkelheit in Norfolk eintreffen soll, ist an und für sich schon sehr interessant. Noch interessanter ist, daß unter Norfolk in diesem Falle wahrscheinlich die Flottenbasis von Hampton Roads zu verstehen ist, wo die Ladung mit einem Maximum an Sicherheit gelöscht werden kann. Und von Norfolk führt der kürzeste Landweg nach Fort Knox, wo das Gold schließlich eingelagert wird. Wieviel Gold, Carreras?«

»Einhundertfünfzig Millionen Dollar«, erwiderte er gelassen. »Sie haben kaum etwas übersehen. Nichts, das von Bedeutung wäre.«

Einhundertfünfzig Millionen. Ich prüfte diese Summe unter verschiedenen Gesichtspunkten, aber mir fiel kein passender Kommentar ein, deshalb fragte ich: »Warum haben Sie sich die ›Campari‹ ausgesucht?

»Ich dachte, auch das hätten Sie erraten. Tatsächlich standen drei weitere Schiffe zur Wahl, die alle zwischen New York und dem Karibischen Meer verkehren. Wir haben eine Zeitlang die Routen aller vier Schiffe studiert. Die ›Campari‹ paßte uns am besten.«

»Das war aber sehr knapp kalkuliert, nicht wahr? Wie denn, wenn wir ein paar Tage später in Caraccio angelegt hätten?«

»Ein Kriegsschiff, eine Fregatte, lag seit Ihrer Abfahrt von Savannah bereit, Sie unter einem friedlichen Vorwand abzufangen. Ich befand mich an Bord. Aber es war nicht nötig.« Das also war das Fahrzeug gewesen, das wir nachts auf unseren Radarschirmen gesehen hatten. Nicht, wie wir uns einbildeten, ein amerikanisches Kriegsschiff, sondern eine Fregatte des Generalissimo. »Diese Methode war viel einfacher, viel befriedigender«, sagte er lächelnd.

»Und die Fregatte«, sagte ich, »konnten Sie natürlich für diese Aufgabe nicht verwenden. Sie hat nicht den erforderlichen Aktionsradius. Hoffnungslos bei schlechtem Wetter. Keine Ladekräne für die Übernahme schwerer Lasten. Und zu auffällig, viel zu auffällig. Aber die ›Campari‹! Wer wird die ›Campari‹ vermissen, wenn sie ein paar Tage verspätet ist und nicht rechtzeitig den nächsten Bestimmungshafen anläuft? Nur das Hauptbüro und –«

Carreras unterbrach mich. »Das Hauptbüro haben wir berücksichtigt. Glauben Sie denn, wir würden einen so bedeutenden Faktor außer acht lassen? Unser eigener Sender ist bereits installiert. Ich kann Ihnen versichern, daß er einen Strom tadellos formulierter Mitteilungen hinausgehen läßt.«

»Ich sehe, auch dieses Detail haben Sie geregelt, und die ›Campari‹ fährt so schnell, daß sie die meisten Frachter einholen kann. Sie ist bei so ziemlich jedem Wetter seetüchtig, verfügt über eine erstklassige Radaranlage und über schwere Ladekräne.« Ich hielt inne und sah ihn an. »Wir haben sogar vorn am Bug und hinten am Heck verstärkte Decks, auf denen Geschütze montiert werden können. Die meisten britischen Schiffe haben seit dem zweiten Weltkrieg solche Verstärkungen einbauen lassen. Aber ich mache Sie darauf aufmerksam, daß diese Decks von unten her mit Winkeleisen abgesteift werden müssen, und das ist eine Arbeit, die etwa zwei Tage in Anspruch nimmt. Ohne diese Verstrebungen wird selbst eine kleine Fünfundsiebziger, wenn sie auch nur zwei Schüsse abfeuert, die Stahlplatten aus den Fugen reißen und verbeulen.«

»Mehr als zwei Schüsse werden wir nicht brauchen.«

Ich dachte über diese Bemerkung nach. Zwei Schüsse? Ich konnte mir keinen Vers darauf machen. Was hatte Carreras vor?

»Um Gottes willen, worüber reden Sie nur?« fragte Susan ärgerlich. »Verstärkte Stahldecks, Winkeleisen? Worum geht es denn eigentlich?«

»Kommen Sie mit, Miss Beresford«, sagte Carreras lächelnd. »Ich werde Ihnen gern persönlich zeigen, was gemeint ist. Außerdem vermute ich, daß Ihre liebevollen Eltern sich bereits um Sie sorgen. Bis nachher, Mr. Carter. Kommen Sie, Miss Beresford.«

Zögernd und unschlüssig sah sie ihn an. Ich sagte: »Gehen Sie ruhig mit. Wer weiß, vielleicht haben Sie Glück. Ein ordentlicher

Stoß, wenn er an der Reling steht und nicht die richtige Balance hält! Sie müssen nur den geeigneten Zeitpunkt abpassen!«

»Ihr angelsächsischer Humor beginnt mir auf die Nerven zu gehen«, sagte Carreras säuerlich. »Hoffentlich werden Sie ihn in den kommenden Tagen nicht verlieren.«

Mit dieser der Situation angemessenen Drohung verließ er den Raum. Marston sah mich an. Seine Miene, bisher verblüfft, wurde nachdenklich.

»War das, was Carreras sagte, so gemeint, wie ich es aufgefaßt habe?«

»Sicher. Das ist das Hämmern, das Sie seit einiger Zeit hören, das Geräusch der Preßluftbohrer. In den verstärkten Teilen des Vorder- und Achterdecks sind Schraubenlöcher angebracht, die zu den Grundplatten verschiedener britischer Geschützmodelle passen. Carreras' Geschütze stammen wahrscheinlich aus Ländern hinter dem Eisernen Vorhang. Er muß neue Löcher bohren.«

»Er will also tatsächlich Schiffsgeschütze montieren?«

»Sie waren in zwei großen Kisten verpackt. Wahrscheinlich zerlegt, aber so, daß man sie schnell zusammensetzen kann. Es können keine schweren Dinger sein, sonst müßten sie auf einer Werft montiert werden. Aber ihr Kaliber wird ausreichen, um das Goldschiff zu stoppen.«

»Ich kann es nicht glauben!« protestierte Marston. »Ein bewaffneter Überfall auf hoher See? Seeräuberei heutzutage, im zwanzigsten Jahrhundert? Lächerlich. Ausgeschlossen!«

»Sagen Sie das unserem Freund Carreras. Er zweifelt nicht einen Augenblick daran, daß es sich durchführen läßt. Ich auch nicht. Können Sie mir verraten, was ihn daran hindern sollte?«

»Wir müssen ihn daran hindern, John. Wir müssen ihm dazwischenfunken.«

»Warum?«

»Du lieber Gott! Warum? Zusehen, wie der Kerl mit wer weiß wie vielen Millionen Pfund das Weite sucht . . .?«

»Also sind es die Millionen, die Ihnen Sorge bereiten?«

»Natürlich«, erwiderte Marston schroff. »Das versteht sich doch von selbst!«

»Natürlich haben Sie recht, Doktor«, sagte ich. »Ich bin heute nicht ganz auf der Höhe.« Eigentlich hätte ich betonen müssen, daß er, wenn er gründlicher nachdächte, noch zehnmal besorgter sein würde als jetzt, und zwar nicht wegen der Millionen. Ungefähr halb so besorgt wie ich. Ich jedenfalls machte mir schwere Sorgen. Und ich hatte Angst, eine Heidenangst. Freilich war Carreras gewitzt und schlau – vielleicht aber um ein Jota weniger schlau, als er sich einbildete. Er hatte den Fehler begangen, sich allzu bereitwillig auf ein Gespräch mit mir einzulassen. Wenn das einem Menschen geschieht, der etwas zu vertuschen hat, wird er den weiteren Fehler begehen, entweder zuviel oder zuwenig zu sagen. Carreras hatte in beiden Punkten gesündigt. Warum aber sollte es ihm etwas ausmachen, so dachte er wohl, ob er zuviel oder zuwenig sagte? Er konnte nicht den kürzeren ziehen. Jetzt nicht mehr ...

Das Frühstück wurde serviert. Ich hatte keinen Appetit, aß es aber trotzdem auf. Ich hatte zuviel Blut verloren. Was immer ich an Kraft zusammenraffen konnte, würde ich in der kommenden Nacht brauchen. Und es würde vielleicht noch nicht ausreichen. Zu schlafen hatte ich schon gar keine Lust, aber ich bat Marston um ein Beruhigungsmittel, und er gab es mir. Ich würde auch so viel Schlaf wie nur möglich brauchen. Denn in der kommenden Nacht würde ich schwerlich ein Auge schließen können.

Kurz ehe ich einschlief, spürte ich noch eine seltsame Trockenheit im Mund, wie man sie häufig verspürt, wenn man seine Angst bekämpft. Doch ich redete mir ein, daß es nicht Angst sei, nicht eigentlich Angst, sondern eine Wirkung des Schlafmittels. Das versuchte ich mir einzureden ...!

8

Donnerstag: 16 Uhr bis 22 Uhr

Erst am späten Nachmittag wachte ich auf, gegen vier. Bis zum Sonnenuntergang waren es noch vier Stunden, aber man hatte bereits Licht gemacht, und der Himmel vor den Fenstern war schwarz, fast wie bei Nacht. Aus den düsteren, tiefhängenden Wolken fiel, vom Wind gepeitscht, heftiger Regen. Selbst durch die geschlossenen Türen und Fenster war das mächtige Toben zu hören, halb ein Winseln, halb ein Pfeifen: die Stimme des Orkans, der durch die Holme und die Takelage fuhr.

Die ›Campari‹ hatte viel auszustehen. Sie fuhr noch immer schnell, viel zu schnell in Anbetracht der Wetterlage. Sie erkämpfte sich ihren Weg durch hohe, schwere Wogen, die gegen Steuerbord schlugen. Es waren gewiß keine haushohen Wellen oder auch nur Wellen von einer für tropische Stürme ungewöhnlichen Höhe. Doch unsere Geschwindigkeit bei einem Seegang, der von der Seite kam, drohte das Schiff aus den Fugen zu reißen. Die ›Campari‹ wand sich wie ein Korkzieher, und das war eine Bewegung, die den Schiffsrumpf der denkbar größten Belastung aussetzt. Mit äußerster Regelmäßigkeit prallte die ›Campari‹ auf die von Steuerbord kommende See, bäumte sich auf, rutschte zögernd nach Backbord, neigte sich jählings nach vorn und schlingerte nach Steuerbord, auf der anderen Seite des Brechers hinabgleitend, um dann mit erschütternder Wucht gegen die nächste Sturzsee zu prallen. Sekundenlang erzitterte der Schiffsrumpf in jeder Naht und jeder Niete. Kein Zweifel: Die schottische Werft am Clyde hatte erstklassige Arbeit geleistet.

Aber man hatte dort nicht kalkuliert, daß die ›Campari‹ einer Horde von Irren in die Hände fallen würde. Auch Stahl kann zerbrechen.

»Doktor Marston«, sagte ich, »bitte, versuchen Sie Carreras telefonisch zu erreichen.«

»Hallo – sind wir schon wach?« Er schüttelte den Kopf. »Ich habe mir ihn selber vor einer Stunde vorgeknöpft. Er steht auf der Brücke und ist entschlossen, im Notfall die ganze Nacht dort zu bleiben. Er weigert sich, die Geschwindigkeit zu vermindern. Er sagt, er sei schon auf fünfzehn Knoten heruntergegangen.«

»Der Mann ist wahnsinnig. Gott segne die Stabilisatoren. Wenn wir sie nicht hätten, würden wir bestimmt Purzelbäume schlagen.«

»Können sie die Belastung endlos ertragen?«

»Das halte ich für höchst unwahrscheinlich. Wie geht es dem Kapitän und dem Bootsmaat?«

»Der Kapitän schläft und phantasiert noch, atmet aber freier. Unseren Freund MacDonald können Sie selber fragen.«

Ich wälzte mich auf die Seite. Ja, MacDonald war wach und lächelte mir zu.

Marston sagte: »Da ihr beide wach seid, werdet ihr mir gestatten, mich in der Apotheke für ein Stündchen hinzulegen. Ich habe es nötig.«

Er sah wirklich blaß und erschöpft aus.

»Wenn etwas schiefgeht, rufen wir Sie.« Ich blickte ihm nach und sagte dann zu MacDonald: »Gut geschlafen?«

»Als geborener Faulpelz, ja!« Lächelnd fügte er hinzu: »Ich wollte aufstehen, aber Marston war dagegen.«

»Wundert Sie das? Sie wissen doch, daß Ihre Kniescheibe zerschmettert ist. Es wird Wochen dauern, ehe Sie wieder richtig gehen können.« Nie wieder würde er richtig gehen können ...

»Das kommt mir sehr ungelegen. Doktor Marston hat mir von diesem sauberen Carreras und seinen Plänen erzählt. Der Mann ist verrückt.«

»Vielleicht. Aber ob verrückt oder nicht – wie soll man ihm das Handwerk legen?«

»Vielleicht wird das Wetter es schaffen. Dort draußen geht es wüst zu.«

»Das Wetter wird ihn nicht aufhalten. Er ist ein Fanatiker, ein Starrkopf. Aber ich selber könnte einen Versuch machen.«

»Sie?« MacDonald hatte die Stimme erhoben, senkte sie aber sofort zu einem Flüstern. »Sie? Mit Ihrem Schenkelknochenbruch? Wie, zum Donnerwetter –«

»Mein Bein ist nicht gebrochen.« Ich berichtete ihm von unserem Täuschungsmanöver. »Ich glaube, ich kann herumhumpeln, wenn ich nicht zuviel Treppen steigen muß.«

»Mhm. Und was haben Sie für einen Plan, Sir?«

Ich sagte ihm Bescheid. Er hielt mich für nicht minder verrückt als Carreras und bemühte sich nach Kräften, mir abzuraten, kam sogar mit eigenen Vorschlägen. Wir debattierten noch in gedämpftem Ton darüber, als die Tür aufging. Ein Wachtposten ließ Susan Beresford ein und schloß die Tür hinter ihr.

»Wo sind Sie den ganzen Tag gewesen?« fragte ich vorwurfsvoll.

»Ich habe die Kanonen gesehen.« Sie war bleich und matt und schien vergessen zu haben, daß sie mir meine Zusammenarbeit mit Carreras übelgenommen hatte. »Ein großes Geschütz hat man am Heck, ein kleines vorn am Bug aufgestellt. Beide sind jetzt mit Segeltuch zugedeckt. Den Rest des Tages habe ich bei meinen Eltern und den übrigen Passagieren verbracht.«

»Und wie geht es unseren Passagieren?« fragte ich. »Sind sie fuchsteufelswild, weil man sie mit Gewalt entführt hat? Oder betrachten sie das Ganze als eine neue Attraktion, ein großartiges Abenteuer, das die Reederei ihnen kostenlos bietet, damit sie bis an ihr Lebensende den Kindern und Enkeln davon erzählen können? Sicher sind die meisten froh und erleichtert, weil Carreras nicht die Absicht hat, sie als Geiseln festzuhalten und ein Lösegeld zu erpressen.«

»Den meisten ist das eine wie das andere völlig gleich«, erwiderte Susan Beresford. »Sie sind so seekrank, daß es ihnen sogar einerlei ist, ob sie sterben oder am Leben bleiben werden. Ich kann Ihnen sagen, mir ist ähnlich zumute!«

»Sie werden sich daran gewöhnen«, sagte ich gefühllos. »Ihr

werdet euch alle daran gewöhnen ... Ich möchte Sie um einen Gefallen bitten.«

»Ja, John?« Die Unterwürfigkeit ihrer Antwort, die wohl nur eine Folge der Erschöpfung war, und die Tatsache, daß sie mich bei meinem Vornamen anredete, war mir ein Anlaß, ängstlich zu dem Maat hinüberzuschielen. Doch er betrachtete angelegentlich ein Stück der Decke, obwohl dort absolut nichts zu sehen war.

»Verschaffen Sie sich die Erlaubnis, in Ihre Kabine zu gehen. Sagen Sie, daß Sie Decken holen wollen, Sie hätten heute nacht gefroren. Schmuggeln Sie heimlich den Smokinganzug Ihres Vaters zwischen die Decken – nicht den weißen Tropensmoking, sondern den schwarzen. Passen Sie um Gottes willen auf, daß niemand es merkt. Besitzen Sie ein dunkles Kleid?«

»Ein dunkles Kleid?« fragte sie stirnrunzelnd. »Warum –«

»Himmelherrgott, antworten Sie schnell ...«, zischte ich wütend. Draußen wurden Stimmen laut.

»Ein schwarzes Cocktailkleid ...«

»Nehmen Sie es ebenfalls mit.«

Sie sah mich fest an. »Wollen Sie mir nicht verraten –?«

Die Tür ging auf, Tony Carreras kam herein, mühelos auf dem schwankenden, stampfenden Deck balancierend. Unterm Arm hatte er eine regenfeuchte Seekarte.

»Guten Abend allerseits.« Seine Stimme klang munter, aber er sah etwas blaß aus. »Carter, ein kleiner Auftrag meines Vaters. Die Position der ›Fort Ticonderoga‹ um acht Uhr morgens, zwölf Uhr mittags und vier Uhr nachmittags. Tragen Sie alles in die Karte ein. Wir wollen sehen, ob Ihre Werte mit den vorausberechneten Werten übereinstimmen.«

»›Fort Ticonderoga‹ heißt das Schiff also, das Sie abfangen wollen?«

»Ja, wenn Sie nichts dagegen haben.«

»Und die Positionen?« fragte ich verständnislos. »Woher zum Teufel wissen Sie, wo das Schiff sich befindet? Sie wollen doch nicht etwa behaupten, daß die ›Ticonderoga‹ Ihnen ihre Positionen mitteilt? Sind die Funker bestochen?«

»Mein Vater denkt an alles«, entgegnete Tony Carreras gelassen. »Buchstäblich an alles. Ich sagte Ihnen doch, er sei ein kluger Mann. Sie wissen, daß wir die Absicht haben, die ›Ticonderoga‹ zu überfallen. Glauben Sie, daß es uns angenehm wäre, wenn sie im gleichen Augenblick, in dem wir ihr einen Warnschuß vor den Bug setzen, SOS funken würde? Die regulären Funkoffiziere haben vor der Abfahrt des Schiffes einen kleinen Unfall erlitten und wurden durch geeignete Leute ersetzt.«

»Einen kleinen Unfall?« fragte Susan Beresford bedrückt. Vor Übelkeit und Erregung war ihr Gesicht kreideweiß. Doch Tony Carreras konnte ihr keine Furcht einjagen. »Was für einen Unfall?«

»Ein Unfall, wie er jedem von uns so leicht widerfahren kann, Miss Beresford.« Tony Carreras lächelte, aber er sah dabei nicht mehr so charmant und jungenhaft aus wie sonst. Ich konnte überhaupt keinen Ausdruck in seinen Zügen entdecken, sondern sah nur die merkwürdig flachen Augen. Mehr denn je war ich überzeugt, daß mit Tony Carreras' Augen etwas nicht stimmte. Und mehr denn je war ich überzeugt, daß es nicht nur an den Augen lag, sondern daß das Übel weit tiefer steckte. Der Blick war nur ein Symptom. »Nichts Ernstes, glauben Sie mir.« Das hieß, daß sie nicht öfter als einmal umgebracht worden waren. »Einer der Ersatzleute ist nicht nur Funker, sondern auch ein geschulter Navigator. Wir sahen keinen Grund, warum wir uns nicht diesen Umstand zunutze machen sollten, um stets über die genaue Position der ›Ticonderoga‹ informiert zu sein. Von Stunde zu Stunde.«

»Ihr Vater überläßt nichts dem Zufall«, sagte ich zustimmend. »Abgesehen davon, daß er an Bord der ›Campari‹ auf mich als den einzigen geschulten Navigator angewiesen zu sein scheint.«

»Er wußte nicht, daß all die anderen Deckoffiziere der ›Campari‹ so töricht sein würden. Wir – sowohl mein Vater als auch ich – verabscheuen alles Blutvergießen.« Wieder klang es überzeugend aufrichtig. Doch ich fragte mich, ob die silberhelle Glokke nicht einen geheimen Sprung habe. »Auch mein Vater versteht etwas von Navigation, aber er hat im Augenblick leider alle Hände voll zu tun. Er ist der einzige seemännische Fachmann in unseren Reihen.«

»Ihre anderen Leute sind es nicht?«

»Leider nicht. Aber sie sind durchaus der Aufgabe gewachsen, dafür zu sorgen, daß die professionellen Seeleute, also Ihre Leute, ihre Pflicht tun, wie sich's gehört.«

Das war eine tröstliche Botschaft. Wenn Carreras sich darauf versteifte, die ›Campari‹ in diesem Tempo durch den Sturm zu treiben, würde so ziemlich allen an Bord befindlichen ›Landratten‹ todübel werden. Das würde mir vielleicht meine nächtlichen Vorhaben erleichtern.

Ich fragte: »Was wird aus uns, wenn ihr die verdammten Goldbarren erst einmal geschnappt habt?«

»Wir bringen euch an Bord der ›Ticonderoga‹«, sagte er obenhin. »Was denn sonst?«

»So?« zweifelte ich höhnisch. »Damit wir sofort sämtliche in der Nähe befindlichen Fahrzeuge verständigen können, die ›Campari‹ –«

»Verständigen Sie, wen Sie wollen«, warf er seelenruhig ein. »Halten Sie uns für Idioten? Noch am selben Morgen verlassen wir die ›Campari‹. Ein anderes Schiff liegt schon bereit. Miguel Carreras denkt wirklich an alles!«

Ich schwieg und widmete mich der Karte, während Susan Beresford um Erlaubnis bat, Decken holen zu dürfen. Er erklärte sich lächelnd bereit, sie zu begleiten. Zusammen gingen sie weg. Als sie fünf Minuten später zurückkehrten, hatte ich inzwischen die Positionen auf der Karte verzeichnet und festgestellt, daß die ›Fort Ticonderoga‹ sich auf ihrem Kurs befand. Mit diesem Bescheid gab ich Tony Carreras die Karte zurück. Er bedankte sich und verließ den Raum.

Um acht Uhr wurde das Abendessen serviert. Im Vergleich zu den üblichen lukullischen Genüssen an Bord der ›Campari‹ handelte es sich diesmal um keine besonders geglückte Speisenfolge. Antoine war nie so ganz auf der Höhe, wenn die Elemente ihm zu schaffen machten. Aber trotzdem ging es an. Susan aß keinen Bissen. Ich vermutete, daß ihr bereits mehr als einmal übel geworden war, ohne daß sie es erwähnte. Mochte sie auch eine Millionärstochter sein, so war sie doch keineswegs zimperlich, und es fehlte ihr die Fähigheit zu grenzenlosem Selbstmitleid, die ich von der Tochter der Beresfords erwartet hätte. Ich selbst war nicht hungrig, mir lag ein Klumpen im Magen, der freilich nichts mit den Schlingerbewegungen der ›Campari‹ zu tun hatte. Dennoch richtete ich mich nach dem Grundsatz, daß ich alle Kräfte brauchen würde, die ich nur aufbieten konnte, und zwang mich infolgedessen zum Essen. MacDonald schlang, als ob er seit einer Woche kein Stück Brot mehr gesehen hätte. Bullen lag noch immer im Schlummer der Betäubung und warf sich in den Sicherheitsgurten, die ihn ans Bett fesselten, hin und her, atmete nach wie vor mühsam und sprach unaufhörlich vor sich hin.

Um neun Uhr sagte Marston: »Ist es jetzt Zeit für den Kaffee, John?«

»Zeit für den Kaffee.«

Ich sah, daß Marstons Hände leicht zitterten. Da er allzu lange allabendlich fast eine ganze Flasche Rum geleert hatte, befanden sich seine Nerven in keinem besonders guten Zustand.

Susan brachte fünf Tassen Kaffee, eine nach der anderen. Es wäre unmöglich gewesen, jeweils mehr als eine Tasse zu balancieren, so heftig stampfte das Schiff, so gewaltsam und ruckweise fiel es in die Wellentäler hinab. Eine Tasse war für sie, eine für MacDonald, eine für Marston, eine für mich und eine für den Wachtposten, den Jüngling, der auch schon in der vorigen Nacht Wache geschoben hatte. Für uns vier gab es Zucker, für den Wachtposten statt dessen einen Löffel weißen Pulvers aus Marstons Apotheke. Susan brachte ihm die Tasse hinaus.

»Wie geht es unserem Freund?« fragte ich, als sie zurückkam.

»Er sieht fast so grün aus wie ich.« Sie versuchte zu lächeln, aber es glückte nicht. »Er schien sich sehr über den Kaffee zu freuen.«

»Wo ist er?«

»Im Gang. Er hockt auf dem Fußboden, in eine Ecke gedrückt, die Pistole über den Knien.«

»Wann wird das Pulver wirken, Doktor?«

»Wenn er es gleich schluckt, vielleicht in zwanzig Minuten. Doch fragen Sie mich nicht, wie lange die Wirkung anhält. Das wechselt nämlich von Fall zu Fall, so daß ich nichts Genaues sagen kann. Vielleicht eine halbe Stunde, vielleicht drei Stunden. Es läßt sich nie mit Sicherheit voraussehen.«

»Sie haben getan, was Sie konnten. Bis auf das letzte, das noch zu tun ist. Nehmen Sie mir den äußeren Verband und die Schienen ab, ja?«

Er blickte nervös zur Tür. »Wenn jemand kommt –«

»Das alles haben wir längst besprochen«, warf ich ungeduldig ein. »Auch wenn wir ein Risiko eingehen und darüber stolpern, werden wir nicht schlimmer dran sein als vorher. Also weg mit dem Zeug!«

Marston holte einen Stuhl heran, setzte sich, schob die Spitze seiner Schere unter die Bandagen, welche die Schienen hielten, und trennte sie mit einem halben Dutzend rascher, glatter Schnitte auf. Die Bandagen fielen zu Boden, die Schienen lösten sich. Und dann sprang die Tür auf. Mit ein paar langen Schritten war Tony Carreras an meinem Bett. Er blickte nachdenklich auf mich herab. Er sah noch blasser aus als beim letztenmal.

»Der brave Jünger Äskulaps macht Überstunden, ja? Werden Ihre Patienten beschwerlich, Herr Doktor?«

»Beschwerlich?« krächzte ich mit heiserer Stimme. Ich hatte die Augen halb zugekniffen, die Lippen zusammengepreßt. Meine Fäuste ruhten auf der Bettdecke. Carter, von Schmerzen gequält! Hoffentlich war es nicht übertrieben. »Ist Ihr Vater verrückt, Carreras?« Ich machte die Augen ganz zu und unterdrückte – beinahe – ein Stöhnen, als die ›Campari‹ einen Satz nach vorn machte und in ein besonders tiefes Wellental rutschte. Der jähe Ruck hatte Carreras fast umgeworfen. Selbst durch die geschlossenen Türen, das schaurige Heulen des Windes und das Prasseln des Regens war der Anprall wie Kanonendonner zu hören – und nicht einmal wie ferner Kanonendonner. »Will er uns alle umbringen? Kann er denn nicht um Gottes willen die Geschwindigkeit ein bißchen vermindern?«

»Mr. Carter hat heftige Schmerzen«, bemerkte Dr. Marston. Mochte er als Arzt unzulänglich sein, so war er doch schnell von Begriff, und wenn man ihm in die ruhigen, klugen blauen Augen unter der prachtvollen weißen Haarmähne blickte, war es unmöglich, ihm nicht aufs Wort zu glauben. »Qualen wären ein passender Ausdruck. Wie Sie wissen, ist der Schenkelknochen mehrmals gebrochen.« Mit behutsamen Fingern betastete er den blutbefleckten Verband, den die Schienen verdeckt hatten, um Carreras zu zeigen, wie kompliziert der Bruch sei. »Sooft das Schiff eine heftige Bewegung macht, reiben sich die Bruchstellen des Knochens aneinander. Sie können sich vorstellen, wie das ist. Oder nein, ich bezweifle, daß Sie sich's vorstellen können. Ich versuche, die Schienen anders anzubringen, enger und straffer, damit das Bein völlig stillgelegt ist. Eine schwere Aufgabe für mich bei diesem Seegang! Wollen Sie mir behilflich sein?«

Im Nu hatte ich meine Einschätzung seines Scharfsinns revidiert. Sicherlich war es nur seine Absicht gewesen, Carreras' Mißtrauen einzuschläfern. Doch etwas Gefährlicheres hätte er sich kaum ausdenken können. Das heißt, falls Carreras sich bereit erklären sollte, ihm zur Hand zu gehen. Dann mußte man nämlich damit rechnen, daß er beim Weggehen den Wachtposten draußen schnarchen hören würde.

»Bedaure sehr.« Beethovens Töne hatten mir nie so lieblich geklungen wie die Musik in diesen beiden kleinen Wörtchen. »Keine Zeit. Kapitän Tony Carreras muß Tag und Nacht die Runde machen. Übrigens kann Ihnen Miss Beresford zur Hand gehen. Wenn alles andere versagt, pumpen Sie ihn einfach mit Morphium voll.« Fünf Sekunden später war er weg.

Marston hob die eine Braue.

»Nicht mehr so liebenswürdig wie ehemals, John, finden Sie nicht? Es fehlt ihm um ein Weniges an der Menschenliebe, die er so eifrig beteuert.«

»Er ist beunruhigt«, erwiderte ich. »Außerdem hat er Angst. Vielleicht auch – gelobt sei der Himmel – ist er ein bißchen seekrank. Trotz alledem ein harter Bursche ... Susan, holen Sie die Tasse des Wachtpostens und schauen Sie nach, ob Freund Carreras sich wirklich davongemacht hat.«

Nach fünfzehn Sekunden war sie wieder da.

»Er ist weg. Die Luft ist rein.«

Ich schwenkte die Beine über die Bettkante und stand auf. Im nächsten Moment war ich mit einem Krach hingefallen und hätte mir beinahe den Kopf am eisernen Fußende von MacDonalds Bett angeschlagen. Viererlei war daran schuld: der Ruck, mit dem die ›Campari‹ in ein Wellental plumpste, die Steifheit in beiden Beinen, der Umstand, daß das linke Bein allem Anschein nach gelähmt war, und der Schmerz, der wie eine Flamme durch meinen Schenkel fuhr, sobald mein Fuß den Boden berührte.

Ich hielt mich mit beiden Händen am Bett des Maats fest, rappelte mich auf und versuchte es abermals. Marston packte meinen rechten Arm. Ich hatte eine Stütze dringend nötig. Ich schaffte es bis zu meinem Bett und setzte mich. MacDonalds Miene war ausdruckslos. Susan sah aus, als wollte sie in Tränen ausbrechen. Da fühlte ich mich aus irgendeinem dunklen Grunde plötzlich viel wohler. Wie ein Klappmesser, das sich öffnet, zuckte ich hoch, klammerte mich an das Fußende meines Bettes und unternahm einen neuerlichen Versuch.

Es ging nicht. Ich bin nicht aus Eisen. Mit dem Schlingern des Schiffs konnte ich fertig werden, und das steife Gefühl in den Beinen begann sich zu verflüchtigen. Sogar die erschreckende Schwäche meines linken Beins konnte ich zur Not ignorieren und mich hüpfend fortbewegen. Aber den Schmerz konnte ich nicht ignorieren. Ich bin nicht aus Eisen, ich besitze wie jeder Mensch ein Nervensystem, das Schmerzempfindungen weiterleitet, und meines arbeitete in diesem Augenblick unter Hochdruck. Ich glaube, sogar mit den Schmerzen wäre ich fertiggeworden, aber sooft ich den linken Fuß aufsetzte und den stechenden Schmerz im Schenkel verspürte, wurde mir schwindlig und wirr im Kopf, und ich verlor fast das Bewußtsein. Ein paar Schritte, und ich würde nicht mehr bei Bewußtsein sein. Ich nahm an, es müsse mit dem Blutverlust zusammenhängen, und setzte mich wieder hin.

»Zurück ins Bett!« befahl Marston. »Das ist der reine Wahnsinn. Sie werden mindestens eine Woche lang still im Bett liegen müssen.«

»Braver, guter Tony Carreras«, sagte ich. Ich war wirklich ein wenig wirr im Kopf. »Kluger Mann, unser Tony. Er ist auf den richtigen Gedanken verfallen. Ihre Spritze, Doktor! Die Schmerzen betäuben! Pumpen Sie mich voll. Auch ein Fußballer mit einem lahmen Bein bekommt vor dem Kampf eine Injektion.«

»Noch nie ist ein Fußballer mit drei Schußwunden im Bein angetreten«, entgegnete Marston finster.

»Machen Sie es nicht, Doktor Marston, bitte, nicht«, sagte Susan flehend. »Es wird sein Tod sein.«

»Bootsmaat?« fragte Marston.

»Geben Sie ihm die Spritze, Sir«, antwortete MacDonald ruhig. »Mr. Carter weiß es besser.«

»Mr. Carter weiß es besser!« stieß Susan wütend hervor, seinen Tonfall nachäffend. Sie ging zu MacDonald und blickte auf ihn hinunter. »Sie haben es leicht, hier zu liegen und zu sagen, er wisse es besser. Sie brauchen nicht loszumarschieren, Sie riskieren nicht, erschossen zu werden oder am Blutverlust zugrunde zu gehen.«

»Freilich nicht.« Lächelnd sah der Maat zu ihr auf. »Mich würden Sie nie dabei ertappen, daß ich mich auf so riskante Abenteuer einlasse.«

»Verzeihung, Mr. MacDonald.« Müde sank sie auf die Kante seines Bettes nieder. »Ich schäme mich. Ich weiß, wenn nicht Ihr Knie verletzt wäre – aber schauen Sie ihn an! Er kann nicht einmal auf den Beinen stehen, geschweige denn gehen. Es wird sein Tod sein, ich sage Ihnen, es wird sein Tod sein!«

»Vielleicht. Aber dann wird er uns nur um etwa zwei Tage voraus sein, Miss Beresford«, erwiderte MacDonald gelassen. »Das weiß ich. Das weiß Mr. Carter. Wir wissen beide, daß keiner der Leute von der ›Campari‹ noch lange zu leben hat – wenn nicht jemand eingreift. Sie glauben doch nicht, Miss Beresford«, fuhr er mit Nachdruck fort, »daß Mr. Carter sich nur ein bißchen Bewegung machen möchte?«

Marston sah mich an. Seine Backenmuskeln strafften sich. »Haben Sie mit dem Bootsmaat gesprochen? Haben Sie etwas mit ihm besprochen, wovon ich nichts weiß?«

»Das werden Sie erfahren, sobald ich zurück bin.«

»Falls Sie zurückkommen.« Er holte eine Spritze aus der Apotheke und injizierte mir eine mattgelbe Flüssigkeit. »Alles in mir sträubt sich dagegen. Es wird die Schmerzen lindern, zweifellos, aber Ihnen zugleich erlauben, das Bein zu überanstrengen und es zu beschädigen. Irreparabel.«

»Nicht halb so irreparabel wie der Tod.« Ich hopste in die Apotheke, zog Beresfords Smokinganzug unter den zusammengelegten Decken hervor, die Susan mitgebracht hatte, und kleidete mich rasch an, so rasch wie mein schlimmes Bein und das Stampfen des Schiffes es gestatteten. Ich stellte soeben den Kragen hoch und steckte die Aufschläge mit einer Sicherheitsnadel fest, da kam Susan herein. Sie sagte ungewöhnlich ruhig: »Er steht Ihnen gut. Nur die Jacke sitzt ein bißchen knapp.«

»Jedenfalls ist er bedeutend empfehlenswerter, als mitten in der Nacht mit einer weißen Uniform auf dem Oberdeck zu promenieren. Wo ist das schwarze Kleid, von dem Sie gesprochen haben?«

»Hier.« Sie zog es aus der untersten Decke hervor.

»Danke.« Ich sah mir das Etikett an. Balenciaga. Das würde eine recht brauchbare Gesichtsmaske ergeben. Ich packte mit beiden Händen den unteren Saum, blickte Susan an, sah sie zustimmend nicken und riß ihn auf. Jeder Stich hatte einen Dollar gekostet. Ich riß ein viereckiges Stück heraus, faltete es zu einem Triangel und band es mir ums Gesicht, dicht unterhalb der Augen. Noch ein paar Risse, noch ein Stück, und ein verknotetes Tuch bedeckte auch Kopf und Stirn, so daß nur noch die Augen sichtbar waren. Die Hände konnte ich leicht verstecken.

»Sie werden sich also durch nichts aufhalten lassen?« fragte sie. Ihre Stimme zitterte nicht mehr.

»Das möchte ich nun wieder nicht behaupten.« Ich verlegte behutsam einen Teil meines Gewichts auf das linke Bein, strengte meine Phantasie an und redete mir ein, daß es bereits gefühllos zu werden beginne. »Es gibt viele Faktoren, die mich aufhalten könnten. Zweiundvierzig an der Zahl, ein jeder bis an die Zähne bewaffnet. Sofern man mich entdeckt.«

Sie betrachtete das zerstörte Meisterwerk Balenciagas. »Wenn Sie schon dabei sind, reißen Sie auch für mich ein Stück ab.«

»Für Sie?« Ich sah sie an. Sie war so blaß, wie mir zumute war. »Wozu?«

»Ich komme mit.« Sie deutete auf ihre Kleidung, den marineblauen Pullover und die blaue Hose. »Es war nicht schwer zu erraten, wozu Sie Papas Anzug brauchten. Sie glauben doch nicht, daß ich mich ohne Grund umgezogen habe?«

»Kaum.« Ich riß noch ein Stück Stoff ab. »Da . . .«

»Mhm.« Sie stand da, das Stück Stoff in der Hand. »Mhm . . . Nur so, ja . . .?«

»Sie haben mich doch darum gebeten, oder nicht?«

Sie sah mich langsam von unten herauf an, mit einem ausgesprochen altmodischen Blick, schüttelte den Kopf und band sich das Tuch um. Ich humpelte in die Krankenstube zurück. Susan kam hinterher.

»Wo will sie denn hin?« fragte Marston scharf. »Warum hat sie sich auch ein Tuch vors Gesicht gebunden?«

»Sie begleitet mich«, erwiderte ich. »Sie besteht darauf . . .«

»Sie begleitet Sie? Und das lassen Sie zu?« Er war entsetzt. »Sie wird dabei umkommen!«

Ich nickte zustimmend. »Das ist sehr wahrscheinlich.« Etwas, vermutlich das Betäubungsmittel, hatte eine merkwürdige Wirkung: Ich fühlte mich äußerst entschlossen, kalt und ganz ruhig. »Doch, wie der Bootsmaat sehr richtig bemerkte, was spielen zwei Tage für eine Rolle? Ich kann ein zweites Augenpaar brauchen, jemanden, der imstande ist, sich schnell vorwärtszubewegen und das Terrain zu erkunden. – Vor allem brauche ich einen Ausguck. Leihen Sie uns eine Ihrer Stablampen, Doktor?«

»Ich protestiere. Ich protestiere ganz entschieden –«

»Geben Sie ihm die Lampe, Herr Doktor«, warf Susan ein.

Er starrte sie an, zögerte, seufzte und wandte sich ab. MacDonald winkte mich zu sich heran.

»Schade, daß ich nicht mitkommen kann, Sir, aber nehmen Sie dafür das hier.« Er drückte mir ein Seemannsmesser in die Hand: breite Klinge an der einen Seite, spitzer Pfriem an der anderen. »Wenn Sie es anwenden müssen, stoßen Sie mit dem Pfriem nach oben.«

»Ich werde mich stets nach Ihren Empfehlungen richten.«

Ich wog das Messer in der Hand, sah, wie Susan es mit weit aufgerissenen Augen betrachtete.

»Sie wären imstande, es anzuwenden?«

»Bleiben Sie hier, wenn Sie wollen ... Die Lampe, Doktor Marston.«

Ich steckte die Stablampe ein, behielt das Messer in der Hand und ging zur Tür hinaus. Ich ließ die Tür nicht zufallen, weil ich wußte, Susan würde mir dicht auf den Fersen sein.

Der Wachtposten, in seine Ecke geklemmt, schlummerte friedlich. Die Maschinenpistole lag auf seinen Knien. Die Verlockung war groß, aber ich beherrschte mich. Ein Wachtposten, der eingeschlafen war, würde mit ein paar Flüchen und Fußtritten bedacht werden – aber ein schlafender Posten ohne seine Waffe würde eine gründliche Durchsuchung des Schiffes auslösen.

Ich brauchte zwei Minuten, um die beiden Treppen zum A-Deck zu bewältigen. Schöne, breite Treppen – aber ich brauchte zwei volle Minuten. Das linke Bein war ganz steif, sehr schwach und reagierte auf keinerlei Autosuggestion, obwohl ich mir immerzu sagte, die Schmerzen ließen von Minute zu Minute nach. Außerdem schlingerte und stampfte die ›Campari‹ jetzt so heftig, daß auch ein körperlich unbehinderter Mensch alle Mühe gehabt hätte, die Treppen zu bewältigen, ohne in die Tiefe zu purzeln.

Schlingern und Stampfen. Die Korkzieherbewegung war jetzt noch ausgeprägter. Gewaltige Wassermassen brachen sich am Bug und wurden gegen die Deckbauten geschleudert. Wenn man etwa hundert Meilen vom Zentrum eines Hurrikans entfernt ist – ich brauchte kein Barometer und keinen Wetterbericht, um zu wissen, was uns bevorstand –, ist es die breit anrollende Dünung, die den Weg des Zentrums verrät. Kommt man näher heran – und wir waren schon bedeutend näher, als mir lieb war –, dann ist es die Windrichtung, die auf das Zentrum hinweist. Wir hielten einen Kurs von ungefähr 20 Grad Ost bei Nord, und der Wind kam uns direkt entgegen. Das bedeutete, daß der Orkan sich südöstlich von uns befand. Er wanderte in nordwestlicher Richtung, nördlicher als üblich, und hielt mit uns Schritt: Die ›Campari‹ und der Hurrikan mußten einander begegnen – das war jetzt noch unvermeidlicher als zuvor. Ich schätzte die Windstärke nach der alten Beaufort-Skala auf acht oder neun. Das Zentrum des Orkans war also keine hundert Meilen mehr entfernt. Wenn Carreras seinen jetzigen Kurs und seine jetzige Geschwindigkeit beibehielt, würden alle Sorgen, die seinen und auch die unseren, bald überstanden sein.

Oben an der zweiten Treppe blieb ich ein paar Sekunden stehen, um ins Gleichgewicht zu kommen. Ich stützte mich auf Susans Arm und stolperte dann nach achtern auf den etwa sieben Meter entfernten Salon zu. Kaum hatte ich mich in Bewegung gesetzt, da hielt ich abermals inne. Etwas stimmte nicht.

Selbst in meinem benebelten Zustand brauchte ich nicht lange, um festzustellen, was nicht stimmte. In einer normalen Nacht auf hoher See sah die ›Campari‹ wie ein beleuchteter Weihnachtsbaum aus. Heute nacht waren sämtliche Decklampen erloschen. Wieder ein Beispiel dafür, daß Carreras bemüht war, jedes Risiko auszuschalten – wenn auch diesmal auf eine überflüssige und übertriebene Art. Freilich wollte er nicht gesehen werden, aber in einer so pechschwarzen Sturmnacht hätte niemand ihn sichten können, nicht einmal ein Schiff, das auf gleichem Kurs lag. Ein solches aber war kaum denkbar, es sei denn, sein Kapitän hätte total den Verstand verloren. Mir war die Verdunklung nur recht. Wir stolperten weiter und versuchten erst gar nicht, geräuschlos zu sein. Der Wind heulte, der Regenguß donnerte gegen die Deckplatten, immer wieder schlug der sich aufbäumende Bug der ›Campari‹ mit einem Grollen wie von einem Kanonenschuß in die schwer anrollenden Sturzseen. Aber kein Mensch hätte uns hören können, nicht einmal in einer Entfernung von einem halben Meter.

Die zertrümmerten Fenster des Salons waren mit Brettern vernagelt worden. Sorgsam darauf bedacht, mir keine Schlagader zu verletzen oder an einem Glassplitter mir nicht ein Auge auszustechen, drückte ich das Gesicht fest an die Bretter und lugte durch eine der Spalten.

Drinnen waren die Gardinen vorgezogen, aber da der Sturm durch die Bretterritzen pfiff, flatterten sie fast unaufhörlich wild hin und her. Nach einer knappen Minute hatte ich alles gesehen, was ich sehen wollte. Es nützte mir gar nichts. Die Passagiere waren sämtlich in einer Hälfte des Raumes zusammengepfercht. Die meisten lagen auf dicht aneinandergereihten Matratzen, einige saßen mit dem Rücken zur Wand. Eine kläglichere Sammlung seekranker Millionäre hatte ich in meinem Leben nicht gesehen. Ihre Gesichtsfarbe bewegte sich in der Skala zwischen mattgrün und tödlich weißer Blässe. Sie litten ganz erbärmlich. In der einen Ecke erblickte ich einige Stewards, Köche und Maschinisten, einschließlich McIlroys, der Cummings neben sich hatte. Abgesehen von den Matrosen schienen alle dienstfreien Leute hier zusammen mit den Passagieren eingesperrt zu sein. Carreras ging mit seinen Wachtposten recht sparsam um. Ich sah nur zwei Exemplare, harte Burschen, unrasiert, mit Maschinenpistolen bewaffnet. Einen Augenblick lang überkam mich der verrückte Gedanke, durch die Tür einzudringen und mich auf sie zu stürzen – aber nur eine Sekunde lang. Mit einer Manövrierfähigkeit, die ungefähr der einer ziemlich lebhaften Schildkröte entsprach, und bewaffnet mit einem Klappmesser, wäre ich nicht weit gekommen.

Zwei Minuten später befanden wir uns vor dem Funkraum. Niemand hatte uns angerufen, niemand hatte uns gesehen; die Decks lagen völlig leer da. Es war eine Nacht der verödeten Decks.

Im Funkraum herrschte Finsternis. Ich drückte ein Ohr gegen die Metalltür, hielt mir das andere Ohr zu, um den Lärm des Unwetters auszuschalten, und lauschte so angestrengt wie nur möglich. Nichts. Behutsam legte ich die Hand an den Knauf, drehte ihn um und drückte gegen die Tür. Sie rührte sich keinen Millimeter. Ich nahm die Hand vom Knauf, mit der ängstlichen Vorsicht eines Menschen, der den Koh-i-noor aus einem Korb voll schlafender Kobras hervorangelt.

»Was ist los?« fragte Susan Beresford leise. »Ist –«

Weiter kam sie nicht, weil ich ihr den Mund zuhielt, nicht allzu sanft.

Wir waren fünf Meter von der Tür entfernt, als ich die Hand wegnahm.

»Was ist denn los – was ist los?« Ihre flüsternde Stimme zitterte leicht, sie wußte nicht, ob sie sich fürchten oder böse sein sollte. Oder beides.

»Die Tür ist versperrt.«

»Warum sollte sie denn nicht versperrt sein?«

»Diese Tür wird mit einem Vorhängeschloß versperrt. Von außen. Gestern früh haben wir ein neues befestigt. Es hängt nicht mehr da. Jemand hat drinnen den Riegel vorgeschoben.«

Ich wußte nicht, wieviel sie davon aufschnappen konnte: Das Getöse des Meers, das Trommelfeuer des Regens, der aus dem finsteren Norden heulende Wind, der in der Takelage sein schrilles Klagelied sang, schienen jedes meiner Worte zu übertönen und es mir gleichsam von den Lippen wegzureißen. Ich zerrte sie in den recht unzulänglichen Schutz eines Ventilationsschornsteins. Ihre nächsten Worte zeigten, daß sie das meiste gehört und verstanden hatte.

»Man hat einen Wachtposten im Funkraum zurückgelassen für den Fall, daß jemand versuchen würde einzudringen, ja? Aber wer sollte einzudringen versuchen? Wir sitzen alle sozusagen hinter Schloß und Riegel und werden streng bewacht!«

»Es ist schon so, wie Carreras junior sagt – sein alter Herr überläßt nichts dem Zufall.« Ich zögerte, dann fuhr ich fort, weil ich nichts anderes zu sagen wußte: »Ich habe kein Recht, es zu verlangen, aber es muß sein! Ich bin verzweifelt: Sie sollen den Lockvogel spielen – Sie sollen mir helfen, den Kerl herauszulotsen!«

»Wie soll ich das machen?«

»Brav ...« Ich drückte ihren Arm. »Klopfen Sie an. Nehmen Sie die Maske ab und zeigen Sie sich am Fenster. Fast sicher wird er Licht machen oder eine Taschenlampe anknipsen. Wenn er sieht, daß es eine Frau ist, wird er sich wundern, aber nicht erschrecken. Er wird nachschauen wollen ...«

»Und dann werden Sie –«

»Richtig.«

»Nur mit einem Klappmesser bewaffnet?« Das Zittern ihrer Stimme war unverkennbar. »Sie müssen sehr selbstsicher sein.«

»Nicht im geringsten. Aber wenn wir uns nur rühren, solange uns der Erfolg garantiert ist, können wir gleich über Bord springen ... Sind Sie bereit?«

»Was haben Sie vor, wenn Sie erst einmal drin sind?« Sie hatte Angst. Sie wollte mich hinhalten. Freilich war mir auch nicht besonders froh zumute.

»SOS funken – auf der Notwellenlänge. Sämtlichen in Hörweite befindlichen Fahrzeugen mitteilen, daß die ›Campari‹ gekapert worden ist und daß man beabsichtigt, einen mit Barrengold beladenen Frachter abzufangen. Innerhalb weniger Stunden wird ganz Amerika über die Lage informiert sein. Dann wird etwas geschehen.«

»Ja.« Eine lange Pause. »Dann wird etwas geschehen. Zuerst einmal wird Carreras seinen Wachtposten vermissen – und wo wollen Sie ihn denn verstecken?«

»Im Atlantik.«

Sie zuckte zusammen und sagte dann zweideutig: »Ich glaube, Carreras kennt Sie besser als ich ... Der Wachtposten ist verschwunden. Man weiß, daß einer von der Besatzung dahinter stecken muß. Sehr bald wird sich herausstellen, daß nur ein Wachtposten nicht die ganze Zeit wach gewesen ist – der junge Mann vor der Krankenstube.« Sie verstummte und fuhr dann so leise fort, daß ich sie im Brausen des Windes kaum hören konnte: »Ich sehe geradezu vor mir, wie Carreras Ihnen den Verband vom Bein reißt und entdeckt, daß der Schenkelknochen gar nicht gebrochen ist. Und Sie wissen, was dann geschieht.«

»Spielt keine Rolle.«

»Für mich spielt es eine Rolle.« Sie sagte das ganz ruhig, ganz sachlich, als hätte es keine besondere Bedeutung. »Und noch etwas. Sie sagten, binnen weniger Stunden würden sämtliche Funkstellen die Mitteilung erhalten – also auch die beiden von Carreras an Bord der ›Ticonderoga‹ geschleusten Funker. Sie würden sofort die Meldung an die ›Campari‹, an Carreras, zurücksenden.«

»Wenn ich den Funkraum für meine Zwecke benützt habe, wird niemand mehr imstande sein, mit diesem Gerät etwas zu senden oder zu empfangen.«

»Schön. Sie werden es zerschlagen. Das würde an und für sich bereits genügen, um Carreras zu verraten, was geschehen ist. Aber Sie können nicht sämtliche Empfänger zerschlagen, die sich an Bord befinden. Zum Beispiel können Sie nicht an die im Salon aufgestellten Geräte herankommen. Sie sagten, alle Welt werde Bescheid wissen. Das bedeutet, daß auch der Generalissimo und seine Regierung Bescheid wissen werden: Also werden sämtliche Sender auf der Insel ununterbrochen die Nachricht in den Äther funken. Carreras muß es hören – ob er will oder nicht.«

Ich schwieg. Ich überlegte mir, daß ich offenbar sehr viel Blut verloren hatte. Ihr Hirn arbeitete ungefähr zehnmal schneller und klarer als das meine. Damit war sie noch immer kein Genie.

Sie fuhr fort: »Sie und der Bootsmaat scheinen davon überzeugt zu sein, daß Carreras uns – die Passagiere und die Besatzung – nicht am Leben lassen wird. Vielleicht, weil er Ihrer Meinung nach keine Zeugen brauchen kann. Denn der Vorteil, den das Geld dem Generalissimo einbrächte, würde um ein Vielfaches durch die weltweite Reaktion übertrumpft. Sofern die Welt zu wissen bekäme, was geschah. Vielleicht –«

»Reaktion?« sagte ich. »Reaktion? Am nächsten Morgen würden ihm die amerikanischen und britischen Flotten- und Luftstreitkräfte auf den Pelz rücken, und das würde das Ende des Generalissimo bedeuten. Auch die Russen würden keinen Finger rühren. Sie würden nicht einmal mit einer Rakete rasseln. Natürlich kann er es sich auf keinen Fall leisten, daß etwas durchsickert. Er wäre erledigt.«

»Eigentlich darf auch kein Mensch erfahren, daß er einen Versuch gemacht hat, das Goldschiff zu kapern. Sobald also Carreras von Ihrem SOS hört, entledigt er sich sämtlicher Zeugen, ändert seinen Kurs, übersiedelt mit seinen Leuten auf das andere Fahrzeug, das ihn erwartet, und damit ist es vorbei.«

Ich stand da und sagte kein Wort. Mein Kopf war schwer, dumpf und müde, mein Körper noch müder. Ich versuchte mir einzureden, daß es nur an dem Mittel liege, das mir Marston ins Blut gepumpt hatte, aber das war es nicht. Ich wußte, daß es etwas anderes war: Es gibt kein lähmenderes Gift als das Gefühl der Niederlage.

Ich sagte, ohne recht zu wissen, was ich sagte: »Na, zumindest hätten wir das Gold gerettet.«

»Das Gold!« Man muß eine Millionärstochter sein, um einen so verächtlichen Ton anzuschlagen, wenn man das Wort ›Gold‹

in den Mund nimmt. »Was interessiert mich alles Gold der Welt? Was bedeutet das Gold im Vergleich zu Ihrem und meinem Leben, zu dem Leben meiner Eltern und sämtlicher Menschen an Bord der ›Campari‹? Wieviel Gold führt die ›Fort Ticonderoga‹ mit sich?«

»Sie haben es gehört. Hundertfünfzig Millionen Dollar.«

»Hundertfünfzig Millionen! Papa könnte diese Summe innerhalb einer Woche zur Verfügung stellen – und es würde ihm noch ebensoviel bleiben.«

»Gesegneter Papa«, murmelte ich. Ich war wirklich nicht mehr klar im Kopf.

»Was sagten Sie?«

»Nichts. Nichts. Die Idee kam uns so schön vor, mir und MacDonald, als wir sie ausheckten, Susan.«

»Es tut mir leid.« Sie nahm meine rechte Hand in ihre beiden Hände und hielt sie fest. »Es tut mir wirklich leid, Johnny.«

»Wo haben Sie den ›Johnny‹ her?« brummte ich.

»Mir gefällt er. Was Kapitän Bullen recht ist, soll ... Aber Ihre Hände sind ja eiskalt!« rief sie aus. »Sie frieren.« Sanfte Finger schoben sich unter meine Maske. »Und Ihre Stirn glüht. Sie haben Fieber. Sie sind krank, ernstlich krank. Kommen Sie sofort mit mir nach unten, Johnny, bitte.«

»Nein.«

»Bitte!«

»Lassen Sie mich zufrieden.« Müde stieß ich mich von der Wand ab. »Los.«

»Wohin?« Sofort war sie bei mir, hatte meinen Arm genommen, und ich war froh, eine Stütze zu haben.

»Wir wollen Cerdan besuchen. Unseren geheimnisvollen Freund Cerdan. Sind Sie sich darüber im klaren, daß wir über Señor Cerdan so gut wie gar nichts wissen – außer, daß er derjenige zu sein scheint, der sich gemütlich hinsetzt und die anderen schuften läßt? Carreras und Cerdan scheinen die Bosse zu sein, und vielleicht ist Carreras gar nicht der eigentliche Chef. Eines aber weiß ich: Wenn es mir gelänge, einem dieser beiden ein Messer an die Gurgel zu setzen oder eine Pistole ins Kreuz zu stoßen, hätte ich einen großen Trumpf in den Händen.«

»Kommen Sie, Johnny!« sagte sie flehend. »Kommen Sie nach unten.«

»Na schön, ich bin nicht mehr ganz bei Trost. Aber was ich sage, stimmt. Wenn ich einen dieser beiden Herren vor mir in den Salon schieben und den beiden Wachtposten drohen würde, ihn umzubringen, sofern sie nicht ihre Waffen wegwerfen, dann würden sie, glaube ich, gehorchen. Mit zwei Maschinenpistolen und so vielen Helfern könnte ich in dieser Sturmnacht manches ausrichten. Ich bin nicht verrückt, Susan, nur verzweifelt, wie ich schon sagte.«

»Sie können ja kaum auf den Beinen stehen.« Jetzt klang ihre Stimme verzweifelt.

»Deshalb sind Sie hier, um mich zu stützen. Carreras kommt nicht in Betracht. Er wird sich auf der Brücke befinden, und die Brücke ist bestimmt der bestbewachte Ort auf dem ganzen Schiff, weil er der wichtigste ist.«

Ich zuckte zusammen und drückte mich in eine Ecke, da ein heftiger, blauweißer, zackiger Blitz fast unmittelbar über unseren Köpfen aufflammte, die schwarze Mauer der Wolken und den Regen durchstieß und mit seinem grellen Glanz sekundenlang die Decks der ›Campari‹ beleuchtete. Der Donnerschlag klang seltsam gedämpft, als werde er ganz von dem wilden Brausen des Sturmes verschluckt.

»Das kommt uns nur zugute«, murmelte ich, »Donner, Blitz, ein Tropenregen – und Kurs auf das Zentrum eines Hurrikans. Das hätte König Lear erleben müssen. Nie wieder hätte er sich über seine verdammte Heide beklagt.«

»Macbeth«, sagte sie. »Das war Macbeth.«

»Ach was«, sagte ich. Jetzt war sie fast schon ebenso verrückt wie ich. Ich nahm ihren Arm, oder sie nahm meinen, ich habe vergessen, wie es war. »Vorwärts. Wir sind hier zu wenig geschützt.«

Eine Minute später befanden wir uns auf dem A-Deck gegen die Wand gedrückt. Ich sagte: »Mit Finessen werden wir nicht weiterkommen. Ich gehe jetzt geradewegs in Cerdans Kabine, stecke die Hand in die Tasche und tue so, als ob ich eine Pistole hätte. Bleiben Sie am Eingang des Korridors stehen und warnen Sie mich, wenn jemand auftaucht.«

»Er ist nicht da«, sagte sie. Wir standen vor den Passagierunterkünften unmittelbar bei Cerdans Schlafkabine. »Er ist nicht zu Hause. Es brennt kein Licht.«

»Die Vorhänge sind zugezogen«, sagte ich ungeduldig. »Das ganze Schiff ist verdunkelt. Ich möchte wetten, daß Carreras nicht einmal die Navigationslichter hat brennen lassen.«

Wir drückten uns noch fester gegen die Wand, als ein weiterer Blitz aus den finsteren Wolken zuckte und einen Moment lang auf der Mastspitze zu tanzen schien.

»Ich bleibe nicht lange weg.«

»Warten Sie!« Sie hielt mich mit beiden Händen zurück. »Die Vorhänge sind nicht zugezogen. Der Blitz – ich konnte in die Kabine hineinschauen.«

»In die Kabine . . .?« Aus irgendeinem Grund hatte ich meine Stimme gesenkt, so daß ich nur noch flüsterte. »Ist jemand drin?«

»Ich konnte nicht alles sehen. Es hat nur eine Sekunde gedauert.«

Ich richtete mich auf, drückte das Gesicht fest gegen die Fensterscheibe und starrte hinein. In der Kabine war es völlig finster, bis abermals ein greller Blitz die gesamten Überbauten der ›Campari‹ beleuchtete. Mein maskiertes Gesicht und meine Augen blickten mir aus dem spiegelnden Glas entgegen. Dann stieß ich unwillkürlich einen Schrei aus. Ich hatte noch etwas anderes gesehen.

»Was haben Sie denn?« fragte Susan heiser. »Was ist los?«

Stumm zog ich Marstons Stablampe aus der Tasche, schirmte sie mit der Hand ab und richtete den Lichtstrahl schräg nach unten durch die Scheibe.

Das Bett stand an der Wand, fast genau unterhalb des Fensters. Cerdan lag auf dem Bett, angekleidet und wach, seine Augen blickten starr, wie hypnotisiert vom Schein der Stablampe. Weit aufgerissene, starre Augen. Das weiße Haar war nicht mehr an seinem Platz. Es war nach hinten verrutscht, und darunter war sein eigenes Haar zum Vorschein gekommen. Schwarzes Haar, pechschwarzes Haar, mit einer verblüffenden grauen Strähne, fast genau in der Mitte. Schwarzes Haar mit einer grauen Strähne? Wo hatte ich je einen Menschen mit solchem Haar gesehen? Wann hatte ich je von einem Menschen mit solchem Haar gehört? Ganz plötzlich wußte ich es. Ich kannte die Antwort.

Rasch knipste ich die Stablampe aus.

»Cerdan!« Verblüffung, Erstaunen, verständnisloses Staunen klang aus Susans Stimme. »Cerdan! An Händen und Füßen gefesselt, ans Bett gefesselt, so daß er sich nicht bewegen kann. Cerdan! Aber – nein, nein!« Sie war bereit, es aufzugeben. »Johnny, was soll das alles bedeuten?«

»Ich weiß, was es bedeutet.« Kein Zweifel mehr, ich wußte es jetzt. Wollte Gott, ich hätte es nicht gewußt. Bis zu diesem Augenblick hatte ich mir nur eingebildet, Angst zu haben – bisher waren es lediglich Vermutungen gewesen, die mich Schlimmes fürchten ließen. Jetzt war es vorbei mit den Vermutungen. Jetzt war die furchtbare Gefahr Gewißheit. Die Lage war schlimmer, als ich mir je hätte träumen lassen. Vergeblich kämpfte ich gegen die aufsteigende Panik an.

»Haben Sie schon einmal ein Grab geplündert, Susan?«

»Ob ich schon einmal . . .?«

Sie unterbrach sich. Als sie ihrer Stimme wieder mächtig war, klang diese fast weinerlich. »Wir sind beide ausgepumpt, Johnny. Gehen wir doch nach unten. Sie müssen ins Bett!«

»Ich habe eine große Neuigkeit für Sie, Susan. Ich bin nicht wahnsinnig. Ich scherze auch nicht, Gott gebe nur, daß das Grab nicht leer ist.«

Ich packte sie beim Arm, um sie mitzuziehen, und da blitzte es wieder. Ihre Augen waren von wilder Angst erfüllt. Ich hoffte nur, daß sie die Angst in meinen Augen nicht auch bemerkt hatte.

9

Donnerstag: 22 Uhr bis 24 Uhr

Finsternis, ein wundes Bein, aufzuckende Blitze, wildes Schlingern der ›Campari‹ auf haushohen Wogenkämmen und die Notwendigkeit, stets äußerste Vorsicht zu bewahren: Kein Wunder also, daß wir volle fünfzehn Minuten brauchten, um den Laderaum vier weit hinten unterm Achterdeck zu erreichen. Als wir dort anlangten, die Persenning zurückschlugen, einige Verschalungslatten lockerten und in die stygischen Tiefen des Laderaums hinabblickten, wußte ich gar nicht, ob ich mich darüber freuen sollte, daß wir uns hierhergeschlichen hatten.

Zusammen mit etlichen Werkzeugen hatte ich unterwegs auch eine elektrische Laterne aus der Vorratskammer des Bootsmaats geklaut. Sie leuchtete zwar nicht sehr hell, aber der Lichtschein genügte, um mir zu zeigen, daß auf dem Boden des Laderaums ein wüstes Durcheinander herrschte. Ich hatte nach der Abfahrt aus dem Hafen von Carracio die Last seefest vertäuen lassen, aber mich nicht auf einen orkanartigen Sturm vorbereitet, und zwar aus dem einfachen und triftigen Grund, weil die ›Campari‹, wann immer das Wetter sich verschlechterte, unweigerlich in unwetterfreie Zonen zu dampfen pflegte.

Nun aber hatte Carreras uns in die falsche Richtung geführt und entweder vergessen oder sich nicht darum gekümmert, die notwendigen Maßnahmen zu treffen. Sehr wahrscheinlich hatte er es einfach vergessen. Doch Laderaum vier gefährdete das Leben aller, die an Bord waren, einschließlich Carreras' und seiner Leute. Mindestens ein Dutzend schwerer Kisten – die eine oder andere wog etliche Tonnen – hatten sich losgerissen, schlitterten und rutschten bei jeder Drehung des Schiffs über den Boden des Laderaums und prallten abwechselnd gegen die festgezurrte Last achtern oder gegen das vordere Schott. Ich vermutete, daß dies dem vorderen Schott nicht gut bekommen würde, wenn das Schlingern zunähme. Und es würde zunehmen, je näher wir dem Zentrum des Wirbelsturms kamen. Dadurch wurde das tote Gewicht der umherschlitternden Kisten zu einer immer größeren Gefahr für die Wände des Schiffs. Eingedrückte Platten, geplatzte Nieten und schließlich ein nicht mehr zu schließendes Leck würden die unvermeidlichen Folgen sein.

Die Lage war dadurch verschlimmert worden, daß Carreras' Leute sich nicht damit aufgehalten hatten, die aufgesprengten, zersplitterten Kisten, in denen sie selbst und die Geschütze an Bord gebracht worden waren, zu entfernen. Auch diese Trümmer schossen bei jeder Bewegung des Schiffsrumpfes hin und her und wurden zwischen den wandernden Kisten, den Schotts, den Pfosten und den festgezurrten Teilen der Fracht vollends zerbrochen und zerrieben. Erschreckend war auch der Lärm und das unaufhörliche, nervenzerrüttende metallische Kreischen, das die eisenbeschlagenen Kisten auf dem Stahlboden hervorriefen –, ein markerschütterndes Höllenkonzert, das mir immer wieder Schauer über den Rücken jagte. Unweigerlich, voraussehbar und doch stets unerwartet, donnerten die rutschenden Kisten gegeneinander oder auf ein fest installiertes Hindernis, und das tönte wie ein Kanonenschlag durch den Schiffsleib. Jeder Laut wurde in dieser Höhle bei der Resonanz der Stahlwände um das Zehnfache verstärkt. Alles in allem war Laderaum vier gewiß nicht der Ort, den ich zu einem Nachmittagsschläfchen aufgesucht hätte.

Ich reichte Susan die elektrische Laterne, nachdem ich zuvor die senkrechte eiserne Leiter abgeleuchtet hatte, die in die schwarze Tiefe führte.

»Hinunter mit Ihnen!« sagte ich. »Aber halten Sie sich um Gottes willen fest. Unten ist eine meterhohe Prellplatte, hinter der Sie sicher sind.«

Ich sah ihr zu, wie sie langsam hinunterkletterte, schob dann zwei der gelockerten Verschalungslatten über meinem Kopf zurecht – dies mit nur einer Hand auszuführen war gar nicht einfach – und ließ sie so liegen. Vielleicht würden sie verrutschen, vielleicht würden sie sogar in den Laderaum stürzen. Dieses Risiko mußte ich jedoch in Kauf nehmen. Sie waren nur vom Deck aus richtig festzumachen. Die Persenning konnte man gleichfalls nur von draußen festzurren. Auch daran war nichts zu ändern. Wenn jemand so wahnwitzig war, sich in dieser Nacht an Deck zu wagen – besonders, da Carreras keine Sicherungsleinen hatte spannen lassen –, durfte man damit rechnen, daß ihm der flatternde Zipfel der Persenning nicht einmal auffallen würde. Wenn er doch etwas bemerkte, würde er weiterstolpern oder im äußersten Fall den Zipfel festzurren. Sollte sich jemand durch seine Neugier jedoch dazu verleiten lassen, eine der Verschalungslatten beiseite zu schieben – naja, sich darüber den Kopf zu zerbrechen, hatte wahrlich keinen Sinn.

Langsam, unbeholfen und von Schmerzen gequält, kroch ich die Leiter hinunter. Marston hielt von seinen schmerzstillenden Mitteln bedeutend mehr als ich ... Unten gesellte ich mich zu meiner Begleiterin, die sich hinter der Sperrwand vorläufig in Sicherheit gebracht hatte. Der Lärm war hier doppelt so laut, und der Anblick der schulterhohen Kistenungetüme, die durch den Raum rasten, war noch erschreckender als oben.

Susan fragte: »Die Särge ... Wo sind sie?«

Ich hatte ihr nur mitgeteilt, daß ich beabsichtigte, ein paar Särge zu untersuchen. Ich brachte es nicht über mich, ihr zu sagen, was wir vielleicht in diesen Särgen finden würden.

»Sie sind in Holzkisten verpackt. Auf der anderen Seite des Laderaums.«

»Auf der anderen Seite!« Sie sah sich um und richtete den Lichtkegel der Laterne auf die Trümmer und Kisten, die gespenstisch kreischend über den Boden schlitterten. »Noch ehe wir halb drüben sind, hat es uns schon erwischt ...«

»Wahrscheinlich. Doch ich weiß mir nicht anders zu helfen. Warten Sie hier auf mich.«

»Sie mit Ihrem Bein ...? Sie können ja kaum humpeln ... Nein, nein ...«

Bevor ich sie daran hindern konnte, war sie über die Schutzwand gesprungen und lief taumelnd, torkelnd drauflos, stolperte aber bei jeder Schaukelbewegung des Schiffs über die Trümmer. Sie brachte es dennoch immer wieder fertig, nicht das Gleichgewicht zu verlieren. Oft blieb sie stehen oder wich flink zur Seite, wenn eine Kiste auf sie zugeschlittert kam. Ich mußte zugeben, daß sie sehr gewandt und schnellfüßig war. Aber die Seekrankheit und das ständige, heftige Stampfen des Schiffs hatten an ihren Kräften gezehrt. Sie würde es nicht schaffen ...

Dennoch schaffte sie es, und ich sah sie an der gegenüberliegenden Wand des Laderaums mit ihrer Lampe umherleuchten. Meine Bewunderung für ihren Mut war ebenso groß wie mein Ärger über ihre Voreiligkeit. Was würde sie denn mit den verpackten Särgen tun, wenn sie sie gefunden hatte? Sie hierherschleppen, unter jedem Arm eine Kiste?

Aber sie fand sie nicht. Nachdem sie überall gesucht hatte, schüttelte sie den Kopf. Dann trat sie den Rückweg an, und ich wollte einen Warnungsruf ausstoßen, aber er blieb mir in der Kehle stecken. Ich brachte nur ein Flüstern zustande. Sie hätte mich ohnedies nicht hören können. Eine in voller Fahrt heranpreschende Kiste, die durch einen zähen, gewaltsamen Ruck, mit dem die ›Campari‹ kopfüber in ein besonders tiefes Wellental stürzte, in Bewegung geraten war, traf Susan im Rücken und warf sie zu Boden. Dann schob sie das Mädchen vor sich her, als ob sie von einer fast menschlichen – oder unmenschlichen – Bosheit besessen und entschlossen wäre, die Beute an der Wand zu zerschmettern. Erst in der letzten Sekunde, knapp ehe Susan den Tod gefunden hätte, richtete die ›Campari‹ sich auf. Die Kiste kam einen Meter vor der Wand zur Ruhe, und Susan blieb zwischen Kiste und Schott liegen, ohne sich zu rühren. Ich muß wenigstens fünf Meter von ihr entfernt gewesen sein, kann mich aber nicht erinnern, wie ich die Strecke von der Prellplatte zu ihr und wieder zurück bewältigt habe. Doch ich hatte es irgendwie geschafft, denn wir befanden uns mit einemmal wieder in Sicherheit, und Susan klammerte sich an mich, als sei ich ihre letzte Hoffnung auf Gottes Erdboden.

»Susan!« Meine Stimme klang heiser. Es war eine Stimme, die

einem anderen zu gehören schien. »Susan – sind Sie verletzt?«

Sie drückte sich noch fester an mich. Wie durch ein Wunder hielt sie noch immer die Laterne in der rechten Hand. Laterne und Hand hingen irgendwo hinter meinem Rücken, aber der Widerschein, den die Bordwand zurückwarf, war so hell, daß ich genug sehen konnte ... Susans Maske war abgerissen, das Gesicht zerkratzt und blutig, das Haar ein schmutziges Gewirr, die Kleidung durchnäßt, und ihr Herz schlug wie das eines gefangenen Vogels. Einen ungereimten Augenblick lang flog mir ungebeten eine Erinnerung durch den Kopf, das Bild einer sehr kühlen, sehr ausgeglichenen, süß-boshaften, heuchlerisch besorgten Dame, die mich erst vor zwei Tagen in Carracio gefragt hatte, ob ich zur Cocktailstunde erscheinen würde. Doch die Vision entschwand genauso rasch, wie sie aufgestiegen war.

»Susan!« sagte ich eindringlich. »Sind Sie –«

»Ich bin nicht verletzt.« Sie stieß zitternd einen tiefen Seufzer aus. »Ich war nur so verängstigt, daß ich mich nicht bewegen konnte.« Sie lockerte ihren Griff ein wenig, sah mich mit grünen Augen an, die riesenhaft in der Blässe des Gesichts standen, und versteckte dann ihr Gesicht an meiner Schulter. Ich fürchtete, sie würde ersticken.

Zum Glück dauerte es nicht lange. Ich spürte, wie sie ihre Umarmung löste, sah den Lichtstrahl der Laterne wandern, und dann sagte Susan mit befremdend sachlicher Stimme: »Da sind sie ...«

Ich drehte mich um. Kaum drei Meter von mir entfernt standen die drei Särge. Carreras hatte sie bereits aus den Kisten befreien lassen. Sicher vertäut ruhten sie zwischen Prellwand und Schott und waren sogar noch zusätzlich mit Teerleinwand gepolstert, damit sie ja nicht zu Schaden kommen konnten. Wie Tony Carreras nicht müde wurde zu betonen: Seinem alten Herrn unterlief selten ein Versehen. Es handelte sich um schwarze, blankpolierte Särge mit Messinggriffen. Im Deckel des einen war eine Plakette eingelassen. Ob sie aus Kupfer oder Messing war, konnte ich nicht feststellen.

»Das erspart mir einige Mühe.« Meine Stimme klang fast schon wieder normal. Ich nahm den Hammer und das Stemmeisen, die ich mir aus der Vorratskammer des Bootsmaats geliehen hatte, und warf sie weg. »Der Schraubenzieher wird mir genügen. Zwei dieser Särge werden das enthalten, was ein Sarg zu enthalten pflegt. Geben Sie mir die Laterne und bleiben Sie hier stehen. Ich werde mich möglichst beeilen.«

»Wenn ich die Laterne halte, geht es schneller.« Ihre Stimme klang nicht weniger fest als die meine, aber der Puls in ihrem Hals schlug wie ein Niethammer. »Bitte, beeilen Sie sich!«

Ich war nicht in der Lage, ihr zu widersprechen. Ich packte das Fußende des Sarges, der mir am nächsten war, und wollte ihn zu mir heranziehen, damit ich Platz genug hätte, ihn zu bearbeiten, aber er hatte sich festgeklemmt. Ich schob die Hand unter den Sarg, um ihn hochzuheben. Plötzlich stieß mein Finger auf ein Loch im Boden, dann auf ein zweites, ein drittes. Ein Bleisarg mit Bohrlöchern? Das war, gelinde gesagt, merkwürdig.

Nachdem ich den Sarg nah genug herangezerrt hatte, machte ich mich über die Schrauben her. Sie waren aus Messing und sehr dick. Aber auch der Schraubenzieher aus MacDonalds Lager war ein kräftiges Ding. In einem Winkel meines Gehirns rührte sich ein unangenehmer Gedanke: Wenn die Betäubungstropfen, die Dr. Marston dem Wachtposten verabreicht hatte, ebensowenig wert waren wie das schmerzstillende Mittel, das ich bekommen hatte, dann mußte der Mann jeden Augenblick erwachen. Sofern er nicht schon erwacht war. Im Handumdrehen war der Sargdeckel geöffnet.

Unter dem Deckel lag nicht das seidene oder samtene Leichentuch, das ich erwartet hätte, sondern eine schmutzige alte Decke. Doch im Land des Generalissimo erwies man den Toten vielleicht geringere Ehren als bei uns. Ich schlug die Decke zurück und sah meine geheime Befürchtung bestätigt. In diesem Fall bestand der eingesargte Leichnam aus Amatolblöcken – auf jedem einzelnen Block war diese Bezeichnung deutlich vermerkt, so daß kein Irrtum möglich war –, ferner aus einem Zündapparat, einem Karton mit Zündkapseln und einem kompakten viereckigen Kasten, an dem Drähte hingen, und der wahrscheinlich ein Zeitschalter war.

Susan blickte mir über die Schulter. »Was ist Amatol?«

»Ein hochexplosiver Sprengstoff. Diese Menge würde genügen, um die ›Campari‹ in die Luft zu sprengen!«

Sie stellte keine weiteren Fragen. Ich legte die Decke zurück, schraubte den Deckel zu und nahm den zweiten Sarg in Angriff, der gleichfalls Löcher im Boden hatte. Wahrscheinlich sollte dadurch verhütet werden, daß der Sprengstoff zu schwitzen begann. Ich hob den Deckel, warf einen Blick auf den Inhalt und schraubte ihn wieder zu. Nummer zwei war ein Duplikat von Nummer eins. Dann machte ich mich über den dritten her, den mit der Plakette. Der würde es sein. Die Plakette war herzförmig, die Inschrift von imponierender Schlichtheit: ›Richard Hoskins, Senator‹. Weiter nichts. Welchem Senat der Verstorbene angehört hatte, war nicht zu ersehen. Aber es war imponierend. So imponierend, daß die ehrerbietigste Behandlung des Sargs in den Vereinigten Staaten vollkommen gewährleistet war. Ich entfernte den Deckel so sorgfältig, behutsam und respektvoll, als ob im Sarg wirklich ein Senator Richard Hoskins läge. Doch ich wußte, daß dem nicht so war.

Der Inhalt lag unter einer Wolldecke. Vorsichtig zog ich sie weg. Susan brachte die Laterne näher heran, und da glänzte es vor mir, in Decken und Watte gebettet: Ein polierter Aluminiumzylinder, etwa zwei Meter lang, mit einem Durchmesser von einem Viertelmeter und einem weißlichen Kopf aus Pyroceram. Es hatte etwas Erschreckendes, etwas unsagbar Beunruhigendes an sich. Oder bildete ich mir das nur ein?

»Was ist denn das?« Susans Stimme klang so leise, daß sie näher herankommen und die Worte wiederholen mußte. »Johnny, um Gottes willen – was ist es nur?«

»Die Windhose.«

»Die – was?«

»Die Windhose.«

»Du lieber Himmel ...« Jetzt hatte sie begriffen. »Die Atomwaffe, die in South Carolina gestohlen wurde? Die Windhose!« Sie erhob sich auf wankenden Beinen und wich zurück. »Die Windhose ...«

»Sie wird Sie nicht beißen«, sagte ich. Aber davon war ich nicht restlos überzeugt. »Ihre Sprengkraft entspricht fünftausend Tonnen TNT. Reicht garantiert aus, um jedes beliebige Schiff der Welt in Stücke zu reißen oder gar in Dampf zu verwandeln. Und genau das ist es, was Señor Carreras sich vorgenommen hat.«

»Ich – ich verstehe kein Wort.« Vielleicht bezog sich das auf den Sinn meiner Worte. Vielleicht auch nur darauf, daß wir einander kaum verständigen konnten, weil uns der Höllenlärm rings um uns her die Rede verschlug. Doch sie hatte mich gehört. »Sobald er das Gold von der ›Ticonderoga‹ an Bord des Fahrzeugs geschafft hat, das bereit liegt, wird er also mit dieser – mit dieser Vorrichtung die ›Campari‹ in die Luft sprengen?«

»Es liegt kein Fahrzeug bereit. Das war nie beabsichtigt. Sobald er das Gold an Bord genommen hat, wird der gutherzige Miguel Carreras sämtliche Passagiere und Besatzungsmitglieder der ›Campari‹ freilassen und ihnen gestatten, mit der ›Fort Ticonderoga‹ abzusegeln. In seiner großen Güte wird er weiterhin darum bitten, Senator Hoskins und seine beiden illustren Gefährten mitzunehmen, damit sie in heimatlicher Erde bestattet werden können. Der Kapitän der ›Ticonderoga‹ würde sich nicht im Traum einfallen lassen, nein zu sagen. Wenn es trotzdem dazu käme, würde Carreras schon dafür sorgen, daß es nicht beim Nein bleibt . . . Sehen Sie dort?« Ich deutete auf eine Schalttafel am hinteren Ende der Apparatur.

»Nicht anrühren . . .!« Wenn man sich vorstellen kann, daß jemand im Flüsterton aufschreit, so jetzt Susan.

»Nicht für alles Gold an Bord der ›Ticonderoga‹ würde ich es anrühren«, versicherte ich eifrig. »Ich traue mich kaum hinzuschauen. Jedenfalls ist diese kleine Schalttafel ganz sicherlich ein Zeitzünder, den man einstellt, bevor der Sarg umgeladen wird. Wir segeln munter los und können es gar nicht erwarten, Norfolk zu erreichen, wo Heer, Flotte, Luftwaffe, FBI und wer weiß was noch auf uns warten. Carreras' eingeschmuggelte Funker an Bord der ›Ticonderoga‹ werden selbstverständlich gründlich dafür gesorgt haben, daß die Sender unbrauchbar sind und wir keine Möglichkeit haben, amerikanische oder britische Behörden zu verständigen. Eine halbe Stunde, eine Stunde nach unserer Trennung von der ›Campari‹ werden wir hochgehen. Ich glaube, es wird eher eine Stunde dauern, denn nicht einmal der kühne Carreras wird in der Nähe sein wollen, wenn eine Atombombe platzt. Tja, das wird einen schönen Knall geben.«

»Er wird es nicht wagen – nie ...« Ihre Worte klangen zwar entrüstet, aber wenig überzeugend. »Der Mann muß ein Teufel sein.«

»Nummer eins«, sagte ich. »Und bilden Sie sich nicht ein, daß er es nicht wagen wird. Unsinn. Warum hat er denn die Windhose gestohlen und es so hingestellt, als ob Doktor Slingsby Caroline mit ihr das Weite gesucht hätte? Von allem Anfang an zu dem alleinigen Zweck, die ›Fort Ticonderoga‹ mit Mann und Maus, einschließlich der Passagiere und Besatzung der ›Campari‹, so restlos zu vernichten, daß nicht die leiseste Gefahr mehr besteht, ein Augenzeuge könnte am Leben bleiben ... Freilich hätten Carreras' Handlanger Sprengstoff an Bord schmuggeln können, aber nicht in solchen Mengen, daß ein hundertprozentiger Erfolg gesichert gewesen wäre. Im vorigen Krieg sind etliche hundert Tonnen hochexplosiven Sprengstoffs in den Magazinen eines britischen Schlachtschiffs hochgegangen, und es hat trotzdem Überlebende gegeben. Er kann das Schiff auch nicht durch Geschützfeuer versenken. Ein paar Schüsse aus einem mittelschweren Geschütz, und die Decks der ›Campari‹ wären so verbeult, daß nicht weitergeschossen werden könnte. Außerdem müßte man mit Überlebenden rechnen. Die brave Windhose aber wird reinen Tisch machen. Kein Mensch wird am Leben bleiben.«

»Carreras' Leute ...«, sagte sie langsam. »Carreras' Leute haben die beiden Nachtwächter in dem Kernforschungsinstitut ermordet?«

»Wer denn sonst? Danach haben sie Doktor Caroline gezwungen, mit ihnen und der hinten im Wagen verstauten Windhose durchs Tor hinauszubrausen. Wahrscheinlich war die Windhose binnen einer Stunde per Flugzeug zur Insel unterwegs, aber das Auto wurde nach Savannah gefahren und dort abgestellt. Zweifellos, um den Verdacht auf die ›Campari‹ zu lenken, die an diesem Morgen Savannah verließ. Ich weiß nicht genau, warum, aber ich möchte wetten, weil Carreras damit rechnen durfte, die ›Campari‹ würde im ersten karibischen Hafen, den sie anlief, durchsucht werden. Damit hatte er Gelegenheit, seinen falschen Marconi-Mann an Bord zu schmuggeln.«

Unterdessen hatte ich die beiden kreisrunden Zifferblätter studiert, die auf dem Schaltbrett der Windhose montiert waren. Nun breitete ich die Wolldecke wieder aus, mit der liebevollen Sorgfalt eines Vaters, der seinen jüngsten Sohn ins Bett packt, und begann den Deckel festzuschrauben.

Susan sah mir eine Weile wortlos zu, dann sagte sie verwundert: »Cerdan und Doktor Caroline? Dieselbe Person . . . Es muß dieselbe Person sein. Jetzt erinnere ich mich. Als die Windhose verschwand, wurde erwähnt, daß bisher nur ein oder zwei Personen die Waffe zu laden verstünden.«

»Er war für ihre Pläne genauso wichtig wie die Windhose. Ohne ihn war sie nutzlos. Ich fürchte, der arme Doktor Caroline hat eine schlimme Fahrt gehabt. Er wurde nicht nur entführt und gezwungen, sklavisch zu gehorchen, sondern noch außerdem von uns herumgeschubst. Von uns, den einzigen Menschen, die ihn hätten retten können. Ständig war er von den zwei als Krankenschwestern verkleideten Banditen bewacht. Als ich zu ihm in die Kabine kam, schrie er mich an und warf mich hinaus – aber nur, weil er wußte, daß die pflichtgetreue Pflegerin, die mit ihrer lieben kleinen Handarbeit an seinem Bett saß, im Strickbeutel eine MP versteckt hatte.«

»Wozu der Rollstuhl? War es nötig, so komplizierte –«

»Selbstverständlich. Man durfte nicht zulassen, daß der Mann sich unter die Passagiere mischte und sich eventuell mit jemand in Verbindung setzte. Der Rollstuhl trug dazu bei, seine ungewöhnliche Körperlänge zu verbergen. Er lieferte ihnen ferner einen perfekten Vorwand, Tag und Nacht auf dem Posten zu sein, um ankommende Funkmeldungen abzuhören. Cerdan-Caroline kam nur deshalb zur Cocktailparty Ihres Vaters, weil man es ihm befohlen hatte. Der Coup war für diesen Abend geplant, und es war Carreras nur recht, wenn er die beiden bewaffneten Pseudoschwestern zur Verfügung hatte. Armer Caroline! Als ich ihm den Kopfhörer zeigte und er den Versuch machte, aus dem Rollstuhl aufzuspringen, wollte er sich nicht auf mich, sondern auf die Schwester mit der MP stürzen. Das wußte

Kapitän Bullen nicht, also schlug er ihn zu Boden.« Ich zog die letzte Schraube fest und fügte hinzu: »Kein Wort davon in der Krankenstube – der Alte brabbelt unaufhörlich im Schlaf – und auch nirgends sonst. Nicht einmal zu Ihren Eltern. Los! Der Wachtposten kann jeden Augenblick zu sich kommen.«

»Sie lassen das Ding hier liegen?« Sie starrte mich entsetzt an. »Sie müssen es beseitigen – unbedingt . . .!«

»Wie denn? Soll ich es auf der Schulter eine senkrechte Leiter hinauftragen? Einschließlich des Sarges wiegt es etwa zweihundert Kilo. Und was geschieht, wenn ich es wirklich beseitige? In wenigen Stunden wird Carreras es erfahren haben. Ob er erfährt oder errät, wer dahintersteckt, spielt keine Rolle. Wichtig wäre nur eines – nämlich, daß er dann keine Windhose mehr hätte, um die lästigen Zeugen an Bord der ›Campari‹ loszuwerden. Was dann? Ich nehme an, daß kein Besatzungsmitglied und kein Passagier länger als noch ein paar Stunden am Leben bleiben würden. Er müßte uns gleich umbringen lassen. Keine Rede mehr davon, uns auf die ›Ticonderoga‹ zu bringen. Was diesen Dampfer betrifft, so muß er ihn entern, die gesamte Besatzung umbringen und die Bordventile öffnen. Das würde vielleicht Stunden dauern und wäre sehr unbequem, sehr gefährlich. Es würde vielleicht sogar alle seine Pläne durchkreuzen. Aber er könnte nicht anders. Die Windhose zu beseitigen, würde keiner Katze das Leben retten; im Gegenteil: Es wäre für uns alle der sichere Tod!«

»Was machen wir also?« Ihre Stimme klang gepreßt und unsicher, ihr Gesicht war ein bleicher, verschwommener Fleck im reflektierten Laternenlicht. »O Johnny, was sollen wir denn nur machen?«

»Ich lege mich ins Bett.« Mir war weiß Gott danach zumute. »Dann werde ich meine Zeit damit vergeuden, mir zu überlegen, wie man Doktor Caroline retten könnte.«

»Doktor Caroline! Ich verstehe nicht . . . Warum Doktor Caroline?«

»Weil er, so wie die Dinge liegen, die Nummer eins auf der Galgenliste ist. Er kommt viel früher dran als wir, weil er der Mann ist, der die Windhose schußfertig macht. Glauben Sie denn, man werde ihn auch an Bord der ›Ticonderoga‹ bringen, damit er dem Kapitän mitteilen könnte, daß der Sarg, den er in die Vereinigten Staaten mitnehmen soll, nicht Senator Hoskins, sondern eine armierte und tickende Atombombe enthält?«

»Wie soll das alles enden?« Nun schwang Panik, offene Panik in ihrer Stimme, fast schon Hysterie. »Ich kann es nicht glauben, ich kann es einfach nicht glauben. Es ist wie ein finsterer Alptraum.« Sie hielt sich an meinen Rockaufschlägen fest, verbarg das Gesicht in meinem Rockkragen – na ja, eigentlich war es ja der Smoking ihres Herrn Papa – und ihre Stimme klang halb erstickt. »Johnny, wie wird das alles enden?«

»Eine rührende Szene, eine äußerst rührende Szene«, sagte dicht hinter mir eine spöttische Stimme. »Es endet hier auf der Stelle – in diesem Augenblick.«

Ich fuhr herum, zumindest versuchte ich es, aber nicht einmal dazu war ich fähig. Susan hatte mich losgelassen, das Bein versagte, das Schiff stampfte, und die jähe Wendung brachte mich vollends aus dem Gleichgewicht. Ich taumelte und fiel gegen die Bordwand. Ein kräftiges Licht flammte auf und blendete mich. Schwarz und drohend war am Rande des Lichtstrahls der kurze Lauf einer Pistole zu sehen.

»Aufstehen, Carter!« Die Stimme war nicht zu verkennen. Tony Carreras' Stimme, nicht behaglich und liebenswürdig, sondern kalt, hart, böse: endlich der wahre Tony Carreras. »Ich will Sie umfallen sehen, wenn die Kugel Sie trifft. Überschlauer Carter! Ja, er hat sich für sehr schlau gehalten. Aufstehen, sage ich! Wollen Sie lieber im Liegen sterben? Bitte, ganz wie Sie es sich wünschen . . .«

Die Waffe zuckte hoch. Ein sachlicher Herr, der wenig von schwungvollen Abschiedsreden zu halten schien. Abschießen, und weg damit. Jetzt begriff ich, daß er wirklich der Sohn seines Vaters war. Das verletzte Bein lag unter mir. Ich konnte nicht aufstehen. Ich starrte in den Lichtstrahl, in die schwarze Mündung der Pistole. Ich hielt den Atem an, spannte die Muskeln. Sich in einem Abstand von anderthalb Metern vor der Mündung einer 38er Pistole sprungbereit zu machen, ist nichts als eine Verzweiflungstat.

»Nicht schießen!« schrie Susan. »Wenn Sie ihn erschießen, sind wir alle verloren!«

Der Lichtstrahl geriet ins Wanken, beruhigte sich wieder. Und war fest auf mich gerichtet. Die Waffe in Tony Carreras' Hand hatte sich, soweit ich es beurteilen konnte, nicht gerührt.

Susan trat ein paar Schritte auf ihn zu, aber er wehrte sie mit steif ausgestrecktem Arm ab.

»Aus dem Weg, meine Dame . . .«

Noch nie im Leben hatte ich so viel konzentriertes Gift, so viel Bosheit in einer Stimme gehört. Ich hatte den jungen Herrn völlig falsch beurteilt. Susans Worte hatten nicht den geringsten Eindruck auf ihn gemacht, so unerschütterlich war sein Entschluß.

Noch immer hielt ich den Atem an. Mein Mund war trocken wie ein Brennofen.

»Die Windhose!« Susans Stimme klang eindringlich, beschwörend, verzweifelt. »Er hat die Windhose geladen!«

»Wie? Was sagen Sie?« Diesmal hatte sie sich verständlich gemacht. »Die Windhose? Geladen . . .?« Der Ton war so böse wie nur je, aber ich glaubte, einen ängstlichen Beiklang in seiner Stimme zu vernehmen.

»Ja, Carreras, geladen – armiert . . .!« Ich hatte nie gewußt, wie wichtig die Befeuchtung der Kehle und des Mundes für die menschliche Stimme ist. Ein Habicht mit Mandelentzündung konnte nicht schlimmer krächzen als ich. »Armiert, Carreras, armiert!« Die Wiederholung sollte nicht etwa Eindruck schinden, mir fiel nichts anderes ein. Ich wußte nicht, wie ich mich aus der Affäre ziehen, wie ich die kurze Gnadenfrist ausnützen sollte, die Susan mir verschafft hatte. Ich bewegte die Hand, auf die ich mich stützte, die Hand, die hinter mir im pechschwarzen Schatten lag, als wollte ich mich gegen das Schaukeln des Schiffs stemmen. Meine Finger schlossen sich um den Griff des Hammers, den ich weggeworfen hatte. Ich überlegte mir finster, wie ich ihn anwenden könnte. Stablampe und Waffe rührten sich nicht.

»Sie lügen, Carter.« Das Selbstvertrauen war in seine Stimme zurückgekehrt. »Gott mag wissen, wie Sie dahintergekommen sind, aber Sie lügen. Sie wissen ja gar nicht, wie man die Waffe armiert.«

Das war das Richtige: dafür sorgen, daß er redet, ihm das Mundwerk schmieren.

»Ich nicht, aber Doktor Caroline.«

Er war buchstäblich erschüttert. Die Lampe wackelte in seiner Hand. Aber nicht genug.

»Was haben Sie mit Doktor Caroline zu tun?« fragte er heiser. Es war fast ein Aufschrei. »Wieso –«

Ruhig schnitt ich ihm das Wort ab. »Ich habe soeben mit ihm gesprochen.«

»Mit ihm gesprochen ... Aber es gehört ein Schlüssel dazu. Und es gibt nur einen solchen Schlüssel. Mein Vater hat ihn in der Tasche.«

»Doktor Caroline besaß einen Reserveschlüssel. In seinem Tabaksbeutel. Sie sind nie auf den Gedanken verfallen, nachzuschauen, nicht wahr, Carreras?« Ich schlug einen möglichst höhnischen Ton an.

»Sie lügen«, wiederholte er mechanisch. Dann mit kräftigerer Betonung: »Sie lügen, sage ich! Ich habe Sie beobachtet, Carter! Ich habe gesehen, wie Sie die Krankenstube verließen. Mein Gott, glauben Sie, ich sei so dumm, daß ich nicht Unrat witterte, als ich den Posten Kaffee trinken sah? Kaffee, den der gutmütige Carter ihm geschickt hatte? Ich habe die Tür von außen versperrt, bin Ihnen zum Funkraum und dann hinunter zu Carolines Kabine gefolgt. Aber Sie haben seine Kabine nicht betreten, Carter. Ich gebe zu, daß ich Sie nachher für einige Minuten aus den Augen verlor. Aber Sie waren nicht bei ihm drin. Und das weiß ich ganz gewiß.«

»Warum haben Sie uns nicht schon früher angehalten?«

»Weil ich wissen wollte, was Sie vorhatten. Jetzt weiß ich es.«

»Er also war der Mann, den wir gesehen haben!« sagte ich zu Susan. Mein überzeugter Ton setzte sogar mich in Erstaunen. »Sie armer Narr, wir sahen, wie sich im Dunkel etwas bewegte, und liefen schnell weg. Aber wir kehrten zurück, Carreras – o ja, wir kehrten zurück. Zu Doktor Caroline. Und wir vergeudeten auch keine Zeit damit, ihn auszufragen. Wir waren viel schlauer. Miss Beresford hat sich vorhin nicht ganz exakt ausgedrückt. Nicht ich habe die Windhose geladen. Doktor Caroline selber hat sie geladen.« Lächelnd ließ ich meinen Blick von dem Lichtstrahl der Stablampe zu einem Punkt rechts hinter Carreras wandern. »Sagen Sie ihm Bescheid, Doktor.«

Carreras drehte sich halb um, stieß einen wütenden Fluch aus, schwenkte zurück. Sein Hirn arbeitete schnell, seine Reaktionen waren noch schneller. Er war nicht so freundlich, auf den alten Trick hereinzufallen. Er gönnte uns gerade nur den Bruchteil einer Sekunde, und in diesem kurzen Moment war ich lediglich dazu gekommen, den Hammer fester zu fassen. Und nun würde es aus mit mir sein.

Aber er konnte die Pistole nicht heben. Susan hatte die Gelegenheit abgewartet, hatte gespürt, wie ich diese Gelegenheit herbeizuführen bemüht war. Sie hatte die Laterne fallen lassen und sich in dem Augenblick, da Carreras sich umdrehte, auf ihn gestürzt. Der Abstand betrug nur einen Meter. Nun hing sie verzweifelt an seinem rechten Arm und zerrte ihn mit ihrem vollen Gewicht nach unten. Ich wälzte mich krampfhaft nach vorn. Der kiloschwere Hammer flog im Bogen über meine Schulter und sauste auf Carreras' Gesicht zu, angetrieben von all der Kraft, all dem Haß, all der Wut, deren ich mächtig war.

Er sah ihn kommen. Er hatte die linke Hand erhoben, die noch die Lampe festhielt, um sie auf den ungeschützten Nacken Susans herabsausen zu lassen. Instinktiv riß er den Kopf zur Seite und streckte den linken Arm vor. Der Hammer erwischte ihn mit voller Wucht dicht unter dem linken Ellbogen, die Stablampe flog durch die Luft, der Laderaum war in undurchdringliche Finsternis getaucht.

Wo der Hammer hinfiel, weiß ich nicht. Gerade in dieser Sekunde rutschte mit schrillem Lärm eine schwere Kiste vorbei, und ich hörte den Hammer nicht aufschlagen.

Die Kiste kam ächzend zum Stehen. In der jähen Stille hörte ich dumpfes Poltern, mühsames Atmen. Nur langsam rappelte ich mich hoch, das linke Bein war so gut wie unbrauchbar, aber vielleicht kam es mir nur langsam vor. Wenn die Angst groß genug ist, hat sie die seltsame Wirkung, den Zeitablauf zu bremsen. Und ich hatte Angst. Ich hatte Angst um Susan. Carreras existierte für mich in diesem Augenblick nur noch als eine Gefahrenquelle für Susan. Er war ein stämmiger, kräftiger Bursche. Mit einem einzigen Griff konnte er ihr das Genick brechen, sie mit einem einzigen Fausthieb erschlagen.

Ich hörte Susan einen Schrei ausstoßen, einen Schrei des Entsetzens oder der Furcht. Eine kurze Stille, ein schweres dumpfes Poltern, als ob zwei Ringer zu Boden stürzten, ein Schmerzensschrei, abermals aus Susans Mund, dann wieder Stille.

Sie waren nicht mehr da. Als ich die Stelle erreichte, an der sie miteinander gerungen hatten, waren sie nicht mehr da. Eine Sekunde lang blieb ich regungslos in der Finsternis stehen, völlig verwirrt. Dann berührte meine Hand die obere Kante der meterhohen Prellplatte, und ich wußte Bescheid: Bei ihrem Handgemenge auf dem schwankenden Deck waren sie gegen die Platte getaumelt und darüber hinweggerollt. Bevor ich mich recht besinnen konnte, bevor ich wußte, was ich tat, hatte ich mich über die Wand geschwungen: In der Hand das Messer des Bootsmaats, den nadelspitzen Pfriem aufgefällt, den Sperrbügel geschlossen.

Als sich mein Gewicht auf das linke Bein verlegte, taumelte ich, sank in die Knie, berührte einen Kopf. Langes Haar. Susan. Ich rutschte zur Seite und hatte mich soeben aufgerichtet, da kam er an. Er ging auf mich los. Er wich nicht zurück, er versuchte keineswegs, mir im Schutz der Dunkelheit zu entwischen. Er stürzte sich auf mich. Das bedeutete, daß er seine Pistole verloren hatte.

Zusammen fielen wir hin, wehrten uns mit Fäusten, Füßen und Zähnen. Einmal, zweimal, ein dutzendmal traf er meine Brust, meinen Magen mit kurzen, hämmernden Haken, die mir die Rippen zu zerschmettern drohten. Doch ich spürte sie eigentlich gar nicht. Er war kräftig, ungeheuer kräftig, aber trotz seiner Kraft hätte er mir, auch wenn sein linker Arm nicht gelähmt gewesen wäre, in dieser Nacht nicht entrinnen können.

Der betäubende Anprall verschlug mir den Atem, während Carreras vor Schmerz aufschrie, als MacDonalds Messer wuchtig gegen sein Brustbein stieß. Ich riß das Messer heraus und stieß abermals zu. Abermals und abermals. Nach dem vierten Stoß schrie er nicht mehr.

Carreras starb einen schweren Tod. Er hatte aufgehört, auf mich einzuschlagen, aber sein rechter Arm lag um meinen Hals, und mit jedem Messerstich, den ich ihm versetzte, wurde der würgende Griff enger. Die letzten verzweifelten Reaktionen eines Menschen, der unter Qualen stirbt, konzentrierten sich genau auf die Stelle, an der mich der Schlag mit dem Sandsack erwischt hatte.

Ein stechender, lähmender Schmerz, glühende Lanzen zuckten mir durch Rücken und Kopf. Ich glaubte, der Nacken müsse brechen. Noch einmal stieß ich zu.

Und dann entfiel das Messer meiner Hand.

Als ich wieder zu mir kam, pochte schwindelerregend das Blut in meinen Ohren. Mein Kopf drohte zu platzen, meine Lungen rangen keuchend und vergebens nach Luft. Ich hatte das Gefühl zu ersticken, das Gefühl, daß mich jemand erwürge.

Und dann kam mir undeutlich die Wirklichkeit zu Bewußtsein. Ich wurde tatsächlich erwürgt. Der Arm des Toten hielt infolge eines Muskelkrampfs noch immer meinen Hals umschlungen. Ich konnte nicht lange bewußtlos gewesen sein, nicht länger als eine Minute. Mit beiden Händen packte ich den Arm am Handgelenk, und es gelang mir, meinen Hals zu befreien.

Dreißig Sekunden lang, vielleicht noch länger lag ich auf dem Boden des Laderaums ausgestreckt und schnappte nach Luft, während sich Schwindel und Erschöpfung meiner bemächtigten und eine ferne, eigensinnige Stimme, genau so verzweifelt eindringlich wie fern, in einem entlegenen Winkel meines Gehirns unaufhörlich rief: Du mußt aufstehen, du mußt aufstehen . . .!

Dann fand ich mich zurecht. Ich lag auf dem Boden des Laderaums vier, und noch immer rutschten bei jeder Stampf- und Schlingerbewegung der ›Campari‹ die gewaltigen Kisten hin und her und schmetterten gegen die Wände.

Susan mußte ganz in der Nähe liegen.

Ich rappelte mich auf die Knie hoch, durchwühlte meine Tasche, bis ich Marstons bleistiftdünne Taschenlampe gefunden hatte, und knipste sie an. Sie funktionierte. Der Lichtstrahl fiel auf Carreras. Ich hatte nur Zeit festzustellen, daß seine Hemdbrust blutgetränkt war, bevor ich unwillkürlich die Lampe schwenkte, weil mich ein heftiges Ekelgefühl überwältigte.

Susan lag dicht an der Prellplatte, halb auf der Seite, halb auf dem Rücken. Ihre Augen waren geöffnet, stumpf und verglast vor Entsetzen und Schmerz, aber sie waren geöffnet.

»Es ist vorbei.« Ich konnte meine Stimme kaum wiedererkennen. »Jetzt ist alles vorbei.« Sie nickte und versuchte zu lächeln.

»Sie können hier nicht liegen bleiben«, fuhr ich fort. »Hinter die Wand, schnell . . .!«

Ich stand auf, griff ihr unter die Arme und hob sie hoch. Sie streckte sich mir entgegen, dann stieß sie einen Schmerzensruf aus und knickte zusammen. Aber ich fing sie auf, bevor sie fallen konnte, stemmte mich gegen die Leiter, hob sie über die Prellwand und bettete sie an der anderen Seite langsam und sanft auf den Boden.

Im Lichtkegel meiner Stablampe blieb sie mit ausgebreiteten Armen liegen. Der linke Arm war zwischen Handgelenk und Ellbogen in einem unmöglichen Winkel verkrümmt. Gebrochen. Zweifellos gebrochen. Als sie und Carreras über die Prellplatte stürzten, mußte sie unten gelegen haben. Der linke Arm hatte das Gewicht der beiden fallenden Körper tragen müssen, und die Belastung war zu groß gewesen. Aber da ließ sich nichts tun. Jedenfalls im Augenblick nicht.

Ich richtete meine Aufmerksamkeit auf den toten Tony Carreras.

Ich durfte ihn nicht hier liegen lassen; ich wußte, daß ich ihn nicht hier liegen lassen durfte. Sobald Miguel Carreras entdeckte, daß sein Sohn verschwunden war, würde er die ›Campari‹ von einem Ende bis zum anderen durchsuchen lassen. Es gab nur eine Stelle, wo ich Tony Carreras' sterbliche Reste loswerden konnte, endgültig, vollständig und ohne befürchten zu müssen, daß man sie finden würde: im Meer.

Tony Carreras muß fast hundert Kilo gewogen haben, und die senkrechte, schmale Stahlleiter war mindestens zehn Meter hoch. Ich war durch den Blutverlust und die rein physische Erschöpfung geschwächt und hatte nur ein gesundes Bein, also nahm ich mir nicht einmal Zeit, darüber nachzudenken. Hätte ich es getan, dann wäre mir mein Vorhaben so ungeheuerlich erschienen, daß ich sofort die Flinte ins Korn geworfen hätte.

Ich schleppte ihn zur Leiter, setzte ihn hin, hakte die Hände unter seine Achseln und wuchtete ihn Zoll für Zoll hoch, bis die Schultern und der baumelnde Kopf sich in gleicher Höhe mit meinen Schultern befanden, bückte mich hastig, packte ihn um den Leib und fing zu klettern an.

Zum erstenmal in dieser Nacht kam mir die stampfende ›Campari‹ mit ihren Korkzieherbewegungen gelegen. Sooft das Schiff in ein Wellental rutschte und gleichzeitig nach Steuerbord krängte, neigte sich die Leiter in einem Winkel von fast fünfzehn Grad, und ich konnte ein paar Sprossen steigen. Wenn die ›Campari‹ zurückpendelte und die Leiter wieder hochkam, hielt ich mich mit zusammengebissenen Zähnen fest und wartete auf das nächste Schlingern, um mein Manöver zu wiederholen. Zweimal wäre mir Carreras beinahe von der Schulter gerutscht, zweimal mußte ich schnell einen Schritt nach unten tun, um ihn aufzufangen. Mein linkes Bein benützte ich kaum, das rechte und die beiden Arme hatten die ganze Last zu tragen. Vor allem die Schultern wurden beansprucht. Zuweilen hatte ich das Gefühl, die Muskeln würden zerreißen, aber es war nicht schlimmer als die Schmerzen im Bein, also machte ich weiter.

Ich stieg weiter, bis ich oben angelangt war. Noch ein halbes Dutzend Sprossen, und ich hätte ihn fallen lassen müssen. Ich glaube nicht, daß ich es geschafft hätte.

Ich schob ihn über das Lukensüll, kroch hinterher, stürzte aufs Deck und wartete, bis mein Puls unter hundert gesunken war. Nach dem Ölgestank und dem stickigen Mief im Laderaum roch die windgepeitschte Regenluft wunderbar. Ich deckte die Lampe mit der hohlen Hand ab – obwohl die Gefahr, daß sich jemand zu dieser Stunde, bei diesem Wetter in der Nähe herumtreiben würde, sehr gering war – und durchsuchte Carreras Taschen, bis ich den Schlüssel mit dem Schildchen ›Krankenstube‹ gefunden hatte.

Dann packte ich den Toten beim Kragen und schleifte ihn zur Reling.

Eine Minute später war ich wieder unten im Laderaum. Ich holte mir Carreras' Pistole, steckte sie ein und sah nach Susan. Sie war noch immer bewußtlos. Um so besser, da ich auch sie die Leiter hinauftragen mußte. Mit ihrem gebrochenen Arm hätte sie es allein nicht geschafft. Wenn ich warten würde, bis sie wieder bei Bewußtsein war, müßte sie schreckliche Qualen erdulden. Und sie wäre gewiß nicht lange bei Bewußtsein geblieben.

Da ich Carreras' Körpergewicht bewältigt hatte, kam mir die Aufgabe, Susan Beresford hinaufzuschleppen, fast leicht vor. Ich legte sie behutsam auf das regenfeuchte Deck, schob die Verschalungslatten zurecht und zurrte die Persenning fest. Eben war ich fertig geworden, da hörte ich oder spürte vielmehr, wie Susan sich bewegte.

»Still liegen!« sagte ich schnell. Hier oben an Deck mußte ich wieder fast schreien, um mich im Getöse des Sturms verständlich zu machen. »Ihr Unterarm ist gebrochen!«

»Ja.« Ganz sachlich, viel zu sachlich klang das. »Und Tony Carreras? Haben Sie ihn unten zurückgelassen?«

»Vorbei. Ich sagte Ihnen schon, daß es vorbei ist.«

»Wo ist er?«

»Über Bord.«

»Über Bord?« Nun hatte ihre Stimme wieder zu zittern begonnen. Das gefiel mir besser als die beunruhigende Ruhe. »Ja, wieso denn . . .?«

»Ich habe ihm Gott weiß wie viele Messerstiche versetzt«, erwiderte ich verdrossen. »Glauben Sie, er ist allein aufgestanden, die Leiter hinaufgeklettert und über Bord gesprungen? . . . Verzeihung, Susan. Ich hätte nicht – ich glaube, ich bin nicht ganz bei mir. Kommen Sie. Höchste Zeit, daß der brave Doktor Marston sich den Arm anschaut.«

Ich veranlaßte sie, den gebrochenen Unterarm in die rechte Hand zu betten, half ihr auf die Beine und packte ihren heilen Arm, um sie auf dem schaukelnden Deck zu stützen. Ein Blinder, der einen zweiten Blinden führt.

Als wir den vorderen Teil des Frachtdecks erreicht hatten, mußte sie sich hinsetzen – dort war sie verhältnismäßig geschützt –, während ich in die Vorratskammer des Bootsmaats humpelte. Ich brauchte nur wenige Sekunden, um zu finden, was ich suchte: Zwei Rollen Nylonseil, die ich in einen Leinenbeutel stopfte, und ein kurzes Stück dickeres Hanfseil. Ich machte die Tür zu, legte den Beutel neben Susan aufs Deck, stolperte über die glitschigen, verräterischen Planken nach Backbord und band das Hanfseil an einer der Relingstützen fest. Ich überlegte mir, ob ich Knoten ins Seil schlagen sollte, ließ es dann aber sein. MacDonald, der auf diese Idee verfallen war, meinte, bei dem wüsten Wetter würde niemand eine solche Kleinigkeit wie die Seilschleife rund um die Basis der Relingstütze bemerken. Und wenn, so würden Carreras' Leute nicht genug seemännische Erfahrung besitzen, um nachzuschauen und das Seil hochzuziehen. Sollte aber jemand einen Blick über Bord werfen und die Knoten im Seil entdecken, würde seine Neugier erwachen. Deshalb war es besser, auf Knoten zu verzichten. Die Schleife rund um die Stütze zog ich jedoch so fest wie nur möglich, denn von ihrer Haltbarkeit würde das Leben eines Menschen abhängen, der mir sehr nahestand. Mein eigenes Leben nämlich. Dann ließ ich das Seilende nach unten fallen.

Zehn Minuten später befanden wir uns vor der Krankenstube.

Wegen des Wachtpostens hätte ich mir keine Sorgen zu machen brauchen. Sein Geist weilte noch immer in einer anderen Welt, und nichts deutete darauf hin, daß er sie bald verlassen würde. Ich fragte mich: Wie wird ihm zumute sein, wenn er wieder zu sich kommt? Wird er vermuten, daß man ihn betäubt hat – oder wird er alle ungewohnten Symptome als Folgen der Erschöpfung und der Seekrankheit betrachten? Dann sagte ich mir, das seien überflüssige Sorgen. Eines konnte ich mit Sicherheit voraussehen, nämlich daß der Posten, wenn er erst wieder aufgewacht war, kein Wort über sein Schlummerstündchen verlieren würde. Ich hatte den Eindruck, ein Mann wie Miguel Carreras würde mit einem Wächter, der auf seinem Posten eingeschlafen war, kurzen Prozeß machen.

Ich zog den Schlüssel aus der Tasche, den ich Tony Carreras

abgenommen hatte, und sperrte die Tür auf. Marston saß an seinem Schreibtisch, der Bootsmaat und Bullen hockten in ihren Betten. Jetzt sah ich Bullen zum erstenmal seit seiner Verwundung bei Bewußtsein. Er war bleich und hager und hatte offenbar große Schmerzen, aber er sah nicht so aus, als pfeife er schon aus dem letzten Loch. Es gehört viel dazu, einem Mann wie Bullen den Garaus zu machen.

Er musterte mich lange mit einem fast finsteren Blick.

»Na, Mister, wo zum Teufel haben Sie sich herumgetrieben?«

Normalerweise hätte das sehr barsch geklungen, doch die Wunde in der Lunge ließ nur ein heiseres Flüstern zu. Wenn ich die Kraft besessen hätte zu lächeln, dann hätte ich's getan, aber ich war zu schwach. Noch war der Alte nicht verloren.

»Einen Augenblick, Sir ... Doktor Marston, Miss Beresford hat –«

»Ich sehe es schon, ich sehe es. Wie in aller Welt haben Sie es fertiggebracht –« Nun war er nähergekommen. Er unterbrach sich und starrte mich mit seinen kurzsichtigen Augen an. »Ich würde allerdings meinen, John, daß Sie meine Dienste dringender brauchen.«

»Ich? Ich bin in Ordnung.«

»Ach, wirklich?« Er packte Susan bei ihrem gesunden Arm, führte sie in die Apotheke und sagte über die Schulter: »Haben Sie sich schon im Spiegel gesehen?«

Ich warf einen Blick in den Spiegel und begriff, was er meinte. Balenciagas Stoffe sind nicht blutundurchlässig. Die ganze linke Seite meines Kopfes, des Gesichts und des Halses war mit Blut bedeckt, das durch Haube und Maske gesickert war. Ja, ich war mit dickem, dunklem Blut verkrustet, das sogar der Regen nicht hatte wegspülen können. Eher hatte der Regen dafür gesorgt, daß es noch schlimmer aussah, als es eigentlich war. Das alles mußte Tony Carreras' blutiges Hemd angerichtet haben, als ich ihn die Leiter im Laderaum vier hinaufgetragen hatte.

»Das läßt sich abwaschen«, sagte ich zu Bullen und dem Bootsmaat. »Es ist nicht mein Blut. Es ist Tony Carreras' Blut.«

»Carreras ...?« Bullen starrte zuerst mich, dann MacDonald an. Obwohl er den Beweis vor Augen hatte, war ihm anzumerken, daß er überzeugt war, ich hätte den Verstand verloren. »Was soll das heißen?«

»Was ich sagte. Tony Carreras.«

Schwerfällig sank ich auf einen Stuhl und stierte mit leerem Blick auf meine blutgetränkte Kleidung. Vielleicht hatte Kapitän Bullen nicht gar so unrecht. Ich empfand das irre Verlangen, laut zu lachen. Ich wußte, daß das Vorboten der Hysterie waren, die Folgen der Überanstrengung, des steigenden Fiebers, der allzu großen, auf einen allzu kleinen Zeitraum zusammengedrängten Gemütsbewegungen. Ich mußte mich zusammenreißen, um all das zu bekämpfen. »Ich habe ihn unten im Laderaum getötet.«

»Sie sind wahnsinnig«, sagte Bullen rundheraus. »Sie wissen nicht, was Sie reden.«

»Nein?« Ich sah ihn an, blickte weg. »Fragen Sie Miss Beresford.«

»Mr. Carter sagt die Wahrheit, Sir«, erklärte MacDonald gelassen. »Mein Messer, Sir? Haben Sie es mitgebracht?«

Ich nickte, erhob mich müde, humpelte zu MacDonalds Bett und gab ihm das Messer zurück. Ich hatte keine Gelegenheit gehabt, es zu säubern. Der Bootsmaat sagte kein Wort, sondern reichte das Messer dem Kapitän, der es wortlos fast eine halbe Minute lang betrachtete.

»Verzeihung, mein Junge«, flüsterte er schließlich. Seine Stimme war heiser. »Es tut mir verdammt leid. Aber wir sind vor Sorgen fast gestorben.«

Ich lächelte matt. Sogar das fiel mir schwer. »Ich auch, Sir, ich auch.«

»Alles zu seiner Zeit«, sagte Bullen tröstend.

»Ich glaube, Mr. Carter wird es uns später erzählen, Sir«, warf MacDonald ein. »Er muß sich waschen, die nassen Sachen ausziehen und sich ins Bett legen. Wenn jemand kommt –«

»Sehr richtig, Bootsmaat.« Man sah ihm an, daß selbst das bißchen Sprechen seine Kräfte erschöpfte. »Machen Sie schnell, mein Junge!«

»Ja.« Müde betrachtete ich den Beutel, den ich mitgebracht hatte. »Hier habe ich die Seile, Archie.«

»Geben Sie sie mir, Sir.« Er nahm den Beutel, zog die beiden Seilrollen heraus, entfernte den Überzug seines unteren Kissens, stopfte die Seile hinein und legte sie unter das obere Kissen. »Ein Platz genauso gut wie jeder andere, Sir. Wenn man gründlich zu suchen beginnt, wird man sie ohnedies finden. Würden Sie nun bitte das Kissen und den Beutel zum Fenster hinauswerfen . . .?«

Ich tat, was er sagte, zog mich aus, wusch mich, trocknete mich ab, so gut es ging, und kroch ins Bett – gerade als Marston hereinkam.

»Nichts Schlimmes, John. Ein einfacher Bruch. Ich habe sie schön in Decken gewickelt. In einer Minute wird sie eingeschlafen sein. Pille.«

Ich nickte. »Sie haben heute etwas geleistet, Doktor. Der Jüngling draußen vor der Tür schläft noch immer, und ich habe mein Bein kaum gespürt.« Das war nur zur Hälfte gelogen, und warum sollte ich seine Gefühle unnötigerweise verletzen? Ich warf einen Blick auf mein Bein. »Die Schienen . . .«

»Ich mache sie gleich wieder zurecht.«

Er legte sie wieder an und brachte mich nicht dabei um, und unterdessen berichtete ich, was geschehen war. Oder wenigstens einen Teil davon. Ich behauptete, die Begegnung mit Tony Carreras habe sich ergeben, als ich versuchte, das Geschütz auf dem Achterdeck zu vernageln. Da der alte Bullen im Schlaf pausenlos zu plappern pflegte, wäre es nicht gerade sehr schlau gewesen, die Windhose zu erwähnen.

Zuletzt, nach einem dumpfen Schweigen, sagte Bullen mutlos: »Es ist aus. Alles ist aus. Die ganze Mühe, das Leiden umsonst. Alles umsonst.«

Es war aber nicht aus; es würde nicht aus sein, bis es entweder mit Miguel Carreras oder mit mir aus war. Wenn ich ein leichtsinniger Mensch gewesen wäre, hätte ich meinen letzten Cent auf Miguel Carreras gesetzt.

Das behielt ich jedoch für mich. Statt dessen erzählte ich von einem simplen Plan, der darauf hinauslief, die Brücke mit vorgehaltenem Revolver zu erobern. Aber er war lange nicht so aussichtslos und verzweifelt wie der Plan, der mir wirklich durch den Kopf ging, der Plan, den ich Archie MacDonald anvertraut hatte. Auch davon durfte ich dem Alten nichts verraten, weil ebenfalls die Gefahr bestand, daß er im Delirium plaudern würde. Ich hätte am liebsten nicht einmal Tony Carreras erwähnt. Doch wie sollte ich sonst das Blut erklären?

Als ich fertig war, sagte Bullen mit seiner heiseren Stimme: »Ich bin noch immer Kapitän des Schiffs. Ich lasse es nicht zu. Du lieber Gott, Mister, schauen Sie sich das Wetter an, schauen Sie sich Ihren Zustand an! Ich erlaube Ihnen nicht, daß Sie Ihr Leben wegwerfen. Ich kann es nicht zulassen.«

»Danke, Sir. Ich weiß, wie es gemeint ist. Aber Sie müssen es erlauben. Sie müssen. Wenn nicht, dann . . .«

»Und wenn während Ihrer Abwesenheit jemand hier erscheint?« fragte er verzagt. Er hatte das Unvermeidliche akzeptiert.

»Da . . .« Ich zog die Pistole aus der Tasche und warf sie dem Maat zu. »Sie hat Tony Carreras gehört. Das Magazin enthält noch sieben Schuß.«

»Besten Dank, Sir«, sagte MacDonald ruhig. »Ich werde mit diesen sieben Patronen sehr vorsichtig umgehen.«

»Aber Sie selber, Mann?« fragte Bullen rauh. »Was ist mit Ihnen?«

»Geben Sie mir das Messer wieder, Archie«, sagte ich.

10

Freitag/Samstag: 9 Uhr bis 13 Uhr

Ich schlief in dieser Nacht, ich schlief tief, fast so tief wie Tony Carreras. Ich bekam weder eine Spritze noch Schlafpillen. Die Erschöpfung war ein besseres Medikament.

Das Erwachen am nächsten Morgen war eine langwierige Kletterpartie aus den Tiefen eines bodenlosen Abgrunds. Ich kletterte im Dunkeln, aber nach seltsamer Traumsitte kletterte ich gar nicht, und es war auch gar nicht dunkel. Ein großes Tier hielt mich zwischen seinen Kiefern und versuchte mich totzuschütteln. Ein Tiger, aber kein gewöhnlicher Tiger. Ein Säbelzahn-Tiger von der Art, die bereits vor einer Million Jahren von der Erdoberfläche verschwunden ist. So kletterte ich weiter durch die Finsternis, und der Säbelzahn-Tiger schüttelte mich wie ein Terrier eine Ratte, und ich wußte, daß meine einzige Hoffnung darin bestand, das Licht dort oben zu erreichen. Aber ich sah kein Licht. Dann war es plötzlich da, ich hatte die Augen geöffnet, Miguel Carreras beugte sich über mich und rüttelte mich mit unsanfter Hand. Ich hätte jederzeit den Säbelzahn-Tiger vorgezogen.

Marston stand an der anderen Seite des Bettes. Als er merkte, daß ich aufgewacht war, packte er mich unter den Armen und brachte mich behutsam in eine sitzende Stellung. Ich bemühte mich, ihm zu helfen, konzentrierte mich aber weit mehr darauf, an meinen Lippen zu nagen und die Augen zuzukneifen, damit Carreras nicht übersehen könne, wie übel ich dran sei.

Marston protestierte.

»Man sollte ihn nicht transportieren, Mr. Carreras, man sollte ihn wirklich nicht transportieren. Er hat ständig heftige Schmerzen. Ich wiederhole, daß so schnell wie möglich ein chirurgischer Eingriff zu erfolgen hat.«

Es war nun wohl schon vierzig Jahre zu spät, um Marston darauf aufmerksam zu machen, daß er ein geborener Schauspieler sei. Ich zweifelte jetzt nicht mehr daran, daß er diesen Beruf hätte wählen sollen: Sowohl für die musische wie für die medizinische Welt wäre das von unschätzbarem Vorteil gewesen.

Ich rieb mir den Schlaf aus den Augen und lächelte matt.

»Warum sagen Sie es nicht rundheraus, Doktor? Sie denken an eine Amputation.« Er blickte mich ernst an und ging dann wortlos weg. Ich sah Bullen und MacDonald an. Beide waren wach, beide vermieden es geflissentlich, zu mir herüberzuschauen.

Dann betrachtete ich Miguel Carreras.

Auf den ersten Blick sah er genauso aus wie vor zwei Tagen. Das heißt, nur auf den ersten Blick. Wenn man ein zweitesmal und genauer hinsah, merkte man den Unterschied: eine leichte Blässe unter der Sonnenbräune, eine leichte Röte in den Augen, eine leichte Spannung in den Gesichtsmuskeln, die früher nicht dagewesen war. Unter dem linken Arm hielt er eine Seekarte, in der linken Hand einen Zettel.

»Na?« fragte ich höhnisch. »Wie geht es dem großen, kühnen Seeräuberkapitän heute?«

»Mein Sohn ist tot«, erwiderte er dumpf.

Ich hatte nicht erwartet, daß ich es auf so unverblümte Weise oder so bald schon zu hören bekommen würde. Aber gerade, weil ich es nicht erwartet hatte, fiel es mir leichter, richtig zu reagieren, das heißt so zu reagieren, wie er es wahrscheinlich von mir erwartete.

Ich starrte ihn mit zusammengekniffenen Augen an und sagte: »Wie . . .?«

»Er ist tot!« Was immer Miguel Carreras fehlen mochte, so besaß er doch die normalen Instinkte eines Vaters. Daß er sich so gewaltsam beherrschte, zeigte nur, wie schwer es ihn getroffen hatte. Einen Augenblick lang tat er mir ehrlich leid. Einen sehr kurzen Augenblick. Dann sah ich die Gesichter Wilsons, Jamiesons, Bensons, Brownells und Dexters vor mir, die Gesichter all der Toten, und er tat mir nicht mehr leid.

»Tot?« wiederholte ich mit Verwunderung und Bestürzung, aber keiner allzu großen Bestürzung – die würde man nicht von mir erwarten. »Ihr Sohn? Tot? Wie kann er denn tot sein? Woran ist er gestorben?« Fast aus eigenem Antrieb begann meine Hand nach dem Klappmesser unter dem Kissen zu tasten. Freilich hätte es nicht viel ausgemacht, wenn es ihm vor Augen gekommen wäre. Fünf Minuten im Kocher der Apotheke hatten auch die letzten Blutflecken beseitigt.

»Ich weiß es nicht.« Er schüttelte den Kopf, und ich hätte am liebsten Hurra geschrien. In seinen Zügen zeigte sich nicht der geringste Verdacht. »Ich weiß es nicht.«

»Mr. Carreras«, sagte ich, »Sie haben doch sicherlich –«

»Wir konnten ihn nicht finden. Er ist verschwunden!«

»Verschwunden?« Das war Kapitän Bullen, der seinen Beitrag leistete, und seine Stimme klang um eine Spur kräftiger, etwas weniger heiser als am vergangenen Abend. »Verschwunden? An Bord eines solchen Schiffes kann doch ein Mensch nicht einfach verschwinden, Mr. Carreras!«

»Über zwei Stunden lang haben wir das Schiff durchsucht. Mein Sohn befindet sich nicht mehr an Bord der ›Campari‹. Wann haben Sie ihn zuletzt gesehen, Mr. Carter?«

Ich zuckte nicht schuldbewußt zusammen, ich blickte nicht jählings nach oben, ich gestattete mir keinerlei solche Albernheiten. Ich hätte nur gern gewußt, wie er reagiert haben würde, wenn ich geantwortet hätte: ›Als ich ihn gestern nacht über Bord wälzte . . .‹« Statt dessen schürzte ich die Lippen und sagte: »Gestern abend nach dem Essen, als er hierherkam. Er blieb nicht lange. Er sagte so etwas wie: ›Kapitän Carreras macht seinen Rundgang!‹ – und ging weg.«

»Das stimmt. Ich hatte ihn veranlaßt, eine Inspektionstour zu machen. Wie sah er aus?«

»Nicht wie sonst. Grün. Seekrank.«

»Mein Sohn war nicht sehr seefest.« Carreras nickte. »Es wäre möglich –«

Ich unterbrach ihn. »Sie sagten, er habe einen Rundgang unternommen? Durch das ganze Schiff? Über die Decks?«

»Ja.«

»Hatten Sie vorn und achtern Sicherheitstaue spannen lassen?«

»Nein. Ich hielt es nicht für nötig.«

»Na also«, sagte ich finster, »da haben Sie vielleicht die Lösung des Rätsels. Die wahrscheinlichste Lösung. Keine Taue, nichts, woran man sich festhalten kann. Ihm wird übel, er läuft zur Reling, ein jäher Ruck ...« Ich ließ den Satz unvollendet und sah Carreras an.

»Es wäre möglich – aber es sähe ihm nicht ähnlich. Er hatte einen außergewöhnlich guten Gleichgewichtssinn.«

»Wenn man auf einem nassen Deck ausrutscht, nützt einem der beste Gleichgewichtssinn nichts.«

»Richtig. Ich habe aber auch die Möglichkeit in Betracht gezogen, daß es nicht mit rechten Dingen zuging!«

»Nicht mit rechten Dingen ...?« Ich starrte ihn an und dankte dem Himmel, daß die Gabe der Telepathie so spärlich gesät ist. »Die gesamte Besatzung und sämtliche Passagiere sitzen hinter Schloß und Riegel und werden aufs Schärfste bewacht. Wie sollte es da nicht mit rechten Dingen zugegangen sein? Es sei denn«, fügte ich nachdenklich hinzu, »daß sich in Ihren eigenen Reihen ein Verräter verbirgt.«

»Ich habe meine Ermittlungen noch nicht abgeschlossen.«

Die Stimme klang kalt, das Thema war beiseitegelegt, Miguel Carreras widmete sich wieder den Pflichten des Augenblicks. Keine noch so tief empfundene Trauer würde diesen Mann kleinkriegen. Wie sehr er auch innerlich seinen Sohn beweinen mochte, würde das nicht im geringsten seine Tüchtigkeit oder seinen unbarmherzigen Entschluß beeinträchtigen, die gefaßten Pläne konsequent durchzuführen. Zum Beispiel würde es nichts an seiner Absicht ändern, uns alle am folgenden Tag in die Stratosphäre zu schicken. Miguel Carreras mochte seine menschlichen Seiten haben, aber ehernes Fundament seines Charakters war ein extremer und uneingeschränkter Fanatismus, der um so gefährlicher war, als er so tief unter der glatten, urbanen Oberfläche lag.

»Die Karte, Mr. Carter.« Er reichte sie mir zusammen mit einem Blatt Papier, auf dem viele Positionen verzeichnet waren. »Teilen Sie mir mit, ob die ›Ticonderoga‹ ihren Kurs einhält, und ob sie sich nicht verspätet hat. Den Zeitpunkt des Zusammentreffens können wir später bestimmen, sobald und falls wir Gelegenheit haben, eine Peilung vorzunehmen.«

»Sie werden schon Gelegenheit haben«, versicherte Bullen heiser. »Es heißt, der Teufel sorgt für die Seinen, Carreras, und er hat Sie bisher nicht im Stich gelassen. Wir entwischen dem Orkan. Gegen Mittag wird es klare Stellen am Himmel geben. Später am Abend wieder Regen, aber zuerst Aufklarung.«

»Sind Sie dessen sicher, Kapitän Bullen? Sind Sie sicher, daß wir dem Orkan entwischen?«

»Ganz sicher. Oder vielmehr – der Orkan läuft uns weg.«

Der brave Bullen war eine Autorität auf dem Gebiet tropischer Wirbelstürme, bereit, auf den leisesten Wink einen Vortrag über sein Lieblingsthema zu halten. Sogar vor Carreras, sogar dann, wenn seine Stimme nichts weiter zustande brachte als ein heiseres Wispern.

»Weder Wind noch Seegang haben beträchtlich nachgelassen –«, das stimmte unbedingt –, »entscheidend aber ist die Windrichtung! Der Wind kommt jetzt aus Nordwest, das bedeutet, daß der Orkan sich nordöstlich von uns befindet. Er ist irgendwann im Laufe der Nacht an Backbord vorbeigezogen, zuerst in nördlicher Richtung, nachher hat er plötzlich nach Nordost gedreht. Recht oft geschieht es, daß ein Hurrikan, wenn er die Nordgrenze seiner Breiten erreicht und dort von den Westwinden abgefangen wird, zwanzig bis vierundzwanzig Stunden lang am Wendepunkt hängen bleibt: Das hätte bedeutet, daß wir ihn hätten durchfahren müssen. Aber Sie hatten Glück, Carreras. Fast ohne Aufenthalt hat er gewendet und sich nach Osten verzogen.« Bullen ließ sich zurücksinken, der völligen Erschöpfung nahe. Auch dieses Wenige war ihm schon zuviel geworden.

»Das alles können Sie vom Bett aus beurteilen?« fragte Carreras.

Bullen warf ihm den Kommodoreblick zu, den er jedem Kadetten zugeworfen hätte, der sein Wissen anzuzweifeln wagte, und ignorierte ihn sodann.

»Also wird das Wetter sich bessern?« fragte Carreras hartnäckig.

»Das versteht sich wohl von selber, nicht wahr?«

Carreras nickte langsam. Rechtzeitig am Treffpunkt anzulegen und das Gold übernehmen zu können waren seine beiden Hauptsorgen gewesen. Nun waren sie beseitigt. Unvermittelt machte er kehrt und verließ die Krankenstube.

Bullen räusperte sich und sagte in formellem Ton, mühsam die Worte hervorstoßend: »Meine Glückwünsche, Mr. Carter. Sie sind der perfekteste Lügner, der mir je begegnet ist.«

MacDonald grinste nur.

Der Vormittag, der Nachmittag kamen und gingen. Pflichtgemäß trat die Sonne hervor, wie Bullen es prophezeit hatte, und verschwand wieder, wie er gleichfalls angekündigt hatte. Der Seegang ließ nach, wenn auch, wie ich vermutete, nicht ausreichend, um die Leiden unserer Passagiere zu mildern, und der Wind kam nach wie vor aus Nordwest. Bullen, der wieder eine Spritze erhalten hatte, schlief fast den ganzen Tag, allerlei unzusammenhängendes Zeug vor sich hinmurmelnd – nichts bezog sich, wie ich erleichtert feststellte, auf Tony Carreras –, während MacDonald und ich abwechselnd miteinander plauderten und schliefen. Aber wir schlummerten erst ein, nachdem ich ihm erzählt hatte, was ich in der kommenden Nacht auszurichten hoffte, sobald – und sofern – es mir gelang, mich auf dem Oberdeck frei zu bewegen.

Susan bekam ich kaum zu sehen. Nach dem Frühstück erschien sie mit dem Arm in Gips und in einer Schlinge. Es bestand keine Gefahr, daß das, selbst bei einem Mann wie Carreras, Mißtrauen erregen würde. Es hieß, sie sei auf einem Stuhl eingeschlafen, durch den Sturm zu Boden geschleudert worden und habe sich das Handgelenk verrenkt. Derlei Unfälle sind bei schwerem Unwetter so häufig, daß niemand auch nur auf den Gedanken gekommen wäre, die Brauen zu runzeln. Gegen zehn Uhr vormittags bat sie um Erlaubnis, sich zu ihren Eltern in den Salon zu begeben, und dort blieb sie den ganzen Tag.

Fünfzehn Minuten nach zwölf tauchte Carreras wieder auf. Er erwähnte mit keinem Wort, ob seine Nachforschungen im Zusammenhang mit dem Tode seines Sohnes erfolgreich verlaufen waren, ja, er kam nicht einmal mehr auf den Verschwundenen zu sprechen. Er hatte die unvermeidliche Seekarte, diesmal sogar in zwei Exemplaren, und die Mittagsposition der ›Campari‹ bei sich. Anscheinend war es ihm gelungen, mit Hilfe der Sonne eine genaue Peilung vorzunehmen.

»Unsere Position, unsere Geschwindigkeit, ihre Position, ihre Geschwindigkeit und der jeweilige Kurs. Werden wir einander an dem mit X bezeichneten Punkt begegnen?«

»Sie haben es sich wohl schon selber ausgerechnet?«

»Ja.«

»Die Schiffe werden einander nicht begegnen«, sagte ich nach einigen Minuten. »Mit unserer jetzigen Geschwindigkeit werden wir den vorgesehenen Treffpunkt zwischen elf und halb zwölf erreichen. Sagen wir gegen Mitternacht. Um fünf Stunden zu früh.«

»Besten Dank, Mr. Carter. Ich bin zu demselben Ergebnis gelangt. Die fünfstündige Wartezeit bis zur Ankunft der ›Ticonderoga‹ wird rasch vergehen.«

Ich hatte ein wunderliches Gefühl in der Magengrube. Die Phrase, daß einem das Herz in die Hosen falle, mag physiologisch ungenau sein, beschreibt aber den Zustand sehr exakt. Damit würde alles ruiniert, die kleine Erfolgschance, die mein Plan bisher gehabt hatte, endgültig zerstört sein. Aber ich wußte, daß mir meine Bestürzung nicht anzusehen war.

»Sie haben vor, um Mitternacht dort einzutreffen und dann umherzulungern, bis Ihnen die Fliege ins Schlafzimmer spaziert?« Ich zuckte die Achseln. »Na ja, die Entscheidung liegt bei Ihnen.«

»Was soll das heißen?« fragte er scharf.

»Nichts Besonderes«, erwiderte ich gleichgültig. »Ich dachte bloß, es würde Ihnen recht sein, wenn Ihre Leute sich in guter

Form befinden, um das Gold an Bord zu holen, sobald wir der ›Fort Ticonderoga‹ begegnen.«

»Mhm?«

»In zwölf Stunden wird der Seegang noch immer sehr heftig sein. Wenn wir an dem Treffpunkt haltmachen, wird die ›Campari‹ sich in den Wellentälern herumwälzen und sich, um es elegant auszudrücken, die Kaldaunen aus dem Leib kotzen. Ich weiß nicht, wie viele unter Ihren Landratten gestern nacht seekrank waren, aber ich wette, heute nacht werden es doppelt so viele sein. Und bilden Sie sich ja nicht ein, daß unsere Stabilisatoren Sie retten werden. Um zu funktionieren, sind sie auf die Fahrtgeschwindigkeit des Schiffs angewiesen!«

»Ein wohlbegründetes Argument«, sagte er ruhig. »Ich werde die Geschwindigkeit herabmindern und es so einrichten, daß wir gegen vier Uhr ankommen.« Er sah mich an und wurde auf einmal sehr nachdenklich. »Sie sind so merkwürdig hilfsbereit, voller nützlicher Vorschläge. Das stimmt so ganz und gar nicht zu dem Bild, das ich mir von Ihrem Charakter gemacht habe!«

»Das beweist nur, daß Sie sich ein falsches Bild gemacht haben, lieber Freund. Die Erklärung ist sehr einfach: gesunder Menschenverstand und Eigennutz. Ich will so schnell wie möglich in ein richtiges Krankenhaus kommen. Die Aussicht, auf einem Bein durchs Leben humpeln zu müssen, gefällt mir durchaus nicht. Je früher ich die Passagiere, die Besatzung und mich selbst an Bord der ›Ticonderoga‹ sehe, desto froher werde ich sein. Nur ein Dummkopf löckt wider den Stachel. Ich weiß, wann ich vor Unabänderlichkeiten stehe. Sie beabsichtigen, uns alle an Bord der ›Ticonderoga‹ zu schaffen, habe ich recht, Carreras?«

»Ich werde weder für die Besatzung der ›Campari‹ noch für ihre Passagiere weitere Verwendung haben.« Er lächelte matt. »Die Kapitäne Teach und Blackheard sind nicht meine Ideale, Mr. Carter. Ich möchte gern im Gedächtnis der Nachwelt als ein humaner Pirat fortleben. Ich gebe Ihnen mein Wort, daß Sie alle heil und sicher übergesetzt werden.«

Diese letzten Worte klangen wahr und aufrichtig, weil sie auch aufrichtig gemeint waren. Er sagte die Wahrheit, aber natürlich nicht die ganze Wahrheit. Er hatte vergessen zu erwähnen, daß wir eine halbe Stunde nach dem Übersetzen in die Luft fliegen sollten.

Gegen sieben Uhr abends kehrte Susan Beresford zurück, und Marston ging weg, um unter strenger Bewachung Pillen und beruhigende Worte unter den Passagieren im Salon zu verteilen, die sich nach vierundzwanzig Stunden unaufhörlich schlechten Wetters verständlicherweise nicht besonders wohl fühlten.

Susan sah blaß und müde aus. Das war zweifellos auf die seelischen und körperlichen Strapazen der gestrigen Nacht und auf die Schmerzen in dem gebrochenen Arm zurückzuführen, aber ich mußte zum erstenmal unvoreingenommen zugeben, daß sie auch ganz reizend aussah: Bis dahin hatte ich nicht begriffen, daß kastanienbraunes Haar und grüne Augen eine unübertreffliche Kombination ergeben. Vielleicht lag es daran, daß ich noch nie einer braunhaarigen Frau mit derartigen grünen Augen begegnet war.

Gleichzeitig war sie aber verkrampft, nervös und fahrig wie eine Katze. Im Gegensatz zu mir und Dr. Marston hätte sie im Betragen keine gute Note erhalten.

Lautlos kam sie an mein Bett heran – Bullen war noch betäubt, MacDonald schlief oder döste – und setzte sich auf einen Stuhl. Nachdem ich mich erkundigt hatte, wie es ihr und den Passagieren gehe, und nachdem sie mich gefragt hatte, wie ich mich fühle, und ich ihr eine Auskunft erteilte, die sie allerdings nicht glauben wollte, sagte sie plötzlich: »Johnny, wenn alles gut verläuft, werden Sie dann ein anderes Schiff bekommen?«

»Ich weiß nicht recht, was Sie meinen.«

»Also ...«, erwiderte sie ungeduldig. »Wenn die ›Campari‹ in die Luft fliegt, und wir kommen mit dem Leben davon oder werden auf sonst eine Weise gerettet, werden Sie dann ...?«

»Ich verstehe. Wahrscheinlich. Die Blue Mail hat viele Schiffe, und ich gelte als der dienstälteste Erste Offizier.«

»Wird es Ihnen recht sein, wieder zur See zu fahren?«

Das war ein närrisches Gespräch, aber sie wollte sich wohl nur ihre Angst vom Leibe schwatzen. »Ich habe das Gefühl, ich werde nicht Seemann bleiben.«

»Sie geben sich geschlagen?«

»Ich gebe es auf. Das ist etwas ganz anderes. Ich will nicht bis an mein Lebensende die Launen reicher Passagiere befriedigen. Die Familie Beresford ist nicht mit einbezogen – Vater, Mutter – und Tochter.«

Da lächelte sie auf ihre wunderliche Art, daß das Grün ihrer Augen zerschmolz. Es war ein Lächeln, das den körperlichen Zustand eines kranken Menschen ungünstig beeinflussen konnte, deshalb blickte ich weg und fuhr fort: »Ich bin ein recht tüchtiger Mechaniker und habe etwas Geld gespart. In Kent kenne ich eine nette, gutgehende kleine Garage, die ich jederzeit übernehmen kann. Archie MacDonald, unser Bootsmaat, ist ein hervorragender Mechaniker. Wir würden ein gutes Team abgeben, glaube ich . . .«

»Haben Sie schon mit ihm darüber gesprochen?«

»Aber wann denn?« entgegnete ich gereizt. »Ich habe es mir grade erst selber überlegt.«

»Ihr seid gute Freunde, ja?«

»Gute Freunde? Was hat denn das damit zu tun?«

»Nichts, gar nichts. Ich finde die Idee nur etwas sonderbar. Der Bootsmaat wird nie wieder richtig gehen können; niemand wird ihn mehr an Bord haben wollen. Wahrscheinlich besitzt er nicht die nötigen Qualifikationen für einen anständigen Beruf auf festem Land – besonders mit dem lahmen Bein. Und da bekommt ganz plötzlich der Erste Offizier die See satt und beschließt –«

Ich fiel ihr ins Wort. »Das stimmt nicht. Sie haben es falsch aufgefaßt.«

»Wahrscheinlich, wahrscheinlich«, sagte sie. »Ich bin nicht sehr klug. Aber Sie brauchen sich keine Sorgen um ihn zu machen. Papa hat mir heute gesagt, daß er Arbeit für ihn habe.«

»O . . .« Ich nahm das Risiko auf mich und sah ihr wieder in die Augen. »Was für Arbeit?«

»Als Lagerverwalter.«

»Als Lagerverwalter?« Ich wußte, daß es enttäuscht klang, aber es hätte noch zehnmal enttäuschter geklungen, wenn ich imstande gewesen wäre, das alles ernst zu nehmen und ihren Glauben zu teilen, daß eine Zukunft vor uns lag. »Na, das ist nett von ihm. Gegen den Posten eines Lagerverwalters ist nichts einzuwenden, ich kann mir bloß Archie MacDonald nicht als Lagerverwalter vorstellen, das ist alles. Besonders nicht in Amerika.«

»Wollen Sie mich anhören?« fragte sie zuckersüß. Das war endlich ein Zug der alten Miss Beresford.

»Ich bin ganz Ohr.«

»Sie haben sicher gehört, daß Papa im Westen Schottlands eine große Raffinerie zu bauen beabsichtigt? Vorratstanks und einen eigenen Hafen, der Gott weiß wie viele Tankschiffe aufnehmen kann?«

»Ich habe davon gehört.«

»Um dieses Projekt handelt es sich. Dort gibt es gewaltige Lager für den Erdölhafen und die Raffinerie – Lager im Wert von Millionen und aber Millionen Dollar, sagte Papa, mit Gott weiß wie vielen Angestellten. Ihr Freund soll die Leitung übernehmen. Er bekommt ein eigenes Haus – ein Traumschloß!«

»Das ist etwas anderes. Ich gestehe, es klingt verlockend, Susan, einfach verlockend. Sehr lieb von Ihnen.«

»Nicht von mir!« protestierte sie. »Von Papa!«

»Schauen Sie mich an und wiederholen Sie das, ohne rot zu werden.«

Sie sah mich an und wurde rot. Wieder dachte ich an meinen Gesundheitszustand und blickte weg.

Dann hörte ich sie sagen: »Papa möchte Ihnen gern die Verwaltung des neuen Ölhafens anvertrauen. Also würden Sie und der Bootsmaat schließlich doch noch weiterhin Arbeitskollegen sein. Nicht wahr?«

Langsam wandte ich den Kopf und starrte sie an. Dann fragte ich: »War das die Stellung, die er im Auge hatte, als er mich ansprach, ob ich gern für ihn arbeiten würde?«

»Ja. Aber Sie haben ihm nicht einmal Gelegenheit gegeben, es zu erwähnen. Glauben Sie, er habe den Gedanken fallen lassen? Er hat ihn noch nicht einmal richtig aufgegriffen! Doch Sie können wirklich nicht behaupten, ich hätte etwas damit zu tun gehabt.«

Ich glaubte ihr kein Wort und sagte: »Ich kann gar nicht genug betonen, wie – na ja, wie dankbar ich bin. Mir wird eine tolle Chance geboten, das weiß ich und das gebe ich zu. Wenn Sie heute abend wieder mit Ihrem Vater sprechen, lasse ich mich herzlich bei ihm bedanken!«

Ihre Augen leuchteten. Noch nie habe ich die Augen einer Frau meinetwegen leuchten sehen. Nicht so . . .

»Dann werden Sie also – dann werden Sie –«

»Und sagen Sie ihm – nein!«

»Nein . . .?«

»Vielleicht ist es töricht, stolz zu sein, aber mir ist noch ein Rest Stolz geblieben.« Es hätte nicht so schroff klingen sollen, es rutschte mir nur so heraus. »Ganz gleich, welche Stellung ich übernehme, so will ich sie mir selber suchen und sie mir nicht von einer jungen Dame schenken lassen!« Dabei sagte ich mir ärgerlich: Ein so aufrichtiges und großzügiges Angebot hätte man auf etwas liebenswürdigere Weise ablehnen müssen!

Sie sah mich an. Ihr Gesicht wurde mit einem Male sehr still. Sie flüsterte: »O Johnny . . .«, wandte sich ab und vergrub ihr Gesicht halb im Kissen, halb in den Laken. Ihre Schultern zuckten, sie schluchzte, als ob ihr das Herz brechen wollte.

Mir war gar nicht wohl zumute: Als ob ich mir den Kopf an einem Gitter blutig geschlagen hätte. Ich streckte die Hand aus, strich ihr unbeholfen übers Haar und sagte: »Es tut mir furchtbar leid, Susan. Aber nur weil ich ein Stellenangebot abgelehnt habe . . .«

»Das ist es ja nicht, das ist es nicht.« Sie schüttelte heftig den Kopf im Kissen, die Stimme klang noch gedämpfter. »Es war ja nur eine Komödie. Nein, keine Komödie, alles, was ich gesagt habe, stimmt, aber ein paar Augenblicke lang waren – waren wir woanders, nicht hier, weg von der ›Campari‹ – es war etwas, das nichts mit der ›Campari‹ zu tun hatte. Sie – Sie verstehen, was ich meine . . .«

Ich streichelte ihr Haar. »Ja, Susan, ich verstehe es.« Aber ich wußte nicht, wovon sie sprach.

»Es war wie ein Traum.«

Ich hatte keine Ahnung, was sie mit dem Traum von meiner Zukunft zu tun hatte.

»Ein Zukunftstraum ... Weg von diesem Unglücksschiff! Und dann haben Sie den Traum zerschlagen, und wir waren wieder an Bord der ›Campari‹. Und niemand außer uns weiß, wie es enden wird. Mama, Papa, alle haben sich von Carreras einreden lassen, daß er ihr Leben schonen werde.« Wieder fing sie zu schluchzen an. In den Pausen stieß sie hervor: »Ach, mein Lieber, wir machen uns etwas vor! Alles ist aus. Vierzig Bewaffnete, die auf dem Schiff herumschleichen! Ich habe sie gesehen. Überall Doppelposten – auch draußen vor dieser Tür halten jetzt zwei Mann Wache. Jede Tür ist versperrt. Es gibt keine Hoffnung mehr, keine Hoffnung mehr! Mama, Papa, Sie, ich, wir alle – morgen um diese Zeit ist alles vorbei. Es geschehen heutzutage keine Wunder mehr.«

»Es ist noch nicht alles vorbei, Susan.« Nie, dachte ich bitter bei mir, würde ich einen guten Verkäufer abgeben. Wenn ich in der Sahara einem Verdurstenden begegnete, würde ich ihn nicht davon überzeugen können, daß Wasser für ihn unbekömmlich sei. »Nie ist alles vorbei.« Aber es klang nicht besser als der erste Versuch.

Ich hörte Sprungfedern knarren und sah MacDonald, wie er sich auf einen Ellbogen stützte, die dichten, schwarzen Brauen verdutzt und besorgt gerunzelt. Susans Schluchzen mußte ihn aufgeweckt haben.

»Schon gut, Archie«, sagte ich. »Ein bißchen überreizt.«

»Verzeihung.« Susan richtete sich auf und kehrte ihr tränenüberströmtes Gesicht dem Bootsmaat zu. Sie atmete in kurzen, hastigen Zügen, wie ein Mensch atmet, der geweint hat. »Ich bitte tausendmal um Verzeihung. Ich habe Sie aufgeweckt. Aber unsere Lage ist doch wirklich aussichtslos, nicht wahr, Mr. MacDonald?«

»›Archie‹ gefällt mir besser«, erwiderte der Bootsmaat ernst.

»Also – Archie ...« Sie versuchte, unter Tränen zu lächeln. »Ich bin einfach furchtbar feige.«

MacDonald sagte zurechtweisend: »Sie waren den ganzen Tag mit Ihren Eltern beisammen und haben es fertiggebracht zu verschweigen, was Sie wissen. Nennen Sie das Feigheit, Miss?«

»Sie haben meine Frage nicht beantwortet«, sagte sie in weinerlich vorwurfsvollem Ton.

»Ich stamme aus dem westlichen Hochland, Miss Beresford«, erwiderte MacDonald langsam. »Ich habe die Gabe meiner Vorfahren geerbt, eine Gabe, die manchmal recht finster ist und auf die ich gern verzichten würde, aber das geht nicht. Ich kann voraussehen, was morgen oder übermorgen geschehen wird – nicht oft, aber manchmal kann ich es voraussehen. Man kann das zweite Gesicht nicht herbeiwünschen, es kommt von selbst. Viele Male in den letzten paar Jahren habe ich vorausgesehen, was geschehen wird. Mr. Carter wird bestätigen, daß ich mich nie geirrt habe.«

Es war das erstemal, daß ich von dieser Begabung hörte. Er konnte genauso frech lügen wie ich.

MacDonald fügte hinzu: »Alles wird gut enden!«

»Glauben Sie? Glauben Sie wirklich . . .?« Jetzt lag Hoffnung in ihrer Stimme und in ihren Augen. MacDonalds gelassener, gemessener Tonfall, der unerschütterliche Blick der dunklen Augen in seinem wettergebräunten Gesicht zeugten von einer Zuversicht, einer inneren Gewißheit und einer felsenfesten Überzeugung, die ihren Eindruck nicht verfehlten. Das, dachte ich bei mir, das ist ein Mann, der ein großartiger Verkäufer hätte werden können.

»Ich glaube es nicht nur, Miss Beresford.« Wieder erschien das ernste Lächeln. »Ich weiß es! Unsere Not ist fast zu Ende. Folgen Sie meinem Beispiel – verlassen Sie sich hundertprozentig auf Mr. Carter.«

Er hatte sogar mich überzeugt. Auch ich glaubte nun zu wissen, daß alles wunderbar ausgehen würde – bis mir einfiel, von wem das abhängen sollte. Von mir!

Ich gab Susan ein Taschentuch und forderte sie auf: »Erzählen Sie Archie von seiner neuen Arbeit!«

»Sie werden doch nicht diesem Ding Ihr Leben anvertrauen?« Entsetzen sprach aus Susans Gesicht, Panik aus ihrer Stimme, als sie mir zusah, wie ich eine Leine um die Hüfte knüpfte. »Es ist ja nicht dicker als mein kleiner Finger . . .«

Ich konnte es ihr nicht verdenken. Das dünne, dreischäftige Tau, nicht dicker als eine gewöhnliche Wäscheleine, war kaum geeignet, Vertrauen einzuflößen. Nicht einmal ich fand es vertrauenerweckend, obwohl ich seine Eigenschaften kannte.

»Das ist Nylon, Miss«, erklärte MacDonald beruhigend. »Solche Seile verwenden die Bergsteiger im Himalaya – und Sie glauben doch nicht, daß diese Leute ihr Leben einem Gerät anvertrauen würden, das sie nicht für zuverlässig halten. Man kann ein schweres Auto an das eine Ende hängen, und das Seil wird nicht reißen!« Susan warf ihm einen Blick zu, biß sich aber auf die Lippen und schwieg.

Es war Punkt Mitternacht. Wenn ich die Zeichen auf dem Zündzifferblatt der ›Windhose‹ richtig abgelesen hatte, waren sechs Stunden die längste Spanne, die man als Zeitzündung einstellen konnte. Angenommen, Carreras erreichte den Treffpunkt pünktlich um 5 Uhr morgens, dann würde er eine weitere Stunde brauchen, ehe er mit allem fertig war. Also würde man die ›Windhose‹ erst nach Mitternacht armieren.

Alles war klar. Die Tür der Krankenstube hatten wir von innen abgesperrt – mit dem Schlüssel, den ich Tony Carreras aus der Tasche gezogen hatte –, damit nicht einer der beiden Wachtposten plötzlich hereinplatzen konnte. Wenn die beiden Verdacht schöpften und sich gewaltsam Zutritt verschafften, hatte MacDonald eine Pistole.

Der Bootsmaat saß jetzt neben dem Fenster auf dem Kopfende meines Bettes. Marston und ich hatten ihn dorthin geschleppt. Sein Bein war völlig unbrauchbar. Wie ich hatte er eine Spritze mit einem schmerzstillenden Mittel erhalten. Meine Dosis war heute allerdings doppelt so stark wie die vom vergangenen Abend. MacDonald würde freilich nicht gezwungen sein, das Bein zu benutzen. Er würde nur seine Arme und Schultern zu brauchen haben, und an denen war nichts auszusetzen. Kräftigere gab es nicht an Bord der ›Campari‹. Ich hatte das Gefühl, daß ich in dieser Nacht ihre ganze Kraft in Anspruch nehmen würde. Nur MacDonald wußte, was ich vorhatte. Nur er wußte, daß ich auf demselben Weg, den ich jetzt einschlug, zurückzukehren gedachte. Die anderen glaubten an meinen selbstmörderischen Plan, die Brücke zu überfallen. Sie nahmen an, daß ich im Falle des Erfolgs durch die Tür der Krankenstube zurückkehren könnte. Aber sie glaubten gar nicht erst an meine Rückkehr. Die Atmosphäre war alles eher als festlich.

Bullen war jetzt wach; er lag flach auf dem Rücken, stumm, mit finsterer Miene.

Ich trug denselben Smokinganzug wie am Abend zuvor. Er war noch feucht, noch mit Blut verschmutzt. Schuhe trug ich nicht. In der einen Tasche hatte ich das Schnappmesser, in der anderen die in Öltuch eingewickelte Stablampe, die Maske vor dem Gesicht, die Haube über dem Kopf. Mein Bein tat weh, ich fühlte mich wie nach einem langwierigen Grippeanfall. Das Fieber glühte noch in meinem Blut, aber es war mir nicht gestattet, einen günstigeren Zeitpunkt abzuwarten.

»Licht aus«, sagte ich zu Marston.

Ein Schalter knackte, in der Kabine wurde es finster wie im Grab. Ich schob die Gardinen zur Seite, öffnete das Fenster und hakte es fest. Dann steckte ich den Kopf hinaus.

Es regnete heftig und beharrlich. Ein kalter, windgepeitschter Regen aus Nordwest schlug schräg durch das Fenster aufs Bett herein. Der Himmel war sternenlos und schwarz. Die ›Campari‹ stampfte noch immer und schlingerte ein wenig, aber es war nichts im Vergleich zur vorigen Nacht. Sie hielt eine Fahrt von etwa zwölf Knoten. Ich verdrehte den Hals und blickte nach oben. Kein Mensch war zu sehen. Ich beugte mich so weit wie nur möglich hinaus und blickte nach vorn und hinten. Sollte in dieser Nacht an Bord der ›Campari‹ ein Licht gebrannt haben, so konnte ich es jedenfalls nicht sehen.

Ich drehte mich um, hob eine Seilrolle auf, vergewisserte mich, daß es das Seil war, das an der Kopfwand der eisernen Bettgestelle festgezurrt war, und schleuderte es in den Regen und die Finsternis hinaus. Dann kontrollierte ich ein letztesmal das um meinen Leib geknüpfte Seil, dessen Ende der Bootsmaat in Händen hielt, und sagte: »Jetzt geht's los.«

Vielleicht hätte man sich eine schönere Abschiedsrede denken können, aber mir wollte im Augenblick nichts Besseres einfallen.

Kapitän Bullen knurrte: »Viel Glück, mein Junge!« Er würde

bedeutend mehr gesagt haben, wenn er gewußt hätte, was ich wirklich vorhatte. Marston murmelte etwas, das ich nicht aufschnappen konnte. Susan aber sagte kein Wort.

Ich quetschte mich zum Fenster hinaus, gab auf das verletzte Bein acht, und dann hing ich draußen, mit den Ellbogen am Sims. Ich sah oder spürte vielmehr den Bootsmaat hinter dem Fenster, wo er sich bereit hielt, das um meinen Bauch geknotete Seil nachzulassen.

»Archie«, sagte ich leise, »sagen Sie mir noch einmal Ihren Sermon auf. Den, der davon handelt, daß alles gut enden wird!«

»Bevor wir recht merken, daß Sie weg sind, sind Sie schon wieder da«, erwiderte er munter. »Sehen Sie zu, daß Sie mir mein Messer zurückbringen.«

Ich tastete nach dem am Eisenbett befestigten Seil, packte es mit beiden Händen, nahm die Ellbogen vom Sims und hangelte Hand unter Hand schnell nach unten, während MacDonald die Sicherheitsleine abrollen ließ.

Das Wasser war schwarz und kalt und verschlug mir den Atem. Nach der Wärme der Krankenstube war der Schock des fast unvermittelten Übergangs, der jähe Temperatursturz buchstäblich lähmend. Unwillkürlich ließ ich einen Augenblick lang das Seil los, geriet in Panik, als ich merkte, was geschehen war, tappte verzweifelt umher und bekam es wieder zu fassen. Der Bootsmaat dort oben hielt sich brav. Als mir das Seil entglitt, mußte ihn die plötzliche Gewichtszunahme an der Sicherheitsleine halb aus dem Fenster gerissen haben.

Aber die Kälte war nicht das Schlimmste. Wenn man den ersten Schock überlebt, kann man sich bis zu einem gewissen Grad an Kälte gewöhnen, wenn auch nicht sich mit ihr aussöhnen. Unerträglich ist – und daran gewöhnt man sich auch nicht –, wenn man unwillkürlich alle paar Sekunden Salzwasser schluckt. Und das geschah mir.

Ich hatte gewußt, es würde nicht allzu angenehm sein, bei einer Geschwindigkeit von zwölf Knoten an einem Schiffsrumpf entlangbugsiert zu werden, aber ich hätte nie gedacht, daß es so schlimm sein würde. Ich hatte nämlich die Wellen nicht in Betracht gezogen. Einmal rutschte ich mit dem Gesicht nach unten an einer Wellenwand hoch, dann wieder, wenn die Welle unter mir wich, kam ich völlig aus dem Wasser, stürzte vornüber nach unten und schmetterte mit einer Wucht, die mir die Lunge zusammenschnürte, gegen die ansteigende Schulter der nächsten Welle. Wenn einem der Atem abgeschnürt wird, verlangt der Körper, daß man sofort nach Luft schnappt. Er verlangt es unerbittlich, gebieterisch und unabwendbar. Da aber mein Gesicht im Meer vergraben war, schluckte ich nicht Luft, sondern große Mengen Salzwasser. Mir war, als ob man mir durch einen Schlauch unter Hochdruck Wasser durch die Gurgel zwänge. Ich strampelte, drehte und wand mich und zappelte wie ein Fisch, der angebissen hat und durchs Kielwasser eines schnellfahrenden Motorbootes an die Oberfläche des Wassers geschleift wird. Langsam, aber sicher war ich im Begriff zu ertrinken.

Also war ich geschlagen, noch bevor es recht begonnen hatte. Ich wußte, ich würde umkehren müssen, und zwar sofort. Ich japste und würgte am Meerwasser; es brannte mir in der Nase, füllte mir den Magen und verätzte mir die Gurgel, und ich merkte, daß mir zumindest ein paar Tropfen in die Lunge geraten waren.

Wir hatten ein Signalsystem vereinbart, und ich begann nun an dem um meinen Leib gegürteten Seil zu zerren, während ich mich mit der linken Hand an dem anderen Tau festhielt. Anfangs zerrte ich in gewissen Abständen, dann, als ich keine Antwort erhielt, heftig, verzweifelt. Nichts geschah. Ich zappelte so heftig, daß MacDonald ohnedies nichts anderes spüren konnte, als daß das Seil sich ständig und in unregelmäßiger Folge bald straffte, bald lockerte: Wie sollte er zwischen dem einen und dem anderen Ruck unterscheiden?

Ich versuchte, mich an meinem eigenen Seil zurückzuhangeln, aber das war unmöglich. Allzu wuchtig stürzten mir die Wassermassen entgegen, während die ›Campari‹ das stürmische Meer durchpflügte. Wenn das um meinen Leib geknotete Seil sich entspannte, mußte ich mich mit aller Kraft an der Sicherheitsleine festhalten, um nicht weggeschwemmt zu werden. Verzweifelt, mit dem Aufgebot meiner letzten Kraft versuchte ich, wenigstens einen Zoll voranzukommen. Aber nicht einmal diesen Zoll konnte ich schaffen. Und ich wußte auch, daß ich mich nicht länger würde festhalten können.

Die Rettung hatte ich nicht mir, sondern einem schieren Zufall zu verdanken. Eine besonders schwere Welle hatte mich auf den Rücken gewälzt. So stürzte ich ins nächste Wellental. Die folgende Welle klatschte auf Rücken und Schultern, und nun geschah das Unvermeidliche: Gewaltsam mußte ich die Luft aus den Lungen pressen, genauso gewaltsam nach frischer Luft schnappen. Und da entdeckte ich, daß ich atmen konnte. Luft, nicht Wasser drang mir in die Lungen: Ich konnte atmen! Wenn ich so auf dem Rücken lag, durch die Sicherheitsleine halb aus dem Wasser gehoben, den Kopf nach vorn fast bis auf die Brust geneigt, blieb mein Gesicht frei, und ich konnte atmen!

Ich vergeudete keine Zeit mehr, sondern hangelte weiter, und zwar in der gleichen Geschwindigkeit, mit der MacDonald das um meinen Leib geknotete Seil abrollen ließ. Noch immer schluckte ich ab und zu etwas Wasser, aber nicht so viel, daß es mich ernstlich gefährdet hätte.

Nach etwa fünfzehn Sekunden ließ ich das Sicherungsseil mit der linken Hand los und begann, an der Bordwand entlangzustreichen und nach dem Tau zu tasten, das ich gestern nacht an der Reling des Achterdecks befestigt hatte. Das Sicherungsseil glitt nun durch meine rechte Hand, und obwohl es naß war, brannte es mir die Haut von den Fingern. Aber das beachtete ich kaum. Ich mußte ganz einfach das Stück Hanfseil finden, das ich an die Reling gebunden hatte, sonst war alles vergeblich gewesen. Nicht nur mit meinem Plan wäre es endgültig aus, sondern auch mit mir. MacDonald und ich waren von der Annahme ausgegangen, daß das Hanfseil an Ort und Stelle hinge. Der Bootsmaat würde nicht eher einen Versuch machen, mich zurückzuholen, bis ich nicht das vereinbarte Zeichen gab, daß es damit an der Zeit sei. Ein solches deutliches Signal zu geben war, wie ich entdeckt hatte, ganz unmöglich, solange ich im Wasser lag. Wenn das Hanfseil nicht da war, würde ich am Nylonseil zappeln, bis ich ertrank. Und das konnte nicht lange dauern. Das Salzwasser, das ich geschluckt hatte, die heftigen Püffe, die mir die Wellen versetzten, die Prellungen, die ich mir zugezogen hatte, als ich immer wieder gegen die Stahlwände der ›Campari‹ geschleudert wurde, der Blutverlust und die Beinverletzung – das alles hatte seinen Tribut gefordert. Ich war äußerst geschwächt. Es würde nicht mehr lange dauern.

Da, endlich berührte meine linke Hand das Hanfseil: Ich packte zu wie ein Ertrinkender, der in der unermeßlichen Weite des Ozeans nach einem Strohhalm greift.

Nachdem ich auch die Sicherungsleine um meinen Leib gebunden hatte, zog ich mich am Hanfseil aus dem Wasser, schlang es um mein gesundes Bein und blieb keuchend wie ein gehetzter Hund hängen. Ich fröstelte, dann wurde mir übel, und ich erbrach das Meerwasser, das sich im Magen angesammelt hatte. Nachher fühlte ich mich etwas besser, aber trotzdem matter denn je zuvor.

Schließlich begann ich, am Seil hochzuklettern.

Es war nicht weit, nur etwa sieben Meter bis zum Ziel, aber ich hatte noch keinen halben Meter zurückgelegt, als ich schon bitterlich bereute, daß ich in der vergangenen Nacht nicht Knoten in das Hanfseil geknüpft hatte. Das Seil war triefnaß und glatt, und ich mußte mit aller Kraft zupacken, um nicht den Halt zu verlieren. Doch in meinen Händen war nur wenig Kraft zurückgeblieben. Meine schmerzenden Armmuskeln waren erschöpft, weil ich mich allzu lange und krampfhaft an der Sicherheitsleine hatte festklammern müssen. Selbst wenn ich das Seil fest im Griff hatte, selbst wenn meine erschlaffenden Hände, an denen mein ganzes Gewicht hing, nicht abrutschten, konnte ich mich auch bei äußerster Anstrengung nur jeweils um fünf oder zehn Zentimeter höherziehen. Zehn Zentimeter. Mehr brachte ich bei einem Klimmzug nicht zuwege.

Ich würde es nicht schaffen. Vernunft, Instinkt, Logik und gesunder Menschenverstand, alles sagte mir, daß ich es nicht schaffen würde. Aber ich schaffte es.

Die letzten paar Meter waren ein entsetzlicher Alptraum. Ich zog mich zehn Zentimeter hoch, rutschte fünf Zentimeter zurück, zog mich abermals hoch und näherte mich im Schneckentempo dem Rand des Schiffsdecks. Einen Meter unterhalb der Reling hielt ich inne. Ich wußte, daß ich nur noch einen Meter vom ersehnten Ziel entfernt war. Aber ich wußte zugleich, daß ich nicht imstande sein würde, auch nur noch drei Zentimeter weiterzuklettern. Während meine Arme und Schultern wie im Schüttelfrost zitterten, zog ich den Körper hoch, bis sich meine Augen auf gleicher Ebene befanden wie meine verkrampften Hände. Sogar in der fast pechschwarzen Finsternis konnte ich die gespenstische Weiße meiner Knöchel sehen. Eine Sekunde lang blieb ich dort hängen, dann schleuderte ich verzweifelt die rechte Hand hoch. Wenn ich die Leiste des Speigatts verfehlte ... Aber ich durfte sie nicht verfehlen. Mir war keine Kraft mehr geblieben. Ich würde keinen zweiten Versuch wagen können.

Und ich verfehlte die Leiste nicht. Das oberste Glied meines Mittelfingers hakte sich fest, dann griff die andere Hand nach. Eilig suchte ich nach der untersten Querstange der Reling. Ich mußte sie erwischen, und zwar rasch, sonst würde ich rücklings ins Wasser fallen. Ich fand die Stange, klammerte mich mit beiden Händen fest, schwenkte den Körper krampfhaft nach rechts, bis mein Fuß den Sims erreichte, griff nach der nächsten Stange, packte die Teakleiste, kroch darüber hinweg und plumpste auf der anderen Seite auf die Planken.

Wie lange ich dort liegenblieb, während all die müden Muskeln in meinem Körper zuckten, weiß ich nicht. Ich schnappte keuchend nach Luft, die meine gefolterte Lunge verlangte, biß die Zähne zusammen, um die stechenden Schmerzen in Schultern und Armen zu ertragen, und war bemüht, mich nicht ganz von dem roten Nebel, der vor meinen Augen hing, verschlingen zu lassen. Es mögen zwei, vielleicht auch zehn Minuten gewesen sein, die ich dort lag. Irgendwann innerhalb dieser Zeit mußte ich mich erneut übergeben.

Dann ließen langsam, ganz langsam die Schmerzen nach; ich atmete ruhiger, und die Nebelschwaden vor meinen Augen lichteten sich. Aber das Zittern wollte nicht aufhören. Es war nur gut, daß in dieser Nacht kein fünfjähriger Lausejunge übers Deck geschlendert kam. Er hätte mich über Bord wälzen können, ohne die Hände aus den Taschen zu nehmen.

Mit tauben und deshalb fast unbrauchbaren Händen löste ich die Seile von meinem Leib, knüpfte sie dicht oberhalb des Hanfseils an die Reling, zog die Sicherheitsleine straff und ruckte dreimal scharf daran. Zwei Sekunden verstrichen, dann kam die deutliche Antwort des Bootsmaats. Nun wußten sie dort, daß ich es geschafft hatte. Hoffentlich war ihnen dabei wohler zumute als mir. Allerdings gehörte dazu nicht viel.

Ich blieb noch wenigstens weitere fünf Minuten sitzen, bis ich einigermaßen wieder zu Kräften gekommen war, rappelte mich dann zitternd hoch und stolperte übers Deck zum Laderaum vier. Die Persenning über der vorderen Luke war noch festgezurrt. Das bedeutete, daß sich – wie ich erwartet hatte – niemand unten befand.

Ich richtete mich auf, sah mich nach allen Seiten um und blieb dann regungslos stehen. Der Regen strömte an meiner durchnäßten Gesichtsmaske und meinen triefnassen Kleidern herab. Keine fünfzehn Meter von mir entfernt hatte ich in der Dunkelheit eine rote Glut auftauchen und verschwinden sehen. Zehn Sekunden verstrichen. Wieder war da die rote Glut. Ich hatte zwar auch schon von wasserdichten Zigaretten gehört; doch so wasserdicht konnten sie gar nicht sein. Und dennoch rauchte dort jemand eine Zigarette. Keine Frage.

Wie fallender Distelflaum, nur noch geräuschloser, schlich ich auf den glühenden Punkt zu. Nach wie vor zitterte ich, aber Zittern ist nicht zu hören. Zweimal blieb ich stehen, um Richtung und Abstand zu überprüfen, und zuletzt war ich kaum noch drei Meter von der glimmenden Zigarette entfernt. Mein Hirn mußte Funktionsstörungen haben, sonst hätte ich das nicht gewagt. Es brauchte doch nur eine Taschenlampe angeknipst zu werden, und es wäre aus mit mir gewesen. Aber niemand knipste eine Taschenlampe an.

Das rote Glimmen war wieder da. Nun konnte ich sehen, daß der Raucher nicht im Regen stand, sondern unter dem V-förmigen Aufwurf eines Segeltuchs, das über einen großen Gegenstand gebreitet war. Natürlich über das Geschütz. Das Geschütz, das Carreras auf dem Achterdeck hatte montieren lassen. Das Segeltuch erfüllte den doppelten Zweck, den Mechanismus vor dem Regen zu schützen und das Geschütz neugierigen Blicken zu entziehen. Blicken von Bord eines möglicherweise am Tage vorüberziehenden anderen Schiffs.

Ich hörte Stimmengemurmel. Neben dem Raucher befanden sich noch zwei andere Burschen irgendwo im Schutz des geteerten Tuchs. Drei Mann also bewachten das Geschütz. Carreras war um seine Kanone sehr besorgt. Doch warum dieser Aufwand? Es brauchten doch wirklich nicht drei Mann zu sein. Dann kam ich dahinter. Carreras hatte nicht nur in den Wind geredet, als er von der Möglichkeit sprach, bei dem Tod seines Sohnes könnte es nicht mit rechten Dingen zugegangen sein. Er war mißtrauisch. Sein kalter, logischer Verstand sagte ihm, der Schuldige sei weder unter der Besatzung noch unter den Passagieren zu suchen. Wenn sein Sohn eines gewaltsamen Todes gestorben war, konnte nur einer seiner eigenen Leute dahinterstekken. Der Verräter, der seinen Sohn ermordet hatte, würde vielleicht abermals zuschlagen, würde vielleicht versuchen, Carreras' Pläne zu durchkreuzen. Deshalb waren drei Mann zugleich auf Wacht. Sie konnten einander bewachen.

Ich machte mich aus dem Staub, ging um die Laderaumluke und begab mich in die Vorratskammer des Bootsmaats. Im Dunkeln tastete ich umher, fand schließlich, was ich suchte – ein schweres Spleißeisen – und zog dann los, in der einen Hand das Eisen, in der anderen MacDonalds Messer.

In Dr. Carolines Kabine war es finster. Ich war zwar überzeugt, daß man die Gardinen nicht zugezogen hatte, ließ aber meine Stablampe in der Tasche. Susan hatte erzählt, daß in dieser Nacht Carreras' Leute auf dem Schiff umherschlichen. Das Risiko lohnte sich nicht. Da Dr. Caroline noch nicht im Laderaum vier war, durfte man ohne weiteres damit rechnen, daß er sich nirgendwo anders als in seinem Bett befand, an Händen und Füßen gefesselt.

Ich kletterte aufs nächste Deck hinauf und schlich auf den Funkraum zu. Atem und Puls waren fast wieder normal, das Zittern hatte aufgehört. Ich spürte, wie meine Kräfte in Arme und Schultern zurückkehrten. Abgesehen von dem ständigen dumpfen Schmerz im Nacken, dort, wo der Sandsackheld und Tony Carreras mich bearbeitet hatten, fühlte ich nur noch ein scharfes Brennen im linken Schenkel, weil Salzwasser in die offenen Wunden gedrungen war. Ohne das Betäubungsmittel hätte ich längst einen Kriegstanz aufgeführt. Natürlich nur auf einem Bein.

Der Funkraum lag im Dunkeln. Ich drückte das Ohr an die Tür, strengte mich an, um auch das leiseste Geräusch aus dem Inneren zu hören, und streckte schon vorsichtig die Hand nach dem Knauf aus, da hätte mich beinahe ein Herzschlag getroffen. Keine fünfzehn Zentimeter von dem Ohr entfernt, das ich so fest gegen die Tür preßte, hatte eine Telefonklingel mit betäubender Lautstärke zu schrillen begonnen. Ich erstarrte. Volle fünf Minuten lang hätte Lots Frau nicht mit mir konkurrieren können. Dann schlich ich auf leisen Sohlen übers Deck in den Schutz eines Rettungsboots.

Ich hörte das undeutliche Murmeln einer telefonierenden Stimme und sah, wie es im Funkraum hell wurde, die Tür aufging und ein Mann heraustrat. Bevor er das Licht ausknipste, erkannte ich zweierlei: Ich sah, daß er einen Schlüssel aus der rechten Hosentasche zog, und ich erkannte, daß es der MG-Akrobat war, der Tommy Wilson erschossen und uns andere hingemäht hatte. Sollte ich heute nacht noch weitere Rechnungen zu begleichen haben, so hoffte ich finster, diesem Manne noch einmal zu begegnen.

Er machte die Tür zu, sperrte ab und kletterte die Leiter zum A-Deck hinunter. Ich folgte ihm bis zur Leiter und blickte ihm nach. Unten, dicht vor Dr. Carolines Kabine, stand ein zweiter mit einer leuchtenden Stablampe in der Hand, und im ungewissen Licht, das die Kabinenwand zurückwarf, sah ich, daß es Carreras persönlich war. Ganz in der Nähe standen zwei weitere Männer. Ich konnte sie beide nicht erkennen, war aber sicher, daß der eine Dr. Caroline sein mußte. Der Funker gesellte sich zu ihnen, und die vier gingen nach achtern. Ich dachte nicht daran, ihnen zu folgen. Ich wußte, wohin sie wollten.

Zehn Minuten. Das war das Detail, das in der Rundfunkmeldung vom Verschwinden der ›Windhose‹ erwähnt worden war: Es gab nur eine oder zwei Personen, die die Windhose armieren konnten, und dieser Vorgang dauerte zehn Minuten. Ich fragte mich, ob Caroline wußte, daß er nur noch zehn Minuten zu leben hatte. Mehr Zeit hatte auch ich nicht, um das auszurichten, was zu tun war.

Carreras' schaukelnde Lampe war noch in Sicht, als ich bereits die Leiter hinunterkletterte. Nachdem ich drei Viertel des Weges zurückgelegt hatte und nur noch drei Sprossen vom unteren Deck entfernt war, blieb ich regungslos hängen. Zwei Männer – in dem peitschenden Regen waren die schwarzen, verschwommenen Konturen kaum zu erkennen, aber das leise Stimmengeraune verriet mir, daß es zwei Männer waren – näherten sich dem Fuß der Leiter. Zwei bewaffnete Männer. Sie mußten bewaffnet sein, sicherlich mit der allgegenwärtigen Maschinenpistole, die anscheinend die einzige gesellschaftsfähige Waffe für Gefolgsleute des Generalissimo war.

Jetzt standen sie unten an der Leiter. Meine Hände taten mir weh, so fest umkrampften sie das Spleißeisen und das geöffnete Schnappmesser. Doch da schwenkten die beiden plötzlich nach rechts und gingen um die Leiter herum. Ich hätte die Hand ausstrecken und sie beide berühren können. Deutlich konnte ich erkennen, daß beide Männer Bärte trugen. Hätte ich nicht die schwarze Haube und die Maske getragen, dann wäre ich ganz gewiß entdeckt worden. Auch so hätten sie zumindest meine Umrisse sehen müssen, da ich völlig ohne Deckung auf der dritten Sprosse stand. Es war mir unbegreiflich, und ich konnte es mir auch später nur so erklären, daß sie im peitschenden Regen die Köpfe tief gesenkt hielten.

Sekunden später befand ich mich im Mittelgang zwischen den Passagierkabinen auf dem A-Deck. Ich hatte nicht erst durch das Schlüsselloch der äußeren Gangtür geblickt, um nachzusehen, ob die Luft rein sei. Da ich soeben um Haaresbreite einer Katastrophe entronnen war, hatte ich das Gefühl, unter einem glücklichen Stern zu segeln. Ich ging also einfach hinein, und der Gang war leer.

Die erste Tür rechts, gegenüber von Carolines' Tür, führte zu Carreras' Kabine. Ich drückte die Klinke herunter. Abgesperrt. Ich ging durch den Korridor zu der Nische, in der Benson, der tote Chefsteward, amtiert hatte, und hoffte, daß der teure, weiche Teppich unter meinen Füßen durstig genug war, um das Wasser aufzusaugen, das fast in Kaskaden an mir hinablief. Bensons Nachfolger, White, wäre sehr betrübt gewesen, wenn er den Schaden hätte sehen müssen, den ich anrichtete.

Der Hauptschlüssel zu den Passagierkabinen lag in dem kleinen Geheimfach. Ich nahm ihn an mich und kehrte zu Carreras' Tür zurück. Dann sperrte ich auf, trat ein und schloß die Tür hinter mir ab.

In sämtlichen Räumen brannte Licht. Carreras hatte sich wohl nicht die Mühe gemacht, es beim Weggehen auszuschalten. Er brauchte ja den Strom nicht zu bezahlen. Ich wanderte durch die Kabinen und fand nichts. Niemand war hier. Nur einmal wurde mir angst und bange, als ich in Carreras' Schlafkabine eine schauerliche, vermummte, geduckte, vor Nässe triefende Gestalt mit weitaufgerissenen Augen und einem Blutgerinnsel an der linken Schläfe erblickte: mich selber im Spiegel. Ich hatte bestimmt schon Schöneres gesehen. Übrigens hatte ich nicht gewußt, daß ich auch an der Schläfe verletzt war. Das war wohl geschehen, als ich immer wieder gegen die Wand der ›Campari‹ geschleudert wurde. Die Kopfwunde mußte sich geöffnet haben.

Carreras hatte damit geprahlt, daß er einen vollständigen Frachtplan der ›Ticonderoga‹ in seiner Kabine liegen habe. Mir blieben noch neun Minuten, vielleicht nicht einmal die. Wo, um Himmels willen, mochte er den Plan aufbewahren? Ich durchsuchte Tische, Garderoben, Schränke, Kommoden, Schubladen. Nichts. Nichts.

– Noch sieben Minuten.

Wo mochte er den Plan aufbewahren? Denk nach, Carter, um Gottes willen, denk nach. Vielleicht wurde Caroline mit der Windhose schneller fertig, als man für möglich gehalten hatte. Wer wollte denn wirklich wissen, daß es, wie der Rundfunk behauptet hatte, volle zehn Minuten in Anspruch nahm, die Waffe zu schärfen? Wenn die Windhose eine so überaus geheime Waffe war – bis zu dem Augenblick, da sie gestohlen wurde, so streng geheim und siebenmal versiegelt, daß kein Außenstehender von ihrer Existenz wußte –, woher wollte man denn wissen, daß es zehn Minuten dauerte, sie zu laden? Wie konnte man es dann wissen? Vielleicht brauchte man nur da einen Schalter umzulegen, dort an einem Knopf zu drehen. Vielleicht – vielleicht war Caroline schon fertig. Vielleicht . . .

Ich schob diese Gedanken beiseite, verscheuchte sie aus meinem Kopf, zerstampfte sie rücksichtslos. Sie bedeuteten Panik und Niederlage.

Stocksteif blieb ich dann stehen und zwang mich nachzudenken, ruhig, leidenschaftslos. Ich hatte an allen Plätzen nachgesehen, wo man gewöhnlich Pläne aufbewahrt. Doch das hätte ich nicht tun sollen. Ich hatte diese Kabine schließlich schon einmal durchsucht, als ich nach einem Radio fahndete. Ich hatte sie recht gründlich durchsucht und nichts gefunden. Carreras würde den Plan gut versteckt haben. Selbstverständlich würde er ihn versteckt haben. Er würde nicht riskieren, daß jemand ihn zufällig fand. Zum Beispiel der Steward, der täglich die Kabine aufzuräumen hatte – ehe seine Leute das Schiff übernahmen. Jetzt waren freilich keine Stewards mehr tätig, aber Carreras würde sich wahrscheinlich nicht die Mühe gemacht haben, den Plan anderswohin zu legen. Wo würde er ihn versteckt haben, damit kein Steward zufällig an ihn geriete?

Damit waren alle Möbelstücke ausgeschaltet, alle die Plätze, mit denen ich meine unersetzlich kostbare Zeit vergeudet hatte. Ebenso das Bett, die Laken, die Matratzen. Aber nicht der Teppich. Er war das ideale Versteck für ein Papier.

Ich ließ mich einfach fallen. Die Teppiche in den Passagierkabinen der ›Campari‹ waren mit Druckknöpfen am Boden befestigt. Ich packte den Zipfel neben der Tür, riß ein Dutzend Knöpfe los, und da lag der Plan, fünfzehn Zentimeter vom Rande des Teppichs entfernt. Ein großes Blatt Leinenpapier, vierfach zusammengefaltet und in der einen Ecke mit dem Aufdruck ›T.E.S. Fort Ticonderoga – streng geheim‹ versehen.

Noch blieben mir fünf Minuten.

Ich starrte das Papier an, bis ich mir seine genaue Lage eingeprägt hatte, hob es auf und strich es glatt. Es enthielt Diagramme der ›Ticonderoga‹ mit kompletten Frachtplänen. Mich interessierte nur die Decklast. Laut Plan waren auf dem Vorder- und dem Achterdeck Kisten gestapelt. Zwanzig Kisten auf dem Vorderdeck waren mit dicken roten Kreuzen bezeichnet. Rot gleich Gold.

Mit kleiner, adretter Schrift hatte Carreras an den Rand geschrieben:

›Sämtliche Deck-Frachtkisten gleich groß. Gold in wasserdichten, mit Kapok gefüllten, geschweißten Stahlkästen, die frei im Wasser schwimmen, falls das Schiff beschädigt werden oder sinken sollte. Jede Kiste mit gelber Wasserbeize versehen.‹ Ich nahm an, daß es sich um einen chemischen Stoff handelte, der, wenn er mit Salzwasser in Berührung kommt, das Meer in weitem Umkreise gelb färbt. Ich las weiter: ›Goldkisten von allgemeiner Fracht nicht zu unterscheiden. Alle Kisten gestempelt: Harmsworth & Holden Electrical Engineering Company. Deklarierter Inhalt: Generatoren und Turbinen. Vorderdecklast nach Nashville, Tennessee, konsigniert, mit Ausnahme der Turbinen. Achterdecklast nach Oak Ridge, Tennessee, konsigniert, mit Ausnahme der Generatoren. Kisten entsprechend bezeichnet. Zwanzig Kisten auf dem Vorderdeck enthalten Gold.‹

Ich beeilte mich nicht. Die Zeit drängte, aber ich beeilte mich nicht mehr. Ich studierte den Plan, der genau mit Carreras' Anmerkungen übereinstimmte. Dann studierte ich die Anmerkungen selbst, bis ich wußte, ich würde nie auch nur ein Wort vergessen. Schließlich faltete ich den Plan zusammen und legte ihn so wieder hin, wie ich ihn angetroffen hatte, befestigte die Teppichdruckknöpfe und lief rasch noch einmal durch die Räume, um zu kontrollieren, ob mein Besuch keine Spuren hinterlassen hatte. Ich fand keine.

Endlich sperrte ich ab und ging weg.

Nun fiel der kalte, peitschende Regen noch heftiger als zuvor, schlug schräg über die Backbordreling, trommelte metallisch gegen die Kabinenwände und spritzte von den polierten Decksplanken hoch. Ich hielt es für recht wahrscheinlich, daß Carreras' Patrouillen sich auf der geschützten Steuerbordseite aufhalten würden, und blieb an Backbord, während ich nach achtern rannte. Strümpfe, schwarzer Anzug, Gesichtsmaske: Nicht einmal auf eine Entfernung von einem Meter hätte man mich hören oder sehen können.

Aber auch ich hörte niemanden und sah niemand. Ich versuchte auch gar nicht, mich umzuschauen, die Ohren zu spitzen oder Vorsicht zu üben. Zwei Minuten, nachdem ich Carreras' Kabine verlassen hatte, erreichte ich den Laderaum vier.

Ich hätte mich nicht zu beeilen brauchen.

Carreras hatte sich nicht bemüht, die Persenning zurückzulegen, die er hatte umschlagen müssen, um an die Verschalung heranzukommen. So konnte ich unbehindert in die Tiefe des Laderaums schauen. Dort unten standen vier Männer.

Zwei Mann waren mit starken elektrischen Strahlern ausgerüstet. Carreras hielt eine Pistole in der an der Seite herabhängenden Hand. Die hagere Gestalt Dr. Slingsby Carolines, dem noch immer die lächerliche weiße Perücke schief auf dem Kopf saß, beugte sich über die ›Windhose‹. Ich sah nicht, was er machte.

Es war wie ein Kupferstich aus dem neunzehnten Jahrhundert, der britische Leichenräuber am Werk zeigt. Die gruftartigen Tiefen des Laderaums, die Särge, die Laternen, die Stimmung, ein Gemisch aus Besorgnis, Hast und intensiver Konzentration, das der Szene einen bösartig verschwörerischen Anstrich verlieh – alle Elemente waren vorhanden. Ganz besonders aber das Element der Spannung, einer elektrischen Spannung, die man im nächtlichen Dunkel gleichsam vibrieren fühlte.

Doch diese Spannung entsprang nicht der Angst, ertappt zu werden, sondern der Befürchtung, es könnte jede Sekunde etwas schiefgehen – endgültig und unwiderruflich. Wenn es zehn Minuten dauerte, die Waffe zu laden – offenbar dauerte es noch länger –, dann mußte es sich um einen sehr heiklen und komplizierten Vorgang handeln. Ohne weiteres durfte man annehmen, daß sich Dr. Carolines Hirn nicht gerade im geeignetsten Zustand befand, heiklen und komplizierten Vorgängen gewachsen zu sein: Er war sicher nervös, wahrscheinlich äußerst verängstigt. Seine Hände würden zittern, vermutlich hatte er mit unzulänglichen Werkzeugen zu arbeiten, auf wackligem Boden, im Licht schwankender Laternen. Wenn er auch nicht verzweifelt oder töricht genug war, absichtlich einen Fehler zu begehen, so mußte man doch durchaus mit der Möglichkeit rechnen, daß seine Hand ausglitt. Ich rechnete damit; die Männer unten offenbar auch.

Instinktiv wich ich ein paar Schritte zurück, bis ich das Lukengestühl zwischen mich und die Szene dort unten gebracht hatte. Ich sah die ›Windhose‹ nicht mehr, und schon fühlte ich mich sicher – für den Fall, daß sie explodierte.

Ich erhob mich und beschrieb zweimal vorsichtig einen Kreis um die Luke, zuerst ganz nahe, dann weiter draußen. Aber Carreras hatte keine Patrouillen hierher beordert. Abgesehen von den Wachen am Geschütz schien das Achterdeck menschenleer zu sein. Ich schickte mich also an, geduldig zu warten.

Bei allem hoffte ich, nicht allzu lange warten zu müssen. Das Meerwasser war kalt gewesen, der Regen war kalt, der Wind ebenfalls. Ich war bis auf die Haut durchnäßt und wurde immer häufiger von Anfällen heftigen Schüttelfrosts heimgesucht, die ich nicht unterdrücken konnte. Das Fieber kochte mir im Blut. Vielleicht hatte der Gedanke, Dr. Carolines Hand könnte ausrutschen, etwas mit dem Schüttelfrost zu tun. Wie dem auch sein mochte, ich würde von Glück sagen dürfen, wenn ich mit einer einfachen Lungenentzündung davonkam.

Weitere fünf Minuten vergingen. Dann wagte ich einen zweiten vorsichtigen Blick in den Laderaum. Sie waren noch immer nicht fertig. Ich stand auf, räkelte mich und begann lautlos auf und ab zu gehen, um die Steifheit aus meinem Körper und ganz besonders aus den Beinen zu bringen. Wenn die Dinge so verliefen, wie ich erwartete, konnte ich mir keine steifen Beine leisten.

Ja, wenn die Dinge so verliefen, wie ich erwartete!

Ich blickte ein drittes Mal in die Tiefe des Laderaums und verharrte diesmal regungslos in meiner geduckten Haltung. Dr. Caroline war fertig. Unter dem wachsamen Blick des Funkers, der seine Pistole auf ihn gerichtet hielt, schraubte er den Sargdeckel fest, während Carreras und der andere Mann bereits den Deckel des nächsten Sarges entfernt hatten und sich über den Inhalt beugten, wahrscheinlich, um den herkömmlichen Sprengstoff mit Zündkapseln zu versehen. Wahrscheinlich sollte er als Reserve dienen, falls die ›Windhose‹ schlecht funktionierte – oder, was noch wahrscheinlicher war, für den Fall, daß der Zündmechanismus der ›Windhose‹ versagte. Dann würde die eine Explosion vielleicht die andere auslösen. Ich wußte es allerdings nicht, konnte es nicht einmal erraten. Doch im Augenblick machte es mir auch nicht das geringste Kopfzerbrechen.

Der kritische Moment war da.

Der kritische Moment für Dr. Caroline. Ich wußte – und auch er mußte es wissen –, daß sie es sich nicht leisten konnten, ihn am Leben zu lassen. Er hatte getan, was von ihm verlangt wurde. Sie hatten keine Verwendung mehr für ihn. Jetzt würde er dran glauben müssen. Wenn es ihnen beliebte, eine Pistole an seine Schläfe zu setzen und ihn auf der Stelle umzubringen, konnte ich nichts, aber auch gar nichts dagegen tun. Stumm würde ich dabeistehen und zusehen müssen, wie er starb – ohne mich zu rühren, ohne zu protestieren. Wenn ich Dr. Caroline umkommen ließ, ohne auch nur das geringste für seine Rettung zu unternehmen, dann würde nur er allein sterben. Wenn ich aber versuchte, ihn zu retten, und wenn dies mißglückte – da ich nur ein Messer und ein Spleißeisen gegen zwei Maschinenpistolen und Carreras' Pistole einzusetzen hatte, war ein Mißerfolg völlig sicher –, dann würde nicht nur Caroline, sondern auch jedes einzelne Besatzungsmitglied, jeder Passagier an Bord der ›Campari‹ sterben müssen. ›Das größtmögliche Wohl der größtmöglichen Zahl . . .‹ Würden sie ihn an Ort und Stelle erschießen, oder würden sie die Exekution auf Deck vornehmen?

Die Logik sprach für das Deck. Carreras würde die ›Campari‹ noch ein paar Tage brauchen und es vermeiden, einen Toten im Laderaum liegen zu haben. Es hätte auch wenig Sinn, den Mann dort unten zu erschießen und dann heraufzuschleppen, da er doch den Weg aus eigener Kraft bewältigen konnte – seinem düsteren Schicksal entgegen. So hätte ich es mir an Carreras' Stelle zurechtgelegt.

Und so hatte er es sich auch gedacht.

Caroline zog die letzte Schraube fest, legte den Schraubenzieher weg und richtete sich auf. Ich sah flüchtig sein Gesicht. Es war kreideweiß und verkrampft. Das eine Auge zuckte unbeherrscht.

Der Funker sagte: »Señor Carreras?«

Carreras richtete sich auf, drehte sich um, sah zuerst ihn, dann Caroline an und nickte.

»Führen Sie ihn in seine Kabine, Carlos. Melden Sie sich nachher bei mir.«

Rasch wich ich zurück, als der Strahl seiner Stablampe senkrecht aus dem Laderaum nach oben huschte. Carlos kletterte bereits die Leiter herauf. ›Melden Sie sich nachher bei mir.‹ ... Mein Gott, an diese einleuchtende Möglichkeit hatte ich nicht gedacht. Einen Moment lang geriet ich in Panik. Meine Hände umklammerten die kläglichen Waffen. Ich wußte nicht aus noch ein, im Denken und Handeln gelähmt.

Ohne jede Berechtigung hatte ich fest gehofft, Carolines Henker beseitigen zu können, ohne Verdacht zu erregen. Wäre Carlos, dem Funker, der Auftrag zuteil geworden, den nichtsahnenden Caroline auf dem Weg nach vorn umzulegen und sich sodann in seinen Funkraum zu begeben, hätte ich ihn erledigen können. Es wären Stunden vergangen, ehe Carreras Lunte roch. Die wirkliche Weisung aber hatte gelautet: ›Schaff ihn nach oben, wirf ihn über Bord, komm wieder und melde dich bei mir, sobald der Auftrag ausgeführt ist.‹

Nur der Regen war im schwankenden Lichtstrahl der Stablampe zu sehen, als Carlos rasch die Leiter heraufkam. Als er oben angelangt war, hatte ich mich bereits auf die andere Seite des Lukensülls verzogen und mich flach aufs Deck gelegt.

Vorsichtig lugte ich mit einem Auge über die Kante des SüIls. Carlos stand jetzt aufrecht da. Der Strahl seiner Lampe war nun in den Laderaum gerichtet. Ich sah Dr. Carolines weißen Kopf auftauchen, sah Carlos zwei Schritte zurücktreten, und dann stand auch schon Caroline an Deck, eine große, hagere, gebeugte Gestalt. Er schlug den Kragen hoch, um sich vor den kalten Schauern des Regens zu schützen. Ich hörte ein schnelles, scharfes Kommando, ohne die Worte aufschnappen zu können; dann entfernten sich die beiden schräg über das Deck. Caroline voran, Carlos mit der Lampe hinterdrein, auf die Treppe zu, die zum B-Deck führte.

Ich erhob mich, blieb regungslos stehen. Führte Carlos ihn am Ende doch in seine Kabine zurück? Hatte ich mich geirrt? War es möglich, daß ...

Ich beendete meinen Gedankengang nicht, sondern lief den

beiden nach, so schnell, leichtfüßig und lautlos, wie mein Bein es nur gestatten wollte.

Natürlich führte ihn Carlos zur Treppe. Hätte er ihn geradenwegs zur Reling geführt, wäre Caroline sofort dahintergekommen, was auf ihn wartete. Er hätte sich umgedreht und sich mit der ganzen Kraft der Verzweiflung, die ein Mensch aufbringt, der weiß, daß er sterben muß, auf den Henker gestürzt.

Fünf Sekunden, nur fünf Sekunden verstrichen von dem Augenblick an, da ich losrannte, bis ich sie einholte. Fünf Sekunden waren eine zu kurze Frist, um über die selbstmörderischen Gefahren nachzudenken, die meine Handlungsweise mit sich brachte. Sie waren zu kurz, als daß ich mir hätte überlegen können, was geschehen würde, wenn Carlos seine Lampe nach hinten schwenkte, wenn zufällig einer der drei Posten, die das Geschütz bewachten, unsere kleine Prozession beobachtete, wenn Carreras oder sein Assistent sich entschlösse, einen Blick über das Lukensüll zu werfen und Augenzeuge der Liquidierung zu sein. Es war zu wenig Zeit, um mir darüber klarzuwerden, was ich mit Carlos anfangen sollte.

Ich war noch drei oder vier Schritt von Carlos entfernt, als ich erkennen mußte, daß er den Griff um die Maschinenpistole wechselte, sie beim Lauf packte und hoch emporhob. Sie hatte schon den höchsten Punkt ihrer makabren Bahn erreicht und wollte soeben herabsausen, da wurde Carlos vom Griff des schweren Spleißeisens im Nacken getroffen. Mein ganzes Gewicht, mein ganzer Zorn lagen hinter dem Hieb. Ich hörte das Knirschen seiner brechenden Knochen, entriß seiner plötzlich kraftlosen Hand die MP, ehe sie aufs Deck knallen konnte, und griff nach der Stablampe. Die verfehlte ich jedoch: Mit dumpfem Geräusch prallte sie auf das Deck. Es mußte sich um eine der aus Hartgummi hergestellten Lampen handeln, die wir an Bord zu verwenden pflegten. Sie rollte ein Stück weiter und blieb dann liegen. Der Lichtstrahl schoß über die Reling ins nächtliche Dunkel hinaus. Carlos taumelte vornüber, stieß gegen Dr. Caroline, und die beiden stürzten gegen die unterste Stufe der Treppe.

»Still!« rief ich unterdrückt. »Still, wenn Ihnen Ihr Leben lieb ist.« Hastig griff ich nach der Stablampe und tastete verzweifelt nach dem Kontakt, konnte ihn aber nicht finden. Endlich drückte ich die strahlende Scheibe gegen meinen Rock, um das Licht zu ersticken, fand dabei den Schalter und knipste aus.

»Was, um Gottes willen –«

»Still!« Ich legte den Finger an den Abzug der MP, rührte mich nicht und starrte nach achtern ins Dunkel, in die Richtung des Laderaums und des Geschützes. Ich versuchte, die Finsternis mit meinem Blick zu durchdringen. Ich lauschte so angestrengt, als ob mein kostbares Leben davon abhinge. Und es hing ja auch davon ab.

Zehn Sekunden lang wartete ich. Nichts. Ich mußte mich in Bewegung setzen, ich konnte keine weiteren zehn Sekunden warten. Dreißig Sekunden würden Carlos genügt haben, mehr als genügt haben, um Dr. Caroline zu erledigen. Carreras würde sich bald zu fragen beginnen, was aus seinem Gehilfen geworden sein mochte.

Ich schob Caroline Pistole und Lampe zu und fand im Dunkel seine Hände. »Festhalten«, sagte ich leise.

»Was – was soll das ...?« Ein gequältes Flüstern in der Finsternis.

»Er wollte Ihnen den Schädel einschlagen. Keinen Laut jetzt. Sie sind noch immer nicht überm Berg. Ich bin Carter, der Erste Offizier.«

Ich hatte Carlos von der Treppe weggezerrt, wo er Carolines Füße festgeklemmt hatte, und durchsuchte jetzt seine Taschen, so gut das im Dunkeln möglich war. Den Schlüssel zum Funkraum suchte ich. Vorhin hatte ich gesehen, wie er ihn aus der rechten Hosentasche zog. Aber dort befand er sich nicht mehr. Und in der linken? Auch dort nicht. Die Sekunden verstrichen. Verzweifelt zerrte ich an den aufgenähten Taschen seiner uniformähnlichen Bluse und fand den Schlüssel in der zweiten Tasche. Aber ich hatte mindestens zwanzig Sekunden verloren.

»Ist – ist er tot?« fragte Caroline flüsternd.

»Machen Sie sich darüber Sorgen ...? Bleiben Sie hier.« Ich steckte den Schlüssel in eine sichere Innentasche, packte Carlos beim Kragen und begann ihn über das nasse Deck zu schleifen. Bis zur Reling waren es kaum drei Meter. Dort ließ ich den Toten fallen, suchte das mit Scharnieren versehene Tor im Geländer. Die Sperre hakte ich los und schwenkte das Stück Geländer um 180 Grad auf. Dann packte ich den Toten bei den Schultern, schob seinen Oberkörper über die zweite starre Querstange und stieß seine Beine hoch. Das platschende Geräusch, das sein Sturz ins Wasser verursachte, war in zehn Meter Entfernung nicht mehr zu hören. Niemand im Laderaum vier oder unter der Geschützpersenning konnte etwas gehört haben.

Ich lief zu Dr. Caroline zurück, der noch auf der untersten Stufe saß. Vielleicht gehorchte er dem schroffen Befehl, den ich ihm erteilt hatte. Wahrscheinlich aber war er einfach zu sehr betäubt, um sich rühren zu können.

Ich sagte: »Rasch . . . Geben Sie mir Ihre Perücke.«

»Wie? Was?«

Meine zweite Vermutung war richtig gewesen. Er war völlig verdattert.

»Ihre Perücke!« Es ist keine Kleinigkeit, im Flüsterton zu brüllen, aber ich schaffte auch das.

»Meine Perücke? Sie ist festgeklebt.«

Ich beugte mich vor, grub meine Finger in den künstlichen Schopf und riß daran. Er war wirklich festgeklebt. Der Schmerzensruf und der Widerstand, den Caroline mir entgegensetzte, verrieten deutlich, daß er nicht gescherzt hatte. Es war, als sei die Perücke an seinem Schädel festgenietet. Aber in dieser Nacht waren halbe Maßnahmen nicht am Platz. Ich hielt ihm mit der linken Hand den Mund zu und zerrte mit der rechten heftig an den Haaren. Eine Napfschnecke von der Größe eines Suppentellers hätte nicht weniger Widerstand leisten können. Doch endlich hatte ich es geschafft. Wahrscheinlich war es für ihn sehr schmerzhaft. Auch ich hatte reichlich zu leiden. Er biß mir fast den Handballen durch.

Die Maschinenpistole lag noch auf seinen Knien. Ich nahm sie ihm weg, drehte mich schnell um und blieb wie angewurzelt stehen. Zum zweitenmal im Verlauf einer Minute sah ich den Regen weiß durch den Strahl einer Stablampe fegen. Das konnte nur eines bedeuten: Jemand kam die Leiter aus der Tiefe des Laderaums herauf.

Mit drei langen Schritten war ich an der Reling, legte die Perücke ins Speigatt und die MP obenauf, raste zur Treppe zurück, riß Dr. Caroline hoch und zerrte ihn zur Vorratskammer des Bootsmaats, die nur knapp drei Meter von der Treppe entfernt war. Die Tür war noch nicht zur Hälfte geschlossen, da tauchte Carreras über dem Süll auf, doch der Strahl seiner Lampe zielte nicht in unsere Richtung. Lautlos zog ich die Tür bis auf einen schmalen Spalt zu.

Gleich hinter Carreras kam ein zweiter Mann, ebenfalls mit einer Stablampe in der Hand. Beide steuerten geradewegs auf die Reling zu. Ich sah, wie Carreras plötzlich den Lichtkegel seiner Lampe auf das offenstehende Geländer richtete, hörte dann einen Ausruf, während er sich vorbeugte und ins Speigatt blickte. Kurz darauf hatte er sich wieder aufgerichtet und betrachtete die Perücke und die Pistole, die er in Händen hielt. Ich hörte ihn etwas sagen, kurz und laut. Das wiederholte er mehrere Male. Dann begann er schnell auf seinen Begleiter einzureden, aber in spanischer Sprache, und ich konnte ihn nicht verstehen. Danach prüfte er die Innenseite der Perücke, wies mit dem Lichtstrahl auf etwas hin, schüttelte den Kopf mit einer Gebärde, die vielleicht Kummer, wahrscheinlich aber gereizten Ärger ausdrücken sollte, warf die Perücke über Bord und kehrte zum Laderaum zurück. Die MP nahm er mit. Sein Begleiter folgte ihm.

»Unser Freund scheint nicht sehr erfreut zu sein«, murmelte ich.

»Er ist ein Teufel, ein Teufel!« Dr. Carolines Stimme zitterte. Erst jetzt schien ihm klar zu werden, wie nahe der Tod ihn gestreift hatte und daß er ihm nur mit knapper Not entronnen war. »Sie haben nicht verstanden, was er sagte? Einer seiner Leute ist verschwunden, und da fällt ihm nichts anderes ein, als ihn zu beschimpfen – ihn einen alten Esel zu nennen! Als der andere vorschlug, das Schiff zu durchsuchen, da hat er nur gelacht.«

»Sie können Spanisch?«

»Recht gut. Er sagte ungefähr so: ›Das sieht dem sadistischen Schwein ähnlich, Caroline das Geländer öffnen zu lassen, damit ihm deutlich wird, was ihm bevorsteht.‹ ... Er glaubt, ich hätte mich auf den Wächter gestürzt und ihm die Waffe wegnehmen wollen. In dem Handgemenge, das nach seiner Meinung unserem gemeinsamen Sturz über Bord voranging, sei mir wohl die Perücke vom Kopf gerissen worden. Er sagte, an der Unterseite klebe ein Büschel meiner eigenen Haare.«

»Sie müssen schon entschuldigen, Herr Doktor ...«

»Du lieber Gott – Sie entschuldigen sich bei mir? Sie haben uns beiden das Leben gerettet! Auf jeden Fall mir. Und entschuldigen sich ...?« Dr. Caroline schien recht gute Nerven zu haben, er erholte sich erstaunlich rasch von dem schweren Schock. Hoffentlich waren seine Nerven wirklich stark wie Stricke. Er würde sie brauchen, um die Folter der nächsten paar Stunden zu überleben. »Dieses Haarbüschel hat ihn eigentlich erst richtig überzeugt.«

Ich schwieg, und er fuhr fort: »Bitte, sagen Sie mir genau, was hier vorgeht.«

Fünf Minuten lang, während ich durch den Türspalt Ausschau hielt, bombardierte mich Dr. Caroline mit Fragen. Er hatte einen äußerst scharfen und klaren Verstand, was ich irgendwie erstaunlich fand, und das war nun wieder von mir sehr dumm: Man macht schließlich nicht einen Schwachkopf zum Chef einer Kernwaffenfabrik. Ich nehme an, sein etwas komisch klingender Name und der flüchtige Blick, den ich in der vergangenen Nacht durchs Fenster geworfen hatte – ein mit Händen und Füßen an ein Himmelbett gefesselter Mann, der mit weitaufgerissenen Augen in den Lichtstrahl einer Taschenlampe starrt, zeigt sich nicht eben von seiner vorteilhaftesten Seite –, hatten mir, ohne daß ich es merkte, einen völlig falschen Eindruck vermittelt. Als die fünf Minuten um waren, war er über die bisherigen Vorgänge genauso gut informiert wie ich selber: Er wußte aber nicht, was uns bevorstand, weil ich nicht den Mut hatte, es ihm zu sagen. Er war soeben dabei, mir einige Einzelheiten seiner Entführung zu schildern, da erschien Carreras und sein Begleiter.

Sie legten die Verschalungslatten zurecht, banden die Persenning fest und gingen unverzüglich nach vorn. Das bedeutete wohl, daß nun auch die Hilfsbomben in den beiden anderen

Särgen fertig montiert waren. Ich wickelte meine Stablampe aus der Öltuchhülle, sah mich in der Vorratskammer um, suchte mir einige Werkzeuge aus und drehte das Licht aus.

»Vorwärts!« sagte ich zu Caroline. »Kommen Sie.«

»Wohin?« Er hatte keine rechte Lust, sich von der Stelle zu rühren, und nach allem, was er durchgemacht hatte, konnte ich es ihm nicht verdenken.

»Zurück in den Laderaum. Schnell . . . Wir werden verdammt wenig Zeit haben.«

Zwei Minuten später standen wir unten im Laderaum, nachdem wir die Latten und die Persenning, so gut es eben ging, über unseren Köpfen zurechtgelegt hatten. Ich hätte keine Werkzeuge mitzunehmen brauchen. Carreras hatte die seinen zurückgelassen. Sie waren achtlos umhergestreut. Das war verständlich: Er würde sie nie mehr brauchen.

Ich ließ Caroline die Lampe halten, wählte einen Schraubenzieher und machte mich über den Deckel des mit der Messingplatte versehenen Sarges her.

»Was haben Sie vor?« fragte Caroline nervös.

»Sie sehen doch, was ich mache?«

»Seien Sie um Gottes willen vorsichtig! Die Waffe ist geschärft.«

»Na schön. Aber losgehen soll sie doch erst – wann?«

»Um sieben Uhr. Aber sie ist gefährlich, äußerst gefährlich. Verteufelt unstabil. Du lieber Himmel, Carter, ich weiß Bescheid – ich weiß Bescheid!« Seine zitternde Hand lag auf meinem Arm, sein Gesicht war vor Angst verzerrt. »Als diese Rakete gestohlen wurde, war die Konstruktion noch nicht ganz perfekt. Der Zündmechanismus befand sich in einem bis dahin noch nicht ausprobierten Experimentalzustand. Die Tests hatten gezeigt, daß die Sperrfeder an einem Unterbrecher viel zu schwach ist. Normalerweise kann absolut nichts geschehen, doch sobald die Waffe geschärft ist, ist dieser Unterbrecher in den Stromkreis eingeschaltet.«

»Und?«

»Ein Stoß, ein Ruck, die geringste Erschütterung kann der Federspannung zu viel werden. Dann ist der Zündmechanismus kurzgeschlossen. Fünfzehn Sekunden später platzt die Bombe.«

Bis dahin hatte ich es nicht beachtet, aber hier unten im Laderaum war es viel wärmer als an Deck. Ich hob den triefnassen Ärmel im schwachsinnigen Bestreben, mir den Schweiß von der Stirn zu wischen.

»Haben Sie das Carreras gesagt?« Die Wärme beeinflußte auch meine Stimme, so daß sie gepreßt und heiser klang.

»Ich habe es ihm gesagt. Er wollte nicht auf mich hören. Ich halte den Mann für leicht verrückt. Sogar mehr als leicht. Er scheut vor keinem Risiko zurück. Übrigens hat er die Waffe dick in Watte und Decken eingepackt, um einer Erschütterung vorzubeugen.«

Ich starrte Caroline lange an, ohne ihn eigentlich zu sehen. Dann machte ich mich an die nächste Schraube. Sie kam mir viel widerspenstiger vor als die erste. Doch es ist auch möglich, daß ich nicht mehr so kräftig zupackte wie vorher. Trotzdem waren sämtliche Schrauben nach drei Minuten entfernt. Behutsam nahm ich den Deckel ab, stellte ihn zur Seite, schlug langsam ein paar Decken zurück, und da lag die ›Windhose‹ vor uns.

Sie kam mir unheimlicher vor denn je.

Ich richtete mich auf, ließ mir von Caroline die Lampe geben und fragte: »Geschärft, ja?«

»Gewiß.«

»Hier sind Werkzeuge. Entladen Sie das Biest.«

Er sah mich an; seine Miene war mit einemmal völlig ausdruckslos. »Sind wir deshalb hierhergekommen?«

»Warum denn sonst? Das lag wohl auf der Hand. Vorwärts ...!«

»Das geht nicht.«

»Es geht nicht?« Ich packte ihn nicht allzu sanft beim Arm. »Lieber Freund, Sie haben das Biest geladen. Machen Sie's umgekehrt – das ist alles.«

»Unmöglich.« Es klang wie ein Todesurteil. »Im geladenen Zustand ist der Mechanismus festgeriegelt. Mit einem Schlüssel. Und der Schlüssel befindet sich in Carreras' Tasche.«

11

Samstag: 1 Uhr bis 2.15 Uhr

Die Schwäche in meinem linken Bein, eine entnervende, lähmende Schwäche, wurde mir plötzlich zuviel. Ich mußte mich auf die Prellplatte setzen und mich an der Leiter festhalten. Dann starrte ich auf die Waffe hinunter. Lange stierte ich sie erbittert an. Schließlich hob ich den Kopf und blickte zu Dr. Caroline auf.

»Würden Sie so freundlich sein, das zu wiederholen?«

Er tat es. »Tut mir furchtbar leid, Carter, aber so sieht es aus. Ohne den Schlüssel kann die ›Windhose‹ nicht entladen werden. Und den Schlüssel besitzt Carreras.«

Ich überlegte mir sämtliche denkbaren Lösungen dieses Problems und begriff sofort, was von ihnen zu halten sei: daß sie undurchführbar waren. Nun wußte ich, was zu tun war. Das einzig Mögliche.

Verdrossen sagte ich: »Wissen Sie, Doktor Caroline, daß Sie soeben vierzig Menschen zum sicheren Tod verurteilt haben?«

»Ich?«

»Na ja – nicht Sie, sondern Carreras. Als er den Schlüssel in die Tasche steckte, hat er sich selber und alle seine Leute dem sicheren Tod ausgeliefert – so sicher wie der Mann, der einen elektrischen Stuhl unter Strom setzt. Aber warum zerbreche ich mir den Kopf darüber? Der Tod ist die einzige zuverlässige Arznei gegen Pestkrankheiten wie Carreras und die Leute, die er bei sich hat. Und Lord Dexter schwimmt in Geld. Er kann sich allemal eine neue ›Campari‹ bauen lassen.«

»Wovon sprechen Sie, Mr. Carter?« Als Dr. Caroline mich ansah, lag Besorgnis in seinen Mienen, mehr als Besorgnis – Angst. »Sind Sie in Ordnung, Carter?«

»Natürlich bin ich in Ordnung«, erwiderte ich gereizt. »Jeder kommt mir mit der gleichen dummen Frage.« Ich bückte mich, hob den Seilring und den Miniaturflaschenzug auf, die ich aus der Vorratskammer des Bootsmaats mitgenommen hatte, und rappelte mich hoch. »Los, Doktor, helfen Sie mir.«

»Womit?« Er wußte ganz genau, was gemeint war, aber vor lauter Angst wollte er es nicht glauben.

»Mit der ›Windhose‹, selbstverständlich«, sagte ich ungeduldig. »Ich will sie nach Backbord schaffen und sie zwischen den Persennings hinter der Prellplatte verstecken.«

»Sind Sie wahnsinnig?« flüsterte er. »Sind Sie total wahnsinnig? Haben Sie nicht gehört, was ich sagte? Sie wollen sie aus dem Sarg heben – mit diesem Ding da? Der kleinste Rutscher, der kleinste Ruck ...«

»Gedenken Sie mir zu helfen, ja oder nein?«

Er schüttelte den Kopf und wandte sich schaudernd ab.

Ich hakte den Flaschenzug an die in Kopfhöhe befindliche Sprosse der Leiter, zog den unteren Block herab, bis er genau über der ›Windhose‹ hing, nahm den Seilring und begab mich ans Fußende des Sarges. Tief beugte ich mich über die Waffe, da hörte ich rasche Schritte hinter mir, und zwei Arme schlossen sich um meinen Körper, Arme, die von jener Kraft erfüllt waren, wie Angst und Verzweiflung sie vermitteln. Ich versuchte mich zu befreien, aber ich hätte ebensogut versuchen können, die Fangarme eines Tintenfischs abzuschütteln. Ich trat ihm auf den Rist, aber das schmerzte mich mehr als ihn. Ich hatte vergessen, daß ich keine Schuhe anhatte.

»Ich lasse es nicht zu – ich lasse es nicht zu ...!« stieß er keuchend hervor. Seine Stimme klang heiser und verzweifelt. »Ich lasse nicht zu, daß Sie uns alle in die Luft sprengen.«

In gewissen Situationen gibt es gewisse Leute, mit denen man nicht diskutieren kann. Das war jetzt eine solche Situation, und Caroline zählte zu diesen Leuten. Ich drehte mich halb um, stieß mit aller Kraft das gesunde Bein nach rückwärts und hörte ihn japsen, als sein Rücken heftig gegen die Bordwand prallte. Einen Augenblick lang löste sich sein Griff. Ein Ruck, und ich war frei. Ich hob das Spleißeisen auf und zeigte es ihm im Schein der Lampe.

»Ich möchte es nicht gern anwenden«, sagte ich ruhig. »Aber das nächstemal werde ich nicht zögern! Das verspreche ich Ihnen. Können Sie denn nicht begreifen, daß ich uns allen nur das Leben retten will, statt es aufs Spiel zu setzen? Ahnen Sie denn nicht, daß oben in jedem Augenblick jemand vorbeikommen kann, der die lose Persenning sieht und nachschaut, was hier vorgeht?«

Geduckt stand er vor der Stahlwand und starrte zu Boden. Er schwieg.

Ich drehte mich um, nahm die Stablampe zwischen die Zähne, legte den Seilring auf die Kante des Sarges und bückte mich, um das Schwanzende der ›Windhose‹ hochzuheben. Ich versuchte es zumindest. Das Ding wog eine Tonne. Mir kam es jedenfalls so vor. Das eine und andere hatte dazu beigetragen, daß ich nicht mehr so ganz in Form war. Es gelang mir lediglich, das Monstrum etwa zehn Zentimeter hochzuheben, aber ich wußte nicht, wie ich es auch nur zwei Sekunden lang so halten sollte. Da hörte ich wieder Schritte hinter mir und eine Art Stöhnen. Ich zuckte zusammen und machte mich auf einen neuerlichen Überfall gefaßt, beruhigte mich aber sogleich, als Dr. Caroline an mir vorbeiging, sich bückte und den Seilring über das Schwanzende der ›Windhose‹ schob. Gemeinsam brachten wir es fertig, den Ring bis ungefähr zur Mitte des Zylinders zu schieben. Keiner von uns sagte ein Wort.

Ich zog das Seil des Flaschenzugs straff. Dr. Caroline murmelte heiser: »Das dünne Seil wird nicht reichen . . .«

»Es ist auf fünfhundert Kilo getestet.« Ich zog ein wenig mehr, und das Schwanzende der Waffe begann sich zu heben. Der Ring saß nicht genau in der Mitte. Ich lockerte das Zugseil, der Ring wurde justiert, und als ich den Flaschenzug wieder in Bewegung setzte, löste sich der Zylinder der ganzen Länge nach vom Boden des Sarges. Als er etwa zehn Zentimeter über dem Watte- und Deckenlager schwebte, ließ ich die automatische

Sperrvorrichtung einschnappen. Abermals wischte ich mir die Stirn. Hier unten war es heißer denn je.

»Wie wollen Sie es auf die andere Seite hinüberbefördern?« Carolines Stimme zitterte nicht mehr, sie klang stumpf und tonlos. Die Stimme eines Menschen, der sich der finsteren Unvermeidlichkeit eines Alptraums fügt.

»Wir tragen es hinüber. Gemeinsam werden wir es schaffen.«

»Hinübertragen?« sagte er dumpf. »Es wiegt zweihundertfünfundsiebzig Pfund.«

Ich erwiderte gereizt: »Ich weiß, was es wiegt.«

»Sie haben ein krankes Bein.« Er hatte nicht gehört, was ich sagte. »Und mein Herz ist angegriffen. Das Schiff schlingert. Wie Sie sehen, ist das polierte Aluminium glatt wie Glas. Einer von uns beiden wird stolpern, wird loslassen. Vielleicht alle beide. Die ›Windhose‹ wird zu Boden fallen.«

»Warten Sie hier«, sagte ich.

Ich nahm die Lampe, ging nach Backbord, holte ein paar kleinere Segeltücher hinter der Prellwand hervor und schleifte sie über den Boden.

»Wir legen das Ding hier drauf und zerren es hinüber.«

»Über den Boden zerren? Daß es gegen den Boden plumpst?« Er war noch nicht so resigniert, wie ich angenommen hatte. Er sah zuerst mich, dann die ›Windhose‹, dann wieder mich an und sagte mit unerschütterlicher Überzeugung in der Stimme: »Sie sind wahnsinnig.«

»Ach, um Gottes willen, können Sie sich nicht etwas anderes einfallen lassen?«

Ich griff wieder nach dem Flaschenzug, löste die Sperre und zog am Seil. Caroline schlang beide Arme um den Zylinder, als er aus dem Sarg emporschwebte, und bemühte sich krampfhaft, dafür zu sorgen, daß der Kopf der Kernwaffe nicht gegen die Prellplatte stieß.

»Steigen Sie über die Wand und ziehen Sie es hinter sich her«, sagte ich. »Wenn Sie sich umdrehen, achten Sie darauf, daß Sie die Leiter im Rücken haben.«

Er nickte stumm. Im fahlen Schein der Lampe sah ich, wie sich seine Gesichtsmuskeln strafften. Er kehrte der Leiter den

Rücken, packte die Waffe fester, einen Arm an jeder Seite des Seilrings, hob das Bein, um über die Prellwand wegzusteigen, aber stolperte dann, als eine jähe Schlingerbewegung des Schiffs die Waffe gegen seine Brust stieß. Sein Fuß verfing sich an der oberen Kante der Wand, die vereinten Kräfte der Waffe und der Schlingerbewegung trugen ihn über seinen Schwerpunkt hinaus, mit einem Aufschrei purzelte er über die Prellwand auf den Boden des Laderaums.

Ich hatte es kommen sehen – oder vielmehr die letzte Sekunde des Vorgangs erfaßt. Blindlings hob ich die Hand, traf die Sperrvorrichtung und warf mich zwischen die schaukelnde Waffe und die Leiter. Als ich beide Hände ausstreckte, um zu verhüten, daß der Kopf gegen die Leiter schlug, entfiel mir die Lampe. In der jähen, undurchdringlichen Finsternis verfehlte ich die Waffe – aber sie verfehlte mich nicht. Sie erwischte mich dicht unterhalb des Brustbeins mit einer Wucht, die mir den Atem verschlug. Ich stöhnte vor Schmerz auf und schlang dann beide Arme um den blankpolierten Aluminiumzylinder, als wollte ich ihn zerdrücken.

»Die Lampe!« schrie ich. In diesem Augenblick kam es mir irgendwie nicht mehr wichtig vor, die Stimme zu dämpfen. »Suchen Sie die Lampe!«

»Mein Knöchel . . .«

»Hol der Teufel Ihren Knöchel . . . Die Lampe!«

Ich hörte ihn einen halb unterdrückten Schmerzensruf ausstoßen und spürte dann, daß er über die Prellwand kletterte. Seine Hände scharrten auf dem Stahlboden umher.

Dann war Stille.

»Haben Sie sie gefunden?«

Die ›Campari‹ hatte nach der anderen Seite zu schlingern begonnen, und ich mußte mich anstrengen, um nicht das Gleichgewicht zu verlieren.

»Ich habe sie gefunden.«

»Dann knipsen Sie sie an, Sie Rindvieh.«

»Geht nicht.« Eine Pause. »Sie ist zerbrochen.«

Das war erfreulich. Ich sagte schnell: »Halten Sie das verdammte Biest am Ende fest – ich beginne zu rutschen.«

Er gehorchte. Der Druck ließ nach.

Er sagte: »Haben Sie Streichhölzer bei sich?«

»Streichhölzer!« Ohne die liebe ›Windhose‹ wäre die Frage komisch gewesen. »Streichhölzer? Nachdem ich fünf Minuten lang an der Bordwand der ›Campari‹ entlanggeschwommen bin?«

»Daran hatte ich nicht gedacht«, erwiderte er. Ein paar Minuten herrschte Stille. Dann kam er mit einem Angebot. »Ich habe ein Feuerzeug bei mir.«

»Gott schütze Amerika!« sagte ich inbrünstig. »Wenn alle seine Wissenschaftler . . . Knipsen Sie es an, Mann, knipsen Sie es an . . .«

Ein Rädchen scharrte gegen den Feuerstein, ein flackernder, mattgelber Lichtschein tat einen jämmerlichen Versuch, einen einzigen Winkel des finsteren Laderaums zu erhellen.

»Block und Winde – rasch.« Ich wartete, bis er dort angelangt war. »Packen Sie das Seil am freien Ende, lösen Sie die Sperre und lassen Sie behutsam nach! Ich lenke die ›Windhose‹ zu den Planen.«

Ich entfernte mich einen halben Schritt von der Prellwand und nahm die Waffe mit. Nur noch einen halben Meter von dem Segeltuchpacken entfernt hörte ich das Klicken der Sperrvorrichtung, und mit einem Male wollte mir fast das Rückgrat brechen. Der Flaschenzug hatte zur Gänze nachgegeben, das volle Gewicht der ›Windhose‹ ruhte in meinen Armen, und die ›Campari‹ schlingerte mir unter den Füßen weg. Ich konnte das Ding nicht festhalten, ich wußte, daß ich es nicht festhalten konnte. Mein Rücken ging entzwei.

Ich taumelte nach vorn. Der Aluminiumzylinder, ich obendrauf und an ihm festgeklammert, schlug schwer auf die Planen – mit einer Gewalt, die den gesamten Laderaum zum Schwanken zu bringen schien.

Ich machte meine Arme los und erhob mich zitternd. Dr. Caroline, das flackernde Flämmchen genau in Augenhöhe, starrte wie gebannt auf die schimmernde Waffe hinab, in seinem Gesicht waren alle fürchterlichen Gefühle erstarrt, die er je erlebt hatte.

Dann war der Bann gebrochen.

»Fünfzehn Sekunden!« schrie er heiser. »Nur noch fünfzehn Sekunden!«

Er stürzte zur Leiter, kam aber nur bis zur zweiten Sprosse, da hatte ich die Arme um ihn und um die Leiter geschlungen. Er wehrte sich kurz und heftig, beruhigte sich aber dann.

»Wie weit glauben Sie in fünfzehn Sekunden zu kommen?« fragte ich. Ich weiß nicht, warum ich es fragte. Ich merkte kaum, daß ich etwas sagte. Ich hatte nur Augen und Gedanken für die Waffe, die da vor mir lag, und in meinem Gesicht spiegelten sich vermutlich die gleichen Empfindungen wie zuvor in Dr. Carolines Gesicht. Auch er starrte das teuflische Ding an. Es war sinnlos, die Waffe anzustarren, um zu sehen, was geschehen würde, aber im Augenblick waren wir nicht mehr bei Besinnung. Als ob wir je etwas sehen würden. Weder Auge noch Ohr noch Hirn würden auch nur die geringste Chance haben, etwas zu erfassen, ehe der grelle Atomblitz uns vernichtete, uns in Dampf verwandelte und die ›Campari‹ ins Nichts jagte.

Zehn Sekunden verstrichen. Zwölf. Fünfzehn. Zwanzig. Eine halbe Minute. Ich entspannte meine schmerzende Lunge – die ganze Zeit hatte ich keinen einzigen Atemzug getan – und lokkerte den Griff um Caroline und die Leiter.

»Na«, sagte ich, »wie weit wären Sie denn wirklich gekommen?«

Langsam stieg Dr. Caroline die zwei Sprossen auf den Boden des Laderaums herab, löste mühsam seinen Blick von der Waffe, sah mich lange mit verständnisloser Miene an und begann dann zu lächeln. »Wissen Sie, Mr. Carter, auf den Gedanken bin ich gar nicht verfallen.« Seine Stimme war recht fest, und sein Lächeln war nicht das Lächeln eines Irren. Dr. Caroline hatte gewußt, daß er sterben mußte. Und nun war er doch nicht gestorben. Von nun an würde nichts mehr so schlimm sein. Er hatte entdeckt, daß das Tal der Furcht nicht unendlich tief ist. Irgendwo hat es einen Boden. Dort fängt der Mensch an, wieder emporzuklettern.

»Man faßt zuerst nach dem Zugseil, dann erst löst man die Sperre«, sagte ich vorwurfsvoll. Wer konnte es mir verdenken, wenn ich etwas wirr im Kopf war? »Nicht umgekehrt. Vielleicht merken Sie sich das fürs nächstemal!«

Manchmal gibt es keine Entschuldigung, also ließ er es bleiben. Er sagte nur reumütig: »Leider wird aus mir nie ein Seemann werden. Aber jetzt wissen wir wenigstens, daß die Feder am Unterbrecher nicht so schwach ist, wie wir befürchteten.« Er lächelte matt. »Mr. Carter, ich glaube, ich rauche jetzt eine Zigarette.«

»Ich glaube, ich werde Ihrem Beispiel folgen«, sagte ich.

Von nun an war es leicht – oder verhältnismäßig leicht. Wir behandelten die ›Windhose‹ nach wie vor mit größtem Respekt. Wäre sie in einem anderen Winkel aufgeprallt, dann hätte es vielleicht doch einen Knall gegeben. Aber wir waren nicht mehr so übertrieben respektvoll, daß wir vor Schreck auf Zehenspitzen umherschlichen. Wir schleppten sie auf dem Segeltuch auf die andere Seite des Laderaums, befestigten den Flaschenzug an der entsprechenden Backbordleiter und bauten aus zwei Reservepersennings und einigen Decken aus dem Sarg ein schön gepolstertes Lager für die ›Windhose‹ zwischen Prellplatte und Bordwand. Dann hievten wir die Waffe über die Platte ohne die akrobatischen Kunststücke, die den ersten Teil des Transports so spannend gestaltet hatten, schlugen die Matten hoch und deckten die ›Windhose‹ mit den Tüchern zu, auf denen wir sie über den Boden geschleift hatten.

»Wird sie hier sicher sein?« fragte Dr. Caroline. Er befand sich wieder in seinem normalen Zustand, abgesehen vielleicht von seinem hastigen Atmen und dem kalten Schweiß, der ihm Stirn und Wangen bedeckte.

»Man wird sie nicht sehen. Man wird gar nicht auf den Gedanken verfallen, sie hier zu suchen. Warum denn auch?«

»Aber was haben Sie jetzt vor?«

»Mich so schnell wie möglich davonzumachen. Ich habe mich lange genug auf mein Glück verlassen. Zuerst aber müssen wir den Sarg füllen, damit er genauso schwer ist wie zuvor. Und den Deckel müssen wir zuschrauben.«

»Wohin gehen wir anschließend?«

»Sie gehen nirgendwohin. Sie bleiben hier.«

Ich erklärte ihm, warum er hierbleiben müsse, und es gefiel

ihm ganz und gar nicht. Ich erklärte es ihm noch genauer, machte ihn nachdrücklich, so nachdrücklich, daß er es verstehen mußte, darauf aufmerksam, daß es für ihn nur eine einzige Chance gab, nämlich hierzubleiben. Und es gefiel ihm nicht um eine Spur besser. Aber er sah ein, daß es sich nicht vermeiden ließ, und die Todesangst überwog schließlich die durchaus verständliche und fast hysterische Panik, in die mein Vorschlag ihn versetzt hatte. Aber nach jenen lebenslangen fünfzehn Sekunden, die er auf die Detonation der ›Windhose‹ gewartet hatte, konnte ihm nichts mehr gar so fürchterlich erscheinen.

Der Wind hatte, wie mir schien, ein wenig nachgelassen. Der Regen war jedoch ohne Frage noch schlimmer geworden. Trotz der pechschwarzen Finsternis dieser Nacht konnte ich die Fontänen sehen, die vom Deck aufsprangen. Knöchelhoch waren die Regenspritzer.

Ich ließ mir Zeit, während ich nach vorn ging. Jetzt brauchte ich mich nicht mehr zu beeilen. Nun, da das Schlimmste überstanden war, hatte ich wahrhaftig keine Lust, durch unnötige Hast alles zu zerstören und uns alle ins Verderben zu stürzen. Ich war ein schwarzer Schatten, einer mit der Schwärze der Nacht. Kein Gespenst war je auch nur halb so lautlos gewandelt. Zweimal kam eine Doppelpatrouille auf dem Weg nach achtern an mir vorbei. Einmal kam ich an zwei Posten vorüber, die unlustig auf dem A-Deck hockten und ein bißchen Schutz vor dem Regen suchten. Keines der beiden Pärchen erblickte mich, keines ahnte auch nur meine Nähe.

Ich konnte nicht feststellen, wie spät es war, aber es mußten mindestens zwanzig Minuten verstrichen sein, ehe ich wieder vor dem Funkraum stand. Jedes wichtige Ereignis der letzten drei Tage war auf die eine oder andere Weise von diesem Funkraum ausgegangen. Ich fand es nur angemessen, daß er auch der Schauplatz sein sollte, wo ich den letzten Trumpf ausspielte, den ich noch in der Hand hielt.

Das Vorhängeschloß steckte in der Öse und war abgesperrt. Das bedeutete, daß niemand im Raum war. Ich zog mich in den Schatten des nächsten Rettungsboots zurück und schickte mich an, geduldig zu warten. Daß im Augenblick niemand im Funkraum war, bedeutete noch lange nicht, daß nicht sehr bald jemand hineingehen würde. Tony Carreras hatte erwähnt, daß die Spitzel seines Vaters an Bord der ›Ticonderoga‹ stündlich Kurs und Position meldeten. Carlos, der Mann, den ich ins Jenseits befördert hatte, mußte wohl auf eine dieser Meldungen gewartet haben. Sobald eine weitere Meldung fällig war, würde Carreras gewiß seinen zweiten Funker beauftragen, sie entgegenzunehmen. In dieser allerletzten Runde des Spiels würde er nicht das Geringste dem Zufall überlassen. Ebensowenig wie ich. Auch für mich war dies die letzte Runde. Ich konnte mir weiß Gott nicht leisten, vor dem Sender zu hocken, wenn der Funker hereingeplatzt kam.

Der Regen trommelte unbarmherzig auf meinen gebeugten Rücken. Nasser konnte ich nicht werden, aber kälter wohl. Nach fünfzehn Minuten zitterte ich wie Espenlaub. Zweimal stapften Wachtposten leise vorbei – Carreras war in dieser Nacht auf seiner Hut –, und zweimal war ich überzeugt, sie würden mich entdecken. Denn ich zitterte so heftig, daß ich den Rockärmel zur Dämpfung zwischen die Zähne klemmen mußte. Aber beide Male gingen die Posten ahnungslos vorbei. Die Kälte wurde immer schlimmer. Würde dieser verdammte Funker nie erscheinen? Oder war ich vielleicht allzu schlau gewesen? Hatte ich mich selber mit meinen Vermutungen hereingelegt? Vielleicht würde gar kein Funker erscheinen ...?

Ich hatte auf einem zusammengerollten Tau gesessen, das zur Ausrüstung des Rettungsbootes gehörte. Jetzt stand ich unschlüssig auf. Wie lange würde ich noch warten müssen, um sicher zu sein, daß der Funker nicht käme? Vielleicht würde es eine Stunde oder noch länger dauern. Worin lag das größere Wagnis? Darin, daß ich mich sofort in den Funkraum wagte, auf die Gefahr hin, im nächsten Augenblick überrascht zu werden und hilflos in der Falle zu sitzen? Oder darin, noch eine Stunde, vielleicht sogar zwei Stunden vergeblich zu warten, wobei es leicht zu spät werden könnte?

Besser einen Fehlschlag wagen, sagte ich mir, als mit Sicherheit auf eine Niederlage zusteuern! Nun, da meine Aufgabe in Laderaum vier erfüllt war, würde, wenn ich einen Fehler beging, nur ein einziges Menschenleben verlorengehen: mein eigenes. Jetzt, sagte ich mir, jetzt ist es so weit. Ich tat drei lautlose Schritte, doch den vierten nicht mehr.

Der Funker war erschienen. Ich trat drei lautlose Schritte zurück.

Das Geräusch eines Schlüssels im Vorhängeschloß, das leise Knarren der Tür, der metallische Schlag, mit dem sie zufiel, ertönten; dann tauchte ein matter Lichtschein hinter dem verhangenen Fenster auf. Unser Freund, dachte ich bei mir, macht sich empfangsbereit. Er würde nicht lange bleiben; nur so lange, um die letzten Daten der ›Ticonderoga‹ zu notieren. Sofern nicht in Nordost anderes Wetter herrschte als hier, war es höchst unwahrscheinlich, daß die ›Ticonderoga‹ in dieser Nacht Gelegenheit gehabt hatte, ihre Position zu bestimmen. So schnell wie möglich mußte der Funker seine Neuigkeiten Carreras auf die Brücke bringen.

Ich nahm an, daß Carreras sich noch auf der Brücke befand. Es würde so gar nicht zu ihm passen, wenn er sich in den letzten, entscheidenden Stunden nicht dort befände, um, wie bisher, persönlich die ganze Aktion zu leiten. Ich sah ihn geradezu vor mir, wie er das Blatt Papier mit den Ziffern entgegennehmen würde, die ihm die letzten Aufschlüsse geben sollten. Er würde kalt lächeln und die Daten auf der Seekarte eintragen.

Hier machten meine Gedanken unvermittelt einen Knoten. Mir war zumute, als hätte in mir jemand den Hauptschalter betätigt, worauf alles sofort stillstand: Herzschlag, Atem, Verstand und alle Sinnesorgane. Mir war fast so zumute wie in den fürchterlichen fünfzehn Sekunden, als Dr. Caroline und ich auf die Explosion der ›Windhose‹ warteten. Schon eine halbe Stunde früher hätte ich daran denken müssen – und hätte es getan, wäre ich nicht so sehr damit beschäftigt gewesen, mich selbst zu bedauern, weil ich so erbärmlich fror.

Wie immer die Eigenschaften aussehen mochten, die Señor Carreras nicht besaß – und es gab ihrer eine ganze Menge –, auf jeden Fall hatte er sich als ein konsequenter, bedächtiger und methodischer Mann erwiesen: Und er hatte bisher kein einziges Navigationsproblem auf Grund der gelieferten Zahlen ausgearbeitet, ohne es von seinem vertrauenswürdigen Navigationsoffizier, dem Ersten Offizier John Carter, nachprüfen zu lassen.

Mein Hirn ging wieder auf niedrige Touren, aber das änderte nichts an der Lage. Freilich hatte Carreras zuweilen einige Stunden mit der Kontrolle gewartet. Aber heute nacht würde er schwerlich lange warten, weil es dann viel zu spät wäre. Es sollte kaum mehr länger als drei Stunden dauern, bis wir der ›Ticonderoga‹ begegneten. Also würde Carreras nicht zögern, die neuesten Daten prüfen zu lassen. Und ein Mann wie er würde keine Bedenken hegen, einen kranken Menschen mitten in der Nacht wachzurütteln. Nichts war gewisser, als daß er zehn oder fünfzehn Minuten nach Empfang der Meldung zur Krankenstube eilen würde. Doch der hilfreiche Navigator war verschwunden, die Tür von innen abgesperrt, MacDonald mit einer Pistole bewaffnet . . .

MacDonald besaß eine Pistole, doch Carreras konnte vierzig mit MPs und MGs ausgerüstete Leute mobilisieren. Ein Kampf in der Krankenstube konnte nur mit einer Katastrophe enden. Schon sah ich, wie die Maschinengewehre in den Raum pfefferten, sah, wie MacDonald, Bullen, Marston und Susan . . .

Dann unterdrückte ich die Vision und verjagte sie aus meinem Kopf.

Wenn ich mich, sobald der Funker sich entfernt hatte, ungesehen in den Funkraum schleichen und dort ungestört meine Meldung senden konnte, würde mir zwar immer noch Zeit bleiben, in die Krankenstube zurückzukehren. Doch war es genug Zeit?

Zehn Minuten, keineswegs mehr als zehn, oder sagen wir sieben bis acht Minuten würde ich brauchen, um mich zurück zu meinen Seilen zu begeben, mir davon eines um den Leib zu schnüren, die Sicherungsleine zu packen, dem Bootsmaat das vereinbarte Zeichen zu geben, mich ins Wasser hinunterzulassen und wiederum, bei ständiger Gefahr, zu ertrinken, den Weg zur Krankenstube zurückzulegen. Zehn Minuten? Acht? Ich fürchtete, es auch in der doppelten Zeit nicht schaffen zu können.

Wenn meine vorige Expedition von der Krankenstube zum Achterdeck schon schwierig gewesen war, würde die Rückkehr gegen statt mit der Strömung doppelt so schlimm werden. Und die erste Tour hatte mir beinahe den Garaus gemacht. Acht Minuten? Höchstwahrscheinlich würde ich mein Ziel überhaupt nicht erreichen.

Die Alternative? Ich könnte den Funker umbringen, wenn er den Funkraum verließ. Ich war entschlossen genug, um jeden Versuch zu wagen und war so entschlossen, daß mir wahrscheinlich alles geglückt wäre. Auf diese Weise würde ich verhindern, daß Carreras die Meldung erhielt. Doch Carreras würde auf sie warten, ja, er würde auf sie warten. Ihm würde sogar sehr viel daran liegen, diese letzte Kontrolle vorzunehmen. Und wenn er die Meldung nicht innerhalb von zehn Minuten erhielte, würde er jemand losschicken, den Grund der Verzögerung zu untersuchen. Wenn dann dieser Jemand entdeckte, daß der Funker tot oder verschwunden war, wäre sogleich die Hölle los. Spürhunde hier, Spürhunde dort. Das ganze Schiff wäre in Licht getaucht. Jeder Winkel würde durchschnüffelt – einschließlich der Krankenstube. Und dort würde MacDonald sitzen. Mit seiner Pistole.

Es gab dennoch einen Ausweg. Freilich mit geringen Erfolgschancen und dem zusätzlichen Nachteil, daß ich gezwungen wäre, die drei verdächtigen Seile achtern an der Reling hängen zu lassen. Immerhin hatte die dritte Möglichkeit den Vorzug, daß nicht alles schon von vornherein hundertprozentig zum Scheitern verurteilt war.

Ich bückte mich, tastete nach dem zusammengerollten Tau und schnitt es mit dem Klappmesser entzwei. Das eine Ende knotete ich mir um die Hüften, den etwa zwanzig Meter langen Rest wickelte ich mir um den Leib. Dann angelte ich den Funkraumschlüssel, den ich dem toten Carlos abgenommen hatte, aus der Tasche.

Ich stand im Regen, in nächtlicher Finsternis und wartete. Eine Minute verstrich. Dann tauchte der Funker auf, sperrte die Tür hinter sich ab und steuerte auf die Treppe zu, die zur Brücke hinaufführte. Dreißig Sekunden später saß ich auf dem Stuhl, den er soeben geräumt hatte, und schlug das Rufzeichen für die ›Fort Ticonderoga‹ nach.

Ich unterließ es, meine Anwesenheit dadurch zu tarnen, daß ich das Licht löschte. Es wäre nur verdächtig erschienen, wenn eine vorbeikommende Patrouille aus einem verdunkelten Funkraum das Klappern von Morsetasten gehört hätte.

Zweimal sendete ich das Rufzeichen der ›Ticonderoga‹, und beim zweitenmal erhielt ich Antwort. Einer der Spitzel, die Carreras in den Funkraum der ›Ticonderoga‹ eingeschleust hatte, war auf dem Posten und gab gut acht. Etwas anderes war nicht zu erwarten.

Meine Mitteilung war nur kurz, aber ich machte sie durch die einleitende Bemerkung dringlich: ›Höchster Vorrang – dringend sofort – wiederhole – sofort Kapitän Fort Ticonderoga übermitteln.‹ Dann funkte ich meinen Text und war so frei, ihn folgendermaßen zu unterzeichnen: Admiralität – eigenhändig Vizeadmiral Richard Hadson – Leiter der Handelsabteilung.

Danach knipste ich das Licht aus, öffnete die Tür und blickte vorsichtig hinaus. Keine neugierigen Lauscher waren zu sehen, überhaupt kein Mensch. Ich trat hinaus, sperrte das Vorhängeschloß ab und warf den Schlüssel über Bord.

Dreißig Sekunden später befand ich mich an Backbord auf dem Bootsdeck, bemüht, mich zu orientieren, soweit das in der Finsternis und im Regen möglich war. Wenn ich mich nicht irrte, mußte ich mich genau über dem Fenster der Krankenstube befinden. Diese lag allerdings drei Decks tiefer. Doch wenn ich mich irrte . . .? Oh, wehe, wenn ich mich irrte.

Ich prüfte den Knoten vor meinem Bauch und warf das Seil über einen für diesen Zweck gut geeigneten Davitsarm. Das lose Ende baumelte über Bord. Eben wollte ich mich hinunterlassen, als sich das Tau plötzlich straffte. Jemand hatte es gepackt und strammgezogen.

Wieder stockte mir der Herzschlag. Doch der Selbsterhaltungstrieb funktioniert unabhängig vom Gehirn. Blitzschnell legte ich den rechten Arm um den Davit und schloß beide Hände in einem unlösbaren Griff. Wenn mich jemand über Bord zerren wollte, würde er den Davit und das Rettungsboot mitzerren müssen. Doch solange das Tau gespannt blieb, konnte ich mich nicht rühren. Ich konnte nicht einmal eine Hand freimachen, um den Knoten zu lösen oder an das Klappmesser heranzukommen.

Die Spannung ließ jedoch nach. Ich tastete nach dem Knoten, hielt aber sofort ein, als das Tau sich erneut straffte. Diesmal ruckte es nur kurz. Und dieser Ruck wiederholte sich viermal. Vor Freude wäre ich beinahe über Bord gesprungen. Viermaliger Seilzug war das vereinbarte Signal, das MacDonald anzeigen sollte, daß ich mich auf den Rückweg zu machen wünschte. Ich hätte wissen sollen, daß Archie MacDonald während meiner Abwesenheit wie ein Schießhund aufpassen würde! Er mußte das Tau, das plötzlich vor dem Fenster erschienen war, natürlich mit mir in Zusammenhang gebracht haben. Und hatte nunmehr mir signalisiert, daß er bereit sei. Freudig kletterte ich am Tau hinab, bis mich eine kräftige Hand beim Fußgelenk packte. Fünf Sekunden später stand ich völlig erschöpft in der Krankenstube auf festem Boden.

»Die Seile!« rief ich MacDonald zu.

Ich löste bereits den Knoten vor meinem Bauch.

»Auch die beiden am Bett angebundenen müssen verschwinden. Weg damit. Werfen Sie sie zum Fenster hinaus.«

Sekunden später lag auch das letzte der drei Seile im Wasser. Ich schloß das Fenster, zog die Gardine vor und bat um Licht.

Es wurde hell. MacDonald und Bullen saßen genauso da, wie ich sie verlassen hatte. Beide musterten mich gespannt. MacDonald, weil er wußte, daß meine Rückkehr zumindest die Möglichkeit eines Erfolges ahnen ließ, er aber sein Wissen nicht verraten durfte. Bullen musterte mich, weil ich ihm erzählt hatte, ich wolle mich mit Gewalt der Brücke bemächtigen. Er war gewiß davon überzeugt, daß das Unternehmen mißglückt sei und schwieg nun, um mich nicht in Verlegenheit zu bringen. Susan und Marston standen angekleidet in der Tür zur Apotheke. Beide versuchten in keiner Weise, ihre Enttäuschung zu verbergen. Auf Begrüßungszeremonien wurde verzichtet.

»Susan, bitte die Heizung anstellen! Auf volle Stärke! Hier ist es kalt wie in einem Kühlschrank. Das Fenster stand zu lange offen. Carreras muß jeden Augenblick erscheinen, und das wird das erste sein, was ihm auffällt. Später Handtücher für mich ... Doktor, helfen Sie mir, MacDonald ins Bett zurückzuschaffen. Rühren Sie sich, Mann, rühren Sie sich! Und warum sind Sie und Susan nicht schon zum Schlafengehen ausgezogen? Wenn Carreras euch sieht ...!«

»Wir haben erwartet, daß der Herr uns mit der Pistole in der Hand besuchen wird«, sagte MacDonald. »Sie sind steifgefroren, Mr. Carter, ganz blau im Gesicht ... Und Sie zittern, als ob Sie in einer Tiefkühltruhe säßen.«

»Mir ist auch so zumute.« Wir legten MacDonald nicht allzu sanft in sein Bett und zogen ihm die Decken über die Ohren. Danach riß ich mir die Kleider vom Leib und begann mich trokkenzureiben. So sehr ich auch rieb, ich hörte nicht auf zu zittern.

»Der Schlüssel!« rief MacDonald plötzlich. »Der Schlüssel in der Tür!«

»Du lieber Gott, ja ...« Ich hatte den Schlüssel vergessen. »Susan, bitte, schließen Sie die Tür auf. Und dann ins Bett. Schnell! Auch Sie, Doktor.«

Ich ließ mir den Schlüssel geben, öffnete das Fenster und warf ihn hinaus. Der Anzug, den ich getragen hatte, die Socken, die nassen Handtücher folgten nach. Ich hatte aber nicht vergessen, zuvor den Schraubenzieher und MacDonalds Klappmesser aus der Smokingtasche zu nehmen. Dann trocknete ich mein Haar, kämmte es ein wenig zurecht, daß es ungefähr so aussah, wie es aussehen mußte, wenn man ein paar Stunden im Bett gelegen und geschlafen hat, und half Dr. Marston, das Pflaster an meiner Schläfe zu erneuern und Schienen und frische Bandagen um die noch triefnassen Verbände zu legen. Dann erlosch das Licht, die Krankenabteilung lag wieder im Dunkel.

»Habe ich etwas vergessen?« fragte ich alle Anwesenden. »Gibt es noch irgendeine Spur, die verraten könnte, daß ich weg war?«

»Ich glaube nicht, daß wir etwas vergessen haben«, erwiderte der Bootsmaat. »Sicher nicht.«

»Und die Heizkörper?« fragte ich. »Sind sie eingeschaltet? Es ist noch immer eiskalt.«

»So schlimm ist es gar nicht, mein Junge«, sagte Bullen mit seiner heiseren Stimme. »Sie fiebern, daran liegt es. Marston, haben Sie . . .?«

»Wärmflaschen«, sagte Marston. »Zwei Stück. Hier sind sie.« Er legte sie mir in die Hände. »Ich hatte sie schon vorbereitet. Wir dachten uns gleich, daß Meerwasser und Regen Ihrem Fieber nicht bekommen würden. Hier ist ein Glas mit ein paar Tropfen Cognac als Medizin. Ihr Freund Carreras soll ruhig sehen, wie schlimm es mit Ihnen steht.«

»Nur ein paar Tropfen? Sie hätten es ruhig vollmachen können«, sagte ich enttäuscht.

»Es ist ja gefüllt!«

Ich leerte das Glas. Kein Zweifel, der unverdünnte Cognac hatte Heizwirkung. Er schien ein Loch in den Magen brennen zu wollen. Aber die Nachwirkung war, daß mir äußerlich noch kälter wurde als zuvor.

MacDonalds Stimme rief unterdrückt: »Es kommt jemand.«

Ich hatte eben noch Zeit, das leere Glas auf den Nachttisch zu stellen. Nicht einmal unter die Decken konnte ich schlüpfen, da ging schon die Tür auf. Die Deckenbeleuchtung wurde angeknipst, und Carreras, die unvermeidliche Seekarte unterm Arm, kam auf mein Bett zu. Wie gewöhnlich hatte er seine Gefühle und seine Miene völlig unter Kontrolle. Unruhe, Besorgnis, bange Erwartung müssen ihn geplagt haben, und bohrend im Untergrund die Erinnerung an den verlorenen Sohn. Aber ihm war nicht das mindeste anzumerken.

Im Abstand von einem Meter blieb er stehen und blickte mit zusammengekniffenen Augen kühl und forschend auf mich herab.

»Sie schlafen nicht, Carter?« fragte er langsam. »Sie liegen nicht einmal unter Ihren Decken?« Er nahm das Glas vom Nachttisch, roch daran und stellte es wieder hin. »Cognac. Sie frösteln, Carter. Sie zittern ja am ganzen Leib. Warum? Antworten Sie!«

»Ich habe Angst«, erwiderte ich mürrisch. »Wann immer ich Sie sehe, zittere ich vor Angst!«

»Mr. Carreras!« Dr. Marston war soeben aus der Tür der Apotheke getreten, in eine Decke gehüllt, die prachtvolle weiße Haarmähne wild zerrauft. Er rieb sich schlaftrunken die Augen. »Das ist schändlich, einfach schändlich. Diesen schwerkranken Menschen mitten in der Nacht zu belästigen! Ich muß Sie ersuchen, den Raum zu verlassen, Sir. Und zwar sofort!« erklärte er mit erhobener Stimme.

Carreras musterte ihn von Kopf bis Fuß und von unten bis oben und sagte dann ungerührt: »Halten Sie gefälligst den Mund!«

»Ich denke nicht daran!« schrie Dr. Marston. Die Metro-Goldwyn-Mayer-Gesellschaft hätte ihm daraufhin sofort einen lebenslänglichen Vertrag angeboten. »Ich bin Arzt, ich kenne meine ärztlichen Pflichten, und ich werde, bei Gott, meine ärztliche Meinung äußern!« Leider war kein Tisch in der Nähe, sonst hätte er mit der Faust draufgeschlagen. Aber auch ohne das bot er eine recht eindrucksvolle Leistung. Carreras war offensichtlich ein wenig verdutzt über Marstons beruflichen Zorn.

»Mr. Carter ist ein schwerkranker Mann«, donnerte Marston weiter. »Mir fehlen hier die Mittel, um einen komplizierten Schenkelbruch zu behandeln. So war die Entwicklung unvermeidlich. Lungenentzündung, Sir, Lungenentzündung! Beiderseitig. Es hat sich bereits soviel Sekret angesammelt, daß er nicht mehr liegen kann. Er kann kaum atmen. Temperatur einundvierzig, Puls hundertdreißig. Hohes Fieber, Schüttelfrost. Ich habe ihm Wärmflaschen ins Bett gelegt, ihm Tropfen, Aspirin und Cognac verabreicht, alles vergebens. Das Fieber läßt nicht nach. Einmal schüttelt er sich vor Kälte, dann ist er wieder triefnaß vor Schweiß.« Mit der Nässe hatte es seine Richtigkeit. Ich wußte, daß das Meerwasser aus den Bandagen in die Matratze sickerte. »Um Himmels willen, Carreras, sehen Sie denn nicht, daß der Mann krank ist? Lassen Sie ihn in Ruhe.«

»Ich werde ihn nur einen Augenblick lang belästigen, Doktor«, sagte Carreras besänftigend. Wenn sich in ihm ein leiser Argwohn geregt haben sollte, war er durch Marstons bühnenreife Leistung restlos beseitigt worden. »Freilich sehe ich, daß es Mr. Carter nicht gut geht. Aber es wird nicht weiter beschwerlich für ihn sein.«

Ich griff nach der Karte und dem Bleistift, die er mir nur zögernd hingestreckt hatte. Da ich unaufhörlich zitterte und der Schmerz sich vom verletzten Bein über den ganzen Körper auszubreiten schien, brauchte ich für die Berechnungen mehr Zeit als sonst. Sie waren keineswegs schwierig.

Ich warf einen Blick auf die Wanduhr und sagte: »Kurz vor vier müßten sie da sein.«

»Wir können sie wohl nicht verfehlen, was meinen Sie, Mr. Carter?« Er war nicht so zuversichtlich und unbesorgt, wie er aussah. »Auch nicht im Dunkeln?«

»Ich wüßte nicht, wie es möglich wäre, sofern die Radaranlage in Betrieb ist.« Ich stöhnte ein wenig, um ihn daran zu erinnern, daß ich sehr krank sei, und fuhr dann fort: »Wie wollen Sie denn die ›Ticonderoga‹ stoppen?« Ich war genauso sehr darauf erpicht wie er, daß die Begegnung pünktlich erfolgte und unser Quartierwechsel möglichst rasch und reibungslos vonstatten ging. Die ›Windhose‹ im Laderaum vier würde um sieben Uhr explodieren. Ich legte größten Wert darauf, zu diesem Zeitpunkt recht weit weg zu sein.

»Eine Granate vor den Bug und ein Stoppsignal. Wenn das nicht reicht«, fügte er grimmig hinzu, »eine Granate aufs Vordeck.«

»Ich muß mich über Sie wundern, Carreras«, sagte ich langsam.

»Wundern?« Er hob kaum merklich die linke Braue. Für einen Carreras war das bereits ein Gefühlsausbruch. »Inwiefern?«

»Ein Mann, der sich so unendlich viel Mühe gegeben und, wie ich gestehen muß, die Sache von Anfang an bewundernswert organisiert hat, kann nicht gesonnen sein, im letzten Augenblick durch eine nachlässige und unüberlegte Handlungsweise alles zu vereiteln.«

Er wollte etwas sagen, aber ich hob die Hand und fuhr fort: »Ich bin genauso wie Sie daran interessiert, daß die ›Fort Ticonderoga‹ gestoppt wird. Das Gold kümmert mich wenig. Aber es ist lebenswichtig, daß Kapitän Bullen, der Bootsmaat und ich unverzüglich erstklassige Krankenhauspflege erhalten. Und ich will die Besatzung und die Passagiere der ›Campari‹ unversehrt an Bord der ›Ticonderoga‹ sehen. Ich möchte aber auch nicht erleben, daß Besatzungsmitglieder der ›Ticonderoga‹ durch Geschützfeuer verwundet oder vielleicht noch getötet werden. Schließlich –«

Er fiel mir ins Wort. »Keine Redensarten. Weiter.«

»Richtig. Die Begegnung findet um fünf Uhr morgens statt. Bei der jetzigen Wetterlage wird es um diese Stunde gerade dämmern – immerhin wird es hell genug sein, daß der Kapitän der ›Fort Ticonderoga‹ unsere Annäherung bemerkt. Wenn er ein fremdes Fahrzeug auf sich zukommen sieht, wird er sofort Verdacht schöpfen. Schließlich weiß er ja, daß er ein Vermögen an Bord hat. Er wird kehrtmachen und die Flucht ergreifen. Im Zwielicht, bei schlechter Sicht, im Regen, auf schlingernden Decks, mit einer Geschützmannschaft, die, wie ich annehme, nicht gelernt hat, Schiffskanonen auf hoher See zu bedienen, werden die Chancen, ein so kleines Ziel, das sich außerdem schnell entfernt, zu treffen, recht gering sein. Übrigens würde die Knallbüchse, die Sie, wie ich gehört habe, auf dem Vorderdeck montieren ließen, ohnedies nicht viel ausrichten.«

»Niemand wird das Geschütz, das ich auf dem Achterdeck aufstellen ließ, als Knallbüchse bezeichnen, Mr. Carter.« Aber trotz der unbekümmerten Miene war ihm anzumerken, daß sein Hirn fieberhaft arbeitete. »Es entspricht einer Dreisieben.«

»Na und? Sie müßten beidrehen, um dieses Geschütz einzusetzen, und während Sie wenden, wird der Abstand zur ›Ticonderoga‹ noch größer. Aus den bereits erwähnten Gründen würden Sie ohnedies fast mit Sicherheit Ihr Ziel verfehlen. Nach dem zweiten Schuß sind die Decksplatten hoffnungslos verbeult. Was machen Sie dann? Sie können nicht einen Vierzehntausendtonnen-Frachter stoppen, indem Sie mit ein paar MP's fuchteln.«

»Es wird nicht so weit kommen. Ein Unsicherheitsfaktor ist immer vorhanden. Aber es wird schon glücken.«

»Der Unsicherheitsfaktor läßt sich beseitigen, Carreras.«

»So? Was haben Sie denn vorzuschlagen?«

»Ich finde, das reicht!« Nun mischte sich Kapitän Bullen ein, und aus seiner heiseren Stimme sprach die ganze Autorität eines Kommodore der Blue Mail. »Unter Zwang einen Kurs zu berechnen, ist eine Sache für sich. Freiwillig die Pläne eines Verbrechers zu fördern, steht auf einem anderen Blatt. Ich habe mir das alles mit angehört. Sind Sie nicht schon weit genug gegangen, Mister?«

»Verdammt, nein«, antwortete ich. »Ich gebe mich nicht zufrieden, ehe wir alle im Marinelazarett von Hampton Roads gelandet sind ... Die Sache ist furchtbar einfach, Carreras. Sobald die ›Ticonderoga‹ auf zwei Meilen heran ist, lassen Sie Notraketen steigen. Gleichzeitig sollen Ihre Spitzel an Bord der ›Ticonderoga‹ – am besten, Sie ordnen das sofort an – dem Kapitän mitteilen, sie hätten soeben SOS-Signale der ›Campari‹ aufgefangen. Wenn er sich nähert, signalisieren Sie ihm, durch den Orkan, von dem er gehört haben muß, seien einige Platten im Maschinenraum leck geschlagen worden. Die Pumpen schafften es nicht, das Schiff beginne zu sinken. Sie ersuchen ihn einfach, Besatzung und Passagiere zu übernehmen.« Ich grinste. »Letzteres wollen wir ja wirklich. Wenn er dann längsseits liegt und Sie die Planen von den Geschützen reißen – na, dann haben Sie ihn geschnappt. Er kann und wird es nicht wagen, die Flucht zu ergreifen. Es wird zu spät sein.«

Er starrte mich an, offenbar ohne mich zu sehen. Dann nickte er.

»Ich habe wohl keine Aussicht, Sie bewegen zu können, mein – äh – mein Adjutant zu werden, Carter?«

»Bringen Sie mich an Bord der ›Ticonderoga‹, Carreras. Das ist der einzige Lohn, den ich verlange.«

»Es soll geschehen.« Er sah auf die Uhr. »In knapp drei Stunden werden sechs Mann Ihrer Besatzung mit Tragbahren hier erscheinen, um Kapitän Bullen, den Bootsmaat und Sie auf die ›Ticonderoga‹ zu transportieren.«

Er verließ uns.

Ich sah mich im Raum um. Sie waren alle noch da, Bullen und MacDonald in ihren Betten, Susan und Marston an der

Tür der Apotheke, beide in Decken gehüllt. Und alle starrten mich an. Ihre Mienen waren, gelinde gesagt, recht sonderbar.

Die Stille dauerte an – unnötig lang, wie mir schien –, dann ergriff abermals Kapitän Bullen das Wort. Seine Stimme klang enttäuscht, verächtlich, hart.

»Carreras hat bereits einen Akt der Seeräuberei durchgeführt. Er bereitet einen zweiten vor. Damit wird er zum erklärten Feind Ihrer Majestät, unserer Königin, und des Landes. Sie, Mr. Carter, wird man beschuldigen, den Feind unterstützt und begünstigt zu haben. Man wird Sie für den Verlust einer Goldladung im Wert von hundertfünfzig Millionen Dollar verantwortlich machen. Sobald wir uns an Bord der ›Ticonderoga‹ befinden, werde ich die Aussagen der hier anwesenden Zeugen zu Protokoll nehmen lassen.«

Ich konnte es dem Alten nicht verübeln. Er glaubte noch immer an das Versprechen Carreras', daß uns nichts geschehen werde. Seiner Meinung nach machte ich es dem Lumpen ganz einfach zu leicht. Aber noch war der richtige Zeitpunkt nicht gekommen, ihn aufzuklären.

»Immer langsam!« sagte ich. »Das ist dann doch ein bißchen zu viel, glauben Sie nicht? Beihilfe, Begünstigung, Mittäterschaft lasse ich mir zur Not noch gefallen. Aber Landesverrat . . .?«

»Warum haben Sie das getan?« Susan Beresford schüttelte bestürzt den Kopf. »Warum? Ihm so an die Hand zu gehen, nur um die eigene Haut zu retten . . .«

Es war auch noch nicht an der Zeit, Susan Beresford aufzuklären. Weder sie noch Bullen besaßen die nötige schauspielerische Begabung, die sie bei Kenntnis der vollen Wahrheit allein in die Lage versetzen würde, morgen früh erfolgreich ihre Rollen zu spielen.

»Auch das ist ein bißchen hart«, protestierte ich. »Noch vor wenigen Stunden war keiner mehr als Sie darauf versessen, die ›Campari‹ zu verlassen. Und jetzt –«

Sie fiel mir ins Wort. »So habe ich es mir nicht vorgestellt! Ich habe bisher nicht gewußt, daß die ›Ticonderoga‹ eine Chance hat zu entwischen.«

»Ich hätte es nicht geglaubt, John«, sagte Dr. Marston gewichtig. »Ich hätte es einfach nicht geglaubt.«

»Ihr habt leicht reden«, erwiderte ich. »Ihr alle habt Familie. Ich habe nur mich selbst. Wollt ihr es mir übelnehmen, daß ich mich um das einzige sorge, was ich besitze?«

Niemand würdigte mein Meisterwerk logischer Verteidigung einer Antwort. Ich blickte in die Runde, sah sie mir der Reihe nach an, und der Reihe nach blickten sie weg. Susan, Marston, Bullen, ohne ihre Gefühle zu verhehlen. Dann wandte auch MacDonald sich ab. Doch hatte er mir zuvor mit dem linken Auge zugezwinkert.

Ich ließ mich in die Kissen sinken und schickte mich an, einzuschlafen. Kein Mensch hatte mich gefragt, wie es mir auf meinem Streifzug ergangen war.

12

Samstag: 6 Uhr bis 7 Uhr

Als ich erwachte, war ich stocksteif. Sämtliche Glieder taten mir weh, und ich fror noch immer. Aber nicht die Schmerzen, die Kälte oder das Fieber hatten mich aus den dunklen Tiefen meines unruhigen Schlummers geholt, sondern ein Lärm von außen. Knirschende, knarrende, metallische Geräusche, die durch das Schiff hallten. Die ›Campari‹ erzitterte in ihrer ganzen Länge, als pralle sie bei jeder Schlingerbewegung gegen einen Eisberg. Aus diesem heftigen, regelmäßigen Schlingern konnte ich schließen, daß die Stabilisatoren ihren Dienst aufgekündigt hatten. Die ›Campari‹ war ohne Antrieb. Sie war ein Spielball für die wogende See.

»Na, Mister . . .« Bullens Stimme war rauh und schroff. »Ihr Plan ist geglückt. Der Teufel soll Sie holen. Gratuliere. Die ›Ticonderoga‹ liegt längsseits.«

»Ja, längsseits vertäut«, bestätigte MacDonald.

»Bei diesem Wetter?«

Ich zuckte zusammen, als beide Schiffe im Tal einer tiefen Woge grollend gegeneinander stießen. Ich hörte das schrille, blecherne Splittern, als die Schanzverkleidung unter der gewaltigen Wucht des Anpralls eingedrückt und zerrissen wurde.

»Der ganze Anstrich geht zum Teufel. Der Mann ist verrückt.«

»Er hat es eilig«, sagte MacDonald. »Ich höre den Kran auf dem Achterdeck arbeiten. Er hat bereits begonnen, die Last umzuladen.«

»Achtern?« Ich konnte meine Erregung nicht verbergen. Plötzlich starrten sie mich neugierig an. »Achtern? Ist das sicher?« fragte ich gespannt.

»Ganz sicher, Sir.«

»Liegen wir Bug an Bug und Heck an Heck oder in entgegengesetzten Richtungen?«

»Keine Ahnung.« Beide, er und Bullen musterten mich streng. Aber es war ein Unterschied in der Strenge ihrer Blicke. »Spielt das denn eine Rolle, Mr. Carter?« Der Maat wußte allzu gut, welche Rolle es spielte.

»Nicht im geringsten«, erwiderte ich gleichgültig.

Es handelte sich nur um die Kleinigkeit von 150 Millionen Dollar. Nicht der Rede wert.

»Wo ist Miss Beresford?« fragte ich Dr. Marston.

»Bei ihren Eltern«, antwortete er barsch. »Sie packen. Ihr gütiger Freund Carreras erlaubt den Passagieren, je einen Koffer mitzunehmen. Er sagt, den Rest ihres Gepäcks würden sie mit der Zeit zurückbekommen. Das heißt, falls es gelingt, die ›Campari‹ aufzufischen, nachdem er sie verlassen haben wird.«

Das fand ich bezeichnend für die außerordentliche Gründlichkeit Carreras' in allem, was er tat: Indem er den Leuten erlaubte, ein paar Kleidungsstücke einzupacken, und ihnen die Rückgabe der restlichen Habe in Aussicht stellte, beseitigte er auch in den mißtrauischsten Gemütern den unwürdigen Gedanken, seine Absichten hinsichtlich der Besatzung und der Passagiere seien nicht die alleredelsten und besten.

Das Telefon klingelte.

Marston nahm den Hörer ab, hörte zu und legte wieder auf. »Die Träger sind in fünf Minuten da«, erklärte er.

»Helfen Sie mir, bitte, beim Ankleiden«, sagte ich. »Die weißen Uniformshorts und das weiße Hemd.«

»Sie wollen doch nicht etwa aufstehen?« Marston war entgeistert. »Und wenn –«

»Ich stehe auf, ziehe mich an und lege mich wieder ins Bett«, sagte ich lachend. »Halten Sie mich wirklich für so verrückt, aufstehen zu wollen? Was würde Carreras sich denken, wenn er den

Mann mit dem komplizierten Schenkelbruch sportlich über die Reling an Bord der ›Ticonderoga‹ springen sähe?«

Ich zog mich an, schob den Schraubenzieher unter die Schienen am linken Bein und kroch ins Bett zurück. Kaum hatte ich mich hingelegt, da kamen die Träger. Wir drei, in unsere Decken gehüllt, wurden behutsam auf die Tragbahren gebettet. Die sechs Mann bückten sich, packten die Griffe, und die Reise begann.

Wir wurden geradewegs durch den Mittelgang des Hauptdecks nach achtern getragen. Immer näher kam das andere Ende des Tunnels heran. Das graue, natürliche Dämmerlicht begann den warmen Schein der Gangbeleuchtung zu verdrängen. Ich spürte, wie sich meine Muskeln und meine Nerven spannten.

In wenigen Augenblicken würde an Steuerbord die ›Ticonderoga‹ sichtbar werden. Ob ich es überhaupt wagen würde, hinzuschauen? Hatte ich mein letztes Spielchen gewonnen oder verloren?

Wir kamen ins Freie. Ich zwang mich, hinzuschauen.

Ich hatte gewonnen.

Bug an Bug, Heck an Heck. Von der niedrigen Tragbahre aus konnte ich nicht viel sehen, aber das sah ich: wir lagen Bug an Bug und Heck an Heck. Das bedeutete, daß der Heckkran der ›Campari‹ die auf dem Achterdeck der ›Ticonderoga‹ gestapelten Kisten übernahm. Ich sah noch einmal hin. Und ein letztesmal. Jeder Irrtum war ausgeschlossen. Wir lagen Bug an Bug, Heck an Heck.

Ich fühlte mich, als hätte man mir eine Million geschenkt. Oder vielmehr hundertfünfzig Millionen.

Der Frachter ›Ticonderoga‹ war dunkelblau gestrichen, hatte einen roten Schornstein und war fast genauso groß wie die ›Campari‹. Die Decks beider Schiffe lagen ungefähr gleich hoch über dem Wasser. Dadurch wurde das Umschichten der Last und der Menschen beträchtlich erleichtert. Ich konnte acht Kisten zählen, die sich bereits an Bord der ›Campari‹ befanden. Ein Dutzend würden noch folgen.

Die Überschiffung der Menschen war sogar noch weiter gediehen. Soweit ich es beurteilen konnte, befanden sich bereits sämtliche Passagiere und wenigstens die halbe Besatzung der ›Campari‹ auf dem Deck der ›Ticonderoga‹. Sie standen regungslos da, und ihre Reglosigkeit wurde durch zwei abenteuerliche Gestalten in grüner Dschungeluniform verursacht, die mit schußbereiten Maschinenpistolen versehen waren. Ein dritter Bandit hielt zwei Matrosen der ›Ticonderoga‹ in Schach, die an der Reling postiert waren, um Leute aufzufangen und zu stützen, die vom Deck der ›Campari‹ auf das der ›Ticonderoga‹ stiegen oder sprangen, was bei dem herrschenden Seegang nicht ungefährlich war. Zwei weitere Burschen bewachten die Matrosen, welche die Seilschlingen um die noch umzuladenden Kisten legten. Von meinem Platz aus sah ich außerdem noch vier bewaffnete Kerle – wahrscheinlich waren es viel mehr, die auf den Decks der ›Ticonderoga‹ patrouillierten. Vier ihrer Kollegen standen auf dem Achterdeck der ›Campari‹. Obwohl die meisten dieser Burschen dunkelgrüne Quasi-Uniformen trugen, sahen sie mir nicht wie Soldaten aus. Eher wie rohe Verbrecher, in deren Gesichtern eine zuchthaus- oder gar galgenwürdige Lebensweise ihre Spuren hinterlassen hatte. Carreras mochte ästhetischen Gesichtspunkten nicht genügend Aufmerksamkeit schenken, doch wenn er Mordgesindel brauchte, engagierte er nur das Beste.

Tief am Himmel hing graues, zerfetztes Gewölk, das sich bis in die Ferne eines trüben Horizonts erstreckte. Der Wind, der jetzt aus West blies, war immer noch recht kräftig, doch der Regen hatte fast aufgehört. Er war jetzt eher ein dünnes, kaltes Nieseln, das man mehr spürte als sah. Die Sicht war mäßig, aber doch immerhin gut genug, um Carreras auch durch Augenschein die Gewißheit zu verschaffen, daß sich keine Schiffe in der Nähe befanden, sollte er dem Radarschirm nicht trauen. Zum Glück war die Sicht wiederum nicht so gut, daß Carreras die drei Seile entdeckte, die auf Backbord noch an der Reling hingen. Ich konnte sie deutlich erkennen. Schienen sie mir doch ungefähr so dick wie die Trossen, an denen die Tower-Brücke hängt. Rasch wandte ich den Blick ab, um nicht andere, die mich vielleicht beobachteten, zum Hinschauen zu verleiten.

Carreras hatte zum Glück keine Zeit, sich umzuschauen. Er hatte persönlich die Leitung der Frachtumladung übernommen, trieb seine eigenen Leute und auch die Besatzung der ›Ticonderoga‹ zu höchster Eile an, brüllte und fluchte und legte eine fast hysterische Energie an den Tag, die seine große Nervosität verriet. Verständlicherweise mußte ihm viel daran liegen, die räuberische Arbeit zu beenden, ehe ein drittes Schiff am Horizont auftauchte. Trotzdem staunte ich über den völlig umgekrempelten Piraten.

Und dann wußte ich, was hinter seiner Hast steckte. Ich warf einen Blick auf meine Armbanduhr.

Es war schon zehn Minuten nach sechs.

Zehn nach Sechs. Carreras' Stundenplan und das düstere Licht hatten mich zu der Annahme verführt, es könne nicht später sein als halb sechs. Ich kontrollierte noch einmal den Zeigerstand, aber ich hatte mich nicht geirrt. Sechs Uhr zehn. Carreras legte natürlich großen Wert darauf, hinter dem Horizont verschwunden zu sein, wenn die ›Windhose‹ platzte. Freilich brauchte er den Luftdruck und die radioaktive Strahlung nicht zu fürchten. Aber nur der Himmel mochte wissen, wie heftig die Flutwelle sein würde, die durch die Explosion einer Kernwaffe entstand. Die ›Windhose‹ sollte in fünfzig Minuten in die Luft gehen. Carreras' Hast war begreiflich. Ich hätte gern gewußt, wodurch er aufgehalten worden war. Vielleicht hatte sich die ›Ticonderoga‹ verspätet, vielleicht hatte es länger gedauert, als er erwartete, sie längsseits zu locken.

Carreras gab ein Zeichen. Wir Bettlägerigen waren nun an der Reihe. Ich kam als erster dran. Es machte mir wenig Spaß. Würde einer der Träger in dem Augenblick ausrutschen, da die Flanken der beiden Schiffe gegeneinanderprallten, dann wäre ich nur noch ein über einige Quadratmeter Stahlblech verteilter rötlicher Schmutzfleck. Doch die leichtfüßigen Matrosen hegten wahrscheinlich in bezug auf ihre eigenen Figuren ähnliche Befürchtungen. Sie begingen keinen Fehler. Wenig später befanden sich auch meine beiden Leidensgefährten an Bord der ›Ticonderoga‹.

Wir wurden in der Nähe unserer Passagiere abgestellt. Nicht weit davon waren ein paar Offiziere und etwa ein Dutzend Matrosen der ›Ticonderoga‹ in einer Gruppe zusammengetrieben worden. Darunter der Kapitän, ein hochgewachsener, hagerer, zornig blickender Mann Anfang der Fünfzig, mit den vier Goldringen am Ärmel. Er hielt ein Telegrammformular in der Hand und sprach mit McIlroy, unserem Chefmaschinisten, und Cummings. Ohne sich um den Wachtposten zu kümmern, der seine Waffe hochriß, führte McIlroy ihn zu uns, die wir auf den Bahren lagen.

»Gott sei Dank, daß ihr alle noch am Leben seid«, war McIlroys Gruß. »Als ich euch zuletzt sah, hätte ich keinen Penny für euer Leben gegeben. Das ist Kapitän Brace von der ›Ticonderoga‹. Kapitän Brace – Kapitän Bullen, und dies ist Mr. Carter, unser Erster.«

»Sehr erfreut, Sie kennenzulernen, Sir«, sagte Bullen heiser. »Wenn ich die Bekanntschaft auch lieber unter weniger belämmerten Umständen gemacht hätte.« Keine Frage, der Alte war auf dem Weg der Genesung. »Mr. Carter wollen wir aus dem Spiel lassen, Mr. McIlroy. Ich beabsichtige, Anzeige gegen ihn zu erstatten, weil er diesem verdammten Monstrum Carreras freiwillig und pflichtwidrig Hilfe geleistet hat.«

Wenn man bedenkt, daß ich ihm das Leben gerettet hatte, weil ich nicht zuließ, daß Dr. Marston ihn operierte, wäre ein wenig mehr Dankbarkeit am Platze gewesen.

»Johnny Carter?« McIlroy wollte es sichtlich nicht glauben. »Das ist ausgeschlossen.«

»Ich werde es beweisen«, erwiderte Bullen finster. Er blickte zu dem Kapitän der ›Ticonderoga‹ auf. »Da Sie wußten, welche kostbare Fracht Sie an Bord hatten, wären Sie bei einem ungetarnten Überfall sofort abgehauen, nicht wahr? Aber Sie wurden in eine Falle gelockt. Durch einen SOS-Ruf, durch Notraketen, durch die falsche Angabe, das sich nähernde Schiff sei in einem Sturm leck geworden und im Begriff, zu sinken. Sie wollten uns retten, Herr Kapitän, und sind gekapert worden.«

»Ich hätte ihm entwischen oder ihn überlisten können«, sagte Brace grimmig und zugleich betrübt. Dann wurde er neugierig. »Woher wissen Sie denn, was sich abgespielt hat?«

»Weil ich mit eigenen Ohren hören mußte, wie unser Erster Offizier dem Piraten diesen schändlichen Betrug empfahl. Damit ist Ihre Frage zum Teil beantwortet, äh, McIlroy?«

Bullen warf mir einen sehr verächtlichen Blick zu, dann sah er wieder McIlroy an. »Zwei Leute sollen mich näher ans Schott rücken. Hier fühle ich mich unbehaglich.«

Ich sah ihn gekränkt an, aber mein Blick prallte einfach an ihm ab. Seine Bahre wurde weggerückt, anschließend auch die andere, und ich blieb allein zurück. Ich machte mir nichts daraus, sondern sah zu, wie die Kisten umgeladen wurden. Eine Kiste pro Minute – obwohl das Hanfseil, das die Achterenden der beiden Schiffe zusammenhielt, riß und ersetzt werden mußte. In zehn Minuten würde die Arbeit beendet sein.

Eine Hand berührte meine Schulter. Ich drehte mich um.

Julius Beresford hockte neben mir.

»Ich habe nicht geglaubt, daß wir uns noch einmal wiedersehen, Mr. Carter«, sagte er freundlich. »Wie geht es Ihnen?«

»Besser, als es den Anschein hat«, erwiderte ich aufrichtig.

»Und warum läßt man Sie so allein hier liegen?« wollte er neugierig wissen.

»Ein klarer Fall von gesellschaftlichem Boykott. Kapitän Bullen ist der Ansicht, ich hätte Carreras auf ungebührliche Weise Beistand oder Beihilfe geleistet. Er ist sehr unzufrieden mit mir.«

»Dummes Zeug!« brummte Beresford.

»Er will es sogar mit eigenen Ohren gehört haben.«

»Einerlei, was er gehört hat«, erklärte Beresford rundheraus. »Er wird einer Sinnestäuschung zum Opfer gefallen sein. Ich kann mich irren, wie jeder Mensch. Vielleicht habe ich mich sogar häufiger geirrt als andere, doch noch nie bei der Beurteilung eines Menschen ... Und damit ich es nicht vergesse, junger Mann, damit ich es nicht vergesse – ich kann Ihnen gar nicht sagen, wie erfreut ich bin, Sie wiederzusehen. Es ist zwar kaum der rechte Ort und Zeitpunkt, aber ich möchte Ihnen trotzdem gratulieren. Meine Frau denkt genauso, das kann ich Ihnen versichern.«

Ich mußte mich geradezu zwingen, zuzuhören. Denn ich hatte gesehen, daß eine der Kisten fast aus den Seilschlingen gerutscht war. Wenn eine Kiste aufs Deck fallen, zerbrechen würde und ihr Inhalt zum Vorschein kam, konnten wir alle uns gute Nacht sagen. Nicht gern dachte ich an diese Möglichkeit. Es war entschieden angenehmer, an etwas anderes zu denken. Zum Beispiel an Julius Beresford und das, was er erzählte.

»Wie bitte?« fragte ich.

»Ich meine die Stellung in meinem schottischen Ölhafen. Sie wissen doch. Ich freue mich, daß Sie mein Angebot annehmen wollen. Aber das macht uns nicht halb so viel Freude wie das, was zwischen Ihnen und Susan ist. Wie Sie sich denken können, ist sie ihr Leben lang von Scharen geldgieriger Nichtstuer und Glücksritter verfolgt worden. Aber ich habe immer zu ihr gesagt, daß ich an dem Tage, an dem sie einem Mann begegnen würde, der auf ihr Geld pfeift, nicht im Wege stehen werde, und sollte es sich um einen Landstreicher handeln. Es scheint, daß sie den Mann gefunden hat. Gott sei dafür gedankt, daß es sich nicht um einen Landstreicher handelt!«

»Ölhafen? Susan und ich?« Ich kniff die Augen zusammen. »Hören Sie, Sir –«

Er unterbrach mich mit einem Lachen, das schon beinahe ein Wiehern war. »Ich hätte es wissen müssen, ich hätte es wissen müssen. Das sieht meiner Tochter ähnlich. Sie hat es noch nicht fertiggebracht, Sie von ihren Beschlüssen zu unterrichten. Wenn das meine Frau erfährt . . .«

»Wann hat sie davon gesprochen?« fragte ich höflich. Als ich sie gegen Viertel drei in der Nacht zuletzt gesehen hatte, hätte ich ihr alles andere eher zugetraut als solche Gedankengänge.

»Gestern nachmittag.«

Also schon ehe sie mir die Stellung angetragen hatte . . .

»Aber sie wird schon noch damit ankommen, junger Mann. Sie wird schon damit herausrücken.«

»Nie!« Ich ahnte nicht, wie lange sie schon neben uns gestanden hatte. Doch jetzt stand sie da, und das Grollen in ihrer Stimme gab dem Zorn in ihren Blicken nichts nach. »Nie im Leben! Ich muß wahnsinnig gewesen sein! Ich schäme mich, daß ich überhaupt je auf diesen Gedanken verfallen konnte. Ich habe alles mitangehört, Papa. Ich war selbst in der Krankenstube, als er Carreras empfahl, wie die ›Ticonderoga‹ am besten zu stoppen sei . . .«

Ein gellender Pfiff verhinderte den Bericht von Carters feigem

Verrat. Ein barmherziger Pfiff. Sogleich begannen die bewaffneten Banditen aus allen Winkeln der ›Ticonderoga‹ zusammenzuströmen. Carreras' Fischzug war beendet. Nur noch eine einzige Kiste war zu transportieren. Zwei der aus den Löchern eilenden Ratten trugen, wie mir auffiel, die blaue Uniform der britischen Handelsmarine. Es handelte sich wohl um die beiden Funkoffiziere, die Carreras an Bord der ›Ticonderoga‹ untergebracht hatte.

Ich sah auf die Uhr. Sechs Uhr fünfundzwanzig. Die Zeit war recht knapp bemessen.

Carreras war selbst auf das Achterdeck der ›Ticonderoga‹ gesprungen. Er sagte etwas zu Kapitän Brace. Ich konnte nichts davon hören, doch ich sah, daß der Kapitän widerwillig nickte, mit finsterer Miene. Carreras hatte die Särge zur Sprache gebracht und um ihre Übernahme gebeten.

Auf dem Rückweg zur Reling blieb er bei mir stehen. »Wie Sie sehen, hält Miguel Carreras Wort. Alle sind heil an Bord der ›Ticonderoga‹.« Er warf einen Blick auf seine Armbanduhr. »Ich könnte nach wie vor einen Adjutanten brauchen.«

»Leben Sie wohl, Señor Carreras, wenn Sie können.«

Er nickte nur und ging weiter. Seine Leute hatten schon damit begonnen, die Särge auf das Deck der ›Ticonderoga‹ zu schleppen. Sie behandelten sie mit allem schuldigen Respekt. Mit einer überaus ehrerbietigen Pietät, aus der zu ersehen war, daß sie sehr wohl wußten, was in ihnen steckte.

Die Särge waren nicht ohne weiteres als solche zu erkennen. In der tränentreibenden Theatralik des vollendeten Schauspielers, der auch dem kleinsten Detail seiner Rolle peinlichste Aufmerksamkeit schenkt, hatte Carreras befohlen, sie in das Sternenbanner zu hüllen. Da ich mir einbildete, Carreras zu kennen, hätte ich darauf geschworen, daß er die drei Flaggen von daheim mitgebracht hatte.

Kapitän Brace bückte sich, hob einen Zipfel der Flagge von einem der Särge und blickte ehrfurchtsvoll erschauernd auf die Plakette mit dem Namen ›Senator Hoskin‹. Hinter mir schnappte jemand nach Luft. Es war Susan Beresford, die, ihre Hand vor dem halb geöffneten Mund, mit weit aufgerissenen

Augen auf den Sarg starrte. Sie mußte natürlich glauben, daß die ›Windhose‹ noch im Sarg lag. Ich streckte die Hand aus und ergriff sie am Fußgelenk. Ich packte kräftig zu.

»Ruhe!« flüsterte ich hastig. »Um Gottes willen – keinen Ton . . .!« Sie hatte es gehört. Und sie schwieg. Auch ihr Herr Papa hatte es gehört, und auch er gab keinen Ton von sich. Und das muß ihn einige Überwindung gekostet haben. Sah er doch, daß meine Hand das hübsche Bein seiner Tochter umklammerte. Aber das Vermögen, trotz elementarer Reize Mienen und Gefühle zu beherrschen, gehört wohl zu den unerläßlichen Voraussetzungen der Kunst, Multimillionär zu werden.

Carreras' Leute waren verschwunden, Carreras mit ihnen. Er vergeudete keine Zeit damit, uns gute Reise oder dergleichen zu wünschen. Er befahl vielmehr, die Taue zu lösen und begab sich schleunigst auf die Brücke der ›Campari‹. Eine Minute später setzte sich die ›Campari‹ in Bewegung, mit ihrer neuen Fracht, den Kisten, die auf dem Deck standen. Sie schwenkte und nahm Kurs nach Osten.

Bullen sprach in das bedrückte Schweigen. »Da fährt er los, der Mörder. Mit meinem Schiff, der Teufel soll ihn holen.«

»Er wird sich nicht lange seines Besitzes erfreuen«, sagte ich. »Nicht einmal eine halbe Stunde lang. Kapitän Brace, ich rate Ihnen –«

»Wir verzichten auf Ihre Ratschläge, Mister.« Kapitän Bullens Stimme erinnert mich an zuschnappende Mausefallen. Seine blauen Augen waren für mich mit Eis überzogen.

»Es ist dringend, Sir. Es ist unerläßlich, daß Kapitän Brace sofort –«

»Ich habe Ihnen einen Befehl erteilt, Mr. Carter. Sie werden gehorchen.«

»Seien Sie doch, bitte, still, Kapitän Bullen.« Respektvolle Gereiztheit, aber mehr Gereiztheit als Respekt.

»Ich glaube, Sie sollten auf ihn hören, Sir«, warf der Bootsmaat mit sehr ernster und unglücklicher Miene ein. »Wenn ich mich nicht täusche, ist Mr. Carter gestern nacht nicht untätig gewesen.«

»Danke, Maat.« Diesmal wandte ich mich unmittelbar an Kapitän Brace. »Rufen Sie Ihren Wachhabenden an. Wir müssen auf Westkurs gehen. Genau die entgegengesetzte Richtung. Weg von der ›Campari‹. Volle Fahrt. Noch schneller, wenn es geht. Sofort, Kapitän Brace.«

Die Eindringlichkeit meiner Stimme verfehlte nicht ihre Wirkung. In Anbetracht dessen, daß er soeben Gold im Wert von 150 Millionen Dollar eingebüßt hatte, reagierte Kapitän Brace erstaunlich rasch auf die Anregungen des Mannes, der für den Verlust nach seiner Meinung verantwortlich war. In kurzen, hastig gesprochenen Worten erteilte er einem jüngeren Offizier seine Weisungen und sah mich dann nachdenklich an.

»Ihre Gründe, Sir?«

»Carreras hat eine geschärfte Atombombe an Bord der ›Campari‹. Die Zündung wird bald erfolgen. Es handelt sich um die sogenannte ›Windhose‹, jene Kernwaffe, die den Amerikanern vor einer Woche gestohlen worden ist.« Ein Blick auf die verblüfften Gesichter meiner Zuhörer zeigte mir, daß sie wußten, wovon die Rede war. Der gleiche Blick zeigte jedoch ebenso deutlich, daß sie es nicht glauben wollten. »Die Windhose?«

»Eine Atombombe?« Brace sah zweifelnd auf mich. »Was ist das für ein albernes Gewäsch?«

»Wollen Sie mich gefälligst anhören? Miss Beresford, stimmt das, was ich sage?«

»Es stimmt.« Ihre Stimme zitterte, ihr nervöser Blick war nach wie vor auf den Sarg gerichtet. »Ich habe sie gesehen, Herr Kapitän. Aber –«

»Also!« sagte ich. »Die Bombe ist geschärft. Sie wird in –« ich sah nach der Uhr »– knapp fünfundzwanzig Minuten explodieren. Das weiß Carreras. Deshalb hatte er es so verdammt eilig, sich davonzumachen. Er ist allerdings der irrigen Ansicht, wir hätten die ›Windhose‹ an Bord. Doch weil ich es besser weiß, habe ich es verdammt eilig, in die entgegengesetzte Richtung zu dampfen. Ich weiß, daß wir die Bombe nicht an Bord haben.«

»Aber ja!« stieß Susan hervor. »Dort im Sarg! Sie müssen doch wissen, daß sie im Sarg steckt . . .«

»Sie irren sich, Miss Beresford.«

Die ›Ticonderoga‹ beschleunigte ihre Fahrt. Das Deck zitterte wegen der übergroßen Drehzahl der Schraube. Ich hatte Carreras im Verdacht, daß er so lange wie irgend möglich sein Fernglas auf uns gerichtet hielt, deshalb blieb ich ruhig liegen, obwohl etwa vierzig Augenpaare mit unverhohlenem Entsetzen die in die Flaggen gehüllten Särge anstarrten.

Doch bald hatte sich das Heck der ›Ticonderoga‹ nach Osten gedreht. Die ›Campari‹ war unseren, wir ihren Blicken entzogen.

Ich schlug meine Decken zurück, riß die Holzschienen und die äußeren Bandagen ab und holte den versteckten Schraubenzieher hervor, ehe ich mich auf meine steifen Beine stellte. Die Wirkung auf die Passagiere und die Besatzung, die allesamt geglaubt hatten, der Erste Offizier Carter habe einen komplizierten Schenkelbruch erlitten, war gelinde gesagt verblüffend. Ich humpelte zum nächsten Sarg und zog die Flagge weg.

»Mr. Carter!« Kapitän Brace stand neben mir. »Was soll denn das heißen? Carreras mag ein Verbrecher sein, aber er hat mir mitgeteilt, daß Senator Hoskins –«

»Ha!« sagte ich.

Mit dem Griff des Schraubenziehers klopfte ich dreimal kräftig gegen den Sargdeckel. Die Antwort war ein dreimaliges Klopfen. Ich blickte auf mein Publikum, das immer näher heranrückte. Schade, daß kein Kameramann zugegen war, der die Gesichter für die Nachwelt festhielt.

»Diese amerikanischen Senatoren besitzen eine erstaunliche Vitalität«, sagte ich zu Kapitän Brace. »Sie sind einfach nicht unterzukriegen. Das wird sich gleich zeigen . . .«

In zwei Minuten hatte ich den Sargdeckel losgeschraubt. Übung macht den Meister. Auch beim Öffnen von Särgen.

Dr. Slingsby Caroline war blasser als alle Leichen, die ich je gesehen hatte. Er sah aus, als sei er vor Angst gestorben. Ich konnte es ihm nicht verdenken. Es mag viele furchtbare Erlebnisse geben, die einen Menschen um den Verstand bringen können. Doch ich glaube, das Erlebnis, rund fünf Stunden lang in einem geschlossenen Sarg liegen zu müssen, gehört zu den furchtbarsten. Dr. Caroline hatte noch nicht den Verstand verloren, aber er war äußerst nahe daran, um Haaresbreite. Er zitterte wie eine zerbrochene Sprungfeder. Seine Augen waren vor Furcht geweitet, er konnte kaum sprechen. Mein Klopfen muß in seinen Ohren die lieblichste Musik gewesen sein, die er je gehört hatte.

Ich überließ es den anderen, sich seiner anzunehmen, und eilte auf den nächsten Sarg zu. Entweder saß der Deckel zu stramm, oder ich war zu schwach, jedenfalls kam ich nicht zu Rande. Da nahm mir ein stämmiger Matrose der ›Ticonderoga‹ den Schraubenzieher aus der Hand. Ich sträubte mich nicht. Ich sah nach der Uhr. Siebzehn Minuten vor sieben.

»Und diesmal, Mr. Carter?« Wieder stand Kapitän Brace neben mir. Seinem Gesicht war es anzumerken, daß sein Gehirn darauf verzichtet hatte, mit den Ereignissen Schritt zu halten. Das war verständlich.

»Üblicher Sprengstoff mit Zeitzünder. Meiner Meinung nach dazu bestimmt, die Detonation der ›Windhose‹ auszulösen, falls ihr eigener Zündmechanismus versagt. Ehrlich gesagt, ich weiß es nicht. Entscheidend ist, daß auch diese Bombe ausreichen würde, die ›Ticonderoga‹ zu zerstören.«

»Könnten wir nicht den Sarg ganz einfach über Bord werfen?« fragte er nervös.

»Das wäre gewagt, Sir. Die Frist ist fast um. Der Aufschlag ins Wasser könnte die Explosion auslösen. Dann hätten wir in der Bordwand ein Loch von der Größe eines Scheunentors. Vielleicht sollte jemand auch den dritten Deckel abschrauben.«

Wieder sah ich auf die Uhr. Fünfzehn Minuten vor sieben. Die ›Campari‹ war nur noch ein dunkler Punkt am langsam sich lichtenden Horizont im Osten, vielleicht sieben Seemeilen entfernt. Ein beträchtlicher Abstand. Aber nicht groß genug.

Nun war der zweite Sarg geöffnet. Ich zog die Decken zurück, suchte die Zündvorrichtung und die beiden dünnen Drähte und schnitt diese behutsam, einen nach dem anderen, mit einem Messer durch.

Um ganz sicherzugehen, warf ich Zünder und Sprengkapsel über Bord. Zwei Minuten später hatte ich auch die Bombe im dritten Sarg unschädlich gemacht.

Ich sah mich auf dem Achterdeck um. Wenn diese Menschen

nicht so hirnverbrannt wären, hätten sie sich längst verkrochen. Doch niemand schien sich von der Stelle gerührt zu haben.

»Mr. Carter . . .«, sagte Bullen stockend. Er hielt inne und betrachtete mich finsteren Blicks. »Ich glaube, Sie sind uns eine Erklärung schuldig. Der Fall Doktor Caroline, die Särge, die – die Vertauschung , . .«

Er bekam seine Erklärung. Ich faßte mich kurz. Die andern drängten sich heran und hörten zu.

Als ich fertig war, sagte Kapitän Bullen: »Ich glaube, mich bei Ihnen entschuldigen zu müssen.« Er war zerknirscht, doch ohne die Fassung zu verlieren. »Aber ich kann den Gedanken an diese fürchterliche Waffe nicht loswerden – und auch nicht den Gedanken an meine ›Campari‹. Sie war ein braves Schiff, Mister. Verdammt, ich weiß, daß Carreras ein Schurke ist, ein Ungeheuer mitten unter einer Bande von Halsabschneidern. Aber ließ es sich nicht anders machen? Mußten Sie alle diese Menschen zum Tode verurteilen? Vierzig Menschen?«

»Besser als hundertfünfzig Menschen zum Tode verurteilen, die zudem den vierzig nicht nach dem Leben trachteten«, warf Julius Beresford ein. »Wir alle wären gestorben, wenn unser Freund nicht eingegriffen hätte.«

»Es ging nicht anders, Sir«, sagte ich zu Bullen. »Die Waffe war scharf gemacht und verriegelt. Den Schlüssel besaß Carreras. Es hätte nur einen Weg gegeben, sie zu entladen: Carreras informieren und ihn ersuchen, den Schlüssel auszuliefern. Hätten wir ihm Bescheid gesagt, ehe er von Bord der ›Ticonderoga‹ gegangen war, hätte er uns alle miteinander über die Klinge springen lassen. Sie können darauf wetten, daß die letzte Weisung des Generalissimo lautete: Keine Menschenseele, kein Augenzeuge darf am Leben bleiben.«

»Es ist noch nicht zu spät«, sagte Bullen eigensinnig. Er machte sich weiß Gott keine Sorgen um Carreras' Schicksal, aber er liebte die ›Campari‹. »Jetzt hat er keine Möglichkeit mehr, die ›Ticonderoga‹ noch einmal zu entern und uns umzulegen, selbst wenn er uns nachsetzen würde. Wenn er schießt, können wir den Granaten ausweichen, und –«

Ich fiel ihm ins Wort. »Einen Augenblick, Sir. Wie wollen Sie ihn warnen?«

»Über Funk, Mann, über Funk. Wir haben noch hinreichend Zeit dazu.«

»Die Sender der ›Ticonderoga‹ sind unbrauchbar«, sagte ich bedauernd. »Zerschlagen. Nie wieder in Betrieb zu setzen.«

»Wie?« Kapitän Brace packte mich am Arm. »Zerschlagen? Woher wissen Sie das?«

»Köpfchen, Herr Kapitän«, erwiderte ich gereizt. »Natürlich waren die eingeschleusten Funker beauftragt, die Sender zu zerstören, ehe sie von Bord gingen. Glauben Sie, Carreras wäre es angenehm, wenn Sie rasch noch ein SOS über den Atlantik jagten?«

»Auf diesen Gedanken wäre ich nie gekommen.« Brace schüttelte den Kopf und wandte sich zu einem jüngeren Offizier. »Ans Telefon! Sie haben es gehört. Nachprüfen.«

Der Mann kehrte nach dreißig Sekunden mit bestürzter Miene zurück. »Stimmt, Sir. Kurz und klein geschlagen.«

»Unser lieber Freund Carreras«, sagte ich, »war sein eigener Henker.«

Zwei Sekunden später, fünf Minuten zu früh, flog die ›Campari‹ in die Luft.

Sie mußte mindestens dreizehn Meilen entfernt sein und war schon fast völlig hinter dem Horizont versunken. Das hochgezogene Heck der ›Ticonderoga‹ lag zwischen uns und der ›Campari‹. Trotzdem traf der unvorstellbar weiße Glanz aus dem Zentrum der Explosion unsere zuckenden, schmerzenden Augen mit der Lichtfülle einer hundertfach verstärkten Mittagssonne. Er tauchte die ›Ticonderoga‹ in blendende Helligkeit und nachtschwarze Schatten, als ob in wenigen Metern Entfernung eine Batterie riesiger Scheinwerfer aufgeflammt wäre. Der grelle Blitz, die mörderische Blendung hielt nicht länger als den Bruchteil einer Sekunde an, doch die Netzhaut des Auges bewahrte das Bild für viele Minuten. In Wahrheit wich der Blitz einer rotglühenden Feuersäule, die durch das Zwielicht schoß und selbst die Wolken am Himmel durchstieß. Dann kam eine Wassersäule, kochendes, weißdampfendes Wasser, das langsam, unglaublich langsam zusammenzufallen begann. In diesem riesigen Geiser wirbelten die letzten stofflichen Reste der zerschmetterten und verdampften ›Campari‹. Der ›Campari‹ und ihres Piratenkapitäns Miguel Carreras.

Die Lebensdauer dieser Fontäne dürfte eine volle Minute betragen haben. Erst etliche Sekunden, nachdem sie verschwunden war und der Horizont wieder klar wurde, erreichte uns ein einziger, dumpfer Donnerschlag, dem ein bedrohliches Grollen, ein spätes Echo und schließlich eine mittelschwere Flutwelle folgten.

Dann herrschte wieder tiefe Stille. Totenstille.

»Na, Doktor Caroline«, sagte ich in möglichst unbeschwertem Plauderton, »Sie können zufrieden sein. Jetzt wissen Sie wenigstens, daß Ihre verdammte Erfindung funktioniert.«

Er ließ sich nicht auf meinen kläglichen Versuch ein, die Stimmung zu heben. Er schwieg. Alle schwiegen. Alle warteten auf eine weitere, schwerere Flutwelle. Doch sie blieb aus. Nach etwa zwei Minuten kam lediglich noch eine vereinzelte, flache Woge, die unter der ›Ticonderoga‹ wegglitt, das Schiff zu einigen widerwilligen Verbeugungen zwang und dann in der Ferne verebbte.

Als erster fand Kapitän Brace die Sprache wieder.

»Da haben wir's nun, Kapitän Bullen. Alles in Rauch aufgegangen. Ihr Schiff und meine hundertfünfzig Goldmillionen.»

»Nur das Schiff, Kapitän Brace«, warf ich ein. »Nur das Schiff. Was die zwanzig verdampften Generatoren betrifft, so bin ich überzeugt, daß die Regierung der Vereinigten Staaten die Harmsworth and Holden Electrical Engineering Company gern entschädigen wird.«

Er lächelte gequält. Es konnte ihm weiß Gott nicht nach Lächeln zumute sein.

»Diese Kisten enthielten keine Generatoren, Mr. Carter. Sondern Goldbarren für Fort Knox. Wie der teuflische Carreras eigentlich . . .«

»Wissen Sie wirklich, ob diese Kisten Gold enthielten?«

»Ja, selbstverständlich. Das heißt, ich wußte, daß wir Gold an Bord hatten. Es war alles geheim. Die rechte Hand durfte nicht wissen, was die linke tat. Laut Frachtplan sollten die zwanzig

Kisten auf dem Vordeck das Gold enthalten, doch gestern nacht teilte man mir aus London telegrafisch mit, daß ein Irrtum unterlaufen sei. Vielmehr wurde es nicht mir, sondern diesen lausigen Verrätern im Funkraum mitgeteilt. Natürlich bekam ich die Mitteilung nicht zu sehen. Doch die Burschen müssen Carreras verständigt haben. Gleich als er längsseits festgemacht hatte, überreichten sie ihm die Niederschrift der Depesche. Er gab sie mir – als Andenken«, fügte Kapitän Brace erbittert hinzu. Er hielt mir das Formular vor die Augen. »Wollen Sie es lesen?«

»Das ist nicht nötig.« Ich schüttelte den Kopf. »Ich kann Ihnen Wort für Wort sagen, was drin steht. Nämlich folgendes: ›Schwerwiegender Fehler im Frachtplan. Spezialfracht nicht – wiederhole – nicht in zwanzig Kisten Vorderdeck mit Bezeichnung Turbinen Nashville Tennessee sondern – wiederhole sondern – in zwanzig Kisten Achterdeck mit Bezeichnung Generatoren Oak Ridge Tennessee. Anzeichen drohenden Unwetters. Wichtig schnellstens Achterdecklast sichern. Admiralität – eigenhändig Vizeadmiral Richard Hodson – Leiter der Handelsabteilung.‹«

Kapitän Brace starrte mich an.

»Wie zum Donnerwetter –?«

»Auch Miguel Carreras hatte ein Exemplar des Frachtplans in seiner Kabine. Korrekt bis ins letzte Detail. Ich habe ihn gesehen. Die Funkmeldung kam nicht aus London. Ich habe sie gesendet. Aus dem Funkraum der ›Campari‹. Heute nacht um zwei.«

Das Schweigen, das nun folgte, dauerte sehr lange. Ich hatte geahnt, daß Susan Beresford es schließlich brechen würde.

Sie trat an Kapitän Bullens Bahre heran, blickte auf ihn hinunter und sagte: »Kapitän Bullen, ich glaube, wir beide müssen uns bei Mr. Carter nicht nur einmal, sondern hundertmal entschuldigen.«

»Das glaube ich auch, Miss Beresford, das glaube ich wirklich.« Er bemühte sich, finster dreinzuschauen, doch es gelang ihm nicht recht. »Doch er hat mich aufgefordert, den Mund zu halten. Mich. Seinen Kapitän! Haben Sie es nicht gehört?«

»Das ist noch gar nichts«, erwiderte sie und ging achselzuckend über seinen Einwand hinweg. »Sie sind ja nur sein Kapitän. Er hat auch mich ersucht, gefälligst den Mund zu halten. Und ich bin seine Braut. Wir heiraten nächsten Monat.«

»Seine – Braut? Sie – heiraten nächsten Monat . . .?« Trotz seiner Schmerzen stemmte sich Kapitän Bullen auf den Ellbogen hoch, sah uns, einen nach dem andern, verständnislos an und ließ sich dann ächzend wieder zurücksinken. »Nein, da soll doch . . . Das höre ich zum erstenmal . . .«

»Auch Mr. Carter hört es zum erstenmal«, sagte Susan Beresford. »Aber nun hat er's gehört!«

Harold Robbins

Hollywood
9140

Die Moralisten
9200

Der Pirat
9247

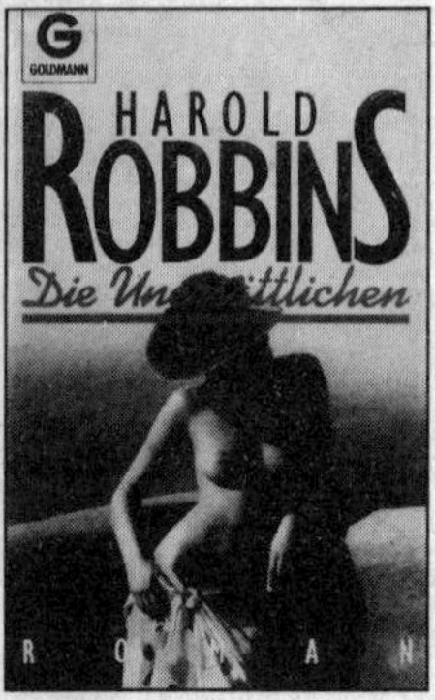

Die Unersättlichen
9281

Adieu Janette
8400

Der Seelenfänger
6830

Die Aufsteiger
6407

Die Unsterblichen
8516

GOLDMANN

Sidney Sheldon

Sidney Sheldon
Blutspur
6342

Sidney Sheldon
Diamanten-Dynastie
6758

Sidney Sheldon
Kalte Glut
8876

Sidney Sheldon
Zorn der Engel
6553

Sidney Sheldon
Das nackte Gesicht
6680

Jenseits von
Mitternacht
6325

Ein Fremder
im Spiegel
6314

Kirschblüten
und Coca-Cola
9144

Im Schatten der Götter
9263

GOLDMANN